渡江

英雄传奇系列

张新科 著

江苏凤凰文艺出版社
JIANGSU PHOENIX LITERATURE AND ART PUBLISHING, LTD

图书在版编目（CIP）数据

渡江/张新科著.—南京：江苏凤凰文艺出版社，
2019.6
ISBN 978-7-5594-3854-6

Ⅰ.①渡… Ⅱ.①张… Ⅲ.①长篇小说-中国-当代
Ⅳ.①I247.5

中国版本图书馆CIP数据核字(2019)第122828号

渡江

张新科 著

出 版 人	张在健
书名题字	迟浩田
责任编辑	于奎潮　王娱瑶　孙　茜
文字编辑	孙楚楚
责任印制	刘　巍
出版发行	江苏凤凰文艺出版社
	南京市中央路165号，邮编：210009
网　　址	http://www.jswenyi.com
印　　刷	南京迅驰彩色印刷有限公司
开　　本	718毫米×1000毫米　1/16
印　　张	29.5
字　　数	440千字
版　　次	2019年6月第1版　2021年5月第3次印刷
书　　号	ISBN 978-7-5594-3854-6
定　　价	58.00元

江苏凤凰文艺版图书凡印刷、装订错误可随时向承印厂调换

目 录

第一章 …………………………………………………………… 001
第二章 …………………………………………………………… 006
第三章 …………………………………………………………… 012
第四章 …………………………………………………………… 016
第五章 …………………………………………………………… 020
第六章 …………………………………………………………… 023
第七章 …………………………………………………………… 027
第八章 …………………………………………………………… 032
第九章 …………………………………………………………… 037
第十章 …………………………………………………………… 042
第十一章 ………………………………………………………… 046
第十二章 ………………………………………………………… 049
第十三章 ………………………………………………………… 053
第十四章 ………………………………………………………… 058
第十五章 ………………………………………………………… 063
第十六章 ………………………………………………………… 067
第十七章 ………………………………………………………… 070
第十八章 ………………………………………………………… 076
第十九章 ………………………………………………………… 083
第二十章 ………………………………………………………… 088
第二十一章 ……………………………………………………… 092
第二十二章 ……………………………………………………… 095
第二十三章 ……………………………………………………… 100
第二十四章 ……………………………………………………… 103
第二十五章 ……………………………………………………… 106

第二十六章	112
第二十七章	120
第二十八章	126
第二十九章	131
第三十章	135
第三十一章	138
第三十二章	145
第三十三章	153
第三十四章	160
第三十五章	169
第三十六章	175
第三十七章	183
第三十八章	194
第三十九章	200
第四十章	206
第四十一章	212
第四十二章	220
第四十三章	221
第四十四章	227
第四十五章	231
第四十六章	239
第四十七章	248
第四十八章	254
第四十九章	263
第五十章	271
第五十一章	278
第五十二章	282
第五十三章	284
第五十四章	291
第五十五章	301
第五十六章	308
第五十七章	313

第五十八章	315
第五十九章	318
第六十章	325
第六十一章	332
第六十二章	338
第六十三章	343
第六十四章	347
第六十五章	352
第六十六章	359
第六十七章	366
第六十八章	374
第六十九章	381
第七十章	389
第七十一章	395
第七十二章	401
第七十三章	409
第七十四章	412
第七十五章	416
第七十六章	424
第七十七章	427
第七十八章	433
第七十九章	438
第八十章	445
后记	453

第一章

夜幕徐徐降临。东北野战军四十军作战部副部长赵家祺和警卫员周一新策马疾驰在通往军部的小道上。

时值九月,东北气温骤降,劳作了一天的村民已早早蜷缩在温暖的草房里,村落在夜色中显得格外寂静。"嗒嗒"作响的马蹄声在阒寂无人的旷野里显得清脆而深远。此时,马背上的赵家祺心里正揣着一团迷雾——前天才接到命令来到前线,刚刚安顿停当,正准备带领人员潜入敌占区开展工作,就接到了军部的紧急命令。多年的战斗经验告诉他,这一定不是普通任务。

坨子里村四面环山,不大的村庄只有十几户人家。从这里通向外面仅有两条小路,是一个隐蔽性极佳的地方,因此东北野战军所属的四十军把这个村子选作作战部的临时驻地。这样的安排显然是经过仔细勘察和慎重考虑的,坨子里村楔在敌方阵地和我方后续部队之间,便于我军侦察和联络,等大部队压到前沿阵地后,作战部将和军部一起向北推进。

赵家祺脑子里还没理出头绪,胯下的骏马已拐到一条狭窄的隘口,此时突然从路边的小树林里跳出来两个人,枪栓声响过,紧跟着一声大喝:"口令!"赵家祺转身高声回应了一声:"黑河!"两个人影闪到了一边,两匹马在原地打了个旋儿,继续奋蹄往不远处影影绰绰的灯光奔去。

不大的一个小院,矮矮的土墙,屋内微弱的灯光从矮墙上穿过,在漆黑如墨的夜里显得格外明亮。两个人在小院门口下了马,赵家祺利索地将手中的缰绳甩给了小周,径直朝院内大踏步奔去。屋门是敞开着的,里面喧嚷嘈杂,感觉会议开了不是一时半刻了。赵家祺立在门口,喊了声"报告",全屋人齐刷刷地转向了他。透过缭绕的烟雾,赵家祺发现整屋人自己认识的没有几个,心里很是纳闷。在他愣神的工夫,四十军作战部邢部长站起身招呼道:"快进来,家祺,我来介绍一下,这是野司的王副司令。"顺着邢部长手指的方向看去,一位年龄稍长的首长冲着赵家祺挥了挥手,笑着说:"家祺副部长吧,辛苦你了,跑这么远,快坐快坐。"赵家祺在门边找了个位子坐了下来。赵家祺一边打量着会场内的情况,一边暗暗犯嘀咕——野司首长都来了,部队应该有大动作。

"大家静一下,我接着刚才的话往下说。"王副司令坐下来喝了口水,继续说道,"中央的基本意见是,我们已经有能力把国民党军队分割围歼,逐步解放各个地区。韩先楚已抵近锦州，东北的解放近在眼前。估计要不了多久，华野和中野就会和国民党在徐州一带展开较量，昨天我在总部开会，中央军委布置了下一步的工作，这就和在座的各位有关啦。"

房间里的气氛骤然凝重，大家一声不吭地坐着，聚精会神地聆听首长的讲话，生怕遗漏重要的内容。

"根据当前形势，中央决定将在东北、华北和华东几个地方陆续和国民党军队展开决战，估计要不了一年时间，就有可能过长江。中央已做了打过长江的计划，所以我们要根据中央部署进行各方面的准备。昨天野司会议的一个重要内容就是，抽调一批精干、有南方生活经历或籍贯就在江南的干部，秘密派往南方，为部队下一步往南推进做准备。请相关人员会后与董参谋沟通，做好工作交接后就可动身。我要对各位强调说明的是，虽然目前还不知渡江的具体时间和计划，但你们都要各司其职，提前准备。记住，准备得越充分，部队将来渡江就会越顺利。"直到这时，赵家祺才明白上级紧急召回自己的原因。

会后，赵家祺出了大门，在院子外面伫立了许久。此时的赵家祺，一根接一根地猛抽着香烟，遥望南方的夜空，思绪倏忽回到了千里之外的江南小镇。

在长江南岸，江苏金坛的古镇儒林东街住着赵家祺的爷爷奶奶、父母和姐弟。儒林位于金坛东南，名字为唐肃宗李亨所赐，取"儒士成林"之意。与儒林相邻的是被《水经注》称作"五古湖"之一的长荡湖。赵家祺小时候就听说自己祖辈原籍并非金坛，是因匪患猖獗才迁到江苏的。爷爷是个庄稼汉，也是个手艺人。金坛多山，盛产毛竹，农闲时家里就地取材做些捕鱼晒鱼的竹具竹器，由于手艺好，在方圆十几里内也是小有名气，因此赵家收入可观，在当地算是个殷实之家。

赵家祺的父亲原本身体硬朗，但在一次挑着竹器在儒林镇上叫卖时，与当地的几个恶痞发生争执，遭到暴打后腿脚留下了毛病，从此只能给爷爷打打下手，做一些轻便的活计。挑担卖竹具和打理地里的农活就只能靠大伯一家和母亲了。赵家祺在家里排行居中，上有一姐，下有一弟。他自幼聪颖，毕业那年，是镇上儒林小学唯一考上金坛县中的农家子弟。在金坛县中学习期间，赵家祺深受校长韩大受进步思想的熏陶与影响。韩大受曾参与编著过《列宁年谱》等书，1927年"四·一二"反革命政变后，仍与中共上海地下党和左翼人士李初黎、潘梓年、潘汉年、田汉等过从甚密。在金坛县中，韩校长经常邀请一些进步学生到"启鸣茶社"品茶,向他们传播救国救民的思想。在被邀请的学生中,华罗庚和赵家祺是他最得意的两位门生。金坛县中毕业后,经韩校长保荐,赵家祺考入金陵大学。

那一年他十八岁,时间是1935年……

"家祺!家祺!"屋内的喊声将赵家祺从思绪中拉回。他掐灭手中的烟头,转身回到屋内。

此时屋内只有三个人,邢部长招呼赵家祺坐下,微笑着对他说:"这次喊你来,你还没有心理准备吧?你的老家在江南,又在南京上过学,对那里熟悉,野司经过研究,决定抽调你过去。"

赵家祺抑制住内心的激动,凝视着邢部长,等待他把话讲完。

"目前全国形势正在朝着更有利于我党的方向发展,不久的将来,我们一定会过江。形势虽然很好,但部队是否能够顺利渡江往东南推进,是否能打好一场有准备之仗,你们任务的成败至关重要。王副司令走前特意叮嘱,这次派出去的同志,一定要着眼于渡江准备,准备得越充分,部队的伤亡就会越小,胜利的把握就越大。具体工作让董参谋来做交代布置,你们谈吧。"邢部长说完和大家握了握手,带领警卫员匆匆朝大门走去。

董参谋拿出地图,向赵家祺详细交代了任务内容、工作重点以及与华东局社会部和南京地方组织的联系方式,也把敌我双方当前的状况作了细致介绍。

"赵副部长,这次和往常不一样,时间紧迫任务艰巨,要求你到了地方之后,务必胆大心细,迅速开展好工作。当然,我说这些,对你这位老把式来说或许都是多余的!你后面的工作主要受中共华东局社会部领导,华野粟裕副司令员主抓渡江前期准备工作,到时他也会派江北部队的人与你沟通。还有,南京市委的同志们已经接到华东局的指示,你到江南后,他们会全力协助你开展工作。"

接受了任务,赵家祺带着小周连夜赶回了驻地。

小周睡觉去了,空荡荡的屋内只有赵家祺独自一人守着马灯,他在快速转动着脑筋。过了不知多长时间,陷入沉思的他才逐渐把所有的工作理出了头绪……他看了下手表,已经是凌晨两点多,也许是思虑过甚,赵家祺一直无法入眠,想罢工作又忆起了老家,更是心潮澎湃,思绪万千。

离开家乡十几年,赵家祺除了从个别同学的信件中得到一星半点的消息,大部分情况还是一片空白。"爷爷奶奶是否还健在?爹娘怎么样了?姐弟如何?"一个个亲人走马灯般不停地从他脑中闪过,想着想着,他迷迷糊糊地睡着了。

第二天一早,鸡鸣三遍,东方泛起了鱼肚白,黎明的曙光照临大地。军营里嘹亮的起床号把赵家祺从睡梦中唤醒,他狠狠地搓了几把脸赶走睡意,从床上跳了起来。

东北九月的清晨让人感到干涩寒凉,小周已打好水,赵家祺洗了一把脸,把昨晚思考的工作安排在头脑里又过了一遍,整个人顿时感到神清气爽。远处隐隐约约传来的枪炮声,似乎在宣告中国大地将要发生翻天覆地的巨大变化。短短三年时间,国共双方的力量对比已发生了不可逆转的历史性转变。此时,赵家祺的心早已飞回了家乡,回到了魂牵梦绕的爷爷奶奶、爹娘和姐弟身边。记不清曾有多少个夜晚,在梦中,眼泪浸湿了枕巾。自己少小离家,投身革命,从此孤鸿只影,不但未能在长辈膝下尽孝,甚至连家人的一点音讯都无从得知,每每想到这些,赵家祺犹如芒刺在身。

"我回去首先得去看看他们,然后按照组织的要求尽快开展工作,圆满完成任务。"赵家祺在心里默默计划着。

经过两天的周密准备,赵家祺和小周在出发前精心化装了一番,俨然变成了两个走南闯北的生意人。军部院子里只有"嘀嘀"的发报声和来来往往的脚步声,两人没有与任何人告别,就悄悄骑马上路了。从驻地到锦州百十里路程,沿途骑马换车倒腾了几次,四个钟头后总算赶到了火车站。经过层层盘查,他们登上车厢,找到座位,两人悬着的心才渐渐平复下来。在车轮哐当哐当的滚动声中,浑身疲乏的小周眯起了眼睛,打起盹来,随着列车的汽笛声响起,赵家祺的思绪又回到十多年前的南京……

1935年,十八岁的赵家祺离开家乡金坛,进入了金陵大学。金陵大学是美国基督教会在南京创办的教会大学,在江南几省中声名显赫,又因地处南京闹市中心,更为青年学生心驰神往,吸引了众多青年才俊。彼时的金陵大学,设有文学、理学、农学等几个学院,赵家祺因为数学底子厚实,再加上自己天生喜好逻辑推理,所以进入理学院数学专业学习。当时的他还有一个想法,如果学业优秀,以后可以申请去美国康奈尔大学建筑规划和测绘专业继续深造。这是受一个留美远房表哥的影响,他刚上小学时就喜欢缠着表哥教他画一些小院和小屋之类的东西,画得有模有样,时常会被母亲夸奖几句。大学课余时间,他经常与测绘专业的学生在一起写写画画,慢慢积累了测量和制图方面的专业知识。

一进入金陵大学，赵家祺就一门心思扑在了学习上，各科成绩均为 A 等。大半年时间后，外面波云诡谲的时代风云强烈地刺激着这位一腔热血的青年。他从教授的演讲和新闻报道中得知，国家已处于危亡关头，中华民族面临倾覆的危险，他时常为之扼腕叹息。后来，由北大掀起的"一二·九"爱国学生运动发展到了全国各地，南京高校也潮起云涌。赵家祺走在了学生运动的前列，礼堂内慷慨激昂的演讲者里有他，游行队伍里领头振臂高呼的学生中有他，与警察发生冲突时掩护同学撤退的人中也有他。正因如此，他多次被校方和警局问话，严重时夜里还曾遭到便衣的盘问搜查。在参加学生活动时，赵家祺结识了刚直不阿又古道热肠的历史系教授王合之先生。师生两人经常促膝长谈，赵家祺逐渐了解到国内外局势以及国家和民族命运的危险，一个热血青年心中的那盏灯逐渐被点亮了。

转眼到了 1936 年，全国抗日的浪潮一浪高过一浪，整个国家都在为民族命运进行着抗争。以张学良为首的一批国民党将领与共产党秘密进行和谈，而南京的国民政府一意孤行，一再打压国内的抗日浪潮，镇压主张抗日的各地红军武装。消息传到了南京，一石激起千层浪，市民、学生立刻走上街头，赵家祺一次次地冲在前面，整个人犹如一团火，走到哪就烧到哪。与军警的数次冲突虽让赵家祺伤痕累累，但这更加坚定了他的信念，激发了他的斗志。在王教授的指导和帮助下，赵家祺参加了学校的进步社团，并结识了几十位思想进步的青年学生。每当看到同学们伤痕累累地回到宿舍，他的心中都会腾起满腔的怒火。

当年 12 月，"西安事变"虽然得到和平解决，但蒋介石由张学良陪同回到南京后立即翻脸，开始了一系列的镇压和暗杀行动。1936 年 12 月底的一个深夜，赵家祺刚刚回到宿舍，社团的宗兴国就跑过来了，急匆匆地低声说道："王先生下午被抓走了！之前他让我赶快找到你，交给你一封信，你快看看。"赵家祺反手关上屋门，打开了信。信的内容很简短，仅寥寥几句话："你不能在学校了，我已不安全，请你迅速离校并尽快赶到汤山宝华寺东深山村找韩久耕。他为我多年之至交，会帮你妥善安排。阅后即毁，切切。"看完信的赵家祺呆呆地杵在原地，心中更多的是茫然和疑惑："王先生是做什么的？他为什么被抓？我又做错了什么？为什么让我联系韩久耕？"一连串的疑问，赵家祺反复揣摩了多遍，仍然没能琢磨出个所以然来。外面刺耳的警笛声此起彼伏，他感到事态紧急，不能再犹豫了，便匆匆套上一件粗布衣服，拎起一个小包出了门。在南京生活一年多，他熟门熟路，穿街走巷，从后宰门的一个城墙豁口溜出了城。

在韩久耕那里，赵家祺得知王合之是中共地下党员，在学校里发展了一批有觉悟、有能力的青年党员。此时韩久耕尚不知道王先生已被抓，赵家祺带来的这个消息令他忧心万分。第二天，韩久耕带着赵家祺赶到了茅山。当时，茅山有支共产党领导的抗日武装，有文化的赵家祺就在里面做些记录和传达文件的工作。后来陈毅、粟裕领导的新四军在苏南建立了根据地，这支武装被并入了新四军第一支队。赵家祺留了下来，担任支队文书一职，还承担作战协调工作。在一次转移中，赵家祺因大腿有严重的贯穿伤，在家乡儒林镇休养了半年。因汉奸告密，日本人通过各种途径试图抓捕他。他先是男扮女装藏在镇上以医治妇科病闻名的"树德堂"，后又转移至长荡湖大涪山上普门禅寺内。镇上的地下党员每天都会给他送去用红豆沙、小元宵和糯米熬成的甜汤，还有从湖内捕捉的鱼虾以及利于伤口愈合的白鹭蛋。养伤期间，赵家祺系统阅读了《共产党宣言》《共产主义ABC》等理论著作，身体痊愈回到部队后，加入了中国共产党。1941年的"皖南事变"中，新四军遭到围剿，他跟随傅秋涛纵队成功突围了出来。由于电台毁坏与部队失去联系，队伍逐渐走散，他带领着几十人一路转战渡过长江，到达了陈毅、粟裕建立的苏北新四军根据地。抗战胜利后，赵家祺被选派到东北工作。多年南北征战，赵家祺经受了血与火的洗礼，逐渐成长为一名果敢、坚毅、足智多谋、经验丰富的一线作战指挥员。

第二章

火车喘着粗气摇摇晃晃一路向南，每到一站几乎都要受到国民党军警的盘查。赵家祺靠窗而坐，脑海里一遍遍盘算着今后的工作思路。城镇、乡村在车窗外倏然而过，残垣断壁，万户萧疏，满目疮痍。多年的战争让多灾多难的国家变得更加凋敝萧条。车厢内满是衣衫褴褛的穷苦人，他们目光呆滞、无精打采，不知是逃难异乡还是投亲奔友。车厢内的沉闷让赵家祺有些喘不上气来，"老百姓这种苦日子什么时候才是个头啊！"赵家祺猛地把车窗推上去，一股凉风扑面而来，他抖擞精神暗下决心——要不惜一切代价完成上级交给自己的艰巨任务，革命早日取得胜利，老百姓才能早日过上和平的日子。

火车到达徐州站时已是后半夜，车站内三步一岗五步一哨，气氛异常紧张。昏睡的乘客被粗暴地叫醒，不由分说便被驱赶下车，逐一接受检查。此时的徐州城已是风声鹤唳,黑云压城。进徐州之前,赵家祺透过车窗看到铁路旁的公路上一辆接一辆的军车和坦克,闪着车灯,长蛇般向前蠕动,方向便是徐州,——那里即将进行一场战略决战,国民党正密集调动兵力,向徐州和宿县一带大规模集结。赵家祺兴奋起来,"陈毅、粟裕指挥的华东野战军和刘伯承、邓小平领导的中原野战军是两支所向披靡的队伍,他们解决完豫东商丘和山东济南的问题后,必将转身包围军事重地徐州,到那时候,国民党徐州'剿总'是无论如何抵挡不住的,淮海大地上要有一场好戏看喽!"

徐州站站台,此刻人喧马嘶,一片混乱。密密麻麻的国民党士兵和被赶下车的不知所措的旅客拥挤在一起,动弹不得,叫苦声、呼唤声、孩子的哭闹声此起彼伏。几个军官模样的人举着枪在行李的缝隙间穿行,不住地破口大骂,好不容易才将人群分隔成一堆堆,以便于检查。

两名国民党士兵翻箱倒箧检查完赵家祺和小周的行李,正要放行,旁边几个戴鸭舌帽、穿便衣的人突然围了上来。

"干什么的?"便衣领头者声音低沉但不容辩驳地喝道。

"老总,俺们是做生意的。"赵家祺不慌不忙地回答。

"做什么生意?"

"皮毛生意。"

"伸出手来!"

赵家祺和小周神情自若地伸出了双手。领头者仔细查验完两人的手指,眼睛顿时暴出了凶光。

领头的一把甩开赵家祺的右手,随即一声大喝:"做生意的?!你当老子是傻瓜?!兄弟,是玩带响家伙的吧?"一圈便衣和国民党士兵哗啦一下将枪口对准了赵家祺两人。

"是的!"赵家祺知道,今天遇到了老手——对方从食指常扣扳机磨出的硬茧上判断出了自己的身份。

"这个时候玩带响家伙的,不是国军就是'共匪',瞧你们的模样定是'共匪'无疑,带走!"领头者说完,摆了一下手,五六个手下立即围了上来。

"老总,老总,慢些动手!我俩玩带响家伙不假,但既不是国军,也不是'共匪'!"赵家祺一把推开了抓住自己衣领的便衣。

"呀,你这家伙还挺横啊。老实说,干什么的?"领头者手摇短枪,讥笑着说。

"老总,俺们是打猎的。"赵家祺脸上堆上笑,摸出口袋里的烟卷递上去,

"俺祖祖辈辈都是猎户，不信你到俺老家打听打听。"

领头者先是一怔，随即开口提了个问题。

"打猎的不在深山老林，怎么他妈的跑到满是人头的火车上？"领头者显然怀疑赵家祺的话。

"我们原来一直趴在山里放枪，但钱他娘的都被二道贩子挣去了，知道其中关窍后，我们就自己带着猎物出来找下家。"赵家祺变成了"猎人"，嘴里也不干不净起来。

领头者一时哑然，因为刚才他看到士兵检查赵家祺和小周行李时，里面装的全部都是野兔、狐狸、獐子和野熊皮。

"墩子，你家是打猎的，过来问问，看看这两个家伙是真是假。如果有半句谎言，老子就不客气了！"领头者话音一落，一个矮墩墩的汉子闪到了赵家祺面前。

"天下猎人是一家，老祖宗的规矩都一样，你告诉我，什么日子不能出户响枪？"这个叫"墩子"的家伙脑瓜可不"墩"，歪着脑袋得意地问。

"狩猎最忌逢七，所以俺们那每月初七、十七、二十七都不提枪出门……"

"外出打猎之前，猎户什么不能做，什么必须做？""墩子"不等赵家祺说完又甩出问题。

"人有灵性，猎物也一样。外出打猎前，俺们那疙瘩的人从不把打猎的方向和地点说出口，对家里人也一样，怕有灵性的野兽事前感知，这是不能做的。必须做的是，出发前五体投地叩拜山神，祈求枪响有货，平安归来。还有，打猎途中遇到神庙，也得一一叩拜，绝不可扬长而过。"

"墩子"点了点头，思索片刻，接着又提了个问题："一群人去狩猎，相互之间怎么配合？"

"一群人去山里狩猎，最关键的是设置隐蔽且有退路的'交口'。看清猎物藏匿的地点后，枪法好的'坐交'。其他人带着猎狗，拿着竹竿和木棍从不同方向将猎物往'交口'上撵，我们那里叫'撵山子'。只要猎物'上交'，十之八九跑不掉……"

听完"墩子"和赵家祺几个来回的一问一答，领头者无奈地将手枪插回腰间，不耐烦地挥挥手："滚蛋！滚蛋！"

"谢谢老总，谢谢老总！"赵家祺和小周点头哈腰地鞠躬后，慌忙提着行李上了火车。

几声短促的汽笛声响过,火车又一次靠站了。

南京江北浦口站到了。

看着窗外的赵家祺长长地出了一口气。"唉!十三年了,终于回来了,很快就能见到家人了!"此时此刻,一种既兴奋又不安的感觉悄悄地涌上心头。小周拎着皮箱走到他面前,提醒说:"掌柜的,到站了,咱们下车吧!"赵家祺应了一声:"再等等,人下得差不多了咱们再下。"说完,站起身不慌不忙地整理自己的行李和衣服。车厢内,人头攒动,大人呼小孩叫,人群被一种紧张情绪笼罩着。两人随着人流下车来到了站台上,站台上更是一片混乱。有肩上扛包手中拎着大箱小箱的,也有衣着光鲜昂首挺胸空手晃膀子的;有浑身上下破衣烂衫的,也有身着西装旗袍油头粉面婀娜多姿的;有散兵游勇骂骂咧咧的,也有亲亲热热呼朋唤友的……

赵家祺和小周手持车票来到出站口,心想检完票就赶紧离开这个是非之地,没有想到危险再一次不期而至。

站在出站口的一个宪兵队长如鹰隼般在人流中寻找着可疑目标。扫过小周几眼之后,他便命令手下士兵将小周强行拉了出来。赵家祺此时已经过了出站口,见情况不妙,便停下脚步靠在铁栅栏前观察动静,盘算着怎样对付这突如其来的险情。

宪兵队长查验完证件,递还给了小周。小周心里以为平安无事了,正要抬腿离开,宪兵队长突然吼道:"站住!撩起你的两个裤管!"

"长官,俺一不偷二没抢,坐车也花钱买了车票,您为啥偏偏不让俺走呢?"小周胆怯地嘀咕道。

"少废话,让你干什么就干什么!"宪兵队长两眼瞪得滚圆。

"石头,长官让干啥就干啥,快卷起你的裤管,还啰唆个啥!"站在栅栏外面的赵家祺用手指着小周大声喊道。别人没有注意,但小周看清了赵家祺的手指快速做出了一个一般人很难察觉的动作。

"好,好。"小周蹲下身子去卷自己的裤腿。很快,两个裤管被卷到了膝盖以上。

宪兵队长凑近看了好大一会儿。

"带走!"宪兵队长直起腰后,随即一声断喝。

几名士兵持枪扑了上来,小周被团团围在中间。

正在出站的乘客都停下了脚步,惶恐不安地看着眼前的一幕。

"长,长官,凭,凭什么抓我啊?"小周带着哭腔叫着。

"小子,装,你接着装!"宪兵队长一脸阴森地说。

"凭什么抓人?"赵家祺带头喊了一声。

人群中许多人也附和道:"是啊,凭什么说抓人就抓人?"

宪兵队长面朝人群大声叫嚷:"诸位,眼神不好的可以凑近仔细瞧瞧!这小子的双腿上布满大大小小的伤疤,颜色还深浅不一,说明这些伤疤不是一天两天留下的。什么样的人腿上会经常疤痕累累?只有越墙翻沟的老手。这年头,越墙翻沟的都是什么人?非兵即匪啊!所以这小子不是共军就是土匪!"

众人一听这话,个个目瞪口呆,没人再敢帮腔说话。

小周突然哈哈大笑起来。笑声让宪兵队长和现场的其他人都怔住了。

"长官,原来是这样啊!"小周突然收住笑声,从嘴角里挤出一句话来。

"说,你到底是共军还是山林土匪?"宪兵队长吼道。

"俺既不是共军也不是土匪,只是个平头小老百姓。"小周神情自若地回答。

"平头百姓腿上为什么有那么多伤疤?"宪兵队长走到小周面前,用手拽着他的衣领质问。

"哪个人想腿上带那么多伤疤啊?俺可不是好了伤疤忘了疼的家伙。俺也没办法,谁让俺做容易受伤的活计呢?"

"什么意思?"

"俺,俺是个篾匠。"小周坦然地说道。

"说清楚点?"

"俺是个编筐子、篮子、篓子、筛子的臭篾匠。俺跟俺爹学的,俺爹跟俺爷学的,俺爷跟……"

小周还准备往下讲,被宪兵队长抓着他的衣领向上猛然一提:"再啰唆老子崩了你!说,腿上为什么有那么多伤疤?"

"长官,这您就不知道了,为做这些竹器,俺得用篾刀、锯子、凿子还有度篾齿,把又长又粗的青竹砍、锯、切、剖、拉、撬、编、织、削、磨,之后经过起底、编织和锁口三道工序才行啊。在这个过程中最容易受伤的是什么部位?就是小腿啊!因为俺手里拿着工具,脚踩在地上,只有小腿露在外边,离编织的东西靠得最近……"小周如数家珍,嘴里嘟嘟不停。

听完小周的话,宪兵队长半信半疑,不知如何是好。

"石头,前年茅山一个茶场订三百个采茶的背篓,要咱们四五天时间赶出来，爹和咱弟兄俩一起不分白天黑夜地赶活，你小腿上被凿子抢去了两块肉，俺小腿上也被篾刀砍了两公分的口子，难道你忘记了吗？"赵家祺朝小周使劲喊道。

"哪能忘记！爹剖的又尖又细的篾丝头不也扎在他的小腿上，流了一大摊血吗……"小周附和道。

赵家祺与小周的一唱一和，让宪兵队长一时不知所措。停顿片刻，宪兵队长手指赵家祺朝身边的一名士兵说："去查查他的小腿！"

士兵正要俯身检查，赵家祺已主动把自己的裤管卷起。士兵扫了一眼后，扭头回去报告。

"队长，他的腿与这小子的一模一样。"

宪兵队长眨了眨眼，无奈地朝小周摆了摆手："滚，快滚回去编你的竹器去吧！"

原来，当宪兵队长让小周卷起裤管时，赵家祺就明白了狡猾的宪兵队长的意图。篾匠家庭出身的赵家祺刚才向小周打的手势，是他在部队教小周编竹器时常用的一个手法。小周看到赵家祺的手势后，立刻就明白自己下一步该如何对付宪兵队长了。跟着赵家祺这几年，小周基本上能够独自编织部队所需的蒸笼、淘米筐、竹篮、竹席等篾器，自然也对编织的手法和程序稔熟于心。

看到小周过了出站口，赵家祺的心里的一块石头才放下。二人随着比肩接踵的人潮来到了站前广场。站前广场上，当兵的最多，大小军车排得一眼看不到头，维持秩序的军警三五成群，不时对出站人员进行搜身盘问。

走出广场的人们星散而去，奔向城市的各个角落。不大一会儿工夫，乌压压的人群便被这座紧邻长江的千年古城吞没了。

转眼间，新的一波人流又涌了出来。

按照临行前董参谋的交代，赵家祺和小周来到了车站对面一家裁缝店门口。正当两人四下打量之时，隔壁一间茶馆里走出的一位身穿短袖衫的中年人，径直朝他们走来。

离二人还有四五米，中年人就扬了扬手，笑着打招呼："赵老板，一路鞍马劳顿，辛苦辛苦！饿坏了吧？我姓王，在此等候你们多时了，掌柜的在店里准备好了板鸭、老鹅，还有几瓶封缸黄酒，正恭候二位呢！"

赵家祺停下脚步，笑着回答："正是我们喜欢的下酒菜，不过两个菜少了点，不知有没有六合猪头肉和桥头排骨，外加一碗热气腾腾的鸭血粉丝汤？"

"有，有，四菜一汤一酒，早已备齐！"自称老王的中年人爽快地说道。

暗号对上了。

老王一把接过赵家祺手中的行李，招呼两辆黄包车来到跟前，三人分乘两辆车，离开了站前广场。

路途当中，赵家祺看到黄包车夫时快时慢，边拉车边不动声色地观察着四周。"真是块做地下工作的好材料！"赵家祺在心底默默地称赞。

左绕右拐来到一座宅院门前，三个人下了车。赵家祺抬头一看，精致却不失厚重的门楣上是十分醒目的四个烫金大字"丰顺货行"。一行人穿过前厅，绕过屏风来到后院，偌大的后院进深有二十来米。赵家祺心里掂量了一下，这座老宅，必定住着一个家境殷实的大户人家。院内两侧奇石错落有致，奇石之间十几丛名贵花草树木，绿得冒黑，蓝得透紫。看到此等摆设，赵家祺确定主人一定有着多年的经商经验，走南闯北，见多识广。屋檐滴漏下方，一条窄窄的石砌暗沟里，清水潺潺，群鱼畅游，整个院子打扫得整洁清爽，方寸间显露出主人内心的清静、雅致和沉稳。

第三章

正当赵家祺站在院内四处打量之时，一个人从正门向自己走来。此人年纪看上去四十开外，西式装束，离老远声音就传了过来："家祺同志，辛苦了，欢迎你们！来，里屋坐，先吃点东西。"赵家祺二人被迎进门厅，厅内的桌子上已经摆好了早餐。

几人刚一落座，接站的老王就介绍说："赵家祺同志，这是我们南京市委副书记乔建林，我是联络员王心平。这家的老板姓方，去皖南进货还没回来，这里是江南和江北的联络站。乔书记大部分时间在南京城内，今天你们来，考虑到这两天局势比较紧，所以赶到浦口来，下一步的工作计划大家在这里先沟通一下。"

赵家祺和小周立刻起身，分别和乔书记握了握手。

"赵部长，一路辛苦了！我代表中共南京市委陈修良书记欢迎你们！"

"谢谢陈书记，谢谢你们，今后我们在一起工作，还得多多依靠南京市委同志们的帮助！"赵家祺诚恳地说道。

"一家人不说两家话！我们一定配合好你们完成组织上交给的任务。"乔书记说完，急忙招呼大家先吃早饭。

"真香，好多年没有吃到甜汤、红香芋和糍粑了！"赵家祺情不自禁地说道。

两人吃饭的过程中，乔书记对情况做了介绍："最近国民党国防部二厅下达了命令，清理市区内的所有可疑人员。保密局到处抓人，这几天过江的人员除了国民党军警和政府人员外，都受到了严格的盘查，为避免不必要的麻烦，今天你们先不要过江，明天看情况再说。还有，你们接下来几天有什么安排？"

赵家祺边吃边说："乔书记，时间太紧了，在部队时首长已对工作做了大体上的交代，过一段时间我可能要到苏北一趟，华野首长要做具体工作指示。我多年没回来了，想先回金坛老家儒林一趟，摸清现在还有哪些亲戚和同学在国民党政府和军队里工作，把这些关系疏通好并利用起来。除了原有的关系，我们这次回来，还想多打通一些新的渠道，必要时还要联络和争取南京政府里面的有关人员。我们初来乍到，还得多靠你们支持！"乔书记放下手中的茶杯，说："华东局指示我们一定要协助你们做好相关工作，市委陈修良书记安排我今后与你们对接。你想先回金坛老家一趟，我完全理解，回家探亲的事我马上就去安排。你刚才说得对，我们也可以理出一些政府里的关系，你们只要提出要求，我们一定全力配合。今后，老王、小李和小齐的主要工作就是协助你们，他们对军政部门的位置和市内的道路都很熟。当然，遇到大任务时，南京市委的其他同志也会配合你们。"

"我们初来乍到，各种情况不明，今后少不了麻烦同志们。"赵家祺感慨地说道。

"好了，你又客气了。"乔书记笑着回答。

吃过早饭，赵家祺放下碗筷，坐到乔书记旁边，两人促膝而谈，对这次任务进行了深入的交流。

"东北已打了起来，徐州的形势也很紧张，国共双方都在调兵遣将，预计很快就有硬仗、大仗要打。中央和毛主席对国内下一步的形势发展做了明确指示，国共之间的战争估计还要一两年时间，但打过长江是早晚的事，解放军是一定要解放全中国的。我们来主要是了解国民党部队的长江防卫情况，为我军顺利渡江做好前期准备，部队上还会陆续派遣人员来江南。"

听完赵家祺的话，乔书记接着说："大的计划华东局和你们谈，具体工作我们南京市委鼎力配合。但你们思想上要有所准备，长江上的情况很糟糕，

渡江

江北不管是民船还是货船，都被国民党军队强行拖到了南岸，江上只有极少的船只，随时都会遭到突击检查，稍显可疑，不是被抓就是被枪炮击沉。"

老王转身问乔书记："赵部长他们怎么过江？"乔书记笑了一下，回应说："不着急，今天你们就安心在这里休息。老王，你抽空多给赵部长介绍一下这里的情况。我出去一趟，看看明天能不能走，晚上我会再来。"乔书记站起身和二人打了个招呼，喊来西屋内一个精干的小伙子，一起朝南屋门厅走去。

老王从里间拿出一张地图，三人围着地图指指划划。赵家祺看着地图，也在搜索着过去的记忆，从地图和老王的介绍中得知，南京城区大小没多大变化，街道基本上和他在南京上学时差不多，只是几个城门在日军攻占南京时遭到了毁坏，同时被毁的还有几座大的建筑。

赵家祺询问，老王回答，小周在旁边做着记录，用一堆外人看不懂的符号。午饭端上来时，三人仍在地图旁指指点点，言犹未尽。一上午的探讨和研究，再加上过去的记忆，赵家祺心里已对南京城区恢复了七八成的印象。马上就要在南京工作和战斗了，赵家祺心潮澎湃，同时，内心还有些许不安："下一步从哪里着手？会遇到哪些问题？任务能否顺利完成？"一系列的担忧让赵家祺如坐针毡，他在房间里踱来踱去，整理着思路。整整一个下午，赵家祺没有丝毫倦意。

南京的九月，昼长夜短，仍然挟着夏日热浪的余威，过了七点，屋外的天色才渐渐暗下来。晚饭后，三个人在院里闲聊，兴致正浓时，乔书记来了，身后还跟着一个人。乔书记指着他身旁的人介绍说："这位叫陈镇平，在水文局工作，负责沿江的水文考察和记录，也是我们的同志。镇平是下关人，对下关一带很熟。"

赵家祺和陈镇平握了握手，听乔书记作进一步介绍："明天坐轮渡估计不行，正好镇平同志明天有每周一次的例行巡查，他安排你们过江，但巡逻船只能到龙潭，你们从那里上岸。上岸后，金坛县委的同志们会安排好交通工具接你们。"

陈镇平抱了抱拳，对赵家祺说道："明早七点我来接你们，七点半我们上船。到达龙潭后，我和港口的冯队长打个招呼，你们从小通道上岸。另外，只能随身携带小物件，大的行李箱交给我就行，其他没什么问题，都安排好了。"

"非常感谢您和乔书记。过江后我大概出去两天，事情办妥后我即和你们联系。"

几个人你一言我一语地谈到很晚，大家又把工作的细节反反复复理了好几遍，才各自散去。赵家祺和小周回屋休息。

赵家祺结结实实地睡了一夜，老王敲门时，他还在做着梦，梦中全是家人的音容笑貌和南京上学时的点点滴滴。"故人入我梦，明我长相忆。"醒来后的赵家祺忽然想到杜甫的这句诗，内心感慨万分。

起床洗漱完毕，二人简单地吃了早餐，稍微整理一下行李，就在院里踱来踱去，等待陈镇平的到来。

七点还差几分钟，陈镇平穿堂来到了院里。看到院里的赵家祺二人精神饱满，便招呼道："我这边安排好了。看你昨晚很疲惫，现在应该缓过劲来了吧？"

"睡得不错，如果老王不叫一声，我们还在床上呢。"赵家祺冲小周摆一下手，小周就走进大厅，拎一个不大的手提包走了出来。三人出了丰顺货行的大门，已有两辆人力车等在门口，上了车，直奔浦口码头，从码头左侧的偏门进去，下去不到五十米就登上了巡逻船。船上坐着五六个人，个个身着藏青色的制服，看样子，都是些循规蹈矩的职员，大家互相之间没有言语交流。

七点半，船准时解锚出发。

赵家祺坐在船头，江风迎面吹来，凉意袭人，浑浊的江水拍打着船头，不时有水滴溅到身上。赵家祺还是第一次在长江上坐船行驶，此时的江面上船只寥寥，隐约能看到美英军舰停泊在江的南岸，国民党的炮艇来往穿梭，激起的江浪让水文测量船摇摆不定。江北岸，高矮不一的芦苇一丛丛一簇簇，看不到一个人一条船。赵家祺看在眼里，心里暗暗嘀咕："国民党已经开始做准备了，江北的船只已被全部收缴，江南的岸边人头攒动，全是在加紧修筑防务工事的军人，这些新筑的防御工事未来将会加大渡江难度，摸清南岸布防的详细情况正是这次任务的难点。"

水文测量船顺水而下，等到船只靠岸时赵家祺瞟了一眼手表，三十七分钟。陈镇平跳下船，冲着三个警察当中的一个人喊了一声："冯队长，早啊，这两位是丰顺方老板的客户，今天到汤山验货，回头还从这里上船。""没问题，上来吧！老陈啊，上次方老板带的瓷器不错，老婆很喜欢，没想到小舅子非得拿走，这下搞的，家里又没了。你看看方老板方便时能不能再搞一套，该付钱付钱！"那个叫冯队长的迎了上来。

"看你说的啥话，谈钱外气，回头我和老方讲一声，小事一桩。"

"谢谢啊，有事儿说话。"冯队长闪出了一个道儿。

和陈镇平握手告别，二人出了港口。港口外不远处，一辆汽车停在那里。

"请问是赵先生吗？我们是金坛县中韩大受校长的学生，他让我们在这里等您！"汽车上走下两名年轻人，其中一个戴眼镜的上前问道。

"我就是！韩先生还好吗？"赵家祺回答。

"还好，就是老胃病常犯。他今天中午在家里准备好了您最爱吃的鸭饺和水芹，对了，还有可口的鸭汤馄饨和筋道的炒粉团呢！"

"好！谢谢韩先生。"

暗号准确无误。

赵家祺和小周上了车，向金坛方向奔去。

第四章

中午时分，赵家祺和小周赶到了儒林。

赵家祺站在儒林镇入口，心潮激荡，感慨万千。

化了装的他顺着青石板小路远远地朝东街家门口望去，街两边熟悉的店铺和房屋映入眼帘。赵家祺一步一挪地朝前走着，他此时的心情正应了宋之问的名句"近乡情更怯，不敢问来人"，离家越近，他心里越发慌张，一边走一边不时朝两边张望。到了家门口，他没有直接进去，而是停下了脚步，"家里人都还好吗？自己突然回来，家里人不会被惊着吧？"赵家祺的心怦怦直跳，驻足了很长时间，才鼓起勇气轻轻地推开门，问了一句：

"家里有人吗？"

"谁啊？"熟悉的、温暖的、日思夜想的声音传了出来。是母亲！赵家祺的眼泪夺眶而出，赶紧回应："是我，娘。"

敞开的门里走出来一个老人，身边跟着一个六七岁的小男孩，眼前的母亲虽然还不到六十岁，但苍老得让赵家祺感到陌生和心疼。由于迎着光，母亲眯起双眼打量着眼前站立的人。

"娘，我是家祺，是老二啊！"

"真……真是家祺？"

说完，老人的身体忽然摇晃起来。家祺一步跨到母亲面前，扶住了她渐软的身体，左手却被母亲一把抓住。这个早已不相信儿子还活着的老人仔细端详着眼前的年轻人，老泪纵横，嘴里一遍一遍地念叨着："是家祺！是家祺!"

大惊大喜之后,母亲回头冲屋里激动地喊道:"他爹,家祺回来了,家祺回来了呀!"

父亲缓慢地走出门,应该说是挪出门的,旁边一位三十不到的年轻村妇扶着他。赵家祺赶紧把门口的一个板凳搬到母亲身旁,扶着父亲坐了下来。母亲用衣袖帮老泪纵横的父亲擦拭眼泪,劝慰说:"儿子回来了,应该高兴才对,你怎么还掉泪了呢!"

"爹……我是家祺,我回来啦!"

父亲颤抖地看着家祺,却说不出一句话来。

"爹,十多年不见,您老多了。还干老行当吗?"

母亲接过话:"你走之后,没过多长时间,南京来了几个人,把你爹抓走了。我们求爷爷告奶奶,托了不少关系,总算把你爹给捞了回来,回来时嗓子就说不上话了。"

"小颖,这是你哥,家林的哥哥,你去屋里搬两个凳子来,再倒点水。"母亲招呼旁边的年轻村妇说。

这个叫小颖的整洁利落的女子是赵家祺的弟媳妇。

不大会儿工夫,小桌、椅子摆到了院里,几个人围着桌子坐了下来。母亲的双手始终拉着失而复得的儿子,满脸欢喜地上上下下一直打量着。

赵家祺一把搂过藏在母亲身后的小孩,笑着说:"娘,这是家林的孩子吧,几岁啦?"

母亲用手抚摸着孩子的脑袋说:"小宝,叫伯伯。"孩子轻声叫了"伯伯",怯怯地挣脱赵家祺,跑到了自己母亲身边。

"娘,这些年过得怎样,爷爷奶奶呢?"

院子里的气氛一下子凝重起来,赵家祺立刻有了一种不好的预感。母亲看了一眼父亲,过了好一阵子才告诉赵家祺:"你是民国二十五年年底不见的吧?第二年更是兵荒马乱的,日本兵打到镇江时,大家四处跑反。你爷爷有一次半夜跑反时摔到了沟里,大腿摔断了,没两天就走了。不到半年,你奶奶也跟着走了,走之前还在念叨着你。你也是作孽啊,到哪去也不给家里捎个信,你爹本就担惊受怕,再加上牢里那么一折腾,就不能说话了。"

母亲的一番话,说得赵家祺心如刀扎一般,他的眼中噙着泪水,内心愧疚不已,刚想向母亲解释,母亲又接着刚才的话说了下去:"没有你的音讯之后,有个叫李诗蓝的姑娘来家里找过你两次,说是你的大学同学。这个姑娘好像是句容人，在这里得不到你的消息，以后就没再来过。另外南京还来过一个不知什么人，来过几次，后来也看不到了。日本人打过来后，家里就再也没有来过什么人了。家林前几年结的婚，小宝有六岁了，这几年多亏小颖里里外外地张罗打理，才把日子又过起来。家林到集上卖点东西，这会儿也该回来了。"

"小颖，你多做点饭，再炒两个鸡蛋，你哥他们俩也没吃饭呢。我出门打点米酒，一家人热热闹闹吃顿饭。"说完，母亲就要站起身，被赵家祺拦住了："娘，您坐，让小周去吧，来时我们看到了镇上有家小店。"

"只顾我们自己说话了，都忘记招呼你这位朋友了。"母亲一脸歉意。

小周急忙站起，把老人家劝坐下了，说道："大娘，您坐，这么多年不见，您和我们赵老板多说说话，我去去就来。"小周笑着转身出门了。

母亲一脸急切，跟着打听说："家祺啊，这么多年你干啥去了啊？在外面苦不苦？如果不好过，就回来吧！好赖家里有你一碗饭，只要我们有手有脚就饿不死。"

赵家祺把椅子往母亲面前挪了挪，劝慰说："还好，儿子年轻时不懂事，害您二老操心了，让您这么多年一直担惊受怕。日本人打到南京的前一年，学校发生了很多事，我们学生年轻气盛，就做做抗日宣传，但政府不理解，要抓我们，没办法只能跑了。跑就跑得远远的，开始到南边码头干些苦力，后来条件好了，就倒卖一些日常用的货物，这几年南方生意不好做，就到了东北和朋友一起搞些皮货山货买卖，现在东北要打大仗，生意也做不下去了，就回到老家来，看看做些什么生意。这次，我不走了，就陪着爹娘，把日子过好点。"

"其实这么多年，我写过几封信回来，老接不到回信，再加上我一直也没有固定的地方，只想着一有时间就回来看你们，你们不知道，生意上的很多事我自己也做不了主，所以一直不得空，望爹娘谅解。"一番话后，赵家祺能感受到父母的表情慢慢地轻松了下来，自己内心也得到少许的宽慰。

听完儿子的话，母亲拍了一下腿，长长地叹出一口气："这下我和你爹就放心了，家林也有个哥可以照应着他了。能平平安安就好，平平安安就好，你们坐着，我帮小颖做饭去。"

院里只剩下父子二人，老父亲嘴一直嚅动着想要说些什么。赵家祺在父亲身边蹲了下来，手扶着父亲的膝盖，宽慰父亲说："爹，您放心，这次我不再走了，多陪陪您！虽然我不能天天在家，但我会经常回来的，需要什么尽管说。"父亲摆了摆手，脸上一直挂着笑。

"娘，我回来了。老婆，饭做好了吗？饿死我了。"一串洪亮而又熟悉的声音硬实实地从门外灌了进来，随之，一阵风般撞进来一个人，看到院里来了生人，他一脸错愕地愣在那里。赵家祺起身，急忙招呼道："家林，我是你大哥啊！"

家林扔下肩上的扁担和麻绳，冲了过来，高兴得像个孩子，一下子抱住了赵家祺："真是大哥，真是大哥，没想到你还活着啊！"

"家林，你这叫什么话，你不盼大哥好啊？"母亲的责骂声从窗口传出。

"嘿嘿，回来就好，回来就好，爹娘天天念叨你，这下好了！小颖，饭好了吗？大哥回来了一定要有酒，我去打点酒。"

小颖在门口招呼了一声："你别去了，大哥的朋友已经去了，我还担心他找不到地方呢。"

弟兄两个挨着父亲坐了下来。赵家祺眼前的弟弟，皮肤黝黑但结实英俊，一看就是爽朗豁达之人。弟弟家林眼中的哥哥，稳重中透露出坚毅，匀称的身材显得魁梧干练。赵家祺的归来给屋内屋外带来一派喜气，父亲满足地眯着双眼，母亲和弟媳在厨房忙碌，饭菜的香气从门窗飘出，小宝跑前跑后帮着整理碗碟和筷子，小院内充满了祥和与欢乐。赵家祺享受着眼前的一切，满心都是喜悦，过往的苦难和伤痛似乎都烟消云散了。

在饭菜快准备停当的时候，小周拎着大包小包走了进来，边往桌上摆放东西边解释："我买了黄酒和几样卤菜，这些点心和糕点给老人和孩子，还买了一些油盐家里留着用。"家林和小周打过招呼，就安排大家坐了下来。难得的团聚，其乐融融。赵家祺夹了一大块牛肉给小宝，小宝一把夺过去，赶紧躲到妈妈身后美滋滋地大嚼起来。

弟弟家林给每人倒满一碗米酒，看着大哥。赵家祺心领神会地站了起来，端着酒走到父母面前，说道："这第一碗酒，先敬爹娘。儿子不孝，让二老受苦了，这是给二老的赔罪酒。"父亲颤颤巍巍地端起碗一饮而尽，母亲高兴地抹着眼泪抿了一口。

赵家祺又走到家林和小颖面前，端着酒说："这碗酒敬家林和小颖，堂前尽孝，本该我这个当大哥的做的，让你们代劳了，大哥敬你们。"家林和小颖站了起来，小颖略显羞涩，宽慰家祺说："大哥，都是自家人，你别这么说。你在外吃的苦更多，家里就一些家务事，累不着人。"家林摆摆手，一仰脖喝了个干净，小周立马起身把酒续满。

赵家祺一落座，接着问家林："大姐怎么样？嫁得远不远？过得好吗？"

"别提她了，过得不大好，你大姐连生两个丫头，你姐夫家不满意，所以你姐就遭罪了，家林有时帮衬她点，也让她在家日子顺当些。"母亲接过话说。

"家林，吃过饭你到大姐那里去一下，把他们一家喊来，我们晚上一起在家里吃个团圆饭，好久没见她了。我只记得小时候她会偷偷摸摸地给我吃的，也不知她哪来的那么多东西。"

"行，吃过晚饭后我再送他们回去，虽然路不远，但不好走。"家林应道。

一桌人其乐融融地边吃边聊，不知过了多长时间，家林喝多了回屋躺下了，母亲也要张罗着让赵家祺二人休息。由于多年的野外作战，赵家祺练就了一副结实身板，浓浓的亲情冲淡了疲乏，他和家里人打了声招呼便出了家门，说是和小周到镇上各处看看，实际上是为了商量下一步的工作。

第五章

一望无际的长荡湖，在午后的雾霭中显得苍茫而辽阔，湖面上的大涪山依旧青翠耸立。远眺家乡的大好河山，赵家祺心中不禁感慨。从皖南到苏北，再到东北，所谓"将军百战死，壮士十年归"，不正是自己多年戎马生涯的生动写照。如今能立于长江南岸，为不久将要打响的渡江战役贡献力量，也总算不负多年的奋斗了。

赵家祺二人在长荡湖边的小道上走着，商议着下一步的思路和计划，山雨欲来风满楼的紧迫感一直让两人的神经紧绷。对于这次任务涉及的联系人、住宿地点、枪支弹药、联系工具、情报收集与传递、组建队伍等事项，必须尽快理出个头绪来，不能等也不能靠别人，必须走好每一步、安排好每一个环节。不同于以往，此次任务不是在战场的前沿阵地，而是在敌人的老巢里，必须时时处处谨慎细心，工作的成败也将会对整个渡江战役产生重大影响。工作细致一点，战友的伤亡就会减少一点；考虑周全一点，战役的胜算就会增大一点。每一步的成功，都是赢得最后胜利的奠基石，事事不可大意。两人交流着、思考着，详尽的思路在心中一笔一画地逐渐清晰起来。

田间的稻穗已是青里透黄，小径两旁的杂草也显出衰败的迹象，微风吹在两个人身上，让他们感到一丝丝的凉意……

夕阳西下时，二人回到了家里，离老远就能听到院子里闹哄哄的，等他们踏入大门时，院子里立刻安静下来。赵家祺首先看到了手里拿着扫帚的大姐，立马走上前去，紧紧地拉着大姐的手，感慨万分："大姐，多少年了，你还是我印象中的样子！"腼腆的大姐猛然看到多年不见的弟弟，眼泪"唰"地流了下来，她扭头喊着两个丫头："蒙蒙、玉玉，过来喊大舅。"院子里正在玩耍的两个小姑娘，怯生生地走到赵家祺面前，喊了声"大舅"。赵家祺摸了一下两个孩子的脑袋，问大姐："姐夫呢？"其实，姐夫已站在赵家祺的身边，大姐把这个中年汉子一把拽过来，笑着介绍："唉，这个就是，你一进来，他就打招呼了，你没在意，只顾和我说话了。"赵家祺赶快转过身来，拉住了姐夫的手，一边握手一边道歉："姐夫，对不起，我是家祺，没见过面，过去家里事多劳你费心了，谢谢你。"一连串真诚的话语说得姐夫万中良不好意思起来，连忙说道："别，别这样，一家人不说外话，家林下午捎信来，真让大家吃了一惊。晚上到我们那里住吧，这里有点小，这么多年啊，你姐也不知念叨你多少回了，虽然之前没见过你，但今天一看，就知道你是干大事的人。"

这顿团圆饭来之不易，十几年了，家里从来没有这么热闹过。弟弟家林买来了镇上最有名的汤墅羊糕，准备了长荡湖螃蟹、鳜鱼、痴鲇呆子等好几种湖鲜。满满的一桌菜让三个孩子兴奋不已，不大的屋子里回荡着欢声笑语。摇曳的灯光下，赵家祺享受着久违的乡音和亲情。这样的场景，在他的梦里已经不知萦绕了多少回。他斟了满满一杯酒，站起来说："爹娘、大姐、姐夫、家林和小颖，还有几个孩子，我在外多年，无以为报，今天借这个酒敬大家，小周，我们一起喝下这杯酒，庆祝今天的团聚。"

"这么多年一直在外，音信全无，这是我的过错。好在家里一切都还好，我自己过得也还不错，不用大家为我担心。日子也该稳定了，这次回来，我就不走了，亏欠家里的，我尽可能一点一点地补回来，我得为二老好好尽尽孝。虽然我不能每天都在家里，但是有啥事，只要一句话，我随时回来，毕竟就在南京，路程不远。"听到大哥充满歉意的话，弟弟家林心里有些说不出的感触，善解人意的他赶快站起来圆场："哥，你能回来，爹娘很开心，大姐和我也高兴，家里事你不用操心，你该干啥干啥，有时间回来看看就行。"

弟弟的话让赵家祺心里踏实了很多，他看了一下身旁的小周。小周会意地站起身，拎过皮箱，从中取出一个袋子递给了赵家祺。赵家祺边解扣边解释说："这次回来太过匆忙，也没买什么东西，东北有不少好东西，一路上，查得紧，也不好带，没办法，只能带点钱。这些钱一部分给家林，给两位老人买点东西，一些给大姐，贴补一下家用，只要你们过得好，我就没有后顾之忧了。大家都收下，不要推辞了。"说完，赵家祺把钱分别放到了家林和大姐的面前。家林和大姐怎么也不肯接受。

在大姐、家林不断相持的时候，母亲发话了："家祺的心思我懂，你们不要推辞了，这钱大丫头拿一些，家林留一点，还有一点我留着。家祺这次回来，是一个人回来的，我留点是为他娶媳妇盖房子用的，你们不会有意见吧？"一句话引得大家一阵大笑。赵家祺赶紧起身说道："娘，这个钱是给您的，娶媳妇的事后面再说，我还挣着钱呢。家林媳妇都是自己娶回来的，哥哥不能比弟弟差吧？！"说得坐在旁边的小颖脸红了起来。

小周赶快摆了摆手，说："大娘，您别担心我们赵老板了，看上他的姑娘多了去了，没准儿明天就带回一个来给您看看。"谁也没想到母亲立马接了一句："你说这话我信，依我看呀，那个叫李诗蓝的姑娘就不错。"

母亲的话让赵家祺一愣神，他脑海里不由得浮现出李诗蓝那温文尔雅、亭亭玉立的形象来。学生时代的李诗蓝就像校园里快乐的小鹿，天天活跃在各种社团里。当时赵家祺虽然没有儿女情长的想法，但李诗蓝的热情奔放，让他至今无法忘怀。在金陵大学的社团活动中，赵家祺和李诗蓝经常遇到，但一直只是点头之交，直到在一次新年联欢舞会上两人才真正走近对方。那次的舞会刚结束，一名南京副市长的公子口叼烟卷，带着几个同伴醉醺醺地赶到了，非要与正欲起身离开的李诗蓝跳舞，被李诗蓝严词拒绝。态度蛮横的副市长公子便招呼同伴强行把李诗蓝拉进舞场，参加舞会的学生慑于其淫威，都不敢出面制止。赵家祺拨开众人站了出来，说跳舞是风雅之事，须双方同意，不能强求。李诗蓝才得以解脱，但副市长公子和同伴则不依不饶地围攻起赵家祺来，将他打得满脸是血……

"家祺，我说的那个姑娘行不行啊？"母亲的问话，惊醒了沉浸在回忆中的赵家祺。

赵家祺无奈地笑了笑。

李诗蓝是他心里多年的眠思梦想，只是现实没给他时间和机会而已。"诗蓝，你现在在哪里？过得怎么样？"在他的心中，曾经幻想过多种可能，一别多年，或许人家也同自己一样，仍然孑然一身，亦或早已嫁为人妇，甚至已为人母。每次想到最后，赵家祺都会以一句话终止自己的思绪："时间是治疗心灵伤痛的良药，就让一切像风一样随时间而去吧！"

久违的欢乐，难得的团圆，赵家祺终于有机会用装满亲情的美酒浇融块垒，把酒尽欢不易，久别团聚更显珍贵。就这么一杯杯地喝着酒，不知不觉中已至深夜……这一夜，赵家祺美美地睡了一个安稳觉……

第二天清早，赵家祺和小周悄悄出了儒林镇，返回南京城后直奔和乔书记约定的地点——南京城太平路南头的沁香苑饭店，这里也是赵家祺二人入住之处。

回到久别重逢的南京城，赵家祺感到一切都是那么的亲切。不宽的太平路两旁，各色店铺招牌林立，热闹非凡，各种吆喝声此伏彼起；高大的梧桐树遮天蔽日，枝叶在风中轻轻摇曳，发出沙沙的响声……当年上学时，赵家祺经常经过这条路，这也是他从学校去夫子庙的必经之路，尽管道路两边的店铺变化不小，但绝大部分建筑依旧，街上的人依然是衣着简朴、步履匆匆。

远远就看到沁香苑饭店，烫金门牌在响午的阳光下显得格外扎眼，二人刚踏进门厅，门口的伙计立马热情地迎了上来，大声地招呼："先生，您好，是住宿还是吃饭？"

"住宿，楼上209房间。"小周应道。

"好嘞！两位请！"伙计随手接过了皮包，将二人引上了二楼，左转右拐来到了顶头的一间房，打开房门，鞠躬说道，"二位休息，有需要请招呼一声。"随即退出了房间。

这是一套两室的大房间，里间两张床，中间置一屏风，外间用作招待来客，一张方桌，围着四把椅子。靠墙还有两把深褐色的座椅，古香古色，一看就知道有点年头，正面靠墙的条几上放着纸张、笔墨、水壶、点心等常用品。条几的下面，摆放着两个大的行李箱，这是赵家祺和小周的行李。能看出，乔书记是心思缜密、行事周全之人，一切都安排得妥妥当当。

两人换了便装，稍事休息。时间临近中午，小周下楼要了两个菜，二人快速地吃完了午饭。由于离约定时间还有一会儿，赵家祺坐在桌旁仔细梳理着下一步的计划，小周随即下楼，一是熟悉饭店周围情况，二是做好警戒工作。

第六章

下午三点刚过，响起了三短两长的敲门声，赵家祺起身打开房门，乔书记、老王和两个年轻人站在门外。乔书记边与赵家祺握手，边关切地问道："赵老板休息得可好？家里人都见到了吧？"

"很好，家里人都不错，我们中午才赶回来的，谢谢乔主任的招待。"乔书记的掩护身份是南京市水文局办公室主任。

小周在店外老远处看到乔书记一行进入饭店,并没有跟上去,而是盯紧路面上的每一个过往行人,凭着一身武艺和多年的警卫工作经验,任何风吹草动都逃不过他的双眼。

乔书记示意身边的年轻人关上门,之后轻声说道:"根据你提供的名字,这两天我们只核对上了两个人:一个是张铭宇,现在是国防部四厅的中校处长;一个是李诗蓝,在电信局联络处工作,这个部门现在已被保密局实际控制。你说的宗兴国,据说之前在政府物资协调处,后来不知什么原因被开除了,现在具体去向没人知道。"

这时,老王补充说:"如果你想了解更多情况,可以从同学身上寻找突破口。我们打听到了张铭宇的联系方式。李诗蓝那儿属保密单位,监控很严,联系方式暂时还没查到。"

"老王说得对。我约一下张铭宇就行了。四厅是干什么的?"

"国防部四厅主要负责军用物资采购调配,每个处都有具体分工,怎么分的我们还不清楚。时间紧,我们也是通过政府部门的几位朋友打听到的,听说张铭宇混得还不错,饭局多得应接不暇。"

老王介绍时,处事谨慎的乔书记提了个醒:"家祺同志,张铭宇可以接触,但一定要把控好节奏。据我们了解,这个人很活络,他所在的部门油水大,接触的人员也比较复杂,你们这么多年未见面,先摸摸他的底细,再一步步地深入下去。"

乔书记指着身边的两个年轻人,介绍说:"这是李世新,这是齐岩风。他们两个在码头干过,又拉过黄包车,手脚快,脑瓜灵,今后主要配合你们工作,他们的公开身份还是丰顺货行的伙计。在组织内部,老王是他们两个的直接上级;另外,方老板和我是多年的至交,货行很多的货都是我们帮助运送的,人很可靠,你尽管放心。我感觉最近南京、镇江和扬州这一段,风声很紧,不管是在国民党党军队还是政府里面,都抓了不少人,保密局的便衣经常到处乱窜,谨慎为好。"

"好的,这一点乔书记提醒得好。部队调我来这里工作,主要有这么几个目的:一是了解江南江北的船只,包括军用、政府公务使用及民用船只的具体数量,以及部署情况;二是摸清楚国民党部队近期及今后一个时期的部署情况;三是在南京及周边的国民党军队和政府中发展我们的组织,为将来渡江提供便利和信息,减少我军伤亡;四是联络和组建我们在江南的武装,做好南北呼应，为我军渡江扫除障碍；最后一个是摸清敌特武装情况，我军占领南京后，国民党几个特务组织一定会潜伏下来一部分人，制造混乱，因此要及时掌握这方面的情况，定点清除这部分特务。"

"太好了！太好了！"小李和小齐二人激动得几乎要跳起来，冲着赵家祺急切地问，"解放军啥时候能打过来呀？"

"莫心急！"赵家祺笑着朝他们按了按手。

"能不急吗？我们在这里活得太窝囊啦，天天受欺负！"小李说。

"应该很快，我刚从东北过来，那边的战事已经开始了，徐州那边估计很快也要进行一场大战，国民党祸害老百姓的日子不会很长了。"

赵家祺的一番话说得屋内所有人热血沸腾。

大家就后面的工作计划做了深入的沟通，并对每一个细节都进行了推敲完善。虽然大家交谈时尽量压低声音，房间内气氛还是很热烈，大家都有一种抑制不住的兴奋。谈话一直持续到傍晚时分。

"小周，晚上我们去夫子庙吃小吃去。"

"好嘞，赵老板，刚才我看见了几个门面，很热闹，没敢进去，不知道咋吃，怕人家笑话。"小周笑呵呵地收拾完，跑到了赵家祺身旁。赵家祺一挥手："走！我在这儿待过近两年，晓得！"两人锁好房门，下了楼。

穿过几条街，来到了夫子庙。穿过牌坊，眼前轩朗开阔，屋舍俨然，一切还是原来的模样。这座始于北宋、盛于明清的庙宇屡建屡毁，屡毁屡建，历经千年的沧桑，见证了古都金陵一次又一次的繁华与沉沦，唐代刘禹锡"朱雀桥边野草花，乌衣巷口夕阳斜"的诗句就是对这一带风景的描写。周围的亭台楼阁，小桥流水，古色古香的门脸一如既往，街上各色人等络绎不绝——散兵游勇、穷汉贵妇、小贩暗娼应有尽有，叫卖声、吆喝声、弦歌声还有哭泣声、乞讨声，不绝于耳。

两人来到祥和茶楼门前，正欲入门，突然听到不远处传来打骂声和哀求声，心里不禁一怔。近前一看，一个十七八岁的姑娘，带着一个十岁左右的男孩，从长相和年龄来看应该是姐弟俩，二人衣衫褴褛、面黄肌瘦。两个街头流氓，身子瘦点的正在对男孩拳打脚踢，一边打一边骂："妈的，敢偷老子的东西，还不给老子吐出来！"

小男孩边哭边往姐姐身后躲，姐姐无奈地扑通一声跪倒在地，边哭边哀求着："别打了，别打了，我们过两天还你行吗？"

"过两天，说得轻巧，到哪儿找你们？"另一个满嘴黄牙的胖子奸笑着指着姑娘说:"嘿嘿,要不你留下,跟大爷走,让这个小兔崽子回去凑钱去。"

"干什么的,这么张狂?"小周上前一步挡在小男孩身前,一把扯过小瘦子的衣领,"呼"的一下就将他摔到了地上。

小瘦子从地上"骨碌"一下站了起来,刚想动手,猛然看见眼前气宇轩昂的赵家祺二人,手放了下来。高个儿胖子走到赵家祺面前,上上下下打量了一番,嘀咕道:"你们干什么的,这个闲事你也敢管,也不问问爷是谁?"

"这事我还就管了。"赵家祺大声喝斥道。

小周走到赵家祺面前,请示说:"张参谋,这俩鸟人,和他们废什么话,喊几个人把他们拉出去毙了!妈的,也不睁开狗眼看看,国防部的也敢惹!"

一句话吓得两个地痞面面相觑,杵在原地,呆若木鸡。赵家祺回身问姐弟俩:"怎么回事,不用怕,说说他们为什么打你们。"

姐姐边哭边解释:"我在前面的店里做帮工挣口饭吃,刚下工出来,我们走到他们店门口,不知怎么回事,门口的一个糕点罐子就掉地上了,非说是我们碰掉的!我们正帮他们收拾,他们就开始打我们,还让我们赔四个银元。别说四个,一个我们也赔不起啊。"

赵家祺的脸一下子黑了下来,指着小痞子厉声呵斥:"哟嗬,讹人啊,什么东西值四个大洋啊!你们胆子也太大了,现在还敢在市面上用银元,破坏政府金融秩序,和蒋总裁对着干,看来你们的小命不想要了?!"说完,他拍拍腰间,一脸骄横跋扈的样子。

说完话,赵家祺转身安排小周:"你去把城南警察局丁队长喊来,这两个人违反政府金融政策,先抓起来关上三五个月再说。"

两人一听,知道遇到大爷了,立马跑上前来,边道歉边作揖,一脸谄媚相:"别,别,这位长官,误会啦,您高抬贵手,放小的一马,这事了了。"

"你说了就了啦?要不你们的东西我来赔?方参谋,掏钱!"

小周刚把手伸进裤子口袋,高个子连忙上前按住小周的手,陪着笑说:"别,别,长官别生气,哪敢让你们赔呀,你们走好。"

赵家祺又跟了一句:"把人打成这个样子怎么说,没有个说法吗?"

"有,有,您稍等。"瘦子跑到店里,拿了几盒点心跑到赵家祺面前:"不成敬意,不成敬意。"

赵家祺感觉火候差不多了,便转脸对小瘦子说:"给他们姐弟两个吧。"

"你们两个跟我走吧。"赵家祺朝姐弟二人招了招手,几个人继续朝前走去,隐隐约约听到背后有人叨咕了一句:"现在当官的都牛哄哄的,八成是看上那个小丫头了。"

走到拐角处，赵家祺停下脚步，拿出一些钱递给了姑娘，安慰道："快到药店给弟弟包扎一下吧，他头上和腿上还在流血呢！"姐弟二人感激万分，鞠躬道谢后，急急地离开了。

两个人在夫子庙转了一圈，赵家祺兴致盎然地做起了向导，虽然多年在外，但对这一带的景致仍然如数家珍。天黑下来的时候，二人吃了一些糕团点心，又各要了一碗什锦豆腐脑和鸭血粉丝汤，津津有味地品尝完，方才返回饭店。

第七章

第二天上午九点不到，赵家祺找到一座电话亭，按照乔书记提供的联系方式，拨通了张铭宇办公室的电话。电话中传来一个熟悉的声音："喂，你找谁？"

"我找张铭宇。"

"我就是，你是哪位？"

"我是赵家祺，你大学同学。"

"啊，赵家祺？真的假的？你小子这么多年跑哪去了，现在在哪儿？"从张铭宇连珠炮似的问话中，赵家祺能感受到他的兴奋劲儿，毕竟两个人在同一个宿舍住了将近两年时间，彼此熟悉对方的话音。

同样高兴的赵家祺调侃道："我到南京有一段时间了，在家里陪父母几天，又办了些私事，今天才到城里，外面混不下去了，想到你老兄这里找碗饭吃啊。"

电话里立马传来笑声："你小子神得很，还有你混不下去的时候？！别瞎扯了，晚上我做东，夫子庙绿柳居，六点。你说还想见谁？"

"如果你方便就喊几位老同学，我和他们很长时间没见面了，晚上还是我来请吧！"赵家祺心里有着自己的盘算，想趁机多接触一些人，以便后续工作的开展。

"你这不是胡扯嘛，晚上的事你甭管了！我马上得出门，晚上好好喝两杯，不见不散，挂了啊。"

"好的，晚上见。"赵家祺放下电话走出电话亭，一路上思考着晚上的饭局如何应酬。

渡江

绿柳居位于如诗如画的秦淮河畔桃叶渡，岸边垂柳依依，满目葱茏，因四季绿意盈盈而得名。绿柳居是一座五层小楼，一楼大厅里侧为散座，二楼供应经典小吃，三至五楼为特色包间，经营净素和清真菜肴，以"鲜、嫩、烫、脆、香"五大特色名冠金陵。平日里，达官显贵、富贾阔太如锦鲤过溪般穿梭，使夫子庙两岸本就繁华的景致更显钟鸣鼎食的繁华气象。

六点整，赵家祺和小周走进门厅，经理赶忙上前鞠躬，笑盈盈地招呼道："请问，可有预定？"

"四厅张参谋定的。"

"是张参谋的客人呀，欢迎欢迎，五楼秦淮厅。"经理对身旁的一个服务生说："赶紧带客人上楼，张参谋已经到了，他特别叮嘱我，要尽心招待。"

赵家祺两人随服务生来到五楼，服务生轻敲两下推开了门。整个房间宽敞明亮颇为奢华，屋内的摆件也很有品位。赵家祺稍一迟疑，主座位置上立马站起来一个人，声音洪亮地喊道："哎呀，老同学，赵家祺！"说着三步并作两步迎了上来，一把抱住了他。十多年了，两位同窗相见，分外亲热。张铭宇拉着赵家祺走到最里面，不由分说一把将他按在了主宾座上。小周趁机走到赵家祺面前，放下手中的手提箱，请示说："赵老板，东西放在这里了，我在一楼等。"

"好，你先下去，我今晚和老同学聚聚，多年不见了，得多喝几杯！"

小周对着众人作了个揖，退出去后随手将门轻轻带上。

张铭宇站起身，一把揽过赵家祺的肩膀，热情激昂地介绍起自己的老同学来："这位是赵家祺，我金陵大学的老同学。这小子贼聪明，也没见他怎么学习，成绩就是特别好，学校各种活动样样不落。我们还在一个宿舍，那时他家条件好，我家不行，在学校时我可没少占他的便宜。他这个人脾气直，又大方，宿舍里就我们两个走得最近，后来不知为啥一个招呼没打就没了人影。他要不走，今天绝对是我的上峰。"张铭宇滔滔不绝，能看出他此时内心的激动。介绍完后，他又握住赵家祺的手狠狠地摇晃了一番，方才落座。

"别听他瞎说，什么高材生，只能说是在金陵大学瞎混了两年！那时铭宇和我关系确实不一般，他是豫南人，我家就在金坛，近一点，比他方便一些。说起我半路人跑了，确实是。上大学的第二年，学生运动搞得特别激烈，那时年轻冲动，一心想着打日本鬼子，当时就跟铭宇几个同学经常参加游行与演讲。现在看来，要感谢那时参加的这些活动，让我们把嘴皮子功夫练了出来，现在才能靠这张嘴做点小买卖。"赵家祺说完，张铭宇在旁边附和着点了点头。

"后来不知是谁说我通共,南京有共产党吗?我、铭宇和所有的同学都不知道哪里有共产党。听说警察要来抓我,还要打断我的'狗腿',我怕呀,就跑了,对吧,老同学?"

"是的,那时我们都上街,警察抓了不少人,其实也没啥大事,后来不都放出来了吗。你小子要是不跑,现在我们弟兄们一起在南京多好,你现在在哪儿发财呀?"张铭宇问道。

赵家祺不紧不慢地说:"离开学校之后,没地方去啊,我家原是从江西迁来的,家里做点竹器啥的,我谁也没说跑回老家呆了两年,境况也不好。后来,遇上了几个捣腾山货的东北人,就又跟他们去了东北,倒腾点药材和皮毛,后来接触的人多了,一些小机器、小作坊、加工件啊,都顺带着做点,才有点起色上了道儿。可是好景不长,东北又开始打仗了。这仗一打,我们这些做小买卖的哪能混下去啊?!这不,又跑回来了。今后还要仰仗老同学和各位帮衬着点,混口饭吃。"说完,赵家祺拿起身旁的皮箱,打开,取出一些礼盒,放到了桌上。

"东北有三宝,人参、鹿茸、乌拉草,我也没带什么好东西,这里有人参和鹿茸。在座的每人一份,略表心意。"此时的南京,由于连年战争,物资十分短缺,虽说是些土特产,但在南京还是属于稀罕玩意儿,大家立马起身,纷纷致谢。

自从一落座,赵家祺就看到了一个熟悉的面孔,不过他一直没有多看。这个人不是别人,就是他多年魂牵梦萦、日思夜念的人——李诗蓝。

端起酒杯,张铭宇接着说欢迎词:"谢谢老同学,你的事就是老同学们的事。在南京我们就方便多了,有用到兄弟的地方尽管说。好啦,我来介绍一下在座的几位老同学和老朋友,坐在你旁边的是我的同事赵参谋。赵参谋旁边是王老板,南京江枫机器厂的。王老板旁边是我们处办公室的蒋介明,负责对外协调。我左边的美女是我们的大学同学李诗蓝,现在在电信局工作。诗蓝旁边也是我们的同学,马永献,市警察局刑侦大队长。再过去是我的老乡彭见伟,警备区司令部参谋,这家伙专干坏事,搞人的。"赵家祺一一点头示意,在和李诗蓝目光相触时,双方眼神闪烁,内心都有着些许的异样。

在相互敬酒的间隙,赵家祺问起一个同学的下落:"解晓辉还有联系吗?那小子还欠我两个大头呢,其实他家境比我们在座的都强,那小子天天忙着请漂亮女生吃饭。钱给他了,搞得我半个月吃萝卜咸菜。"

"这小子毕业回到上海工作,太风流,被他爹赶出家门,后来跑到他叔叔厂里干活去了。现在人在常州,今年上半年还来找过我。"

"那你把地址给我,我找他要钱去。"赵家祺开起了玩笑。

"好嘞,连利息一块算,那小子现在有钱,你是得敲他一杠子。"张铭宇朝赵家祺做了个鬼脸。

觥筹交错,酒至半酣,因为酒精的刺激,大家的情绪渐渐高涨。在热烈的气氛中,李诗蓝也浅酌了几口,灯光下更显得面如敷粉,越发妩媚漂亮。推杯换盏之际,李诗蓝不时瞟过来的眼神让赵家祺的心里感到了久违的温馨。多年残酷的战斗生活,赵家祺耳闻目睹的都是流血和牺牲,内心变得坚硬如铁,此番情景,反而使他腼腆羞涩起来,只能被动地应付着敬酒。张铭宇的此次安排,对于赵家祺来说太及时太必要了,大家的心思虽有不同,但睽违已久的同学相聚,着实让每个人十分开心。

不知过了多长时间,也不知喝了多少酒,张铭宇已站立不稳,其他人也大都醉意朦胧。赵家祺拍拍张铭宇的肩膀,小声道:"老同学,差不多了。"

张铭宇醉醺醺地对在座的诸位说:"行吧,咱们今天就到这,你们都给我兄弟留个联系方式吧,往后都要照顾好我的老同学啊!这桌酒是王老板安排的,也谢谢王老板。"

"哎呀,说好我来安排的,还是我来吧。"赵家祺立马站起了身。

张铭宇一把拉住赵家祺,满口酒气地说:"开玩笑,你这不是看不起老同学吗!"稍顿一下,悄悄地朝赵家祺耳语:"兄弟,李诗蓝就由你送了,人家架子大,很难约出来的哟,听说是你小子来,人家神都没愣一下就来了。"说完一脸坏笑地看着李诗蓝。其实,从张铭宇冲着赵家祺耳语时那一脸滑稽的坏笑,李诗蓝就已猜出说话的内容了。

几个爷们儿在前面拉拉扯扯、相拥着下到一楼,李诗蓝默默跟在众人后面。赵家祺在门口和大家一一握手,和张铭宇又紧紧地拥抱了一下。张铭宇叫过李诗蓝说:"李小姐啊,我得马上赶回单位,就让家祺辛苦一下送你吧。"李诗蓝满脸通红地点了点头。大家寒暄告别,赵家祺对早已等在店外的小周说:"你先回去,我陪同学走走,顺便送她回家。"小周应了一声,转身离开了。

二人转过身,朝西走去。路上的行人已显稀少,路边的门面大都关门打烊,秦淮河两岸客栈稀疏寥落的灯光映在水面,影影绰绰地晃动着,路上的青石板透着亮光,凸凸凹凹地向前延伸,似乎永远也没有尽头,富有诗意的浪漫氛围搅动着两个人的心绪。

两个人就这样默默地走着，走了很远，谁都没有开口说一句话，对于分别了十几年且曾经相互爱慕过的人，仿佛一开口脚下的路就会走完，两个人都不知开场白该怎样说出来。赵家祺寻思了半天，终于鼓足勇气先开了口："诗蓝，这么多年，过得还好吗？"

"还行，你呢？"

"一直在外面奔波，有苦有乐，只是居无定所。"赵家祺的回答其实已巧妙解答了对方心中的疑问，只是不知李诗蓝的情况，自感不便直接开口询问。

"噢，你离开学校后，我也不知道是什么原因，去过你家两次，家里人也不知你啥情况，通过其他同学也没打听到你的消息。"

李诗蓝貌似无意的一句"我也不知道是什么原因"让赵家祺的心怦怦地跳起来，他当然知道李诗蓝想表达的意思，可现如今他并不知道面前这个自己心仪已久的女人这些年究竟经历过什么，现在处于什么状态，所以他只能把话题转移到其他地方。

"你父母和你哥你姐怎么样？"

"在我刚毕业的时候，父亲在镇公所发错了一批物资，被诬陷成私吞，给抓了起来，没半年就死在了牢里。哥哥当兵至今没有消息，不知是死是活，我妈妈天天哭，大脑也因此受到了一些刺激。姐姐嫁人后，偶尔回家看看，也帮不了家里什么忙，现在就我陪着老人一起生活。"

"听你这么一说，真不容易啊，工作忙吗？"

"倒不是多忙，只是管得紧，也是最近才这样。我们那里一般人进不去，只有像张铭宇那样有公务的才行。"

李诗蓝又问了一句："你现在还在做你说的生意吗？以后就不走了吗？"

"不走了，我基本上都会在南京，这段时间有生意上的事，会出去几天。以后我们多聚聚，离开这么多年了，经常会想到你，但又没办法联系，这下好啦，机会多了。"赵家祺故作轻松地侧过身，却看到刚才脸上还挂着笑意的李诗蓝显出落寞的样子，惹人怜惜。

"山有木兮木有枝，心悦君兮君不知"，赵家祺强压下内心的冲动，把思绪拉回到现实中来。

李诗蓝住在内桥一个二层楼的民居里，快到楼下的时候，二人停下了脚步。李诗蓝伸出手说："我到家了，我妈妈可能已经睡了，改天再约你来家里玩。谢谢你的礼品，你也早点回去休息吧。"

"行，你也早点休息，我改天再来看伯母，我走了，再见！"

"再见!"

赵家祺回到饭店时已近半夜,洗漱之后,他躺在床上,回顾晚上的饭局,捋清在座人物的特点和职业岗位,深入思考了下一步的工作计划。李诗蓝又一次出现在脑海中,没想到她这些年过得如此不如意,这完全出乎他的预想。从她的谈话中能感受到,她至今仍然孑然一身,也不知这个信息对自己来说是不是好事。上学时的好感,并不能代表什么,毕竟那是十几年前的事了,但赵家祺感觉到,她似乎在等待着什么。而自己又何尝不是?赵家祺也说不明白这种感觉从何而来,也不知道这种感觉会带来什么结果,只能把这一切都交给时间去揭晓。

第八章

第二天上午九点,得月茶楼。

按照约定,赵家祺二人和乔书记、老王等人来到得月茶楼正后里间,这是老王之前侦察过的,隔音效果较好。几个人落座后,赵家祺先对昨晚饭局上的情况做了回顾,梳理出一些有价值的信息,接着提出了下面的工作思路:"首先,我不能在沁香苑饭店长住,不但费用大,而且也不便于对外联络。其次呢,我昨晚琢磨了一晚上,建议还是筹建一个小型机械加工厂,离城不能太近也不能太远,我也可以吃住在厂里,对我来说既有个身份掩护,也能为渡江提供一些急需的机器设备和加工配件。同时,还需要招几个靠得住的、原来干过这一行的人来,大家看行不行?"

老王首先说话:"我和乔书记也考虑了这个问题,正好我们想到一块去了,地点和人员都有了初步的想法,可以选在麒麟门和沧波门附近。这几年通货膨胀,有几个小厂关门了,地方不大,但基本设施齐全,我们稍加改造就行,市面上闲置的机器很多,也比较容易搞到。"

"我补充一点,我们选择的这个地方只能作对外联系用,不能作为我们谈事的地方。以后接头可以让小李、小齐临时通知,他们也可以作为你们的业务员,这样一举两得,后面我们自己人尽可能少去那个地方。"乔书记讲完这番话,大家都点了点头。

赵家祺看了老王一眼,说:"老王,这件事就辛苦你了。我们说干就干,越快越好,这个事办完估计要几天?"

"三五天吧,我多找些人。"老王回答说。

"行，安排妥当你提前跟我说一下，到时我请几个同学，再多联系几个政府、军队的人来捧捧场，造造声势，扩大些影响。另外还有一件事，你让小李到宝华寺去一趟。到宝华寺东深山村找一个叫韩久耕的人，多少年了，也不知他现在是否还在。如找到，我想和他见个面。"

"没问题，我回去就安排小李去。"老王答应道。

几个人把具体的设备清单、交通工具、人员构成等细节梳理了一遍，吃了些点心，就准备各自离去。临出门前，老王递给小周一个包裹，交代说："这里面是你们在南京活动时需要的相关证件，还需要什么，及时告诉我就行。"

大家告别后，小周按照赵家祺的交代，前往公交公司、金属构件厂、浦镇机器厂、下关造船厂等南京几家较大的工厂附近侦探情况，查看这些地方的警备状况、交通路线、工人生活情况等等，为在南京下一步的工作做好前期准备。

身着西装的赵家祺则去了电信局。

小李来到了宝华寺东的深山村，经过多方询问，终于找到了韩久耕的家。韩久耕的家位于村东头。受地势影响，深山村的各家各户都依势而建，错落有致，弯弯曲曲的小路几乎可以连缀起每家每户。偶尔会从院里传出几声狗叫，但几乎听不到有人说话的声音，更没有人出来探个究竟。小李意识到，这个偏僻的小山村，平时很少有人来。

小李来到韩久耕的家门前，轻轻地敲了两下门，没有声音，再敲两下，从院内的屋里传来回应声："谁啊？进来吧。"

推开院门，小李来到院子当间，伸头朝屋内望了一眼。屋内靠右手墙边，一张破旧的简易木椅上坐着一位老人，手里握着一根自制的拐棍，很明显老人行动不便。

小李放低声音问道："请问，这是韩久耕的家吗？"

"我就是。"一口浓重的南京腔。

"老人家，过得怎么样啊？"

"我哪儿老啊，才五十出头。你是哪个？找我啥事？"

"我叫李世新，从南京来的。大概是1936年底吧，一个遇到麻烦的学生来找过您，当时是您帮他联系了一个落脚的地方，他说是您救了他一命。后来这个人跑过很多地方，现在又回来了，他托我来看看您。"

"哦，是有这么个人，金陵大学的，教历史的王合之是我老婆的堂兄，王合之后来被当兵的抓走后就再也没有音讯了。他之前就曾让我帮几个学生找出路，也算熟门熟路的了。日本人来了之后，让我给他们当差，我没答应，被他们打断了一条腿。从那之后，干不了什么农活儿，十几年了只能窝在家里自己养活自己。"韩久耕无奈地拍拍腿。

"那您这日子怎么过啊？"小李记挂着这个很重要的问题。

老韩坦然一笑，说："这有什么啊，庄稼人，没啥要求，有口饭吃，饿不死就行了。"韩久耕说完，又追着问了一句："你刚才说的那个学生现在做什么？还是在干原来的事吗？"

"大叔，他叫赵家祺，才回到南京没几天，很忙，先让我来看看您，过一阵子他还会亲自过来的。他还让我带点钱给您，我担心找不到您，就没买东西，这钱您拿着买些吃穿用的。"

老韩挣扎着要站起来，一个劲地推辞说："这不行，早年那是王先生交办的事儿，都是该做的。我后来想着，王先生会不会还要我给其他人帮忙指路。结果一直等，既没有等来别人也没有等来王先生。这一晃，多少年可就过去了，真没想到这次竟然又等来了你们。"老韩的声音哽咽了。

望着眼前身形消瘦、眉宇之间却掩饰不住一股豪气的韩久耕，小李心生敬意。

小李上前按下了正欲站起的韩久耕，说："大叔，苦日子快结束了，您要多保重身体啊。我得回去了，过一段时间我和赵先生再来看您。"

老韩苦笑了一下，表示歉意："你看看，一杯水也没喝上就要走，实在对不住啊。你回去转告赵先生，如果认为我还有点用，还能为他做点什么，就直接给我说。"

"大叔，您别这么说。"

老韩伸出手，和小李握了握，招呼说："行行，我就不送了，知道了这个地方，以后常来就是了。"

"好，大叔您保重，我走了。"

望着李世新远去的身影，韩久耕老泪纵横。

电信局位于新街口东面不远处的游府西街路口，这是一幢四层的灰色大楼，在整个新街口繁华地段，已显露不出当年的豪华气派了。电信局本是一个对外营业的部门，但在这个特殊时期，作用是其他地方不能相比的，也就不能随便进出了。赵家祺老远就看见电信局门口站着两个身背长枪的警察，他拽了下衣角，大踏步地跨上了台阶，径直朝大门走去。

赵家祺一进大门，门内一个着黑衣黑裤的便衣就盯上了他，此人用手一拦，问道："请问先生，你来办什么事？"

"找人，发电报。"赵家祺一脸的泰然自若，随手从口袋里摸出一盒香烟，抽出一根递了上去。

"发电报就发电报，怎么还找人哪？"此人接了烟，但还是一脸狐疑，死死地盯着赵家祺。

赵家祺故作玄虚地告诉他："电报不是随便发的，我得先找到人再说。"

"这个地方哪是你想找谁就找谁啊，告诉我，找谁？"

"那行，麻烦你通告一声，我找联络处的李诗蓝，我来办理军方的业务，不可外传。"

便衣的态度立马有了转变，脸上的表情也柔和了下来，满脸堆着笑说："噢，对不起，李小姐在三楼，要不要我领你去？"

"不用，我知道，我们提前约好的。"说完，赵家祺就顺着楼梯上了三楼。

三楼楼梯口左右两侧各有一条走廊，走廊两边都有十几间办公室。办公室的人倒是不多，只是每个人都显得颇为繁忙，进进出出的人都是一身工装，神情肃穆，仿佛是一个模子里刻出来的一样。赵家祺拦住一个年轻人打听了一下，那人用手一指："顶头的那间。"

走到尽头，赵家祺敲敲门，房间里两个人抬头看了一眼赵家祺，其中一人问了一句："你找谁？"

"李诗蓝。"

"哦，李诗蓝在里间。"此人随即转头向里面喊道："李秘书，有人找你。"

赵家祺径直走到屋内，他正准备往里间走，李诗蓝却出来了，看到眼前的赵家祺，她愣了一下，一脸惊讶："啊，你咋找到了这里，有事吗？"

"没事就不能来找你了？"

李诗蓝拽过赵家祺的衣袖说："行行，但这个房间不能进，我们到对面房间吧，那里是专门接待访客的。"

赵家祺故意大声说："我来办公事，在哪儿都可以说，难道这里不方便吗？"

房间里的另外两个人立刻起身欲出门回避，李诗蓝忙拦住二人，冲着赵家祺嗔怪道："老同学，你干吗呀，人家在工作，走，到对面去！"说完自己头也不回径直到对面房间去了，房间里剩下的两个人面面相觑。赵家祺坏笑了一下，对二人说："不好意思，对不住了二位，几年不见，我这个老同学脾气见长啊。"说完也跟着进了对面的房间。赵家祺离开后，李诗蓝的两位同事小声嘀咕了起来："乖乖隆的咚，这么大派头，没听李秘书提起过啊，说不定是老相好吧。"随后就是一阵窃笑声。

李诗蓝倒了一杯水放在了赵家祺的面前，说："有事吗？我们这个地方一般人不给进来的，你咋进来的？"

"我就说见老同学，他们就放我进来了，可见你的面子很大呀。"

"别开玩笑了，说事吧。"

"也没什么事，就是来找你聊聊天，不行吗！"这是赵家祺想了很长时间琢磨出的一个办法，不仅仅是为了接触李诗蓝，更为了以后的工作需要，他必须扩大声势，增加影响，尽快进入状态，熟悉每一个部门。

李诗蓝似嗔似怨，眉头一皱，随即又舒展开来，说："哎呀，人家还在上班呢，哪有时间陪你聊天啊！你以后没事别往我这里跑啦，影响不好！"

"要说没事也不对，除了来看看你，这次来是想邀请你参加个活动。最近我在忙着筹建一个机械加工厂，过几天就开业，到时候你一定要去捧捧场！还有，你可以喊上你们上司一起去，热闹热闹，届时我备几桌酒席，以表谢意。"赵家祺说出了自己的来意。

李诗蓝迟疑了一下，皱起眉头说："我去不方便吧，再说我们上司我也很难请得动啊。"

"就说是我请的！"

"切，你才来南京几天哪，哪个认得你！"李诗蓝说完，笑了笑。

"那就看你的水平了，反正我也跟你说了，到时别让我难堪就行。放心吧，会有不少有头有脸的人来的。"赵家祺的话说得轻松，李诗蓝心里却轻松不起来，但心底里对赵家祺的好感，让她无法拒绝。

"那好吧，到时我试试看。"

"千万要记住啊！我走了，不影响你工作了，晚上你家附近的渝州食府见。"

李诗蓝刚要拒绝，赵家祺一阵风似的走了，健硕的背影转眼就消失得无影无踪。李诗蓝无奈地摇了摇头，心里却是甜丝丝的。回到办公室后，同事们立马凑了上来："是当官的还是做生意的？""小伙子长得不错，很精干！做事肯定是一把好手！""这一下我们的冷美人要花落名家了吧。""李秘书的喜酒啥时候请我们喝呀？"一片嬉笑声中，李诗蓝虽然表面嗔怒，心里还是感到少有的兴奋，说不出为什么，只是莫名地感到欢喜。

"你们都别再瞎猜了，他是我大学同学。"直到李诗蓝如天鹅般俊雅的身影进了工作间，身后的议论仍然喋喋不休。

从电信局出来的赵家祺也有着喜形于色的愉快和轻松，多年压在心里的感情总算有了一点点的着落，虽然和李诗蓝的接触还属于一种特殊的工作安排，但赵家祺发自内心喜欢这样的安排。这么多年征战南北，根本没有时间体味世俗生活。世事难料，当内心记挂多年的人儿一下子出现在面前，反而让他有点心如鹿撞。刚才在电信局里的表现，非他平常的作风，而是刻意为之，但无论如何，他对自己的表现还是感到很满意的。

人逢喜事精神爽，不知不觉中赵家祺就走回了住处。他在房间里来回踱着步子，脑子里缜密地梳理着下一步的工作计划和相关细节。多年养成的习惯让赵家祺对于细节的重视到了严苛的程度。他所领受的任务，犹如下一盘大棋，如何精确布阵、进退有度，都需要一个灵敏的神经中枢来调控，这个中枢就是他赵家祺的大脑。

第九章

时间一晃就到了下午。

暗号响过之后，门打开，小周风尘仆仆地闪了进来，他的衣衫被汗水浸透贴在了身上。他端起一杯凉开水一饮而尽，坐下来不停地喘着粗气。赵家祺关上房门后跟着走到客厅，问道："怎么样，今天跑了哪些地方？"

"您安排的几个地方我都跑了一遍，浦镇机器厂、造船厂、客运公司、交通公司，还有几个小的纱厂。从总体迹象上来看，各个工厂从上层到工人都有些人心惶惶，效益大都不好，有的准备南迁，有的面临倒闭，还有一些重要的工厂设备可能要运到台湾。厂子我进不去，这些都是打听得到的消息。"小周一边喘气一边把搜集来的情报向赵家祺一一汇报。

赵家祺在房间里走来走去，边听边思考。突然，他停下了脚步："这两天我们在等工厂的筹建，还有点时间，你继续多走走多问问，一是熟悉位置，二是了解行情，我们汇总商议后再有针对性地开展工作。解放南京后，我们的生产建设也需要专家、工厂、设备，特别是大的工厂和有影响的专家。"

"明天我再跟张铭宇联系一下，一定要利用他的关系，这样既可以挣些钱——后面的工作需要用钱的地方还有很多,又可以利用军方的背景和关系做掩护,做事肯定要顺利得多。"

小周点了点头说:"好的,我明后两天主要顺着江边多看看,如方便的话,我想让老王安排我坐水文局的测量船,在江面上跑一趟,这样更能搞清楚两岸的基本情况。"

"行,你联系老王吧,我这几天凭借张铭宇的关系,到几个地方去转转,先把建厂的风声透露出去,早日把网铺开,笼络住几个主要的关系。"

赵家祺抽空去了一趟句容宝华寺东的深山村,看望韩久耕。谈话中,赵家祺说自己在南京开厂需要个看门房的师傅,韩久耕二话没说就答应跟着去。赵家祺没有公开自己的真实身份,只是想通过这种方式照顾一下为革命做过贡献、生活窘迫的韩久耕。韩久耕也没有打听开的什么厂,嘴里一个劲地说:"我这个残废已经在家窝了十几年了,能到你那看个大门,整天整夜不睡觉都行!"

作为长江中下游三大"火炉"之一,九月中旬的南京,白天大部分时间都热烘烘的,天色也暗得较迟,下午五六点光景,外面才有些许凉意。赵家祺看了看手表,穿上外套下了楼。渝州食府离住的地方倒不是很远,晃晃悠悠走过去也就十多分钟时间,这家饭店是上次赵家祺送李诗蓝时随意瞄了一眼看到的,从名字可以判断出这是一家四川风味的饭店,门面不大,但门脸做得很是精致。

赵家祺一路走,一路思考着今晚的饭怎么吃,话题怎么谈。不知不觉中就到了渝州食府所处的那个街口。

"也许心中的疑问和顾虑在今天晚上都能觅到答案,当然,这一切,必须以不让李诗蓝对自己产生怀疑为前提。"赵家祺暗暗告诫自己。

李诗蓝不时地看着墙上的挂钟,心思已不在工作上了。办公室的同事几次劝她早点走,她假装忙着手中的活,极力掩饰着内心的快乐。多少年了,虽时有牵线拉媒的,但内心的执念让她痴痴地等待一个人,虽担心看不到结果,可她还是愿意这么无怨无悔地等。随着近两年家庭的变故,男女情感方面的心思淡了不少,她也尽量不再多想。但在上次饭局上见到了赵家祺,又燃起了她心中的希望,强烈的渴望和说不出的隐忧也一直让她心乱如麻。李诗蓝没想到赵家祺今天会冲到办公室找自己,一副大大咧咧的样子已全然没有了当年的内敛与青涩。他变了吗?多年的经历让他变得世故圆滑?晚上吃饭他会谈些什么？自己内心敏感的话题他会提及吗？一连串的疑问折磨着她，做起事来显得有一搭没一搭的。

赵家祺来到了渝州食府门前，刚踏上台阶，伙计就迎了上来，笑嘻嘻地招呼道："老板，几位？"

"两位，找个说话方便的单间。还有一位姓李的女士马上到，你等会儿直接把她领过来。"

精明的小伙计明白了客人的心思，会心地眨了眨眼，接着介绍："有雅间，黄山厅，说话绝对方便。"

赵家祺推开包间的房门，朝里望了一眼，确实不错，房间大小适中，灯光温馨柔和，中间的小圆桌上放着一朵娇艳的红玫瑰。小伙计冲泡好茶水，等赵家祺点菜，并推荐了几款店里的特色菜肴，安排妥当后退出了房间。赵家祺品着香茗，眼睛紧盯着房门，静静等着房门被推开的那一瞬间。

此时的李诗蓝也来到了饭店门口，被领到包间门口时，她下意识地整理了一下发束和衣襟，轻轻推开了雅间的门，手端茶杯的赵家祺立马站了起来，问候道："来啦？请坐。"

"久等了吧？不好意思啊，我们下班迟，没叫到车，就走过来了。"李诗蓝略带歉意地解释道。

"没有，我也是刚到。坐，喝点水，马上就上菜。"赵家祺挪了一下椅子，照顾李诗蓝坐了下来。

坐下的李诗蓝介绍起这家饭店："这家店我来过两次，有几个菜还不错，很有特色，就是有点辣。"

"放心，店里的伙计推荐了几个，应该合你的口味，不行再换呗！"

"不用换，我们就说说话，这么多年没见，估计你有很多有意思的见闻吧，说给我听听。我几乎没出过门，最远的也就到过上海和常州，还是同学约着去的。"李诗蓝一边说一边勇敢地盯着眼前这张俊逸的面孔。

赵家祺顺着李诗蓝的开场白介绍起了自己的坎坷经历，比第一次同学聚会时详尽了不少，中间夹带着奇闻趣事，讲得李诗蓝一会儿眉头紧蹙，一会儿掩口而笑，伙计几次上菜两人都视若无睹。谈笑之间，菜上齐，酒斟满。赵家祺停住话匣子，端起酒杯，郑重地说："十几年没见了，今日老同学纡尊光临，先敬你一杯！"说完一饮而尽。李诗蓝也端起杯抿了一小口，玩笑着说道："瞎说，哪有十几年，不是才见过吗！"

"上次人多嘴杂，不算不算，这次才是正式的。上次见面，我一进门就认出了你，当时我还有点小紧张呢，真没想到你会来，在回南京的火车上，我还担心见不到你呢。"

李诗蓝的脸一下子红了，不好意思地低下了头，轻轻地说："这么多年，你还会念到我，我才不信呢。"

赵家祺一脸严肃，说道："这么多年我都没有一个稳定的居所，也没时间和其他人联络，常常一个人的时候，就会想到父母，想到同学，特别是大学同学，尤其是你。虽然我在学校不到两年时间，但不知咋回事，有时做梦都会梦到你，甚至梦到你嫁人了，惊醒后一身冷汗，就会在心里念叨着早点回来看看你。"

赵家祺的这一番话，把自己的现状、内心的想法，一览无余地展露给了李诗蓝。这是赵家祺打了好久的腹稿、鼓起勇气才说出的一段话，说得李诗蓝内心怦怦直跳，不知该如何回应赵家祺的表白，只能被动地绕着话题。

"上学时你为我挨了一顿打，我心里特别过意不去。一直琢磨着找个机会当面向你致谢，遗憾的是一直未能得偿所愿。那时候啊，我也感觉不到你啥心思，整天看你忙得很，天天不是聚会，就是游行示威，见你一面都很难，当时还感觉国文系的王清婉对你有意思呢。再说，你没上完学就跑得无影无踪，跟人家一个招呼也没打，我到你家去了两趟，也白跑了，你至少要告诉你家里人一声吧！我打听不到你的一点儿消息，害得人家担心了好长时间呢！"

"都是我不对，我今天向你郑重地道一声歉，这杯酒我喝了，以表歉意。"赵家祺站起来举起杯，一饮而尽。李诗蓝也举起杯子轻抿一口。

赵家祺坐下来，默默地盯着李诗蓝。对面的李诗蓝，因为内心波动，又加上酒精作用，面若桃花，显得更加妩媚娇艳。望着多年牵挂的人眼帘低垂，静静地坐在那里，赵家祺几乎压抑不住内心的情感，想把郁积在心头多年的思念一股脑地倾诉出来。

"诗蓝，以后就好了，我也不走了，咱们在一起的机会也多了，以后再去找你可不要嫌烦哪！"赵家祺开了句玩笑。

"哪有啊，你别老往我们局里跑就行了。"李诗蓝抬起了头。

不经意间几杯酒下了肚，赵家祺貌似轻松地问了一句："诗蓝，你近期有什么打算啊？眼下形势很不好，我从东北来的一路上，看到的听到的都是打仗的事，国共双方斗得很厉害，共产党的势力越来越大，像这样发展下去，南京守不守得住都很难说，以后国家哪个当家谁也说不准，所以我也特别想知道你有什么想法。"

"我在局里也经常听到同事议论这方面的事,总感觉人心惶惶的,但都不敢过多地发表见解,我也只能听听。现在每天按时上下班,也没啥想法,母亲和家里的一切还需要我照顾,没有过多的时间琢磨这些事。"李诗蓝接着反问了一句,"你有什么打算?现在这个形势,你却跑到南京办厂做生意,南京的很多政府官员还在想着往别处跑呢,听说有的到香港,有的准备去台湾,背景厉害的还在琢磨着去美国和英国呢。"

赵家祺回答说:"我就是个生意人,只是想着赚钱,国民党和共产党不管谁当家都会给个活路吧!国民党现在这个样子,老百姓都感觉到他们腐败昏庸,共产党来了不一定是坏事。我在外面也经常听到有人传共产党的好处,不知道你怎么看?"赵家祺的回答把话题慢慢地引向了自己事先设计好的议题,想借此来判断李诗蓝的想法和认识,也为下一步的接触做个过渡和铺垫。

由于话题的敏感性,李诗蓝没有作声。赵家祺笑了一下,说:"随便聊聊,我是自由身,有啥说啥。"看到李诗蓝还在沉默,赵家祺意识到可能是自己节奏太快,赶忙说,"嗨,看我这张嘴,今晚不适合谈政治!诗蓝,你别介意。"赵家祺这句话的意思是想帮李诗蓝解个围,顺带着活跃一下略显沉闷的气氛。

赵家祺没想到,李诗蓝下面的话会这么直截了当:"从第一次吃饭时你的表现,到今天上午到我们单位的举动,再到今晚我们谈话的话题,我有个直觉也算是个疑问吧,说出来不知准不准,说的不对就当我没说。"

赵家祺心里一紧,随即看着李诗蓝的眼睛笑着说:"但说无妨。"

"那好吧,根据我的判断,你不是做生意的。第一次吃饭,你草草介绍了你的生活经历,却基本未提及你的生意。生意人都有一个惯性,三句话不离本行,你要知道,我爸爸接触的都是做生意的人。第二,上午你到我们单位,你那嬉皮笑脸的表现本不是你应有的做派,我感觉你还是上学时那个沉稳严谨的个性,这么多年的社会经历只是会让你变得老练一些,上午你表现出了你本不应有的性格,说明你心里还装着其他事情。最后,从今晚我们两个人吃饭的过程来看,你说了很长时间的过渡话题,我也很开心,只是你压根没有谈自己做生意办厂的事情,转了那么大的一个弯子,一步跨到现在大家都不敢谈的话题上,这些表现说明你的心思好像不在生意上,是不是?"

李诗蓝说完,一脸凝重地看着赵家祺。一番话将赵家祺给说蒙了,他的心里亦忧亦喜,忧的是,李诗蓝仅仅几天就看破了自己的表演,一方面说明她的细心、聪明和睿智,这是一般女人极难做到的。另一个方面说明自己的工作还不够细致，太过毛糙匆遽。喜的是，看得出李诗蓝对自己有极大的信任，有着对情感的珍惜。想到这些，赵家祺内心升腾起一种难以形容的温情和一股说不明道不清的责任感。

"眼前这个挣扎在腐败政权内部的女孩子值得去争取、去拯救，同样也值得去爱！"赵家祺暗自思忖。

但现在还不是让李诗蓝知道自己身份的时候。

如何应对李诗蓝的质疑，还真是不容易。赵家祺脑子飞快地运转，一时间还是找不到合适的话来回应，所以只能不停地喝水来缓解尴尬，整个房间的气氛略显沉闷。

赵家祺左右为难的时候，李诗蓝抢先开口解了围："老同学，这个问题不好回答吧？没事，再想想，我先敬你一杯！"李诗蓝举起杯，主动地与赵家祺碰了一下。此刻的李诗蓝一改刚才的羞赧，落落大方中透露出一丝"诡计"得逞的俏皮。

"诗蓝，你想多了！生意上的事之所以没有多说，我有我的难处，因为前面做过共产党的生意，现在又开始做国民党的生意，不想让人知道我脚踏两只船啊！做生意这事，只要好做，两边都可以联系，以后不管哪个当家，我都能有碗饭吃，你说对不对？上午我去看你，表现出的确实不是我真实的样子，但我要按自己的性格来，不要说你的房间，就连电信局的大门也进不了啊，心里想见你，就顾不上往常的矜持了！还有你说现在我对政治这么感兴趣，不感兴趣能行吗？厂子好开，但不与政府、军队和三教九流搞好关系，不要说你生产的东西不好卖，说不定一纸公文下来，就把你的厂子征收或者关闭了！说句实话，这世道，生意人比政府官员更关心政治！"

听完赵家祺的解释，李诗蓝盯着他看了很长时间，似乎还在思考着什么。

"我相信你说的话。这些东西我今后不再问了，多知一事多一份忧嘛。往后啊，有什么事都可以找我，不为别的，因为我是你的老同学。"李诗蓝轻描淡写的回答，让赵家祺的一颗心落了地。虽然话没点明，赵家祺还是隐约感到，李诗蓝对自己的身份产生了疑虑。

第十章

回到住处，赵家祺的内心复杂万分。

李诗蓝是自己最心爱的人，但现在，每说一句话，赵家祺都要在心里反复掂量几遍，这对他是种无情的折磨。他多么想把自己的真实想法告诉李诗蓝！但他不能，必须一个接一个地编造谎言来回应和对付。赵家祺深知，因为敌后斗争的残酷，即使对于至亲至爱的人，也必须把感情压在内心的最深处，绝不能因为感情影响工作，即便这是一种煎熬，也得硬起心肠撑下去，毕竟这是为避免无谓牺牲不得已而采取的措施。

"电信局对今后的地下工作太重要了，必须想尽办法去接近李诗蓝，争取李诗蓝，就是她误解和埋怨也要这样做……"赵家祺在心中对自己说。

第二天上午，齐岩风来到赵家祺居住的饭店，汇报了工厂的筹备进度，说两天后就可以正常运行了。小齐走后，赵家祺联系了张铭宇，把自己办厂的情况简单地介绍了一下，并请他参加周六的开业庆典。毕竟是同学，张铭宇没有丝毫犹豫，就爽快地答应了。

周五中午，赵家祺、老王、小周一行人来到麒麟镇西村的厂里，这里紧靠宁杭公路。小院内，不到两千平方的厂房，大小机器和加工设备一应俱全。厂房里侧有一间三百多平方的房间，作为仓库正合适。紧挨着库房是隔开的几个房间，作为办公室和职工休息的场所。院内靠大门的地方还有两间稍大一点的房屋，分别作为厨房和餐厅。院子不大，但收拾得整洁利落、井井有条。能看出来，乔书记和老王为此花费了不少心思。

熟悉完整个工厂，大家聚在一起，商量下一步的工作计划。针对工厂运转中的细枝末节以及开业庆典的安排，众人你一言我一语地展开了讨论，小周在旁边埋头做着记录。会议明确了每个人的分工和需要落实的细节。会后，赵家祺和小周又马不停蹄赶回住处，和乔书记会了面，落实了联络方式和交通工具等具体细节。待敲定所有工作程序和细节，送走乔书记的赵家祺又在脑海里把相关事项捋了一遍，紧绷的神经才稍微放松下来。

开业庆典招待酒席仍然安排在绿柳居，赵家祺主要考虑两点，一是大气，二是方便。他安排小周预定了四楼最大的厅，席开六桌，菜品以淮扬菜为主，再搭配部分杭帮菜。赵家祺还特意请了南京地方白局班子前来助兴演出。

六点半左右，客人陆续来到饭店。张铭宇先到一步，一一介绍着自己召集来的客人，赵家祺站在张铭宇身边，逐一抱拳致谢。赵家祺心里开始对张铭宇刮目相看，没想到这小子能耐如此之大，请来的客人中，有军方的、政府的、商界的，还有一些社会贤达。众宾喧哗之际，李诗蓝翩然而至，一袭素净的白色连衣裙，玫瑰紫的发夹，一抹淡妆，把整个人修饰得漂亮却不失庄重，淡雅而不失妩媚。张铭宇大老远就高呼道："哎呀，这是哪位大美人啊，我怎么不认识呀!"

"今天很隆重嘛。"李诗蓝笑着打招呼。

"家祺同学,李大美人很难请的,过去我们一年也见不到人家一面。你小子才来几天,人家就出来了两次,你艳福不浅哪。"张铭宇开过赵家祺和李诗蓝的玩笑,就忙着招呼他请来的客人去了。

赵家祺握了一下李诗蓝主动伸出的手,笑着说道:"铭宇这家伙说得不对,这是第三次了!我还想着你会早来呢。才下班吗?"

"今天外出办事,先回了一趟家,安顿好妈妈,我就来了,不过,我也没有迟到啊。"李诗蓝扮了个鬼脸,算作回答了问话。说话间,李诗蓝还特意向大家介绍了应邀前来的电信局办公室徐主任。

看到客人到得差不多了,赵家祺和李诗蓝一前一后进了大厅。大厅内,众人都已落座,熟知的互相打着招呼,寒暄声、说笑声充盈着整个大厅。赵家祺和李诗蓝在主桌相邻而坐,俨然以晚宴男女主人的身份展示在大家面前。张铭宇朝着赵家祺点点头,示意宴席可以开始。就在这个当口儿,门"哐当"一声被撞开了,一个人手拎皮包闯了进来,白白胖胖的圆脸上架着一副金丝边眼镜,薄薄的上下唇中吐出一串儿流利的上海话:"哎哟,来迟了,来迟了,你们也不接接我,搞得人家很辛苦啦!"

张铭宇一阵大笑:"是解晓辉这小子,你不是不来吗?"说着一把拉过他坐在自己旁边。

解晓辉并没有坐下,而是冲到了赵家祺面前,紧紧地抱住他,嘴里不停地感慨:"太难了,太难了,都以为你不在了呢。"

"唉,唉,等会儿再亲热,回座位上去。"张铭宇喊了一嗓,解晓辉这才意识到还有那么多宾客在场,忍不住一脸尴尬:"好好,家祺老哥,等会再聊,晚上我们还住一屋。"

张铭宇站起身,做了开场白:"大家请安静,今天是我的老同学赵家祺赵老板开张大吉的日子,下面欢迎赵老板说两句!"

顿时,大家的目光齐刷刷地射向赵家祺,大厅里旋即安静了下来。赵家祺起身面对在座的诸位,拱了拱手:"各位嘉宾,敝人赵家祺,首先十分感谢诸位能够拨冗光临开业庆典!承蒙在座各位抬爱,敝人成立了金陵福海贸易公司,今后还得仰仗诸位福星贵人的鼎力支持!家祺我也算半个南京人,在南京读的书,之后在外混迹多年,始终没有安身立命,想来想去还是决定回到故土。促使我回来的,主要有两个原因,一是相信有在座的贵宾、同学和朋友的相助,可以通过置办小厂,安居乐业;二是父母年老体迈,我多年在外奔波,没有尽到做儿子的责任,现在幡然悔悟,决定归家尽孝。今晚略备薄酒,希望大家开怀畅饮,下面请老同学张铭宇处长致祝酒辞,大家欢迎!"

张铭宇哈哈笑了两声,对着赵家祺挤了一下眼:"你小子还让我说啥呀,下面开始不就行了吗!"

众人鼓掌,张铭宇故作无奈地起身说道:"恭敬不如从命,那我就说两句吧!赵家祺赵老板,是我在金陵大学读书时最好的兄弟,也是我们专业学习最好的家伙,脑袋瓜特别灵光,在功课上用一半劲就把我们甩下一大截儿,毕业后一直在外打拼。现在,外边不太平,加之父母年事已高,决定衣锦还乡,回南京发展,还望在座的同学、亲朋和好友不吝赐教,鼎力相助!来,来,来,大家共同举杯,庆祝家祺兄的金陵福海贸易公司开业大吉,财源广进!"

张铭宇的话音刚落地,宾客全体起身,"叮叮当当"的碰杯声响成一片,酒席正式开始了。

一片觥筹交错声中,赵家祺逐桌敬酒,与每个人打着招呼,相互交换名片。当他回到座位上时,解晓辉正和几个同学打着酒官司,整个人眉色飞舞,白皙的面部已经变成了猪肝色,还在乐此不疲地劝着酒:"张铭宇,我这人活得累,上学时,李大美人对我冷若冰霜,现在还是那个态度,你得陪我喝一杯,我要借这杯酒浇浇愁。"说完端起杯子一口喝得见了杯底。

张铭宇拍着解晓辉的肩膀,讥笑说:"你这个小赤佬,上学时人家就拒绝你了,你今天还念念不忘,说明贼心不改,再来一杯!"

解晓辉又喝下了满满一杯酒。

"我建议晓辉再来一杯,同时邀请李大美人与民同乐,也喝上一个满杯!那么多人追求和暗恋,多幸福的事啊!"张铭宇起哄道。

赵家祺立马拦下解晓辉:"晓辉,少喝点!大家都知道,诗蓝不喝白酒,这杯酒我替她喝,不介意吧?"

"怎么,你们两个是一家啊?"解晓辉醉眼朦胧地说。

李诗蓝的脸蛋一下子涨得通红,嗔骂道:"你这个坏蛋,瞎说什么呀!"可解晓辉的话,倒让赵家祺的心思活泛了起来,随口接上了一句:"这个事还真说不定呢!这个酒我喝。"说完偷偷地瞄了李诗蓝一眼,正好和李诗蓝投来的目光碰到了一起,一瞬间的眼波流转后,两个人的视线都不好意思地躲闪开了。二人不经意的一瞥被张铭宇逮个正着:"哎哟,晓辉的眼光犀利啊,我感觉他们俩还真找到感觉了。我建议，我们一起敬家祺和李美人一杯。"气氛一下子推到了高潮，赵家祺和李诗蓝被众人裹挟着喝下了这杯意味深长的美酒，两个人心里都甜丝丝的。

三分酒意七分胆量。来主桌敬酒的客人，有手拍胸脯信誓旦旦的，有满脸虔诚表达谢意的，有双手捧杯夹带私话的……整个大厅挤挤攘攘，热闹非凡。即使在这种氛围下，赵家祺也是内紧外松，你来我往间，已将在场的每位客人的容貌以及他们说过的话刻在脑海里。

此时的李诗蓝，俨然一副女主人的做派，一双眼睛紧随赵家祺的身影，一寸不离。眼神里，有担心，有赞赏，有爱怜，并不时地为赵家祺添着茶水，这一切也悄悄地印在了赵家祺的心里。

第十一章

时间转瞬即逝，宴席接近尾声。

此时窗外月朗星稀，灯光渐次疏落，秦淮河上飘来的凉风，似乎带着一丝丝的甜意。一艘艘游船时不时从窗外的河面上划过，荡起阵阵涟漪，留下一路欢声笑语。船上的丝竹小曲传进室内，更给酒酣耳热的食客们平添了几分雅兴。然而，赵家祺心里清楚，看似祥和安静的夜晚，却好似狂风暴雨前的宁静。国共双方的大决战已经拉开帷幕，这种摧枯拉朽的决战必将改变中国人的命运。他和他的战友们的使命，就是要尽量减少前方将士的流血和牺牲，努力加快民族解放战争的进程，让全国的老百姓都能尽早过上祥和平静的日子。赵家祺端着酒杯站在窗边，阵阵凉风中他仿佛又听到了战场上的隆隆炮声，听到了刺破长空的冲锋号声，听到了战友们一往无前的呐喊声……轻抿一口杯中的酒，他觉得为了使命，他已做好了一切准备，包括献出自己的热血和生命。

酣畅淋漓的盛宴后，客人陆续散去，小周在门口恭送着客人，小李双手递送着特意准备的礼品。李诗蓝是最后离开的，赵家祺嘱咐小周送她回家，自己则扶着歪歪倒倒的解晓辉回到了饭店。一切归于平静。

第二天清早，等阳光透过窗户照到床上的时候，赵家祺方才醒了过来，解晓辉仍睡得昏天黑地。小周在外面的躺椅上裹衣而卧，听到赵家祺起床的声音，他像往常一样一骨碌跳了起来。按约定，上午十点钟，老王叫车来接赵家祺二人赶到麒麟门的工厂，赵家祺不得已叫醒解晓辉。赵家祺喊了半天，解晓辉才如同梦游般地起床下地，突然一拍脑袋，"哎呀"了一声。赵家祺连忙问道："怎么回事？""我忘了大事啦，上午还要到张铭宇那里去办事呢！约好的时间，那小子不会不等我吧！"解晓辉匆忙洗把脸，从包里掏出一个丝绒布袋，放到桌上，告诉赵家祺："铭宇昨天告诉我了，让我出把力，这个算是我还债的，一定笑纳啊，我走了。"说完，还没等赵家祺二人回过神，人就风风火火地下楼去了。赵家祺拿起沉甸甸的布袋打开一看，不禁吓了一跳：整整五条"小黄鱼"！他掂着沉甸甸的"小黄鱼"，不禁疑惑：这个上海同学为何出手如此大方？同时也在心中再次感受到了张铭宇位置的重要性。老王来了之后，两个人收拾好行李，赶往他们今后在南京固定的落脚点。

从太平南路到麒麟门大概二十多里路，两人来到西村的厂里，看见老乔正带领七八个人在厂里忙碌着。赵家祺上前一一和大家握手问好，随后就来到办公室。一推开房门，赵家祺就看见李诗蓝正在收拾着办公桌，桌上擦得锃亮的几个精致摆件显得格外醒目。

"哎呀，你怎么来了？"

"我那儿你都去了，你这里我不能来吗？"李诗蓝笑着打趣道，没有放下手中的活计。

"那肯定欢迎了，只是我没想到啊。"

李诗蓝用手拿开一块丝绒盖布，一台调频收音机赫然在目，这个东西可是个稀罕物。"喏，怕你寂寞，就把我的收音机给你带来了。"

这个东西赵家祺太需要了，这样更方便了解外面的形势。赵家祺顿时显得兴奋异常："谢谢，诗蓝。"

"当然应该谢谢我，抽空再请我吃顿大餐吧！不过，给你提个醒，打开机子听时，注意点安全，别随便换台，即使换台，听完后也要调回到这里的娱乐频段。我办公室同事的表舅常听收音机，前天突击检查时，机子是关掉的，但便衣一打开收音机，二话没说就把人带走了，到现在还没说清楚呢。"听到李诗蓝的这个提醒，赵家祺心里有着莫大的欣慰，真切感受到了李诗蓝对自己的信赖与关心。

赵家祺开了个玩笑："我们这个地方荒郊僻壤，怕你以后嫌远不再来了呢！"

"我才不会经常来呢，但如果需要帮忙，我可以考虑！"李诗蓝粲然一笑，露出粒粒如玉的牙齿。这嫣然一笑在赵家祺的内心激起了阵阵涟漪，他怔怔地盯着李诗蓝出了一会儿神。在赵家祺的注视下,李诗蓝羞涩地低下了头。

开工了!赵家祺忙让小周把大家招呼进来,准备安排一下具体工作。众人坐下后,赵家祺做了工作上的布置:"今天把大家聚在一起,几个事项说一下。首先,我们厂从今天起就可以按部就班地工作了,具体业务由蒋万春蒋师傅把关;二是原材料采购、对外联络业务由小周和小李办理;三是我来总体负责,乔老板和老王协助。这两天我不在厂里,到无锡出趟差,辛苦大家啦。大家看还有什么事没有,乔老板你说两句。"赵家祺寥寥几句,就把工作安排得井井有条。乔老板就是乔书记,为了便于工作,他和老王的身份都是福海贸易公司的股东。

"好,我说两句。我是搞水文的,对办厂其实根本不懂,但相信赵老板,就想与他合伙做点事。具体生产经营,就麻烦大伙了,总之一点,我们大家一定要尽心尽力把工厂办好。赵老板呢,比较忙,平时不一定都在现场,大家各司其职就行了,就这些,大家各自去忙吧。"乔书记做了简短的补充后,大家都出门忙去了。赵家祺招呼了一声:"乔老板,老王,经费上的事我们再商量一下。"

赵家祺说完看了李诗蓝一眼,说:"诗蓝,让小周陪你到厂里看看吧!"

李诗蓝欣然应允,随小周走出了办公室。

两人走后,赵家祺用手先指了指收音机,又指了指嘴巴,老王和乔书记立刻明白,在没有搞清收音机内有无窃听器的前提下,三人必须换一种语言风格进行交流。赵家祺拿出金条交给老王,解释说:"知道我们在党国危难时刻还愿意为军队防守长江办厂出力,我同学深受感动,慷慨解囊提供了这些经费,老王你来保管。工厂刚开业,南京的业务眼前不一定能跟得上,我这几天出门去谈点业务,这样不但可以为党国多做点事,咱们自己也可以多赚点钱。这几天,家里事就拜托老王了,乔老板比较忙,平时抽空来检查一下就行了。"乔书记和老王点了点头。

接下来,几个人你一言我一语地讨论了很长时间,旁人听起来全是福海贸易公司的事,但其中关键的暗语,三人心知肚明。

此时,在关外的东北大地上,辽沈战役已拉开帷幕,国共双方的生死鏖战进行得如火如荼,局势进入了胶着状态。在以徐州为中心方圆一百多公里的淮海大地上,国共双方也正在调兵遣将,酝酿着一场规模更为宏大的战略决战。

第十二章

　　素有安徽"东大门"之称的天长位于来安和盱眙的交界地带，历来是兵家必争之地。

　　淮海战役伊始，中共中央军委就有了打过长江去的宏伟规划。9月底，华野首长派华野敌工部长杨云枫来到了天长，着手布置淮海战役的前期筹备及战前动员工作，并开始筹谋渡江的早期规划。赵家祺接到命令迅速赶到天长，见到杨部长后，既激动又兴奋。杨部长根据华野首长的命令在会议上针对渡江的计划做了详细布置，要求各级指战员对渡江船只、技术、水文、训练、设备、人员等做好充分的准备，同时摸清国民党部队江防情况。他还特别强调，打过长江去是党中央确定的目标，希望各方面全力以赴，加强战备，保证渡江的顺利进行。华野首长的指示，振奋着会场的每一个人，更让赵家祺感到欢欣鼓舞。会后，大家进行了分组讨论，针对华野首长的指示做了工作细化，赵家祺把自己的工作进度和计划做了汇报，深得杨部长的赞赏和支持，这更加坚定了他的信心，也让他倍感肩上责任重大。晚上，杨部长设宴款待大家，并安排这些一线的指战员们休息了一晚。第二天清晨，赵家祺就迫不及待地赶回了南京。

　　赵家祺一方面组织福海公司的正常运行，一方面落实着从天长领回的工作任务。

　　周日上午，赵家祺和乔书记、老王如约来到夫子庙的得月茶楼。三个人找个僻静的单间坐下，服务生端上小吃和茶水又退出门外，老王掩好门，回身坐了下来。赵家祺吃着鸭血小馄饨，连声称赞："好吃，好吃！"，乔书记和老王相视一笑。老王说："你还是离开南京时间太长了，虽然我们平时也不大来这里，但我们吃的机会还是比你多啊，多吃点。"

　　赵家祺放下汤勺，心满意足地说："从前吃过但没吃尽兴的东西现在吃起来最香！好了，我们还是谈谈'生意'吧。江北岸现在对船只的需求量很大，总部会解决造船用的木材和竹子问题，但是铆钉、榫件以及马达等配件与造船工具奇缺。此次去天长，从那里得知江北江浦、六合、仪征、扬州等地的一些加工厂已被迫停产，还有一些被强制转移到江南岸，即使有些小作坊，产量也少得可怜，不能满足大批量的造船需要，所以这个问题需要我们来解决。我们可以打着为张铭宇介绍的无锡、常州和南京的几个政府单位供货的旗号，进行生产和外购。"

乔书记眯着眼考虑了一会，说："你说的运输情况，丰顺货行的方老板可以出面解决一部分。方老板这么多年来和政府及军方的交往一直十分密切，上层也有关系，早年间甚至替孔、宋家族搞过货运走私，他有较强的爱国热情，抗战时曾帮助政府西迁，出了不少力，假如遇到紧急问题，他是可以帮助出面协调的。"

"老王，你派个人了解一下造船用的配件和工具的尺寸、规格，做个样图，外购的东西也列个清单，最好能和正常供应政府和军方的货物规格相近，这样可以遮人耳目，规避检查，也便于生产。"赵家祺想到了这个细节，特意嘱咐老王。

老王点了点头。

"行，那我们就按这个计划分头抓紧准备吧。"赵家祺说完，看大家吃得差不多了，正欲起身离开，小齐满头大汗、急匆匆地跑了进来。

老王赶快倒杯水递给小齐，劝道："不急，先喝口水，慢慢说。"

小齐接过杯子一饮而尽，上气不接下气地说："前天我们几个人到八卦洲、浦口、江浦几个地方查看各个村的船只、船工情况，早先有联系的几个老渔工态度突然变了，有的躲着我们，有的找不着人了。有一个我们刚刚发展的积极分子遭到了毒打，他老婆反应激烈，见到我们就骂骂咧咧的。上次和我们一起去的黄峥，到现在都还没找到人，他去的是高家圩。据该村的人说，黄峥被几个人押走了，那几个人一看就是便衣特务，黄峥估计凶多吉少。这样的事最近比较多，八卦洲这一段时间发生了多起村民被打事件，特别以打渔为生的人家，只要和陌生人接触，就会遭到恐吓和毒打，就连江北我们自己的人都必须处处小心谨慎，所以工作进展很慢。"

赵家祺没想到事情比他预料的还要严重，照此下去，老百姓惊恐万状，还怎么去征集船工？他有点急切地看了乔书记和老王一眼。乔书记皱着眉头说："看来形势非常严峻，因为这个事情今年五六月份就有苗头了，据了解，现在江北各个村实行联保制，每个村有一个保长，四五个村再设一个甲长，各片都有保密局派的专人负责，鼓动农户之间互相检举。保长向甲长负责，甲长向驻守的特务直接汇报，这样一层管一层，管理体系相当严密，一有风吹草动，甚至南京的政府很快就会知道。"

听乔书记说完，赵家祺迟疑片刻，语气坚定地说道："这样不行，局面得打开，虽然什么时间渡江我们不知道，但前期工作一定要做好。现在当务之急是扩大影响,打击特务的嚣张气焰,让他们不敢长期驻扎在江北。当然要注意方式方法,一定要做到既有力打击敌特,又能保护好自己,还能安抚广大群众。"

老王补充说:"我同意家祺同志的意见!在江北,我们也有自己的队伍,长短枪支有近两百,而国民党的部队人数却不是很多,他们都集中到了明光以北,准备和解放军打大仗;南京的部队基本上在长江南岸驻扎,忙着修筑江防工事,所以现在对我们来说是个机会。搞就要搞痛它,其实保密局在江北的人不算多,又比较分散,如果我们搞掉它几个点,干掉几个影响大一点的特务,我相信这些家伙以后就不敢再这么明目张胆啦!"

小齐听到大家的讨论后,心情舒缓了许多,眼睛里绽放出光彩,激动地说:"如果能这样,就再好不过了。我马上回去,接着了解情况,有结果及时向你们报告。"

"行,注意安全!你当前最重要的任务是了解几个主要的特务头子的活动规律,我们寻机处理掉几个,给他们点颜色瞧瞧。这次行动由我来牵头,乔书记和老王联系好人员做好配合就行了,江北我和小周没待过,没人认识我们,这是优势,稍微化装一下就行。"赵家祺提出了自己的想法。

接下来的时间,几个人对行动计划又进行了仔细梳理,直到最后大家都认为没什么问题了,才分头去做准备。

几天之后,江北的形势越发严峻,毁坏船只、殴打艄公、致残反抗群众的事件接二连三地发生,心急如焚的赵家祺苦苦等待着打击敌特分子的机会。

机会终于来了。

这天,天刚擦黑,小齐来到厂里敲开了赵家祺的房门。"赵老板,我刚从八卦洲过来,下午听我们的人说,明晚几个保长请客,邀请全二虎和他的手下在镇上的聚仙楼饭庄吃饭,估计有七八个人。八卦洲就这个饭庄最大,聚仙楼的大厨已安排人明天一大早去江边收江鲜。这个全二虎,是保密局负责八卦洲驻点的一个小队长,嚣张得很,上个月就在夹江北岸的赵庄糟蹋了一个十六岁的姑娘,姑娘后来疯了。这次全二虎只带一个手下,其他人不来,你看这是不是个机会?"

"我就要这样的机会!好,我们来商量一下。"赵家祺朝门外喊了两声"小周",小周立刻跑了进来。按照之前确定的几套方案,赵家祺思索片刻,对两人说:"小齐,这样,我要带三个人直接进聚仙楼,除小周之外,你通知老王安排两个人在八卦洲北边的夹江口等我们。南边江宽,巡逻船多,不便过江,我们得手后，只能坐小船到江北，之后我们再想办法绕路回来。另外，让老王准备两把过去没有使用过的手枪，提前送到附近。大家明天下午分头走，四点在聚仙楼附近会合。"接受完任务，小齐急匆匆地走了。赵家祺和小周把明天的行动方案反复推敲至半夜，才各自上床休息。

第二天上午，老王来到了厂里，一见到赵家祺就把准备情况谈了一下："在八卦洲北边的夹江口已安排好接应人员，枪支也托人带了过去。我把此事向乔书记做了汇报，他支持这次行动，说自己也要亲自参加。"

赵家祺摇了摇手，说："老王，很多人都见过你和乔书记，你们都不能去。你安排一个熟悉八卦洲的人跟着我们就行了，后面的事情我们见机行事。另外，我想从龙潭码头过去，不知行不行？"

"这个没问题，可以安排测量船临时靠一下岸。"老王回答说。

赵家祺沉吟了一下，又否定了这个提法："这个不行，这个事情影响大，保密局追查下来，顺藤摸瓜就有可能追查到乔书记这里，最好是用一般的民用船只。如果实在不行，在下关看看能不能想想办法。"

老王想了想，说："你这么一说，龙潭确实不行，下关我觉得应该可以。轮渡原先每天四次来回，现在减少到一个来回，每次都有检查。这样吧，我有一个朋友，是负责轮渡道闸的人员，我找个理由给他说一下，由他带你们先进码头船舱里。"

"好！我们的行动结束后，你告诉大家都不要急于回城，在各自熟悉的地方住上两天，然后再想办法回来。还有，为确保安全，在行动之前务必要做到人枪分离。"赵家祺嘱咐道。

"这个我会安排好的，你们一定要注意安全。乔书记一再强调，如果情况有变，就不要勉强，立即停止行动，以后再寻时机。"

"好的，那我们马上出发，去赶轮渡。"赵家祺和小周二人立刻开始化装，各戴了顶呢子礼帽，除此之外，赵家祺嘴唇上还贴了一抹淡淡的胡须，换了一身深蓝色中山装，俨然一副政府工作人员的装扮。出门前，赵家祺突然想起一件事，对小周吩咐道："去，带上平常盛酒的皮囊，到加工间去装半袋铁砂。车间里如果有人问，你就说捎给朋友堵老宅里的鼠洞用。"

小周很快准备停当，在公文包里放了一个装了铁砂的皮囊，感觉里面就像塞着半块坚硬的钢砖。

第十三章

赵家祺和小周匆匆出了工厂大门,老王则先行一步抄近道赶往下关码头。

由于渡轮减少,下关码头上显得格外拥挤不堪,纷至沓来的人群经过军警检查和盘问后,一窝蜂地往前挤,都想尽快登船。由于熟人关照,赵家祺二人提前上船。但登船前,军警仍然进行了严格检查,发现小周公文包内的皮囊,掂了掂,足有八九斤重,顿生疑惑。

"里面装的什么东西?"

"铁砂。"

"是不是想运到对岸,熔化后打成铆钉给共军造船?"

"兄弟真会开玩笑!共军再笨,也不会这样捎带造船用的材料吧!照您这样说,估计他们要一百年后才能凑够造船的铆钉。"赵家祺一本正经地说完,两个军警自己也忍不住笑了起来。

两人笑过,旋即沉下了脸:"那你带铁砂到底要干什么?"

"给别人捎的。朋友家有几件祖传的铜器,长满了铜锈,不能用砂轮磨,更不能用菜刀刮,只能请年方二八、清秀无比的大姑娘沐浴完毕再素食两天,然后手抓铁砂在上面轻轻地磨。这是朋友家的祖传秘方,叫'绣女清锈'!不是你们追问得紧,我是不会外传的。"

两个军警又一次被逗笑,没想到还有这等稀奇古怪的秘方,见二人穿戴体面,便无意继续盘查,摆手让赵家祺他们上了船。

落座以后,赵家祺神态淡定地看着上船的每一个人,心里在思索着晚上的行动。随着汽笛"嘟"的一声长鸣,汽轮缓缓离开了码头。长江上的军用船只很多,来来回回运送着军用物资和人员。军舰过往掀起的巨浪,拍得小船在江面上摇摇晃晃,稍大些的渡轮也有明显的摇摆。江上船只稀少,再没了记忆中桅樯如林的热闹和繁华。赵家祺看着眼前的一切,心里暗暗思忖:这是自己潜伏南京后第一次真刀真枪的战斗,能否顺利地完成晚上的行动,将直接关系到今后工作局面能否打开,关系到先遣小组人员的士气。

渡轮很快到了北岸,赵家祺两人一出站口,小齐就迎了上来。随他来的还有两个人,互相点点头后,几个人就登上了沿江的小火车,赶往夹江北侧的吴家洼。一行人到吴家洼时已临近中午。吴家洼是江边较大的一个村子,外来人口居多,老百姓靠江边的薄地为生,空闲时打点鱼虾兜售换钱贴补家用。在吴家洼，家家户户都有船，可最近一段时间，大一点的船只都遭到毁坏或强行被拖到了南岸。赵家祺一行人坐的小火车开得很慢，到站后，车还没停稳，他们就跳下车，在附近一个草棚下吃了点东西，便匆匆赶到了夹江口。两短一长三声口哨后，一只小船从草丛中钻了出来，几个人麻利地上了船。在船上，小齐交给赵家祺和小周两把手枪。夹江不宽，水流缓慢，船很快就靠到了对岸，五个人上岸后，分成两组，小齐带领另外两人隐蔽于草丛中打掩护，赵家祺和小周两人则悄悄向聚仙楼靠拢。

八卦洲是长江上的第三大岛，方圆十五六里，为长江冲淤沉积而形成的江中沙洲，因形似八卦而得名。八卦洲四周芦苇茂密，野鸟水禽种类繁多，水产丰富，岛上居住民众多为躲避战乱逃生至此的安徽无为、苏北邳县等地贫困人家，久而久之，居民竟达五六千人之多。他们开荒种田，过着自给自足的生活。为便于管理，岛上后来成立了镇公所，经常会有南岸的官府人员到此例行检查，也有诸多客商来此收购江鲜野货，商业倒也发展得小有规模，聚仙楼饭庄因此兴建，并日渐红火起来。因为地理位置优越，店里多有江鲜野味，也引来了南北两岸的各色食客，因交通极为不便，食客晚上膳后大都会住下来，故而饭庄预备了几间简易客房供食客过夜。聚仙楼位于八卦洲唯一的一条大路旁，上下两层，在周围土坯草房当中显得格外醒目，周边的草棚小店因势而建，只接纳囊中羞涩的乡村农夫。

太阳划过一个大弧向西下沉时，光线也渐渐发红，手搭外衣的赵家祺来到了聚仙楼附近，走了半天，内衣已潮洇洇的。小周手拎公文包跟在身后，两人交换了下眼色后，朝饭庄走去。离饭庄还有二十来米远，赵家祺突然发现饭庄门前和屋后各站着一个身背长枪的保安团士兵，并不是如先前情报所说的仅有全二虎和手下两人。

"站住，干什么的？"门前的壮汉持枪问话。

"交通厅的王主任来岛上勘察地形，这是证件和公函。"小周主动迎了上去。

壮汉瞥了一眼证件和公函后正欲将人放进饭庄，忽然看到了小周手里鼓鼓囊囊的公文包，说："打开！"

小周打开公文包，壮汉瞧见了皮囊，取出掂了掂，不由分说地拧开塞子，倒出了一小堆褐色的粉末。

"什么东西，不会是炸药吧？！"

赵家祺的脸立刻沉了下来，粗声粗气地说："小兄弟，你是存心糟蹋我的宝贝咋的,有出门随身带炸药的吗,不要小命了?!"

"啥东西?"

"这叫无名异!治疗痈疽肿毒和创伤出血的中药,样子像铁砂,但可比铁砂贵多了。"

"带这东西干啥?"

"我两个大腿根呀,不知道什么原因,脓疮溃烂流水,隔两个钟头要搽一遍。"

"走,快走!"壮汉急忙将手中的皮囊丢回公文包,一脸嫌恶的表情。

两人顺利进入了饭庄。

掀开门帘,小周大声喊道:"掌柜的在吗?"

"在!在!"听到喊声掌柜的从里间跑到门口。

"掌柜的,这是南京来的王主任!我们王主任这次到岛上来,主要是为了勘察地形,准备修一条贯穿全岛的石子儿马路。附近没有大饭庄,今晚就在你这吃点东西吧!"小周一本正经地说道。

"你们几个人?"掌柜的问道。

小周回答说:"两个,咋,人少不给吃吗?"

掌柜的立马笑脸相迎,"不,不是这个意思!我们这里要提前打招呼的,因为我们做的都是江鲜河鲜,怕你们想吃时没有备货,慢待贵客啊!不过你们两个人没事,多了就不行了。"

赵家祺打了个圆场,告诉店掌柜:"我们也是慕名前来,有什么做什么,口味要正,吃得满意就行。"店掌柜连连弯腰致谢:"谢谢王主任体恤,这个请您放心,正好今天人不多,目前就一桌。"

"另一桌什么人哪?"小周看着店掌柜问道。

"几位朋友,几位朋友。"

"哟嚯,什么朋友还不方便报名字呀?"小周抬头扫视了一眼客厅说,更像是自言自语,看都不看掌柜的一眼。

"噢,是岛上保密局的全队长和附近几个村的头头小聚。你们来办的都是大事好事啊,欢迎欢迎,饭菜包你们满意,请随我来,先喝杯茶水解解渴。"说着,店掌柜前面引路,把两人往里间带。

两人打量着整个饭庄,不但不能与南京市内的大饭店相比,就连与新街口、大行宫、鼓楼和夫子庙的中等饭馆也没有可比性。简单装饰的饭庄楼下一层有三四个包间,包间之间的隔板仅用窄木板拼接而成,透过中间的缝隙,能隐约看到隔壁房间的人影，隔音效果更是无从谈起。

赵家祺二人在全二虎隔壁包间坐了下来。店掌柜泡好一壶茶，就张罗饭菜去了。赵家祺从嘈杂的话音判断出，隔壁共有七八个人，其中四个人正在赌博。全二虎嚣张跋扈惯了，他所在的包间骂声、笑声、数钱声、摔牌声此起彼伏，丝毫不顾及其他客人的存在。

赵家祺二人强忍怒气，暗自思忖着何时动手。

隔壁包间开始上菜、吃饭，坐在中间主位上的全二虎习惯地接受着众人的吹捧，显得亢奋无比，包间里一拨接一拨胡吹海喝的声浪比打麻将来得更为喧嚣。

等到隔壁包间酒过三巡，赵家祺告知掌柜可以上菜了。不一会儿，饭菜端了进来，桌上放了两瓶江白烧，鱼虾野味大碟小盘足有七八个，色味俱佳，口感上乘。赵家祺两人小口品着，大口吃着，在静静享受美味的同时，等待动手时机的到来。

饭吃到一半，赵家祺与小周耳语了一阵，然后起身向外边走去。

两人首先来到门前，赵家祺从口袋里摸出一盒"哈德门"洋烟，抽出一支放到嘴里，随手递给站岗放哨的壮汉一支。壮汉刚将香烟塞进嘴里，赵家祺"吧嗒"一声把火机递到了他的嘴边。壮汉低头点烟时，小周从背后抡起皮囊，狠狠地夯在了他的后脑勺上。

随着一声闷响，壮汉一声不吭地瘫倒在地。

赵家祺两人迅速来到屋后，用同样的方式将另一个保安团士兵放倒在地。

两人转身回到包间，分别从上衣口袋里摸出一副宽幅塑边眼镜挂在鼻梁上。看到赵家祺点头后，小周把筷子猛地砸在了桌面上，大声吆喝道："都是些什么玩意儿，吵得要死，这饭咋吃！"

"他妈的，哪个混蛋敢骂老子，找死啊！有种的过来，让大爷看看是哪个兔崽子。"隔壁随即传来凶狠的骂声。

赵家祺站起身，带领小周直奔隔壁包间。赵家祺一把推开房门，看清里面高矮胖瘦坐了满满一桌人，个个面如猪肝，醉眼朦胧。正中间的那位，光头、大耳、一脸横肉，油光光的厚嘴唇上下努动着，凶巴巴的眼睛直盯着进来的人。不用说，此人就是全二虎了。小周手指众人，厉声呵斥："你们都是什么人，还让人吃饭不？再吵吵就滚出去！这是省交通厅王主任，来岛上检查工作，本想安安静静吃顿饭，好心情都被你们这些王八蛋给搅没了。"

小周的一番叱骂让屋内所有人都愣了神。

片刻的寂静过后，满屋子人的眼睛齐刷刷地盯着两人，喽啰们又回头看着全二虎。酒劲冲顶的全二虎站起身，"咣当"一拳擂在桌子上，满桌的碗碟噼里啪啦一阵乱响。"什么交通厅，什么狗屁王主任，想找死啊！"

旁边的一个瘦子伸出大拇指，朝全二虎方向比划了一下介绍说："睁开你们的狗眼，你们知道他是谁吗？是我们全大队长，保密局的。是我们保密局毛局长的外甥，交通厅的人遇上我们保密局的，有多远死多远，不想活了说句话！"说完，手就下意识地伸向腰间。

众人还在眼瞅着瘦子说话时，两只黑洞洞的枪口突然亮了出来，赵家祺晃动着手枪，冷笑一声，用山东话喊了起来："奶奶个熊，瞪着俩泥蛋子眼瞧瞧，俺这个管用吗，你们这桌半混谁是保密局的？"在四十军作战部，几个参谋分别来自山东、河南、陕西和湖北，闲暇之际，赵家祺就跟他们学各地的方言，这时候派上了用场。

众人目光再次齐刷刷地聚焦在全二虎和他身边的瘦子身上。全二虎嘴张了半天，没有吐出来一个字，恶巴巴的眼神顿时黯淡下去。赵家祺身旁的小周接上了话："哎哟，咋都没屁啦，刚刚不是很神气吗，我们就喜欢和保密局的人打交道，不是想死吗，大爷成全你们。"

实在躲不过去，全二虎苦着脸，可怜巴巴地哀求道："两位爷，误会，误会，我们都是跑腿办事的，没啥过节，以后用得上兄弟的说一声。"转过脸便对周边的人骂开了，"你们几个王八蛋，眼长哪去了，找死啊，快给两位爷赔罪。"

不等众人道歉，小周挥动手中的枪："别，我可没你们这样的孙子，哪个只要得罪了我们王主任，死路一条。"话音一落，"啪"的一声，小周手上的枪就响了一下。原来，全二虎身边瘦子的右手已伸进了腰间，枪即将举到桌面以上时被小周看到了。这一枪不偏不倚正打在瘦子胸口，鲜血从枪眼处"汩汩"地冒了出来，瘦子整个人慢慢地顺着椅子滑到了地上。瘦子被一枪毙命，一桌人都吓傻了。全二虎知道遇到硬茬了，扑通一声跪了下来，带着哭腔连连哀求："爷，求求您，千万别杀我啊，我还有妻儿老小一大家子人要养！"

"你个半混，爹娘死了，才知道孝顺，歹事做尽，才知道积德。这些年，你们祸害乡邻，有多少冤魂在等着你们，知道吗?！记住，在阴间做点好事积点德吧。"赵家祺手起枪响，子弹从全二虎的额头进，从后脑出。"咣当"一声，全二虎仰面瘫在地上，满头满脸都是血。

"你们这些半混，报报各自的尊姓大名！"赵家祺高高举起手枪吼道。

齐家岸的王凤善、九里庄的孙弘典、风铃镇的仇庚盛……几个保长们都没见过这样的场面，被吓得半死，哆哆嗦嗦地报了村名和姓名。

"你们这些半混的名字我都记住了，明人不做暗事，俺是省交通厅的王德才，今后说不定还会主动找上门来，到时候可不要说不认识俺呀。"赵家祺说。

"不敢，不敢！"几个村的保长纷纷鞠躬求饶。

"你们几个记住，今天不杀你们，但如果继续作恶，全二虎的今天就是你们的明天。都他妈的给我趴下！"话音一落，几个保长吓得屁滚尿流，乖乖地趴在地上一动不动。赵家祺二人旋即收枪出门。店里的掌柜、伙计们听见枪响，知道楼上出事了，吓得藏在后院不敢露头。赵家祺两人迅速走出饭店，转瞬就不见了踪影。

赵家祺一行按计划原路返回夹江北岸，在地下交通站停留了一晚，第三天中午才分头回到城里，整个过程悄无声息。

回到福海贸易公司的第二天，赵家祺从小李拿来的报纸上看到这样一则新闻："八卦洲聚仙楼发生命案，保密局和保安团四人当场毙命。"报道中还说，几个在场的保长、掌柜和厨子竟说出五六种嫌犯外貌，他们的说法仅有一点是一致的："交通厅王主任是北方人，不慌不忙，枪法娴熟，决非区区共党游击队所能冒充。"

此后的几天时间，各种猜测和谣言相继传来。有传共党高级谍报人员已渗透到长江两岸，有传保密局全二虎平日专横跋扈，遭到同伴报复枪杀，有传是仇人买凶暗杀，所以一枪毙命……全二虎毙命的第二天，保密局南京站站长王向楠率人到饭庄验尸、拍照、取证，忙碌了整整一天，仍然一无所获，最后铐走了饭庄掌柜及大厨两人。毛人凤看过王向楠提供的验尸报告，也百思不得其解："两个保安队员的后脑勺皮毛完好，颅内却血肉模糊，既非匕首、菜刀和斧头等锐器所砍刺，也非铁锤、木棍和石块等钝器所擂撞，难道对方用的是民间功夫'铁砂掌'？"

此次事件发生后，江北各地的保长们整日人心惶惶，驻点的保密局人马也大多退回了南岸，人数少时再也不敢随便进村搜查。

第十四章

金陵福海贸易公司从一开张就运行良好，凭着张铭宇等一帮人营造的关系网，生意做得风生水起。

开业一段时间后，赵家祺发现了一个问题，与江北的通讯联络十分困难。通讯成了迫在眉睫急需解决的头等大事。赵家祺专门找到乔书记，商谈此事。

"我们南京的地下组织有两部电台，一台平时使用，一台备用。现在的问题是，两部电台不能放在一起，发报人员我们只有一个，我们一直在另外物色人选，眼前还没找到合适的，这个人很关键，必须稳妥可靠。这部备用电台对于我们今后开展工作很重要，不到万不得已不能启用。"说完，乔书记扫了众人一眼，最后将目光落在了赵家祺那里。

赵家祺用手指敲了下桌面，接过话茬说："啊呀，想起来了，我的同学李诗蓝在电信局工作，我来和她沟通一下，看看她有什么办法没有。"

"家祺，你和李诗蓝沟通，一定要谨慎，一是你们接触时间不长，了解还不够。女同志一般胆子小，顾虑多，怕她不肯接受这个任务。如果不接受，反而可能会影响我们后面的工作；二是她的立场问题，她毕竟之前一直在国民党政府里做事，能否经得住考验，这个问题你首先要考虑好。"老王补充说道。

"是啊，如果我们自己有合适的同志，就不用去冒这个险了。问题是，搞电台是个技术活，报务员一时半会儿也培养不出来，时间太紧迫了。这样吧，我先找她一下，侧面探探她的口风。从这几次的接触来看，她的言语间透露出了对国民党腐败无能和发动内战的厌恶，立场倾向上她应该不会存在大问题。请大家放心，我会见机行事，绝不会暴露组织秘密的。如果李诗蓝不行的话，那我们只能想办法从部队里抽一个来了。如果她可以的话，那自然更方便，她毕竟有电信局职员的身份做掩护，对本地又熟悉，不至于太显眼。"

"目前也只能这样了，你先沟通沟通，但一定要注意方式。我们几个人的真实身份现在不能让她知道，等时机成熟时再说。"乔书记嘱咐赵家祺。

赵家祺朝乔书记点了点头。

赵家祺第一个想到李诗蓝，当然有个人感情的成分，但他也有一种直觉，总觉得这是一个可以争取、可以培养的女孩子。

李诗蓝的态度是否明朗，对她能否把话说透，着实让赵家祺心里承受着巨大压力。李诗蓝愿意配合，自然是最好的结果，但如果不愿意，甚至去告密呢？结果无法预料，赵家祺心里一直思考着几种可能性。

午后，赵家祺要了一辆黄包车，赶往新街口电信局。走了一路，他心里也琢磨了一路。如果没到过李诗蓝的单位，她的同事就不会对他有较深的印象，李诗蓝也就不会有恰当的机会和理由出来；但又不能常去，过于频繁又会引起周围人不必要的怀疑。经过一番琢磨，赵家祺有了主意，还是给众人留下他们是彼此倾慕、你侬我侬的印象为好。儿女情长之事，就不必拘于小节，赵家祺想到这里，对这次见面的安排更多了几分信心。

电信局到了。

因为有了第一次的造访，这一次赵家祺算是熟门熟路，径直来到三楼李诗蓝的办公室门口。正在休息的两个同事听到敲门声抬起头来，看到门口的赵家祺，其中一个立刻站起来笑着打招呼："李秘书正在对面办公室整理资料，要不要叫她？"

"不用劳烦大驾，我过去就行了，谢谢啊。"

推开房门，李诗蓝正在仔细地往档案袋里装材料，看见赵家祺，一愣神，说道："咋又来了，不是不让你来我们单位吗，人家还要工作呢！"

赵家祺的声音故意放得很大："我来看看你不行吗，你这里又不是总统府蒋总裁办公室，咋不能来呢！"

"讨厌，啥事？快说！"

"晚上请你看电影，赏个脸呗。"

李诗蓝刚要拒绝，看到这个时间赵家祺来找自己，意识到可能有事，就换了个语气："啥电影？"

"上官云珠主演的《万家灯火》，大华影院，五点半门口见。"

"知道了，下班后我直接过去。"

"好咧，拜拜喽。"随着赵家祺脚步声的远去，李诗蓝的心才算放下了。

新街口是南京最繁华的地段，四周商场、银行、饭店云集，游客川流不息，夜市喧嚣非凡，鱼龙混杂，容纳着各个消费阶层的众生人群，尽显首都的繁华。大华影院位于新街口的东南角，紧邻中山南路，背靠中央商场，影院大门上的霓虹灯，变幻着炫目的七彩光影，尽显奢华与摩登。如此浪漫风情，让人们暂时忘却了时局的动荡与不安，家境殷实、穿着考究的男男女女，挽手搭肩，有说有笑地在那里进进出出。

赵家祺身着西装，头顶礼帽，俨然一个潇洒帅气的富家子弟。他五点刚过就到了影院门口，买好票，拿了一份《中央日报》在门口静静地浏览着，并不时地用余光打量着眼前来往的行人。将近五点半时，李诗蓝翩然而至，她冲着赵家祺嫣然一笑，二人心领神会一前一后进了影院。

电影散场后，赵家祺贴近李诗蓝耳语了几句，两个人左拐穿过一条窄巷，来到了不远处羊皮巷的一家徽菜馆，找了个四周无人靠角落的位置坐下。点过菜，赵家祺把一杯热茶推到李诗蓝的面前说："今天看电影是假，主要想和你聊聊天，不会怪我吧？""看你刚才虚张声势的样子，就知道你肯定有事，说吧。"说完，李诗蓝端起杯子抿了一口。

"诗蓝，有个事，想麻烦你。"赵家祺轻声说道。

李诗蓝抬头看了赵家祺一眼："你说吧，我听着。"

"为了生意上的事，后面可能要麻烦你帮我发发电报，不知道你愿不愿意？"

"你自己可以去电信局发电报，那里有对外的业务，你不会有什么神秘的事吧？我们内部是可以发，但不对外，专用设备审查很严，我们个人偶尔也可以发，只是不能多而已。"

"我哪里有什么秘密，都是生意上的事。你知道，有些生意和钱款往来，还是不想让外人知道。"

听过赵家祺的解释，李诗蓝点了点头。

"想询问一下，发报机你会用吗？"赵家祺接着问道。

李诗蓝回答："我们就和这个打交道，进电信局之前，每个人都接受过培训。"

"诗蓝，我有一个想法，不知道行不行，想听听你这位老同学的意见。厂子开起来了，订单会越来越多，但就是离城远了一点，与客户联系不方便，只能靠发电报。所以啊，思来想去，我想学学上海和南京的一些企业，自备一个小电台，另备一套商用密码，便于随时与客户联系。"赵家祺表面上显得很随意，可内心还是非常谨慎。

李诗蓝听后，盯着赵家祺看了很长时间。

赵家祺猜不透李诗蓝的心思，心里打着鼓。

"只要不违犯政府的禁令，老同学生意上的忙，我什么都可以帮！"李诗蓝爽快地答应了下来。

听完李诗蓝的话，赵家祺悬着的心落了地。

过了几天，他们又相约在徽菜馆见了面。赵家祺把所谓的"商用密码"交给李诗蓝熟悉熟悉，为今后发报做些准备。李诗蓝看完一遍密码，脸上的表情突然变了。

"你找来的这份密码真是用来做生意的？"

"没问题，真是做生意联络用的。"

李诗蓝没有说话，脸上浮现出了一丝神秘莫测的笑容。

"诗蓝，你笑什么？"赵家祺装出莫名其妙的表情，但心里却像有鼓槌"咚咚"敲个不停。

"想知道我现在心里想什么吗？"李诗蓝望着赵家祺，脸上的笑容渐渐消失了。

"请说！"赵家祺回答。

"那我就说了！在金大上学时，你和谁接触比较多，经常参加哪些活动，我多多少少也知道一些，当时我不也参加了一些社团吗？王合之老师为什么被抓，他被抓后不久你就离开学校，你当时为什么走，这些都应该能说明一些问题吧？！"李诗蓝一连串的追问，让赵家祺无法招架，看来他还是轻看了这个貌似单纯的女孩子，慌乱之中，他决定冒一下险。

"诗蓝，如果我是你认为的那种人，你是什么态度？"

"家祺，我的态度还不明确吗？你拿来的根本不是什么商用密码，如果我不信任你，一个电话打到保密局，你现在还能在这里？"

一声情真意切的"家祺"，喊得赵家祺心里有了底。赵家祺更是从李诗蓝那双紧盯着自己的亮晶晶的眸子里，感觉到了两人的心彼此已经紧紧地贴在了一起。

赵家祺内心十分激动和感慨，便直抒胸臆："诗蓝，谢谢你对我的信任。以后我这里还有很多事情需要你的支持，你愿意吗？"

李诗蓝深情地望着赵家祺，眼波流转中似有盈盈泪光。

两人对面而坐，沉默了一会儿，李诗蓝这才擦了擦眼，轻声地说道："家祺，我也特别感谢你能信任我！需要我时说一声就行了，我早已恨透现在的政府，腐败透顶，社会混乱，抓人、杀人如同儿戏，老百姓的日子一天比一天难熬，真希望这个局面早日改变。我这里没有丝毫问题，只要能早日推翻现在的腐朽政府，我愿意跟你做任何事情。"

赵家祺看着李诗蓝坚毅的神情，眼圈一下子湿润了。他内心最清楚，这样的一个时刻，这个女人绝不仅仅是因为痛恨腐败政府才甘于冒险，更大程度上是因为两颗相互倾慕的心从来没有真正冷却过。他深深地吸了一口气，平复了一下情绪。

"诗蓝，你这样一说，我就放心了，电台已筹备好，地点我们安排好后及时通知你，我们一般四天对外联络一次，电台每十五天更换一个地方，小周或我们的人会及时和你取得联系。也请你放心，我们一定会保护好你的安全。"

"家祺,这个我很清楚。我虽然是个不关心政治的普通百姓,但不论今后遇到何种情况,我都会说为老同学的生意帮点忙,只负责接发电报,至于电报内容是什么,因涉及生意上的秘密,我不会过问的。"李诗蓝轻声说。

赵家祺点了点头。

"诗蓝,你愿意跟着我从事一些与安分守己的职员毫不相关的危险之事,是什么原因呢?"赵家祺最终还是没能控制住内心的波澜,想再一次验证自己刚才对李诗蓝的判断。

"刚才,一个原因我已经说了,不过,还有一个原因——"话说一半,李诗蓝不说了。

"另一个原因是什么?"

"你说呢?!"

赵家祺温情地看着李诗蓝,泪水从眼角无声滑下,滴在桌面上怦然有声——在这一瞬间,时间停止了,周遭一切都不复存在,只有一个甘愿为自己付出一切的姑娘,坐在对面噙着泪注视着他。

时间过去了良久,李诗蓝忽然回过神似的,嗔怪着推了赵家祺一把:"看你!一个大男人,掉什么眼泪。发个电报也值得你感激成这样?"

赵家祺一把抓住李诗蓝的手,生怕她跑了似的:"诗蓝,知道吗?这是我一生中最幸福的时刻。"

李诗蓝轻轻挣脱赵家祺的手,从包里掏出手绢擦拭止不住的眼泪:"都是你,干吗要惹人家伤心!"眼角却止不住漾出幸福的笑意。

窗外不知道什么时候下起了淅淅沥沥的小雨,夜幕中的行人有的撑起了伞在雨中徜徉,有的弓着身子急匆匆地穿过雨雾,消失在看不见的角落里。从外面透过明亮的窗玻璃,可以看到屋内一对青年男女执手相对而坐,久久不言……

第十五章

秘密电台很快架设了起来。

期间,李诗蓝通过电台与江北先遣部队尝试联系了几次,一切都还比较顺利。

一天,张铭宇告知赵家祺,国防部有一批军需物资近期要运到镇江和无锡两个兵站,由于货量较大,军方船只忙不过来,可租用民用货船走水路运

渡江

送，问赵家祺愿不愿意接下这个业务，赚笔小钱花花。赵家祺立即将这个信息报告了华东局。华东局社会部作出指示："争取利用这个机会办点'私活'。"并决定由赵家祺负责具体操办。对赵家祺来说，期待已久的机会来了，但如何安排人员和船只、怎么运送等问题还需要和张铭宇仔细协商。赵家祺与张铭宇约定了晚上的"小聚"，并通知了李诗蓝。

夜幕降临，三人分别来到了孝陵卫的御品鲜饭庄。虽说京沪杭临时警备司令部就位于饭庄附近，不知是吃腻了还是刻意避嫌，来这里吃饭的军官并不多，食客大多是当地富足人家和城里来的商贾官差。御品鲜饭庄坐东朝西，上下三层，一层为散客，二层为普通包间，三层豪华包间带有棋牌室，房间略大一点，算是招待贵宾的雅间。酒楼老板一看着军装的，多半不会犹豫，直接请上三楼，三楼的环境相比底下两层要清静得多。

老板把饭菜张罗好后下了楼，赵家祺首先问："铭宇，说说你那边的情况。"

张铭宇喝过一口茶水，做了简单介绍："这次运送的主要是过冬的被服、冬天野外作业的工具以及一些修筑防御工程用的麻袋等。一次运送不完，要好几趟。因为不是重要战备物资，按规定可以借调民用船只，正好便宜你老兄。但我要说清楚，国防部要抽调士兵负责押运，你们要和他们配合好，保证不能出任何问题。否则，我的饭碗就保不住了。这样吧，我这里出物资调运单，时间和船只你来定，这两三天就要落实到位。"

"好的！我马上去安排运输船只。"

店主敲门上菜时，三个人就岔开话题，海天阔地聊得不着边际，店主一走，三个人立即埋下头来，悄悄讨论方案。半个多钟头后，张铭宇说家里孩子生病了，要提前回去，便叫了辆黄包车先行离去。临走前，张铭宇又交代了一句："在长江上跑船很苦，这样，在镇江下货的时候，我让驻防在附近的七十一军军需处丁世安处长在码头接待你们和押运士兵。不能只顾赚钱，苦了身子。"

包间里剩下了赵家祺和李诗蓝两个人。赵家祺紧皱眉头，思考着一个问题。

"家祺，有困难吗？"

"诗蓝，这是个十分难得的机会，组织上要我随船带批货到江北，但这里会有两个问题：第一，就是国防部的货会在下关装船，而我们的货进不了下关，只能选择在龙潭装；第二，我们的货也不可能和国防部的一起下船。至于如何选择我们的下货地点，来之前我们联系了一下江北，由于江北岸的国民党军队对镇江以西段把控很严，地方组织认为可以选择在扬中以东至泰兴段下货。确定了稳妥的下货地点后，下面就是如何把握时间、怎么摆脱押运人员的问题了。"赵家祺既说出了自己的顾虑，也谈了自己的想法。

李诗蓝在旁边静静地听完赵家祺的话，温情地说："家祺，不要急，你再想想，总会想出解决问题的办法的。"

沉思片刻，赵家祺低着的头突然抬了起来。

"诗蓝，我想了个法子，先将他们在下关的装货时间、到达他们下货点及在下货点卸完货所需的时间加起来算好，然后把下完货的时间安排在晚饭点上，我们可趁机把负责押运的士兵接上码头好吃好喝地伺候着，与此同时，船再悄悄赶往我们的下货地点，事后回到码头去接押运士兵。如果各环节衔接紧凑，应该没什么问题。"赵家祺说完自己的想法，瞪大眼睛等着李诗蓝的回应。

李诗蓝笑着对赵家祺说："好！确实是个好办法！"

听完李诗蓝的赞许，赵家祺脸上浮现出满意的笑容，可时间不长，他突然安静下来，若有所思地道："这个办法虽然可行，但是还有几个问题：第一，怎么能让船老大既按我们的计划办又不走漏风声，因为这个办法以后我们还会再用；第二，如何应付江面上国民党巡逻船的检查；还有就是，万一押运人员不听我们的安排，该怎么办？"

"家祺，你是打了多少年仗的人了，考虑问题肯定比我周到。我要提醒的是，除了你说的这些问题，还有保密局的人无孔不入，从军队到地方，处处防范'共谍'，抓住就枪毙，你们要格外小心！"

"有一分潜在的危险，我们就要有十分的准备！至于如何对付押运士兵、巡逻船和其他意外情况，我再仔细思量思量。时间紧迫，我马上安排船只。还有，这是第一次，我要亲自去，顺便摸摸江两岸的情况。"

两人一同离开饭庄，路上行人稀少，天气已转凉了。没有张铭宇在场，李诗蓝不由自主地挽住了赵家祺的胳膊，头靠在赵家祺的肩膀上，轻声地提醒道："如果这次你一定要去的话，千万注意安全，谨慎为好。"

"我知道了，这些年数不清的大风大浪都挺过来了，没问题的，你放心吧。"赵家祺反过来安慰着李诗蓝。

李诗蓝拉着赵家祺的胳膊停了下来，望着他的眼睛说："这和你过去在部队的时候不一样！部队里人多，危险性当然低了，现在，这里你们人少，环境你又不大熟，危险无处不在。"说完这些话，李诗蓝眼神里满是心疼和担忧。

"这不是还有你嘛！再说，我在南京也待过两年啊，再加上这段时间的摸排走访，对情况也算熟悉起来。另外别忘了，还有组织的同志和你的支持嘛！"赵家祺边说边凝视着远处的灯光，脑海里仿佛浮现出解放军鼓号齐鸣、千军万马横渡长江的壮观画面，心中热血沸腾，激情澎湃。李诗蓝摇了一下他的胳膊："你想什么呢，呆呆地笑，样子可是有点傻。"

赵家祺轻抚着李诗蓝柔顺的散着淡香的黑发，轻声说道："让你跟着我担惊受怕，不会怪我吧？"

李诗蓝的胳膊轻轻地撞了他一下，温情而娇嗔地表达着自己的态度。

"让我们一起努力吧，让老百姓，当然也包括我们自己尽快过上平安祥和的日子。"两人相互依偎的身影在灯光下被拉得很长很长。

第二天，乔书记和老王一大早就赶到了麒麟门福海贸易公司，韩久耕热情地为他们开了门。此时的赵家祺还在办公室里埋头沉思，两眼猩红的他显然又经历了一个无眠之夜。乔书记二人推门进来时，赵家祺先是惊讶，之后笑着说："真是心有灵犀啊，我这正准备找你们呢，刚念叨着，人就来了。"

乔书记说："我们也得到了上级的指示，说你们接受了一项重要任务，让我们帮助找条船并协助你们做好后续工作。"赵家祺怎么也没有想到，他给华东局社会部上报情报后，华东局会如此之快地做出了反应。

赵家祺简明扼要地把计划与实施方案叙述了一遍。刚介绍完，老王站起来说："船的事没问题。昨天接到上级的指示后，我们已经落实好了一条船，船老大和他的副手都是我们的人。问题是押运的士兵咋办？我们的货以什么理由装，以什么理由下？"

"这个我已经琢磨了一夜，基本上没问题，我们会把各个点衔接好，安排好船就解决了根本问题。这是我们第一次行动，我必须参加，熟悉情况的同时也可以为后面工作积累一些经验。"

乔书记急切地打断了赵家祺的话："这次你还是别去了，太危险，老王可以把事情安排好。我认为，军方那里的细节你考虑周全就可以了，我们的货最好也要有运单，以防万一。还有啊，保密局的人说不定会从哪里冒出来，到时我们再派几个活络的人跟着，以丰顺货行的名义，遇到问题可以随机应变。只要安排好，你真没有必要亲自去冒这个险。"

赵家祺斟酌片刻，坚定地说道："还是我去更好些，老王把船安排好就行了，毕竟我和张铭宇是同学，有什么事好打着他的旗号去应对。"

大家见赵家祺态度坚决，也就没再做过多的劝说阻拦。

几个人看着地图，计算着时间和地点，经过反复商酌，大家终于敲定了一套严密的方案。每人都清楚，这次运货的成功与否直接关系到以后的运输是否顺利。

第十六章

随后两天，赵家祺分别和两个老同学进行了紧锣密鼓的沟通，又与国民党部队交接人员以及江北的中共地下组织取得了联系。一切安排妥当，赵家祺清楚，万事俱备，就等装船的通知了。

第三天中午，装船通知到了，赵家祺立即联系了老王。货船下午四点准时驶达下关码头时，赵家祺和小周已在码头上等候。下关码头人头攒动，物资堆积如山，一排排扛包的民工眼巴巴地候在那里。老王站在船头翘首以盼，看到赵家祺连忙招招手："赵老板，就等你的货物转运单了，拿到单子立马可以装船。"小周把转运单递给了老王，老王把单据交给军方一一核对后，一声令下，民工们一拥而上，犹如一条运输带架在了码头和货舱之间，有条不紊地运转起来。有的民工身体强壮，一次扛两个麻包还行走如飞，有的人肩窄人小，硕大的麻包压在肩上，整个身子弯成了九十度，步履蹒跚地走在晃晃悠悠的木板上，仿佛稍有摆动就会连人带包掉进江里。荷枪实弹的士兵冷漠地看着这群人，时不时地呵斥着。

赵家祺二人在船上指点着物资摆放的位置，货物在船舱里一层层地往上码着，很快就堆了有半人多高。

突然，码头上一阵骚动。从码头的大门处走进来四个人，领头的一身灰色中山装，中分头油光锃亮，后面跟着三个年轻人。四人东张西望朝货船走来，只当持枪站岗的士兵不存在，蛮横跋扈地直接上了船，站在船沿冷眼打量着船上的一切。

"哎呀，这不是豹队长吗，您咋有时间到这里来呀？"老王不知从哪里冒了出来，冲着四个人打着招呼，一看就是相识多年的老熟人了。

被称作"豹队长"的人打了个哈哈："王主事，今天又是你们的货啊，你们发财吃肉不让我们喝汤，说不过去吧？"

"豹队长，看您这话说的，有点外啊，等我忙完这趟货，回去就给方老板汇报，早该请你和弟兄们喝个小酒了，这不就是一句话的事吗。"

"别，王主事，您嘴上抬举我，实际上是害我啊！老弟我总共查过方老板三次货，两次都被我们处长骂得狗血喷头，后来才知道，方老板原来是郑次长的朋友啊。"寒暄过后，豹队长的人走到老王面前，斜眼打量了一番不远处的赵家祺二人，努着嘴巴问道："那边的两位有点眼生，什么来头啊？"

老王盯着豹队长，有点为难地说："那两位嘛，不太好说，我就知道姓赵，方老板早些时候安排我配合好他们就行，其他的别问，据说来头不小，只做军队的生意，并且还主要做汤司令的活儿。这不，汤司令现在负责我们这里的驻防，他也不知从哪儿冒出来了。你要真想知道他的身份，最好自己去问。"老王一句话，将皮球踢了回去。豹队长心里暗暗骂道："妈的，真是个老滑头，好事轮不到我，坏事就让我去捅，几次了，搞得老子灰头土脸的。"

气归气，该问还是要问，说不定还能搭上一个对自己有好处的关系呢。于是，豹队长走上前去，双手一抱拳，眯着眼恭敬地招呼了一声："赵老板，久仰久仰，小的洪金豹，认识下赵老板，还望以后多多关照。"洪金豹身旁的跟班补充道："这是我们豹队长，保密局南京站的。"

赵家祺其实早已看到老王在和此人嘀嘀咕咕，自己只当没看见，高高地站在缆桩上，指挥着众人上上下下忙活。听到有人打招呼，赵家祺转过身，看着面前一脸阴笑的洪金豹，淡然平静地说："噢，保密局的朋友呐，幸会幸会！"接着扭头朝小周吆喝道："速度再快点，早点装完早点休息！"小周得到指示下到船舱里去了，赵家祺若无其事地问着四人："你们是例行检查还是有别的事儿？说吧，我这儿还忙着呢。"

洪金豹看着这气势，心里吃不准啥来头，又不敢冒昧打听，只能哈着腰，满脸堆笑："也是公事，就看看，就看看。"

"行，那你们看吧，这里有调配单和货运单，你们就拿着这些单子一样一样地核对吧，也省得我忙了。"说完，递过来一叠单据。洪金豹接过单子，大眼一看，密密麻麻写的都是物资名称及数量，这哪是一时半会儿能搞清的。国防部四厅物资调运处的鲜红大印赫然醒目，洪金豹第一眼就看到了。冲这个印章，洪金豹知道惹不起，没多想就毕恭毕敬地把单据还给了赵家祺，点头哈腰连声赔罪："打扰，打扰，小的就是例行公事，望赵老板海涵。"说完，就带着三个随从匆匆下了船，到别处转悠去了。

一群人紧张忙碌地搬运了两个多小时，天擦黑时才全部结束。给货物盖好油布后，赵家祺几个人下了船。当晚他们就在码头附近随便找个小旅馆住下来,老王则过江到浦口码头的丰顺货行去了。

晚饭后,忙碌一天的小周头一沾枕头就睡着了。赵家祺对货船还是不放心,决定一个人到码头上四处走走。南京同时具备货运和客运能力的码头本来就没几个,下关码头是最大的。码头附近人口稠密,多是扛包、打杂、拉活、捕鱼等靠苦力吃饭的穷苦人,房屋基本上是清一色的趴趴房,能遮遮风挡挡雨已算很不错了。路两边脏乱不堪,行人稍有不慎,双脚就会沾满脏水烂泥。整个码头充斥着劣质香烟味、汗臭味和鱼腥味……码头上住家户的油灯忽明忽暗,闪着微弱的光,屋内老老少少忙碌的身影被映衬得犹如鬼魅。只有极少家境好一点的,会在门口挂一盏带玻璃罩的汽灯。

小小的下关码头,映现世间百态。

"啪!啪!"远处突然传来两声刺耳的枪声。这个时间,这个地界怎么会有枪响?码头有军警看管,外面都是靠苦力过活的百姓,赵家祺心里顿生疑惑。这时,从远处走来三个骂骂咧咧的人,每人身上背着枪,梗着膀子,根本不把其他路人放在眼里。码头路窄,三个并排横行的人与赵家祺交汇时胳膊彼此触碰了一下。赵家祺低声说了声"抱歉",正欲继续走路,对方一人回手一把抓住了他的衣服,凶神恶煞般地骂道:"妈的,走路不长眼啊,把老子的胳膊碰脱臼了,还想走?"

没等赵家祺解释,另外二人就围了上来,不分青红皂白就动起了手。赵家祺被围在中间,由于不想与他们纠缠,只是用双手挑开三人的拳头。三人见打不到赵家祺,恼羞成怒,便从腰间拔出刀子,围成一圈捅向赵家祺。没有退路的赵家祺这次没有手软,三拳两脚就将扑过来的两个人打翻在地。当他准备上前制服第三个人时,一支枪口对准了他。

"小子,身手不凡啊,但再快能快过这个?!我从一数到三,你要不给老子跪下的话,就等着让家里人收尸吧!"

"一!"

喊声过后,赵家祺一动不动。

"二!"

赵家祺还是一动不动!

"哗啦"一声,第三个人拉开了枪栓,将子弹上了膛。

"我喊三了!"

第三声刚喊出一半,便戛然而止。原来,一支手枪顶在了他的后脑勺上。正当此人稀里糊涂浑身颤抖时,手中的枪被人一把夺走。

"跪下，不然老子就开枪了！"身后之人一声大喝。

那人"扑通"一声跪在了地上。

冒出的这个人不是别人，正是小周。

正在此时，远处传来一声吆喝："吆，这不是赵老板吗？"说话者正是个头不高的洪金豹。

赵家祺回了一句："原来是豹队长，这些都是你的人？你手下的人很厉害啊！要不是部队长官给我派的这个保镖及时赶到，怕是这会儿我已经成了枪下之鬼了。"

洪金豹立即上前拱手道歉："不好意思，手下人不认识赵老板，多有得罪。"随即就朝跪在地上的人踹了一脚，"滚蛋，他妈的不长眼啊！"

看着洪金豹，赵家祺笑着说道："吃完饭出来转转，想到码头再看看，不放心啊。"

"好，还是谨慎一点好！这不，我也刚从码头上过来，刚才看到你们船边有个黑影闪了一下，估计是有人要上船偷东西，就开了两枪，人也不知是死是活，但我想偷东西的人无论如何是不敢再去啦。"洪金豹解释说。

"那谢谢豹队长了，这么晚还在执行公务。"

"共军猖獗，毛局长要求又严，不小心是要掉脑袋的！"洪金豹说完，带着三个人走了。

刚才的一幕，让赵家祺心里冒出一丝寒意，这么晚了他们到码头究竟有什么目的？还好，自己之前准备充分，手续齐全，并且是按要求装的货，没有露出任何破绽。直觉告诉赵家祺，他已经被这伙人给盯上了。他心里清楚，晚上的事算是给自己提了个醒，明天的行动务必要更加谨慎，不能出现任何差错，因为这是他船运工作的第一枪。

赵家祺的判断是对的，下午见面之后，洪金豹对他这位"有来头"的陌生人产生了怀疑。刚才，洪金豹根本没有看到什么黑影，只是找个借口，便于对赵家祺的船继续实施监控。

一夜无事。

第十七章

第二天，天刚蒙蒙亮，赵家祺和小周就来到了码头，在调度室拿到盖过章的运单就上了船。在船上，除了见到了老王安排的几个人和押船的士兵，他们还意外看到了两个身着黑色中山装、腰间鼓鼓的便衣。

赵家祺走近一看，两人正是昨晚与自己起冲突的洪金豹的两个部下。原来，昨晚的那场冲突过后，洪金豹就安排二人从夜里到早上一直盯在船边，没有离开过半步。

"麻烦来了！"从看到这两个人开始，赵家祺心里就一直在嘀咕。

"你们这是？"看到赵家祺示意的眼神后，小周急忙过去和两人打招呼。

"这是保密局毛局长的手令，现在每艘运送军用物资的船都必须要有我们的人在。奶奶的，局势不好，我们也跟着吃苦，每周在家歇不了半天。"

"好啊，好啊，有毛局长派来的人押船，我们就啥也不怕了。"赵家祺迎面走到两人跟前，微笑着说。

"赵老板客气了！"两人皮笑肉不笑地答话。

小周和赵家祺相视一笑，手里拿着单据在船上走了一圈，明着是核对物资，暗里是检查一下空间，因为到龙潭港还要上一批物资。待一切妥当后，赵家祺朝驾驶室挥了挥手，示意开船。

随着"鸣"的一声长鸣，船尾立刻激起簇簇浪花。船徐徐开动后，押船的士兵和保密局的两个特务走进舱内避风，四人不苟言笑，不时贼眉鼠眼地朝驾驶舱张望。

驾驶舱里，赵家祺、小周与船老大常青和他的副手有说有笑，拉着家常。

常青是安徽明光人，五十岁左右，曾在冯玉祥的部队干过几年，后因舍不下家中老母就溜回老家在淮河里跑船，挣点钱后娶妻生子。抗战胜利后，老母过世，常青便带着老婆来到南京，通过亲戚关系继续跑船。"撑船、打铁、磨豆腐"是人间三大苦，活累点，但是能挣到钱。老王看到贫苦出身的常青有着强烈的正义感，便介绍他加入了党组织。常青脾气耿直，看起来大大咧咧，但心很细，对船上的大小设备和长江水文情况心里透亮。

江面上秋风飒飒，船两边激起的浪花形成一团团水雾飘到舷上。不时有巡逻艇呼啸而过，巡逻艇头尾都架着机枪，黑洞洞的枪口看上一眼便会令人毛骨悚然。长江边的夹江或水道里偶尔可见打鱼的小船，船上的渔民手摇着船橹，犹如一片浮萍在波浪中飘摇不定，似乎随时都有倾覆的危险。由于顺水行走，船速很快，一个半钟头就到了龙潭港。船靠岸后，两个押船的士兵依旧蜷缩在舱内抱枪打盹，但两个便衣冲了出来，喊道："怎么回事？船咋靠岸了？"

小周不耐烦地嚷开了："两位，我倒要问问，到底是你们还是我们负责装

渡江

货啊？没看到昨天舱里留有空位吗？还有货！这是国防部核准的货单，不信你们瞧瞧！还有啊，最好你们俩下来一块扛包装船，这样能快点。"两个人被这么堵了一句，核验过货单，无趣地回了休息室。原来，为了龙潭港上货的安全，赵家祺提前给张铭宇打了招呼，说货船还有点空位，想在龙潭装些布匹运到无锡，多赚点钱，请他出个货单，免得路上麻烦。张铭宇说，只要不是运给江北共产党的货，就没问题，爽快地出了加盖国防部大印的货单。

龙潭港是一个临时备用港口，站岗的人时有时无，只有装卸大批量军用物资时才会有部队把守。船一靠岸，赵家祺就看到了岸边的几个军人，身后是齐刷刷地码在岸边的货物。船上的几个人立刻放下木板搭到岸边的水泥台上，众人快速地装船，小周站在岸边假模假样拿着清单吆五喝六地指挥着大家装船。两个钟头不到，货物全部上船。时间已近中午，李世新拿了几兜吃食递给小周，权作午饭。

收好木板，船重新发动，几个人分发一下午饭，各自找地方吃去了。小周给了站在船首和船尾的两个押船的士兵每人一份吃食，但故意漏掉了舱内的两个特务。两个特务其中一个昨晚被小周用枪顶过头，知道小周不是瓢茬，也不敢言语，眼巴巴看着外面的人狼吞虎咽，自己却饿得前胸贴后背，嘴上不说，心里直骂摊上了这趟苦差事。

货船顺流而下，一路上赵家祺看到长江南岸的江防工事正在紧锣密鼓地修建，明碉暗堡占据着制高点，密密麻麻的炮管枪口正对着长江北岸……赵家祺看在眼里，急在心头。"如何掌握国民党军队在长江的军事部署情况呢？"站在船首的赵家祺看似一动不动，却满脑子思考着这个问题。"等完成这次任务回去后，一定要和大家好好合计一番！"

货船驶过句容，江面上的大小岛屿逐渐增多，江汊纵横交错，船速也渐渐慢了下来。众人百无聊赖地打着瞌睡，只有赵家祺坐在船头，静静地观察着长江两岸。"呜"的一声长鸣，第一个卸货点镇江站到了。远远望去，一个凸出的军用小码头呈现在眼前，船舱里的人纷纷钻了出来。货船缓缓靠岸，小周下船与几个军人办理交接手续。手续办完后便开始下货，十几个士兵一溜排开，随船的人依次把货递到船边，士兵交替传送。此时，两个特务饥饿难忍，不耐烦地在船上走来走去。货物整整卸了两个小时，天色也渐渐暗了下来，几十米远的地方看起来已经模模糊糊。货快卸完时，码头上忽然驶来一辆军用吉普，一名军官跳下车，离老远就打起了招呼："赵老板，辛苦啦！"

赵家祺知道来人定是张铭宇说过的七十一军军需处长丁世安，急忙双手拱拳，大声回话："哎呀，是丁处长吧，怎么把您惊动了？"

"赵老板，您老同学下午特意打电话来，说您亲自来，老弟我哪敢怠慢啊！你们辛苦一天了，我已备好饭菜，走，喝两杯去！"

"丁处长太客气了，还劳您大驾亲自跑一趟。我们下完货就走，真的不用麻烦。"说完随手接过小周递过来的礼盒交给了丁处长："丁处长，这是长白山百年老参，代我孝敬令尊令堂。"

"谢谢，走是不会让您走了，酒席已备好，吃完饭休息会儿再走。"丁处长执意留客。见主人如此盛情，赵家祺便顺水推舟，吩咐小周说："好好，恭敬不如从命！货下得差不多了，先歇歇，吃顿热饭去！"小周心领神会地点点头，招呼所有人下船吃饭。此时，军用物资已全部卸下，小周笑着问了赵家祺："赵老板，那两个人咋办？"

"哪两个人？"丁处长一脸疑惑地问道。

赵家祺看着丁处长，一脸的不高兴："保密局的，不放心，非得来押运。"

"他奶奶的，又是这帮混蛋，我们的人在船上押着，他们还是不放心。老子才不尿他们那壶，让他们滚蛋！"

"算了，丁处长，人家中午饭都没吃，这时候定是饥肠辘辘了，没功劳也有苦劳嘛，就和我们一道随便吃点吧。"赵家祺劝慰道。

小周招呼众人下船赶往饭店，两个押船的士兵不用喊，提着步枪抢先跳下了船。两个便衣在船上走来走去，戒心十足地仔细检查着。小周冲他们喊了一句："丁长官专程来请我们赵老板吃饭，赵老板让大家都去。你们两个去不去啊？要不，为了安全，你们守在船上吧。"

两个人一看这个阵势，知道赵老板的能量非同一般，连连点头说道："去去去，真让你们赵老板费心啦！"说着，就点头哈腰地跟在小周后面下了船。

在一个大包间里，丁处长招呼赵家祺等人落座。酒席相当丰盛，众人谈笑风生，一扫一天的疲惫。在另一个小房间里，两个便衣、两个押运士兵由小周和丁处长的勤务兵陪着，风卷残云般大口吃肉，在小周的劝说下，酒杯频频端起，不大一会儿，几个人就醉眼朦胧了。酒足饭饱后，小周问那几个人："几位老总，吃好了吗？"两位押解士兵喝得烂醉如泥，趴在桌子上已经站不起来。满眼通红的两位保密局特务尚能说话，连连摆手："要，要走你们走，我们两个，两个今晚得在这躺一会儿。如果接着走，船一摇晃，五脏六腑不都得吐出来？明天下午你们从无锡赶回时，顺便到这里接我们一下。"

小周站了起来："那就不劳烦二位了，我们继续往下走，明早还要到无锡卸最后一批货。"说完，小周悄悄地放了几张钞票在桌上，接着又补了一句："那二位就早点休息吧，住的地方我让他们安排好，这点算是小意思，我们赵老板为人大气，特意叮嘱我要安排好两位。"

两个特务由丁处长的勤务兵领着去住宿。两人走后，小周走到另一个包间向赵家祺使了个眼色。赵家祺看了一下手表，九点四十，距江对面交货的时间还有二十分钟。

赵家祺带领众人上了船，两个不省人事的押船士兵也被人背着扔进了船舱内的休息室。

离开码头，货船在漆黑的江面上横穿长江十几分钟后，便来到了与江北同志们约定的地点。货船在一个江汊拐弯处停了下来，小周走出船舱，手拿电筒站在船头，默默地紧盯着北岸。江北岸不远处闪过来"一长三短"的电光，在漆黑的夜里显得格外醒目。小周立马打开电筒"两长两短"进行回应。

暗号对上了。

停在江汊口的货船抛下铁锚，不大一会儿，几只木船划了过来。从其中一条木船上过来一个人，赵家祺迎了上去，问候道："夜里凉，大家辛苦啦。"

对方紧握赵家祺的手，说："你们才最辛苦。我是苏中支队的王从凯，接到通知后，怕把握不好时间，天刚擦黑就来了，选了这个地方，目的是好下货。我们船小，装完船我们直接进江汊就行了。临行前，苏中支队的马司令再三叮嘱我们一定安全准时地把货物接到，不能耽误你们的一点时间，确保你们的绝对安全。"

"好，那就按第一套方案行动，准备装船吧！设备一共三十九台，工具、配件和榫件一共二百八十袋。袋子不大，但可能有点重。"赵家祺交待着。

正在这时，船老大常青慌慌张张跑到赵家祺身边，凑近他耳边说道："赵老板，我怎么感觉不对头啊。"

"快说！"赵家祺一惊。

"船停之后，我感到打在船壁的波浪声有问题，离我们船不远的地方一定有一个什么大家伙。至于是什么，天黑看不见。"

"你确定？"赵家祺问道。

"我确定。"常青斩钉截铁地回答。

"取消第一套方案，按第二套方案行动！"赵家祺朝王从凯喊道。

"明白！"王从凯回答。

王从凯刚从货船回到木船上，意想不到的情况出现了。货船南边一百多米远的江中心处突然响起刺耳的警报声，刺眼的探照灯把漆黑的夜空照得宛如白昼，一艘架着机枪的大型巡逻艇像是从水底冒出来一样，冲着赵家祺所在的货船驶了过来。

赵家祺立刻明白，这艘"沉默"在江中心的巡逻艇等候他们已经多时了。

巡逻艇呼啸而来的同时，货船和四周的三条木船没有慌乱，而是有条不紊地开始用缆绳上下吊运东西。

"统统举起手来，不然我们就开枪了！"巡逻艇越来越近，随着喇叭的高喊声，探照灯也在货船和三只木船间扫来扫去。

货船和木船上的所有人都高高举起了双手。

"干什么的？"巡逻艇停在了货船旁，机枪对准了货船甲板上站立的赵家祺。

"这是我们的行船证，还有国防部物资调运处核准的调配单和货运单，你们可以派人来检查。如果有假，可以马上开枪！"赵家祺手举一沓材料，不慌不忙地喊道。对有备而来的巡逻艇，赵家祺心里清楚，不能说半句假话，否则后果不堪设想。

"从哪里来？到哪里去？为什么停在这里？"巡逻艇的喇叭里传来吼叫。

"我们刚在南岸码头卸完一批货，下一站赶往无锡。一个在无锡做生意的朋友家在江北岸，知道我们的船空了一部分，就让我们顺便替他捎带点东西。"

"三更半夜的，带什么东西？"巡逻艇上的人高喊道。

"你们可以用探照灯照，也可以派人下到木船上看！"赵家祺气定神闲地朗声答道。

巡逻艇上下来两个人，在探照灯的指引下跳上小船。三只木船船舱上面的竹席被一一掀开，里面装的除了十几袋稻米，还有七八根碗口粗的木梁以及青色房瓦。

"装这些东西干什么？"一个士兵握枪顶住王从凯的脑门问道。高举双手的王从凯吓得浑身如筛糠："大、大伯在无锡做生意，在、在富川巷买了片宅子。钱不够便把老家的旧房子拆了，说大梁和房瓦还能用，还、还有十几袋稻米……"

折腾了半个钟头，巡逻艇没有发现货船和三条木船的任何破绽，鸣笛离去。

待巡逻艇走远，王从凯他们把稻米运到了货船上，那是苏北支队支援赵家祺他们的口粮。木梁和房瓦则被扔进江中，赵家祺运来的货物被一袋袋装进了木船的船舱。半个小时后，几只小船悄无声息地摇进了支流航道，从漆黑的江面上消失了。

赵家祺长长地松了一口气，带着小周、常青以及他的副手回到驾驶室，四人彼此握了握手，没有言语但内心满是完成任务的喜悦。外面江风阵阵，带着刺骨的寒气，但船上的四人，个个大汗淋漓。

赵家祺他们哪里料到，这次巡逻艇突然现身，是两个狡猾的保密局特务告的密。在下关码头，洪金豹对赵家祺产生怀疑，但找不出证据，就交代两人在途中一定要"服从"赵家祺的安排，从而见机行事。在镇江码头下船前，他们看到船老大常青的副手一直往江北方向眺望，加上吃饭时小周不停劝酒，顿生疑窦，装醉的两个人故意留下住宿，以此麻痹赵家祺他们。货船刚一离开，两人就借用码头军用电话通知了巡逻艇……

第十八章

第二天清晨，货船从无锡返回南京，停泊在江北岸的浦口码头。

与船老大常青道别后，赵家祺和小周正在码头上考虑如何赶往市内时，老王从摩肩接踵的人群中闪了出来，招呼二人进了离码头不远处的一家早点铺，铺子是南京市委的一个秘密据点。三人进去一看，乔书记和小齐都在，几盘早点已上桌，看样子已摆放多时。时间早，店里客人不多，乔书记招呼大家坐下，赵家祺简要通报了这次行动的大致经过，并做了总结。之后，他接着说："后续还有大量的物资需要运送，货源的组织应该不难，困难在于运送，如果每次都像这次一样，风险实在太大。从这次任务的执行情况来看，保密局的人几乎无孔不入，而且利用运送军方物资作掩护的机会并不多，所以我们得多想一些办法，确保物资转运的持续和安全。"

一直皱着眉的老王说："方老板的货有一部分靠汽车运输。但汽车运输量小，大部分还是要靠水路，而且在水上遇到的检查也相对较少，所以我建议采用陆路和水路相结合的办法。至于军方的情报，是不是继续由家祺同志通过那位叫张铭宇的同学获取？货行的信息我来负责。另外，码头上保密局的便衣太嚣张了，我建议敲打一下，得让他们不敢或者少来捣乱。"

小齐兴奋地站了起来，抢过话说："这个我来想办法，利用保密局和码头上部队之间的矛盾搞点事,让他们狗咬狗,对岸码头上负责执勤的连长是我老乡,我们之间还沾点小亲戚。"

乔书记用眼神示意冒失的小齐坐下,低声告诫小齐:"下次再这样冲动,看我不取消你行动队员的资格!你说的教训便衣特务之事,可以利用你们私下关系神不知鬼不觉地去做,但绝对不能把赵家祺同志牵涉进去,更不能影响我们的大局。"

"好的,请乔书记放心。"小齐说完,挠头嘿嘿一笑。

几个人边吃边谈,确定了当前的首要任务是摸清国民党军队在南岸的布防情况并抓紧筹备用于渡江的战略物资,也逐步酝酿出了行动的具体方案,并对下一步的侦察任务进行了讨论,决定根据任务要求伺机行动。不知不觉中大家吃完了早点,没有握手没有寒暄,只是用眼神互道了一下珍重,便分批悄悄离开了早点铺。

小周赶回麒麟门的金陵福海贸易公司,赵家祺则赶往与李诗蓝事先约好的见面地点。十点钟,赵家祺和李诗蓝先后来到洪武南路上电信局附近的一家咖啡馆。见到赵家祺平安归来,李诗蓝悬着的心终于放下。看到赵家祺一脸倦意,李诗蓝拉着他的手心疼地问:"一夜没睡好吧?脸都是灰色的,吃早饭了吗?"

"吃过了。物资交接的任务已经完成,但不知道东西顺利到达没有,还得请你抓紧联系一下。"赵家祺最关心的还是物资的安全问题。

"你忘啦,联络的时间是昨天夜里,当时货还没到。江北李掌柜回电说,人都划着船去了,还没回。不过他让我们放心,说他的三个侄子很熟悉地形,应该没问题的,今明两天能给准信儿。"李诗蓝拉着赵家祺的手不放,一脸关切的神情。

"噢,那就好。"

李诗蓝继续说:"李掌柜还希望你能搞一批船用马达,大小规格没有要求,他们自己可以根据船只规格自行安装。还有,山东和天津的厂都被封掉了,现在生产厂家主要分布在南京和上海一带,李掌柜让我们在这两个地方想想办法。"

听完李诗蓝的话,赵家祺低声说:"马达的问题前一段时间我就想到了,南京生产出来的马达本来就少,就算弄到了,出厂也困难,运抵江北更困难,不过上海倒是有两个厂在生产,现在是什么情况还不清楚,看来需要跑一趟。"

"另外还有一个情况，前天有两个人到我们单位绕来绕去问了我很多不相关的问题，其中也问及你的情况，好像还在私下里询问了我的一些同事，看来主要还是针对你。"李诗蓝报告了一个新情况。

赵家祺一下子警觉起来，他压低声音看着李诗蓝说："你怎么回答的？"

"我就说我俩是老同学，正在处对象，你做贸易生意，走南闯北，现在主要跑南方的业务。"说完这句话，李诗蓝脸色微红，不好意思地看着赵家祺。

虽然这是一个危险的信号，但赵家祺却莫名地有点开心。他握紧李诗蓝的手说："这样就行了，非常好，下面的事情我来处理。不过我们确实得小心，他们不是无缘无故来调查的，以后肯定还会再来。还有，你发报的地点该换换了，不能老在一个地方。"

"我知道了，小李昨晚就把东西拿走了。"

"小李这人真不错，机灵、谨慎。"赵家祺的心放了下来。

"伯母身体怎么样？"赵家祺问道。

"还行，情绪上很稳定，有时还念叨你呢，说你老也不去看她。"李诗蓝有些嗔怪地说。

"我过几天去看看她老人家，另外还有这么个打算，我想让伯母换个地方住，对外称到香港治病。南京目前局势动荡，我想让她到苏北解放区去，在那里她会得到精心的照顾。老人家心情好，身体自然能调理好。这个事虽然不是很急，但时间不宜拖太久，你先考虑一下，再征求下伯母的意见，当然，去苏北的事情还不能明说，省得老人家担心你。"赵家祺说出了最近一直在考虑的一个问题。国内大局已定，解放军渡江是迟早的事。但大战之前，南京局势必将会越来越险恶，先安顿好李诗蓝母亲的去处，自己和李诗蓝就能放开手脚工作了。

"你的意思我明白，这样吧，我先和她谈谈，也让她有个思想准备。"李诗蓝理解赵家祺的良苦用心，母亲确实也是自己最大的牵挂，她没多想就答应了。

"你在单位，可以不经意地流露出自己的想法，也让大家帮着出出主意，把话放出去，让人感觉你早有此意。"

"好的，你这个人想得真细，看不出来，五大三粗的男人，心思倒蛮缜密的，比保密局的那帮人强多了。"李诗蓝笑着应答。

"你这是夸我还是骂我啊？行了，我得走了，下次见面暂时定在三天后吧。"赵家祺握了握李诗蓝的手，然后迅速离开了咖啡馆。

如何弄到船用马达？赵家祺想到了一个人，此人便是同学解晓辉。解晓辉常年在上海滩摸爬滚打，估计应该有渠道。上次分别时，解晓辉留下了联系方式，赵家祺找了一个电话亭把电话拨了过去，一连打了几次都没人接。赵家祺心想再打最后一次，如果还是没人接，他就先回厂里，这次居然拨通了，听筒里传来懒散的声音："谁啊？"

"赵家祺！"

电话那头的声音立刻变得清晰响亮起来："哎呀，家祺啊，这么久没听到你的声音啦。忙啥呢？今天我正准备到南京去办事，有事吗？"

赵家祺貌似随意地回了一句："也没什么大事，主要是想老同学了。刚好今天你来，可否拨冗一见？"

"你啥时候也学会践文词啦？好说，好说！"

"一言为定，晚上我召集几个同学坐坐，你在南京办完事情后就去中山东路上的中央饭店见面。"

"好的，就这么说定了，晚上见！""啪"的一声，电话挂断了。通过几次接触，赵家祺心里有种感觉，别看这位老同学整天油头粉面，一副没正经的样子，但做起事来还是有板有眼、张弛有度。

解晓辉是联系上了，但是购买马达的由头怎么跟他提呢？赵家祺苦思冥想了一个下午，临出门时才想到了较为满意的方案。

晚上五点刚过，赵家祺就来到中央饭店。安排好菜肴和酒水，他便漫不经心地翻看着房间里的《中央日报》，突然一则新闻映入眼帘："林彪残部向西溃退，国军巩固长春外围防线。"

赵家祺冷笑了两声，心里暗想，真是滑稽啊，下午才听到中共新华社的广播，东北真实的战况完全相反：10月15日解放军攻克锦州，全歼守军十万余人，俘获范汉杰及第六兵团司令卢俊泉等，关死了东北国民党军从陆路撤向关内的大门，困守长春的国民党军第六十军军长曾泽生已于17日率部起义。"国民党掩耳盗铃的误导宣传，正在一步步把其反动政府推向万劫不复的深渊。"赵家祺不屑地扔掉报纸，心里有了自己的判断——根据自己对东北战场战况的分析，东北国共双方的战局要不了多少时间就会明朗。这种判断让赵家祺充满喜悦的同时也倍感压力，东北的问题解决后，中原淮海的解放也一定指日可待，解放军南下势在必行，自己肩负的工作一定要加快推进。

赵家祺内心正为自己的老部队取得的胜利激动不已时，门被推开了，张铭宇、解晓辉、马永献，还有张铭宇的同事赵参谋一起走了进来，打扮得清丽典雅的李诗蓝走在最后。

刚进门的张铭宇看到赵家祺一脸喜色，不禁问道："家祺老兄，有什么喜事吗？不要一个人偷着乐，说来大家听听！"

赵家祺站起身，回应道："这不正在看《中央日报》嘛，国军在东北打了胜仗，共军在长春外围已向西溃逃啦。这样，我们就能固守东北，共军妄想一下子吃掉国军，那是痴人说梦，这难道不是大喜事吗？你们也来看看。"说完从桌上拿起报纸，展现在众人面前。

"吃饭最当紧，你自己留着慢慢看吧，打仗是他们军人的事儿，和我一毛钱的关系都没有，我们生意人跟着瞎掺和啥啊！"解晓辉一向对政治不感兴趣，猴急着坐下，等着吃饭喝酒。

李诗蓝走向前笑着说："这些事是你们男人爱讨论的。先吃饭吧，吃完后我先走，爱聊到几点随你们几个家伙的便。"

看到众人都急于开席，赵家祺说道："好，好，先吃饭，其实我对打仗方面也没啥兴趣，关心关心还不是怕影响生意嘛！仗如果打到这里，我还得再挪窝往南迁，至少下一步退路要先找好吧。"说完无奈地摇了摇头，招呼着大家落座。

李诗蓝在大家的鼓噪下坐在了赵家祺的旁边，解晓辉调侃说："哟，现在两个人也不避人啦，啥时候喝喜酒啊？到时候我出个大礼。"

张铭宇哼了一声，撇嘴对解晓辉说："你小子，心里有点酸酸的吧？是不是特嫉恨家祺啊？不过还好，肥水没流外人田，李诗蓝最终还是花落咱们同学自家，也算幸事一件。"

几个人谈及这个话题兴致都极高，谁都能调侃几句。最后，李诗蓝坐不住了，站起来面带娇羞地嗔怪道："还吃不吃饭，人家都饿死了，你们再说我就走了。"

与张铭宇私交甚笃的赵参谋打起圆场来，说："别说啦，别说啦，人家大美人一走，我看你们还能聊出个啥东西来。吃饭，吃饭。"

赵家祺也站起来连连作揖，堆起笑脸道："打住，打住，都是自家兄弟，等到那一天，不会少了大家伙的酒喝！"

结束了这个话题后，众人开始推杯换盏。在酒精刺激下，气氛一下子热烈起来。谈话中，精明的解晓辉知道赵家祺一定有事找他，就悄悄凑近赵家祺耳旁："家祺，说说什么事吧，只要老弟我能做的，一定全力支持。"

赵家祺放下手中的筷子，对身边的解晓辉低声说道："江西老家有一个远房堂兄，前些年我回老家时，和他一起做过生意，我们相处得跟亲兄弟一样，在我最落魄的时候他还救过我一命。后来日本人打过武汉，他的生意做不下去了，就跟随亲戚去了南洋菲律宾。虽然天各一方，但我们之间的联系一直没中断。前两天，他联系到我，说菲律宾国内局势稳定了下来，经济发展也很快，问国内有没有船用马达。菲律宾是岛国，渔民多，一般的小船虽说可以出海捕鱼，但效率太低，想外购马达装在船上，不但跑得快，装货也多。美英的马达太贵，想看看我们这里有没有，利润上应该很不错，这一块我也不太了解。就这个事，能不能做，你帮着琢磨琢磨。"

坐在解晓辉另一侧的张铭宇知道两人在嘀咕生意上的事，侧身对解晓辉说："你这个小赤佬，家祺找你有事，你就帮人家联系一下，亏待不了你的。事成之后，你们两人一个吃肉一个喝汤，我也跟着闻闻香。"

"我想想啊！前几年我叔叔代别人买过几批马达，厂家很快就可以打听到，南京本地就有，不过量不大，南通过去有一家小的，是张謇搞的厂，不知近况如何，无锡和上海应该也有。这样，你和我去跑一趟，如果有，再进一步谈交易的事。"解晓辉满口答应帮这个忙。片刻之后，他好像想到了什么，接着问道："这玩意儿现在查得厉害，就是找到货源，运输怎么弄？菲律宾远在天边，又是外国，海关稽查怎么对付？"

"运输问题他们来解决，我们只要购到货就行。我听说现在上海乱得很，但凡有钱有势的都在往外转移资产，海上到处都是大大小小的船只，海关没有什么人再有心思认真稽查了！如何运到他们国家就更不是我们的事了，再说我那表哥也去不少年了，这点关系我相信他还是有的。"赵家祺貌似轻松地做了解释。

张铭宇听完两人交谈，大致知道了生意的内容，也在旁边低声敲起了边鼓："现在国内如果没有特别批文，买卖马达可是掉脑袋的事。不过你们又不是卖给共军，而是卖往国外，应该没问题，而且这也是救马达厂家的急，是好事！我提个醒，就是好事你们也得悄悄做，不能声张，省得被那些整天无事生非的人盯上。我建议你们抓紧点，明天晓辉就陪家祺去吧，别过一段时间生产机器的厂子关闭或搬走了，那可就竹篮打水一场空了！中间如果有什么困难我来想想办法，沪杭那里我有几个军方的朋友可以出面帮忙协调一下。"

张铭宇说完，赵家祺站起来朗声说道："兄弟回到南京已有月余，承蒙各位同学旧好关爱，生意也算顺风顺水，这次又碰到个捣腾小机器的机会，还望大家关照。来！我敬大家一杯，感谢诸位同学的大力支持，等生意做成了，在座的各位都有份茶水钱。全仰仗各位啦，干杯！"赵家祺端起酒杯一饮而尽，众人也都酒杯见底。

几个人正谈笑风生时，门突然被推开了。进来了两个人，前面的约莫四十岁上下，一身军装，鼻梁上架着金丝边眼镜，瘦削的面颊，薄薄的嘴唇。跟在他后面的那位三十岁左右，中等身材，看起来结实硬朗。两人手里各端了一杯红酒。张铭宇立即站了起来，招手示意，"哎呀，这不是黄处长和陈科长吗，什么风把你们两位给刮来了！"接着他对众人介绍道："我来介绍一下，这位是首都卫戍司令部稽查处黄兴中处长，这位是他的得力干将陈作群科长，二位都是情报界响当当的人物，目前南京社会的安全和稳定，多仰赖他们二位。"

"不敢当，不敢当，副处长副处长，铭宇老弟谬赞了。"被称为黄处长的人虽满脸得意，但语气谦恭。

"凭能力论资历，老兄早就应该更进一步，即便是处长位置也是不遑多让！谁不知道你们处的工作主要仰仗二位呀！"张铭宇毕竟混迹官场多年，恭维人的话一套接一套，显得既得体又真诚，说的人一本正经，听的人颇感受用。

黄处长摇摇手，说："铭宇老弟，你别只顾介绍我们啊，这几位朋友怎么称呼？噢，赵参谋在，解老板在，这二位是？"他满脸笑意地盯着赵家祺和李诗蓝，等着张铭宇的介绍。

张铭宇介绍说："对对，这个房间里都是我的老同学，这位大美女是电信局联络处李诗蓝李秘书，坐她旁边的是赵家祺赵老板，他们可是青梅竹马的一对儿。赵老板走南闯北，生意做得风生水起，以后我的这两位同学还要仰仗黄处长关照啊。"

赵家祺隔着桌子抱拳招呼说："黄处长，陈科长，久仰久仰！"

"我说怎么感觉赵老板面生呢，原来不是一直都在南京地界上啊！赵老板现在做哪方面生意啊？"

面对黄处长的追问，赵家祺笑了笑，端起酒杯说："小弟不才，这些年一直在市面上做些小本买卖，也就是大家所说的二道贩子，南边做过，北边也做过。现在北边的形势不好，就回到老地方来了。来，我敬黄处长和陈科长一杯，还望以后多多关照啊！我先干为敬。"说完，赵家祺一饮而尽，张铭宇随即招呼大家，整个房间的人都喝光了酒杯里的酒。

黄处长双手捧杯，说道："各位慢用，我就不打扰你们老同学聚会了，刚才在大厅里看到铭宇老弟进来，就想进来打个招呼，也认识一下新朋友，你们尽兴，你们尽兴！"边说边退出了房间。临关门时，黄处长特意多看了赵家祺一眼，脸上的笑容一闪而过。这个转瞬即逝又略显阴沉的一丝笑意，让赵家祺心里顿时有了一种不祥的预感。

"一定要腾出手来摸一下这两个人的底细。"赵家祺在心中默默地提醒自己。

几个人继续有说有笑地聊了一会儿，散场时已过九点。和其他人打过招呼，等他们各自离开后，赵家祺就和李诗蓝两个人手挽手走出了中央饭店，一路上把最近的工作计划沟通了一遍。直到把李诗蓝送到住所楼下，赵家祺才离开。他在中华路和内桥附近找了一家旅社住了下来，以便于明天联系解晓辉，及时动身赶往下关火车站。

天一亮，赵家祺就和张铭宇通了电话。张铭宇在电话中说："我就知道你该来电话了，晓辉昨晚吃完饭后就开始联系你的事了。他刚来电话，说和你十一点在车站会合，坐十一点二十的车去上海。你们先去，后面有什么事就联系我吧。"

第十九章

赵家祺和解晓辉两人坐上了开往上海的火车，一路上大小二十来个站，车子咣咣当当抵达上海时已是深夜。霓虹闪烁的十里洋场，夜生活十分丰富。解晓辉要带赵家祺到"百乐门"去开开洋荤，赵家祺以疲惫不堪为由拒绝了。解晓辉安顿好赵家祺，做了一个鬼脸，便不知了去向。赵家祺在饭店住下后，躺在床上反复思考着这次出来可能遇到的问题，不知过了多长时间才迷迷糊糊地睡着了。

赵家祺醒来时天已大亮，看看墙上的时钟，已将近七点。简单用过早餐，楼下传来汽车的鸣笛声，赵家祺在窗口朝外张望了一下，看见解晓辉正在车边冲着自己招手。

两个人坐车直奔松江仓桥方向，车子一路颠簸开了近两个小时才赶到上海淞沪机器厂。在车上，解晓辉把关系详尽地给赵家祺理了一下，赵家祺明白了其中的关节——解晓辉的父亲是上海商会的副会长，和淞沪机器厂的老板曾松林是多年至交。曾老板的企业业务是一半生产一半贸易，贸易这部分主要靠解晓辉父亲帮着张罗，二人之间的关系非同一般。

车子停在了一扇气派的大门前，响了两声喇叭之后，大门自动打开。车子一开进厂里，赵家祺顿时感到眼前豁然开朗——厂房整齐漂亮，办公楼高大宽敞，厂区内高的树木，低的花草，错落有致，工人们穿着整齐的工装进进出出。企业规模之大，档次之高，是赵家祺这辈子第一次所见。

赵家祺跟随解晓辉进了办公楼，一位身着西装的小伙子立即前来迎接，引领二人走进了宽大的老板办公室。一踏进房门，淡淡的清香扑面而来，正对着大门的墙边，供着一尊如来佛像，像前燃着三炷香，蓝色的青烟袅袅上升。赵家祺扫视了一眼房间，气派的办公桌上，一边摆着一座低头奋进造型的金牛，一边放着一只嘴含钱币的绿蟾，背景墙上挂着于右任手书的"业精于勤"条幅，整间屋子无处不彰显着主人的品位与格调。

"晓辉哥，你们稍坐，姑爹马上就到，茶水已泡好，你们先用着，我就在隔壁，随时可以叫我。"小伙子原来是曾老板的内侄。

解晓辉与小伙子很熟，摆了摆手说："小鹏，你忙去吧，我们在这里等一会。"叫小鹏的小伙子客气地招呼两人落座，转身出了门。

不一会儿，门外传来了爽朗热情的声音："晓辉啊，你小子有两年没来看你曾叔叔了吧！"话音未落，一位六十左右、身形略胖的老人进了门。解晓辉立刻迎上前去，与主人握了握手，并介绍了赵家祺。曾老板一脸和善，客气地招呼两人坐下。"晓辉，在你叔叔那里怎么样，他要求严吧？你小子，也就是你叔叔能管得住，我经常和你爸爸在一起聊天，他说你过去不上路子，但这两年不一样了，在我这儿经常夸你。哎，你们长大了，我们也老喽！"

"曾叔叔，您是老当益壮啊！对了，婶婶身体怎么样啊？"

"还行，她原来炒炒股，现在不敢炒了，都到了这个世道啦，还能干啥，只能在家养养花，打打小牌。晓辉，别拐弯抹角的，曾叔不是外人，来我这有什么事，直说！"

解晓辉喝了口水，介绍起赵家祺来："叔叔，这是我的大学同学赵家祺，在南京做生意，主要是做军方的业务。有这么件事，他的一位堂兄在菲律宾，想买一批船用马达，这条路我们都不太熟，希望得到您的指点。"

"这个事你爸昨天和我说了，我本来不想参与这事，原因你们都清楚，但如果赵老板有军方的背景就另当别论了。国内原来有不少厂家生产马达，但现在很多厂家都被政府关掉了，眼下只有上海、重庆和无锡三家厂子生产，其实都是仿制美国和德国的，比进口的是差了一点，但质量还算过得去，不知赵老板打算如何安排这个事？"曾老板对行情了如指掌，他简单介绍了一下情况后，眼睛盯着赵家祺。

身着长衫、头戴礼帽，打扮得文质彬彬的赵家祺点点头，身体微微前倾，面带微笑地说："曾老板，今日蒙您赐见，荣幸之至。晓辉之前给我介绍过您，知道您是一位大实业家，在上海是响当当的人物。我的本家兄弟移居菲律宾多年了，一直从事进出口生意，最近急着要购一些船用马达，规格上以小功率为主，他们那里渔民驾驶的多是小船，出海捕鱼跑得不是太远。当然，也有需要大船的家户，所以也想适当配一部分稍大一点功率的，再购一部分配件和工具，搭配着销售，价格我们可以和他商量，如果关系建立起来的话，我们打算和您老保持长期合作，您看如何？"

饱谙世故的曾老板听话听音，便知赵家祺是个爽快人，又加上解晓辉这层关系，没做过多考虑，就把自己的思路亮了出来："鉴于目前的时局，我们做这笔生意还是要保密，不能说是马达，就说是电风扇。这样吧，货源我来组织，我负责货物上船并安全离港，但有两个情况我得说清楚，一个是你们要准备船，我们只负责船离开上海港口。另一个，结账必须是硬通货，现钱交易，你也知道，现在这种形势下做买卖，市面上的什么金圆券啊代金券啊，风险太大。如果没问题的话，我让人把机器的规格、型号及对应的价格等材料给你准备好，你们商量好后定下数量就行，到时直接签合同进行交易。赵老板，你看这样行不行？"

事情没有太费周折，这正是赵家祺最想要的结果。至于价格，可以再谈，后面的细节也可以一步步地去协商。想到这儿，赵家祺很爽快地答应了："曾老板，没问题，就按您说的办，材料我想尽快拿到，不知方便不方便？"

"好，一看赵老板就是爽快之人。这样，我马上打电话，让手下立刻准备材料，你今天还走吗？如果不走，就在我这住下，下午你就能拿到材料。如果走，我派人直接送到你住的地方。"

"明天一大早我和人约好了见个面，21号还有批货要发往武汉，不便耽搁太久，我住在火车站旁的郦华酒店三〇六房间。我先回去，等拿到材料后我就直接回南京了。这事，还得拜托曾老板，不，现在应该称呼曾叔啦。"说完，赵家祺站了起来，大大方方地鞠了一个躬。曾老板大笑着说："好，好，我又多了一个年轻有为的贤侄，行，就这么办。"两个人握了握手，真有点英雄相见恨晚的感觉。

渡江

赵家祺、解晓辉二人和曾老板握手道别，驱车前往旅店。这时，赵家祺才有心情观看窗外的景致——田地里的水稻已收割完毕，土地尚未翻耕，农舍错落有致地散落田间，不时有厂房闪现，越往北走，道路越宽，楼房也渐渐高了起来，路边行人的衣着亮丽了许多。解晓辉把赵家祺送至饭店，就回家了。

赵家祺走进车站广场上的"沪江人家"饭庄，随便吃了点东西，就回了房间，一边收拾行李一边等人。

没过多久，赵家祺就听到了敲门声。"南京来的赵老板在吗？"赵家祺赶忙过去打开房门，一个年轻的小伙子站在门口，看到赵家祺，忙问："请问您是南京来的赵家祺赵老板吗？"

"是，请问尊姓大名，有何贵干？"赵家祺问。

"我是淞沪机器厂曾老板的属下，姓彭，您叫我小彭就行了。这是曾老板安排我交给您的材料，请您收好。"

赵家祺热情地和年轻人握了手，并招呼小彭进屋坐坐。小彭礼貌地说："赵老板，我就不坐了，还得回去打理事情呢。您忙，这是我的名片，有事可电话联系我，再见。"

"跑这么远也不喝口水，您受累了，后会有期。"赵家祺与小彭握手告别。

小彭走后，赵家祺打开档案袋，把整个材料快速浏览了一遍。材料十分详细，所有的设备技术要求、参数和价格一应俱全，还附有黑白的图片。赵家祺对技术略知一二，只是对价格不甚了解，准备回去再找熟悉机器方面的人员沟通，现在唯一要做的，就是尽快赶回南京。想到这里，他立马收拾好行李，把材料小心翼翼地放在皮包的夹层，出门办理了退房手续，在门口叫了辆黄包车，直奔火车站而去。

临上火车前，赵家祺电话告诉老王自己到达南京最早也要后半夜了，下车后要麻烦老王帮忙安排一下，顺便和他沟通购买设备之事。

火车走走停停，比来时跑得还慢。赵家祺坐在车里，百无聊赖，眼睛半睁半闭，不仔细看如同打盹一般，整个身体随着火车的晃动而摇摆，眼睛的余光却不时地扫向身边的皮包。

火车从苏州站刚启动，车厢内一阵骚动，车厢两头突然各出现了两名警察，堵住车门不让人员进出。随后，三名便衣走进车厢内，开始检查乘客证件和随身携带的行李，名曰例行检查。

赵家祺立刻意识到，自己遇到麻烦了。

草草检查完旁边的旅客，三个人一起围在了赵家祺身边。看过赵家祺的证件，领头者问道："到上海干什么？"

"做生意。"

"做什么生意？"

"到淞沪机器厂采购一批电风扇。"

"现在做生意都必须有证明，有淞沪机器厂的证明吗？"

赵家祺从上衣口袋里将曾老板开具的贸易证明拿给领头者看。

领头者没有看出破绽。

"打开皮包，看看里面有没有共党宣传单和违禁物品？"

"老总，我是个遵纪守法的生意人，怎么会有这些东西？"赵家祺神情自若地回答。

"有没有不是你说了算，打开！"

"老总，证件你们也看了，淞沪机器厂的证明你们也看了，包里的东西就不要再看了吧？"赵家祺用祈求的口气说道。

三人当中的两人哗啦一声从腰中拔出手枪，对准了赵家祺的额头。

"叫你打开你就打开，哪来这么多废话！"

赵家祺无奈将公文包递给了领头者。车厢内所有的旅客都将好奇的目光聚焦在了赵家祺身上。

领头的便衣将皮包的所有夹层都翻了个遍，最后从包里取出了一本杂志，杂志名叫"摩登女郎"，封面是半裸的美女图，里面也全是同样的内容。除此之外，包内别无他物。

"就这些东西？"领头者喝问。

"老总，就这些东西。我这人没别的爱好，就喜欢看看杂志，这杂志南京买不到，就带了一本。"赵家祺说这些话的时候，脸红到了脖根，旁边的旅客都嘻笑起来。

三个人把赵家祺从头搜到脚，也没有找到半点可疑的东西。

"看起来道貌岸然，原来是色鬼一个，走！"领头者说完，大手一挥，走出了车厢。

此时的赵家祺心里清楚，这三个人分明是冲自己而来的，自己已经被人盯上了，此后他再无睡意。

随着汽笛"呜"的一声长鸣，火车的速度慢慢减了下来。赵家祺看了一下手表，一点三十五分。车厢里的人开始躁动起来，大家忙着整理行李，为下车做着准备。赵家祺拿起身边的皮包放在腿上，静静地坐在座位上，看着众人忙碌，心里在思考着下一步的行动。待到车厢里的人下得差不多时，他才起身下车。车站门口，接站的人稀稀落落，他老远就看到老王在朝这里张望。赵家祺抬手挥了一下，老王就走到跟前，和赵家祺打招呼："赵老板，小周已经到了，请你放心。这一趟很辛苦啊，住的地方就在前面不远，知道你晚饭还没吃，我们已经准备好了，乔老板他们都在，正好一起聊聊你这次出去的情况。"

原来，赵家祺与解晓辉坐车去上海之前，细心的他为防止意外，做了一套预案，让小周提前抵达上海。拉赵家祺去火车站的黄包车夫是华东局上海站的交通员，他用座垫下面的一本杂志换掉了马达的相关材料，到火车站后交给了小周。小周将材料藏在一只木箱夹层中乘同一趟车带回了南京。

第二十章

离开车站，赵家祺和老王边走边聊，几分钟就来到了临江旅馆。

上了楼，打开房门，屋子里烟雾缭绕，方桌上摆了几个凉菜。房间里的人看到赵家祺进来，都站起来打着招呼。小李拿起酒壶把桌上的酒杯斟满，乔书记端起杯，站起来说："来，这也算是为家祺同志接风压惊啦，菜是简单点，别介意。"众人纷纷举杯，大家围着桌子，吃着、聊着。吃得差不多时，小周打开皮包，把带回的材料放到桌上。赵家祺指着材料说："大家看一下，这里有马达的型号、规格、价格，还有图片，这方面我不是很了解，大家看看谁能把这个摸清楚，询问一下市面的价格和这里面的报价有多大出入，这个要尽快，我们的货要从上海走，表面上是到菲律宾，其实是在海上转个弯后送到苏北；第二件事，我计划利用这次机会把李诗蓝的母亲送到苏北，这样可以减轻李诗蓝的后顾之忧，使她能够全力以赴地工作。这样的话，我们就要分成两组来同时完成此事，大家讨论一下。"

大家看过材料后，老王说出了自己的想法："这些设备，要把马达功率和船的重量匹配好，也就是搞清楚多大的功率能带动多大的船，这个我来处理。采购数量由部队定，价格我略知一二，明天我再找常青沟通一下，这个应该没问题。关于此次运货的货船问题，我还不敢保证，还需要再落实一下。不过我有个想法，最好找外籍船，货下到地方后不用回头，这样就能减少来回的风险和途中意外情况的发生,不知是否可行?"

仔细听完老王的意见之后,乔书记说:"货船的问题我赞成老王的意见。我们最好用外籍船只,一是可以掩人耳目,其次可以避免被多次检查,减少不必要的麻烦。小李可以护送李诗蓝的母亲随船前往,家祺同志,你再把大家的意见反馈给江北,看看他们怎么说。"

"行,明天我来联系此事。小齐也辛苦一下,你找到李诗蓝把大家的意见说一下,和北边尽快取得联系,我们这边基本情况摸清后,我再和大家沟通下一步的计划!"赵家祺做了一点补充,也算是一个总结,屋子里几个人纷纷点头表示赞同。

时间过得飞快,等到事情谈得差不多时,已是晨光熹微。大家齐动手,收拾好桌子,都离开了房间。赵家祺这才感觉到浓浓的困意,和衣躺在里间的床上睡着了。老王和小周在外间和衣打了个盹,等到赵家祺醒来时,两人已经悄悄离开了。

倒腾了三次公交车,赵家祺才回到厂里,时间已是午后。

赵家祺刚刚坐定,小周就急匆匆地来到赵家祺办公室:"李小姐刚才打了两次电话找您,也不知道有什么事,您是否回个电话?"

赵家祺点点头,说:"好的,我来联系吧,最近有一件重要的事需要你再跑一趟上海,我安排好后告诉你。"

"好的。"

赵家祺拨通了李诗蓝的电话,电话那头传来了熟悉的声音:"你好,哪位?"

"我是家祺,你打电话给我,有什么事吗?"

"也没什么事,这两天都没听到你的信儿,不知道你去哪去了,今天我过生日,晚上一起吃个饭呗!"

多日的相处,赵家祺感觉到李诗蓝是一个做事严谨、性格内敛的人,还没到两人约定的接头时间,突然说过生日并邀请自己,应该有什么事在电话中不便说,需要见面沟通。想到这里,赵家祺就爽快地答应了:"真不好意思,把你的生日都给忘了,你定个地方吧!"

"还是老地方吧!"电话挂掉了。

晚上两个人在内桥李诗蓝住所附近的徽菜馆碰面。两人一见面,李诗蓝就告诉赵家祺一个情况:最近几天又有两个陌生人来过电信局,找和她接触较多的人询问了情况,并问到了赵家祺,这个情况还是一位与李诗蓝要好的小姐妹私底下告诉她的。李诗蓝说完后，赵家祺收敛起笑容，面色凝重地说："看来真的是有人盯上我了，在火车上就遇到了一伙人，现在又到电信局询问你的情况，主要目标肯定还是我。"

两人沉默片刻，赵家祺说："越是风声紧越要镇定，你该干啥干啥，我这里没有露出什么破绽，只要我们以后多加谨慎小心就是。在这种情况下，看来今后我还要多去几次你的单位，再去'纠缠纠缠'你，让他们见多不怪。"

赵家祺一句话逗得李诗蓝"噗嗤"一下笑出声来。她抬起头看着赵家祺果敢坚毅的神情，心里压着的巨石终于放下了。她往前探了一下身子，说："北边来信了，东西已收到，今天小齐把你安排的事告诉我了。我还没联系，想和你先碰一下，了解一下细节，再相机行事。"

"这样吧，两件事合成一件！我这里把材料收集全后，你联系一下交接的时间和地点。我想安排你去交接这个材料，主要出于两点考虑：一是你要熟悉一下那边的情况和人员，便于以后顺利地开展工作；第二呢，你熟悉那边人员和道路后，我们随时都可以安排伯母过去。"

"这当然好了，那我去吧。"

"伯母晕船吗？"

"应该不晕，她身体好时我们经常坐船去外地玩，怎么啦？"

"这次安排伯母出去，可能要走点弯路。人先到上海，在上海坐船，在海上绕个小弯后，再到北边。关于船的问题，你到时一并汇报，我这两天把相关细节再梳理一遍，你这边也要准备一下，对外放出点风，就说你最近在联系香港的医院，准备带母亲去看病。"

"好的，我们趁热吃点东西，你也早点回去休息，两天不见，你累得都瘦了一圈了。"李诗蓝贴心地夹了一筷子菜放到赵家祺的碗里。赵家祺开始埋头吃饭，不大一会工夫，两人匆匆吃完，在门口挥手告别。

空中朗月泻下一地清辉，街边的法国梧桐阔大的树叶在微风中发出哗哗的声响，夜色中带着一丝凄清。革命生涯中的爱情虽然没那么多花前月下和甜言蜜语，但深藏在心间的情意却像磐石一样坚贞。不知道为什么，赵家祺心头倏然掠过了一丝伤感。

看着身形窈窕的李诗蓝走远了，赵家祺一路小跑，赶上了最后一班东去的班车。

老王第二天就找到了"船老大"常青。

常青开过的船有好几艘了，大小船只见过无数，对技术上的问题心里门儿清。他一边介绍，老王一边对照技术要求做着记录，忙了个把小时才逐一核对清楚。常青一直在江上跑船，对设备的市场价格和采购价格不是很清楚，仅凭记忆说出了一两种规格的价格，不过这也是几年前的行情了。他向老王推荐了一个朋友，那人看过价格后，就交给老王一个实底。老王摸清情况后，一刻也没敢耽搁，直奔赵家祺那里而去。

见到赵家祺，老王把了解到的情况详细地做了介绍："上海那里给你的报价还是很合理的。我询到的价格比你材料上的报价还要高百分之十以上，朋友说现在整个局势不好，特别是南京和上海这两个地方，很多规模比较大的企业，特别是靠做政府生意发家的大老板，都在千方百计地把资产转移到香港和东南亚，远的甚至到美国，现在他们都在通过各种渠道把手上的东西转为现钱，价格自然就下来了，但现货不多。家祺同志，我认为这个生意不但可以做，还要尽快做。"

"好，李诗蓝今天应该开始联系了，我已经把任务布置给她了。估计明天会有消息，江北一旦定下来，我们就要落实这个事情。我也担心到时拿不到货，所以我们要尽快！"赵家祺的心里很着急，生怕有变故，谈话中不时流露出急切的神情。

"明天一大早我就让小齐去找李小姐，及时把信儿带回来，一旦确定，我们就开始准备。"

赵家祺站起来，在房间里走来走去。老王瞅着赵家祺似乎有些焦灼的样子，心里十分清楚他的压力。过了一会儿，赵家祺停了下来，看着老王说："老王，最近我一直在想办法绘制长江两岸的防务图，这一段时间随张铭宇到部队多一些，可以根据送货的单据算出每一个布防点的人数，因此这一块的情况基本上都摸清了。但南岸的重点工事和重型武器布置目前还找不到切入点，没办法搞清楚。弄到这些情报对我们部队将来渡江特别重要，部队可以提前做好准备，及早控制或者清除这些目标，可以大大减少我军的伤亡。所以，这方面的工作我想还得抓紧一些，因为这项工作比较耗时。"

老王接着赵家祺的话说："是啊，虽说我们一直做着军方和政府的生意，但主要是在与军方、政府物资调拨部门联系，和作战部队没有直接接触过。要搞清楚情况，还得从他们内部着手。我向乔书记汇报一下，一起来想想办法。"确实，老王一直在帮方老板打理生意，几乎没有和作战部队接触的机会，在这方面有点无从入手的感觉。

"我们一起来想办法！几件事我们分头做，但这项任务是当务之急。从目前东北局势来看，辽沈战役已进入关键阶段，形势已经渐渐明朗，东北解放指日可待。东北解放后，部队必定会挥师南下。华野也基本上解决了山东的问题，现在就剩华北和徐州周边这一块了，相信这两个地方的解放时间也不会太久，下一步，就该是渡江了。"

第二十一章

在新开辟的秘密发报点，李诗蓝连夜与江北取得了联系，译出电文后已是凌晨两点，她只能趴在桌边小憩了一会儿。天刚蒙蒙亮，她正欲出门，就看见小齐来到了发报点，便惊讶地问道："小齐，怎么来这么早？我正准备送去呢。"

"李小姐，路远，不用你跑了，你还要上班。老王让我尽快过来，马上还要赶往赵老板那里。"虽然时已深秋天气转凉，但小齐却是满脸汗水。

李诗蓝把纸条交给小齐，嘱咐道："行，那你尽快去吧，路上一定要小心！"

"放心吧，我走了。"小齐小心地卷好纸条，塞进自行车坐垫下面的空隙中，骑上自行车，消失在巷口转弯处。

接到电文的赵家祺打开纸条，上面是两行字："速办理。运输能解决，中间环节须谨慎。25日前往联系。"赵家祺看看时间，25日，也就是明天了。从电文中透露出的信息，赵家祺深切感受到江北的急迫感。

窗外的光线暗了下来，远处不时传来一两声沉闷的雷鸣。秋雷颇为少见，不光预示着一场秋雨即将来临，更给人增添了些许不安。

雨是后半夜开始下的，淅淅沥沥地一直下到中午。雨刚停，门外响起了"砰砰砰"的敲门声。正在绘制地图的赵家祺放下手中的铅笔，藏好地图后走到窗口，看见小周和两个陌生人正朝办公室走来。走在前面的是一位五十岁左右的中年男子，头上戴着一顶黑色礼帽，鼻梁上架一副黑框眼镜，深棕色的中山装得体合身，从走路的姿势就能感觉出其稳健与自信。紧跟其后的是一位二十七八岁的年轻人，也是身着灰色中山装，一头短发乌黑发亮，脸庞黝黑，步履矫健，他的手中拎着一个米黄色中式皮箱。

进门以后，小周为客人介绍了赵家祺："这是我们赵老板。"赵家祺走上前去，握住了来人的双手："欢迎，欢迎。贵客来临，钟山难遮蓬荜之辉。"

"客气，客气。主人相邀，莫愁不及汪伦之情。"

联络暗语对上后，中年汉子哈哈一笑，接着说："家祺同志的大名我早有耳闻，今天见到了真人，果然英俊倜傥，一表人才，我是不枉此行啊。"

旁边的年轻人介绍道："赵部长，这是我们苏鲁军分区的杨振武政委，我是警卫员赵明亮。"说着从上衣内侧夹缝中抽出一张纸递给了赵家祺。这是一份电文，右上角一个熟悉的签名映入眼帘——粟裕。见字如见人，赵家祺心情十分激动。他心里清楚，首长虽然忙于淮海战役的筹备，但一直牵挂着下一步的渡江准备工作。纸上的文字和李诗蓝收到的电文内容分毫不差。赵家祺烧掉电文后，招呼二人落座。小周倒好两杯热茶放在桌上，随手关上门到外面警戒去了。

杨政委喝了一口水，介绍起这次的工作任务："家祺同志，首长让我代他向你问好。前面你在江南做了大量工作，你们组织的五批货物都已收到。苏中支队已将货物分送到了各个地点。这些物资种类齐全，特别是造船用的各种零部件，更是解决了不少问题，只是数量还远远不够啊。北边的部队也在抓紧准备这些材料，上级希望大家共同努力，尽早尽快地多组织一些设备和配件，造船需要时间，也要给部队的训练预留出时间哪！"

"我们这边一直在加紧生产，为了掩人耳目，我们还要为国民党部队生产一部分军用物资。另外我们在南京周边也组织了一些小的加工厂和铁匠铺参与生产，物资积累到一定数量，我们就安排运走。现在主要问题是缺少部队所需的工具，我经常在常州、镇江、马鞍山等地组织采购，但相应的环节多而繁琐，国民党盘查也很严。我们正在克服困难，开通多种渠道筹集物资，这一点请首长放心。"赵家祺简单地介绍了最近一段时间所做的工作。

杨政委喝了一口水，接着说："我来时，四号首长特意交代了几项工作，让我及时传达给长江南岸的先遣人员和地方党组织，让大家有计划有步骤地组织实施。"

赵家祺逐字逐句地听着，全神贯注地看着杨政委，生怕漏掉一个字。杨政委语速很慢，逐条作着布置："第一，随着东北全境的解放，中央已开始指示中野和华野部署淮海地区的大决战，预计战役不久就会打响，之后面临的就是如何渡江的问题。首长要求大家渡江前做好对敌方作战情报、水文信息、战备物资情况的搜集工作。第二，加强与国民党内部中间立场人员的沟通，劝诫他们及早和国民党反动政府划清界限，能争取的尽量争取过来，力争减轻我方部队渡江过程中的阻力。第三，尽力保护好南京及周边城市的工矿企业和学校,避免民营资本受到损害,保证社会民主人士以及知识分子的人身安全,阻止敌人撤退前的破坏活动。第四,加强我方人员与各个城市的联系,加强地方组织的统一领导,希望大家不但要积极开展工作,更要强化自身保护措施,避免冒险主义。为此,首长安排了几个营的兵力,已陆续在江浦、扬中、姜堰、黄桥、靖江一线展开行动,全力配合你与南京市委及华东局的工作。最近会有一部分先遣人员陆续到南京、常州等几个城市报到,全力做好你们一线情报员的接应和保护工作。"

杨政委的一席话,让赵家祺感受到了组织强大的力量,他清楚地认识到自己工作的重要性。在平日的新闻里,虽然陆续听到了一些国共战局的进展情况,但没想到时局的变化如此迅猛,国共双方的实力对比发生了如此巨大的变化。赵家祺热血沸腾。

"我此次来,要去几个地方走一走,顺便摸清情况,确定一下你们几个地方组织的归属问题。我们研究决定,由你担任南京及东部地区先遣小组组长,其他各点与你都是单线联系,部队和市委做好配合工作。还有一点,这次的机器运输工作,我们特意上报了华野领导。几位领导很重视,特别表扬了你们,指示我来协助你们完成这次任务。关于运输问题,华东局联系了无锡荣氏家族,荣氏家族产业遍及无锡、苏州、上海。他们有一批印染过的棉纱近期要运往香港,准备出口到南洋,我们华东局的组织已联系好舱位,你来负责组织货物的转运工作,现在国民党保密局对物资盘查很严,你们要留心细节,确保安全。"

杨政委喝了一口水,继续说道:"这次购货的资金,我们在上海中国银行有一个专门账号,最近会转到汇丰银行,到时会有人给你们提供密码和钥匙。另外,关于李诗蓝母亲到解放区一事,四号首长还特意指示我们要全程安排好,不能出任何闪失,要让战斗在敌人心脏里的同志和支持我们工作的党外人士无后顾之忧。你们负责带她到上海,交给我们上海站的人。保证会让老人家顺利到达解放区并过上安稳的日子。"

杨政委的一席话,打消了赵家祺多日以来的顾虑。组织考虑得这么周全,大大地减轻了自己的工作压力。想到这,赵家祺激动地站了起来,紧握杨政委的双手:"谢谢杨政委,上级考虑得很周到,我立刻着手安排工作,请转告四号首长,我一定不辜负部队和首长的信任,保证完成任务。"

"好的,我会转告。以后你的任务会更艰巨,但我们相信你一定能出色地完成好。有什么困难及时通报,部队就是你坚强的后盾。"杨政委紧紧握着赵家祺的双手，目光中充满着信任，充满着期待，"家祺同志，我得告辞了。后会有期。"

"吃过饭再走吧，耽误不了多长时间的。"赵家祺极力挽留杨政委和赵明亮，对来自部队上的战友，他真的有点恋恋不舍。

"等不久的将来，江南解放了再吃这顿饭不迟。到时你可不要嫌我们烦啊。"说完话，杨政委笑着起身离开。

赵家祺把杨政委一行送到大门口，目送二人渐渐走远。天空中，飘起了毛毛细雨……

第二十二章

送走杨政委，赵家祺回到办公室，还没坐稳，电话铃响了。

他拿起电话，电话那头传来张铭宇熟悉的声音："家祺吗，告诉你一个好消息，你小子贼有福。"

"哦，啥好消息？"

"一位朋友的亲戚，这几天一家老小移居加拿大，手里有辆美国原装进口九成新的凯迪拉克轿车想脱手，挂的是市府的牌子。几个人都想要，我抢着替你答应下来了，这样你进出就很方便了吗？价钱不到五千美金，对你来说是不是好消息啊？"电话那头的张铭宇显得很兴奋，说话如同机关枪，上来就是一大梭子，赵家祺一句话都没插上。

其实，赵家祺心里特别喜欢汽车，不要说豪华的凯迪拉克轿车，就是一般的轿车他也喜欢，有车做起事来方便、快捷又安全。但此时的他顾虑重重。斟酌了片刻，他对张铭宇说："好是好，问题是我手里没有这么多美金啊。再说了，我一下子也拿不出这么多现钞啊。"赵家祺的话没错，他手里的备用金本来就不多，组织上拨的经费都是要用在关键时刻的，自己无权随意开支。当前金融混乱，一百元法币只能买到四粒大米，五千美金大概能换一卡车法币。对于这件事，赵家祺没有犹豫，当即回绝了。

没等赵家祺把话说完，话筒中传来对方朗朗的笑声："你小子，就是小庙里的和尚——没见过大香火！钱的问题你不用管了，已经有人代你付过了，你就等着享受吧！车子一小时后就到，晚上这顿饭你小子得请我吧。好了，四季春饭店，待会儿见。"赵家祺还没弄清楚是怎么回事，那头的电话被挂断了。

进入十一月的南京，天刚黑就已让人感到刺骨的阴冷，但赶在路上的赵家祺和小周二人却热血沸腾。临出门时，两人在广播里听到淮海战役在徐州东百十公里的窑湾打响的消息。辽沈战役刚刚结束，东北全境再无大仗可打，至此，我人民解放军和国民党军的实力已达势均力敌的态势。淮海一战将决定国共两党的最终走向，决定着风雨飘摇的蒋家王朝的命运，更决定着历经百年苦难的中华民族的前途。

两人按时赶到了位于丹凤街三十八号的四季春饭店，在服务生引领下来到一个包间门口，服务生轻敲了两下，随即推开了房门。李诗蓝正坐在门旁的沙发上看着报纸，听到声音，站了起来，赵家祺笑着走到沙发前，打了声招呼："诗蓝，早到了？"

"没有，也是刚坐下。"李诗蓝说着，退后让了一步，赵家祺在靠近的单人沙发坐了下来。小周出门在二楼过道里瞭望一阵后，下楼负责警卫。

"诗蓝，今天部队已来人和我沟通了下一步的工作安排，我打算这几天就安排伯母去上海。今晚你回去就做好她的工作，简单收拾一下行李，一路上会有专人照顾她的，你放心，她老人家会平安到达解放区的。"赵家祺一坐下，趁着房间内没人，就把计划告诉了李诗蓝。

李诗蓝默默地看着赵家祺，被面前这个坚毅果敢的男人深深打动，内心充满了无限的柔情。她强行压抑着内心的情感，佯作平静地说："没问题，随时可以动身。家祺，最近我们单位经常有陌生人来，同事之间搞得神神秘秘的，听说战局对国民党很不利，这种时刻你要加倍小心啊。"

"东北已完全解放，淮海战役刚刚打响，战局正朝着有利于我们的方向发展。国民党保密局现在越来越疯狂，说明他们已经慌啦，他们会到处排查，四处抓人，你一定要稳住，有什么情况及时和我沟通，不用担心，这样的日子不会很长啦。"赵家祺轻轻拍着李诗蓝的肩，语调轻柔但却十分坚定。

"我刚才在报纸上看到，南京几个大一些的企业，像中央无线电器材厂、浦镇机厂、扬子机器厂等等，最近闹得很凶，军警和便衣几次强闯工厂抓人，有不少人被打伤了。"李诗蓝眉头紧蹙，眼睛紧盯着赵家祺，一脸的担忧。

赵家祺站起身来，强压着内心的愤怒，对李诗蓝说："从今年9月份以后，这种情况就有苗头了，国民党感觉到形势对自己越来越不利，就有把一些重要的工厂和专家往外转移的念头。特别是最近，更是想尽办法，拼着命地转移工厂设备，把一些民主人士、专家教授强行押往台湾。上级对此非常重视，已要求各地部队和组织切实做好保护工厂、机器、重要人员的工作。今天，部队首长秘密过来,还专门布置了这方面的任务,并计划从江北陆续派遣精干人员来这里支持我们的工作。南京市委也得到了指示,明天我就和他们研究一下应对方案。财产是人民的,这些人员和设备都是国家的财富,都是以后建设新中国的基础,一定要保护好。"说完此话的赵家祺,右手握成了一个拳头,用力地向下一顿。

这时,门推开了,小周闪了进来,走到赵家祺的面前,轻声说:"我刚才在楼下看到了黄兴中和陈作群,感觉两人不像是来吃饭的,像是在执行什么任务。我下楼时黄出门,陈没跟着走,这会儿可能还在楼下包间呢。"

赵家祺想了一下,和小周低声说道:"不管他们来干什么,我们做事务必要谨慎,不能让他们抓着把柄。首都卫戍司令部稽查处的人,和保密局的那些家伙一样鬼精得很,做事心狠手辣,我们表面上装作和他们一团和气就是啦。"

三个人正在窃窃私语时,张铭宇响亮的声音从门外传了进来。门"吱呀"一声推开了,几个人一拥而入。赵家祺一看,都是熟人——赵参谋、蒋介明和马永献,还有江枫机器厂的王老板。张铭宇狡黠地冲着赵家祺做了个鬼脸,说:"家祺啊,几个朋友都到了,上菜吧!我忙活了一天,中午饭都没捞到吃,今晚得狠狠地敲你一杠子,来点儿大菜。"小周冲门口的服务员挥了一下手,来了一个上菜的动作,服务生心领神会地下楼去了。

几个人一番寒暄之后,各自落座,李诗蓝紧挨着赵家祺坐了下来。凉菜、热菜陆续上了桌。赵家祺端起酒杯站了起来,来了一个开场白:"欢迎诸位兄弟的光临,这一段时间琐事缠身,本该前一段就安排时间邀请大家一起小聚,正好今天铭宇兄弟带来了一件喜事,也借此酒感谢他,来,大家干了这一杯。"众人听后都站了起来,男人们齐刷刷地一饮而尽,李诗蓝也跟随着众人轻轻地小呷了一口。

大家落座后,张铭宇看着李诗蓝,开起了玩笑:"李大美女,最近和家祺黏糊得咋样啊?别老是磨叽,快说,什么时候能喝你们的喜酒啊?"

李诗蓝有点不好意思,侧过脸羞涩地看着身边的赵家祺。赵家祺用筷子夹起一颗花生米砸向了张铭宇,嘿嘿地笑着说:"你小子,到哪都不正经!"其实,听着张铭宇的调侃,赵家祺心里美滋滋的。

"家祺,你小子,应了一句南京话,又吃粽子又沾糖,便宜都被你占光了,真是得了便宜又卖乖,你小子的心思我不过代你说出来了而已。"说完,张铭宇诡谲地瞄了一眼二人,众人见状跟着一阵大笑。

房间里的气氛轻松而热烈，江枫机器厂的王老板借机端起酒杯说："我提议啊，今天借赵老板的好酒好菜，借张处长的吉言，首先预祝赵老板的生意兴隆通四海，财源茂盛达三江。另一个，也祝愿赵老板和李小姐早日修成正果，喜结良缘，我提议大家为二人事业进步、爱情美满干一杯。"王老板周全得体的祝福获得大家的响应，大家纷纷站起来为二人祝福。这有点超出了赵家祺的预料，本来就是一场目的简单的朋友聚会，谈来谈去，最终还是搅和进了他和李诗蓝的终身大事，无奈之下，他只能被动地应付众人的调侃。不过，他和李诗蓝的心却被幸福的感觉填得满满的——也许在那种残酷的地下工作中，唯有友情、爱情的话题才能舒缓一下紧绷的神经。

还是张铭宇把话题拽回了正题。他两手朝大家挥了挥，笑着说道："家祺啊，轿车就在门口停着，吃完饭，就是你的啦！这要感谢王老板啊，这是他家小舅子的车，买回来不到一年，人家千金要到加拿大上学，父母也跟着去，车子就交给王老板了。王老板说，你是我的同学，公司刚开业不久肯定需要交通工具，就决定送给你了。费用不用你管，敬杯酒就行。"

赵家祺这才弄清楚事情的来龙去脉，知道王老板给自己送车，主要看的还是张铭宇的面子。他立刻起身，双手端起酒杯举向王老板，激动地说："非常感谢王老板，赵某无功受禄，受宠若惊，惭愧啊，小弟在此先敬王老板一杯酒，有情后补。"说完，一仰脖，一杯酒就下了肚，王老板跟着也干了杯中酒。

大家你一杯我一杯，酒酣耳热之际，赵参谋聊起了一个新闻："大家知道吗，徐州那边打起来了，双方都下了血本，估计一时半会结束不了。我们的物资调配都跟不上了，上周一批钢板、铝材和铜板运到浦口，由于汽车都调往北边了，缺乏车辆过江转运，只能把货卸到浦镇机厂了。谁想到，浦镇机厂那里今年八九月份就开始闹了。政府派人想把设备迁走，工人不干，保密局的那帮人就下了黑手，私下打人，威胁工人代表。这下好了，工厂里闹得不可开交，东西进去就不好再出来了。"

赵参谋话还没说完，王老板就接着诉苦，说："是啊，我也正烦心这事。里面还有一部分是我的货，这可怎么弄啊？马队长，还劳烦您想点办法，把兄弟那点货给捞出来啊。"

"王老板，你有所不知，虽然我是市局的大队长，但保密局那帮兔崽子，现在也不把我们当回事，遇到烂摊子时，拿老子当枪使；自己干坏事、揩油水时，就把我们警察局当窗外的爬爬虎——看到吃不到！王老板，你也别急，等一阵子，风声松点，我私底下去给你想点辙，想办法给弄出来。"在座的各位都知道马队长向来是个讲义气的爽快人，但现在他做事也没有过去顺畅了。

张铭宇这时说出了自己的想法："是啊，这个事，估计永献队长一时也不会有更好的办法。王老板，你就别逼他了，我回去向上峰汇报一下，看能不能通过军方协调一下。"一句话说得王老板感激涕零，立马站起来举杯表示感谢。

"铭宇，王老板，我有一个想法，大家看行不行。"赵家祺顿了顿，环顾了一下众人，不慌不忙地说道，"既然工人与政府闹得这么凶，军方插手，他们也不一定买账，我认为最好的办法还是从工人那里着手。直接接触他们的代表，我认识里面的几个人，关系还算不错，我去和他们谈，想点办法，应该能通融的，大家看要不要试一试？"赵家祺又看了大家一眼，主要是想看看大家的反应。

大家一致赞同，但坐在旁边的李诗蓝却有点担心，轻声问了一句："家祺，你来南京时间不长，这件事不一定能办成，你得慎重点，大家都是朋友，办不好，王老板那里不好交代的。"

赵家祺拍拍李诗蓝的肩膀，一副成竹在胸的样子："事情嘛，我也不一定能办成，但不去做，就没有任何成功的可能。我去试试！"

"好！祝家祺马到成功，干杯！"张铭宇提议。

饭局很圆满，大家都很尽兴，几个人都有点薄醉微醺，相互谦让着下了楼。在门口，张铭宇笑着提醒道："家祺啊，你答应王老板的事，不能食言啊。你去江北浦镇机厂，如果需要帮助，可以去找一个叫芮明义的副厂长，他是我多年的朋友，国防部组织的技术论证会，我多次请他当专家，还有他们浦镇机厂几次技术改造，他找我要钱，我可没少给他们拨经费，他多少会给我个面子的！"

赵家祺和大家一一握手告别后，和李诗蓝肩并肩朝内桥李诗蓝家的方向走去。

李诗蓝的手挽住了赵家祺的胳膊，轻轻地问了一句："家祺，需要我为你做什么？"

"没什么大事，南京的几个工厂面临强制搬迁，闹得很厉害，我得尽快组织人员，不能让国民党的阴谋得逞。我过两天就去落实此事。"

"那你要小心点。"李诗蓝提醒着赵家祺，因为她心里知道，越是往后，事情越复杂，危险也就会越大。

"我知道，你放心吧！这两天应该会有消息来，你回家就和伯母打招呼，动身也就是这两天的事。"

"嗯，东西已简单地收拾好了，随时可以动身。"

两个人在路上走着，紧张的任务让他们无法享受情侣间的轻松愉悦，彼此只能将依恋深深地埋藏在心底。李诗蓝贴在赵家祺的耳边轻轻地说："家祺，做事一定要小心，我们两个都要等到南京解放那一天，到那时我就不用为你提心吊胆了。记住了吗？"

赵家祺点点头，有力的手臂将李诗蓝紧紧地揽在了怀里。

两人转到洪武路街口时，停在路边的一辆小车的灯光闪了两下，坐在凯迪拉克驾驶室里的小周朝赵家祺招了一下手。

赵家祺与李诗蓝依依不舍地分别。

第二十三章

赵家祺上车后，汽车一路朝东奔去，没用多少时间就赶到了厂门口。此时，门房亮着灯，韩久耕正陪着一个年轻人说话。赵家祺一看，年轻人是自己的弟弟家林。赵家祺谢过韩久耕，将弟弟领进了办公室。

"家林，这时候你怎么来了，家里发生什么事了吗？"赵家祺迫不及待地问。

"哥，爹前一段时间身体就感觉不好，老是觉得胸闷、憋气、背痛，我和大姐也找了镇上的医生，开了点药，后来感觉有点好转，但今早突然加重了，到现在还在昏睡着。过了中午我有点害怕，就跑来告诉你，等了几个钟头了，也不见你回来，急死我了。"弟弟一脸惶恐和焦虑，急急慌慌地叙述完来这里的缘由。突如其来的家庭变故，让赵家祺心头一沉，在外多年，他对家里有着深深的愧疚。

"现在爹在哪？"

"在家，大姐在家伺候他呢。"

小周看着赵家祺紧蹙的眉头，虽然理解他最近工作压力很大，但还是建议说："赵老板，我们还是先回家看一下，然后再决定下一步怎么办。生意上要联系的人估计也休息了，要联系也要到明天上午，我先给老王打个电话，让他先联系一下医院，你理一下工作思路。"赵家祺点点头。

小周在电话里和老王一番沟通后，转身对兄弟两人说："老王马上就去联系,他有熟人在鼓楼医院,估计没什么问题,我们抓紧时间动身吧。"

小周先出门发动了车子,赵家祺兄弟俩紧跟着上了车。汽车沿着宁杭公路疾驰。看着车灯打向前方的路面,赵家祺心里七上八下,心情犹如狂风暴雨中颠簸在海面上的小舟,他陷入了深深的自责中。

车子在漆黑的夜里飞驰,窗外薄雾笼罩,大地朦朦胧胧。赵家祺的眼睛紧盯着前方,心急如焚。快到儒林时,弟弟家林在后面指挥着方向,车子在曲曲弯弯的小路上一路颠簸,大家的心都揪了起来,随着家林一句"到了",车子戛然而止,几个人下车朝家里奔去。

屋内的煤油灯昏黄黯淡,母亲无助地坐在床前,看到赵家祺进来,泪水止不住涌了出来,大姐正拿着湿毛巾擦拭着父亲干裂的嘴唇。父亲紧闭双眼,没有一丝动静,眼前的一切,让赵家祺心如刀绞。他强忍着泪水,来到了父亲的床前,轻声问道:"爹这样多长时间了?"

大姐一边忙着,一边回复:"加上今天,有三天了。"

"那为什么没找我啊?"赵家祺语气中有一丝责怪。

母亲回答:"刚开始时,我们想找你来着,你爹摇头不同意,看他那意思是要吃点药躺两天休息休息。他啊,还是怕影响你的事。昨晚他突然昏迷,我们有点怕了,实在没办法,今天早上才让家林去找你。"说完,母亲哭出了声。

"娘,别哭,我不是回来了吗。我来想办法,马上送爹去南京,那里的鼓楼医院已联系好了。大姐,你在家陪娘,家林,你和我一起去。"这时的赵家祺,头脑逐渐冷静了下来,开始布置安排。小周心领神会,出门发动汽车,赵家祺从床上托抱起父亲,弟弟家林跟在后面一起上了车,汽车朝南京疾驰而去。

时间已是后半夜了,车内越发的凉,赵家祺脱下外衣,盖在父亲身上。借着车内微弱的灯光,赵家祺看着父亲的脸庞,心里有着说不出的滋味。父亲头枕在自己腿上安静地躺着,是那样的瘦小,脸上的皱纹犹如沟壑纵横交错。

车到鼓楼医院,开到了大厅前的车道上,老王和赵家祺一起把老人抬出车来,直奔大厅。医生护士一番忙碌,把老人推进了抢救室。赵家祺兄弟二人,此时整个心思都在老父亲的病情上,无心闲聊,只是不时下意识地看一眼抢救室的大门,内心的焦灼全写在脸上。时间一分一秒地流逝着。

一阵焦灼的等待之后,门开了,一位戴眼镜的中年大夫从里面走了出来。

渡江

"王管事，病人家属来了吗？"

老王一闪上前，招呼一声："马大夫，家属在。"

赵家祺上前两步，轻声地回应着："大夫，我就是，情况如何？"

马医生扫视了一眼赵家祺，对病情做了介绍："老人的情况不容乐观。根据我们的初步诊断，病人肺部有炎症，时间不短了，你们送得有点迟。经过检查我们还发现，病人的肝部也有病灶，腹部积水严重，病人意识不清，主要是耽误的时间过久。不过，经过抢救，烧已慢慢退下去了。目前就是这个情况。"马医生介绍完病情，老王连连点头致谢。

赵家祺握着马医生的双手："谢谢您，马大夫，让您费心了！"

"不客气，王管事是多年的朋友了，我们会尽最大努力的，你们留个把人在这里就行了，其他人回去休息吧。"马大夫说完又进了抢救室。

医生对父亲病情的介绍让赵家祺兄弟二人内心既充满着希望，又有着不小的担忧。老王故作轻松地笑了笑，安慰赵家祺说："别担心，这里交给马大夫了，他是大专家。我在隔壁旅馆开了两个房间，你弟弟叫——"

"家林。"

"家林，你先在这里等着消息，两三个小时后，我让小朱过来替你。家祺啊，我们先到旅馆休息一下，大家不能都耗在这里。"老王回头看了一眼姓朱的小伙子，小朱会意地点了点头。

旅馆紧挨着医院。到旅馆时，已是凌晨三点。老王来到了赵家祺和小周的房间，赵家祺已简单地洗漱完毕，他给老王倒了一杯水，说："老王，辛苦你了，这么晚了还麻烦你，真有点过意不去。"

"自己人就不要客气了！哪一家都会遇到这种事，这不是正好有熟人嘛，等等看吧，但愿是好的结果。家祺同志，还有什么事要安排？"

"浦镇机厂那里最近闹得很凶，北边指示我们，要保护好工厂设备，保护好技术专家，更要保护好广大工人的利益。估计今天从北边会调过来十几个人，都是我们野战部队一线的侦察能手，目的是充实我们这里的力量。你看这样行不行，留几个人在你这里，安排在你们货栈或码头，另几个安排到我那儿。你向乔书记汇报一下。"老王点点头，说："好的，同志们来得太及时了。前些日子乔书记就和我说过人手不够，这样一来就好多了。"

"你尽快安排他们做好隐蔽，熟悉工作和环境，不要引起什么麻烦。还有，从各个渠道进来的货，最好不要进南京，这里太危险，要尽量从外围陆路走掉，实在不行再安排水路运输。"赵家祺的提醒是及时的，十天前从芜湖进的一批造船工具及配件,在江宁小丹阳地界被保密局查扣,幸亏有熟人及时解围才取了出来,存到了部队库房,至今还没有找到借口把货送出去。

"行,我知道了,哪边方便就走哪边!"

"老王,你也休息一下,忙一晚上了。"

"好,你也早点休息。"老王掩上门到隔壁房间休息去了。

黎明时分,赵家祺、小周二人起床后,外面的桌子上已摆放好油条、豆浆、糕团、牛肉锅贴等早点。赵家祺推开隔壁房门,看见弟弟还在呼呼大睡,不忍心叫醒他,回屋简单吃了点东西后就和小周急匆匆赶往医院。在抢救室走廊上远远地看见小朱坐在长条凳上,赵家祺上去询问了一句:"小朱,情况怎么样?人醒了吗?"

小朱立刻起身回应说:"赵老板,老人还没醒,听医生说老人家的病情已稳定了下来,不烧了,在挂水。"小朱停顿了一下,又说,"老王刚过来和医生沟通了一阵,他让我转告您,这里他会经常来的,您去忙您的工作吧,有我和您弟弟在这里盯着就可以了。老王还说,如果人手不够,他会再安排人来,还一再地告诫我,要照顾好老人家,不能因为此事让您分心。"

在自己最困难最无助的时候感受到组织和同志们无微不至的关怀,赵家祺内心满满的都是温暖和感动。

第二十四章

下关码头人山人海,摩肩接踵。

汽车上不了船,赵家祺和小周坐轮渡来到了浦口。见到老王后简单沟通了几句,然后乘坐老王安排的汽车朝浦镇机厂驶去。

几公里的路程,走走停停,用了半个钟头才到。车子开到大门口被拦了下来,一名工人上前警觉地问道:"你们什么人?来找谁?干什么?"

"大门口原来不是有警察在这里值班吗,现在怎么换人啦?"赵家祺明知故问。

"噢,你们好像很长时间没来过了吧,最近这里乱得很,你就说找谁吧。"问话的工人态度明显好了许多。

赵家祺下了车,伸了一个懒腰,自我介绍道:"我来这里找我大舅,家里最近出了点事。"

"你大舅是谁?"

"芮明义。"赵家祺从兜中掏出一盒香烟，抽出两根顺手递了过去。

站在旁边的另一名工人立即微笑着走上前来，插话说："你们是来找芮副厂长的啊。这样吧，你们稍等一下，厂长们在开会，最近麻烦事多，他们头都大了，我进去通报一下。"

片刻工夫，通报人从两层的办公楼里走了出来，离老远就招呼说："你们进来吧，车子就停在楼前面，我带你们上楼。"

赵家祺二人来到了芮明义的办公室。办公室宽敞整洁，但很简朴，一圈书柜里整齐地摆满了厚厚的资料和图纸，办公桌上规整地放着一套画图的工具，一张机械草图还铺在桌面上。整个房间充满着笔墨和纸张的淡香。

两个人打量着房间内的陈设，等待着芮明义的到来。

不一会儿，门开了，一位带着金丝边眼镜、大约五十四五岁的人走了进来，打量了一眼赵家祺和小周，未有任何迟疑地微笑着和二人握了握手："刚才开了一个例会，让你们久等了。"转身和一旁秘书模样的人打了个招呼，"小金，你忙去吧。"他倒了两杯水，放在了二人的面前。赵家祺立刻猜到了，这位就是自己要找的"大舅"芮明义。

赵家祺小声地自我介绍："鄙人姓赵，这位是我的同事小周，没有提前预约，不会太过冒昧吧？"

"这是哪里话！"芮明义立即把房门关上，回身端了茶杯坐在了二人的旁边，自我介绍说："我是芮明义，在厂里负责机车整车与电气的安装和调试，还有后期技术服务。请问两位找我有什么事？"

赵家祺没有直接回答芮明义的问题，而是转身看着墙上的一幅山水画，然后一字一句地说道："这幅画不错，描绘的景色可以用五个字形容，就是'风雨石头城'。"

"赵老板只说对了一半，还有一半景色同样可以用五个字描绘，叫'波澜扬子江'。"芮明义随即回应。

暗号对上后，双方没有任何情绪上的波动，像没有发生任何事情一般。

原来，赵家祺见到老王时，说出要去找张铭宇介绍的熟人芮明义帮忙，老王对他说："我现在告诉你一个秘密，估计你那位姓张的同学怎么也不会想到，芮副厂长是我们的一位特殊党员。"

突如其来的消息使赵家祺为之一惊。

"他的身份只有市委的几个负责人知道，你与他联系，一定要格外小心。"老王说完，交代了联络的暗语。

"久仰芮厂长的大名,您是清华大学的高材生。早期担任过交通部的技术顾问,因不堪政府的繁琐事务,辞去顾问一职,也谢绝了国民政府交通部对外技术合作处处长的职务,潜心做起自己的老本行,在国内交通界可是大名鼎鼎啊。"这番话确实是赵家祺的肺腑之言,关于芮明义的情况,是在来的路上从老王口中知晓的。老王和浦镇机厂的关系已经建立了十几年,对浦镇机厂的一草一木相当熟悉。

芮明义连连摇手:"谬赞,谬赞,不值一提啊,只是在这个行当待的时间长了,多些熟人同行抬举罢了。国内做我们这一行的有两家,沈阳的那一家是当年日本人建的,人员和技术方面估计跟不上形势了。"

喝了一口水,芮厂长的眉头拧到了一起,不无担忧地叹息道:"最近形势很不好,乱糟糟的,保密局的人天天在厂里转悠,一楼还有他们的一个办公室。上周他们有个叫什么豹队长的,到厂里抓了两个工人,两天后才被厂里要回来,人已被打得皮开肉绽,就因为他们站在反对搬迁的队伍的前列。这件事闹得有将近半年了,说什么把工厂往南迁,大伙都知道要搬到台湾。厂搬走了,一千多名工人怎么活!"

芮明义看了二人一眼,接着说:"怎么保护工厂,我一时也没想出好办法。现在的问题是,工人自发组织起来,不让外人进厂搬东西,厂里的东西又被那一伙人把着出不去,一直在这儿僵着。现在我每天上下班都要接受检查。下面怎么办?我只懂技术和设备,其他方面我不知道可以做些什么!"

赵家祺认真听完芮明义的介绍后,深深感受到了他的困惑和难处。赵家祺进厂时,注意观察了一下工厂里的基本情况,在斗争极其严酷的情形下,工人们还都保持着良好的精神面貌,这都是有利的条件。如果能把工人有序组织起来,一定能更好地保护厂子,于是满怀信心地说:"芮厂长,我们来就是为了这件事,虽然有难以想象的困难,但我们有信心完成它,这一点您尽管放心。您在明面上就站在工厂的角度,处处为工厂和工人着想,做好自己分内的工作就行,其他的事我们来做。您看,还有什么问题没有?"

听了赵家祺的话,芮明义略显激动:"这样就好了。厂子里肯定还有我们的人,只是我与他们没有联系,你们是不是可以从这个方面入手?"

"这个我们正在联系,您就放心吧。"

"还有两个小问题。"芮明义突然想到了什么。

"您说。"

"这里的厂长,抗战胜利后经人推荐,由政府派来这里做管理,人还不错，就是遇到事情瞻前顾后，这也跟他的家庭情况有关。他是宜兴人，父母多病，一个孩子在日本人打到南京时，受到了惊吓，精神上有些问题，由孩子的母亲负责照顾。他不止一次地说过，哪儿都不想去，这个情况你们考虑一下。还有我们的总工，技术一流，全厂的大小设备无一不通，他如能留下来，可以发挥很大作用。保密局的那帮人，盯得最紧的就是我们仨。"

"芮厂长，你说的这些太重要了！放心吧，我们一定会妥善安排好这里的一切，马上就会派人落实这些事。我们在这里不能久留，如果没有其他事，就告辞了。"赵家祺和小周二人起身和芮明义握手告别，下楼朝门外走去。

刚到楼下，两人就和一个身穿对襟礼服的人打了个照面。赵家祺心里一惊：此人是豹队长的手下，在下关码头曾谋过面。赵家祺假装不认识，径直朝汽车走去，刚走到汽车跟前，身后传来了恶声恶气的叫声："唉，唉，两位，请留步！"

赵家祺转过身，问："你是叫我吗？"

"是的，你们是哪里的，来找谁，什么事？"

小周上前一步，哼哼一笑，说："哟嗬，贵人多忘事啊，上个月在下关码头不是打过招呼了吗，怎么，今天碰到就不认识了啊？"

此人猛地一拍脑袋，惊呼："哎呀，对呀，你们这是？"

"赵老板来谈业务。"小周回答。

"谈业务，能来这个地方谈业务的肯定来头不小啊，找哪个谈呀？"那人一张皮笑肉不笑的脸凑了上来。

小周走到此人面前，嘴角拧出一丝讥笑，反问道："你在这里做什么啊？如果你管事，可以找你谈呀，我们的业务范围广，什么人都要打交道。"

这家伙碰了个软钉子，讨了个没趣，再加上对上次的事仍然心存余悸，立刻打起了马虎眼："小的就是个混事的，不好意思，走好，走好。"说完，闪到了一边，让出了道儿。看着二人上车出了大门，他恶狠狠地朝地上吐了口唾沫。

第二十五章

赵家祺回到丰顺货行，李世新迎了出来。

李世新走到刚下车的赵家祺面前悄悄地说："赵老板，丰顺的方老板家里来了一拨客人，看样子是政府的人，来头很大，老王一时不能出来。咱们先到小会客室喝杯水。"

"行啊,走,正好歇一会儿。"赵家祺处变不惊。

三个人进了会客室,喝着水,聊着天,静等着老王。

送毕客人,老王走进了会客室,一看见赵家祺,连忙打招呼说:"家祺啊,让你们久等了。你父亲那里,十点钟时我打电话问了马大夫,他说状况不错,基本上稳定下来了,看护人员和费用,乔老板都已安排好,你就放心吧。"

赵家祺一颗悬着的心终于放下,感激地说:"老王,谢谢你,你帮我解决了大问题。我们刚从浦镇机厂回来,那里的情况还是很复杂的。你马上安排浦镇机厂我们的同志到这里来,大家商量一下对策。保密局有人常驻工厂,整个工厂上上下下都逃不过他们的眼睛,我们需要谨慎行事,必要时还要给保密局的人点颜色瞧瞧。"

"行。小李,你马上去厂里,通知我们的人到这里来。记住,要分批到这里来,千万小心,不能有尾巴跟着。"小李应了一声,出门而去。

老王接着说:"家祺,刚才政府的几个人来,主要是和方老板商量撤走一事。他们几个人在我们这里都有股份,有的想到香港,有的想跟着去台湾。方老板虽然不是我们的人,但为人很不错,家大业大,不想折腾,也怕折腾。根据我的观察,他思想比较中立,除了业务需要,平时不大过问政治,但他对共产党并不排斥。现在几个人的意见还没统一,估计钱是不会少他们几个人的,这也符合我们方老板的性格,大方义气,这不,方老板也去了码头,需要清点一下库存。"

"这个信息很重要,老王,你以后多留点心,经常旁敲侧击地点一点。方老板对我们党的政策应该早有耳闻,他今后若能与我们合作,当然是最好不过的事了。但方老板是为我们做过大贡献的人,我们也不要勉强他,不能亏待他,更要保护好他的利益,通过我们的努力,相信他自己会做出正确选择的。"

"还有,老王,江枫机器厂有一批货还在浦镇机厂,我们要利用这次机会把这批货弄出来。这批货渠道来路正当,通过这一行动,可以试探保密局那帮人的意图和能量,为今后的行动探探路,你看行吗?"

"我看可以,下午我们一起商量下。这样吧,你们先吃点东西,休息一会儿,估计他们几个到齐要下午两三点了。"老王说完,准备饭菜去了。

趁饭菜还未上来的当口,赵家祺分别和李诗蓝及自己公司的人通了电话,了解一下近况。

下午两点半，与会的人到齐了。赵家祺跟随老王来到会客室，里面已经坐着七八个人，其中包括带领赵家祺到芮明义办公室的小金。小金认出了赵家祺，眼睛瞪得滚圆，一脸吃惊的样子："是你们哪，我当时还纳闷呢，坐的是丰顺货行的车子，下来的不是货行的人。"

小金一句话说得赵家祺哈哈大笑，赵家祺上前拍了一下小金的肩膀，说："经朋友介绍，去向你们芮副厂长请教几个技术问题。去之前怕他不接待，所以借了丰顺货行的车子，主要是怕进不了大门，所以假托是他的外甥。"

老王招呼大家坐下，挥了一下手，大家安静了下来。"我先介绍一下，这位是钟达同志，是江北派到我们这里负责渡江行动的先遣人员，这位是宋铁峰同志，是钟同志的副手，今后我们就要在南京市委和他们领导下开展工作了，大家欢迎！"为保密需要，老王没有说出赵家祺和小周的真实姓名。

赵家祺和小周也冲大家频频点头示意。

接下来，老王压低嗓门进行了一番动员。"同志们，刚接到消息，在淮海战场上，我华野已对黄百韬第七兵团形成合围之势，蒋介石已命参谋总长顾祝同亲临徐州指挥作战，但已无济于事，黄百韬深陷我方千军万马的包围之中。战场形势对我军越来越有利。前方将士浴血奋战，我们能做什么呢？最近浦镇机厂的事务将大量增加，因为以浦镇机厂为主的几家工厂承担着铁路和公路运输设备维护保养的重任，还要负责战车和坦克的维修。拖延工厂的工作进度，给敌人的物资转运来个釜底抽薪，是我们当前首要的工作。还有就是，大家都知道，从政府内部传出消息，一旦国民党军在淮海战场失利，浦镇机厂将解散和搬迁，那工人们怎么办？以后靠什么生活？摆在我们面前的第二个任务就是保护工厂，这虽然是一个艰巨的任务，但在座的每一个人都是共产党员，是党员就要保持高度的警惕性和强烈的责任心，去完成组织交给我们的任务。"老王的一席话，令在座众人热血沸腾。

老王说完，把目光转向了赵家祺，向大家说道："眼前的几项工作，请钟达同志给我们讲一讲。"

赵家祺站起身，环顾了一下四周后说："同志们，大的形势老王已经给大伙说了，我军在战场上节节胜利，淮海大战胜利后，我军就将向江南进发。相信要不了几个月，我们的千军万马就会饮马长江，解放江南和大西南是必然的结果。在这个节骨眼上，我们要保持清醒的头脑，敌人越是失败就越是疯狂，斗争将会更残酷，保护工人和工厂财产的工作就要做得更周密。"

"前一段时间，有一批货被卸到了工厂里，这批货是江枫机器厂王老板的。我们要争取把这批货弄出来，一方面帮助无辜的私人企业，一方面让工厂和保密局的矛盾激化，争取能够把这些驻厂的特务赶走。另外，我上午通过熟人和芮副厂长沟通了一下，打算想办法先把技术图纸从厂里拿出来，这些以后都是我们建设国家所需要的重要资料；还有，我们一定要保护好浦镇机厂朱厂长、杨总工程师和芮副厂长的安全，要想尽办法做通他们的工作，让他们配合我们，千万不能让敌人把他们悄悄地弄走了，大家可以就这些问题谈谈思路。"

坐在赵家祺旁边的小金迫不及待地发言："保密局就那几个毛人，我们分好组，几个人对付他一个，肯定没问题的。"

小金的话音刚落，接待室内的讨论立刻热烈起来了。

"我们把一些强壮的工友召集起来，每天加强巡逻，对一切可疑的人员严加盘问，反正我们的人多。"一个叫王铮的青年虎里虎气地说。

"朱厂长和杨总工住江南，他们每天都回家，我们也不方便保护他们啊，得想办法！芮副厂长还好，就住在我们浦口这里，随时可以找到他。"

老王也提出自己的看法，他用手指在桌面上比画着说："我们是不是可以分头行动，安排和他们三个人私交不错的工长和工友，分别找他们，把我们的思路给他们多韶韶（聊聊），先转变他们的认识，这样他们才能更好地配合我们行动。"

赵家祺一声不响，专心致志地听着大家的讨论。

"可以和厂里那三个坏蛋制造一些冲突，警察不可能不管。浦口警局的头头是我的大舅哥，警察也烦这些人，只是没有机会收拾他们。"王铮突然想到了一个点子。

周围一片应和声，看来大家对保密局安插的特工早已深恶痛绝了。

一个年龄看起来二十出头、长着一对小虎牙的工人挠着脑袋说："把资料弄出来，其实并不难，厂子这么大，一圈有好几个豁口，我都门儿清。过去家里有事时，我经常就是从这几个豁口偷偷溜出去的。带点资料出去不是难事。"

讨论进行得十分热烈，讲到工厂组织护厂的情况时，角落里一个戴着眼镜的中年人说："总装车间的范主任，技术绝对一流，说话那也是响当当的，豪爽正直敢说话，在我们厂里威信数一数二。我们工会的头头不愿意多事，那我们可以推举范主任当工人代表。前几年范主任多次作为我们的代表和市府的人交涉过，敢讲话，敢做事，他在我们工人心里才是真正的工会头头。"

赵家祺把这些信息一一记了下来。

"上次被保密局便衣打伤的几个人中,有一个叫赵龙的,和我关系很好,他两个表弟和码头上的混混搞在一起,那些人讲义气,一些戳人蹩脚的事他们干起来特在行。"

"厂里经常派人到北边维修车辆,随车可以带一部分材料和设备,我们可以顺便把仓库里不是厂里的东西带出来,问题就是每次不可能带出很多,要想全带走有点麻烦……"

听了众人一番讨论,赵家祺的思路渐渐清晰。他轻咳一声,摆了下手。老王招呼大家安静下来,说:"刚才大家说了很多,很好,很多信息对我们以后的工作很有用,现在就请钟达同志针对大家讨论的问题谈谈他的看法。"

赵家祺朝大家示意了一下,接着说:"谢谢大家,我从外地回到南京不久,没有老王对咱们厂的情况了解得多,所以边听边琢磨大家反映的问题。对此我想提出自己的几点看法:一是我们不能自乱方寸,需要有计划。虽然要大家群策群力,但我更要强调行动的针对性,要有计划,每个人根据自己的优势和特点,有目标地去做,最好两三个人一组,以便互相有个照应;二是工厂的人、财、物都是我们要保护的,大家回去可以对身边可靠的人做一些工作,让更多的人参与到保护工作中来。人越多,我们的力量就越大,敌人就会越胆怯,但也要注意,不要被一些表里不一、阳奉阴违的人蒙蔽利用;三是大家要注意,针对浦镇机厂的事,我们要尽可能地将事情做在明面上,不能让敌人抓住把柄,因为这不是一时半会儿就能解决好的,大家一定要做好自我保护;最后说一下,最近从北边会来一部分有经验的我方人员,这两天就到,他们将会充实到我们的队伍中来,希望大家要形成一个统一领导和统一指挥的集体,要及时沟通和汇报。我要说的就这么多,大家也可以针对每一件事做详细的方案,不可鲁莽。老王,你看还有什么要说的?"赵家祺把话递给了老王,因为他十分清楚,老王对本地的状况要比自己更了解。

老王接过赵家祺的话头说:"钟达同志刚才谈的几点,简而言之就是要统一领导,保证安全,完成任务。等会儿我们再详细讨论一下具体的实施步骤。请各位同志一定要注意保密,在单位切忌聚会,有事讨论也不能超过三个人,非常时期,一切都要谨慎行事。还有一些细节问题,同志们再讨论下。我和钟达同志还有点事要商量。"

赵家祺随着老王来到了院子里的一个僻静角落,老王扫视一下四周后,贴近赵家祺耳边,轻声说道:"刚才小齐来电话说,李小姐得到了组织通知,主要有两个事,上海那边的船只一周后到金山码头,让你早做准备,李小姐晚上会在渝州食府等你;二是部队派来的人员今天分批赶到,这里我来负责,你先回去吧,很多事需要你处理。"

"好的,我马上走。我一个人去上海,小周暂时留在麒麟门,由他负责和你联络。我到上海后会给你们留下联系方式,这里的事拜托你啦。"赵家祺和老王握了握手,回到接待室和大家告别之后,就和小周往码头赶去。

两人过了江,发动停在码头附近的汽车赶往市内。抵达渝州食府时,天已经黑了下来。李诗蓝一个人静静地坐在那里,看见赵家祺两人进来,笑着站了起来。赵家祺轻轻地拉了一下她的手,关切地问道:"等久了吧?"

"没有,我也是刚到,我不知道你们到浦口去了。"

"想不到事情这么突然,我们紧赶慢赶就来了。上菜吧,我们边吃边聊。"

菜早已点好,很快就上齐了。

"我明天可能就要去上海,伯母那里没什么问题吧?"赵家祺急切地问道。

"没问题,我也跟着一起去,单位也请好假了,如果我不去,别人可能会怀疑,自己的母亲去香港治疗都不去送,于情于理怕说不过去。还有,最近我们那里生面孔明显增多,估计还是保密局的人,他们三天两头轮换,个个跟狐狸似的,问东问西,有时出个门他们都要盘问。"

"他们一定还没抓住你的把柄,否则早就动手了,所以不要过于紧张,小心就是。你晚上回家准备一下。到上海后,你们先住下,我还要把上海的两个环节处理好,时间紧迫,我得确保中间环节不能出任何差错。"

"我知道了,还有,这次部队派来的同志一共十五个人,其中有一位女同志,她正好去上海探亲,组织上的意思是让她负责护送我母亲到北边去。"

"那最好了,小齐就不用再去了,他还有很多任务呢!你在上海也不要呆太久。到时候你先回南京,和北边的联系不能中断,我办完事就回来。"赵家祺听到李诗蓝谈到的新情况,立刻做出了决定。

李诗蓝放下手中的筷子,问:"听说叔叔生病住院了,怎么样啦?严重吗?"

"还好,都安排好了,病情也稳定了下来,我弟弟在那里守着,没什么问题,从上海回来后我再去看他。"

"噢,过两天我晚上到医院去照顾一下老人家。"

"不用了,等病情再好转些,我母亲和大姐就能去医院照顾他了。"

"没事,我抽时间去吧,大家都知道我和你的关系,我去探望显得更自然些。另外，我和叔叔在十几年前照过两次面，他老人家还送过我几个他自己编的竹器，到现在我还留着呢。"李诗蓝回忆起过往，一脸幸福的表情。

赵家祺想了下，笑着说："还是你心细，作为女朋友不去探望未来的老公公，倒是有点不正常，那你就抽空去一趟吧。"

李诗蓝略带羞涩地笑了，她转过头对着小周说："你们赶紧吃啊，我特意为你们点的辣子鸡和水煮鱼，知道你们喜欢吃辣的。"

小周连夹了几筷子菜，赞不绝口："好长时间没吃到正宗的四川菜了，和我们安徽菜一样好吃。长年在外面打仗，就喜欢吃辣的，一来下饭，二来吃辣的做事有劲，打枪也顺手！"

"两个贪吃鬼！"看着狼吞虎咽的赵家祺和小周，李诗蓝抿着嘴笑了。

第二十六章

第二天，麒麟门福海贸易公司。

"叮铃铃"的电话声响起，赵家祺拿起电话，话筒里传来张铭宇熟悉的声音："你小子在啊，明天有事没有？我们一起出去转转，喊上李诗蓝，往东跑跑，我顺便去检查一下工作。"

"这个？"赵家祺有点迟疑，"最近厂里设备出了点问题，怕出不去吧。"

"别，你是老板，厂里的事还要你管啊，我还没让你请客你就推辞，太不地道了！最近业务不错吧，一起吃饭的那群人里面，有没有大客户啊？"

"真不错，几个地方都有活儿给我干，所以最近比较忙，兄弟啊，还不知道咋感谢你呢。"

"别废话了，明早八点我来接你。"说完，不容赵家祺多讲，电话"啪"的一下挂掉了。听着话筒里嘟嘟的声音，赵家祺笑着摇了摇头。对于热心的张铭宇，赵家祺最近一直在琢磨：与他已经有十几年没见了，中间双方也没有联系，自己回到南京后，交流并不多，但每当自己遇到困难时，张铭宇都会全力地给予支持。让赵家祺有些困惑的是，自己肩负着组织交付的重任，今后应该以何种态度与张铭宇相处，能否把这位十分重要的同学争取过来，为组织所用？赵家祺此时对这个问题仍然没有明确的主意，便决定利用明天一起去散散心的机会，做进一步的观察试探。

第二天八点不到，门口响起了汽车喇叭声。准备停当的赵家祺出了大门，看见身着军装的张铭宇站在车旁抽烟，车内李诗蓝眼睛直盯着走出大门的赵家祺。

"家祺老弟啊,美人也给你带出来了,你小子欠我的人情欠大发了。"张铭宇没等赵家祺走到跟前,就开起了二人的玩笑。

"行了,这个情我领,以后一并还你。"赵家祺笑着回应道。

"走吧,我们先到汤山转转,中午赶到镇江,那里已安排好了。你们俩有福气,我这个人命就不好了,不光要带你们玩,还要为你们安排好吃好喝的。"张铭宇的话说得李诗蓝有点不好意思。赵家祺看在眼中,赶忙说:"自家兄弟,不说这个,不说这个。"

车上共四人,张铭宇抢先坐到吉普车的副驾驶座上,赵家祺和李诗蓝只能坐在后排座位上。司机是个军人,坐姿笔挺,不苟言笑。

车子上了公路,往汤山疾驰,三个人一路上有说有笑,互相逗趣,其乐融融。

李诗蓝悄悄拿出一个袋子,递给了赵家祺,咬着耳朵说道:"这是我织的一条围巾,南京的冬天湿冷湿冷的,戴上暖和一点。"

这句轻声细语的话还是被耳尖的张铭宇听到了,他转回头冲着李诗蓝酸溜溜地说了一句:"哎哟,就知道心疼家祺,我的呢,不会就给家祺一个人吧?"

赵家祺一时不知如何应对,李诗蓝伸手打了一下张铭宇:"嫂子和你妹妹还没把你伺候得好好的啊?哪儿轮得上我啊!"赵家祺低头抚摸着手里火红的围巾,一股暖流涌进心坎。

车子快到汤山的阳山碑材时停了下来,张铭宇下车伸个懒腰,和司机打了个招呼:"小李,你在这等一下,我陪他们走走。"

阳山碑材是明成祖朱棣为颂扬其父朱元璋功德而开凿的神功圣德碑遗址,位于阳山南坡,以此得名。三个人来到碑前,石碑高大雄伟,但因年久失修无人问津,四周杂草丛生。李诗蓝做起了临时解说员:"这个石碑花费了数千民工的心血,工程没有完工,国都就迁到了北京,石碑也渐被人遗忘,为了这座碑,多少石匠累死此地,附近的坟头村就是当年集中安葬民工的地方。这么大的石碑,人工凿成,堪称天下第一碑。"张铭宇鼓起了掌,连连夸道:"不愧是历史系的高材生,我来过几次,只注意到这个碑材的高大雄伟壮观,却没研究过这段历史。"赵家祺也听说过有这样一个地方,只是一直没来过,头一次来看,深感震撼。

三个人沿路往里走了一段,沟沟坎坎的地方长满了茂密的杂草、芦苇,连一条像样的小路都没有。碑材所在的坟头村一派荒凉，就连地里的晚稻也长得稀稀拉拉。零零散散的草房，偶有小股炊烟升起，随即被秋风吹散。

停下脚步的张铭宇回头看了一眼赵家祺，有意无意地问了一句："家祺，有件事，不知我当问不当问？"

"都是老同学，什么话都可以说，什么问题都可以问。"

"那就好！前一段时间，八卦洲枪杀保密局两个人的事听说了吧？这事闹得满城风雨，到现在警察局和保密局还没查出什么名堂。对这件事，你怎么看？"

"听说了，据说是仇人间的报复吧。"赵家祺漫不经心地回答说。

"这件事你想知道是谁干的吗？"

张铭宇一句问话惊得赵家祺后背发凉，真是太出乎意料了，但他却不露声色地说："看来，你知道是谁干的喽？"

"枪杀全二虎和他手下人的人，绝非等闲之辈。此人远在天边，近在眼前！"闻听此言，赵家祺顿时感到一声惊雷在头顶炸裂。虽然他面未改色，但心已如重鼓敲响般狂跳不停。一次设计绝密的行动，竟然被与此事毫不相干的张铭宇轻易洞悉，赵家祺万万不能接受这样的现实。

张铭宇和李诗蓝的目光盯着赵家祺。

"铭宇，这样的玩笑开不得！"赵家祺一边口头搪塞，一边在心里盘算如何设法消除对方的怀疑。

"家祺，你说得对，这种玩笑开不得，我也不会开！"神情严肃的张铭宇显然不是在开玩笑。

"八卦洲的两把手枪不一样，打死全二虎用的是左轮手枪，打死他手下的则是毛瑟快慢机。"张铭宇所说的内容更加具体，赵家祺心中的鼓点更为密集，因为这位老同学的话与事实分毫不差。

"铭宇，别人用什么枪杀人，我不感兴趣，也不想打听！我就是一个生意人，干吗理会那些事情呢？"赵家祺知道，无论这位老同学怎么说，自己都不能承认。

"左轮枪有六个弹巢，但那天只装了五发子弹，因为组织上只给了他五发子弹。"张铭宇说完，目不转睛地盯着赵家祺。

赵家祺的心脏几乎要停止跳动，他再怎么故作镇定，都不能掩盖额头上已经渗出的薄薄细汗，因为那天他使用的左轮手枪弹巢里千真万确只装了五发子弹。因为组织上只给了他五发子弹，多一粒都没有。如果刚才张铭宇说使用两种型号的手枪还有可能是猜测的话,当他说出左轮手枪中只装了五发子弹时,赵家祺知道,眼前这位老同学定是知悉这次行动全部底细的人。

知道行动全部底细的人只有两种可能,要么是同志,要么是内奸。

"难道组织内部出了内奸?"想到这些,赵家祺由惊愕变成了紧张。他看了一眼李诗蓝,又下意识地瞥了一眼周边的环境,为下一步可能出现的意外做着准备。

这个地方大概是张铭宇精心选择的,前方是断崖,两边是荒草野谷,只有刚才走过的那条小径可以逃走,可张铭宇有意无意地站在了小路当中,像是有意阻止赵家祺逃跑。

"那你们一定是抓住了真正的罪犯,从他们嘴里审出结果后,在这里显摆吓唬像我这样从未摸过枪的人!"赵家祺哈哈笑出声来,尽量把事情扯远。

"要想人不知,除非己莫为!但只要我不说,保密局那帮人永远也不可能抓到真正的'凶手'!"张铭宇望着赵家祺,不紧不慢地说道。

赵家祺一下子怔住了。

此时的他突然想起前段时间的两件事来。自己在从上海返回南京的火车上被堵截,李诗蓝在单位被暗查,这曾让他怀疑组织内部可能出了问题。赵家祺曾怀疑过身边的几个人,但经过仔细推敲,又一一排除了,最后他将目标锁定在了张铭宇身上。赵家祺认为,只有张铭宇一个人既知道自己的行踪,又了解李诗蓝的一举一动。赵家祺思考再三,便将自己的想法向华东局社会部作了汇报,并提出,如果组织上确认张铭宇暗地里与保密局有关系,他会亲手除掉这名同学。华东局社会部迅速回电:"在组织上没有确认之前,不但不能采取任何过激行动,还必须与他处理好关系,充分利用好这个人。"

赵家祺感叹,华东局社会部没有让自己及时采取行动除掉隐患,现在终于在自己面前摆出了一道大难题。

张铭宇看着赵家祺紧张的样子,突然哈哈地笑了起来。

"家祺,你知道我是谁吗?"这句话更让赵家祺摸不着头脑。

"我们不是老同学吗?!"赵家祺仍然装作十分镇定。

"老同学,对!但我还有另外一个身份!"

"什么身份?"

"什么身份先别说,我先说一件事,你看对不对。你向南京市委要两把没有使用过的手枪,由于时间紧促,他们一时找不到,就上报了华东局社会部,任务转到了我这里。枪弹找好后,社会部通过交通员转给了他们,最后落在了你手里。"

"啊!"张铭宇的话惊得赵家祺的下巴颏几乎掉到了地上。

"愿意听我说几句吗?"张铭宇脸含笑意。

赵家祺生怕其中有诈,没有回答,只是点了点头。

"我的身份,就连南京市委也不知道,我今天就告诉你。我老家在豫南驻马店,我有今天,应该感谢我小叔。小叔当年是西北军的一个中校团长,后来编入胡宗南的三十七师,任少将参谋长,现已赋闲在家。叔叔有两个女儿,现在跟着我的就是我的堂妹。我是由叔叔托关系来到南京读书的,在上学时我结识了华东地下组织苏南地区负责人王凌军,他的直接上级就是华东局和中共上海市委社会部部长潘汉年。王凌军于1942年底介绍我加入了共产党,不幸的是,他于1945年抗战胜利前被叛徒出卖,就义于南京首都监狱。我现在只对华东局社会部负责,你来南京也是我意料之外的事情。你来之前,上海来的联络员通知我下一步工作计划的时候,我从他那里知道来的人是你赵家祺。真没想到我们分离这么多年,最后竟成为了同一个战壕里的战友!"

听完张铭宇的道白,赵家祺抑制住激动的心情,自言自语地说了八个字:"草木蔓发,春山可望。"

"麦陇朝雊,斯之不远。"张铭宇不假思索地说出了八个字。

这个暗号对他们来说,对得太迟了。

几乎同时,赵家祺和张铭宇展开双臂,紧紧拥抱在了一起。原来,为避免工作中与赵家祺之间发生误解,华东局社会部通知张铭宇向赵家祺公开自己的身份。

张铭宇恶作剧式公开身份的方式让赵家祺在短短几分钟内经历了冰火两重天的心理历程,一时间出了一身透汗,既刺激又痛快。

"你这家伙,掩藏得也太深了!"赵家祺如释重负,对张铭宇吼道。由同学到同志,五分钟不到的时间,角色就发生了天翻地覆的变化,这一点是赵家祺万万没有想到的。回顾之前的一幕幕,赵家祺不禁感慨万分:"今天真是太意外、太兴奋了!后面的任务虽然十分艰巨,但在南京有这么多同志特别是你这位老同学的支持和配合,我相信一定能顺利完成上级交付的光荣任务。"

站在旁边的李诗蓝轻轻地咳了一声,赵家祺和张铭宇同时松开了手。这个时候,赵家祺的疑虑没有彻底消除,他的心里可谓一喜一忧。喜的是,老同学张铭宇竟是自己的同志;忧的是,自己和张铭宇这种关系当着李诗蓝的面揭开,李诗蓝虽然值得信任,但毕竟并非组织内的成员,只是个普通百姓,这不是严重违反组织的保密原则吗？

张铭宇仿佛看出了赵家祺的心思。他走到李诗蓝跟前，面对着赵家祺说："老同学，不，家祺同志，我做个补充介绍吧。诗蓝也是我们自己人。按组织要求，我堂妹张铭欣平日里配合我的工作，她负责与李诗蓝见面联系，她们俩早就是特别好的小姊妹了。"

张铭宇的一席话，拨开了赵家祺心中的迷雾，让他不光感受到了浓浓的友情，更感受到了组织的力量，内心的勇气和信心倍增。

"真没想到，真没想到会是这种情况！这下子好了，我后面的工作就方便多了。上个月，解晓辉来南京带来了五根金条，我还纳闷呢，都说上海人小气，他咋会那么大方呢，原来谜底在这里啊。"

"我估计你心里肯定不托底！解晓辉那小子，他叔叔一直做军方的生意，早年就和上层走得很近，只是忌惮和孔、宋两个家族相争，才把企业搬到了无锡、常州两个地方。凡是孔、宋不插手的，他们都想沾一点，这几年从我这里得到的业务也不少，平时吃吃喝喝他倒是很爽快殷勤，挣得多了，出点血也很正常，也算是支持你小子啦。"张铭宇讲完，不由得哈哈大笑。

"走，时间差不多了，去镇江！"张铭宇大手一挥，先头走了。这家伙真是个八面玲珑的人，明显是想给赵家祺和李诗蓝一个相对私密的空间，让赵家祺好好消化一下这个大惊喜。

赵家祺和李诗蓝四目相对，一时竟不知道说什么好。最后还是李诗蓝轻轻地推了赵家祺一把，娇嗔道："看你个傻样，还老革命呢！"

"诗蓝，想不到你也是——"激动的赵家祺没有说出下半句话。

"没有组织上的批准，我不能说出自己的身份。对你也一样，你不会怪我吧？"

"不会！"赵家祺轻声说道。

甜蜜蜜的两个人跟在张铭宇的后面，朝大路走去。

吉普车一路向东南方向疾驰，一个半小时才到镇江。进入镇江市区，他们明显地感到军人更多了。穿街而过的军车扬起一片尘土，路边的行人不禁掩住口鼻。他们的吉普车穿过市区，来到金山寺附近紧靠江边的一个军营，鸣了两下喇叭，经过哨卡检查后直往里开，在一座二层楼房前停了下来。门口已有一群人等在那里，正是张铭宇约好的驻军人员。

几个人刚一下车，一个军官就殷勤地迎了上来："哎呀，张处长，世安有

渡江

失远迎啊！一路辛苦了！"然后和大家一一握手。寒暄过后，这位军官将客人迎进了大厅。张铭宇边走边介绍赵家祺和李诗蓝二人："这两位是我的大学同学，这位美女是李诗蓝，在电信局工作。这位赵老板，你们已经见过面，在南京开着一家贸易公司，主要做金属零件加工，还做一些冷门偏门的生意，还望丁处长关照啊。"

"一定，一定！"丁世安满脸陪着笑。

张铭宇对赵家祺说道："世安处长所在的部队可是汤司令的王牌部队，专门负责镇江一带的江防。你以后多来转转，丁处长可是很好客的啊。"丁世安引领大家来到一间会议室，解释说："军里的会议刚结束，你们稍坐一下，喝点水，我们部队可比不上地方啊，慢待几位了，望各位多多包涵！"勤务兵倒上茶水后掩门离开。

"丁处长，我这次来，既是公事也是私事啊！我们几个同学早就定好今天出来转转。巧合的是，正好昨天国防部开了个会议，讨论江防部队物资调配计划，部里要求我们几个部门下来走走，了解具体情况，汇总后报上去统一安排，你们也接到通知了吧？说说看。"

"昨天下午我们部门按照上面的指示，开了个会议，现在任务已布置下去了，今天应该能统计好，你们走前会拿到报表的。这个不急，咱们也有段时间没见了，中午我们先吃个便饭，好好叙叙旧。"看样子，丁世安也是一个干脆利落之人，举手投足处处透着股江湖豪气。张铭宇毫不推辞，他拍着丁世安的肩膀说："老哥，你是该请我大吃一顿的，上次那批物资要不是我给打了招呼，能那么快发到你手里？"

张铭宇是部队的财神爷，一句话就可以在数字后面加个零，下属部队的人都不敢怠慢他。

在丁世安的陪同下，几个人来到了驻军食堂。食堂里设置了几个雅间，专门用来接待客人。走进雅间，酒菜已经满满地摆了一桌，几个陪酒的军官正等着客人到来。大家落座后，丁世安举杯致辞："大家举杯，欢迎从南京远道而来的张处长还有他的两位同学，我们这里可比不上南京，环境和条件差一些，但我的心是真诚的，希望大家吃好喝好！"

张铭宇端着酒杯感慨道："我经常到部队，感觉还是这里最亲，因为啥啊？因为有丁处长在！他是我的老大哥啊！今年，共党到处瞎搅和，搞得我们一点都不安生，地盘一点点地变小。现在倒好，逼得我们要在江边加强工事，准备长江防御的后手了。我也累，每两天就要出来检查，日子再没过去清闲了。幸亏有我这位老大哥在，还能经常在一起叙谈叙谈，解解心中的苦闷。今天，我在此表示深深的谢意！"

张铭宇一番感慨之后，端起酒杯和大家一道一饮而尽。在座的附和声一片，有诉苦的，有抱怨的，更有骂娘的。"喝酒，喝酒，别扯远了！今后啊，你们负责好长江防御，我为你们做好后勤，只要你们腰杆硬，共军是无论如何也过不了长江这道天堑的！"张铭宇举杯提议大家为国军固若金汤的长江防御干杯。顿时，叮叮当当的碰杯声响起，整个房间气氛进入了高潮。军队和地方喝酒截然不同，官大一级压死人，下面的人见到国防部来人，个个都是大杯敬酒。菜还没怎么动，已经有人摇摇晃晃，语无伦次。不大工夫，酒桌上清醒的人已没几个了。

饭后几个人在会议室小憩，下午三点钟左右，丁世安进来了，交给张铭宇一个档案袋："张处长，这是汇总的资料，就交给您了。"此时的张铭宇，涨红着脸，晕晕糊糊地和丁世安说："哎呀，今天喝多了，放在我的提包里吧！"材料放在手提包里后，张铭宇三人起身告辞，吉普车朝南京开去。

车子快到南京地界时，张铭宇吩咐司机："停一下车，我，我方便一下，家祺要不要去？大美女就别跟着了！"

李诗蓝责怪了一句："一边去，羞不羞！"

"家祺，那我们去。包给我，里面有机密材料，得随身带着。"

二人下了车，找了个背人的草丛，张铭宇轻声地对赵家祺说："家祺，你打开档案袋看一下。你是行家，根据物资清单，你估算一下部队的人数及消耗情况。"赵家祺仔仔细细看了两遍，心中有了数。

"这边的部队编制大体上都差不多，装备、人数略有出入，先这样，过几天我们再跑两个部队，这些信息应该对准备渡江的部队有用。"张铭宇补充说。

回南京的路上，张铭宇嘴巴也没闲着，一路上继续开着李诗蓝与赵家祺的玩笑，活像个国民党部队里的兵油子。

回到住处，赵家祺静静地坐在桌前，靠回忆把途中"解手"时看到的物资清单内容完整地写在了纸上。通过对这些数据的分析，他得出了镇江金山寺附近驻军的人数、弹药量和其他相关情报……

在随后的一段时间里，赵家祺对张铭宇等人介绍的军方、政府和企业的重要人物逐一拜访，各种人脉关系也逐渐熟稔起来。与原来一样，每次聚会赵家祺都会精心准备，所带礼物多是市面上的稀缺物，深得大家欢喜。在聚会上，众人从赵家祺口中听到的都是些生意场上的关关节节，在大家看来，赵家祺就是个出手大方、重义气的生意人。每次聚会李诗蓝都会陪同，三番五次出入大行宫中央军人饭店，大家对他俩的情侣关系也都心照不宣。

第二十七章

一天傍晚，赵家祺从市内办完事回到厂里，一进大门，厂长蒋万春就迎了上来，大老远就招呼道："赵老板，你们来得正好，赶快来吃晚饭。"

"蒋厂长，我们吃过晚饭了，你今天怎么没回家啊？"

"赶一个活儿，出了点问题，耽误了时间。下午招来的十几个新学徒到了，食堂临时加饭又加菜，所以就到这个点了。这会儿大家伙儿都在食堂呢。"蒋万春住在城里，家里还有母亲和一双儿女需要照顾，每天都回家。

赵家祺语带歉意地说："蒋厂长，你辛苦啦，我马上来，你们先吃饭吧。"

赵家祺回到办公室，放下皮包，就赶到了食堂。食堂里秩序井然，大家都在埋头吃饭，看到赵家祺进来，纷纷站了起来。蒋万春走上前给大家介绍道："这位就是我们福海贸易公司的当家人赵老板。"

"大家好，诸位辛苦了，快趁热吃饭吧，别凉了。"细心的赵家祺走到桌前看了一眼饭菜，笑着问身边的厨师老秦："老秦啊，今晚的菜好像肉不多啊，菜量也少，第一顿饭就吃不好，别把大家给吓跑喽！"

老秦是个憨厚的中年汉子，平时话就不多，只知道埋头干活，不仅负责整个公司职工的一日三餐，有时还会到车间里帮做些零碎活。听到赵家祺这句半开玩笑的话，他不好意思地挠着头，一时也不知怎么回话。这时候蒋万春出来解了围："赵老板，老秦本来准备得很妥当，没想到一下子增加了十几口人，到这个点买不到东西啊。"

"原来是这样，不过今后食堂应该多备点东西，以备不时之需。不影响你们了，大家赶紧趁热吃吧！我先回办公室，还有点事要处理一下。"

在回办公室的路上，赵家祺嘱咐小周，等大家吃完饭，就把部队派过来的人员召集到会议室里，大家碰个头，讨论并布置下一步工作。

公司干活的职工吃过晚饭后，除了值班的两个人留下来看厂，其他人陆续地回了家。小会议室里，小周早已准备好了茶水，十五个人齐刷刷地围桌而坐。

"同志们，大家辛苦啦！欢迎你们的到来，有了在座各位同志的加入，我们以后的工作一定会更加出色。我先作一下自我介绍，我叫赵家祺，原东北野战军四十军作战部副部长。组织上派我和大家来，主要是做好部队渡江前的准备工作，同时也为南京解放后的重建工作做准备。"

"最近，国民党成立了京沪警备司令部，目的之一是负责长江东线和中线的防御。司令汤恩伯，外号'常败将军'，此人虽然草包一个，但有个特点，做事很细，半年来一直在着力加强长江防御，意图死守，这会给部队下一步的渡江增加很大困难。目的之二是，按照蒋氏父子的授意，把南京至上海杭州一线的黄金美钞、重要设备以及军政要员、专家教授和知名人士统统转移到台湾去，为国民党留好后路，准备和咱们继续对抗下去。我们现在的工作重点就是针对敌人的图谋采取有效措施，为以后大部队的渡江奠定基础。虽然大家刚到南京，但我希望你们尽快熟悉工作，期间可能会有很多困难和危险，可是我们的工作一刻都不能停滞，大家的工作越细致，想得越周到，我们部队的伤亡就会越小，渡江就会越顺利。大家有没有信心？"

"有！保证完成任务！"十几位同志齐声应道，声音不大但铿锵有力。

"赵部长，我也是东北野战军的，四十四军三〇八团的，叫封进财，部队刚入关到山东菏泽，我就被抽调到这里来了。"坐在左边的一个小伙子抢先举手，自报家门。

"那好啊，老部队的人也来了，很亲切哪！这次抽来的都是各部队的骨干，为了更好地开展工作，总部要求人员主要从籍贯在长江沿岸地区的同志们中间抽调，估计在座各位好多人都是老乡啊！稍后大家可以作自我介绍。我先问一下，在座的有没有学过机械或者做过机械维修方面工作的同志？"

一位三十岁出头的人举起了手，站起来瓮声瓮气地说："农村老话讲，'世上活路三行苦，撑船打铁磨豆腐'，赵部长，我祖祖辈辈都是打铁的，我自己也打了三年铁，被国民党抓了壮丁后，一开始干些修理坦克的粗活，后来被解放到咱们部队，专门负责维修汽车，干了两年，再后来步枪、机枪和大炮啥的也能捣鼓两下子，这能算吗？"说完，眼睛盯着赵家祺，略带窘态地抓抓耳朵，众人听后发出了一阵笑声。

"这个当然算了，你叫什么名字？"

"周铁生。"

"你明天去浦镇机厂，到时会有人给你交代具体工作的。"

"是！坚决完成首长交给的任务！"周铁生挺直身体，敬了个军礼。显然，刚从部队抽调到地方，军人的习惯一时还难以改变。

赵家祺笑盈盈地说："看到铁生同志给我敬了个军礼，我感到很温暖，好像又回到了部队大家庭。但我要提醒大家的是,同志们从部队抽调到地方从事地下工作,一定要注意掩护自己的身份,走路说话不能再和部队一样,表面上要放松,心里面要绷紧。另外,过什么山唱什么歌,以后大家称呼我赵老板就行,厂内厂外都一样,必须从现在开始改口,这是纪律。当然,更不能敬军礼!免得军统的特务们看见了不舒服!"

会场里发出一阵会意的笑声。

赵家祺环视会场,看到现场有一位女同志。小姑娘眉目清秀,梳着两条马尾辫,显得精明干练。赵家祺笑着问道:"这位小同志,叫什么名字啊?"

"我叫姜欣,华野三纵司令部的机要秘书,请赵部长指示。"名叫姜欣的小姑娘起身立正,腰板挺直,回答得干脆利索。

"你的任务清楚吗?"

"清楚!"

"很好,明天上午我们一起出发,具体情况路上再说。"

"是!"

会场内的气氛因为各项任务的下达而变得热烈起来。赵家祺交代了几件重要工作的交接事宜后,站起来说:"今天是我们的第一次见面会,以后随着工作的开展我们还要经常在一起交流情况,部署任务。现在其他同志都自我介绍一下吧!"

众人介绍完,赵家祺向大家详细讲解了如何在敌占区开展地下工作,最后说:"今晚的会就开到这,各位早点休息。因为人多,旅馆不好安排,今晚就委屈大家,在厂里工人休息间简单对付一下。"

"是!"大家异口同声。

赵家祺环视了一圈后,略显严肃地说:"要记住,你们现在是厂里的工人,不是军人,要尽快进入这种状态。今后开会,大家也不要这样一齐回答。"

大家都不好意思地低下了头。

赵家祺和小周回到办公室,两个人又商量了一会儿,把接下来几天的工作反复掂量和琢磨了一番,才去休息。这时,赵家祺看了一下手表,时间已过午夜。

第二天早上,李诗蓝娘俩在家里收拾着行李。

"这一次出去,有人专门照顾您,把您送到上海。等您到香港后,我会经常拍电报给您的。您在那里吃好住好,保重好身子。等时局稳定了,我再接您回南京。"李诗蓝跟母亲交代着出门的事。

"蓝蓝，你就别担心我啦，你在这里也要注意身体，照顾好自己。听妈一句劝，家祺那孩子我看不错，没什么问题就早点定下吧，你们年龄也都老大不小了，别再耽搁了啊。"母亲语重心长地说道。

李诗蓝扶着老人家的肩膀，宽慰她说："知道了，您就放心吧，等半年后您调理好身体，我和他一道去接您，回来后就把这个事办了。"

这些年，母女俩一直相依相偎着。李诗蓝母亲知道，为了自己的身体，女儿已经念叨和准备了很长时间，正是感念女儿的一片孝心，自己才决定暂时离开。老人纵有千般的不舍，也不想让女儿失望，更何况半年后就可以再团聚。想到这里，老人的心也就放下了许多。老人家此刻还不知道真实的去处。

不大一会儿，楼下传来了汽车喇叭声。李诗蓝一手提着行李，另一手搀着母亲下了楼。走到巷口，远远看见赵家祺和一位年轻姑娘在等着她们。赵家祺上前紧赶几步，接过李诗蓝手中的行李，打开车门，搀扶老人上了车。

火车十点十分准时发车，车厢内人头攒动。从穿着打扮和随身行李来看，乘客多是家境殷实之人。赵家祺佯作闭目养神，耳朵却时刻注意着周围的风吹草动。车厢内，有谈论时局战况的，有侃卖房典当经验的，还有聊海外关系的……能看出，国共双方战场上的较量直接影响着这些社会上层人士的动向，他们拖家带口，齐往上海赶。上海作为中国东部的窗口要塞和交通枢纽，人们从那里可以到达世界的四面八方。这些人走了，身后留下的却是一个积贫积弱的国家。

从南京到上海，不到三百公里的路程，站站停车，所幸的是军警检查的情况倒不多。因为下车的人少，上车的人多，所以每经过一站，车内车外就会有一阵子骚动。就这样，火车哐当哐当地跑了八九个小时才到达上海火车站。四人出了站，来到车站前的广场，广场并不大，并没有想象中万头攒动的场景。出站后的人们个个行色匆匆，没有片刻停留，就乘坐不同的交通工具迅速地消失在夜色中。

华灯初上，一行四人顺着人流往外走。赵家祺一边走着，一边朝两边张望，忽然，一个人影闪现到他面前："赵老板一路辛苦，我接到电话后在此等候多时啦！"

"哎呀，是彭秘书，谢谢你！"来人是上海淞沪机器厂曾老板的秘书，上个月来上海洽谈业务时，两人曾在火车站的旅馆里见过一面。

渡江

"你们跟我来吧，车子就在对面，曾董事长前段时间一直在念叨这个事呢。机器都已准备好，主要有三种规格，等会儿再给您细说！住宿我已安排好，离我们厂很近，也非常方便。"

"好的，请代我感谢曾老板！"一行人上了车，汽车东绕西拐穿行在市区里。马路上行人稀少，路灯犹如鬼火忽明忽暗，小摊小贩借着路灯微弱的光线打理着惨淡的生意，街头全然没有了往日的热闹。

汽车出了市区，顺着一条不宽的柏油马路，向南疾驰。

火车站到松江仓桥有二十多公里的路程，汽车跑了四十分钟才到达目的地。几个人在彭秘书的安排下住进了旅馆。赵家祺放下行李，面带歉意地说："彭秘书，这样吧，时间不早了，你也早点回去吧，我们休息一下，晚饭自己解决。"

"您客气了，我陪你们吃过晚饭再回去，到了上海哪能让你们自己解决啊！曾老板一再交代，要把你们安排好。"彭秘书热情地准备帮李诗蓝拿行李上楼。

"彭秘书，曾老板的好意我心领了！是这样，老人身体不是太好，加之坐车时间太长，有点头晕，我想让老人家先休息一下，看她的状况，我们再安排吃饭。"赵家祺解释道。

"是这样啊，那行吧。附近有几家饭庄，味道还不错，只是时间上不能太晚，毕竟不是市区，饭店打烊较早。"

"好的，我知道了，你早点回去休息。"

"明早我来接您。如需要用车就提前跟我说，我会安排好。"彭秘书和每个人点头示意后，告辞而去。

四人上楼住进了房间。

赵家祺简单洗了把脸，就敲开了姜欣的房间。

"姜欣，你先下楼联系咱们的同志吧，等我们吃过晚饭，他们也该到了，一起商量一下明天的事情。"

"请赵老板放心，我马上去。"

姜欣来到服务台，拿起话筒，拨通了电话："表哥，我是欣欣，我和我们老板已经到了上海，上次谈的业务要签合同了，老板明天还要回南京，时间比较紧。"

"好的，你们住哪儿？我们马上出发。"

"松江仓桥的恒通发旅馆，311房间。"

"行,知道了。"

姜欣向赵家祺汇报后,李诗蓝母亲也休息得差不多了,几个人赶紧到附近的一家小吃店,随便垫了点东西,就赶回了旅馆。赵家祺和姜欣一边梳理一路上的经过,一边等着来人。

"砰砰、砰砰砰",传来了断续而有规律的敲门声,姜欣打开房门,门口站着一个人,一身西式装扮。

"表哥,五年不见,你还是那样英俊潇洒。"

"哎呀,表妹,你的变化倒是很大,不像小时候那么瘦啦。"来人笑着应道。

暗号对上后,两个人心照不宣地笑了。

姜欣回头朝赵家祺点点头,赵家祺立刻迎上来,紧紧握住了来人的手,把来人热情地迎进了房间,姜欣随即关上了房门。

"我叫唐志,华东局社会部情报二科科长。我们前天接到上级通知,知道你们今天来,就一直在等你们的消息。"

"这位就是我们的负责人赵家祺同志。"姜欣紧接着介绍道。

"赵部长辛苦了,上级也命令我们筹集船用马达,但我们一直没有找到合适的关系。前段时间好不容易找到了一家,但国民党政府管控得太严,现在还没谈妥,这次您算是帮我们完成任务了,太感谢您了。"唐志紧紧握住赵家祺的手,感激之情溢于言表。

"应该的,唐科长,明天的事你们这里协调好了吗?"

唐科长回答:"已协调好了,只是还有一个小问题,前期我们存在上海银行的备用金是额定金条,九月份转出时,由于数额大,被国民党上海黄金管理局察觉,立刻封存,出仓只能兑换成金圆券,金库里的黄金被强制性转到了中央银行。还好,我们已转移了一大部分到汇丰银行,汇丰银行是英国人开的,国民党不敢轻易插手,但从汇丰银行提出来时还是要受到严格核查,弄不好的话就会出纰漏,麻烦就在这里。"

"唐科长,时间很紧,对方提出必须是现金交易,我们如不能拿出现金,后面就会有一系列的麻烦,对方的货已为我们压了半个月,一直没有出手,现在时局不稳,他们也很担心,我们必须尽快,错过这个机会就太可惜啦。"

看着赵家祺凝重的表情,唐科长接着说:"赵部长,我们把这一情况迅速汇报给了华东局,华东局向党中央请示,中央很重视这件事,指示我们华东局通过关系找一家法国公司,该公司总经理伯努瓦先生的父亲是一位中央领导在法国留学时结交的朋友,伯努瓦先生将会以公司业务交易的名义从汇丰银行提出黄金。他和我们交接后,我们再和淞沪机器厂结算。我们负责中间环节,请你处理货源的问题。我还想确认一下,如果黄金不够,美钞是否可以?我分析,这些人本来就想出去,带黄金和美钞是一样的,应该没有问题。"

长期做地下工作的同志,大都经验老到,每个任务都会准备多个方案。

这番答复让赵家祺悬着的心放了下来。他紧接着说道:"这样做,算是稳当啦。我想,虽然借助伯努瓦的外国人身份去提黄金,但我们还是要把中间环节考虑得再周全些。明早我和姜欣就赶往淞沪机器厂,把数量、规格和价格核定好,中午告诉你们总价,下午就可以处理完所有事情。陆上运输由他们负责,现在的海运情况怎么样,我还不清楚,不知组织上怎么考虑的?"

"荣氏家族海运一部分布料到香港,原计划搭乘这艘船,情况现在有变化,由于船上货物已装满,这艘船将直接开往香港。他们又抽调了一条小一点的货船来运送我们购买的马达,这条船各种手续已办好,挂的是英国国旗,名义上直达菲律宾,但到达公海后就会调头一路向北,目的地是南通北边的老坝港。这样安排,避免了在海上倒腾货物。老坝港现已被我华野苏中支队占领,这条船也不需要再回来了,将继续供我军调用。"

这样的安排比赵家祺原先的预料要好得多,姜欣和李诗蓝母亲过江的问题也迎刃而解,赵家祺此时才长长地舒了一口气,他叹服于上海的同志们考虑问题之细致周全。

告别时,唐科长对赵家祺说:"赵部长,参加今后行动的人比较多,为安全起见,我不能再称呼您的真名了,只能叫您'宁老板'。"

"好的。"赵家祺回答。

唐科长走后,赵家祺这才感觉到身心俱疲,好在诸事已定,终于可以睡一个踏实觉了。

第二十八章

一觉醒来,赵家祺感到神清气爽,他伸了个懒腰后,从床上一跃而起。这时候,姜欣敲门进来了:"赵老板,早餐已准备好了,李小姐和她母亲起得早,已用过早餐,两个人到外面散步去了,要不要请她们过来?"

"不用，让母女俩多说说话吧。我马上吃点东西，估计车快来了。"

赵家祺一直没改掉在部队养成的吃饭习惯，三下五除二，不到五分钟就完事。刚喝杯水坐下来，彭秘书到了。

寒暄过后，彭秘书告诉赵家祺："我们曾老板九点钟准时在厂里等您。我们出发吧，几分钟就能到厂里。我到楼下等您!"彭秘书转身下了楼。

赵家祺稍作整理也下了楼。

刚走进淞沪机器厂的办公大楼，曾老板洪亮的声音就传了过来："赵老板，欢迎欢迎啊。"

赵家祺迎上前去，和曾老板握手寒暄。

进了办公室，曾老板招呼赵家祺二人坐下，谈话便进入了正题。"赵老板，你那边现在是什么状况？"

赵家祺接过彭秘书递过来的茶杯，轻轻地放在茶几上，说道："不瞒曾老板说，就是因为等船耗了些时间，要不然这件事早办好了，我们这边现在没什么问题，就看您那边啦。"

"现在时局不稳，你别说，前一段我还真担心你来不了了呢。这年头，货如果压在手里就麻烦了。现在货已准备齐，都在仓库里，数量上又增加了一些，你上次不是要求多备点吗？我一直在张罗这件事，就怕你不满意呀！"

"曾老板，俗话讲覆水难收，我说过的话哪能再往回收啊，这不是来了嘛！至于货物数量，对我来说是韩信点兵，多多益善，曾老板不用担心我们付不起钱啊！"赵家祺的一句客套话，激起了一阵笑声。

曾老板接过赵家祺的话说："赵老板见笑，是我多虑了。"曾老板双手抱拳，算是道了歉。

"曾老板，按辈分您是我的长辈，应该称呼您叔叔，您这样就太客气了。"

"好吧，其他的不多说了，赵老板，你重情分，我讲义气，价格上这样，在上次彭秘书给你的价格上打个九折，你看成吗？说实话，老叔此时也在等钱用哪，夫人和孩子们已到了美国。"

"那可太好了！曾老板，就这么定了，只是黄金现在管控得严，一下子怕凑不够，不足的用美钞顶，不知可否？因为上次您提出要硬通货，怕您不满意，所以晚辈得请您首肯。"

"这样更好，省得我再去兑换了。就这么定啦，和赵老板做事感觉就是爽快。那我们去看看货，这样也让你放心。"

几个人来到仓库，彭秘书递给赵家祺一张统计表，并在旁边介绍着："马达主要有三种规格，240 瓦、500 瓦和 950 瓦，一般适合近海或河流短距离使用，再大一点的我们国内不生产，都是进口；现在谁还敢进口啊，所以现在国内很稀罕。各型号的数量在后面，240 瓦的 1378 台，500 瓦的 245 台，950 瓦的 102 台，工具 120 套，三种规格的配件 50 箱，您过过数。"

偌大的厂房里，各种规格的马达码放得整整齐齐，数量一目了然。彭秘书安排工人打开了几个包装，赵家祺用手一摸，能感觉到机器上涂了一层厚厚的黄油，他转过身来，对站在一边的曾老板说："行啦，曾老板做事，晚辈敬佩！就这么说，这张表格我带走，下午就按这个准备钱，六点准时赶到这里，运输的事儿还得请曾老板费心。"

曾老板应声答道："赵老板，昨天晓辉来电话之后，我和他父亲就商量了运输一事，这一点你尽管放心，上海、南京很多重要人物的货都是我们安排的，货单随车一并交到船上，这是我们的分内之事。"

赵家祺抱拳回谢："曾老板，那我就不在这里久留了，我马上回去准备，晚上六点见。"

"好的，晚上我来做东，庆祝一下我们合作成功！"生意洽谈顺利，让一直压在曾老板心头上的一块石头落了地。赵家祺的到来，清光了他最后一点库存，下一步就可以变卖工厂了，至于厂房和设备能换得多少真金白银，对他来说已经不大重要了。

赵家祺回到旅馆，唐科长已在房间里等候。赵家祺把事情的经过简明扼要地说了一遍。

唐科长紧接着对赵家祺说："根据中央和华东局的指示，我们到汇丰银行做了一番侦察，发现那里的情况很复杂，银行外多了很多生面孔，他们对出入人员进行严格盘查。国人出入银行一律核实身份，但外国人可以顺利进出。时间紧迫，您有什么好的办法？"唐科长说完，神色凝重地看着赵家祺。

这几天，虽然对上海的严峻形势已经有了一定的思想准备，但赵家祺最担心的事情还是发生了。屋里沉寂了好一会儿，大家屏住呼吸，看着赵家祺。

"我想了一套应对方案，不知可行不可行？"赵家祺皱着眉思忖了一会儿说。"我们需要两辆轿车和一辆黄包车。你找个机灵点的同志拎一只皮箱坐黄包车先进入银行，我和伯努瓦先生坐一辆轿车。车子抵达门口后，伯努瓦先生拎一只皮箱进入银行，这只皮箱和我们的同志手中的皮箱同款。此时我在车里等候。金条由伯努瓦先生办理，那位同志随便办理点小业务即可，两人在银行办完各自的手续后一道出来。那位同志走在前面，尽量吸引监控人员的注意力,确保伯努瓦能顺利走出银行大门。那位同志出银行后坐黄包车往西走,而伯努瓦先生要往东走。"

"怎么接应伯努瓦先生呢?"唐科长紧接着问。

"不,要接应的不是伯努瓦先生,而是他手中的皮箱。"赵家祺平静地说,"昨晚,我对汇丰银行方圆三公里内的地形做了仔细研究。伯努瓦先生出来上车后,我们的车会从江阴路向南往武胜路开。你开第二辆车随即出发,要从武胜路往北朝江阴路开。两车交汇的地点是在你行驶方向的武胜路的第三个弄堂口,为了在最短时间内甩掉尾巴,这是我们交接的最佳地点。"

"也就是说,第一辆车在快要拐到第三个弄堂口前,你拿着伯努瓦的皮箱迅速跳下车,然后穿过弄堂口,我的车已经在弄堂口对过等你了,这样就能巧妙地甩掉尾巴!等敌人追上来的时候,只能见到一个法国人坐在车里了!"唐科长若有所思地说道。

"正是这样!"赵家祺坚定地点了点头。

"太好了!赵部长唱了两出好戏,一出障眼法,一出明修栈道、暗度陈仓。还有,我让我的搭档小申先进入银行打掩护,他机灵得很。"唐科长说。

"事不宜迟,我们现在就着手准备吧,大家再把各种细节都考虑一下。另外,大家还需要做必要的化装,以便遇到紧急情况及时脱身。"赵家祺总结道。

"赵部长,我们已经为你准备好了新装束!"唐科长随即拿出了一个箱子。

片刻工夫,赵家祺就变成了另外一个人,他身着一套浅灰色的西装,嘴唇上留一抹短须,头戴一顶米黄色礼帽,俨然一位精明商人。

下午两点左右,赵家祺和伯努瓦先生坐车赶往汇丰银行。作为香港的老牌银行,汇丰银行一向以信用和融资实力著称,挺过了几次国内外的金融危机。特别是在上海,在稳定金融市场方面有着举足轻重的地位,对当时的国民政府和金融大佬来说,是不可或缺的靠山之一。

汽车"嘎吱"一声停了下来,伯努瓦下车朝银行大门走去。坐在后排的赵家祺透过白色窗帘的缝隙,看到银行两边有不少闲杂人员,表面上一副漫不经心的样子,其实对进出银行的每个人都紧盯着不放,发现可疑之人立即上前拦住问话,气氛异常紧张。半小时后,赵家祺看到小申大摇大摆地拎着皮箱出了大门,刚下台阶就被几个便衣拦住。便衣要检查小申手中的箱子,小申死活不同意,便衣们一拥而上,与人高马大的小申撕扯起来。就在这时,伯努瓦提着皮箱出了门从台阶上走了下来。一个正与小申抢夺皮箱的便衣扭

渡江

头瞥了伯努瓦先生一眼，看到对方气宇轩昂，目不斜视，又是一个外国人，所以就没敢上前问话。伯努瓦走到车前，拉开车门迅速上车，汽车随即发动。伯努瓦把皮箱交给了赵家祺。赵家祺一只手拿着皮箱，另一只手抓着车门把手。汽车开动一会儿后，经验丰富的赵家祺朝后瞄了一眼，看到一辆黑色轿车不紧不慢地跟在后面。

"甩掉它！"赵家祺朝司机喊了一声。司机听到命令，猛然加速，车子风驰电掣般地向前驶去，行进到指定地点时一个快速急转弯，司机向后喊了声"准备下车"，汽车马上一个急刹。赵家祺推开车门，拎着皮箱跳了下去，一个灵活的就地打滚后，迅速站了起来，三两步就闪进了弄堂，整个动作一气呵成，时间仅仅几秒钟。赵家祺刚在弄堂隐蔽好，后面的汽车从弄堂口呼啸而过，朝前面的汽车疯狂追去。

赵家祺站定下来，朝前方望了一眼，弄堂里闪了两下车灯，他直奔过去上了车。唐科长启动油门，飞速冲出了弄堂口，一路向北。汽车开过汇丰银行时，唐科长并没有看到小申，问道："宁老板，你在银行门口看到小申了吗？"

"我看到小申出银行大门时，被几个便衣拦住了，我们走时，他还在门口与他们纠缠。不会有什么事吧？"

唐科长笑着对赵家祺说："不会有什么问题，那小子精着呢！我们按预定计划朝前开，他应该没走多远。"

汽车一路向西，过了静安寺没多远，就看到一辆黄包车，车上的人吹着口哨，悠然自得地晃着二郎腿。唐科长打了一下方向盘，一个斜插拦住了黄包车。小申迅速跳下黄包车，向车夫扔下一张钞票，抬脚就钻进了汽车。小申上车后，唐科长说："小申，这是宁老板。中间遇到麻烦事了吗？怎么走这么远？"

与赵家祺点头打过招呼后，小申兴致勃勃地介绍起事情的经过来："不出我们所料，我刚出银行大门，就让几个人给拦住了。他们要开箱检查，我肯定不同意，就与他们争辩，他们推搡着甚至要动手，看到伯努瓦上车离开，我才装作服软。最后他们打开我的皮箱，发现了一张美国驻上海代办机构的通行证，才算完事。真想不到，这张假的通行证才办好两天就派上了大用场。"

130

第二十九章

赵家祺虎口脱险回到旅馆,焦灼等待着的李诗蓝和姜欣的眉头才舒展开来。李诗蓝一见到赵家祺和唐科长进门,就急切地问道:"怎么样,事情顺利吗?"

赵家祺轻拍李诗蓝的肩膀,笑笑说:"放心吧,很顺利!"

唐科长跟着赵家祺进了房间,小申则在旅馆外警戒。

唐科长打开皮箱,从中取出二十根金条递给赵家祺,并说明了用意:"这二十根金条是组织上交给你们的活动经费,皮箱里剩下的金条和美钞是购买设备的费用。后面的工作将会更复杂,你们有什么困难尽管说。华东局过去隶属于中央,现在做了一些调整,后面相当一部分工作将和华野对接,目的就是要确保部队早日顺利渡江。来之前,华东局领导让我转告你,你的任务很重,务必要注意安全,组织还会陆续派遣人员到江南来,你们一定要加强统一领导,统一行动,制定好计划和预案,考虑周全,逐步实施。"

赵家祺神情坚毅地回答:"请你转达上级首长,感谢组织的关心,也请组织放心,我们会根据形势,随机应变。"

赵家祺把金条小心翼翼地放在了身后的柜子里,回过身来说:"唐科长,我们在上海的工作时间是这样安排的,今晚我们把费用交给淞沪机器厂的曾老板,明天可能要用一天时间装货上船,姜欣负责送老人到解放区,诗蓝明天就返回南京。我还要在上海多待上一到两天,因为后天苏北军分区来人,布置新的任务。你们明天上午九点把李诗蓝送到火车站就行了。"

"这个没有问题,等一会儿我们就买好车票,明天小申送李小姐上车。还有什么事情吗?"

"没了,谢谢你们。"

"以后的联系方式要换一下,这本书请李小姐收好。"唐科长递过来一本小说,是法国作家雨果的《悲惨世界》。

李诗蓝随手接下这本大学时代就读过的名著。

唐科长起身,与赵家祺等人一一握手告别后,就匆匆离开了。

姜欣问:"赵老板,明天就出发了,您还有什么要交代的吗?"

"明天晚些时候你们就会上船,到地方后要来个电话报下平安,也让我们放心。还有,老人一受到外界刺激,大脑会出现短暂的失忆,情绪就会变得激动狂躁，一路上要照顾好老人家。老人是你诗蓝姐现在唯一的牵挂，就拜托你了。"赵家祺嘱咐道。

"请您放心，保证完成任务。"

"你给彭秘书打个电话吧，一小时后来接我。"

姜欣下楼打电话去了。赵家祺坐在椅子上思前想后，把每一步都如电影般在脑海中过了一遍，生怕哪个环节出现问题。十几年的戎马生涯，使他养成了时时反省的习惯，很多次的险情就是靠这种及时、缜密的思考而排除掉的。

赵家祺正在默默思考的时候，姜欣进来报告："下午五点半，彭秘书接您到饭店和曾老板会面。"

五点刚过，彭秘书就来到旅馆楼下，赵家祺拎着皮箱上了车。车子行驶一段时间后，在一片密林深处的一座豪宅前停了下来。赵家祺下车后在彭秘书的引领下进了大门。气派宽敞的客厅装饰得富丽堂皇，一张能容七八个人就座的餐桌上，摆满了美味珍馐。曾老板从里间走出来，身后还有一位气宇轩昂的老者和一位秀气漂亮的姑娘。

"赵老板，请坐。"赵家祺挨着曾老板坐了下来，众人依次落座。

曾老板见大家都已落座，便开始介绍来宾："赵老板，我隆重地介绍一下我旁边这位，你的老同学晓辉的父亲，我们上海商会的解敬德副会长。"

赵家祺满脸惊喜，立刻起身，躬身说道："伯父好，早就闻知您的大名，今日得睹尊颜，晚辈荣幸之至，谢谢您过去的照顾关爱。"

解会长回礼，一脸赞赏地看着赵家祺，说："你和晓辉是多年的好朋友啦，晓辉对你那可是佩服得很哪。谢我从何谈起啊？"

"上大学时，经常吃到您和伯母带给我们的点心，一晃十几年了，到现在都没法忘记啊。"

"这等小事，还让你记挂着。今天见到赵老板，果然是百闻不如一见，晓辉今天在常州没能过来，以后还望你多照应犬子啊。"

"伯父，您太谦虚啦，晚辈不才，晓辉和我亲如兄弟，理应彼此关照。"

曾老板继续介绍道："赵老板，解会长旁边的因因，叫夏瑜莹，是我的外甥女，刚从美国耶鲁大学毕业，在南京国民政府谋得一职。今天老朽还有一事相求，拜托你回宁时一路照应她。莹莹，见过赵老板啊！"

叫夏瑜莹的姑娘落落大方地站起来和赵家祺打了声招呼，声如银铃，整个人显得古灵精怪："谢过赵老板，我喊晓辉哥哥，你和他是同学，那我也应该叫你哥哥,哥哥照顾妹妹是应该的呀!"小姑娘机智巧妙的应答逗得一屋子人笑了起来。赵家祺反而有点不好意思,只能自顾自地频频点头。

"我们莹莹啊,其他都还不错,就是这张嘴伶牙俐齿不饶人,有时让人不适应啊。"曾老板半是嗔怪半是赞赏地补充说。

待大家稍微安静下来,赵家祺把皮箱递给了曾老板:"曾老板,您先过一下数,然后再吃饭,您看这样行不行?"

曾老板连连摆手,爽朗一笑说:"谈钱俗气!赵老板做事,我能不放心吗?彭秘书,你收起来拿到一边。先吃饭!"

等彭秘书重新坐定,曾老板举起酒杯:"来,大家举起杯,为这次合作成功干杯!"

一大桌子菜在赵家祺面前转来转去,让他有点无所适从,虽然自己光顾过不少饭馆酒肆,但这里大部分的菜肴他都未曾见过,更不知其名。赵家祺心中无限感慨,这哪是寻常百姓能够享用的啊!在赵家祺看着菜愣神的工夫,夏瑜莹端着酒杯来到他面前,活脱脱一个小兔子般:"哥,你吃菜呀,我大舅特意从城隍庙叫来大厨做的,就是为了款待你呀。"说着话,拿起筷子为赵家祺夹起了菜,赵家祺连连摆手:"岂敢,岂敢!我来敬你一杯酒,谢谢你!"说完,赶紧端起酒杯一饮而尽。

大家重新坐定后,解晓辉的父亲冲赵家祺点点头,端起酒杯,说:"借着曾兄的酒,我也来敬一下晓辉的同学。赵老板,你采购这么多机器,不仅仅送到国外吧?这些机器在国内也很赚钱哪。"

解会长的问话,惊得赵家祺脖颈发凉。他脑子转得很快:"伯父,这个大家都知道,我那在东南亚的表哥早就在催这批货了。对我来说,在哪儿赚得多就卖到哪里。这次的货发往那里,其实我基本上也不赚钱,是指望给自己将来留条后路啊。"

"这个当然是啦,现在的时局这个样子,政府让老百姓很失望,国共双方又斗得这么厉害,共产党风生水起如日中天,时局的发展走向谁都说不清啊!我们老了,不问政治,就是担心以后该怎么办。晓辉不像你识大局,以后还望你多多帮衬他呀!"听完解会长的话,赵家祺的心才放了下来。解会长在商场打拼多年,见多识广,看破不点破。

"伯父,我和晓辉是同学,又是好朋友,大家理应互相帮衬,这杯酒敬您,晚辈先干为敬。"

"好,好,我喝,我喝。"解会长举起杯一饮而尽,满意地朝赵家祺点点头。

推杯换盏中，整个晚餐的气氛越发热烈，曾老板还即兴唱了段昆曲《望乡》，把饭局气氛推向了高潮。不知不觉三个小时过去了，主人热情，客人尽兴，陪客释怀。但小调再美终有曲散时，聚会在依依不舍的氛围中结束了。

赵家祺回到旅店，服务台的侍者鞠躬："请问您是311房间的赵先生吧，南京一位姓王的先生来电话，让你回来后马上回话。"

赵家祺拨通了电话，响了五声后，话筒里传来老王的声音："喂，哪位？"

"我是家祺，老王，有什么急事吗？"

"赵老板，我刚从医院回来，听医生说，你父亲的状况很不好，今天下午又进行了抢救，医生诊断为内脏功能性衰竭，你要有思想准备，你母亲和姐姐都在医院，我已安排好相关事宜，你别太担心，有什么事我会及时通知你的。"

"现在病情稳定了吗？"赵家祺的心悬在嗓子眼，鼻梁上的汗珠一下子冒了出来，有些站立不稳。

"还在抢救，但估计……医院几个知名的专家都在，我的意思是你能否赶夜里的火车回来一下，我们当面商量商量，这样更稳妥些。"

因为肩负重任，赵家祺按捺住心中的焦虑："老王，我巴不得立刻回去，但一时还走不了，医院那里请多费心，替我多宽慰我的母亲，谢谢，辛苦你了。"

赵家祺挂了电话，面色凝重。

"父亲，原谅儿子吧！自古忠孝不能两全，此时不能在你身边尽孝了！"

这时，李诗蓝闻讯走下楼来，拉着赵家祺的胳膊，关切地问："叔叔那里情况怎么样？你回不去，那我连夜回去吧。"

赵家祺强压住自己悲痛的心情，故作淡然地说："正在抢救，病情大体稳定，没事，明天上午你再回去吧。"

当天夜里，赵家祺的父亲离开了人世……噩耗传来，赵家祺抱头痛哭，泪如泉倾，不能自已。

第二天早上，强装无事的赵家祺陪着李诗蓝和她母亲吃完早饭，唐科长准时来到旅馆，趁着李诗蓝与母亲依依惜别之际，悄悄地向赵家祺耳语道："家祺同志，组织上昨天特意提醒，我们以前转去香港的人，保密局都会在当地进行检查，所以针对重要的人，我们要采取非常措施。李小姐母亲那里，你可能要提前做好准备。"

"我前几天想到这个问题了,下面我会尽快安排,把假戏唱成真戏,一定做到万无一失。"

赵家祺轻声问唐科长:"客船从上海到香港,大概需要多长时间?"

"大概三天左右。估计等到老人住进医院并安顿好,需要四到五天时间,你要把握好时间啊!"唐科长提醒道。

李诗蓝即将赶火车返回南京。离别母亲,她内心有着无限的不舍。泪水在她的眼眶中打转,但她还是强忍着没有哭出声来。

第三十章

赵家祺目送李诗蓝上车远去,转身返回了房间。

十几分钟后,姜欣来到他房间报告:"彭秘书下午两点来旅馆,预计四到五点开船。"此次来上海,只有等到船起航,赵家祺的心才能放下一半。

下午,赵家祺、姜欣还有李诗蓝母亲坐着彭秘书的车朝金山码头驶去。金山码头位于上海的南端,一条小铁路曲曲弯弯地绕过码头,当初建设这个码头就是为了上下货物方便,不用绕道黄浦江。

汽车赶到金山码头大门口时,曾老板已带人等在那里。见到赵家祺,曾老板开口便说:"赵老板,'电风扇'已全部装船。咱们这笔生意到现在算是做成了!"

"曾老板,现在做笔生意真是不容易啊,但在您的运筹下算是大功告成,真是要向您老致谢啊!"多少天的奔波终于有了结果,赵家祺心中的巨石终于落了地。

曾老板握着赵家祺的手重重地摇晃了几下:"客气的话咱们就不必说了,以后不论时局如何,我认你这个朋友!"

汽车沿着栈道直接开到船边,赵家祺把行李递给了姜欣,交代说:"一路上照顾好阿姨,吃的用的都已准备好,你多陪她说说话。记住,到地方之后,尽快来个电话,好让我们放心。"

"放心吧,赵老板。"姜欣爽快地答应着。

赵家祺拉着李诗蓝母亲的手,劝慰道:"伯母,您在香港住一段时间,换个环境,心情会好得多的,那边有人照顾你。过一阵子我和诗蓝去看您,再把您接回南京,好不好?"

渡江

"没事，你们年轻人好好忙吧，做事要紧。平时要多注意身体，你也经常劝劝蓝蓝，让她按时吃饭。"

"您放心，我一定照顾好诗蓝。上船吧！"

姜欣搀扶着李诗蓝的母亲上了船，走进了船舱。

轮船冒起白烟，即将离开金山港。

正在这时，一辆轿车和一辆带蓬的军用卡车一前一后飞驰而来，车后扬起漫天的灰尘。

两辆车闯过码头大门，冲到了距货船不远处。轿车上下来三个便衣，后面的卡车里跳下二十多个端着卡宾枪的宪兵。

"停下，都给我停下，船上是谁的货？"一位穿着中山装的便衣头目高喊了一声。

"我的货。"赵家祺强作镇定地回答。

"运的什么东西？"便衣头目问道。

"电风扇。"赵家祺答道。

"这大冷天的，运电风扇干什么？货单拿来看看！"

赵家祺递上了货单。

便衣头目草草几眼查过货单，随手扔给了赵家祺。赵家祺以为没事了，心底正暗自庆幸，突然看到那人朝宪兵招了招手，大声吼道："开箱验货！"

二十多个宪兵手持撬杠，恶狼般地朝船上冲去。

赵家祺傻了眼，站在一旁一直没有说话的曾老板一时间也显得不知所措。

最外边的一排木箱被宪兵撬开了。

"什么东西？"便衣头目问道。

"电风扇。"船上的宪兵回答。

"继续撬！"便衣头目恶狠狠地吼道。

这时候，曾老板站了出来，他知道，从第二排开始，木箱内装的全部是马达，一旦撬开，不但这笔生意做不成，一个多月的辛苦泡汤不说，人恐怕也难以脱身了。

"慢！"曾老板一声断喝。

宪兵们迟疑地放下了手中的撬杠。

"请问这位先生是……"便衣头目看着眼前这位气度不凡、不怒自威的老人，知道其非一般人物。

"这是我们淞沪机器厂的曾老板。"曾老板身后的彭秘书上前一步介绍道。

"原来是大名鼎鼎的曾老板,久仰,久仰!卑职是上海警备司令部稽查处处长萧正德,今天奉令检查一批可疑物品,请曾老板不要为难卑职!"萧正德拱手微笑,话虽然客气,但没有半点退让的空间。

"这是上海商会解会长的货,你们就不要查了,木箱都已装好,撬开后,在海上稍微遇到点风浪,这一船货可就全完了。"曾老板抬出在上海滩呼风唤雨的解会长,以求躲过这场灾难。

"解会长算个屁,开箱验货!"曾老板没有料到,嚣张的萧正德变脸比变天还快,根本不买解会长的账。

"慢!"赵家祺一步冲到了萧正德面前。

"你又是谁?想干什么?"萧正德从腰中拔出短枪。

"萧处长,货不能再查了,再查下去,你这个处长的乌纱帽恐怕就不那么稳当了。"赵家祺背起手,笑着说道。

"你说什么?"萧正德气急败坏,提起手枪,对准了赵家祺的额头。

"萧处长,解会长在你面前算个屁,不知解会长身后的人在你面前是不是也算个屁呢?!"赵家祺不慌不忙地说道。

"谁?"萧正德厉声喝道。

"吴镇虎!"赵家祺凑到萧正德耳边,低声说出了三个字。

"别拿我们司令吓唬我!"萧正德话虽这样讲,但还是放下了手枪。

赵家祺口中说出的这个人不是一般人,而是上海警备司令吴镇虎,萧正德的顶头上司。

"你等会儿,我去打个电话,要是没这事儿,我让你今天就去见阎王爷!"狡猾的萧正德眼睛转了转,带着两个卫兵,朝金山港值班室走去,那里有上海警备司令部的内线电话。

"请便!"赵家祺冷冷地笑着回答。

萧正德拨通了吴镇虎的电话,刚说出正在金山港核查商会解会长的一批货,话筒里就传来了咆哮之声:"萧正德,解会长正在帮助经国先生向台湾秘密转运一批货,货是我联系的,你他妈不要脑袋了?快给我滚回来!"

"是!是!"萧正德点头如捣蒜,战战兢兢地放下话筒,一路小跑地来到船边,先是手一挥让宪兵统统下船,然后走到赵家祺身边,鞠了一个九十度的大躬,满脸堆笑说:"真是大水冲了龙王庙,自家人不认自家人啊!刚才我的话二位只当是放屁,我们告辞了!"

曾老板疑惑地看着远去的汽车,又回头看了看面无表情的赵家祺,眼前的这个年轻人，他越发地看不透了。

经验老到的曾老板为防止意外，早就指示手下把一批老款电风扇装进木箱，摆在了电机外围以备检查。

事前，赵家祺从解晓辉嘴里套出他父亲最近一段时间在替上海几位大佬转移家产之事，其中一位就是上海警备司令吴镇虎。心虚的吴镇虎以为部下阴差阳错地查到自己头上，便急忙搬出蒋公子给搪塞了过去。

曾老板心有余悸，不停地擦着额头渗出的冷汗："还好，总算是有惊无险！"

伴着长长的汽笛声，货轮缓缓地驶离了码头。站在岸上的赵家祺看着货轮越来越远，直到变成了一个模糊不清的白点……

第三十一章

赵家祺离开南京的这几天，浦口的浦镇机厂内上演了一台大戏。

当天开完会后，小金和工友王铮一起回厂。正是晚饭时间，二人路过镇上买了两包卤肉和一些花生米，手提四坛地产白酒"金陵春"，一路哼着小曲朝大门走去。一进门就被保密局的方三和他手下的两个人拦了下来。

方三和他的两个小弟兄本是南京浦口地区出了名的混混，被保密局招募进来不久。

小金早就盯上了方三。小金是副厂长秘书，平时出手大方，隔三差五地送些烟酒之类的东西给方三，两人关系处得到位。小金和方三同岁，但月份稍长，方三每次见到小金都喊"金哥"。

"咋的，金哥发财了？大包小包的装的啥啊？"方三几个人天天耗在厂里，几天见不到一点荤腥，闻到久违的肉香，眼睛直勾勾盯着小金手里的白酒和食品包。食品包的包装纸已被油渍浸透，油光发亮。

小金"嘘"了一声，示意方三不要声张，靠前在方三耳边嘀咕了一句："你小子，腿长有福，等会到你那儿去，你到食堂再弄俩素菜，晚上就咱们哥几个，喝点小酒，别到处乱说！"

"行咧哥，我懂。"方三屁颠屁颠到屋里拿饭盆去了。

不大一会儿，小金和王铮悄悄地溜进了方三所住的房间。方三打的两份素菜放在桌上，小金打开牛皮纸包，一包是切好的卤牛肉，一包是仍冒着热气的烧鸡，还有足足二斤油炸花生米。小金冲旁边的一个瘦子吼道："妈的，赶紧把门锁上,窗帘拉上,你以为喝这个酒像放个响屁那么容易啊!"瘦子二话不说,乐呵呵地赶紧给门上锁,拉下了窗帘。

每个人端碗喝了一大口"金陵春",在卤肉和烧鸡香味的刺激下,大家的情绪立刻高涨了起来。方三一边嚼着喷香的卤牛肉一边谄媚地问:"金哥,这些东西不少钱呢,在哪儿发财啦?"

"你吃你的,问那么多干啥,哥能想到你们几个就行了,别弄出事,以后就再也没得吃了。"

"别呀,有机会大家一起发财嘛,有事我们哥几个担着。我们上面有人撑腰,在厂里,我们几个说话还是有点用的,你们那几个什么狗屁厂长,见我们都得躲着点。"

"那是人家不跟你们一般见识,你们还真拿自己当回事了,喝酒!"小金不屑地瞥了一眼方三。

"金哥,说说呗,有福同享嘛。我们哥仨他妈的天天呆在这鬼地方,要吃没吃要喝没喝,哪有在码头上好。我们头儿还说最近形势不妙,薪水都发不全,老子真是受够了。"瘦子旁边的一位发起了牢骚。

王铮白了他一眼,说:"吃肉还堵不住你的嘴!那是你们的事,跟我们有什么相干?金哥,明天晚上还想吃点啥?"

小金气呼呼地瞪了王铮一眼:"你整个一个糊涂蛋,说什么呢,明晚没有,以后也没有!你嘴咋就这么不严实呢,一边去!"说得王铮满脸通红,怯怯地缩到了后面。

一看小金急了,方三心里明白了一点,看来这顿酒肉来路不清不楚,但这可是个发点小财的机会,机会不能错过,错过了就是和自己这张嘴过不去。想到这儿,方三立马凑上前,嘻嘻一笑,扯下一只鸡腿递给了小金:"金哥,别生气啊,做人得地道,有发财的机会,不能蒙头放屁——独吞啊,别忘了带着老弟我呀!"

小金回头又瞪了王铮一眼:"小兔崽子,就你多嘴!"

方三嬉皮笑脸地说:"金哥,你放心,有什么事我保证就我们屋子里的人知道,哪个王八蛋说出去,老子崩了他。"

"唉,也不是什么大事,就是淘换点东西吃喝罢了,现如今把一张嘴糊弄好也不容易。"小金停了一下,拿起一粒花生米撂进了嘴里,接着说:"大家知道在库房西北拐角,有一堆废铜烂铁,天天雨淋日晒的,都锈得不像个样子啦,其实厂里也用不着,可从大门带不出去,你们天天看着,一个钉子也带

渡江

不出去啊！大门没法走，我们两个就偷偷在西北角的院墙掏了个洞，顺点东西出去。在镇上有我一哥们儿，在厂前面浦珠路口开了一家废品行，专门收这些东西。在他那里我们换点钱，才弄来这些吃的喝的。你们还别不信，我们今天才第三次干！"小金说完瞅瞅三个人的脸，话打住了。

"乖乖隆的咚，我的金哥呀，你的胆子也太大了，浦镇厂是南京最厉害的厂，你们也敢打这里的主意?！"瘦子说话了。

"好，好，怪我酒后多嘴了，你们也吃了，我们以后不干就是啦，吃完喝完大家回去睡觉。"小金赶紧把话题往回收，表情上显得十分不满。

"妈的，少说话你会死啊？"方三趁着酒劲甩手给了刚才插话的瘦子一巴掌，转身冲小金赔起了笑脸，"金哥，别生气，但这事我们确实不能干，如果被逮到，那可是要蹲号子的啊！"

"我说让你们干了吗?！"

小金一句话立刻激起了方三几个人的兴致。

"这世道，饿死胆小的撑死胆大的，危险的事当然是我干啊！你们关键时刻解个围帮衬一下，不就行了吗？再说啦，这有啥尿危险?！"

"哎呀金哥，够朋友，够朋友！这个对我们来说不算尿事，我们权当没看见，你们尽管干！"挨了一巴掌的瘦子听到这话，感觉发财的机会来了，竖起大拇指连声赞叹。

"话也不能这么说，搞得我们好像要把整个浦镇厂卖了一样。运气不好的话，东西顺出去的不多，也换不了几个钱。说句难听话，你们还别不信，昨天弄出去的东西，尽是些废铜烂铁，半个烧鸡都买不到，所以你们也不能指望每天都能像今天这样，有这么多吃的喝的跟过年似的。"

方三接过小金的话说："也对，也对，金哥能想到我们就行了。"然后扫视了大家一眼，恶狠狠地说："金哥冒着这么大的风险，还能想着咱们弟兄，如果哪个王八蛋敢透漏一点消息出去，老子弄死他！"方三的两个手下正忙不迭地胡吃海塞，哪里顾得上说话，只是一个劲儿地点着头。

"金哥，我们今晚摸黑再弄点，明晚的酒肉不就有着落了吗？"王铮轻声地问了一句，小金迟疑了一下，然后说："行吧，再搞点也行，等厂里值班的人睡了再说。"

方三站在旁边，心里拨弄着小算盘，接过王铮的话说："金哥，要不这样，我们如果一点力都不出，那还算弟兄吗？我们也去两个人，东西弄出来以后，帮着搭把手，这样吃起来心里踏实。"

"行,那晚上我们来叫你,但说好,你们在厂里不能动手,你们和我们不一样,出了问题后果比我们严重,我们大不了罚点钱,扣点工资算尿,我得为你们考虑。"小金答应了此事,也给方三几个善意地提了个醒。

小金的一席话,让方三对小金越发佩服和欣赏:"金哥,你这个弟兄我们交定了,一切听你的。"

几个人吃饱喝足,小金在临出门时丢下一句话:"我们走啦,你们把骨头收拾一下,扔得远远的,别又惹蝇子又惹狗的。"说完,和王铮轻悄悄地走了。

方三几个人把桌上的垃圾收拾得干干净净,估计小金他们已经走远,三个脑袋就凑到了一起。瘦子说:"哥几个,这事不错啊,我们什么都不干就能天天吃香的喝辣的。"

"我不大相信他们说的,他们就这么大方把偷卖的钱全吃掉喝掉,自己不囤点下来?!"另一个人插话。

"你他妈的胃口也太大了,人家能想到咱们就不错了。我看这事行,再说风险在他们那里,多点少点咱还计较个尿啥!"瘦子回答。

沉默一会儿之后,方三打着酒嗝,一边剔牙一边说:"金哥是个人精,他的话不能全信。这样吧,今晚我们陪他们弄一次,把事情前后摸个底儿,如果像他说的不好办,就让他们去弄,多少我们还能吃点喝点;如果没那么难,我们就自己下手,弄就多弄点,干票大的,够上几年吃喝。最近老婆老是冲我嚷嚷,说拿回去的钱少了,是不是在外有相好的了。这个傻婆娘不知道,老子这几个月咋过的,上面没薪水,下边没油水,还两头受气,这日子真是没法过了。"

方三是几个人的"主心骨",他的想法得到了手下两个弟兄的应和。三个人等着小金来,等着等着,酒劲上来,三个人打起了呼噜。

不知过了多久,传来了急促的敲门声。门一打开,小金一个人闪了进来:"小王到外面去了,你们三个分开,两个人假装巡逻,一个人到外面陪小王接应,马上走。"

小金一闪身就消失在夜色里,方三立马安排瘦子到厂外,自己和另一个拿着手电筒,在厂里大摇大摆地转悠。手电筒东照照西晃晃,给偌大的厂院增添了几丝诡异的气息。

小金动作很快,不大会儿工夫就回来了。方三也回到了房间,三个人坐等王铮和瘦子回来。

约莫过了两个小时,二人才回来,一进门王铮直喊:"累死我了,倒杯水。"方三赶紧递上一杯水。王铮一饮而尽，放下茶缸，掏出钱来放在桌上，又顺手把身上的衣兜全翻了一个遍儿，向大家展示，然后才坐下来喘粗气。

小金数了数钱，问王铮："就这么点啊？"

王铮眼一翻："可不就这么多，这哥们儿不是也在场吗？以后你别去了，我搞了一辆三轮，你小子也不帮忙推一把，累死我了。"

瘦子赶紧赔不是："王哥，你不是不让我干活，就让我在后面帮你看着吗？"

王铮接着说："今晚的东西大，不好拿也不占重，都是些管子、边角料什么的，要是板材或者钢锭就好了。"

小金数完钱，不满意地说："有点少，这点只能买一包牛肉、两瓶酒，哪够我们几个吃喝啊？！"说完，把钱扔到了桌上。方三数了数，附和说："是有点少。昨晚还剩大半瓶酒，先喝着。"

小金摇摇头，神情有点沮丧，无奈地说："今晚只能这样了，回去歇着吧，明晚我得回家一趟，家里老娘有点不舒服。也给你们几个省点，明晚你们几个吃吧！"

小金走了，王铮拿起桌上的钱一把塞进口袋，也走了。三个人面面相觑，赶紧招呼一声："王哥，明晚还在这儿啊？"

"是的。睡觉吧。"

三个人爬上床，灭灯后，房间里的嘀咕声一直延续到后半夜。

第二天傍晚六点半左右，王铮拎了一大包东西和两瓶酒放进了方三的房间，四个人满嘴油光，吃得兴高采烈。不到半小时，桌上的酒肉被一扫而光，此时外面天已经大黑。

方三对两个同事说道："吃饱了到外面大门口转转去，看看有没有闲杂人员。吃归吃，咱们的事儿不能耽搁。"两个人出去了。

王铮和方三打了个招呼："老弟呀，我今晚感觉有点晕，昨晚的酒才消化完，今晚又连着干，哪吃得消啊，我睡觉去了，你们收拾吧，我不管啦！"说完，一步三晃地走了。

方三看着东倒西歪的王铮，脸上露出了阴险的笑容。

午夜时分，万籁俱寂。

突然，浦镇机厂西北角院墙内外，人声嘈杂，灯火通明，三个灰头土脸的人被五花大绑押到了厂安保室。十分钟不到，一辆警车呼啸而来。安保室外，黑压压地挤满了厂里的工人。家在浦口的副厂长芮明义也被电话叫醒，急忙向厂里赶来。安保室里，蹲在地上的三个人低着头，一动也不敢动，周围一片斥骂和声讨声，人群里时不时有人伸出一条腿踹向他们。只要三人中哪个抬一下头，立马就会招来一通拳脚。

芮明义来到房间，拨开众人，走到最里面问道："怎么回事，这些都是什么人？抬起头看看！"

旁边的工人立马接上话茬，七嘴八舌地说："就是驻厂的方三他们三个，半夜偷厂里东西，被我们逮到了，人赃都在。芮副厂长，厂里的财产可都是我们工人的血汗哪！"

又一个工人大声说道："这些人一点都不傻，偷的都是钢锭和厚板材，我们平时干活都计划着用，一点都不敢浪费，他们偷走，两三个子儿就卖掉了，真是缺德到家了。"

"他们干这事肯定不是一天两天了，厂门外东边的角落里，全是鸡骨头和剩菜，我还纳闷呢，这几天怎么老是有两条狗在我们厂大门附近转悠呢！"又一个工人附和道。

工人们个个气得脸红脖子粗，群情激愤的声浪好像要把房顶掀翻，几个警察根本挤不进门，只能在外面打转。

芮明义同样气得浑身发抖，大声呵斥道："你们这些人，丧尽天良哪，你们把工厂的东西都偷走了，我们工厂和工人咋活啊？一定要严惩不贷！警察，警察呢，进来把人带走。"

芮明义的提议立刻遭到工人们的一致反对："不行，不能让警察带走，警察和他们是蛇鼠一窝，关不了两天他们就能出来，照样耀武扬威地欺负咱们老百姓。"

"坚决不能让警察带走！"

"坚决不能让警察带走！"

"明天我们到市政府抗议去，是他们派的人，找他们说理去，让他们给咱们工人一个说法。"

"到报社去，让全社会的人都知道，政府干的都是什么好事！"

大家你一言我一语，大声喊打。

"是小金——"蹲在地上的方三本想把事情往小金身上推，但话还没说完，就被一脚踹在脸上，摔了个狗吃屎，另外二人哪里还敢说话，吓得浑身如同筛糠，跪在地上连连求饶。

惩治蟊贼的呼声此起彼伏，芮明义朝大家使劲摆手，大声说："大家静一静,听我说两句,这样吧,我一个人说了不算,既然大家不同意让警察带走,那就先把人扣在这里,明天我们厂里几个领导开个会,商量一下,然后再给大家一个答复,好不好?"

"那咱们就先听芮副厂长的,明天我们都不上班,只有厂里的答复让我们满意,我们才能干活。"人群中传出了一个声音。

芮明义看到工人们十分激动,就不再做过多的解释,最后说了一句:"行吧,先按大家说的办,大家都回吧。"

有人提议:"我们都不回,都在这儿守着,坐等明天的结果。"

"好!"

"好!"

提议立即获得了大家的响应。

又有人提议说:"让芮副厂长回去吧,他年纪大了,身体又不好,不像我们年轻,能扛。"

话音一落,人群自动闪开了一条缝,芮明义摇摇头,无奈地穿过人群,走了。

天逐渐放亮,浦镇机厂的工人们陆续来工厂上班,看到工厂大门口被挤得水泄不通,知道了事情经过后,早就对保密局嚣张气焰心存不满的人们此刻再也按捺不住心底的愤怒,骂声、呼声不绝于耳。

消息转眼间就过了江,传到了市区各个街口和巷道。

八点钟一到,国民政府、市政厅、交通部、铁道部、中央通讯社内,电话此起彼伏,国防部二厅更是热闹非常,国防部次长郑介民一边擦着汗,一边接着电话,连喝口水的工夫都没有。各方的矛头都指向了二厅内部的核心部门——毛人凤领导的保密局。

此时的毛人凤刚到云南,一进办公室就接到了郑介民的电话,被劈头盖脸一顿臭骂,毛人凤纵然浑身是嘴也说不清楚。撂下电话,毛人凤就拨通了保密局一处处长邓风盛的电话,把郑介民的一通臭骂又原封不动地扔给了他。懊恼的邓风盛如法炮制,抓起电话就打给了保密局南京站站长王向楠。被骂得狗血喷头的王向楠一言不发,自始至终不敢申辩。邓风盛发泄完后,便带领手下和王向楠赶往江北。

浦镇机厂此时则是另一番景象,一拨又一拨的大小官员轮流登场,又被工人一批接一批地轰下去。邓风盛和王向楠的级别不高,工人们连大门都不给他们进。王向楠在人群中碰见了气喘吁吁赶来的豹队长。"站长,这一定是个圈套……"还没等满头大汗的豹队长说完话,怒不可遏的王向楠上去就是一个嘴巴:"你他妈的跑哪儿鬼混去啦?老子一天不骂你,你就给我惹事。老子现在是天天给你擦屁股,你们这些废物,成心想气死老子啊!"豹队长苦着脸,双腿并直,杵在那里一动不动,只能打掉牙咽到肚里。

中午时分,浦镇机厂朱厂长和芮明义来到了大门口,宣布了市府对这件事的处理意见:一、对参与盗窃的方三和两名同伙立案抓捕,责令其对工厂丢失财物加倍赔偿;二、保密局撤销在浦镇机厂的驻点,并在新闻媒体发布道歉声明;三、浦镇机厂自行组建治安队,负责全厂的巡逻及治安工作。

朱厂长宣布完毕,人群中立马响起热烈的欢呼声,工人们的脸上都洋溢着胜利的笑容,混在人群中的老王和小周长长地舒了一口气——计划顺利完成,悬了几天的心终于落地。

第三十二章

走出旅馆赶往火车站前,赵家祺给彭秘书打了一个电话,感谢他几天来的热情招待,告知自己返回南京的大致时间,并请他转告夏瑜莹小姐,说如果她愿意同行,两个小时后可到上海火车站西南秣陵路的申岛咖啡厅会合。

在此之前,赵家祺要和杨振武政委在申岛咖啡厅接头。

申岛咖啡厅位于一座典型的西式建筑内,建筑白色的外墙和罗马柱支撑的大门,在灰色的建筑群中显得格外醒目。穿过灯光璀璨的门廊,沁人心脾的咖啡香味淡淡地弥散开来,萨克斯低沉的旋律浑厚悠扬,轩敞的大厅里氤氲着静谧与甜美的气息。此时光顾咖啡厅的人寥寥无几,赵家祺找到紧挨窗户的座位坐了下来。环顾四周,远远的有一对外国老年夫妇,一边浏览着饮品单,一边低声地聊着什么。

一位服务生来到赵家祺旁边,弯腰轻声问道:"先生,您需要点儿什么?"

"来一杯摩卡。"

"好的,您稍等。"

赵家祺回到南京之后,才知道摩卡咖啡的名字,与张铭宇吃饭时点过一杯。这名字简单易记,其他咖啡的名字既长又拗口,叫着不顺。服务员端来咖啡,赵家祺轻轻抿了一小口。

"华野派苏北军分区政委专程来上海,此事非同一般。"赵家祺心里琢磨着。

赵家祺随手拿起一份《申报》，貌似慵懒闲适地浏览着，双眼却不时地扫视着窗外。

忽然，外面传来一阵嘈杂声，一批军警列队通过，后面各色人员行色匆匆。赵家祺不知发生了什么事，起身出门，拦住一位年轻人，问："兄弟，怎么回事？"

"太子马上要来，坐火车回南京。"

"什么太子？"对方的回答让赵家祺摸不着头脑。

"还能是哪吒三太子啊？当然是蒋经国咯！"

赵家祺转身回到了咖啡厅，坐在了原位上。

化过装的杨政委走进咖啡馆，坐到了赵家祺对面。赵家祺轻声问道："组织上有什么任务，请指示？"

"我们顺道来的上海，等一会儿还要赶往杭州。有几件事，上级要求我们必须见面谈。"

"好，您说。"赵家祺身体往前挪了一下，杨政委也靠近了一点。

"第一件事就是策反首都警卫师，这个师也就是国民党的四十五军九十七师。该师下辖三个团，这三个团中，有一个团里有我们的同志，另外两个团，有一个团长刚上任，还有一个团长是死顽分子。这个师装备好，训练有素，如果我们能做好该师的工作，为我所用，不光能减少我们部队的伤亡，更能在渡江战役中发挥关键作用。当然，敌人对该师的控制也相当严密，里面既有国防部的督导，也有保密局安插的监视人员，策反任务还是很艰巨的。第二件事，国民党多年来对江阴炮台的建设一直没有停下来过，地面布防复杂，换防频繁，暗道又四通八达，成了国民党死守长江的救命稻草之一。所幸的是，负责指挥炮台的几个人都是我们的同志，如果能里应外合把布防图搞出来，或者我们自己能绘制一份详尽的布防图，对我们将来的进攻会有相当大的帮助。第三件事，随着战局的逐步推进，中央已指示华野和中野在做好淮海战场的指挥外，同时也要为渡江作战做好准备。华野首长要求我们，尽快把长江沿线的水文、气象及一年中的变化等情况整理出一套资料来，供部队领导制订计划时作参考。"

杨政委布置了三项任务，前两项任务都涉及驻扎在关键位置的国民党的主力部队。虽然赵家祺对两支驻防部队也算熟悉，但组织上布置的任务，要完成起来具有相当大的难度。他想了想，说："杨政委，三项任务我都十分清楚，请组织上放心，我回去就着手开展工作。"

"家祺同志，部队现在的作战重点还是在淮海战场上，战场上越顺利，往南推进的速度就越快。形势逼人，时不我待，这里就辛苦你和同志们了，相信你们一定能顺利完成任务。"

就在两人低声交谈时，旁边座位上杨政委的警务员赵明亮轻轻咳了两声。赵家祺和杨政委立刻转换话题，聊起了生意。片刻之后，赵家祺的肩膀被人轻拍了两下，他抬头看了一眼，一位戴墨镜的女子站在自己身旁，满脸带着盈盈笑意："哥，是我，小莹！"赵家祺猛然醒悟，赶紧招呼道："啊，是夏小姐，这么早就来了，快坐快坐！"算着时间，夏瑜莹本该一个小时后到，赵家祺没有想到她提前了一个小时。

"你要是一个人溜了，我还得找你算账呢！"

"不会的，答应的事，怎能反悔呢？"

杨政委向夏瑜莹点头致意，接着朝赵家祺拱了一下手，说："赵老板，我先告辞，刚才我们说的价格你考虑一下！再会。"一阵寒暄之后，警卫员赵明亮随着杨政委出了咖啡厅。

"那两个人是谁啊？我怎么没见过？"夏瑜莹问。

"我生意上的伙伴。上海这么大，再说我们也才见过一次面，我的朋友你哪能都认识啊？"

夏瑜莹抿嘴一笑："哥，那我们什么时间走？坐哪一趟车呀？"

赵家祺摆摆手说："我们先坐一会儿，想喝点什么？"

"不想喝，这个地方有啥喝的！"

赵家祺皱起眉头，神秘地说道："你知道吗，听说大太子马上回南京，刚才很多军警冲进火车站检查去了，今天我们能不能走还不一定呢。"

"他回他的，关我什么事？"夏瑜莹小嘴一撇，不屑地说。

"别啊，那可关我的事呀！"

夏瑜莹一听，猛地一怔，一脸惊奇地问："怎么了？"

赵家祺摇了摇头，有点无可奈何地回答说："你哥咋老是这么背，平时来上海，来去都只带一个空包，就今天身上带点东西，却碰上太子回銮这事，火车站检查肯定严哪，怎么回去呢？"说着，眉头拧到了一起。

"什么东西呀，不会是大烟或者机枪吧？"夏瑜莹兴奋起来，一双忽闪忽闪的大眼睛瞪得滚圆。

赵家祺瞄了一眼四周，在夏瑜莹耳边悄悄说了几句话。夏瑜莹长长地

"噢"了一声,一脸满不在乎的神情。原来,赵家祺说给厂里工人买了点西药,怕被检查收走了。其实他是借厂里工人做机械加工时经常剐碰流血的理由,特意购置了一批止血镇痛的西药,准备秘密转送到江北去。

"哥,就这个啊,看看你这小胆儿,我还当多大的事呢。行了,别为这个事发愁,跟我走就行。"夏瑜莹说着话直接挽住赵家祺的胳膊往外拖。

"好好好,跟你走,容我打个电话。"丢下两张钞票,赵家祺在吧台拨了一个电话,这才貌似忐忑不安地跟着夏瑜莹出了咖啡厅。

两个人来到了火车站东边的值班室,夏瑜莹把头伸进窗口:"唉,快点快点,你们帮我叫下小扒皮。"

值班室里的人像见了瘟神一样,一个原本脸若冰霜的胖子一脸谄笑地答应道:"好啊,好啊,要不您先进来喝杯茶水?"

"笨蛋,快点。"夏瑜莹摆摆手,一脸的不耐烦。

赵家祺笑笑,站在旁边瞅着夏瑜莹,心里念叨,还真是鱼有鱼路、虾有虾道,面前的小姑娘有着男孩子的性格,泼辣、豪爽、快人快语,不可小觑。

不大工夫,一个穿制服的年轻人跑了过来,边跑边叫:"哎呀,听胖子说你来了,我就赶紧跑来了。大小姐不知道啊,大太子马上来,今天车站管控得严啊,您找我啥事?"

"我们两个到南京,我去上班,我哥去谈生意,快带我们进去!"夏瑜莹一副命令的口吻。

"等下一趟行不行?这趟有点难啊。"年轻人一脸的苦相,面露难色。

夏瑜莹一翻白眼:"不行,你自己想办法,我们就坐这班车,坐不上这趟,你就从这里滚蛋。"

年轻人无奈,朝值班室招一下手,里面的人"哗"地一下全出来了,几个人嘀咕了一番。年轻人又走到夏瑜莹面前,哭丧着脸说:"小姑奶奶!行啦,别生我的气啦,我带你们坐火车头里吧。"说完眼睛盯着夏瑜莹,等着那张小嘴下达指示。

"坐车头不会把我们烤煳了吧?"夏瑜莹虽嘴上不饶人,但还是向赵家祺示意了一下,在确认赵家祺没有反对后,两人跟着进了车站。

一路畅通,两个人很顺利地进了车头的休息室。刚坐下来,赵家祺就迫不及待地问:"奇怪呀,刚才那个小伙子和你啥关系,在你面前咋这么听话?我看这小伙子挺好的。"

"好什么啊,我同学,他爸是上海城北警局的局长,他爸和我大舅关系不错，也是老同学。"

"我就纳闷了，你们都是同学关系，平等的呀，他咋对你这么毕恭毕敬的呢？"

"能平等吗？我大舅对他们家的照顾那是相当到位的。"

"原来曾老板和你同学的父亲是老朋友啊！"赵家祺以为夏瑜莹口中的"大舅"就是与自己做生意的曾老板。

"那是我小舅。我还有个大舅呢，好了，不谈我大舅，反正你也不认识。你饿不饿？我让他们搞点吃的。"夏瑜莹借机岔开了话题。

"不饿，我们到南京后，你去哪儿？我很忙，可没时间陪你啊！"

夏瑜莹一脸讶异："当然是到你那儿啊，我后天才报到呢！你不会一到地方就把我扔到一边吧？有没有搞错啊，人家可是冲着你来的。"

夏瑜莹噘着嘴扭过头望着车窗外边，一副不高兴的样子。

赵家祺心里暗暗叫苦，本以为这姑娘只是顺道与自己到南京，没想到事情的发展会是这样。遇到一个痴缠女郎，节外生枝，赵家祺只得暗暗思量，怎么度过下面的两天时间。

想到这里，赵家祺假装无奈地说："行行行，真拿你没办法。你不知道，我在南京每天要在外面跑生意，有时还不一定赚到钱。南京城里政府官员多如牛毛，一不小心就会踩到哪个人的尾巴，遇到这样的，只能自己哑巴吃黄连哪。"说完，瞥了一眼正在补妆的夏瑜莹。

"你不用愁，以后有什么麻烦事，跟妹妹说，这些事交给妹妹，我给你搞定就是啦。"夏瑜莹眼睛都不抬一下，专心地往嘴唇上涂着口红。

"你一个文文弱弱的小姑娘，这种事是你能帮忙的吗？"

夏瑜莹顿时停了下来，一副生气的模样："我说能帮就能帮，就是郑介民碰到我大舅也得礼让三分呢，要不然我去国防部上什么班呀？和你讲话，真是累死本小姐了。"

听了夏瑜莹的话，赵家祺心里咯噔了一下。他不便再贸然打探，便随手拿起身边的一张报纸看了起来。

过了好大一会儿，他手中的报纸被拨开了，夏瑜莹一张苦巴巴的小脸凑了上来，小声地说："哥，你别生气呀，我给你道歉还不行吗？是我态度不好，但我从小到大都是这样，你可千万别不理我呀！"

夏瑜莹虽然与赵家祺见面次数不多，但赵家祺俊朗的外形，柔中带刚的气度和围在她周遭的纨绔子弟们完全不同，正是这一点让她怦然心动。

渡江

"没事，你休息休息吧，我看会儿报纸。"赵家祺心平气和地说。

"好的哥，只要你不生气，让我干啥都行。"

"好啦，我没生气，你休息一会儿吧。"赵家祺苦笑了一下，摇了摇头。

"行，我不说话了，你看报纸。"

在赵家祺的心里，夏瑜莹是一个涉世不深的单纯姑娘，但越是单纯，越觉得看不透，与这样的人相处，自己心里反倒没有了底。

四点钟，火车到达终点站南京西站，两人拿着优待券出了车站。小周已在出站口等着。看到赵家祺出来了，立即迎上前来，接过手提箱，朝汽车走去。一上车，赵家祺对小周说："先找个好一点的饭店让夏小姐住下来，然后带我回家一趟。"

"好的，就在中央饭店吧。"

夏瑜莹在后排不满地嚷嚷道："哥，不是说好的吗，你怎么又要把我给扔下了？说话不算话！"

小周边开车边解释道："夏小姐，很抱歉，我们赵老板家里确实有急事，今天不便陪你。明天吧，我们过来安排你转转，饭店里吃住都不错，你自己先照顾好自己。"

夏瑜莹看到赵家祺阴沉着的脸，吐了一下舌头，就不再言语。

安排好夏瑜莹后，赵家祺上了汽车。车出中山门，一路向东，朝着赵家祺的老家儒林奔去。

离家越近，赵家祺的心情越沉重。汽车停在儒林东街街口时，赵家祺竟然忘了下车，在小周提醒下才恍然惊觉。来到南方已有两个多月，这是赵家祺第三次踏进家门，愧疚和不安竟让他有些步履维艰。

赵家祺轻轻推开院门，满院子挨挨挤挤的全是人。自己离家多年，大多数人已叫不上名字。借着微弱的烛光，他在人群中一眼就看见了忙碌中的老王和小李。这时，侄子小宝不知从哪里冒了出来，大声喊着："大伯回来了，大伯回来了。"众人目光齐刷刷地聚向了正朝屋内慢慢走着的赵家祺。房间内烟雾升腾，一口漆黑的棺材停放在正屋，前面三根香烛，冒出袅袅的青烟。陷入巨大悲痛的赵家祺似乎完全失去了思维的能力，脑子一片空白，呆呆地立在灵前一动不动。

老王在旁边轻声地提醒道："赵老板，给老人家磕三个头吧，告慰老人的在天之灵。"

赵家祺扑通一声跪下，爬到父亲的棺材旁，眼泪"刷"的一下流了下来……过了许久，他才被人搀着，缓缓向里屋走去。里屋，母亲双眼紧闭躺在床上，大姐和李诗蓝坐在床边。赵家祺走到床边，俯身拉着母亲的手说："娘，我是家祺，我回来了。"

赵家祺的大姐素来贤惠，性情温顺，此时却突然打落赵家祺拉着母亲的手，满脸愠意地说："你还知道回来呀！你还知道有这个家呀！"说完，手掩着脸"呜呜"地哭了起来。

站在一旁的弟媳妇小颖轻轻拽了两下大姐的衣服，劝慰大姐说："大姐，你就别说大哥了，他肯定有难处，一定是有重要的事脱不开身。他这不是回来了吗。再说，爹到南京看病做手术不都是大哥张罗的吗？"小颖搬过一个凳子，放在赵家祺的身后，拉了他一下，说："大哥，你坐。"

看着床上静静平躺着的母亲那淡黄瘦削的面庞，又望望泪流满面的大姐，赵家祺失声痛哭。泪水里，有悲痛，有自责，甚至有一点委屈。李诗蓝起身走到赵家祺身边，递给他一块手绢，扶着他的肩膀，自己也是泪流不止。

屋外，老王把家林叫到一边："家林，去叫你哥出来吧，让他平静一会儿，他是长子，明天老人要到山上去，后面的事我们还要商量一下。"儒林四周没有高山，当地人把高点的土坡叫"山上"。

家林进屋，来到赵家祺身后："哥，你出来一下，老王有事叫你。"赵家祺擦了擦眼泪，把手绢塞到李诗蓝手里，跟着弟弟来到了院里。

在院内偏僻处，老王把救治老人的整个过程讲述了一遍，又把后事安排的打算简单地说了一下。赵家祺还没等老王说完，就拉住他的手，连连致谢："老王，谢谢你，这段日子真是多亏你了！"

"应该的，家祺，明天早上按你们这里的规矩办，为图个吉利应该早点上山，山上墓穴和石碑今天下午都安排好了，明早天蒙蒙亮就出发，估计九十点钟就能全部结束，你看还有什么要交代的？"

"就按你说的办吧。"赵家祺应了老王一声，转身对弟弟说："家林，明天上完山，安葬好爹，我就不回来了，就麻烦你和小颖多照顾娘了，大姐那里你还要代我多解释，能看出来大姐对我有怨气。家里只要有什么事或者有什么困难，你就找我，我来处理，外面很多事跟你三两句也说不清，你知道哥干的是正事就行了。"

"大哥，我知道了。大姐毕竟一直生活在农村，没见过世面，就怕遇到大事没个主心骨，你别往心里去。娘因伤心加上疲惫，身体有些虚弱，但休息几天缓过劲儿来就好了。反正我和小颖就在家里，你忙你的，有事再说吧。"

看着遇事冷静的弟弟，赵家祺心里顿时感到宽慰了许多。

"好的家林，家里就辛苦你和小颖了。这样，今晚你们都休息，我来为爹守灵，这些年来，一直都没在爹身边，今晚就让我来陪他老人家最后一程吧。"

弟弟家林刚要说什么，老王拍拍家林的肩膀，点点头说："家林，就按你哥说的办吧，这样他心里也好受些，你忙去吧。"家林看了大哥一眼，若有所思地走了。

晚饭后，周边的亲戚在赵家祺兄弟二人劝说下各自离开了，老王小李几个也在偏房休息，李诗蓝坚持留了下来。她紧紧握着赵家祺的手，陪他坐在灵位前，任时间一分一秒静静地流淌着。

夜深了，李诗蓝靠着心爱的人的肩膀睡着了。此时的赵家祺却丝毫没有睡意，任思绪徜徉在浩瀚的记忆里。在金陵大学上学期间，上街游行时，走在最前面的学生被军警特务打得浑身是血，十几个人躺在血泊里，他感到的是恐惧，是愤怒；在皖南新四军队伍里向敌人阵地冲锋时，战士们前仆后继奋勇杀敌时，他感到的是震撼，是豪情；在苏中和日本鬼子拼杀时，老班长为了掩护自己倒在自己面前，他感到的是悲痛，是复仇的渴望；在东北战场上，战友们冒着枪林弹雨将红旗插上敌人的阵地时，他感到的是激昂，是振奋。今天，他感到的是无限的内疚和悲伤。他慢慢地回忆着自己离家后的种种经历，像是在跟父亲一件一件无声地诉说着从前不能说的秘密。父亲虽然没有给他指明人生前进的方向，但他对儿女深沉无私的奉献成了自己勇往直前的动力，激励他在危难时勇敢地站出来，义无反顾地挑起革命的重担，直至迎来革命胜利的曙光。赵家祺在心里默念："父亲，您安息吧，愿您在天堂里平安地生活，让儿子继续努力拼搏，为了让母亲、小宝，还有天下所有百姓苍生都能过上没有战争、没有苦难、没有压迫的幸福生活。"

鸡叫三遍时，弟弟家林和媳妇两个人起了床，他们要为大家忙活早饭。赵家祺起身走出门外，强打起精神，在院内走了两圈。

不大工夫，弟媳妇小颖就把早饭端到了院里的桌子上。几碟清爽的腌制小菜，一锅浓稠的粥饭，一箩白面馒头，还有一盆水煮鸡蛋。院里的动静惊醒了熟睡的人们，小院里顿时变得嘈杂起来。等大家吃完早饭，天已大亮了，附近的邻居和亲戚也都聚拢到了院里，听从负责操办丧事的一位老者的指挥和安排。

八个壮小伙绳栓杠抬，把黝黑的棺材移出了正屋放到院里。赵家祺和弟弟侄子三人头戴平顶麻冠，外罩斜襟孝袍，腰系孝绳，亲戚邻居及朋友皆斜披白色条布，腰围麻绳。大家在乐班的引领下出了院门。一出大门，赵家祺就把手中的老盆"砰"的一声摔得粉碎，顿时哭声大起，一干人浩浩荡荡朝墓地走去。墓地位于儒林镇外一处坐北朝南的土坡上，四周树木郁郁葱葱，散落着大小不一的老坟。众人来到新挖的墓穴前，烧纸，焚香，叩头……随着老者的一声"落棺"，棺材平平稳稳地落进了墓穴。揳紧棺头钉，赵家祺撒进了第一锹土，一种阴阳两隔的痛楚涌上心头，站在墓穴旁，他泪如雨下，一动不动地看着黄土纷纷撒落，望着黄土一点点地没过棺顶。赵家祺跪在坟前，涕泗滂沱，磕了九个响头，然后慢慢地站起，一步三回头地离开了九泉之下的父亲。

走到儒林镇头，赵家祺把弟弟家林喊到一边，抚着他的肩膀说："家林，我还有事必须得走，家里的事，哥只能拜托你了。"

家林擦了一把眼泪，依旧坚强地宽慰着他："哥，你放心走吧，我和小颖会照顾好娘，没事的。"

"大姐那里你也要多安慰她，她过得也很苦。"

临别，赵家祺一把将家林拽过来，兄弟二人紧紧抱在了一起……

第三十三章

汽车朝南京方向疾驶。

在车上，赵家祺对老王说："咱们直接到市里和乔书记碰头，商量几件紧要的事情。诗蓝你先回去上班，在单位你还要像往常一样，情绪上不能有大的波动。"

李诗蓝看着赵家祺布满血丝的眼，点了点头。

送罢李诗蓝，车子拐到了鼓楼傅厚岗。

傅厚岗历史久远，原为一岗阜，明代府军后卫队曾驻在这个高岗上，故称"府后岗"。后经一些口齿不清的人以讹传讹，便成了"傅厚岗"。傅厚岗一带是国民政府重要的行政区，外交部、立法院均在附近。傅厚岗六十八号是副总统李宗仁的府邸，附近还住着一些社会名人和贤达人士。傅抱石的居所就位于两条巷道的交会处，上一年傅抱石趁疏散人口之机，携全家离开了南京，回到了南昌。他走后，居所被投机者所占，中共南京市委借机租了两间不起眼的偏房，并开有单独的出入口。

渡江

来到联络点，老王打开小门，赵家祺和小周跟了进去。两间房屋之间有一道小门，北边的房间里有一张双人床，床前是一书桌，顺着墙是一溜书橱，塞满了中外医学书籍。外间一个条几，上立神医华佗之神位，一张八仙桌置于房屋中央，几把椅子整齐地靠在两边。老王拨了一个电话后告诉赵家祺："乔书记单位就在前面，他几分钟后就到，我们稍等一会。"

趁着这个当口，小周把浦镇机厂智斗保密局特务的过程跟赵家祺讲述了一遍。赵家祺听后露出了久违的笑容，交代说："下一步我们要保护好几个主要的骨干，厂里的图纸也要找个稳妥的地方保存起来，这两件事一定不能出任何纰漏。"

小周接着说："刚来的周铁生和另一位同志已被安排进去了，他们的任务就是保护重要人员和设备。有关重要图纸，我和老王已商量好，找个机会拿出来放到浦镇机厂附近的一位同志家里，怎么保存我们也做了考虑。前几天把那三个家伙赶走，后面的工作应该顺畅多了。"

"也不能大意啊，说不定他们发现其中的蹊跷后会有所怀疑。要保护好小金和王铮同志。这么大的厂子，国民党不可能说放弃就放弃的。听说中央无线电器材有限公司南京厂的总工程师，上个月底被挟持到广州去了，下一步就会被送去台湾，所以我们的工作要更加周密。我们马上要在这个厂开展工作，决不能让敌人的阴谋得逞，这些专家、技术和设备，那可是我们以后建设新社会的本钱哪。"山雨欲来风满楼，经过这段时间的观察和判断，赵家祺感到敌人一定会加快转移相关人员和资产的速度，后面的斗争会越来越激烈，所以再三叮嘱小周要多加小心。

老王接过话头说："是的，家祺同志说得对。我在中央无线电器材厂有两个朋友，一直做技术工作，乔书记的一个表弟也在厂里，我们跟他们聊过，他们都知道国民党政府的意图，谁都不想离开南京。所以我们要把他们组织起来，拧成一股绳，无论敌人如何威逼利诱，都不能让他们得逞。这次你们在浦镇机厂干得很漂亮，就是要把广大的工人和群众团结起来，形成一股势不可挡的力量，让敌人知难而退。"

这时乔书记推开门走了进来，赵家祺站起来迎接，两双有力的大手紧紧地握在了一起。乔书记盯着赵家祺说："家祺，这段时间你辛苦啊！听老王说了你父亲的事，老人的事情办妥了吧？你要节哀顺变。"

"家父的丧事办完了，谢谢组织的关照。我家里有个弟弟，能帮我照顾好母亲。我们还是抓紧时间谈谈下一步的工作吧。"

赵家祺详尽地转达了杨政委交代的几项工作任务。几个人沉思了一阵子，乔书记先谈了自己的想法："我先说一下水文资料吧，我知道这对部队渡江来说很重要。我们局汇编的完整资料一共有三份，一份交到国防部，一份在我们局留档，这一份只能查阅不能借出，还有一份被打散，被局里各部门根据需要拿走了。水文资料准备得差不多了，只差近三年来的巡查记录，我让陈振兴同志也帮帮我的忙，再有两天就可以准备齐全。到时你看怎么送走？"

没想到水文资料这么快能到手，赵家祺长长地舒了一口气，当即对乔书记说："我考虑让李诗蓝去送，顺便也和部队商讨一下通讯联络的问题。如果有可能，可以让她去看看母亲，老人家应该到地方了。"

"噢，好的。"乔书记点点头，接着说，"江阴炮台那里，我们平时去得不多，就交接过两三次资料，和里面的军官更没什么接触，这个你们看看怎么办？"

赵家祺埋头思忖了一会，对乔书记说："江阴要塞里面已经有我们的人在做工作了，但是蒋介石和汤恩伯对这个地方特别重视，控制得很严，我们一定要想办法把里面的情况摸清，务必在关键时刻让炮台失去作用，以减少我们部队的伤亡。所以，下一步主要工作是把工事、暗道、炮位等先搞清楚。乔书记，这个时候，你们的水文图就显得十分重要，我们可以考虑根据水文图来标注炮台的军事防御工事和炮位。"

"那个地方，我上半年去过一次，就在炮台西边的一个简易码头交的货，我们的人根本就不给上岸，只能远远观察，里面就更进不去了。"老王说。

"这个我再想想办法，实在不行找军方的关系吧。"赵家祺沉吟了一下说道。

乔书记接着说："我主要谈一下第三项任务，首都警卫师一事。九十七师是保卫首都的部队，类似于过去的御林军，驻扎在江宁镇、板桥和谷里一带，离南京二十公里路程。该师下辖三个团，有一万三四千人，兵强马壮，装备精良，兵力相当于常规师的两倍。三个团原先隶属于不同派系，分别是蒋介石、陈诚、顾祝同的人马，由于师长位置很重要，又是肥缺，竞争非常激烈。现在的师长王晏清还是蒋经国举荐的，主要还是看中王本人的履历。王晏清早期参加过淞沪会战、南京保卫战及滇缅远征军作战，个人资历不错，人也正直，向来看不惯政府的腐败现象。他的一个舅父，是安徽省政府专员，早期追随孙中山，接触的都是进步人士，舅父和他关系很好，对他帮助也很大，所以在政治倾向和行事风格上他都深受舅父的影响，这个人是我们可以争取的对象。现在的问题是，他手下的三个团不是很好协调，他现在能完全掌控住的只有一个团，还有，保密局的特务一直在这个师搞渗透，掌握了不少团营级军官，所以我们去做工作，一定要处处小心谨慎。"乔书记对这支部队的基本情况颇为了解。

赵家祺说："乔书记谈的这些情况对我们找准工作方向很重要，但具体从何入手，恐怕还得再深入调查一下。"

乔书记想了一下接着说："我们在九十七师有一点关系，但级别较低，难以把握该师上层军官的动向，所以，我们的工作还得从上层开始。具体情况，我弄清楚后再沟通。"赵家祺等人点头表示赞同。

几个人又研究了一些近期工作的细节。临分手时，赵家祺提醒老王说："诗蓝母亲这时应该到地方了，要提醒江北方面在香港那里做一下掩护，以防敌人暗查。近期李诗蓝那里暗哨较多，敌人对我们的情况了解多少我们不清楚，还是早做预防为好。今后不要直接去电信局找诗蓝，改为私下联系。"

"好的，我立刻安排。"

几个人先后离开了小屋。小周驾车和赵家祺一起朝中央饭店驶去，那里还晾着一位"自来熟"的夏瑜莹呢。

敲开房门，夏瑜莹瞪大了眼睛看着门外的两个人，嘴巴瞬间就噘起来了，满脸不高兴地埋怨道："你们也真够可以的啊，左等不见人，右等不见影，我正准备自己出去了，你们却来啦。"

小周上前一步，代为解释说："夏小姐，不好意思，我们赵老板今天刚忙完父亲的后事就来了，这个昨天不方便跟你说。"

"啊！你怎么不早说？"夏瑜莹一把拉住赵家祺的胳膊，满脸歉意，"哥，我不知道，都是我的错。进来，进来，喝杯水。我哪儿也不去了。"

赵家祺摆摆手，说："没事，事情已办妥了。这样吧，下午我陪你到夫子庙转转！"

"算了，我不想去了，你们忙你们的事去吧，我明天就去报到了，以后我们再约吧。"夏瑜莹有点过意不去，脸红扑扑的。

赵家祺微笑着对夏瑜莹说："好了，今天下午没什么事，我也想去散散心，小周也可以借你这里的沙发休息一会儿，他已经两天两夜没合眼了，送我来时差点撞到路人。"

有了赵家祺这么体贴的一句话，夏瑜莹的心情立刻阴转晴，满口答应道："好呀，好呀。"

三人在中央饭店用过午饭，赵家祺便带着夏瑜莹乘坐人力车到了夫子庙。此时正值午后，夫子庙游人稀少，街市显得冷冷清清，当街铺面门可罗雀，伙计懒洋洋地在门口晒着太阳打盹，即使看到有人在门前走过，也懒得睁眼看一下。赵家祺对夫子庙十分熟悉，只是鲜有机会这样悠闲地游逛。

夫子庙因祭祀孔子的庙宇而得名，夫子庙地区则是江南文化枢纽和金陵历史人文荟萃之地，此处古建筑群错落有致，廊柱门厅处处可见文人墨客留下的墨迹，秦淮河水在拱桥客栈之间潺潺流过。午后的街衢，阳光温暖和煦，带着一丝慵懒的味道。对于逛腻了十里洋场的夏瑜莹来说，此刻的夫子庙显得那么美好静谧，那么让人留恋徘徊，赵家祺的陪伴，更是让她兴致高涨。她东瞅瞅西看看，一双水汪汪的大眼睛一刻都闲不下来。

难得浮生半日闲，赵家祺倾其所知，给夏瑜莹讲述着一个个蕴藏于夫子庙坊间的经典故事。当他们走到文德桥南岸乌衣巷口时，赵家祺吟诵起"朱雀桥边野草花，乌衣巷口夕阳斜。旧时王谢堂前燕，飞入寻常百姓家"的诗句来，一副感时伤怀的样子。夏瑜莹没有想到这个做生意的赵老板竟然是满腹经纶、铁汉柔情，她痴痴地盯着侃侃而谈的赵家祺，内心涌起一种说不清楚的感觉。

深秋的阳光一点点地暗了下去，秦淮河两岸的店铺和客栈早早地亮起了灯，赵家祺这才和夏瑜莹恋恋不舍地返回了饭店。

"哥，谢谢你。你太厉害了，知道的东西那么多，以后我要天天去找你，我都有点崇拜你了。"夏瑜莹说完，坐在了赵家祺的旁边，恢复了大大咧咧的样子。她俏皮地看着赵家祺："哥，让我亲你一下。"说完，半真半假地把脸凑上来。

赵家祺慌忙站起来，红着脸说："哎呀，你这个丫头，在西方呆的时间太长了吧，哥不适应，还是认你做个妹妹吧。"

夏瑜莹咯咯地笑着："你啊，思想这么保守，还上过大学呢。在美国，好朋友见面，都会拥抱并亲吻一下面颊，这是交往的礼节！看看你，脸都红了，一看就知道没谈过恋爱。"说完，夏瑜莹摇摇头站了起来，"好啦，不难为你了。"

此时，酣睡的小周醒了，他洗了一把脸后，来到赵家祺面前，碰了碰赵家祺的胳膊。赵家祺一脸恍然大悟的神情："哎呀，夏小姐，抱歉啊，险些忘记公司还有要事要处理，晚饭我就不陪你了，马上要赶回公司，有事你打我电话吧。"

"好吧，知道你坐不住，你去忙吧。记住哦，我要天天给你打电话。"夏瑜莹伸出了手，分别和二人握了握。

赵家祺留下一个电话号码，就随小周下楼了。

小齐是晚上十点多赶到赵家祺那里的，一进门就急忙汇报：李诗蓝的母亲已安全到达，组织上在香港也作了充分准备，以应付特务们的暗查。

为李诗蓝母亲预订的是养和疗养院，这是一家私人疗养院，于1922年成立，位置在香港湾仔区跑马地，该疗养院得到政府和一些社会名流的支持，规模逐步扩大，经过二十多年的精心运营，在香港中北部地区赢得了良好的口碑。

11月16日，该疗养院神经内科住进了一位六十岁左右的老太太，身边跟着一位二十岁出头的姑娘，住院登记上清楚地记录着：丁杏芳，女，五十八岁，来自南京，病因：器质性精神障碍，病史十一年。"丁杏芳"是李诗蓝母亲的名字，在她住进疗养院的第三天，隔壁房间也住进了自称母女的两个人，来自浙江宁波，这位母亲的病理情况和李诗蓝母亲类似。由于都来自江浙一带且年龄相仿，不到两天，照顾老人的两个年轻姑娘就打得火热，很快处得就像亲姐妹一样。

一天晚饭后，两位姑娘安顿好老人，在楼前的草坪上散步聊天。自称来自宁波的姑娘叫吴凤华，照顾李诗蓝母亲的姑娘叫李燕。吴凤华拉着李燕的手问道："你家小娘怎么联系到香港医院的啊？来这里是很不容易的，我哥费了很大的功夫才把我妈安排到这里的。"

"其实我小娘这个病情有不少年了，也去不少地方看过，老是不见好，本打算到美国或者加拿大看的，但我姐不放心，我姐和我是堂姊妹，说实话过去她就是没钱，没办法出国给我小娘治病，后来谈了一个男朋友，做生意的，有军队和政府的背景，听说生意做得很不错，这才把小娘送到这里的。再说，现在这个局势，我们南京那个地方到处都人心惶惶的，谁也说不清楚以后是啥情况。我们来这里，听我姐说，也是为方便下一步去台湾或去美国，怕共产党真要打到江南，到时候想走也走不了了。"李燕回答道。

"是啊，现在这个局势谁也说不清楚。我们这次来，也不知要等到什么时候才回去呢。"吴凤华摇摇头，一声叹息。

"既来之，则安之，来了就好好调养一下，好了不就能回去了吗。"

"难说啊,你姐姐的男朋友做什么生意啊?"

"我也不知道,听说他走南闯北的,什么都做过,军队的生意做得多吧。"

"噢,你姐做什么啊?"

"在电信局,好像属于保密单位。我姐可厉害了,在南京上的大学,人长得可漂亮了,就是年龄大了点,到现在还没结婚呢,我小娘一直在愁她的婚事,这次谈的男朋友听说很不错,还是同学,应该算是有着落了。"

"你姐的工作性质,听说查得紧着呢,家里人出来都要查的啊。"

"生个病有啥查的,查得再紧也不能不让出来看病吧。再说,看完病我们就回去了呀。"李燕一脸茫然地说。

两个姑娘就这样有说有笑地聊了很长时间,直到天色暗下来时才回到病房。

第二天,南京卫戍司令部稽查处接到了来自香港的电报:"情况属实,是否撤回?"负责反谍情报工作的黄兴中叹了一口气,摇了摇头,悻悻地朝手下陈作群挥挥手说:"撤吧。"

自从在中央饭店和赵家祺第一次见面后,黄兴中的内心对赵家祺就起了一种莫名的猜疑。作为专门对付"共谍"的南京卫戍司令部稽查处掌门人,黄兴中阅人无数,虽然不能确定自己的判断,但心头的疑云一直挥之不去。八卦洲聚仙楼全二虎等四人被杀,由于全二虎与毛局长沾亲带故,黄兴中率稽查处人马与保密局一道十分卖力地调查了好一段时间,虽然没有得到有用的信息,但他认定,"凶手"不是本地人,定是位外来的"高人"。另外,他从保密局邓风盛处长那里获悉,在下关码头和镇江码头,豹队长及其手下与赵家祺有过几次交锋,赵家祺表现得滴水不漏,并不像普通商人的行事风格,这更加深了黄兴中对赵家祺身份的怀疑。为此,黄兴中悄悄派人到金陵大学查了赵家祺的学籍档案,获悉赵家祺在金陵大学时是个"狂热"的激进分子,后来不知去向。紧接着,黄兴中根据张铭宇的介绍,又想通过东北保密局站点继续打探赵家祺的身份,没有想到东北很快就被共产党完全控制,沈阳的保密局早已树倒猢狲散,无从查找了。无奈之下,黄兴中只能通过秘密跟踪的方式打探赵家祺的底细。实际上,黄兴中本不想近距离跟踪赵家祺,因为他知道,赵家祺有军方背景,万一抓不到把柄,反而会引火烧身。但黄兴中没有办法,万一赵家祺是共党的大人物,在自己的地盘漏网,那自己将来也是吃不了兜着走,所以只能铤而走险。在苏州火车站突然检查赵家祺的皮包,就是黄兴中布置的一次突击行动，可惜并没有找到赵家祺丝毫"通共"的证据。黄兴中并没有死心，而是把自己的怀疑通报了熟人、上海警备司令部稽查处处长萧正德，请他在金山码头对赵家祺运往菲律宾的一批"电风扇"严加盘查，可惜又一次扑了空。一计不成，又生一计。黄兴中从电信局打探到李诗蓝母亲要去香港治病的消息后，便派卧底到香港进行核实，没想到一切正常，他的计划再次落空。

屡次败北，并没有打消黄兴中对赵家祺身份的怀疑，现在的他只能把疑虑深深埋在心底，寻找新的机会。对黄兴中而言，扑灭"共谍"是他唯一的进身之阶，没有什么困难和阻力能阻挡得了他。不但如此，黄兴中还提醒保密局同行邓凤盛等人，彼此要打消门户之见，和衷共济，精诚合作，盯死"共谍"嫌疑赵家祺，誓言不抓住"狐狸"尾巴决不罢休。

赵家祺也早已对黄兴中心怀警觉。几次谋面，他从黄兴中缜密的话语和兀鹰般的眼神中，察觉到此人阴险狡诈、居心叵测。因此，只要稍有闲暇，赵家祺就会未雨绸缪，仔细琢磨应对之道。

两人心照不宣，尚未正面交锋，但暗战已经打响……

第三十四章

一入冬，南京的气温迅速降了下来。路边的落叶沾着雨水，湿漉漉地堆积在道旁。梧桐树上稀稀落落的树叶在冷风中摇曳，随时准备挣脱枝条的束缚飘落大地，行色匆匆的路人已被厚厚的棉衣包裹得严严实实。

1948年的初冬有着砭骨的寒意。

以徐州为中心的淮海大地上，国共双方的厮杀正在激烈地进行着。

南京总统府内，蒋介石狠狠地把作战报告拍在桌子上，大骂："娘希匹，仗打成这个样子，一群蠢猪！一群给党国丢脸的蠢猪！对那些贻误战机、畏缩不前者一定要严惩不贷！"国防部长何应钦和参谋总长顾祝同，一言不发地杵在那里，神色木然地盯着蒋介石。国防部作战厅长郭如桂更是吓得瑟瑟发抖，汗如雨下，头都不敢抬。三人各自都有说不出来的委屈，但此时只能压在心里，承受着老头子的训骂。

就在前一天，位于徐州以东五十公里的碾庄圩，黄百韬第七兵团十万人马因迟迟得不到邱清泉和李弥兵团的救援，被华野围困近两周后全军覆没，兵团司令黄百韬毙命。这一战况使国共双方的战略态势发生了根本转变，难怪老头子气成了这样。但噩运远未就此结束，为增援黄百韬兵团而从豫南驻马店赶往徐州的黄维第十二兵团，被中原野战军包围在了安徽宿县西南的双堆集。黄百韬第七兵团被华野围歼后，国军士气低落，增援乏力，黄维兵团又面临着和黄百韬兵团一样的命运。十二兵团十二万人，清一色的美式装备，那可是老蒋的心头肉啊！其实问题关键不只在于这支王牌部队的覆灭，而是一旦黄维兵团也遭遇灭顶之灾，老蒋的手上还有什么牌可打？

对于国民党政府而言，这注定是一个阴冷难挨的冬天。

赵家祺和乔书记、老王等人把见面地点约在夫子庙得月茶楼。几人陆续到达后，乔书记打开了一只深色的大号皮箱，满满一箱珍贵资料，主要包括近三年长江中下游的水文信息，有各个地方的驻测、巡测、间测记录，详细记录着各个点的水流、水位、泥沙量、水温、降水量及蒸发量，并辅助有地图标识，每个季节的气象、降水及突发水情的记录表格也极尽翔实。赵家祺粗略估算了一下，整箱的资料足有三十多斤重。

赵家祺一边翻看资料，一边听着乔书记的介绍："这些资料中，南京段的数据是由我们市水文局测量和统计的，芜湖段和苏、锡、常段的都是通过朋友和我们的同志转过来的，应该说十分详细了。本想组合一下拍成照片，但这需要拼接核对，搞不准确可能会给部队带来麻烦。我考虑还是把原件拿来，按时间、地点编排好顺序，这样更一目了然，减少不必要的图、表、文字核对上的麻烦，更可以节约时间。"

翻阅资料后，赵家祺小心地合上皮箱，满意地点点头，说："太好了，这些资料对作战部队作用太大了。"

老王在旁边配合着说道："家祺同志，乔书记一个人加班加点干了将近一个月，收集的原始资料比这多多啦，我们又不懂这些东西，其他人也不便参与，都是乔书记一个人在家悄悄地干，很多资料都要重新编制，整理好的资料既简洁又翔实，昨天才弄完的，确实不容易呀！"

"乔书记真是太辛苦了！"赵家祺充满敬佩地感慨道。

"只要渡江能用得上，吃再多的辛苦也是应该的，比起前线的将士们，我做的这点工作不算什么。现在，我们要考虑怎样把这些资料安全地送到江北去。根据我们最近的侦察，国民党部队对江面的巡查越来越严，各个渡口盘查得也越来越紧，这么多东西一下子送走，是有难度的，我们得想个稳妥的办法。"乔书记眉头紧锁。

针对资料运送问题，大家讨论了半天，对提出的每一个方案都感觉有不妥之处，最主要的困难因素是资料多、体积大、不便携带。大家正在沉思之际，赵家祺灵机一动，想到了当年在皖南打游击时送情报的一个方法："有一次送情报，需要经过安徽泾县的青弋江，情报随身携带根本不可能。我们就把情报放在一个特制的竹筒内，用蜡把竹筒密封好，在竹筒一头打个洞，用绳子拴好，绳子的另一头系在小船下面，为了防止竹筒漂上来，再在竹筒外裹上一圈铁皮，让竹筒半沉在船尾的水中，由于铁皮的颜色深，竹筒在水中不容易被看出来，这样就把情报顺利地送到了目的地。"

"哎，这个办法不错！"老王立刻表示赞同，"我们也可以借鉴这个办法，大家都琢磨琢磨，船只问题我来解决。"

一番思考后，赵家祺紧皱的眉头舒展开来，他介绍起了自己的思路："大家看这样行不行，根据资料的厚度，我来做两个铁皮箱，把密封好的资料放在铁皮箱内，铁皮箱四个角留四个固定的小孔，现在的江水比较浑浊，我们直接把铁皮箱固定在船帮吃水线下面就可以了。只是这个方法还有个问题，船是木质的，如何固定铁皮箱倒是个难题。"

坐在赵家祺身边的小李站起来，说："我爷爷是船民，船的结构我清楚，在船的下沿一圈特别是四个角，都留有几个凹槽，这些凹槽是为修船或方便抬船上岸准备的，凹槽里插几个把手人就能用上力，我们以凹槽作为固定点，周围再钉几个钉子防止滑掉，测量好凹槽和铁皮箱的尺寸，一定能做到既牢固又好取。只是还有一个问题，如果船到不了岸边，人就需要下到水里去取，虽然时间不长，但现在这个时间水特别冷，取箱子的人会很遭罪。"

"这个不是问题，我们当时在东北，冰天雪地的，还是该下水时就下水。大家放心，我来解决。"小周自告奋勇。

赵家祺补充说："这次送资料，我个人建议派三个人陪诗蓝去。在江北岸取出资料后，一人返回，另外两人继续陪李诗蓝往北走，直到送到为止，大家看这样行不行？"赵家祺说完，看了看大家。

大家纷纷点头同意赵家祺的建议。方案敲定后，小齐赶往李诗蓝那里传达行动计划，小周拎起皮箱和赵家祺赶回厂里，其他人各自回到自己的单位。

第四天午饭前，李诗蓝按时登上停靠在下关码头的一艘机帆船。她身着深灰色的毛料大衣，肩上搭着一条藏青色的毛线围巾，手拎一只棕色女式皮箱，俨然一位短途走亲访友的阔家小姐。在船舱里，李诗蓝不慌不忙地找到一僻静处坐了下来。船舱里有二三十个人，多半是商人模样，男人居多，有几个打眼一看就是一家人，说着难懂的苏中地区方言。李诗蓝在人群中打量了一下每个人，根据事先约定的衣着特征，发现了船舱里同行的自己人，彼此眼神短暂交流后，都一言不发地坐着，等着船启动。

船老大跳上船后，手一挥，随着马达声"突、突、突"响起，机帆船慢慢离开了码头，在薄雾还未散尽的江面上顺流而下。由于正值初冬，江水的流速较缓，船走得并不快，每到一地都要靠岸，下人又下货。等过了镇江，船上的人员已不多，沿途国民党部队的巡逻船虽然频繁穿梭，但并没有让这艘不起眼的机帆船停下来接受检查。

刚驶离镇江港，后面一艘巡逻艇气势汹汹地追赶了上来，高音喇叭中响起了喊话声："前面的船停下，接受检查，前面的船停下，接受检查！"接着又传来了两声枪响。

船舱里一阵骚动，机帆船的马达一下子停了下来。巡逻艇靠近后，一条木板搭在两船之间，三个身着黑色中山装的人踩着木板晃晃悠悠地上了机帆船，在甲板上翻翻找找好大一阵后，又进了船舱，打量着船里的每一个人。船老大此时也下到船舱，向来人敬烟，满脸堆笑地问道："哎哟，这不是豹队长吗，什么事还劳您大驾呀？"

豹队长可不吃这一套，两眼一瞪，张嘴就骂："什么事？不打招呼就跑船，船上装的什么货，这些都是什么人，你他妈的清楚吗？"

"豹队长，我这里都有票据，都检查过了呀，船上的人都是跟货走的，不信您挨个问问。"船老大连忙解释。

"现在是非常时期，不检查行吗？接到线报，怀疑船上有可疑的人，你个王八蛋只管赚钱，出了事那不是砸老子的饭碗吗！你这条破船开得倒挺快，害得老子追了半天！"豹队长一边骂着，一边打量着眼前的每一个人。走到一位年龄五十岁左右的胖子面前，厉声问道："你，起来，叫什么名字？干什么的？到哪儿去？"

胖子懒散地翻了一下眼皮，说："扬中，取货。"

"我问你叫什么名字，干什么的，别他妈的啰里巴嗦的。"豹队长一脸不耐烦。

"你是干什么的？给我客气点！"胖子闭上眼睛，一动不动地坐在那里。

见遇到不识相的，豹队长心里的火"腾"的一下蹿了上来，准备一个巴掌抡下去。

"放下，不想活了？！"不轻不重的一句话从胖子嘴里溜出来，豹队长的手悬在半空，迟迟没有落下。

豹队长旁边的人立马上前帮腔，继续问："我们是保密局的，这是我们豹队长，你是干什么的？"问话人见胖子态度蛮横，担心自己遇上硬茬，把调门降低了一大半。

胖子慢慢地站了起来，耸了耸肩，轻蔑地瞥了三人一眼，慢条斯理地说："什么保密局，这个时期能坐上这条船的，哪个你能惹得起？！还豹队长，如果你是豹子，我就是豹子他爹。"见对方口气不小，豹队长几个人互相对视了一下，心里嘀咕，此人口气这么张狂，不是皇亲定是国戚。豹队长脸上的横肉稍微松弛了一些，耐着性子，软中带硬地问道："不好意思，我们奉命执行公务，如果船上有共党分子，即使他是天王老子，都得带走，请问您是？"

"这样说话就对了，不要到哪里都瞎嚷嚷，我喜欢和体面人打交道，说话讲礼貌是对人最基本的尊重。"一句夹枪带棒的回话，气得豹队长虽怒却又不敢言，只能等待此人慢悠悠地白话下去。

"我叫什么不重要，这次我到扬中去为吴老办点私事。吴老难得在南京住上几天，想尝尝江鲜，不是着急，我能坐这破船？！"胖子眼睛一翻，瞪了豹队长一眼。

豹队长抓耳挠腮，一脸迷茫，不解地问："不好意思，请问你说的吴老是谁，不知我们见过没有？"

"你能见到吴老，那得八辈子烧高香，我见了吴老都得低眉顺眼的，瞧你们一个个这副熊样，还想见吴老？告诉你们吧，吴老就是吴稚晖老先生。别说你们，你们的主子毛人凤见到了都得让三分。你还敢在我面前动手，你试试，你今天敢动我一个手指头，我明天就让你满身都是筛眼子。"胖子说完旁若无人地坐了下来，恢复了原来安静的半睡状态。

"吴稚晖，吴稚晖。"豹队长满脸疑惑，在心里念叨了几遍，突然拍了一下脑袋，"哎呀，对对，我想起来了，去年在中央礼堂开中央常务大会，这个吴老在场，我还为他站过岗呢。这真是大水冲了龙王庙！兄弟莫怪！"说完，一个立正，便灰溜溜地转到旁边巡查去了。

不一会儿，胖子迷迷糊糊地睡着了。

其实，胖子也就是一个厨子，几句牛皮话就把豹队长几个人给说蒙了。

经过这一闹腾，豹队长没有了起初的嚣张，问过一圈后，也没问出什么名堂，最后来到了李诗蓝面前。李诗蓝没见过豹队长，但名字倒是听赵家祺提起过。

豹队长一脸奸笑，微微弯下腰："请问小姐，叫什么名字？到哪儿去啊？"

李诗蓝看到豹队长检查到最后才走到自己面前问话，心里不免有些担忧。豹队长大老远追上来，一定是察觉到了什么，现在只能相机行事了。李诗蓝笑了笑，说："名字就不方便告诉你了，我去泰州黄西走亲戚，有什么不妥吗？"

"怎么都是这个腔调啊！"豹队长眉头一皱，在心里嘀咕道。刚才的一幕让他心有余悸，只能耐着性子接着问："黄西在哪儿？"

"泰州东边啊！"

"哟，那个地方我听说有点不安全哪，共产党把那里搅得鸡犬不宁啊。"

"宁不宁的和我有关系吗？"李诗蓝反问道。

"那我不是为你着想吗，去那个地方可是要检查的呀，方便打开你的行李吗？"豹队长的问话一步步地紧逼。

旁边的船老大碰了一下豹队长，在他耳旁悄悄地说："豹队长，这是方老板的亲戚，上船前方老板还特意关照过小的，您看——"船老大说完朝豹队长眨了眨眼。

豹队长淡淡一笑后，又立马板起了长脸："方老板的亲戚当然要关照啦！但我们也是例行公事，瞧一眼就行，不但对这位小姐的安全尽到一个保障义务，我们回去也好向上峰有个交代呀。"说完，目光转向了李诗蓝，眼神中没有丝毫商量的余地。

"那就看吧。"李诗蓝百般无奈地打开了手提箱。

豹队长从上到下翻了一遍，又捏了捏皮箱的夹层和边边角角，里面除了几件换洗的衣服，只有一个装着一沓钱的皮包。

合上箱子，豹队长行了个礼，一脸谦笑："不好意思，打扰了。问上一句，不知您带这么多钱做什么用？"

李诗蓝一边扣箱子一边回答："俗话说，穷家富路，出门不带钱，到处惹人嫌！走个亲戚，总不能空手去吧，多带点钱备用有问题吗？"她把箱子放在了身边座位上。

"在南京带点特产啊什么的不是更好吗？"

"那下次我在南京买好礼品后叫上你们，大包小包的你们帮我拎着，挨家挨户陪我串亲戚如何？"

豹队长一时语塞，他觍着脸打起了哈哈。

"小姐，对不住，对不住，打扰了！"豹队长朝部下一挥手，"回去！"

几个人踩着吱呀作响的木板回到巡逻艇上，收回木板后，巡逻艇"突突

渡江

突突"地开走了。

机帆船接着顺流而下，经过扬中汊河时，胖子等旅客都下了船，船舱里就剩下了四个人。本以为后面就平安无事了，可机帆船在到达李诗蓝原计划下船的码头东岭渡时，险情再次出现。

远远地看到岸上一队国民党士兵正从一艘小船上卸东西，船老大急忙进到船舱里问："李小姐，这个地方能停吗？岸边有很多当兵的。"

几个人透过船舱玻璃细细地打量了江岸的情况，不大的东岭渡码头，站满了国民党士兵，此处上岸定会遇到盘查。码头两边，杂草丛生，由于适逢枯水期，河水离岸边有二三十米远，再往前走，船底的铁箱子必然就会暴露，还有可能卡在芦苇丛中无法前进。几个人对视了一下，李诗蓝朝船老大摇了摇头。船继续前行，赶往下一个接头地点。

"站住！干什么的？"岸上两名持枪的国民党哨兵看到机帆船犹豫不决停停走走，顿生疑窦。

船老大站在船头，大声回话："老总，俺们的船平常都在这里停靠上岸，今天你们在这里忙活，俺们就改道吧！"

"为什么？"一个哨兵喝问道。

"出发时，每条船都收到了保密局印制的训令，所有商船必须避开军事区，俺们得执行啊，要不，小命就没了。"船老大一阵点头哈腰，然后不慌不忙地回答。

"还算识相，快点滚吧！"问话的哨兵放下枪，骂着回答。

机帆船继续向前行驶。大约走了一两里地之后，远远看到北岸有一条木船在江面上停泊着。木船附近是一条窄窄的汊道，船头两边各搭着一挂渔网，那是预先约定的接头暗号。李诗蓝朝船老大招招手，机帆船缓缓靠了过去。与此同时，木船也会意地朝大船摇了过来，两艘船靠在了一起。李诗蓝和两个年轻人上了木船，另一个年轻人则跳进冰冷的江水里，迅速解下铁皮箱递到了木船里，然后上了机帆船，整个交接过程不到一分钟。

划船的壮汉一边摇橹一边自我介绍："同志，我是苏中区支队二小队的潘定虎，得到通知后我就在这个地方等了，不知你们前一站的交接情况，又没办法联系，上级要求我一直等到天黑，还好终于等到你们了。"

"你辛苦了，我们在前一站上不了岸，没想到有那么多国民党士兵。"李诗蓝回答说。

"是的,最近我们这里突然之间增加了不少国民党兵,我正为你们担心呢。"

聊了一会儿,李诗蓝才知道,与她一同前来的两个年轻人,一个叫贺小飞,另一个叫张犇,都是十月份才潜入南京的解放军战士。

两个年轻人打开铁箱后,快速地把资料装进一个行李箱,并各自在身上藏好潘定虎带来的武器,紧盯着前方,坐着小船驶进了汊道里。

李诗蓝第一次出来执行这样的任务,内心充满紧张和不安,担心再出现什么变化。

潘定虎手中的船桨规律地发出"哗哗"声,小船缓缓向前驶去,两个年轻人机警地巡视着两岸。

木船正在行进,不远处的岸上突然传来一声吆喝:"河里的船只靠岸接受检查,快点!"

潘定虎没有停下,继续划着船,脑子里在飞快地想着对策。两名战士盯着岸上的人,思量着如何应对眼前的突发情况。

"听见没有,再不靠岸就开枪了!"

潘定虎停止划船,大声回答:"好的,这就靠岸,船上是石桥村石汉臣的大小姐,回家看她爹来了。"

"什么石汉臣,靠边!先检查再说。"

"好好,靠岸,靠岸。"潘定虎答应道,然后侧脸小声地对大家说:"这几个人好像不是本地人,大家注意,等一会儿看我眼色行事,实在不行就动手干掉他们。"

潘定虎先下了船,朝岸上走去。潘定虎走到四个人面前,笑呵呵地敬着烟:"几位兄弟,我是前面石桥村石保长的伙计,接石小姐回家探亲,以前没见过几位兄弟啊。"

为首的一位黑脸瘦子亮出证件,不耐烦地回话:"眼瞎了,看不出我们是保密局的吗?少废话,让那三个人快点上来。"

李诗蓝三个人来到了跟前。

"箱子打开!"口气不容置疑。

潘定虎赶紧解释:"几位兄弟,箱子里都是姑娘家的私人物品,整理起来特别麻烦。"

黑脸瘦子脸一拉:"少废话,打开!"然后又命令旁边一个人,"下去,到船上看看!"此人立刻朝坡下奔去。

潘定虎看着再解释也没用了，无奈地朝李诗蓝摇摇头："石大小姐，人家要看那就给他看吧。"

张犇放平箱子并掀开了盖子，然后闪到一边。黑脸瘦子走到箱子跟前，刚弯下腰正欲翻看里面的东西，潘定虎朝贺小飞使了个眼色。刹那间，站在黑脸瘦子身后的贺小飞飞起一脚，黑脸瘦子一个前趴摔倒在地。与此同时，张犇和贺小飞已出手，"啪啪"两枪，站在李诗蓝旁边的两个人应声倒地。这时，潘定虎已飞扑到黑脸瘦子的身上，死死地压住他，使其动弹不得。张犇立刻转身应对还在坡下的另外一个人。突然，从坡下传来"砰"的一声枪响，张犇摇晃了几下摔倒在河岸上。这时，贺小飞扣动了扳机，坡下的人咕噜噜地滚到了小河里。等潘定虎站起身来时，黑脸瘦子的后背已插上了一把匕首。李诗蓝一脸惊恐地站在原地，短短几秒钟的时间，河岸边的敌人全被解决了。

张犇倒在了血泊之中。

潘定虎强忍着泪水，对大家说："同志们，张犇同志牺牲了，但我们的任务还没有完成，这个地方不能久留，我们得赶快离开，也不能再走水路了。"

"那张犇同志怎么办？我们不能把他丢在这里不管！"贺小飞脸上也挂着泪水。

潘定虎紧急做了安排："这样，你们两个带上东西顺着右边的小路一直往前走，不要拐弯，走到尽头有一条小沟，往左再走二里多地，在岔路口两棵大槐树那里等我，我自己顺着河堤朝北走。你们先走，我把船放到水中间，船会顺着水流往北漂，两里外有个石桥村，我找两个人过来把这边处理一下，再赶过去与你们会合。"

把张犇的遗体藏好之后，三人开始分头行动。贺小飞拎着两个箱子走在前面，李诗蓝紧紧地跟在后面，潘定虎则直奔石桥村而去。

李诗蓝二人赶到约定位置时，潘定虎还未到，他们找了个隐蔽的地方坐了下来。

十几分钟后，潘定虎远远地走来了，李诗蓝二人走到路边，三个人汇集到了一起，李诗蓝问："张犇的事情怎么样了？"

"我们在这里有基层组织，估计这时已经处理好了，我怕你们等急了，就先赶过来。咱们出发吧。"

三人走了一二十里地，才赶到靠近泰兴的苏中军分区区中队，把资料完整地交给组织，三个人心里的石头才落了地。由于路途中的突发事件，考虑到敌人将会进行大范围的搜查，李诗蓝继续北上已不可能，见母亲的计划只能放弃。在我方人员的护送下,第二天中午她就赶回了南京。贺小飞休整两天后,也返回了南京。

第三十五章

晚上,赵家祺接到李诗蓝的电话,和老王如约赶到了夫子庙的得月茶楼。

李诗蓝一见到赵家祺,眼泪就"啪哒啪哒"地往下掉。赵家祺和老王心里一紧。

听完李诗蓝对事情前后经过的讲述,赵家祺的心情极为复杂。资料安全送达,让他欣慰,但过程曲折,还牺牲了一位同志,这让他感到无比痛苦和前所未有的压力。旁边的老王劝道:"李小姐,有斗争就会有流血牺牲,张犇同志的牺牲我们很痛心,但我们一定要更加坚强。值得表扬的是,你们完成了这次任务。我问一下,上船巡查的人你认识吗?我还没见到船老大,不清楚具体情况。"

"我们三个都不认识,只听船老大叫他豹队长,长得很凶。"

"这就对了。"老王看了一眼李诗蓝,接着说,"你是在下关码头上的船,应该是你们走后,豹队长接到报告才追过去的。"

李诗蓝不解地问:"可我没见过那个豹队长呀。"

赵家祺走到李诗蓝面前,想了想,说:"应该是有人跟豹队长通了气,这个人是谁我还不清楚,但他应该早已私底下调查过我的社会关系了,以后我们大家要更加谨慎。"

"还有,你回单位后,一定要坚称自己探亲的理由,晚上你要取得和北边的联系,一是确认资料是否到了总部,二是设计好探亲的细节,不能有任何差错,以防这些人继续追查。"赵家祺又补充说。

"好的。"李诗蓝点了点头。

老王夹给李诗蓝一块点心,微笑着劝李诗蓝:"李小姐此次很辛苦,遗憾的是没有见到母亲,这让家祺同志很是过意不去,但以后还有机会,倒是留给敌人的机会越来越少了。"

李诗蓝沉痛的心情稍有缓解,她抬起头说:"没事的,你们不用劝我了。你们的工作这么危险,千万注意安全啊!"

当天夜里,小齐就把李诗蓝和江北联系后得到的情况反馈给了赵家祺和老王,所有的材料已安全送达总部。

渡江

　　第二天一大早，赵家祺办公室的电话就响了起来。拿起电话，传来了张铭宇熟悉的声音："家祺啊，吃早饭了吗？"

　　"噢，是老同学。吃过了，有事吗？"

　　"那你出来吧，接上我，到江宁镇去一下，那里有笔生意你看看能不能做。"

　　"好的，我马上来。"赵家祺放下电话，立刻和小周驱车赶往黄埔路，拉上张铭宇和赵参谋，朝城南驶去。

　　在车上，张铭宇介绍说："我们去九十七师驻地。驻军营房由于多次换防，行军床和挂架损坏太多，还有一些辅助的洗涤设备需要维修和更换，原来的一些供应商因时局不稳，胆小怕事，有的不敢供应，有的干脆卷铺盖走人了。本来这个事不属于我管，里面的几个朋友找我帮忙，没办法就把你拖来了，等一会儿你看看具体情况。这个师有钱，先付工钱都是可以的，这样的好事我自然就想到老同学了。"

　　赵家祺狠狠地擂了一下张铭宇的肩膀，笑着说道："你小子不照顾老同学还照顾谁呀？这一段时间，你还别说，业务上还真有点冷清，大不如以前了。"

　　"你挣的钱我从来也没见一分，就吃你几顿饭，这么唧唧歪歪的，有点不上路子吧？"张铭宇调侃道。

　　张铭宇一行有说有笑地赶到营区，已有几个人在大门口等着了。张铭宇下了车，和几个人打了招呼，其中一人是军需处长方林，赵家祺通过张铭宇和他接触过几次。方林是河北沧州人，性格耿直爽快。张铭宇转身拽过赵家祺，向大家介绍说："这是我的同学赵家祺，赵老板做一些机械钣金加工业务。这不，前天方处长打电话给我，说你们这里有困难，今天我就把他拽来了。"

　　方林接着给赵家祺介绍了前来迎接的几个人，分别是参谋长谭严巧、副师长金岭云和作战处长赖更等。大家一一握手，谭参谋长引领几位进了办公室。

　　待大家坐定，方林向参谋长点头示意了一下，开始介绍军营里的情况："首先欢迎国防部四厅的张处长和赵参谋还有赵老板的光临，我们师长昨天到市里去开会，该项工作在他走之前我已汇报过了。这两年我们九十七师换了几次防，营房内外有很多损坏的东西得不到维修和更换，官兵们有不少怨言，时局危艰，稳定军心为上，这不就把各位惊动了。这次报上来的材料，东西不少，这是各个团营报上来的数量清单。"说着把一摞材料放在了大家面前，他接着说，"需要的东西量很大，种类也多，更换和维修比较繁琐。我们联系了过去的几家供应商，都不愿意接这个活儿，具体原因大家都清楚，就不多说了。无奈之下，我就请张处长帮忙，真没想到，张处长知道后，今天特意赶到我们师来现场指导。"

张铭宇摆摆手，官腔十足地说道："方处长客气，现在的时局大家都知道，不稳定呀！越是到这个时候，我们越需要精诚团结，特别是我们这些做后勤保障工作的人员，更要及时解决好作战部队的实际问题，这样部队才能心无旁骛地养精蓄锐。现在北面的战场形势想必在座各位也都知道，当前稳定军心至为重要。九十七师是拱卫京畿的精锐师，负责保卫首都的安全和稳定，我们更要坚定地做好后勤保障。具体事情等一会儿让赵老板和方处长对接一下。赵老板是我同学，虽然是商人，但咱们部队的规矩他是懂的，他生意上的事也多，本来没时间，但考虑到方处长的难处，被我生拉硬拽拖过来的。"

赵家祺拱手说："谢谢在座的各位！时局动荡，我们做商人的也应该为国家政府分忧，既然来了，就一定要把这个事做好，请大家放心，等一会儿我现场看两个点，心里有个数就行，后面就着手安排人员一步一步地做。几位长官，对部队的事我不太懂，你们还有什么要交代的就尽管吩咐，我们可不能坏了你们这里的规矩。"

谭参谋长说话了："张处长介绍的人我们完全放心。我们部队有一万多人，三个团有三个营区，之间有点距离，营房嘛，都差不多！其实也没什么，遵照他们的要求干就行了。不过，毕竟是部队嘛，还是有很多保密的地方。到时有部队的人员陪同就行了，这一点，方处长会做好安排的。另外，我们可以先支付一些费用，不能让赵老板的人饿着肚子干活呀！"谭参谋长的最后一句话，引得大家哈哈大笑，气氛一下子轻松了很多，大家三三两两交头接耳，会议室里一时间十分嘈杂。

趁大家聊天之际，赵家祺随方处长到营区简单地看了一下，心中大致有了数。维修较多的地方是官兵日常用到的水电设施、枪械支架，还有宿舍里的床、桌及墙上的常用设备。

两人回到会议室里，屋内烟雾缭绕。张铭宇看到赵家祺进来后，站了起来："赵老板，都看过了吧？怎么样，不复杂吧？"

赵家祺回答说："不复杂，只是需要的人手多，我们回去就做准备。谭参谋长、金师长，你们就放心吧！"

"那我的任务完成了，赵老板你就多费心啦。"张铭宇说完，看了赵家祺一眼，"那我们就回去吧，几位长官也比较忙，就不多耽误他们的时间了。"

赵家祺随即起身，谭参谋长、金副师长也连忙站起来。金副师长朝方处长大声嚷道："方处长，人家大老远来解决我们的困难来了，一顿饭都不吃，再怎么也说不过去呀！你赶快安排一下，外面也吃不到什么好的，就在我们师部小餐厅，还让老严掌厨，烧几个他拿手的当家菜。"

"师座，早上我就已经安排过了，估计这个时候菜都烧上了。"方处长回答。

"菜都烧了，张处长和赵老板就更不能走了。不过，我们就不能做陪了，我和谭参谋长要赶往南京，下午一点钟国防部还有一个江防会议，不能缺席。"金副师长不容张铭宇等人推辞，极力劝大家留下来。

张铭宇一脸难色，一边答谢一边解释着要走的原因，最后还是被谭参谋长留了下来。谭参谋长还指示作战部长赖更叫上几位团长作陪，顺便沟通一下施工维修的细节。说完，谭参谋长、金副师长和各位一一打过招呼便离开了。

盛情难却，张铭宇几个人留了下来。经过方处长介绍，赵家祺得知九十七师的三个团，两个团长本身就在营区，另一个团长在外面驻防，此时正在赶回师部的路上，很快就能到达。

中午时分，人员到齐，大家围坐在师部餐厅最大的包间里，彼此客套一番后，宴席就开了场。最近一段时间军营里难得有喝酒的机会，在座的各位都十分亢奋，觥筹交错之间，无话不谈。赵家祺一边敬酒，一边默默记下军官们无意中透露的信息。

午饭持续了一个多小时才结束，在座的人大都醉眼朦胧。

第二天，赵家祺和乔书记、老王等几人沟通后，就开始安排九十七师设备的维修和改造事宜。厂里派了四个技术工人，一人带班，另有五个辅助工人，其中就有上次从华野部队过来的董世贵、陈威和贺小飞三人。三人中，董世贵年龄稍长一点，三十岁左右，来之前担任所在部队的尖刀连连长，陈威和贺小飞也都是战斗经验丰富的侦察连战士。在敌人内部活动，凶险的环境要求他们必须眼明手快，心思缜密。明面上是干活，暗地里每个人都有一个艰巨的任务，那就是尽可能多地接触九十七师的官兵，从中筛选出思想进步、素养优秀的官兵，争取说服他们认清当前的形势，作出正确的选择，配合解放军的渡江作战。

李诗蓝回来的第四天上午，电信局办公室徐主任陪她来到了会议室。她进门后，看见会议桌对面坐着三个人。徐主任陪着李诗蓝一起坐下。三个人盯着李诗蓝，一脸严肃。

"李小姐，我们是保密局的，有一些情况来找你核实一下，请你如实回答。"三人中为首的一个人开门见山。

李诗蓝镇定地点了点头。

"那好，11月24号那天是上班时间，你不在单位，到哪儿去了？"

"我跟徐主任请了假，我表姨生病，听说很厉害，我母亲到香港治病去了，人不在家，我只能代表我母亲去看望一下她，她的家境不好，我去的目的也是想在经济上帮衬她一下。"

"你怎么去的？"

"坐船，在下关码头上的船。"

"现在巡查这么严，你通过谁上的船？"

"我同学。"

"你同学是谁？"

"赵家祺，现在他也是我处的对象。"

"赵本人做什么工作？他居然有这么大的能耐随便安排你上船？"

"具体做什么，我不太清楚，我平时不大问这方面的事，只知道他做什么机械设备方面的生意。"

"那你24号这一天都到过什么地方？名字要说清楚，还有，都见了谁？"

李诗蓝若有所思地说："我想想啊！那天我去的是黄西村，见了我表姨，还有表姨夫家人。我表姨叫范惠英，表姨夫我就知道姓王，名字我叫不上来。对了，他们有两个孩子，大的是男孩，都喊他虎子，小的是个姑娘，叫冬梅。"

问到这儿，问话人朝他旁边的记录员使了个眼色，记录员站起来出了会议室。

此人接着问话："你在什么地点下的船？"

"下船的地方叫梨花埠，感觉靠黄西村还有四五里路程。噢，我想起来了，我们本来想在距黄西很近的前一站叫什么东岭渡的地方停靠，但岸边有很多当兵的，一大群人在往岸上搬着东西。我们只能赶往三里开外的下一站停靠。"实际上，李诗蓝他们离开东岭渡不到一里路的江边就拐进了汊河中，从路程上避开了杀死四个保密局人员的地点。

"和你一起下船的一共几个人？当时船里还有几个人？"

"船里好像没人了，我下船后，开船的头头，对，是船老大，我印象中听他说过，马上回头还要到镇江带点货回南京，如果江面风大，就在镇江歇一晚上，当时江上已经起风了。"

"那你下船后，船往哪个方向走的？"

"我一下船，船老大直接掉头回去了。"

"你能确认是回头了吗？"

"确认，我上岸后，他还朝我招了招手。"

"当时和你在下关码头一起上船的人有多少，都多大年龄，有看着像当过兵的人吗？"

"有几十个吧，船舱小，密密麻麻地挤在一块，当中哪些当过兵，我没在部队待过，亲戚朋友中也没有当过兵的，我还真看不出来。"

"顺便问一句，你的对象姓赵，你跟他接触多长时间了？了解他吗？"

"我们是大学同学，对他还是很了解的，他这十几年走南闯北的，吃了不少苦，这几年才稳定一点儿。"

"你感觉他当过兵没有？或者说和军队有过什么接触没有？"

"他那个性格，是能待在部队里的人吗？我对他太了解了，他在上大学时，就不喜欢别人管束，后来四处跑着做生意，心更野了。至于他是否跟部队有接触，我知道他的生意里是有部队的业务，他接触谁，这我就搞不清楚了。你们问了半天，什么意思啊？"

"没什么，就是例行公事。"

问话者穷追不舍，应答者对答如流。这时，记录员走了进来，朝问话的人点了点头，李诗蓝看了在座的几个人一眼，问道：

"可以走了吗？我手头上还有工作需要做。"

问话的人起身回复说："可以，谢谢你，以后如有什么事还要麻烦你。"

李诗蓝淡淡一笑，回了自己的办公室。李诗蓝这才感觉浑身冒冷汗，庆幸的是昨天才和赵家祺还有老王把这次出行的细节理了一遍，这才能在会议室里应答自如。

等徐主任回到办公室后，李诗蓝走到他办公桌前问："徐主任，他们是谁啊？为什么要问我那些问题啊？"

徐主任抬头回答说："小李啊，你不要多心，我也不知啥情况，刚才问话的叫陈作群，是个科长。我们单位现在属于保密单位。人家保密局来询问也是他们的职责所在嘛，没什么奇怪的。"

"吓我一跳，我还纳闷呢，就探个亲都查得这么紧，搞得人连一点自由都没有了。"

"没事的，不用担心，现在外面的形势不是很好，上面自然就会抓得更紧，除了委员长，任何人都有可能接受调查，你自己平时多注意点就行了，不要有出格的言行。忙去吧。"

"好的，谢谢徐主任。"在李诗蓝的心目中，徐主任人不错，平时工作认真负责，虽然话不多，但局里上下对他的评价很高，在办公室主任这个位置上干了有七八年，服务过三任局长。虽然职位上没有乔迁，但获得了几任领导的一致认可，是个沉稳干练的老好人。

第三十六章

负责监控下关码头的豹队长，每天都会带人在码头和附近的几个货站巡逻。

这天半晌午，豹队长一路漫无目的地左瞧右看，心里盘算着中午在哪里找个软柿子捏捏，以便诓顿有鱼有肉的饭菜。前一阵子，豹队长和手下兄弟过得十分清苦，没日没夜地被呼来唤去，整天提心吊胆，功劳没捞着，腰倒细了一圈。就这样，几个人一路走一路四下踅摸着机会。

豹队长正在前面走着，后面的一个小兄弟碰了一下他的胳膊，小声嘀咕道："队长，您瞧瞧，前面右手五金工具店门口一圈人中，有浦镇机厂的那两个小子，上次就是他俩把我们害惨了，到现在方三还没出来呢。我俩得亏您上下通融，要不还在里面喝清汤寡水呢。"

豹队长停住脚步，回头问道："看清楚了？"

"绝对没错，那俩小子扒了皮我都认识。妈的，害死老子了，到现在一遇阴天腰还酸胀得要命，当时老子的腰差点就被那帮工人踹折喽。"说着不由自主地在腰部揉捏了几下。

话说到这里，豹队长的胖脸似乎也感到有点生疼，像是被邓风盛处长又掴了一遍耳光。豹队长下意识地摸着脸，紧咬着牙根，骂了一句："妈的，今天撞到老子手上，一定得给他们点颜色瞧瞧。弟兄几个，去看看他们在干吗，注意点方式，别硬来，我在后面等音儿。"

两个人得令跑上前去，三五分钟后，一个人回来禀报："队长，没错，一个姓金一个姓王，就是上次给方三下套的那两个家伙，其他人好像都是浦镇机厂的工人。"

小金和王铮因上次的"小偷小摸"，被羁押半个月放出来后，厂里本想予以除名，但工会反复"求情"，说年轻人脑子一热，偷点废铜烂铁有罪不假，但不能把他们的活路彻底断了。厂方最后将两人下放到最苦的翻砂车间，级别降为最低的学徒工。这会儿，小金几个人正出来购置一部分工具，同时也为夜间参加护厂行动的工友购买香烟和食品。

"别说那么多没用的，他们在干吗？"豹队长粗暴地打断了手下的话。

"他们在买东西，什么都有，有吃喝的，还有一些扳手、起子、螺丝刀之类的工具。"

豹队长眼前顿时飘过一丝亮光，心中窃喜，手一挥："走，瞧瞧去！"几个人簇拥着豹队长朝前奔去。

"闪开！闪开！"手下扒拉开众人腾出一条缝儿，豹队长站在了五金店铺的门口。

小金一看是豹队长，再看一眼他身边那两张熟悉的面孔，心里"咯噔"一下，知道冤家路窄，麻烦事来了。但他仍然佯装无事，敬上了一支香烟："原来是豹队长，今天没休息啊？"

"哟，你小子认识我呀，我们见过面吗？"

"您的大名，在这一带哪个不知道啊！"小金奉承道。

"知道就好！我管的地段这一阵子不安生哪，附近百姓和几个厂都来报案，说不是被偷就是被盗。我带人出来瞧瞧，看看能不能抓住几个手脚不干净的，算是替百姓们消灾除祸。说说，你们是哪个单位的？"豹队长一副公事公办的模样。

小金指着王铮说："我们两个是浦镇机厂的，今天不是休息吗，出来溜溜，顺便买点东西。"

"那另外几个呢？"豹队长朝小金身旁的另外两个人努了一下嘴。

"也是我们厂的，翻砂车间的工友。"

一阵打量之后，豹队长继续追问："打开你们的袋子，看看都买了些啥东西。"

王铮等人只好把几个袋子递到了豹队长面前。豹队长朝手下歪歪嘴，命令道:"打开!"

"呼啦"一下,几个布袋被翻了个底朝天。袋子里装着十几袋饼干、几袋肉食,几盒铁皮罐头和两条香烟,其余都是些五金工具。

"哟嗬,有吃有用的,东西蛮全乎的!不会是准备晚上吃饱喝足后摸黑干场大活吧?"豹队长贪婪地看着地上的一堆东西,嘴角露出一丝狞笑,随即抬头瞅着面前的几个人。

小金的心一下子揪了起来,赶紧上前解释:"豹队长,这些吃的是我们准备的宵夜。择日不如撞日,正好,今天碰见豹队长,晚上我们一起整两盅。"

"这可不敢,前一段我的两个弟兄就是不明不白喝了别人的酒,着了别人的道儿,那个苦可吃大了,这些还是你们自己留着吧。"豹队长话里有话,接下来又指着地上问:"这些工具怎么回事?"

"噢,这些啊,是我们工段长让我出来买的,明天上班要用,我们这会儿就得把工具背回去。豹队长,等你们晚上巡视完,我们寻个地方坐坐,好好喝两杯。"小金一边解释一边想着对策,嘴里说的全是实话,现在就看眼前的这位瘟神会出什么幺蛾子了。

豹队长背着手,绕着地上的一堆东西转了一圈,然后努努嘴说:"这样吧,你们几个跟我走一趟,最近报案的比较多,这些东西我怎么看都像半夜出来干活用的。再说我们保密局有规矩,可疑人员必须过一下程序,做做笔录,没有什么问题的话,你们该干吗还干吗!"

小金立刻意识到豹队长是冲着他来的,只能硬着头皮应付下去:"豹队长,你看这样行不行,我们先回去,把东西交到厂里就出来,你们在厂门口等我们一下,这样就不会影响工厂的正常生产了。"

"不行!东西经你们的手一晃悠,没了!证据不在了,我们带你们回去还有屁用!再说,你们那个大门,我们在那里吃尽了苦头,可不敢再进去了,如果再来一次旧戏重演,我们弟兄几个还不得被撸掉一层皮!"

王铮在旁边插了一句话:"我们不会跟你们走的,我们厂是政府重点保护对象,厂里今天夜里要用这些工具,误了工,你们能承担得起责任吗?"

"哟,吓唬老子,有啥事老子担着,多大屌事啊!带走!"豹队长嘴里骂着,朝两边瞪了一眼,身后的几个人立马从怀里掏出了手枪,伸手要来扭几个工友的胳膊。

"你们担当得起?笑话,不知道吧,今晚就有一批从北边运来的火炮、坦克到我们厂维修,你们敢耽误,想找死吧!"王铮说完,蹲下身开始收拾地上的东西。

豹队长没想到还有这等事，迟疑片刻后说道："好！看在厂里还得替党国效命的份上，你们派一个人带东西回厂，其他人跟我去站里接受询问。"

小金见双方僵持不下，明白硬扛肯定不行，便急中生智想到了一个折中方案："豹队长，一个人拿不了这么多东西，其他人要帮着拎，我一个人跟豹队长去，我相信我一个人到你们那里一样能说得清。"

"拎不走是吗？那就干脆把你们急需的工具拎走，其他东西留下。"豹队长得意于自己敲竹杠的本事，此时心中窃喜，搂草逮兔子，晚上又多了一顿酒肉，这等好事岂能放过。

形势到了这个地步，小金万般无奈，感觉再强硬下去也是无济于事。等两人装好东西，小金从容地对王铮说："回去后告诉老王，说豹队长有请，今天的酒可能喝不成了，改期吧！"王铮心领神会。说完，小金带着另外两人跟随豹队长来到了位于下关江边路保密局的临时查验站。

王铮坐渡轮一过江，就直奔丰顺货行，把突发情况向老王作了汇报，然后就叫了辆人力车赶往浦镇机厂。

老王一脸焦急："如果小金扛不住保密局的酷刑，赵家祺和南京市委的很多同志就有可能暴露。事态紧急，必须马上将此事告知赵家祺并采取相应行动……"

在浦口保密局查验站，豹队长带着小金等三人一进大院，铁门就被重重地关上了。豹队长咳嗽两声后，一群人一拥而上，不问青红皂白就把三个人结结实实地捆上推进了审讯室。

豹队长嘿嘿一笑："说吧，最近摸了哪几家？都卖到哪儿啦？告诉你们几个，这个地方可就不像在外面那么自在了，态度要端正，交代要清楚呀。"豹队长说完，一屁股坐在椅子上，朝旁边瞄了一眼，手下赶快将一杯水放到了他面前。豹队长端起杯子，"咕咚"喝下一口水，眯起双眼看着小金三人。

"放我们出去，我们既没偷也没抢，你们凭什么抓人？我要告你们！"小金大声喊道，旁边的两个人也大声附和。

"狗改不了吃屎，上次下个套怂恿我们的人去偷，不会这么快就收手了吧？要告当然可以，但也得等你们出去呀，现在还是先交代自己的事情吧。"豹队长不顾小金三人的大声抗议，不屑地回了一句。

小金怒目圆睁，大声质问："还不是方三见利忘义，自己去偷被抓住，害得我们几个差点被开除！你们凭什么抓我们，有什么证据？你们可以找我们工段长来,他可以代表厂方给我们做证明。"

"呸,找你们厂?妈的,老子正怀疑你们厂里有共党呢。上次你们就是有预谋的,目的就是要把我们保密局的人赶走,你当老子是呆×?"豹队长又喝了一口水,放下茶杯,接着训斥,"方三上次中了你们的诡计,搞得差点小命都没得了。在我这里,说什么都没用,只有老实交代一条路!如果能说明白,啥事都好办,如果能揪出浦镇机厂里的共党分子,老子还要给你们请功呢。"

小金知道再说下去没有丝毫意义,只能紧闭嘴唇抬眼望着窗外表示抗议。

好长一段时间,房间里一点声音都没有。最后,豹队长站起来叹了一口气,无奈地摇了摇头:"你们不说,我也没办法。你们想想吧,我出去透透气,房间里太闷了。"说完,一摇三晃地出了门。

豹队长一离开,屋内立即传出了棍棒声。

等豹队长再回到房间,小金几个人有的躺在地上,有的背靠着墙默不作声,脸上和嘴角血迹斑斑。手持棍棒的几个打手喘着粗气,其中一人向豹队长报告:"队长,这几个还是不交代,您看下面怎么办?"

"不急,这么大的事,人家哪能随随便便就开口呀?你们当中哪个去买点酒,他们不是带着吃食吗,你们几个辛苦,晚上还要加班呢,我们先喝酒吃肉。"话音刚落,一个人出门买酒去了。豹队长看着小金,嘿嘿一笑:"何苦呢,好汉不吃眼前亏,你们有啥事自己心里明白,说清楚不就行了吗?"

小金狠狠地吐了一口唾沫,豹队长抡起拳头重重地砸在了小金脸上:"妈的,老子因为你受的苦你知道吗?我看你就是个共党。"

"王八蛋,你这是报复,只要老子不死,你等着瞧吧。"小金满眼怒火,冲着豹队长骂道。

"好啊,我等着,你小子看起来文质彬彬,但想不到还是块硬骨头,不是共党是什么?"说着,豹队长走到桌边端起茶杯,猛灌了几口下去。

不大一会儿,酒买回来了,肉菜满满地摆了一桌,几个打手狼吞虎咽地吃了起来,瞬间屋内满是酒菜的味道。酒足饭饱后,豹队长向几个打手招呼了一声:"你们几个辛苦了,我先回去歇歇,你们在这要好好伺候他们几位。等明早我再来时,希望能听到好消息。"

"队长,慢走,放心吧,我们几个吃饱了没啥事,今晚多活动活动,给您长长脸!"几个人点头哈腰地把豹队长送到门外,看着豹队长转身进了一条巷子,便满脸狞笑地回了审讯室。这时天色已完全暗了下来。

屋内又响起了劈里啪啦的棍棒声和撕心裂肺的喊叫声。

渡江

在靠近下关码头火车站的东边，有一条不深的小巷，巷子尽头有一个独门小院，三间正房，是豹队长从一位安徽商人那里强买下来的，里面住着豹队长上半年才勾搭上的小妍。这个女人年纪轻轻，风情万种，很得豹队长的欢心。她本是青楼娼妓，与豹队长相识，也是机缘巧合，一次在街市买东西时哆哆的讨价还价声吸引了路过的豹队长，从此搅得豹队长丢了魂般心神不宁，再加上老婆已人老珠黄，豹队长的心思早已不在家中，所以就干脆包养了这个女人。豹队长隔天就会到小院里和小妍温存一把，此事在附近早已是公开的秘密。

昏暗的灯光下，豹队长的叩门声响过后，院门打开了。进门后的豹队长一把抱住了小妍，又是摸又是啃。小妍挣扎着推开他，埋怨说："死鬼，你看看你，又喝得臭气熏天的，先锁上门去。"豹队长笑嘻嘻地关上了门，然后一把抱起小妍就往房间奔去，带上房门后就猴急地上了床，灯也"啪"的一下被小妍顺手拉灭了。

正在二人欲行好事时，窗棂突然被人轻轻地敲了几下。

这一突如其来的敲窗声将豹队长和小妍吓得浑身一激灵。

"巧凤，开门！"外面人喊。

"哪个？"叫巧凤的小妍哆嗦着问。

"巧凤，我是春哥，快开门呀！"

"我不认识你，滚蛋！"

"巧凤，我真是你春哥呀，前天你要的首饰我今晚带来了。"

"我不认识你，滚蛋！"

"巧凤，你别生气呀，前天晚上我们还好好的，我知道你为啥生气，东西这不是都给你带来了嘛。"

黑乎乎的房间里传出"啪"的一声，随即一通嚷骂："妈的，老子花了那么多钱养你，你竟敢背着老子和野男人勾搭，找死啊？！"

"豹哥，我没有呀，外面的人我真不认识啊。"小妍"呜呜"地哭了起来。

灯又"啪"的一下亮了，随即是一阵窸窸窣窣的穿衣声，"妈的，哪个想找死啊，敢给老子戴绿帽子，我一枪崩了他。"

豹队长摸起手枪，拽开房门，头刚探出门外，一把明晃晃的匕首就架在了他的脖子上。

豹队长的嚣张气焰立刻被浇灭，他扔掉手枪，举起双手，瑟瑟缩缩地赔着笑脸:"这位爷,有话好好说,有话好好说。"

来人用刀抵着豹队长朝屋内走去,床边的巧凤此时早已被吓得魂飞魄散,被闪进屋内的另一个人利索地捆了起来,嘴也被结结实实地堵上了。

来人的半边脸被礼帽遮住,低沉的声音响起:"是豹队长吧?"

"小的是,请问您是哪路神仙?"豹队长看不清对方的脸,感觉声音也很是陌生。

"我是哪路神仙就没必要告诉你了。听说你最近混得很妖啊,啥事都敢管,啥人都敢抓。"

"不敢,不敢。这位爷,您我素不相识,不知哪个地方得罪您了。您说话,小的该自罚自罚,该赔罪赔罪。"

"说两件事帮你回忆回忆,上个月的十三号,下关四号码头上的一批油料有将近百十吨吧,你卖给谁了?别忘了,那可是军用物资,蒋委员长颁布过手令,盗取和贩卖军用物资者格杀勿论。这个月初的四号,整整十二包棉纱被你们半个钟头不到就从运输船上偷偷卸走了,到哪里去了?其他事暂放一边,就这两件,说清楚就行。"时间、地点和数量被来人说得清清楚楚,这可都是死罪啊。豹队长额头上的汗珠子顺着长脸上的沟沟坎坎淌了下来,脑子在飞快地想着对策,结结巴巴地回答说:

"兄,兄弟,我真不清楚这事。"

"哟嗬,那是我说谎了?"

"不敢!不敢!"

"要不要明天我陪你到国防部走一趟,你看是去二厅合适,还是四厅合适呢?"国民党国防部二厅是主管情报的部门,毛人凤的保密局就隶属该厅;四厅是补给计划厅,负责军事物资采购和调配。

豹队长一听这话,知道来者非等闲之辈,便一脸苦相,哀求着说:"这可能是我手下干的,和我一点关系都没有。"

"噢,豹队长,看来怪我没把话说明白。金陵大通货行的乐老板乐清善你该认识吧,他说倒卖的钱款都给你了,用一只黑皮箱拎走的,我报一下具体数目如何啊?"

"扑通"一声,豹队长跪在了来人面前,一把鼻涕一把泪地哀求道:"这位爷,您就别为难小的了。您说话,让小的干啥都行。"

来人哈哈一笑,上前一把揪着豹队长的头发就将人提溜到了椅子上。豹队长呆呆地看着来人,脑子一片空白,不知道下面会发生什么事。

待豹队长坐定，神秘的来客收起手中的匕首，和颜悦色地说起话来："豹队长，君子不挡人财路，你私下倒腾点东西贴补家用，兄弟们理解，再说以后兄弟们有事还要仰仗你帮一把。也就是说，你挣你的钱，兄弟们不会问的，更不会眼红，放心吧。"

豹队长被这番话说得更加摸不着头脑，只能傻傻地问道："不知二位找兄弟啥事？你们说吧，我能做到的绝不推辞。"

"也没啥大事，我们不要钱不要命，要人。"

"啥、啥、啥人？"

"你今天中午在码头上抓了几个人吧，都是与我交往过的道上的朋友，过去也没啥案底，就是干过两次偷摸之类的小事，该挨的打也挨了，该坐的班房也坐了，还要怎么着？"

豹队长一拍脑袋，一声惊呼："哎呀，是有这么一回事，现在关在我们站里。两位兄弟，小的不知道是你们的人，我只是怀疑他们与共党有关系呢。"

"共党会愿意与我们这些道上混的弟兄们来往吗？"

"对，对，绝对不会，绝对不会。"

"几个人在你那里吃苦了吧？"

"哎呀，有点对不住，吃了点小苦，我赔，都算我的。"

"我们先走一步，那就等豹队长的好消息啦！但丑话说在前面，我要是今晚见不到人，豹队长可就要吃不了兜着走了！"二人闪身出门，刹那间消失得无影无踪。

豹队长整个人杵在桌边，半天才回过神来。看二人走远，他立刻捡起手枪，顾不得还在旁边挣扎的小妍，慌忙朝站里跑去。

小金几个人连夜就被豹队长送过了江，过江前每个人手里都被塞了根黄澄澄的金条。

小金被抓的前一天，蒋介石在南京召开了一次军事会议，急令徐州驻军第二、第十三、第十六兵团放弃徐州向南撤退，徐州"剿总"司令刘峙撤离徐州坐镇蚌埠指挥第六、第八兵团再次北援，副总司令杜聿明则向东南出击，解救黄维的第十二兵团。此时黄维的第十二兵团已经被华野包围在方圆不到三公里的双堆集，面临着被一网打尽的危局。蒋介石犹如热锅上的蚂蚁，手足无措，指挥上一再出现失误。

小金被抓的当天，人民解放军华北军区的第三兵团由内蒙古集宁向张家口发起攻击，拉开了平津战役的序幕。千里驰援的我东北野战军也已完成了对京津塘的战略部署，此时的中华大地正如春蚕脱茧，每一天都在发生着变化，国共之间的力量对比在向着有利于人民的方向变化着。

当天晚上，听完新华社播报的战况，赵家祺欣喜若狂，虽然时间已经很晚，他仍然毫无睡意。

此时传来了小金被抓的消息，赵家祺立即与老王商量并制定了解救小金的方案。时间不等人，方案确定后老王随即出门安排行动人员。

墙上的时钟已过了十一点，还是没有消息。赵家祺起身在房间里踱来踱去，不时朝电话机方向看去，因为他知道，稍有不慎，自己精心设计的方案执行时出现一丁点儿偏差，就可能带来无法弥补的损失。小金被抓，他相信小金，但对其他人没有把握，一旦有人出了问题，让保密局的人嗅到一点点的味道，整个浦镇机厂的工作就将遭遇巨大的困难。

"叮铃铃"，电话响了，赵家祺赶忙扑向电话。老王短短地说了一句话："表弟在医院挂过水后，烧已退了。"听到这句话，赵家祺长长地舒了一口气，悬着的心才安然放下。刚准备休息，电话又响了，赵家祺拿起了电话。

"赵老板吗，就知道你肯定还没休息，我是江枫机器厂的王昌浩。"

"噢，是王老板啊，这么晚了打电话来，有什么事吗？"

"明晚约你一起吃个饭，邀几个朋友一起聚聚。"

"这么客气干吗，有什么事直接吩咐就是了。"

"老弟别多想，没啥事，有一段时间我们没有碰面了，聚一下，顺便也对您表示感谢。"

"谢什么，我没做什么事啊。"

"上次被压在浦镇机厂的那批货，我们已经拖回厂里了，不是你帮忙，啥时才能拖出来还不知道呢！"

"哎呀，就这事啊？算不上什么。"

"老弟，就别推辞了，说定了明天晚上，饭店已订好，光华门内御道街南头的福瑞香酒楼鼓楼厅，我先到那里恭候。"王老板说完，道了声晚安就挂了电话。

第三十七章

第二天晚上，赵家祺准时赴约。

到达约定的包间，赵家祺看到五六个人已经就位。见赵家祺进来，王老板立刻迎上前来，把赵家祺拉向主位，向大家招呼道："给各位隆重介绍一下，这位就是赵家祺赵老板，做机械加工业务，和军方有密切的关系，是个大能人。"赵家祺谦让了一番，被王老板硬按着坐了下来。

王老板又一一介绍了在座的各位，赵家祺得知其他几个人都是军人，主要是大校场的通讯、地勤及空管人员。听完王老板的介绍，赵家祺心里一亮，自己来南京这么长时间，还没接触到与空军有关的人员。如有机会在空军这块做做工作，说不定对大军渡江会大有作用呢。

大家在推杯换盏中逐渐熟络起来，谨慎的赵家祺感觉到在座的年轻军官都是血气方刚，性格豪爽，言谈中时常不经意流露出对时局的不满和担忧。

在酒酣耳热之际，王老板打开了一个话题："在座的各位兄弟，对现在的时局怎么看啊？我周围做生意的朋友，心里都毛毛的，不知下一步该咋办，不知共军是不是真能打过来。我也愁得慌，我的工厂虽然有了点规模，其实自己口袋里的钱并不多，全压在设备、厂房和货物上面了，这两天家里一直在为这个事争论不休。我呢，整夜睡不着觉，这么大的工厂，搬又搬不走，这个时候又处理不掉，担心江北的部队万一打过来二话不说就没收掉，那以后的日子咋过？真是愁死我了。"王老板说的是实话，眼下南京从上到下，从政府部门到市面上的工商业者，无人不在担心着自己的前途和命运，盘算着将来究竟何去何从。这一点，赵家祺心里十分清楚。

这时，大校场电台台长曹云清接过话说："王老板说的有道理。即使像我们这些在部队上的人，公开场合虽然避而不谈，但私下里也经常谈论这些事，从各个方面来看，时局很不乐观啊。前一段，我们大校场有两个人，因为说了几句不合时宜的话，就被关起来审查，日夜不让休息，关了七八天才放出来，出来时人都有些精神恍惚了。其实，他们说的话大家都在议论，只是两个小子运气不好而已。现在政府真是不对头，看谁都有问题，也太草木皆兵了，管得住人的嘴，还能管得住人的心吗？"

塔台的空管外号叫小狗子，大名陈小狗，是个排长。几杯酒下肚，年轻气盛的他掩饰不住自己的情绪，带着满嘴的南京腔抱怨说："现在的政府真是胡屁臭，一味地压制老百姓，真他妈的一塌糊涂！那些高官显贵，一个个道貌岸然，正襟危坐，其实早把自己的后路铺得妥妥当当的，哪管老百姓死活啊！我家原来在后宰门，当时一溜房子住的都是老南京人，去年说征收就被征收了，说是给警备部队一个连做宿舍用，这支部队是看护中山门的。我爷爷、父母兄妹一大家子就被赶到城门外前湖附近的几间破草房里，自打住进去就天天维修，昨天我回去又买了些砖瓦，整整他妈的忙活了一天。"

"家祺老弟，你对时局有什么看法啊？这么多年你去的地方比我们多，说来听听！放心，这个房间里都是自家兄弟，大家说的话绝不会出这个房门。"王老板看着赵家祺，想听听他的意见。

"好，那我就随便说两句吧，仅是个人的看法，可不带有什么政治倾向啊。"赵家祺根据在座各位的口风，表面上借势表露一下自己的心声，实际上是让谈话朝着他设计的方向发展。稍作停顿，赵家祺说道："王老板也了解我的情况，这么多年，从南到北跑了不少地方，生意有顺有难，还好勉强撑到现在。之前我在东北做过几年生意，对于是否回来也是做了很长时间的盘算，最终决定回来的原因不外乎三个：一是当时东北局势太过紧张，估计一场大仗避免不了。第二个，我在外多年，家中父母年纪大了，感觉愧对二老，也是想回来尽尽孝。最后一个呢，南方的经济比北方好些，其实我的生意在哪也做得不大，在南方混顿饱饭就行了，只是想在这里找个媳妇，安个家，守着父母姐弟，挣点钱帮衬一下家里，弥补一下这么多年对家里的亏欠。对当今时局，我还是有点担心，刚才陈排长说了自己的家事，不就是个例子吗？人家的老宅，说搬就让人家搬，一点补偿都不给，让老百姓怎么过日子，怎么能心甘情愿地支持政府呢，是不是？做得有点过分啦。我去年在东北也经历过一件事，至今想起来仍然很生气。当时部队找我供应一个炮兵团的日常消耗品，数量还可以，货供完没几天，这个团换防走了，又来了一支部队。我找前面的部队要钱，他们说什么东西没带走，都留下了，让我找后面的部队要。那我就找后面的部队要吧，他们又说没见到这批货，让我自己去找。你们说说，我还能找得到吗？其实他们就是诚心不想给。就这样，两家一扯皮，钱没了。解放军那边我也做呀，人家二话没说，就把大部分的钱给我了，他们当时钱紧张，余款打了张欠条给我。部队嘛，我也害怕，所以一句废话没说就走了。但我没想到的是，欠条上说两个月付款，可时间还没到，人家就派人把钱送到我那里了。大家说说看，这个事情说明了什么？"说完，赵家祺停下来，警觉地看了一下大家的反应，快速思考着后面的措辞。

大家三三两两对视了一下，微微摇摇头，个个情绪低沉，默不作声。王老板很有感触，叹了一口气，说："是啊，家祺老弟说的也是实情。前一段，我的一批货就被政府那些王八蛋扣下来了，要不是赵老板的关系，说不定那些货就不是我的了。今天在这里，我特别感谢家祺老弟，来，这杯酒我敬你。"王老板举杯面朝着赵家祺,两人碰了一下酒杯一饮而尽。"刚才听到家祺老弟的一席话,我的心里踏实多了,我决定不走了,不想再折腾,折腾不起啊!历朝历代,不管谁当政总不能不让老百姓活命吧。"

赵家祺笑笑说:"王老板一辈子也不容易,企业又那么大,搬一次家对你来说那可是伤筋动骨哪!我大老远从东北跑到这里,我都不担心,王老板也就别胡思乱想了,安心做咱们的生意。还有,一些东北的朋友过来后说,东北被共军占领的几个大城市,像哈尔滨、沈阳、长春,很多资本家和商户,只要是没干过对共产党不利的事,都没有什么变化,该怎么做还怎么做。假如今后共产党真来了,不但老百姓要吃要喝,他们自己也要吃喝,大家按规矩做事不就相安无事了吗?"

"好啊,听完赵老板说的这些话,我心里踏实多了。不动了,来,喝一杯!"

饮完杯中酒,大校场负责地勤的队长秦飞摇了摇头,苦笑着说:"王老板是做生意的,与政治和主义无关,自然好办一些,像我们几个当兵的,虽然没杀过没抓过共产党,但毕竟是替老蒋做事,不知道后面该怎么办。最近老是看见我们那里的几个飞行员在一起嘀嘀咕咕,感觉不对头,人家那样显然不想让我们知道。在大校场,官兵都是一拨一拨的,各怀心思,互相之间的戒备心都很重,在我们那里常驻的保密局的人生怕出点啥事,监控得非常严,兄弟们也只有在这种场合才能说几句心里话。其实,大家心里跟明镜似的,嘴上不说,后面会出现啥情况也能猜个八九不离十。我们在座的几个兄弟,哪个不担心现在的时局呀!这些话我们几个也只能在这个房间里说说,出了门就不认啦。还有,我心里隐隐约约地感到,我们那里最近可能会有事,能看到我们那里监管得比以前严多了,天天都有人到我们那里检查和训话,是不是有啥苗头让那些人察觉了?现在我们那里一个部门不允许两人以上同时请假离岗。今晚我们五个人隶属于三个部门,等一会儿回去我们还不能同时进大门,要错开时间。你们说现在这是啥世道!"在座的另几位军官纷纷点头。

"几位朋友虽然在部队,心也要放宽!这话什么意思呢?就像我和王老板做生意,谁的活还不是一样干啊!今天我给大家掏掏心窝子,跟着谁干要看两点,一是要看值得不值得跟他干,如果干得不愉快,连最基本的信任都没有,心里憋屈,整天闷闷不乐的,还不如不干。其次呢,跟谁干,还要看有没有前途,像现在这种情况,你咋干?干一天行,一个月行,甚至一年也行,时间长了能行吗?这一段时间,我一直在琢磨一件事,就这短短的两三年,共产党这发展的速度也太可怕了，整个中国都快占一半了，并且势头很猛，没有一点要停下来的意思，所以这个情况我们都得掂量掂量。可以说，现在到关键时候了，大家不要外传，听北边做生意的朋友说，不要半年，共军就能进入江南，也不知是真是假。"赵家祺见时机成熟，一股脑儿地说出了自己的见解。

一石掀起千层浪，众人立刻议论起来。

议论了一会儿，王老板站起来拍拍手，大家安静下来，只听他说道："大家安静一下，今晚聚会纯属个人活动，咱们兄弟就赵老板是第一次和大家碰面，我和赵老板虽只有数面之缘，却早就对他心生敬佩，这个朋友值得一交。今天赵老板发表的看法，可以说是肺腑之言，我听得进去，相信几位弟兄也能认同。"王老板扫视一圈，在座的几位军官一边点头一边若有所思。王老板接着说道："我这个做大哥的还想多说一句，现在的形势很复杂，每个人心里要做到有数，我相信大家都是明白人。以后有什么困难，也可以找人家赵老板，他的能力和为人很值得敬佩，我提议，大家一起敬赵老板一杯如何？"

"好好！一起敬敬赵老板！"大家异口同声，纷纷心悦诚服地起身举杯，敬坐在主位的赵家祺。赵家祺心中暗喜，这几位军官身居要害部门，将是自己以后争取的对象，如果能成功，对渡江部队来说，得有多大帮助啊！

从此之后，赵家祺与大校场机场的曹云清、秦飞、陈小狗等一批军官交上了朋友……

驻扎在江宁的九十七师，共一万三千人，该师所属的三个团的团部分别设在江宁、板桥和铜井三处。第二八九团前身是国民党军事委员会警卫团，直接负责蒋介石本人及其家眷的警卫工作，团驻地也是师部的所在地。第二九〇团是陈诚任第六战区司令长官和军政部长时的警卫团，第二九一团是参谋总长顾祝同任职第三战区时的警卫团。这三个团清一色的美械装备，战斗力极强。在刚过去的10月份，为加强南京地区的防务，蒋介石权衡再三，将这支"御林军"与一〇二师等部队合并，改番号为第九十七师，编入四十五军。改编后的"首都警卫师"名义上算是作战部队，但该师所承担的任务实际上没有多大变动，仍然承担南京城内的警备任务。由于早期隶属不同，三个团之间各自打着小算盘，配合不是那么默契，虽谈不上相互掣肘，但大大小小的矛盾一直存在。王晏清担任师长后，嘴上不说，心里很清楚里面的弯弯绕，师里除了副参谋长马星——大家都知道他是稽查处的特派人员，其他

渡江

几个主要的部下对自己还是比较尊重和拥戴的。毕竟自己是蒋经国推荐任命的王牌师师长。他背景深厚，为人清廉正直，深受士兵拥戴。另外，王晏清相对清新的治军风格对九十七师的全师官兵有着深深的影响。这些信息是赵家祺派人进驻该师施工后逐步反馈回来的，赵家祺还了解到来自我方的三个人已和二八九团、二九一团的部分官兵迅速打成了一片。

黄埔路国防部的大礼堂内正在召开军事检讨会，蒋介石先是针对最近的国内形势做了一番评论，然后鼓励大家精诚团结、戮力同心，尽快扭转战场不利形势。在训话中，蒋介石特别提到了当前的"徐蚌会战"，希望在座的各位将领打起十二分的精神来，"再不竭尽全力，就会亡党亡国"。会议结束后众将领散去，蒋介石把国防部次长郑介民、保密局局长毛人凤和南京卫戍司令张耀明留了下来。三人刚刚坐定，蒋介石的脸立刻拉了下来，三人一看苗头不对，个个噤若寒蝉，静静地等着老头子的训话。

"几位，现在都到了什么时候啦，外面什么情况你们都晓得吗？"

"愿听校长训导。"郑介民毕恭毕敬地说。

"东北的事我就不说了。'徐蚌会战'短短二十天，第三绥靖区副司令何基沣、张克侠临阵投降共军，导致黄百韬殉国。前天，第八十五军一一〇师师长廖运周又跑到了共产党那里，造成黄维突围失败。我看像这样子，不出两个月，首都也岌岌可危了。到那个时候，我等将死无葬身之地，知道吗？！"蒋介石面朝窗外，气得把拐杖狠狠地朝地上捣了几下，郑介民、毛人凤吓得大气都不敢出。

"你们也说说，我们在战场上节节失利，战死的战死，投降的投降，下一步我们要到哪里？"

郑介民声音有点发颤："校长息怒，是我等失职，愿受军法惩处。"

毛人凤和张耀明站在郑介民两旁，一声不吭。

"现在最主要的问题是止住颓势，你们要把工作做到前线去，做到共军那里去。对那些存有二心的，推诿退缩的，一律严惩不贷。我担心哪，再这样下去，我明年这个时候还能不能站在这里。"蒋介石的语气中，透出担忧也透出怒意。

"你们下去吧，我想静一静。"伴着一声叹息，蒋介石转身进了里屋。

毛人凤回到办公室，脑海里全是老头子那张土灰色的脸，稍加思索，立刻让秘书召集会议。

毛人凤一进小会议室，就冷若冰霜地说道："刚开完军事作战会议，会上校长挨个把大家骂了一遍，会后特意把老郑和我留下来，又骂了一遍，骂得更凶，知道为什么吗，各位？"他停下来，环视了一圈，猛然一拍桌子，声调提高了一倍："东北战场不到两个月就让共产党全部占领，曾泽生叛变，郑洞国投降，周福成投降，那是一拨一拨的呀。'徐蚌会战'，这才几天啊，何基沣、张克侠就临阵投敌，前天廖运周又反水，现在有些国军将领，阳奉阴违，骑墙顾盼，哪里还有为党国效命的心思？真是耻辱啊！为什么会出现这种状况？一方面是一些国军将领奢靡已久，军纪废弛，另一方面，是因为共党的谍报工作做得比我们好，甚至都做进我们最核心的地方来了，你们说是不是？诸多高级将领，昨日还言之凿凿忠勇抗敌，今天就改旗易帜认贼作父，我们竟然丝毫没有察觉！再这样下去我们还能在这吗？我们将死无葬身之地！"毛人凤与蒋介石一个腔调，说完又"咚咚"敲了几下桌子。

众人面面相觑，不敢言语，低着头，生怕被局长瞄上。毛人凤说了半天，见下属没有声响，心中更感不快，于是干咳了一下，嗓门提得更高。

"诸位，你们不要一声不吭地装老实人，我把丑话说在前面，在座的都给我打起精神来，别天天坐在办公室里电话指挥。总统点到的那些问题都是事先没一点察觉，事情出来了无法挽回的。不管是哪个战区出的问题，该是谁的责任，就要谁来承担，关系党国命运的事谁的关系都没用，我也不可能替你们背黑锅。特别强调一点，最近我们南京及周边发生了不少事情，是偶然突发事件还是有共党参与，一定要给我弄个水落石出。像八卦洲四人血案、镇江军用物资失窃、浦镇机厂聚众闹事、泰兴四人被杀，都是针对我们保密局的，再查不出个结果来，别怪我毛人凤翻脸不认人。我还听说共党都打到我们内部来了。现如今军心不稳的局面，触目惊心啊！现在我命令你们只要发现这些苗头，不管是自己的原因还是有共党捣乱，一律把责任推给共产党，该抓的抓，该杀的杀，宁可错杀也绝不能有漏网之鱼，这样，我才能在校长那里挺直身板。"

一处处长邓风盛"唰"的一下站起身，身体笔挺地表态说："局长，刚才您批评得对，抓共谍是属下职责之范围，出了这么多问题，是属下失职，愿接受局长处罚。"

毛人凤看到有人主动承担责任，心里宽慰了许多。其实，毛人凤此时在意的不是谁的责任，而是属下的态度。邓风盛是他一手提拔上来的，对自己知疼知痒，所以他对此人一向青睐有加。毛人凤点点头，朝邓风盛摆摆手："坐下吧，以后大家要俯下身子去抓实际工作，我定会做到奖罚分明。"

会议一个接着一个，不光是为了落实任务，更重要的是找出气筒。邓凤盛从毛人凤那里出来，一处立即召开处内会议，把保密局南京站站长王向楠以及负责下关浦口重点地区的豹队长也叫了来。邓凤盛黑着脸骂道："都说养兵千日，用兵一时，共谍在南京活动如此猖獗，保密局派出的人死的死、伤的伤，老子算是白养了你们。在此党国危难之际，我们与共党是你死我活的斗争。各位务必要置之死地而后生，对共匪一律杀无赦。"

张耀明回到卫戍司令部，立即召开了紧急会议。对下属一通臭骂之后，要求每个部门的头头都要表态发言。

"司令，向您汇报一件可疑的事情，从九十七师那里反馈回来的信息，有几个外面的人住进了军营，说是做营房内部设施的更换和维修。我有点担心，怕会有闲杂人员趁乱混进我们部队，这个事情我才得知，还没去调查，所以先向您汇报，您看——"刚刚提升为稽查处处长的黄兴中表态后，报告了一个新情况。

"查，一定得查！九十七师那可是我们首都的警备师啊，出了问题那还了得，不管是谁的关系，一律查个水落石出，只要有一点疑问，统统先抓起来，出了事我顶着。"张耀明手指黄兴中命令道。

"好的，属下一定遵照您的指示严查，明天我就过去。"黄兴中得到尚方宝剑后坐下了。

其他部门的主任和处长也纷纷起立表态，要誓死效忠党国，与共产党决战到底。

第二天上午九点，一辆黑色轿车和一辆军用吉普依次驶进了九十七师指挥部。马星副参谋长迎上前来，黄兴中笑呵呵地说："马参谋长，打扰您了，兄弟前来巡查工作，还望多多支持啊。"

"哪里，哪里，黄处长莅临指导工作，马某倍感荣幸！请。"马星把几个人领进会议室，简短沟通情况后，黄兴中说："带我们到现场去看看，先了解一下情况再议。"

此时在二八九团直属连的一排士兵宿舍内，董世贵带领的十来个人正干得热火朝天，根本没注意到还有几个人在远处瞅着他们。经过几天的努力，该团内部维修改造工作已经完成近半，拆、换、修、装一样不少。和董世贵一同到来的人都是年轻人，有体力肯吃苦，不但活干得漂亮，与营房内的士兵相处得也十分融洽，不少官兵私下里劝他们，直接留在他们部队干得了。

观察了好大一会儿，黄兴中说："把这些人统统叫到会议室，我要问话。"马星立刻安排士兵前去叫人。几分钟后，十几个被带到会议室，一字排开。黄兴中在队前走了两个来回，转头问到："马参谋长，这些人是谁联系的？"

"军需处长方林。"

"把姓方的叫来！"

"好的。"

方林很快来到了会议室。

"你就是方处长吗？"黄兴中两眼盯着方林。

"是！"

"这些人是你联系的？"

"是，这是我的职责所在。"

"这些人来你们这里，你对这些人的情况了解吗？"

"只是喊他们来干活，干完活走人，有我们的士兵在旁边监督，还需要了解什么？请问长官您是——"方林一脸不快，其实他心里早已猜出这几个人的身份。这么多年，有着强大背景的九十七师一直和卫戍司令部稽查处不和，方林自己也特别看不惯对方整天无所事事，还一副颐指气使、盛气凌人的做派。

陈作群上前一步，介绍说："这是首都卫戍司令部稽查处黄处长，今天特意来部队了解情况，听说部队里来了很多生面孔，担心会出什么问题。"

"不认识！"方林摸了一下鼻子，看都没看陈作群一眼，接着说，"我们九十七师个个对党国忠心耿耿，还需要调查吗？"

陈作群正想发作，黄兴中轻轻地拍了一下他的肩膀，走到方处长面前笑呵呵地说："方处长，千万别误会，我们就是例行公事，过来问问，现在的时局不稳哪。我相信你们这里不会有什么事。"

"那你问吧，只是时间上要快点！他们的活多，不能耽误。"

黄兴中转身走到众人面前，挨个问话，来干活的大部分人来自南京及周边地区，个个对答如流，没有露出丝毫破绽。最后，黄兴中走到董世贵面前。

"哪里人？"

董世贵回答："安徽芜湖。"

"这么远啊，怎么到南京的？"

"打仗来的呗！"

黄兴中一听，来了精神，上前一步追问："打仗来的？打仗怎么会到这里干木匠活？"

"老子在一七九师当排长，民国二十七年在山东临沂和小日本打了十来天，腿肚子被子弹打穿了，上不了前线，再后来我们部队南撤就把我撂下了。他妈的，部队找不着，身上一个子儿也没有，本来还想着一路追过去，可还没等出发，就听说我们师长张自忠战死沙场，回部队的念想没得了，只能靠打零工才活下来。"

黄兴中又问："那你怎么到南京的，通过谁到这里来的？"

"找不到部队，老子后来没得法子，什么活都干过，掏过大粪，钉过棺材，上半年北边又打起来了，一路向南就到这里了。"董世贵说的话千真万确，但不是他本人，而是自己的亲哥哥董世福。与日本人打了七八年的仗，董世贵和哥哥一样浑身是伤，但他比哥哥幸运，董世福几个月前因病去世了。

"我问你通过谁介绍来这里干活的。"黄兴中直逼核心。

马星在旁边答了一句："他是南京福海贸易公司赵老板赵家祺那里的。"

黄兴中一听，眉头皱了起来，说："赵家祺这个人能耐够大的，到哪儿都能碰见他。"说完，又呵呵冷笑了两声。

方林手一挥说："行啦，大家干活去吧！"

大家正欲出门，黄兴中伸手一拦，指着董世贵说："等一下，这个人我们要带走问话。"

"这个不合适吧，从我们这里哪能随随便便带人走呢？人到了你们那里还能有个好？不行！"方林说着上前阻拦。

见有人挡道，黄兴中极为不悦，冷笑着说："方处长，人我们肯定要带走，不然出了问题你担待得起吗？"

"黄处长，人能不能带走，在九十七师你说了不算！"方处长没再说第二句，走到电话机前，拿起电话拨了两下，报告说："师长，我是方林，稽查处来人二话不说就要抓人，要带走这几天来我们这里干活的工人。话也问了，人家也回答了，他们的人很强硬，丝毫不理会我们的态度……嗯，好，好，我等您。"

挂掉电话，方林告知黄兴中："等一下，我们师长马上下来，你们跟他说去吧。"

不到五分钟，会议室门打开，王晏清师长走了进来，跟在后面的是谭参谋长。黄兴中敬了一个军礼："报告王师长，在下卫戍司令部稽查处长黄兴中。"

"怎么回事，为什么抓人?"王晏清厉声喝问。

"报告王师长，有一个人身份有点复杂，我们想带回去问话，没什么事立马给您送回来。"

"什么事如此复杂，刚才不是问过了吗?"王晏清因和蒋经国关系密切，说话向来语气强硬，根本就没把眼前一个小小的处长放在眼里。

方林上前介绍说："一位原来一七九师的老兵，临沂保卫战负伤后没跟上部队，就靠点小手艺过日子，问了半天什么事都没有，他们还是要坚持把人带走。"

王晏清微微一笑，说："哎呀，是张自忠师长的部队呀，那是值得我们所有国军尊敬的部队。哪个呀？站出来让我看看。"

董世贵上前一步。

王晏清望着董世贵，问："哪里有伤?"董世贵弯下腰，挽起裤腿，董世贵膝盖的下面左右各有一个深紫色的凹窝，赫然在目。

王晏清心有感触地说："无畏的军人呀，抚恤金领了吗?"

董世贵嘿嘿一笑，不好意思地低下了头："到哪儿去领啊，负伤后没有追上老部队，我们师长后来也在湖北宜昌长山战死，我还领什么钱哪，能活下来一条命对我来说就是万幸了。"

王晏清先是朝董世贵庄重地敬了一个军礼，然后感慨地说道："大家看清了，这位老兵可是我们的前辈哪！没有他们，我们今天能平平安安地坐在这里？黄处长，他在战场上流血拼杀时你在哪儿？是喝花酒、摊牌九还是在到处抓人？"王晏清双眼紧盯黄兴中。黄兴中的眼皮立刻下垂，不敢正视眼前高大的少将军人。

"我再问黄处长，像这样的伤残军人你们是怎么安置的？国防部就应该给他们这样的待遇吗?"南京卫戍司令部直属国防部。

黄兴中的额头上渗出了一层细汗。

"我再问一下黄处长，现在的时局如此紧张，我们九十七师一万多将士严阵以待，按委员长和建丰（蒋经国）同志的要求对南京严防死守，没一个士兵偷奸耍滑，甚至没有一个士兵得空清闲。我倒要问问，师里这些零碎活谁来干呢？是让我们这些师长团长干呢，还是麻烦你们稽查处的人干呢?"

王晏清师长的三问，语气上斩钉截铁，逻辑上无懈可击，一时间怼得黄兴中的脸色由白转黄，脖梗后面冷汗直冒。

黄兴中还在愣神的时候，王晏清环视了一下房间里所有的人，丢下一句

"送客！"，鄙夷地瞅了一眼马星，转身离开了。

方林走到董世贵面前，拉着他的手："董师傅，辛苦啦，你们接着干活去吧！今天中午我让食堂给你们加道肉菜。"十几个人一听这话，齐声叫好，快步走出了会议室。随后，方林冷笑一声，看都不看黄兴中一眼，背着手一步三晃地走了。

黄兴中几个人灰头土脸，半小时前嚣张的气焰被王晏清的一盆冷水瞬间给浇灭了。

"咱们走着瞧！"黄兴中抹了把额头上的冷汗，离开时，恶狠狠地撂下一句话。

第三十八章

自上次在电信局被盘问后，李诗蓝就隐约感到有人在监视自己。

上班倒还正常，但每逢李诗蓝逛街或是散步，都会有两三个人幽灵一般跟在她附近。有一次，她壮着胆子猛然转身，那些跟踪者一时措手不及，立刻四处躲避。赵家祺知道后，和小周商量要想个什么办法教训一下保密局的便衣。

一天下午，李诗蓝外出办事，由于已临近下班时间，就一个人到夫子庙转转。由于夫子庙离住处不远，李诗蓝就顺道买点瓜子和甜点带回去。与往常一样，李诗蓝很快发现不远处有两个便衣在盯梢。就在李诗蓝付钱打包之际，一个中等身材、长得颇为壮实的年轻人悄悄走到她旁边，先是瞥了她一眼，接着竟摸了一下李诗蓝的脸。正当李诗蓝惊愕之际，对方突然上前抢夺她手里的皮包。李诗蓝一边死死抓住皮包不放，一边大声喊叫："来人哪，抓小偷啊！"这一喊不要紧，街上行人立刻骚动起来。此人看形势不对，松开手就朝两个便衣跑去，边跑边冲着他们疾呼："兄弟们，快跑，别让他们抓着了！"说完还用手拽了其中一个人的胳膊。两个便衣一下愣在了原地，此人没做丝毫停顿，飞也似的不见了踪影。

这时，人群中蹿出几个壮汉，一下子扑倒了两个便衣，不由分说就是一顿狂揍。听说缘由后，逛街的男女老少也都呼呼啦啦围了上来，对着倒在地上的两个便衣一通拳打脚踢。

地上的两个便衣被揍得满地翻滚，呼爹叫娘。

"嘟嘟"两声，几个警察急匆匆跑了过来，拨开人群，用警棍抵着两个便衣的额头喝问:"怎么回事,你们是干什么的?"

李诗蓝在旁边"嘤嘤"地哭,店里的伙计骂道:"在我们店里,有人调戏这位姑娘,还要抢夺人家的包,这光天化日的,胆子也太大了!作案的不止一个,这两个家伙是同伙,跑的那个人还招呼他俩一起逃。"

四周不管有没有看清当时情况的路人,一听见年轻靓丽的文弱女子被三个男人耍流氓欺负,纷纷站出来指证两人,把刚才发生的事情描述得有鼻子有眼。

被揍得鼻青脸肿的两个人此时纵然浑身是嘴也说不清,只得交代自己是保密局的,并亮出了证件。当值警察从二人身上搜出两把枪后,现场一下子炸开了锅。这时,人群中一个中年男人大声喊道:"哎呀不得了啦,保密局的人带枪耍流氓呀!带枪抢劫良家妇女呀!"

人群中另外一个人也随即附和:"这都什么世道啊,光天化日之下,政府的人都敢这么干坏事,还让不让老百姓活命啦!"

"大家一起去告他们去,再这样下去就有可能随便开枪杀人了!"

一时间人声鼎沸,现场围观的人越聚越多,场面近乎失控。几个警察左右为难,但碍于四周群众暴涨的情绪,只得把当事双方和几个目击证人带回了城南警察分局。

临近傍晚,市警察局刑事大队办公室的电话响了。

大队长马永献接过助手递过来的电话:"永献队长,我是赵家祺啊,诗蓝下午在夫子庙逛街,不但被人耍了流氓,皮包也差点被抢走。她刚才从城南警察分局打电话给我,我想这个事应该属于你管吧。大白天的,这些人也太猖狂了,我马上赶过去。"

"老同学啊,这个我还真不知道。行,我马上也过去,他奶奶的什么鸟人,我倒要去看看谁这么胆大包天。"说完,马永献叫上两个手下匆匆下楼,钻进了汽车。

李诗蓝看到赵家祺来到审讯室,眼泪哗哗地流了下来。同来的小周一个箭步冲上前去,挥手给了蹲在地上的两个家伙一人一个大嘴巴子,大声骂道:"他妈的也不长长眼,竟敢欺负我们赵老板的女人。"屋内的警察赶紧上前拉开小周,生怕他再有什么出格的举动。

赵家祺掏出手绢递给了李诗蓝,自己走到两个人面前,问:"你们是干什么的?"

一个警察回应说:"他们的身份已验证,都是保密局的。"

赵家祺一脸惊讶:"保密局的?不会吧,政府不是每个月都给你们开薪水吗?还去抢女人东西,我不大相信。"

两个家伙一脸苦相,哀求道:"我们是被冤枉的,真没有干坏事呀,请您相信我们,我们到现在也没搞清楚是咋回事呀!"

正在这时,马永献怒气冲冲地闯了进来,屋内的警察立马举手敬礼。进屋后的马永献先朝赵家祺、李诗蓝点了一下头,立刻向当值警察询问道:"咋回事?什么结果?证人有吗?笔录拿给我看看。"

一名警察赶紧递过笔录,马永献扫了一眼,"啪"的一下扔在桌子上,接着问:"怎么处理?"

当值警察上前悄悄地说:"马队长,两人是保密局的,您看该怎么办?"

"怎么办?干什么活问什么事,保密局的人就什么都能干?如果保密局什么坏事都能干,那我们警察也可以干坏事呀,那社会成何体统?是不是手里有枪就可以无法无天了呀?!蒋总统最近一直在强调和共党争民心,你们就他妈的这样争吗?"马永献心里清楚自己讲话的分寸,平日里和保密局交往一直备受压制,心中早有怨气,再加上现在的保密局已日薄西山,自己也想借此机会出口恶气,所以说起话来嗓门大了不少。

见众人都不言语,马队长走到李诗蓝面前,问:"诗蓝,他们是怎么耍流氓的?怎么抢劫的?你再说说。"

李诗蓝擦了一把眼泪,瞪着蹲在地上的两个人,气愤地说:"我当时在等店伙计包东西,忽然一个人摸了一下我的脸,想占我便宜。我正要骂他,没想到他突然动手抢我的包。我喊了起来,他看抢不走,就跑了。后面的我就不知道了。"说完,她卷了两下衣袖,白皙的皮肤上一道红印子显现出来。

马队长一看,气呼呼地骂道:"他妈的,李小姐的脸是你们摸的吗?当年上大学时,我和其他同学也只敢远远地瞅两眼。你们色胆包天,按我说,拉出去毙了算尿!"

赵家祺急忙上前劝说:"永献队长,息怒息怒,还是按党国的法令办事,别出了格!"

两个人一听,立刻"扑通"跪下,先是朝赵家祺磕了两个响头,接着转向马永献哭喊着:"冤枉啊!马队长,我们真的是被陷害的呀,要不然你喊我们的头儿来。"

"这个事还要喊你们的头儿?他们有脸来吗?!这样吧,你们跟我走,到我那儿去过几天清闲的日子吧,也别'上天'和'入地'了,直接进入'人间',让你们冷静冷静,琢磨一下哪里有错,免得日后再犯。"听到马队长轻描淡写的一句话,两个便衣的脸立马变得煞白。行内的人都知道,警察局的牢房分"天""地""人"三等,一步一个台阶,步步加码,一套下来如同在地狱走了一遭。

第二天,保密局派人来到城南警察分局交了罚款,并一再放下身段请求马永献不要再扩大事态,更不能往上捅或见诸报端。马永献不吃这一套,他把架子端得足足的,让保密局来来回回交涉多次,拖了半个月才放人,着实出了压抑许久的一口恶气。

两个保密局便衣从"人间"出来后,直接被抬进了医院,一个月后方能下床着地。

进入12月的第三天,南京下了入冬以来的第一场雪,准确地说应该是雨夹雪,细雨中夹杂着冰粒子,砸得窗玻璃"噼噼啪啪"作响。福海贸易公司会议室里,烟雾缭绕,二十多名到会人员环坐在会议桌边。这次秘密会议是几天前定下的,参会人主要是南京周边几个地下组织的领导人及游击队骨干,他们经过不同途径汇聚到这里。

赵家祺分析了当前的国内形势后,把话题转到了工作任务上来:"今天到会的都是长期在江南战斗的同志,远一点的有无锡、常州的,近一点的有扬州、镇江和马鞍山的,都有着丰富的斗争经验,大家对当地情况也比较熟悉。几天前接到华野首长指示,明确了我们今后工作的重点,我先给同志们传达一下:第一,各市委、各支队及地方武工队要加强统一领导和指挥,行动要步调一致,各个点之间要加强联系,及时沟通。第二,各支队要进一步加强对本地区的管理,明确各自的任务,有针对性地开展工作,加强对本地学校、工厂、重要部门的联络工作,做好对重要人员、部门及设备的专防盯守,不能让重要的人、财、物流失。第三,配齐配强武器装备,尽快扩充我们的武装队伍,以应对敌人最后的疯狂。总部马上会安排一部分先遣人员充实到同志们所在的地方,并将陆续转来一批轻重武器。上级要求我们加强队伍训练,尽快在长江以南组织我们自己成建制的武装。第四,总部还要求我们加强长江两岸间的沟通和联系,近期有部队的先遣人员要秘密到达长江北岸,有计划地组织物资和人员。另外,要在江北安排当地人员加强造船和渡江训练,尽早为渡江做好必要准备。第五,各地方抽调专业人员,实地考察长江以南的水网、河道、桥梁、公路和小路,并对损坏路桥做好记录,及时修复后绘制成册，以便我过江部队往南推进时能有效快速地追击、歼灭国民党军队。最后一点，加强情报搜集工作，主要是对国民党部队规模、人员调动、武器装备、火力配置等情报的搜集工作，寻找时机打入敌人的要害部门，从内部分化瓦解敌人的军心和斗志，争取敌方一切可以为我所用的人员。主要的就是这些。大家先理一下自己的思路、计划、优势和困难，然后我们一起来讨论，一个一个地解决问题。时间很紧，同志们可以先相互交流一下，午饭后收集大家的意见并开展讨论。"

听完赵家祺一口气说出的几项任务，会议室里的气氛立刻变得异常活跃，大家凑在一起热烈地讨论起来。

午饭后，会议室里重归平静。小周把收集起来的意见分类整理好，按顺序放在赵家祺的面前。赵家祺和乔书记分别翻阅后，乔书记首先讲话："同志们，我刚刚看了一下大家反馈的信息，有的提出了下一步的工作方向和思路，有的提出了解决具体问题的措施和途径，非常好！现在的形势对我们十分有利，大部队具体什么时间渡江，这由中央军委和毛主席根据战局的进展来决定，相信不用等太久，因此我们要早做准备。各地的情况不一样，大家要根据自己的优势和特点早布局，把工作做在前面。总之，我们准备得越充分，部队的进展就会越顺利，渡江战斗的伤亡就会越少，希望大家抓紧时间。下面还是请部队上来的赵部长就今后的工作做安排。赵部长有着丰富的作战经验，希望我们大家在他的领导下，切实把后面的工作开展好。"

"同志们，大家针对各自所在地方的具体情况提出了很多很好的思路和方法。针对各地的情况，我有几点意见：一是物资准备，常州、无锡等几个点还需加强；这一段时间，我们一直在这方面做着工作，物资准备了不少，但还不够。这里特别表扬泰兴、镇江两地的同志。他们两岸衔接工作做得不错，将筹集的物资小批多次地运送到北岸。二是船工的召集方面，南京、常州、马鞍山几个点的思路很好，下一步希望沿江的各个点都能借鉴他们的做法，落实好这项工作。等一会儿，大家可以和这几个地方的同志交流一下。三是情报搜集工作，这方面总体上感觉还不尽如人意，下一阶段一定要下大功夫。这一点，南京、句容两地的同志做得不错，利用各种关系揳入敌人内部，工作已有起色，特别是针对江防舰队的工作已经有了进展。这些工作在以后大部队实施渡江时，将起到至关重要的作用，在这里我要表彰这两个地方的同志。今天中午我得到了一个天大的好消息：昨天，中共中央军委指示淮海战役总前委着手商讨和实施渡江作战计划，并明确指示由华野、中野两支大军共同完成渡江任务,这是党中央、中央军委第一次明确提出渡江作战计划,说明国内的大势已基本明朗。听到这个消息,大家有什么感想?"赵家祺说完,看了一眼大家。

"这下好了,苦日子快到头了,离人民当家做主的时间不远了。"

"时间和大局已清楚了,我们就按党中央的要求好好干,积极配合,让我们的大部队早日打过长江。"

"那我们马上回去,抓紧准备物资,召集更多的船工,多造船、造好船。"

大家踊跃发言,会场的气氛达到了高潮。

赵家祺又和几个地方的负责同志沟通了下一步工作的细节,并提醒大家务必注意安全,以防国民党狗急跳墙。晚饭后,各地人员分批陆续秘密离去。

12月16日下午四点,南京黄埔路总统官邸内,蒋介石阴沉着脸在房间里走来走去,国防部长何应钦、参谋总长顾祝同、华中"剿总"司令白崇禧和京沪警备总司令汤恩伯等人伫立在蒋介石身旁一言不发,视线随着他的走动而来回移动。最后,蒋介石走到会议桌前停了下来,一只手按在桌面上,盯着眼前的各位,叹息道:"唉,十二万人哪,仅仅两个星期就没啦,看来我蒋某人惹怒了上帝,今后将死无葬身之地啊!"说完,眼眶里涌满了泪水。蒋介石的痛惜确是发自内心的。黄维是黄埔一期的学生,多年追随他征战南北,是颇受他倚重的一员虎将。黄维曾留学德国军事学院,钻研德国先进的作战理论,深谙用兵之道。在抗战时期,黄维更是骁勇善战,屡建奇功。蒋介石之所以把有着清一色美式装备的十二兵团放心地交给他,就是希望他能像北伐、抗战时期一样,在关键时刻力挽狂澜。可令蒋介石万万没有料到的是,短短十几天,黄维的十二万人马就全军覆没。

何应钦小声嘀咕了一句:"刘峙这个笨蛋,一点脑子都没有,在那里瞎指挥,整个部队被他调得乱七八糟!我看哪,应该抓回来惩办。"何应钦的一句话,引得"小诸葛"白崇禧发出了"哼"的一声冷笑。

蒋介石瞥了何应钦一眼,脸上大为不悦,但并没有发作,他也知道,军内对刘峙指挥能力的质疑已经不是一天两天了,可眼下惩处刘峙显然也于事无补,因此蒋介石并没有理会何应钦的话茬,而是敲着桌子说:"这个先放在一边,现在最大的问题是,杜聿明那里怎么办?邱清泉第二兵团,李弥第十三兵团,刘汝明第八兵团,李延年第六兵团,还有二十二个师近三十万人怎么办?这可是我们的家底子啊!陈毅、粟裕的部队已经将他们层层包围,当务之急应是如何救其于水火之中。"

何应钦清楚蒋介石和刘峙的关系。刘峙这个人最大的优点就是听话，这也是蒋介石重用他的原因，这在国民党高层已经是人尽皆知的秘密，因此何应钦对蒋介石下面的问话就不再作答，免得自讨没趣。

见何应钦不再说话，顾祝同打破短暂的冷场，接了一句："总统的担心是现实存在的，我等理应分忧。"

"那你说说看。"蒋介石看了一眼顾祝同，让他继续说。

"我认为，马上命杜聿明指挥邱清泉、李弥等兵团实行突围，向蚌埠集结，最坏的结果无非是南撤退至江南，凭长江天险拒敌，再谋党国大业。"针对徐州战场上的状况，顾祝同的这个分析很符合实际情况，几个人互相对视了一下，都点点头表示赞同。蒋介石没有立即搭话，显然此时的他还是不想拱手让出徐州这个自古兵家必争之地。

汤恩伯看出了蒋介石的心思，上前一步说："顾总长的分析是正确的，我完全赞成，下一步江防的工作我将下更大的功夫来做，筑牢后盾，确保南京万无一失。徐蚌战场上虽然我军暂时失利，我认为还没有到最后那一步，现在调集部队，集中优势兵力，凭着我们的装备，完全可以在徐州以南、淮河以北和共军决一死战，再加上美国对我们的帮助，足可一拼。"

听完汤恩伯的话，蒋介石紧锁的眉头稍稍舒展了些。他朝着顾祝同点了点头，说："墨三啊，你的分析很有道理，克勤说的也不错。这样吧，以你为主，马上着手研究徐蚌战场对策，尽快制定一个作战方案，这期间让部队休整休整，再通过空中补些物资。尽快落实吧。"

蒋介石说完最后一句话，神情黯然地离开了会议室。目送蒋介石出门，各位高官各怀心事一一离去。

第三十九章

距离南京七百里之外的安徽萧县，刘伯承、陈毅、邓小平赶到华野指挥部驻地蔡洼村同粟裕见面，谭震林也从山东兵团驻地赶来。刘伯承、邓小平与粟裕、谭震林自在中央苏区分别后，已有十几年没有见面，这次战地相聚，五位前委心情格外兴奋，虽然已在同一战场吃掉"二黄"，但这还是他们第一次聚在一起商讨战事。杜聿明集团已成瓮中之鳖，只待束手就擒，所以会上主要研究渡江作战计划和部队整编方案。

会议期间，五位领导在华野指挥部的小土屋前合影留念，个个面带微笑，目视远方，充满坚毅与自信。

淮海战役总前委为配合平津战役对傅作义集团之分割包围，并避免其迅速决策经海路南逃，决定对被合围的杜聿明部暂缓攻击，通过向杜聿明集团发动政治宣传与加大劝降力度，彻底瓦解其官兵的斗志，为围歼杜聿明部做最后准备。

国民党部队在淮海战场上的颓势慢慢地影响到了南京周边地区。

赵家祺从各个联络点传来的情报中得知，国民党部队的大量辎重在巢湖、明光、滁州、天长一线逐渐聚集，部分人员已开始南撤。

淮海、平津战场上的失利让国民党变得越发疯狂。12月10日中央银行总行迁至广州，12月16日，美国政府借口"护侨"，派海军陆战队在上海登陆，开始了在宁沪杭一线对人、财、物的疯狂掠夺。据可靠消息，蒋经国即将亲自担任国民党台湾省党部主任委员，蒋介石把台湾作为最后据点的意图已十分确定。

此时的国民政府所在地南京，风声鹤唳，黑云压城。

一天上午，小李急匆匆赶到赵家祺这里，转述老王得到的最新情报。"最近南京的几个大厂内部有异动，国民党政府的人进出频繁，他们意图转移重要人员和大型机器设备，要求能带走的全部带走，带不走的也都一一作了标记，等候处置。"

赵家祺问："你手里有将要转移走的人员名单吗？"

小李把一张名单放在桌子上，赵家祺拿起看了一下，名单上记录的人员有二十几个。赵家祺看名单的同时，小李继续汇报着："这个名单还不全，过几天会有新的名单出来。现在最大的问题是我们不知道谁愿意去，谁不愿意去，被胁迫的人会被用什么方法弄走，我们能采取什么办法营救。老王提议明后天大家碰头商议一下。"

名单上的人基本上都是大型工厂、银行、通讯等重点单位、重点行业的主要领导和技术骨干。看着名单，赵家祺眉头紧锁，好长时间没说一句话。过了一会儿，赵家祺缓缓放下名单，对小李说："你先回去，让老王召集新组建的渡江前敌小组的全体成员开个会，并通知他们明天下午在傅厚岗见面。"

"嗯，好的。"

赵家祺和小李握了一下手，正欲送他到门外，电话响了。赵家祺拿起电话，目送小李出了门。话筒里传来了一句娇嗲的女声："哥，我是小莹呀，明天中午我们一起到夫子庙吃顿饭如何？好长时间没见你了。"

"噢，是你呀，不好意思啊，最近我很忙，以后再说吧。"赵家祺想推辞。

"你不来我就去找你，反正我知道你现在的具体位置。"小姑娘快言快语不容置辩。

赵家祺心里一惊，随即问道："你怎么知道我的位置呢？我天天跑东跑西，根本没有固定的地方。"

"我在什么单位工作你总该知道吧？想了解什么事还不易如反掌？"

夏瑜莹的话令赵家祺惊愕不已。

"小莹，能不能改天，明天我真的很忙呀！"

"哥，我天天都想着你，昨天在单位听到他们议论你，就和他们吵了几句，你倒好，对人家的邀约还推三阻四的。"夏瑜莹一句没头没脑的抱怨让赵家祺感到心头一震，看来不能拒绝这个姑娘的邀请了。

赵家祺脑筋一转，打定了主意："好了，别生哥哥的气啦，你说个地方，我准时到！"

"这还差不多。那说好了，永和园二楼'梦里秦淮'包间，十二点整。"

"行，我知道了，到时我再带一个人去。"

"随便你。"电话挂了。

第二天中午，赵家祺和小周驾车按时赶到了永和园。永和园酒楼位于夫子庙牌坊西侧的闹市街，始建于清朝光绪年间，名字寓意永远和和气气地生财。明清风格的外观，典雅精美的陈设，古色古香，雍容华贵，在夫子庙算得上是响当当的头号饭庄。永和园既经营淮扬大菜，也提供秦淮小吃。名菜"秦淮八绝"中排第一的就是该酒楼的"开洋干丝"；酒楼所售金陵名小吃"鸭血粉丝汤""小笼包饺""糖芋苗""酒酿玉米羹""赤豆元宵""回卤干""五色小糕"等广受欢迎。这里是南京达官贵人请客聚会的理想之所。

赵家祺本来想约李诗蓝一同前去，借此断了夏瑜莹对自己的念想，但考虑到夏瑜莹的性格和隐约不详的身份，与李诗蓝商定后，最后决定还是带小周一同前往赴约，以便事后顺道赶往傅厚岗。

赵家祺轻轻地推开包间的房门，看见一位穿着玫瑰紫鹅绒外套、深蓝套裙、藏青色皮靴的姑娘侧对门口，坐在椅子上全神贯注地浏览报纸，乌黑的卷发蓬蓬松松地遮住了一侧脸庞，名贵法国香水的清香扑鼻而来。赵家祺生怕走错了房间，便又敲了两声房门。敲门声引起了姑娘的注意，她转身一瞥，立刻犹如弹簧般跳了起来，飞奔到门口，一把就挽住了赵家祺的胳膊："哥，你终于来了!"

看见赵家祺身后的小周,夏瑜莹脸一红松开了赵家祺的胳膊,微笑着朝小周点了点头。

赵家祺把深灰色的毛料外套脱下,夏瑜莹随手接过挂在了衣帽架上,紧接着挨着赵家祺坐下,小周只好坐在了二人对面的座位上。

赵家祺坐下后问道:"丫头,怎么样,在南京还适应吗?"

"讨厌,一见面就叫人家丫头,多难听呀,我都二十多了。"夏瑜莹小嘴一噘,一脸不高兴。

赵家祺哈哈一笑,打趣道:"那我还是叫你小妹吧。"

"我们两个又不是一个妈生的,小妹这个称呼也不好听,外人感觉我们是亲兄妹呢。"

"我是把你就当我的亲妹妹的啊。"

"叫我小莹我还能接受。不说这个了。最近你忙啥呢?打了几次电话你都不在。"

小周在旁边解释说:"夏小姐,最近时局不稳,我们一直在处理手头剩余的货,一部分账款也在急着催要,还不是担心有些人趁乱溜掉嘛。我们赵老板最近一直在外面忙这些烦心事,所以很少在厂里。"

"怪不得呢。"随即,夏瑜莹的眉头皱了起来,盯着赵家祺,一副心事重重的样子。

赵家祺连忙问:"怎么了?刚才还开开心心的,怎么忽然变掉啦?"

"哥,我不想在这里干了,真没劲,无聊死了!"

"为什么?出什么事了吗?"

"本来大舅要求他们安排我在国防部办公厅做些事,但近期部里人员变化很大,出的人比进的多,到处缺人,最近又把我调到保密局办公室,天天忙些杂事,和我想象的工作有天壤之别。在国防部的这段时间里,我感觉里面没几个好人,特别是保密局一处和卫戍司令部稽查处的那帮家伙,更是人不人鬼不鬼的。我才来没两天,这两个部门就有几个癞皮狗整天在我眼前晃来晃去的,不是请吃饭就是约看电影啥的,烦死人啦!"

小周一听急了,嚷嚷道:"那就不干了呗,还是回上海算了,在上海,凭你的长相和学问还不过得滋滋润润的呀。"

夏瑜莹斜了小周一眼:"你知道什么呀,要不是我哥在这里,我早就走了。"小周伸了一下舌头,笑着看看对面的赵家祺,不好再多言。

"保密局和稽查处有人欺负你吗?"赵家祺关心地问道。

"他敢！哥，我能让人欺负？"夏瑜莹说完这话有点洋洋得意。

"那我就放心了，咱们来点东西吃吧，你看吃啥？"赵家祺问。

"早就点好了，十二点准时上来。"夏瑜莹接着又问道，"哥，你现在都做些什么生意呀？"

"现在你哥什么都得干，能挣点钱养活自己就行了。这个世道，怎么说呢，不是很太平，只能见缝插针做点生意，大钱就不敢想了，唉，我有点纳闷，你怎么突然又问这个问题啦？昨天电话里说的和别人吵架，是啥事？"

夏瑜莹贴近赵家祺耳边轻声说道："昨天一大早，我到稽查处送一份文件，刚到门口，听到里面有人提到你的名字，就靠近大门听了一会儿。他们谈话的大概意思是对你的身份和活动有怀疑，要抓紧对你进行调查和监视，还说有人看见你到过傅厚岗一个什么地方，地名我没听清。我担心你和他们有什么过节，他们想害你，就推开门冲了进去，当着黄处长的面指着说话的两个家伙骂道：'赵家祺是我哥，你们要是敢对赵家祺动手，伤了他一根毫毛，我就让你们死都不知道怎么死的。'说完我把文件摔到桌子上，扭头就走，一屋子人全傻了。"夏瑜莹得意洋洋眉飞色舞地讲述一通，把赵家祺和小周惊出了一身冷汗。

听到"傅厚岗"三个字后赵家祺更为吃惊，但他还是故作平静，淡淡一笑，安慰夏瑜莹："小莹，你这个脾气也太急了，话都没听全就骂人，那人家不就连你一起也怀疑了吗？以后做事要稳当！哥知道你为我好，但事事要谨慎。你这样做，就是没事也让人家感觉我有事了！"说完，赵家祺无奈地摇了摇头。

"他们如果怀疑我，那就先怀疑他们大头头吧！其实，哥，事后我也有点后悔，当时不该那么急。"夏瑜莹面露愧色。赵家祺想发笑，小姑娘太单纯了，涉世不深，心直口快，有时也不见得是一件坏事。说话的工夫，饭菜已上齐，于是，赵家祺望着夏瑜莹说道："没事，其实也是件好事，你这样一吓唬，说不定人家真不敢对你哥动歪心思了呢。好了，咱们吃饭。"

"哥，你这样一说我就放心了，本来我还担心你会生气呢。"

"你为了哥好，哥还能生气吗？！"赵家祺的话让夏瑜莹的情绪轻松了许多。趁姑娘低头吃东西的当口，赵家祺朝小周眨了两下眼，小周心领神会地出去了。

夏瑜莹见小周出去了，问赵家祺："哥，上海我暂时先不回去，反正我想走就能走。你下面怎么打算？我在办公室听到很多东西，我们那里的人嘴上虽然不发表意见，其实我清楚，个个都有心事。共产党的部队眼看就要打到我们这里了，大家都在为自己找后路，我看你倒不着急呀，是不是你和那边有说不清的关系啊？"

"小莹，你怎么说话没边儿没沿儿的。我就一个生意人，谁执政还不得让老百姓吃饭呀！不管共产党还是国民党，我遵纪守法老老实实经营就行了呀！再说，我做生意，哪儿分得清谁是共产党谁是国民党啊！"赵家祺调侃道，其实他十分清楚姑娘的用意，就是想知道自己今后的打算。

"哥，你别介意呀，我就是想知道你有什么计划，是走是留，我就想离你近点，想见你的时候立刻就能见到你。"对面的姑娘口无遮拦，有什么想法毫不隐瞒。

"小莹，哥说句真心话，你趁早找个男朋友吧，也让哥省心了。哥以后真说不上能到哪儿，这么多年，我也是为了生意到处奔波，居无定所，哪儿还有心思成家呀！哥也难，以后时间长了，相信你就明白了。"赵家祺还准备往下说，被夏瑜莹不耐烦地打断了。

"不说了，真没意思，吃饭！"说完，她埋下头默默地吃起了碗里的虾仁馄饨。

赵家祺尴尬地摇了摇头，不知道下面该怎么应对这个单纯而又直爽的姑娘。这时，门"砰"的一声被推开了。赵家祺以为是小周回来了，正准备打招呼，才看清来人，是陈作群，手里捧着一束鲜花。两个人四目对视，彼此都愣了一下。赵家祺起身说道："哟，是陈科长呀，什么风把你吹到这里来了？"

陈作群弯着腰，满脸堆笑，回话："哎呀，是赵老板，不知道你也在这里，打扰，打扰，我是来找夏小姐的。"

夏瑜莹头都没抬，继续吃着馄饨，陈作群尴尬地站在原地。赵家祺敲了敲桌子："小莹，人家陈科长是来找你的，手里还捧着漂亮的鲜花，你说句话啊，先让人家陈科长坐下来吧！"

夏瑜莹正在气头上，轻声吐出两个字来："滚蛋！"

房间里的气氛一下子僵住了，陈作群不知所措，可怜巴巴地望着赵家祺。赵家祺佯装生气，调高嗓门说道："小莹，你怎么回事？不管怎么说，人家陈科长满怀心意地来找你，不管你怎么想，最起码的礼貌要有吧！"

"呼"的一下，夏瑜莹横眉冷目地站了起来，指着陈作群嚷道："哥，就是他，前天还在说你的坏话呢，这种人都想害你啦，你还理他干吗？让他快滚，我和他没一点关系，哥，你这人就是好坏不分。"

一句话吓得陈作群魂魄出窍，他看着夏瑜莹快要喷火的双眼，心情立马降到了零度以下。陈作群眼睛里满是哀求，慢慢将身子挪到赵家祺身旁，赵家祺此刻就是他的救命稻草。

片刻沉默后，赵家祺说了一句话："陈科长，具体情况我也不清楚，我只知道，谁惹我妹妹生气，都不会有好果子吃。我看今天这个饭你也吃不上了，你回去吧！等会儿我批评她，作为同事她也不该这样对你。"其实，赵家祺对陈作群的印象还是不错的，小伙子高高大大白白净净，要身材有身材，要长相有长相，能力和地位应该能博得女孩子的欢心。如果不是信仰不同，说不定还能和赵家祺成为朋友，但政治信仰和个人理想的分歧注定他们只能形同陌路。

"赵哥，事情是我们下面一个分队长汇报的，我对天发誓，这事跟我一点关系都没有啊！这样，以后你就是我哥，夏小姐怎么喊你我就怎么喊你！都怪我，事先不知道你和夏小姐的关系。我马上回去，让那个队长立马卷铺盖走人。哥，代我说两句好话呗！"陈作群眼巴巴地来回看着赵家祺和夏瑜莹。

见陈作群紧张真诚的态度，赵家祺心里竟然产生了一丝同情。他转过脸来批评夏瑜莹说："行了，小莹，得饶人处且饶人。人家陈科长也是为了工作不得已而为之。你看这样行不行，大权还在你手里，但得给哥一个面子，给陈科长一个台阶下，行不行？"

夏瑜莹抚了一下胸口，慢条斯理地对陈作群说："你回去吧，今天我不想再和你多说一句话，前天气死我了，没想到我哥老实巴交地干事，竟还有人说我哥的坏话！我今天要是不把话挑明，我哥今后就是吃了亏自己还被蒙在鼓里呢！"

"都怪我，都怪我，以后再也不会了，告辞。"陈作群把鲜花递到夏瑜莹胸前，赵家祺看夏瑜莹压根没有接花的意思，就顺手接了过去。陈作群灰溜溜地退出了房门。

片刻之后，房间里传来了两个人欢快的笑声。

第四十章

十万火急。

从夏瑜莹口中得知敌人已获悉傅厚岗秘密联络点的情况后，小周以给汽车加油为名外出，在电话亭用暗语通知大家取消下午傅厚岗的见面，并将地点改在"老梁家"。

从上午开始，邓凤盛和黄兴中联手，在傅厚岗秘密联络点一带布下天罗地网，埋伏下二十多名便衣和近十名狙击手，一直守到半夜，还是扑空了，自始至终没有一个可疑目标出现。

赵家祺和小周离开永和园后，开车在市内跑了一段路，甩掉跟踪的两帮"尾巴"，在一条不起眼的巷子内换乘人力车，赶往第二个接头地点"老梁家"——位于玄武湖梁洲的雨露轩茶庄。茶庄的老板是我党早期南京地下组织的领导人，后因病早逝，名字外界鲜有所闻。一个堂弟接管了该茶庄并继承了兄长使命，继续将茶庄作为地下组织联络点。

聚会的茶间位于茶庄的最里面，悬湖而建，曲径通幽。二十见方的屋内，一圈的藤条座椅简洁大方，中间四个藤条支架方桌依次摆开，桌上白底蓝花的景德镇茶具——杯、碟、碗一应俱全，景观、摆设和器皿相得益彰，无不体现着小小茶室的高雅。

赵家祺贴窗而坐，小周把门掩上，到茶庄外警戒。窗外，北风瑟瑟，从房间四周的缝隙处挤进来，形成了冷峭的口哨声。往年，此时的湖面上还会漂荡着很多游船，充满活力的年轻人在湖面上嬉戏打闹，泛舟观景，一派欢畅的景象。但今年湖里一只游船都没有，只有稀稀落落五六只野鸭在冷风中忽隐忽现，一片萧条、落寞的景象。与萧瑟凄冷的湖景不同，此刻茶室中赵家祺的内心深处，涌动着对于工作的无限热忱和对胜利的无限渴望，犹如汹涌起伏的海浪撞击着胸膛。他看了一下手表，希望表针再快上一倍，使自己能尽快见到并肩战斗的同志们。因为就在今天早上，中共中央通过各个渠道公布了四十三名国民党战犯的名单，蒋介石赫然排在第一位。这个信息已经明确地告诉了生活在水深火热中的人民大众，寒冷的大地将要鼓荡春风，中国即将改天换地。

在赵家祺二人之后赶到的是乔书记等三位南京中共市委委员，随后的一位是华东局驻南京的交通员季清丰，最后，老王也匆匆赶到。小周作为临时书记员坐在赵家祺身边。待大家陆续落座后，赵家祺朝乔书记点了点头，便开始讲话："同志们，大家可能也知道了，今天中央公布了四十三名国民党战犯名单，这说明国民党反动派的日子不长了。现在有个问题摆在我们面前，敌人越是绝望就会越疯狂，越是到最后就会越发肆无忌惮。前几天蒋介石制

渡江

订了'抢救大陆学人'计划,根据蒋介石指令,傅斯年与朱家骅负责选定转移人员,蒋经国与傅斯年等三人组成小组负责方案的具体执行。该计划主要包括转移大学校长、研究院院士及其他部分高级知识分子及学术上有杰出贡献者,后又添加国办企业、政府机构的负责人和技术骨干。经过分析,这部分人的态度基本上分三种情况:一是自己不愿意走,他们已经熟悉并适应当地的生活,无意拖家带口外迁。第二种,自己吃不准时局变化,拿不定主意,不愿意再四处折腾。最后一种是由于多年得到国民党的恩惠,愿意跟随国民党撤至广州或台湾。这三种类型中,第一种人数最多,我们只要多下功夫就行了;第二种人数也不少,他们当中的多数人不关心政治,都是埋头做学问、搞技术之人。这需要我们首先做通他们的思想工作,以便下一步工作的开展。最后一种,人数比较少,估计该走的也走了,现在还滞留南京的人数更少,不是我们工作的重点。组织上一再强调该项工作的重要性,我们一定要组织好、计划好、实施好,要和时间赛跑,要和国民党抢人才。"说完,赵家祺看向乔书记。

乔书记笑着点了一下头,说道:"赵部长把眼前工作的重点都说了。确实,根据我们从各个渠道得到的消息,国民党已经偷偷转移走了一些人,都是经济、科技、艺术领域的知名人士,当然有心甘情愿的,但更多的是被逼无奈。接着赵部长的话,我说两点。首先,我们务必对南京及周边的重要人员有个基本的了解,制订出挽留和保护计划,要了解相关人员的详细情况,把工作切实落到实处。其次,我们要尽可能去收集情报,对国民党要带走的人员及转移人员的路线和时间做到心中有数,针对敌人的计划制订相应的行动方案,最终确保人员能安全地留下来。幸运的是,经过努力,我们在南京很多企业、学校和国民党政府内部都发展了自己的同志,对敌斗争形势比前两年有了很大的改善。当前,国民党内耗严重,内部管理混乱,这就给我们提供了更多的机会。尽管如此,我们仍不能掉以轻心,保密局、南京卫戍司令部和南京警察局的势力仍然很大,他们的人员无处不在,希望大家一定要谨慎再谨慎。我就说这么多,请大家再谈谈各自的想法。"

乔书记的话音一落,老王问道:"现在敌人都是通过什么交通工具运送人员的?针对公路、铁路、轮船和飞机四种运输方式,我们应对的办法完全不一样。这一点可能是我们首先要搞清楚的。"

"老王说的确实是个关键问题,走什么路还好说,问题是,什么时间走?送谁走?这个我来想办法。四种交通方式,航空一般只针对特别重要的人物,像俞济时、傅斯年这样的人，可能会用专机。据我们得到的情报，上周四也就是12月16号，大校场机场发生了一件事，国民党空军中尉俞渤等五人驾驶一架B-24重型轰炸机起义，飞往石家庄，没想到俞勃等人原打算轰炸总统府的炸弹在燕子矶上空掉了下来，要不然老蒋可能已经上了西天了。这件事对国民党震动很大，现在所有飞机禁飞，估计走空中路线的可能性不大。第二是水路，水路太远，船慢耗时长，不确定因素多，可能性也不大。剩下就只有公路和铁路了，我们应该多关注这两种交通方式。"赵家祺针对老王提出的问题做了简要答复。

大家就陆路和铁路两种交通方式讨论了很长时间。

之后，小周把已掌握的有可能被送走的人员名单报给了大家，供大家讨论。小周刚念完名单，市委委员耿健就提出了一个问题："我突然想到一件事，前天，我在我小姑家吃饭，当时她说到我小姑父已经接到政府通知，最近要带上家属一起到上海。我小姑愁得不得了，巧的是，我还没走，大姑就打来电话，说大姑父也接到了去上海的通知。我这两个姑父都是南京本地人，早年都在复旦大学读书。大姑父叫张宜斌，学的是化学，一直从事火炸药研究，现在是国民政府资源委员会副主任委员。小姑父叫方正宜，学的是无线电通讯，现在是中央无线电器材有限公司南京厂的总工，都是响当当的专家。我小姑年过四十，哪儿也不想去。现在他们两家都在为这事发愁呢。"

二人均不在小周的名单内，这说明敌人现在的目标很多，一张罪恶的大网已经撒了下去，并且随时准备收网。赵家祺走到耿健身边，说："耿健同志，这是迫在眉睫的事，你今天就去你小姑家，向她说明利害关系，然后让你小姑和你大姑做通你两个姑父的思想工作。只要他们同意，我来安排后续事项，无论采取什么办法，都要把他们留下来，这样的专家我们特别需要。请告诉你小姑，让他们放心，我们一定会把他们转移到安全可靠的地方，保证他们人身和财物的安全。另外，根据情况，也可以适当透露你自己的身份。"

"好的，等一会儿我就去他们家，我想我能做通他们的工作。"

"那就抓紧行动！我这边马上着手安排人员，小齐负责和你联系，一有消息他会立刻告诉我。一定要把他们留下来！"

赵家祺又交代老王："你先组织好十几个人，其中要有熟悉南京及周边环境的人。另备两辆车，每人配好必要的武器，带上部队上周送来的军用电台，让大家随时待命。"

老王应道："好，我马上就去安排。"

华东局交通员季清丰补充说:"我回去后也会及时向华东局汇报该项工作,我们一定积极配合这边的行动。确实,形势现在很紧迫,华东局领导一直在上海忙着对敌工作,克农同志最近在上海,他几天前还打电话给我,关心我在这里的工作进展情况。克农同志强调,赵部长是我们部队在江南的渡江先遣小组的组长,有着很强的组织能力和丰富的战斗经验,要求我们服从指挥全力配合,为大部队的渡江做好充分准备。"

赵家祺、乔书记等人欣慰地点了点头。

"小周,你这就通知南线几个地方的负责同志,让他们也做好接应准备。"

"是!"小周坚定地回答。

"同志们,我再强调一下对敌工作的几点原则,一是同志们尽量不要通过电话联系,要有专人负责情报传送,负责联络的同志要经常更换路线和地点,紧急情况可特殊处理,可以通过电台和暗语先确认地点,再通知联络人,保证整个联络环节万无一失。二是除正常工作之外,每一次的重大会议和重要行动,要做好必要的武装,确保安全。最后一点是,行动人员之间保持单线联系,互相不联络不聚会。大家看看还有什么补充的?"

大家互相看了一眼,没再说什么。乔书记笑着对大家说:"看来大家没有什么要说的了。家祺同志,我看大家也饿了,吃点东西吧!另外我给大家每人准备了两包点心,回家犒劳一下老婆和孩子,大家平时都很忙,带点东西回去,也算是对家人的一点补偿吧。"

气氛一下子活跃起来。有人提议:"听说赵部长和李小姐两人现在的关系热乎得不得了,什么时间请我们喝喜酒呀?"

"这个事情我还没对人家说,不知人家是否愿意呢。"赵家祺有点不好意思。

老王出来打了个圆场:"家祺同志和李小姐的事估计快了,二人彼此有情有意,这也是水到渠成的事儿,在这里我答应大家,办喜事前我通知在座的各位,喜酒喜糖肯定少不了大家的,好不好?"

小周提议:"大家看,今年春节把赵部长的喜事办了如何?"

赵家祺扬起手,笑着作势要打小周,小周立刻闪到后面去了,引得大家哈哈大笑。

晚上回到住处,赵家祺翻来覆去无法入眠。每想到一件事,他都要把这件事的各个环节捋得清清楚楚。一连琢磨三四件事,几个小时就过去了,天亮前才靠在沙发上迷迷糊糊地打了个盹。还没睡熟,又被敲门声惊醒了。小齐一脸倦意地进了门，赵家祺赶紧倒了杯热水递给他，问："这么早，你怎么过来的？"

小齐回答："赵部长，老王交代我任务之后，我就一直在等耿健同志的电话。由于时间不确定，我没敢睡觉，就守在电话旁边。半夜三点，来了电话，我就急匆匆地赶往耿健同志在汉中门的住处，他把情况详细地介绍完，我就往这边赶，没有公交车，也没有人力车，一路上还遇到一队巡逻兵，就这样一直走到这里。"

"哎呀，太辛苦了，你先喝点热水，暖和一下身子，等会你不要回去了，吃完早饭就在这里睡一会儿。"

"这有啥辛苦的，也不冷，走都走热了，但我确实得补一会儿觉，一夜没合眼，头发蒙。我还是先汇报工作吧，时间还蛮紧的。"

"你等一下，我把小周喊起来。"

小周不到两分钟就到了房间。小齐说："耿健同志在会议结束后，就赶到了他小姑家。他小姑家住在鸡鸣寺旁边的西家大塘。他到了小姑家，大姑也在，小姑父在场，大姑父晚上参加一个美军顾问主持的军事装备会议，就没过来。耿健开始帮他们分析走与留的利害关系，他大姑和小姑本身就反对走，小姑父顾虑重重，后来耿健亮明了身份，又费了好长时间才做通他的思想工作，答应配合我们，只是一再强调要保证他们一家的安全。现在唯一不明确的就是大姑父的态度了。耿健大姑答应晚上回去就谈这个事，最迟今天上午会有结果。耿健小姑父说，政府遣散办公室将出发的时间定在明天下午一点钟，暂定目的地是上海。"

听完小齐的汇报，赵家祺的眉头拧到了一起，他没想到国民党的动作会这么快。这时，食堂送来了早饭，赵家祺和小齐说："你先吃早饭，吃过就在我这里睡一觉，我和小周马上商量这个事。"

小齐吃过早饭就躺在赵家祺床上呼呼睡着了。赵家祺和小周来到外面的会客室，对情况作了详细分析，两个人把转移两位专家及家属的计划来回作了几次推演，最终确定了实施方案：兵分两路，一路上火车，一路走陆路，最佳汇合点在丹阳站，最远不能超过常州。临近中午时分，耿健打来了电话，他在电话中说："我表弟还是原定时间去外地出差，因为行李多，需要单独托运，麻烦赵老板抽时间开车送送他。"

赵家祺从暗语中知道事情并不简单。国民党这次采用了最为狠毒的计谋，把家属和专家本人分开，逼迫专家老老实实就范。事不宜迟，必须因势而变，赵家祺和小周迅速调整了计划。小周出门开车往南驶去，赵家祺叫醒熟睡中的小齐，交代完下一步的计划，一个人去了位于南京中山东路碑亭巷的市警察局城东分局，而小齐则赶往浦口和老王汇合……

第四十一章

午后一点十分，在去上海的火车上，十车厢里，有两位女士带着孩子相对而坐，过道对面坐着两个便衣。便衣假装打盹，但不时地会瞅一眼过道这边。

两位女士就是耿健的两个姑姑，自打被身边的两个便衣从家里一路"护送"上火车后，情绪就一直处于高度紧张状态。此次离别南京，不知是福是祸，胆小怕事的两个女人无可奈何，只能听天由命。一群孩子中，小一点的两个男孩是耿健小姑的孩子，大一点的姑娘是大姑家的。此时大姑心里更担心的是她在读寄宿高中的儿子，由于学校组织学生外出搞活动，一直没联系上，她害怕自己这一走，母子再也不能相见。想到这里，她不禁泪水涟涟。就这样，两个女人的心随着车轮与铁轨"哐当哐当"的撞击声上上下下，忐忑不安。

火车在镇江站停了五分钟，稀稀落落的旅客上下车之后，火车继续开动。这时，一位穿中山装的中年人从另外一节车厢走进来，打量着车厢内的每一位乘客，还不时地询问过道两边的乘客两句。中年人走到耿健小姑身边时，停下询问："你们几位去哪儿？"

"上海。"

"带这么多孩子到上海干什么？"

耿健小姑答道："走亲戚。"

"把车票拿来看看。和你们一起的还有什么人？"

"没有。"小姑说完，掏出车票递给来人。

来人看了一眼，还给了她，又问了一句："看一下你们几个的身份证件。"

"我们大人有，孩子没有。"

看完身份证件，来人把证件还给了耿健的小姑，转过身，走向过道另一边的两个便衣，面无表情地问："到哪儿去？"

一个便衣翻了一下白眼，不耐烦地答道："上海。"

"证件看一下！"

"没有。"

"到上海干什么？拿出证件看一下！"

"老子去玩，不行吗？"便衣恶狠狠地怼道。

中年人瞪大了眼睛，语气柔中带刚："我们是南京警察局的，根据上司命令，对每一位可疑对象都要进行检查。最近从北边来的共党分子很多，昨晚共党在南京又搞了几次破坏，不好意思，请二位拿出证件！"来人说完掏出证件在两个便衣眼前晃了一下。

两个便衣见事情搪塞不过去，只好不耐烦地掏出证件递给对方。中年人看了一眼，说了一句："哎哟，保密局的。"

其中一个便衣张口便骂："他妈的，这么多人你咋呼啥，给我！"说完，伸手就想夺走证件。

中年人手往后一缩，厉声喝道："慢着，谁能证明你们是保密局的，说不定是共党冒充的呢。走，跟我到值班室核实一下！"说话间，将两人的证件装进了自己的口袋。

年轻便衣的手"嗖"的一下伸向了腰间，但被年长的便衣迅速按住。年长的便衣解释说："兄弟，我们都在执行公务，回头再向你汇报行吗？"

中年人脸一拉，说道："不行，跟我走一趟再说，昨晚就是两个持枪的人杀了我们一个警员，还重伤了一个。"

见协商不成，两个人准备掏枪。刹那间，前后不知从哪儿蹿过来四个汉子，两个便衣没来得及挣扎就被铐了起来。这时，中年人大声对车厢里的乘客喊道："这两个人在车站就被我们瞄上了，如此狡猾不是共党是什么？带走！"

在过道里，两个便衣一边骂一边挣扎着："他妈的，老子不是共党，走着瞧，等一会儿见到你们头儿，老子非崩了你们不可。"

犹如一部紧张精彩的电影短片，从开始、发展、高潮到落幕，仅有短短几分钟。众人还没回过神来，几个人已出了十车厢，具体去哪儿，没人知道，也没人敢问。

这时，一位年轻姑娘悄悄地坐在了耿健小姑的身旁，二人相视一笑，小声交谈起来……

与此同时，两辆军用吉普疾驰在宁杭公路上。

此时的宁杭公路，被大小军车、火炮、坦克碾压得坑坑洼洼，两辆吉普

渡江

车的车速只能维持在四五十码。多日无雨，车辆所经之处，扬起的灰尘如同两条黄龙。

车子一路颠簸，行驶到了句容东十几里地的前马里村和下王村之间的拐弯处。有一个二十多米高的土坡，道路随着高坡隆起，两边灌木丛生，一些从坡上滚下的碎石块散落于路面。

两辆车刚开到坡顶，突然从坡上滚下几根碗口粗的圆木，横在了公路中间。车子"嘎吱"一声猛然停下，刹那间车子前后各冲出七八个人，十几支长短枪对准了两辆军用吉普车。一个满脸胡须的人手握双枪，来到前面一辆车的副驾驶旁敲了两下窗户，喊道："打劫，下车！"

车子里面的人小声嘀咕着，就是不愿下车。大胡子双手举起，"啪啪"朝天就是两枪："他妈的，找死是吧，下不下车？"说话间，身后一个人掏出手榴弹就要往车下塞。敢打劫军车的那都是不要命的主儿！车门立刻打开了，两辆车上所有的人都下了车。一个穿着中校军装的人走到大胡子面前，带着商量的口吻说："兄弟，我们在执行公务，有话好说，你们是？"

"'孙大棒子'听说过吗？老子就是！你们执行什么狗屁任务，跟我们毛关系没有。这个世道，老蒋不让老子活，老子只能自己找活路！"孙大棒子是句容一带有名的大盗，手持双枪，百发百中。中校和手下人一听此名，心中连连叫苦。

孙大棒子回头招呼："你们几个，快点动手！"

众人一拥而上，把押车士兵的枪支全部下了。几个兵你看看我，我看看你，不敢吱声，只能傻傻地杵在原地。

孙大棒子走到车旁站着的三个人跟前，问："你们仨，吃哪碗饭的？"

中校赶紧上前解释："他，他们是我们的客人，有什么事和我说，不关他们的事。"

孙大棒子一把推开中校："滚一边去，没问你。"中校只好乖乖地退到旁边。

孙大棒子接着问："快说，你们三人叫什么名字，干什么的？"

其中一人介绍说："我叫方正宜，是一家无线电厂的工程师，这位是张宜斌，是政府部门的专家。"然后又指着一位头发花白的人说："这位是江南水泥厂的总工陈发银。这位好汉，我们都是吃技术饭的，从来没有做过伤天害理之事，求求你们放了我们吧！"

"放了你们？哼，看样子你们三个满肚子墨水，应该值俩钱。"孙大棒子先是一阵哈哈大笑，接着就是一声吆喝："兄弟们，放不放？"

"不放!"众人异口同声。

"这样吧,你们三个跟他们不一样,跟我们走,我保证不杀你们,但得拿你们仨给我们这些弟兄换俩钱。我知道,你们这些人值钱,如果家里掏不出那么多钱,相信老蒋也会替你们掏的。"说完一阵狞笑。

三人面面相觑,不知所措。

这时候,中校和几个士兵"扑扑通通"跪下来一片,中校哀求道:"孙大当家的,千万别杀我们啊,虽然我们命不值钱,但我们也没干过坏事呀!我们这几个家里都有老有小的,您这一动手,他们可咋活啊?!"

孙大棒子摇着手里的双枪,说:"你们不要怕,老子不杀你们,我们只要钱。但丑话讲在前面,如果你们不听话,那就不是钱的事啦。"

地上几个人如捣蒜般磕头谢恩。

"弟兄们,你们把这几个捆起来,拖到路边稍僻静一点的地方去,别忘了把他们的鞋子都给我脱下来,嘿嘿,这几双鞋子也够咱们过个冬啦!这三个,带走,找地方换钱去!"孙大棒子一声令下,几个国民党官兵被押着进了路边的田地里。随后,孙大棒子把三个专家推上了车,绝尘而去。

"孙大棒子"不是什么大盗,是化装后的小周。

火车抵达了丹阳车站。丹阳车站在宁沪线上算是小站,下车的人不多,上车的人更少。车一停稳,耿健大大小小的五位亲戚就跟着那位年轻姑娘下了车。一行人出了车站,上了早已在车站口等候多时的两辆轿车,往金坛方向驶去。在金坛长荡湖,活动着我党领导的一支地方武装。

宁杭公路上,两辆吉普车一辆向南开往金坛方向,一辆向北开往镇江方向。

此时的南京城里,赵家祺正面临着严峻的考验。他看了一眼手表,时针已指向五点。五分钟前,赵家祺派出去两拨人,一拨到南京私立弘光中学接张宜斌的长子张枫。他们顺利找到了张枫,把他接走了。

另外一拨三个人驱车赶到夫子庙瞻园附近许家巷陈发银的家门口。按响了门铃,一位中年妇女开了门。他们说明来意,一个人跟着中年妇女进了家门,另两人在车里等候。一进家门,来人介绍说:"陈夫人,我是陈总工程师的朋友,陈总工程师让我们来接你,然后和他会合。"

"我们不认识你,老陈也没跟我交代这事,怎么能跟你走呢?再说,我们已买了今晚六点多的火车票,说好坐火车走啊,怎么突然又变卦了?"陈夫人颇感疑惑，不安地问道。

"事情临时有点变化，我们也是刚得到通知的。"

"那不行，我们哪儿都不去，等一会儿他的秘书小郑会来接我们的。"很显然，小郑是陈夫人十分熟悉和信任的人。

来人着急地说："陈夫人，说实话吧，如果不跟我们走，你们和陈总工程师将会被强制性送到台湾，再不走，就真的来不及了。"

陈夫人一脸疑惑："去台湾干吗？我不去，我先生也没说过这个事呀！"

"我的真实身份是民盟香港总部派往南京的特派员，陈总工程师也是我们的盟员，总部要求我们保护好陈总工程师，因为他是水泥方面的专家，希望他能留在大陆，陈总工程师已被我们保护起来了，你将很快就能见到他。"

平时在和丈夫的聊天中，陈夫人对当前局势也有一些了解，自然不愿意改变目前的生活环境，她将信将疑地看着来人，说："那我现在去哪里？我家里还有很多东西没收拾呢。"

"时间紧迫，事后我们另派人来帮你整理拉走。还有，您儿子陈照明我们已联系上了，他近期不会回国，等局势平稳后再回来。"陈照明在美国麻省理工学院学习机械专业，已临近完成学业。

提到儿子，陈夫人的情绪稳定了下来，她没想到来人对自己家里的情况这么了解，想得这么周到。她拉着身边中年妇女的手说："那刘妈怎么办？她跟了我十几年了，原来是从河南逃荒过来的，没有别的去处，我想让她跟着我，行吗？"

"没问题，这个我们早已想到了，你们一起出发，陈夫人，车子就在外面，咱们走吧，再等怕来不及了。"

刘妈匆匆准备了简单的行李交给来人，自己搀着陈夫人出了门。几个人上车后，车子出了巷口，沿着通往城南的大路疾驰。

五分钟后，一辆军用汽车赶到了许家巷，车上下来几个人，敲门无人答应，便踹开大门。房间里不见一个人影。几个人气汹汹地出了大门。

载着陈夫人的汽车一路向板桥驶去。远远地看见梅山的叉道口拉起了拦网，司机顺势将车开上一条坡路，下到了江边。一条渔船停在那里，那是前来接应的陈威、贺小飞。陈夫人和刘妈上船后，陈威立刻把船划到了子汇洲。子汇洲是位于板桥附近江中的一座小岛，平时没人居住，岛上仅有渔民打渔时用来躲避风雨的几间茅草屋。按计划在这里做短暂停留，晚上八点左右，会有一艘丰顺货行的货船过来把人接走，再由当涂的同志护送至金坛的长荡湖。

经过一夜的焦急等待，第二天清晨，心急如焚的陈发银终于见到了老伴。夫妻二人泪眼婆娑，紧紧地相拥在了一起。

正当赵家祺和南京市委的同志们争分夺秒地开展营救重要人员的行动时，一件意想不到的事情发生了。

卧底浦镇机厂的周铁生突然失踪了。

董世贵和小金组织几个人寻找了一天，到晚上也没见到周铁生。董世贵后来在附近的小摊贩那里打听到，中午有三个大汉把一个中等身材的年轻人拽进了汽车。根据摊贩的描述，被挟持的人无疑是周铁生。

老王立刻把这个情况报告了赵家祺。赵家祺通过张铭宇、马永献等人打听周铁生的下落，都没有得到结果。经验丰富的赵家祺知道这次敌人下了狠手，他立即做出决定，对组织的工作和联系方式及时做了调整。

南京卫戍司令部稽查处位于中山路六十八号新都电影院的斜对面，是一幢两层的西式洋楼。这栋楼外表看起来颇为光鲜，实际上是座人间地狱。特种案件审讯室设在底层，空荡荡的房间正中是高耸的审讯台，后面有几张巨大的沙发转椅，对面是一张固定在水泥地上的硬木靠背椅，那是给被审讯人准备的。厚厚的隔音门里，摆放着从中美合作所调来的美式刑具，包括最新电椅和测谎器。

此刻，黄兴中靠在转椅上，一言不发。

刚才，卫戍司令张耀明的怒斥声仍在他脑海里咆哮激荡："不管你采取什么手段，都要给我撬开这张嘴，只许成功，不许失败！"此时的黄兴中就像一只等待猎物出现的狮子，一旦猎物出现，便会张开血盆大口，瞬间咬断猎物的喉管。

周铁生被押进了审讯室，他扫视了全屋一圈后，稳稳地坐在了靠背椅上。

看到周铁生从容坦荡的神态，黄兴中心里清楚这又是一块难啃的骨头。黄兴中经手了不知多少场像今天这样的审讯，从被审讯者的一举一动中，甚至见到第一眼，他就能推断出审讯的大致结果。周铁生那旁若无人的气度，让他心里有了隐隐的不安。

黄兴中突然大声问道："说，谁派你来的？"

"没人。"周铁生平静地回答。

"你和杨献林、芮明义什么关系?"

"职工和上司的关系。"

"你不是共产党,怎么会劝说他们两个投奔到共产党那里去?"黄兴中紧跟着追问。

"你不要血口喷人!我是个普通工人,从来没有见过共产党长什么模样,怎么会劝说他们投奔共产党?前几天,我们车间的设备出现点问题,我去问技术总工,他们让我妥善保管好资料,以备将来用到。现在时局不稳,每个工人都有责任保护好厂里的东西,请问,这有什么错?"周铁生回答得振振有词。

黄兴中被问住了,一时答不上话来。稍作停顿,他接着问道:"你劝杨献林、芮明义早做打算是怎么回事?不会是让他们早日加入共党吧?"

"你真会说笑!现在整个南京都人心惶惶,谁不在为自己的后路做准备?我只是问我们厂是否搬走,他们回答说:这么大的厂怎么搬?往哪儿搬?这也算劝人投敌吗?如果这样也算投敌,那整个浦镇机厂一千多职工都得抓起来,你说哪一个愿意搬走?"

"你这属于妖言惑众,你才来几天就这么蛊惑人心,不是匪谍是什么?"黄兴中气急败坏地说道。

周铁生面无惧色地说:"那由你说啦,你们抓我进来,理还不就在你们嘴里!"

"姓周的,我们观察你很久了,调查过和你关系亲近的几个人,你整天和一些对党国不满的人混在一起,煽风点火,造谣惑众,我这里有很多证据可以证明你就是江北共军派来的人。"说着,黄兴中故意掂了掂手中厚厚的卷宗。

"我发几句牢骚话就算共军,那大街上小商小贩骂得多了去了,你们也去抓呀,抓得完吗?我要问问,你们难道就没有发过一次牢骚吗?我没有文化,不懂政治,吃不饱穿不暖也就算了,我们小老百姓说句话还不让说,这是什么世道!"周铁生针锋相对,反驳得句句在理,气得黄兴中胸脯一鼓一鼓地喘着粗气,半天说不出话来。

"他妈的,敬酒不吃吃罚酒!我就不信撬不开你这张嘴。"黄兴中恼羞成怒,一揿电钮,隔音门"哐当"一声打开了,一道强烈的灯光直刺进来,随后一股浓烈的血腥味扑面而来。

"那就请吧!"黄兴中哼哼冷笑了两声。

周铁生被推进了刑讯间。

刑讯间内熊熊燃烧的火炉旁，放着一张血迹斑斑的老虎凳，几个面目凶横的大汉把周铁生绑在上面，然后拿起红砖塞到周铁生腿下。随着一块块红砖塞入，周铁生的小腿骨发出"嘎嘎"的响声，豆大的汗珠从他的额头上渗出来，又顺着脸颊落在灰色的水泥地上。

"快说！"黄兴中面目狰狞，疯狗一样冲着周铁生大声咆哮着。一连问了几声，周铁生都没有开口，黄兴中拿起一根拇指宽的油竹条狠狠地抽打着周铁生的脚趾。十指连心，周铁生整个身体抖动不停，绑在身上的绳子深深地勒进了肉里。

周铁生昏死了过去，一个家伙拎起一桶冷水浇到他的脸上。

过了好长一段时间，周铁生慢慢苏醒过来，嘴里轻声说道："我没什么可说的。"

黄兴中冲上前去，一把抓住周铁生的衣领，恶狠狠地咆哮着："说！是谁派你来的？他们现在在哪儿？"

周铁生轻蔑地笑了笑，闭上了眼睛。

气急败坏的黄兴中抡起胳膊给了周铁生两个重重的耳光。

"呸！"一口带血的浓痰吐在了黄兴中的脸上。

"打！给我照死里打！"

旁边的两个打手抡起沾过盐水的皮鞭，噼里啪啦抽打起来……

周铁生饱受折磨，到最后已经体无完肤，但他咬紧牙关，始终不承认自己是共产党。后被关押在羊皮巷看守所，直到1949年4月23日，解放军先头部队打开牢门，断了一条腿的他才走出人间地狱。

原来，周铁生遵照上级指示，联系浦镇机厂的几个骨干，争取把他们留下来。在和芮明义副厂长沟通后，开始做杨献林总工程师的工作，杨初步表达了留下来的意愿。周铁生被抓之前，想利用解决设备技术故障的机会，寻机与杨总工程师多次接触做进一步的劝说，打消杨的顾虑，不巧被办公室一位女秘书偷听到。这个女秘书是保密局新发展的线人，她随即将听到的情况报告了保密局。

所幸的是，由于周铁生和杨献林谈话的声音不大，女秘书偷听的内容断断续续，构不成铁证，周铁生才保住了性命。

第四十二章

12月下旬以后，南京国民党高层悄悄流传着蒋介石即将下野的消息。

从张铭宇那里，赵家祺得知了确切的内幕。人民解放军在淮海战场上节节胜利，加深了国民党内部各个派系间的矛盾，以桂系首领、华中军政长官白崇禧为代表的一批高官，包括湖南省主席程潜及河南省主席张轸等纷纷把矛头指向蒋介石，认为蒋介石指挥无能，领导无方，先后上书甚或通电，直接或间接呼吁蒋介石下野，并推动国共和平谈判。迫于形势，蒋介石不得不开始考虑下野问题。12月29日，蒋介石授意张群、张治中、吴中信去见李宗仁以探桂系底牌，得知副总统李宗仁同样有意要其下台，蒋介石最终不得不接受了下台的要求。

第二天，也就是1948年的12月30日，中共中央毛泽东主席为新华社撰写了1949年新年献词《将革命进行到底》。文中提出：

> 中国人民将要在伟大的解放战争中获得最后胜利，这一点，现在甚至我们的敌人也不怀疑了。
>
> ……
>
> 一九四九年中国人民解放军将向长江以南进军，将要获得比一九四八年更加伟大的胜利。
>
> 一九四九年我们在经济战线上将要获得比一九四八年更加伟大的成就。我们的农业生产和工业生产将要比过去提高一步，铁路公路交通将要全部恢复。人民解放军主力兵团的作战将要摆脱现在还存在的某些游击性，进入更高程度的正规化。
>
> 一九四九年将要召集没有反动分子参加的以完成人民革命任务为目标的政治协商会议，宣告中华人民共和国的成立，并组成共和国的中央政府。这个政府将是一个在中国共产党领导之下的、有各民主党派各人民团体的适当的代表人物参加的民主联合政府。
>
> 这些就是中国人民、中国共产党、中国一切民主党派和人民团体在一九四九年所应努力求其实现的主要的具体的任务。我们将不怕任何困难团结一致地去实现这些任务……

这篇高瞻远瞩、气势磅礴的新年献词发表后，一石激起千层浪。新年献词不但在广大群众中引起强烈反响,也在国民党高层中引起极大震动。随着新年献词的发布,国民政府内部本就张皇失措的局面进一步恶化,军政人员个个变得灰心丧气,惶惶不可终日。

蒋介石看到这篇新年献词后,认为毛泽东是在不遗余力地与国民党争民心,而国民党一旦失去民心,必将失去天下;国民党内部的相互倾轧也造成其声望的不断下降,蒋介石感到了前所未有的压力和恐惧。于是,他急忙纠集一帮幕僚商讨对策,决定立即做出反应,发表一篇针锋相对的文章,给予共产党"强有力的回击"。一番密谋后,蒋介石于1949年元旦上午发表了新年文告,借此表达自己"期望和平"的心情,更借机抨击共产党,污蔑中国共产党"对于一切协议和方案都横加梗阻"。为安抚民心,替国民政府争取时间,同时也为自己留下后路,文告中假惺惺地提出:"只要共党一有和平的诚意,能作确切的表示,政府必开诚相见,愿与商讨停止战事恢复和平的具体方法"。

蒋介石的新年文告和新华社的新年献词一出,立意、胸怀高下立见,社会各界议论纷纷,在这场没有硝烟的舆论之战中,国民党同样一败涂地。

在南京,物价上涨,抢购潮一波接着一波,而上海、苏州、杭州等江南各地,民怨沸腾,人心涣散,出现了迁移逃亡的浪潮……

国民党的统治处于风雨飘摇之中。

第四十三章

这天晚上,赵家祺和李诗蓝应约悄悄来到了九十七师师长王晏清位于保泰街东和北极阁交叉口的别墅。按响门铃,保姆开门迎二人进去。王师长夫妇在客厅靠近大门的地方迎接,赵家祺把礼盒交给保姆后,和王师长紧紧握手。王师长问候说:"欢迎二位光临,不知是该称呼您赵先生,还是赵老板啊?前几天,我见过陈女士,她和我谈话中提到过您,今日得以一见,幸会幸会。"王晏清师长口中的陈女士就是中共南京市委书记陈修良,她受中央委派通过朋友关系拜访过王晏清几次,对其做过争取工作。

"您长我五岁,还是称呼我老弟吧。"赵家祺客气地说,"第一次登门拜访王将军,愚弟带了东北的老山参和野鹿茸,还给夫人带了一串早年留存的黑珍珠项链,不成敬意。"

礼物虽不是特别贵重，但送的人精挑细选，心意满满，收的人心中感动，连声致谢。

"赵老板太客气了，今天我就改口称呼'老弟'了，来这里坐吧，估计这会儿陆平快到了。"陆平是中共南京市委领导下的地下党员。

说起陆平与王晏清的相识还有一段故事。

王晏清的舅父邓昊明早年参加过"五四运动"和朱德领导的湘南起义，曾任安徽省政府专员，1947年秘密串联了社会上层的部分力量，组成"孙文主义革命同盟"，自任军事部长，进行过讨蒋行动。邓昊明老先生思想进步，为人正直，对王晏清有着深深的影响，两人政见也颇为契合。王晏清目睹政府腐败无能，便请求舅父寻觅一位引路人，想早日摆脱目前的窘境，陆平就是通过邓昊明的介绍和王晏清结识的。

赵家祺在王晏清左边的沙发上坐了下来，李诗蓝则被王夫人拉到里间说悄悄话去了。

坐下后，赵家祺开始了简单的开场白："王师长，最近您很忙吧？我们在贵部的活才干完，之前我去过两次，都听说您不在部队，本想早就来拜访您的，一直拖到今天，非常抱歉，特别要感谢您的大力支持啊。"

"平时倒还好，最近事情有点多，南京卫戍司令部的会议要开，京杭司令部的会要参加，国防部的会议也要出席，头绪太多，每个会议说来说去就那些事，但感觉都和我有关，有时感觉又都和我无关。现在的形势不好，会场上的气氛都很严肃，训斥比布置工作多，只能硬着头皮听吧。我们师还是老样子，没有什么变化。"王晏清摇了摇头，流露出对时局的不满。

"王师长的九十七师那可是王牌师呀，装备好，士兵素质高，论战斗力可谓是国军第一师，承担着南京的城防，担子肯定很重。"

"老弟就不要恭维我了，这个队伍其实不是很好带，三个团，就二八九团还好一点，驻南京的时间比较长，军官变化不大，二九〇、二九一团比较复杂，组建的老底子和二八九团不一样。二八九团是总统卫队，还有师部的两个直属连是一直跟着我的，还好些。总的来说，指挥这样的部队很累，我这里一有什么情况，很快就会传到上面。另外师部里还有毛人凤的人在，因此我这个师长很难干哪。所幸的是建丰兄一直很关心这个师，对我本人的工作还是比较认可的，所以全师范围内我说话还算管用。"王晏清简单介绍了一下部队的情况，也表达了自己的难处。

这时，陆平进了房门，和两人打过招呼后就在王晏清右边的沙发上坐了下来。

陆平笑着对二位说道:"王师长和赵老板聊得很开心哪,王师长早就念叨赵老板了,赵老板也早就想来拜访王师长,此时二位可谓是英雄相遇、惺惺相惜啊!"

王晏清笑了,指着陆平佯装批评的样子冲赵家祺说:"陆平这小子,还骗我说你就是做生意的,你上次去我们部队,我从办公室窗户里一眼就能看出你不像是生意人,言谈举止中都透露出军人气度,显然在部队呆的时间不是一天两天了,我只不过没说透而已。陆平这小子早些时候也不承认自己是那边的人,当我傻啊,早就看出来了,想瞒我,瞒得了吗?我在部队这么多年,这点水平还是有的!"听完王晏清的话,赵家祺和陆平大笑不止,夸赞王师长眼光犀利,辨人识人能力非凡。

这时,保姆端来咖啡和点心,摆在三人面前的茶几上,又退回自己房间去了。

片刻的寂静之后,王晏清长长地叹了一口气,说:"唉!徐蚌战场上的形势已渐渐明朗,杜聿明看样子已无回天之力啦。战争结束的时间不会太久了,今天是周六,仅仅一个星期,局势就发生了这么大的变化。12月24号张家口失守,华中'剿总'总司令白崇禧就跟总统提出与你们共产党和谈,第二天副总统李宗仁要求蒋总统下台,12月25号中共就开列出来四十三名头等战犯的名单,12月29号蒋经国任国民党台湾省党部主任委员,陈诚接任台湾省主席。国统区内重要的人、财、物也被陆续运走,这两天,存放在南京的大批故宫文物也已分两批运往台湾。"

"今天上午,蒋总统发表了《新年文告》,从文告中可以看出蒋总统万般无奈,看来退位将是大势所趋。我个人对我们的领袖是敬重的,只是他手底下的人,按我们湖南话来说都是一群戳把子,一群化孙子,按南京话说就是一群败家子!不到半年时间就变成了现在的这个样子,我替我们的领袖感到悲哀啊。"

王晏清对近期发生的事件了如指掌,心中的郁闷借此一吐为快。王晏清话音刚落,赵家祺立刻发表了自己的不同意见,他说:"王师长,有些观点我和您的看法不大一样,我说说,您再看看是否认同。"

王晏清点了点头,期待地看着赵家祺。

"王师长,孙中山先生当年创建三民主义,创办黄埔军校,初衷就是天下大同,人民幸福,这个理念当时得到了国共两党的一致赞同。遗憾的是,蒋总统篡改了孙中山先生的思想,一个国家,九十九个人受苦,一个人享福,能稳定吗?王师长的为人我们都很清楚,清廉、正直,但像您这样的军人在国民党内能有多少?国民党几百万的部队就为了保护少数人的利益,您说这个政府能得人心吗?俗话说,得人心者得天下,蒋介石失去了人心,江山自然就难保了!到现在,共产党越打参加的人越多,支持拥护的老百姓也越来越多,而国民党呢?现在打一仗就失去一大片地盘,后面可能不仅仅是蒋总统退位这么简单,解放全中国已成大趋势!这说明什么呢?只能说明共产党的政策得到了绝大多数人民群众的拥护!王师长,如果我说得不对请您指正!"赵家祺一口气说出了自己对当今时局的认识。

王晏清看着赵家祺,脸上阴晴不定,回答道:"你说的也对,但我不论是耳闻还是亲眼所见,我们领袖生活上并不奢靡,对自己的要求也是比较高的,你刚才那些话说得在理,我觉得主要是他的手下对自己过于宽纵造成的。"

赵家祺接过话说:"王师长,在中共中央公布的四十三名头等战犯名单里,薛岳、卫立煌、傅作义等素质不可谓不高,陈诚、顾祝同、杜聿明等不可谓不忠,一线带兵作战的黄百韬、王耀武、廖耀湘等不可谓不勇,国民党本来人才济济,可为啥还是到了这一步呢?远的不说,蒋经国到上海整顿金融市场,惩治腐败,结果呢。蒋大公子有心报国,无力回天。他回南京有半个月了吧,上海仍是老样子,市场混乱,民不聊生,孔、宋两家依旧大肆敛财,蒋经国把在上海三四个月收缴上来的钱财私存下来,估计将会运往台湾以供蒋家败退到台湾后使用。因此,他们所做的这些,究竟是为了国之大家,还是为了一己之小家,其实再清楚不过了,我说的对吧,王师长?"

赵家祺的一番话说得王晏清一脸讶异,他没想到共产党的干部对自己尚不了解的事情竟然如此清楚,对时局的分析竟如此透彻。王晏清低下了头。沉默一会儿后,他端起杯子啜了一口咖啡,看着中堂之上于右任老先生赠送的一副对联,禁不住大声朗诵起来:

> 天下河山天下仁,
> 万里长空万里晴。

读毕气吞河山的对联,王晏清冷笑一声,感觉这是对国民政府昏庸腐败的极大讽刺。王晏清联想到自己困顿的现状,感叹一身正气、两袖清风的自己再无其他选择,忍不住在心里发出一声长叹:"党国真的无望矣!"

这时,陆平把身子往前探了探,说:"王师长,赵家祺一直在部队的第一线工作，经验丰富，他今天来不是陪您聊形势聊思想的，主要是看形势渐渐成熟，想和您谈谈下一步的计划和打算，目的还是想配合您的工作。您有什么想法，他也好早做准备。"

一语惊醒梦中人。

王晏清看了一眼身边的两位客人，终于吐露了自己的真实想法："自从见过陈女士之后，我一直在考虑这个问题。谈到我们这个师，情况确实有点复杂，这个陆平是很清楚的。"陆平在旁边会意地点了点头。王晏清接着说："现在国军高层都在为自己的后路做准备，顾虑多的、与共产党过去冲突多的，基本上倾向落脚台湾。顾虑少的、一部分条件好的去了香港或美国，一部分准备隐退，不再过问政治。像我这样的，马上就四十岁的人了，台湾就那么丁点儿大，我去又能干什么？级别比我高的太多了，我又做不到像其他人那样长袖善舞、善于钻营，去了台湾能有我的立足之地吗？去香港，你们看看都是些什么人，都是包里箱里有大把金银美钞的，我比他们虽然级别不低，但囊中羞涩，香港消费那么高，我去了，一家老小哪儿开支得起啊。我和陆平交往这么长时间了，他很清楚我的处境，平日里吃睡不香，就是为了这个事发愁。"

陆平见王晏清的话停了下来，插话说："家祺同志，确实如此，王师长不止一次说过，这个事也和夫人沟通过。他有两个顾虑：一是追随蒋多年，心里还是有对蒋知遇之恩的感激。二是吃不准我们那里的政策，不知自己还能做什么。我方一些基本政策我都和王师长沟通过了，王师长还是比较认可的，家祺同志，你再谈谈你的认识，帮助王师长解决好九十七师的出路问题。"

"好的。王师长，这样说吧，我们知道您对你们的蒋总统有感恩之情，也确如您所说，台湾和香港都不是落脚的最佳选择，这不就说明了蒋介石和他的政府有问题吗？如果蒋总统能做到知人善任，你们的政府就不会是今天的这个结局了，如果你们军队的人都如您一样正直廉洁，眼前这场战争也不可能发展成今天这个样子。您想想我说的对不对？可能我的话不太好听，但对您王师长却很有用，我们党对一切为国家做出贡献的人，不会追究他的过往，更何况您过去和共产党交往的历史是清白的。试想曾泽生、郑洞国、范汉杰等人，现在哪一个不是在我们部队带兵打仗？哪一个不是共产党的高级将领？这个您应该是清楚的。即使是我们刚刚公布的国民党四十三名头等战犯，他们虽然是国民党里级别最高的，但不一定都是罪大恶极的，共产党还是会区别对待的，这个请王师长完全放心。"

听罢赵家祺一番坦露心迹的恳切之语，王晏清长长地出了一口气，重重地倚在了沙发靠背上，闭目冥思。

见王晏清放松了心情，赵家祺接着说道："王师长在九十七师是有着绝对的领导权威的，您这一万多人扼守着南京咽喉和要冲，如果能汇聚到我们解放军之中，对南京百万市民和一万多将士来说善莫大焉，也是王师长对国家做出的重大贡献。华野首长一再要求我们尽最大的努力，减少对南京城的破坏，减少市民和士兵的伤亡，避免生灵涂炭，因为他们都是以后社会建设的有生力量。"

看着王晏清点头，赵家祺意识到火候已到，可以亮出自己的底牌了："此次与您会面，我受华野陈毅、粟裕两位首长的指派，来配合并协助您下一步的工作，所以，王师长，在这里，我代表我们的几位首长真诚欢迎您早日加入我们的队伍。"赵家祺伸出了手，王晏清听到陈毅、粟裕两位将军如雷贯耳的大名，先是一惊，迟疑片刻后手不由自主地缓缓抬起，最后果断伸出，两只大手紧紧地握在了一起。

客厅里的气氛又回到了初始阶段的轻松，陆平见缝插针地说："两位都是军中精英，如果你们早日相识，我相信事情定能更早解决。家祺同志你有所不知，王师长其实干得并不是很愉快，他舅父邓昊明老先生一直在督促王师长看清形势，有所作为，邓老是一位德高望重、忧国忧民的国民党元老，看不惯当今国民政府的治国理念，同样的问题困扰了王师长许久了。"

"王师长就是心怀义举，也得等待时机。现在淮海战场上的大决战很快就会结束，在我部队还没抵达长江沿线前，还望王师长稍安勿躁，先稳定住自己的部队，原因有三：一是长江以南仍在国民党军队手里，任何风吹草动都会使计划前功尽弃，还可能会危及到王师长您的安全。二是九十七师内部的工作还没做到位，三个团之间的关系比较复杂，一定要了解清楚并确定哪些人愿意跟着您才能行动。最后一点，在双方没有形成共识前，江北没有接应，即使起义成功后也会让自己面临进退两难的境地。当然做这一切之前，还要做好保密工作。你们部队有保密局的人在，要严密监视好这几个人。王师长，如果方便的话可以安排我们的两个人到贵部，他们比较熟悉我军的作战方法。"赵家祺处处为王师长着想，说出了自己的担忧和建议。

王晏清叫来保姆给大家续上一杯热咖啡，接着说道："但愿这样的日子早点结束。我是军人，喜欢在部队里，但不喜欢打这样的仗，让百姓遭殃，让士兵无谓地伤亡。原来打日本人，抵御外侮，将士们牺牲生命在所不惜，像今天这样兄弟阋墙的争斗,我最不愿意看到,纯属内耗,劳民伤财,国家之殇啊!"

"那让我们一起努力早点结束这场战争吧。"赵家祺提议以水代酒,共祝一切顺利,南京及全中国早日解放。

"砰",三个杯子碰到了一起,三个人的手也坚定地握在了一起。

第四十四章

这是公历 1949 年的元旦,新的一年开始了。

赵家祺和李诗蓝二人先行从王晏清家出来,漫步在大街上。路上的行人明显比平日里多了不少,不远处时不时有星星点点的焰火腾空而起,在天空中炸开绚丽夺目的花瓣,让人暂时忘却了战争的阴霾。赵家祺的内心也变得多彩起来,一股温情油然而生,他轻轻地揽着李诗蓝的纤腰,李诗蓝惬意地把头靠在了赵家祺的胸前。两个人在大街上信马由缰地走着,一边看着不时升腾而起的焰火,一边聊着对未来的憧憬。不知走了多长时间,两人才来到李诗蓝的住处。

小巷内,灯光渐暗,来到门口,二人都没有说话,赵家祺捧起李诗蓝的脸,夜色里他看到一双柔情似水的眼睛深情地凝视着自己,他情不自禁地吻了上去,两个人温热的嘴唇贴合在了一起。两个人全身心地融化在无边的幸福中,似乎寒冷的冬夜也因之变得温暖了许多。

送别李诗蓝回到住处,赵家祺倒头就睡,新年的第一觉一直睡到第二天上午八点。这是他回到南京后最长最美的一觉。

新年的第二天晚上,赵家祺特意安排了满满三桌菜,全厂职工围坐在一起,庆祝 1949 年的新年。这一顿,大家伙儿个个豪饮大醉,就连一向清醒谨慎的赵家祺也兴致盎然地喝下了一瓶白干。

自从父亲病故后,赵家祺再没找到机会回家看望母亲。李诗蓝一直督促他抽空回去看看,但各项任务紧迫,使得他无暇顾及家里亲人。1 月 5 日,天气晴好,赵家祺正在地图上认真做着标注,李诗蓝推开门走了进来,手里大包小包地拎着东西,一进来就拽着赵家祺往外走:"走,我们去伯母那里看看,你都多长时间没回去了!"

赵家祺赶紧放下手中的铅笔,一边收拾着桌上的东西,一边笑嘻嘻地冲李诗蓝开着玩笑:"你看你这么着急去我家,是不是急着要当新媳妇啊?我娘那儿没问题的,只要我同意就行。"

赵家祺的一句话说得李诗蓝脸一下子红了,上前轻轻打了赵家祺两拳:"臭东西,谁愿意嫁给你呀!"

"行,我们去。"

二人坐车颠簸了小半天,赶到了赵家祺位于儒林的老家。推开院门,看见弟弟家林在院里用斧头破着木头,靠墙的木棚下面,整整齐齐地码了半面墙的劈柴。家林看见哥哥回来了,喜出望外,放下斧头喊道:"小宝,大伯回来了,快出来。"

家祺对弟弟说:"家林,你到门外帮诗蓝拿东西。"

家林愣了一下,欢天喜地地跑出门外。

小宝刚从门内探出脑袋,被赵家祺一把抱起,狠狠地亲了一口。赵家祺抱着侄子进了房门,母亲起身迎了上来:"小宝,快下来,多大了还让大伯抱。"小宝"哧溜"一下滑到地上。弟媳妇小颖从厨房走出来,微笑着招呼一声,搂过小宝,站在了一边。

眼前的母亲,精气神比父亲病重时明显强了不少,行动也利索了,赵家祺心里倍感欣慰。他拉着母亲的手坐了下来,问候道:"娘,我看您身体比以前好多了,吃饭怎么样?"

小颖在旁边搭话说:"娘的身体前段时间确实不太好,爹去世前后,娘差点垮了。现在好多了,有时还要到地里帮家林干活呢!"

"好,太好了。"赵家祺由衷地感到高兴。

母亲对小颖使了个眼色,说:"你别老杵在那儿,给你哥烧水呀!"

"噢,忘了,忘了。"小颖笑嘻嘻地跑进了厨房。

母亲问:"我刚才听到还有谁来了。"

"李诗蓝,我的大学同学,上次来过我们家。"

笑意掠过母亲布满皱纹的脸。自打上次见过李诗蓝后,母亲就打心里喜欢上这个善良懂事的姑娘。老人没多说话,起身找起东西来。赵家祺纳闷,不解地问:"娘,你找啥呀?"

"你坐那儿,人家诗蓝到家里来,我得把桌子、凳子擦擦,你看咱们家乱的。"母亲随手拿起一块毛巾,着急忙慌地擦拭起房间里大大小小的家具。

赵家祺笑着拉过母亲,说:"没这么讲究,咱们家已经很干净啦。"

"你别管!"母亲执拗地擦着。

说话间，家林和李诗蓝进了房间，母亲开心又激动地看着李诗蓝，不住地夸奖："好，好，多好的姑娘啊！"老人家丢下毛巾，拉着李诗蓝坐了下来，上上下下打量着眼前的姑娘，看得李诗蓝局促不安，满脸通红。

赵家祺望着母亲说道："娘，你别老这样看人家啊，您要是喜欢，就让她做您的儿媳妇不就得了。"

李诗蓝回头朝赵家祺瞪了一眼，一张俏脸变得更红了。

母亲笑着直点头："那敢情好，那敢情好。"回头指着赵家祺嗔笑道："你小子，要是娶了人家李小姐，是你一辈子的福分，也是我们赵家烧高香啦。"说完咯咯咯地笑个不停。

李诗蓝握着老人家的手说："伯母，家祺天天念叨着您哪！主要是他太忙了，我们俩也不是天天能见面，等忙过这一段，他就能天天陪您啦。"

母亲摆摆手："看不看我不要紧，你们忙的都是大事，别看我这么大年纪了，我心里清楚得很，我不会拖你们后腿的。我啊，就是牵挂他的婚事，天天睡不着呀！"

赵家祺回了母亲一句："这好办，为了让您把心放下来，明天我们就把婚事办了。"

母亲瞪了赵家祺一眼："你就不能说句正经话吗！"李诗蓝也在桌子底下蹬了赵家祺一脚。

李诗蓝连忙拿出给老人家买的毛衣、围巾和鞋子，老人家更是笑得合不拢嘴。小宝在旁边嘴噘得老高，看得出来有点小情绪，李诗蓝立刻拿出两大盒糖果，一把搂过孩子，笑着说："小宝生气了，阿姨怎么能忘了小宝呢？来，吃糖。"

李诗蓝的心很细，家林两口子，还有大姐一家，礼品人各有份，没有落下一个。

今天老人格外开心，交代家林说："你到集上买点肉啊什么的，再打点好酒，顺道把你姐一家喊来。"家林应着，从媳妇小颖手里接过钱就出了门。

原本冷清的小院慢慢地热闹了起来，大人笑，小孩跳，左邻右舍的人也趁着打招呼的机会偷看一眼赵家大小子的对象。李诗蓝倒也大方，帮着家林两口子打下手。赵家祺也很久没有这么开心了，一边招呼众人，一边递糖倒水，笑得合不拢嘴，俨然一副新郎官的模样出现在众人面前。

中午时分，满满一桌子菜准备好了，老人坐在正位，李诗蓝和大姐分坐两边。一家人有很长时间没聚在一起了，每个人都笑容满面。赵家祺还特意

渡江

给母亲倒了一杯黄酒，老人家端起酒杯，对着眼前的儿女感慨道："今天啊，我特别高兴，我也不会喝酒，今天家祺给我倒了一杯，我喝！诗蓝也来了，我更要喝！来，大家喝了这一杯。"老人端起酒杯一饮而尽，放下杯子，突然抹起了眼泪，大家一下子愣住了。

老人摆摆手，说："我这是高兴的，突然我又想起你爹来了，他要是还在该有多好！"

李诗蓝拉着老人布满老茧的手说道："伯母，不说这个了，今天回来，我和家祺看到您老人家身体这么好，感到特别欣慰。您好我们大家才好，来，我提议咱们大家敬老人一杯。"众人起身举杯，老人的眼眶里满是泪花。

大姐还在为上次对家祺生气心存愧疚，不好意思地说："家祺，你别怪我啊，上次我是急得实在没办法了才说那些话的。"

还没等大姐说完，家祺笑着端起酒杯说道："一家人，不说这些了，你们在家照顾爹娘吃了不少苦，我和诗蓝敬你和姐夫一杯。"说完仰脖一饮而尽。

老人夹了一块肉放到了小宝嘴里，开心地说道："在家里家林、小颖把我照顾得特别好，闺女隔三岔五地回来看我，我知足了，只要你们都安安生生的，我活这一辈子值啦。只是这个世道不太平，不知道这仗打到什么时候才是个头啊！"

赵家祺朝母亲挥挥手说："娘，快了，要不了半年，天下就太平啦，到时候您老人家在家就好好颐养天年吧！"

母亲脸一沉，望着赵家祺说："你咋知道快了？这话可不能乱说，这个世道不是你，而是那个姓蒋的说了算。"

赵家祺吐吐舌头，无论在外事业多大，母亲面前的赵家祺还是像一个大孩子。

李诗蓝碰了一下赵家祺，笑着对老人说："伯母，家祺说的也没错，我们身边的朋友都这么说，听说共产党要打过来了，现在南京那边的政府慌了。"

"家祺前些年从学校跑到外面时，当时有人到家里查问，说他是共产党，不会真是要打过来的那个部队的人吧？"母亲脸侧向诗蓝问。

赵家祺赶紧接过话："娘，我哪是共产党啊，当时只是在学校参加游行，他们抓我，我怕被他们抓住坐牢，没办法，只能跑。还好我跑了，不然就麻烦了，你看我现在不是挺好的吗。"

母亲接着问："听说共产党不错，如果打过来，我们应该能过上好日子了吧？"

"伯母，您放心，解放军来了当然好了。就是一时半会他们来不了，我们也不会让您饿着！"李诗蓝的一句话说得大家笑了起来。

"哥，解放军真的很快打过来吗？"身边的家林问道。

"我听说很快的，到时我到新政府里谋一个差事，把娘接过去享享福，小宝也跟着我到城市里去读书，考上大伯的学校，将来一定比大伯有出息的。"赵家祺一把揽过身边的小宝，摩挲着他的光头，压抑不住内心的喜悦。

老人嘴一撇，说："你天天在外面打流混事，人家新政府会要你？你倒会想好事啊！"说完不屑地看了一眼大儿子。

"娘，您还别说，好歹我也是金陵大学的高材生啊，到哪里还不是由我挑，由我选啊！到时他们还得八抬大轿抬我我才去，不要小瞧我啊。"

李诗蓝捅了一下赵家祺的胳膊："你就吹吧。"李诗蓝的话说得满屋子人开怀大笑。

午饭一直吃到太阳落山，弟媳妇小颖热了五六趟菜。老人喝了三四杯黄酒，脸上泛起了红晕，赵家祺从没有看到母亲像今天这么开心过。

天擦黑时，赵家祺和李诗蓝驱车赶回了南京。

在返程颠簸的汽车里，赵家祺一直在想，下次回家时，日月是否已换新天。

第四十五章

覆巢之下，焉有完卵？

随着战局变化，国民党保密局大量缩编人员，势力远不如以前，但基本组织机构仍保持着原貌。一处到七处分别是情报处、行动处、人事处、电讯处、司法处、经理处和总务处。1949年初的保密局，工作主要靠一处和二处苦苦支撑。这两个处也是减员最多的部门，在和中共地下党的交锋中屡有伤亡，他们的工作不再像从前那么好干了。

今天，保密局召开局务会议。接到通知后，在南京的三个办公室主任、七个处室及下属科室的正副职悉数出席，不大的会议室里坐得满满当当。会议由保密局稽查室主任廖华平主持。待毛人凤坐定，廖华平开场说道："今天的会议，按要求我们局处级、科级人员全部要参加，除四处的两人出差外，其余的人员全部到齐。会议内容很重要，毛局长百忙之中将为大家做指示，希望大家认真领会。下面请局长训话！"

渡江

一阵掌声响起，毛人凤咳嗽了两声，会场立即安静了下来："诸位，不是我毛某人危言耸听，现在党国面临前所未有的危机。国内形势大家都应该有所耳闻，国军在战场上连连失利，后方人心惶惶，总裁这一段时间在天上飞来飞去，殚精竭虑。共党不依不饶，步步紧逼，没有一丝停下来的迹象。再这样下去，在座诸位都将会死无葬身之地。大家想想，是什么原因造成今天这个局面的？"毛局长眼睛扫了一下四周，大家面面相觑，沉默不语。

毛人凤接着说："我先说个远一点的例子：第二绥靖区司令官王耀武，他带领的军队号称王牌军，在山东莱芜和共产党部队交战中，三天不到，五万多人马就被吃掉了。大家知道王耀武对此怎么说吗？他说就算放五万头猪，共产党三天也抓不完啊，而五万多活人却在三天之内全军覆没，这绝对是党国的耻辱，军人的悲哀。在东北战场，投降的比战死的多。还有就是我们在淮河以北的'徐蚌战场'，整师整旅地投降，令人发指呀！大家看看现在后方都变成了什么样子，一些政府官员早已魂不守舍，都在为自己找后路，打小算盘。就说我们保密局，有的人工作上推三阻四，还有的人竟然当了逃兵，几天没有一点消息，上级联系不到下级，下级找不到上级。可悲啊！总裁对我们保密局倾注了那么多的心血，现在正是党国用人之际，我们竟然这样懒散松懈！据悉共党都打进我们的核心部门来了。前线官兵临阵投降，是军人丧失气节，后方人心涣散，是政府官员辜负党国栽培。我奉劝各位不要被眼前的困难吓倒，一定要对党国充满信心，一定要把眼光放得长远一些。我毛某人今天在这里表个态，将牢记国父'革命尚未成功，同志仍需努力'的遗训，永不忘记总裁的栽培和信任，竭力为党国战斗到底，我不相信共军能打到我们南京来。我们现在仍有三百多万精锐部队；在'徐蚌战场'上，我军也在积极调整作战部署，过不了几天，战局将迎来逆转；华北还牢牢地控制在我们手里。近期国共在谈判，利用这个时机，我们刚好可以重整旗鼓，可以这么说，共军休想再前进一步。"毛人凤大手激昂地一挥，会议室里立刻响起热烈的掌声。

"那我们保密局下面该怎么办？"毛人凤的一句问话，再次令会议室变得鸦雀无声。

"今天这个会议，也是个工作布置会。我现在提几个要求，希望大家会后务必全力落实，确保立竿见影。首先，各部门必须立即整顿纪律，人员重新调整，做到精干高效，各司其职，各尽其责；第二，加强对外围，特别是北平、天津、武汉、重庆、徐州等中心城市各个情报站的管理，淘汰各情报站不合格人员，增加新鲜血液；第三，针对主力部队、政府部门、重要企业和人物，加强情报收集，一旦发现苗头不对，及时汇报，该抓的抓，该毙的毙，不能手软；第四，南京方面，毕竟是首都，事多人杂，你们把下属的各个行动队、小组编排好，遇到可疑的先抓后审，这个主要靠一处和二处的邓处长和何处长；最后，为防时局不测，要向几个大厂加派人手，严防共党渗透。人手不够的话，三至七处每个处抽两个人到一处和二处帮忙。主要就这几点，大家现在进行讨论。我下午陪总裁去西南，三天后回来，到时每个处室都要拿出一个方案放到我桌子上。"

毛人凤说完，面带寒霜地环视了一下左右，见无人吭声，随即起身离开。

他怎么也没有想到，这竟是他在南京主持的最后一次保密局骨干会议。

两天后，也就是1949年的1月10日，华东野战军向青龙集、陈官庄地区被围的杜聿明部发起总攻，徐州"剿总"副司令兼前进指挥部主任杜聿明被俘，第二兵团司令官邱清泉殒命，第十三兵团司令官李弥逃脱，李延年的第六兵团和刘汝明的第八兵团随后放弃淮河以南、长江以北地区撤往江南。

至此，华野、中野六十万部队彻底打垮了国民党的八十万军队，历时两个月的淮海战役结束，解放军占领了长江以北绝大部分地区。

淮海战场上国军溃败的消息，像一阵风一样传遍了南京的大街小巷。

此时的南京，表面上风平浪静，沉寂之下却是暗流涌动。国民党军、特、警尤其是保密局人员进一步加强了对南京及周边地界的监管。赵家祺敏锐地察觉到了这一切，意识到今后的行动将会更加举步维艰，危险重重。就在前一天，老王和他谈到丰顺货行的方老板最近老是愁眉苦脸，情绪一直十分低落，总在抱怨现在的生意一落千丈，自己旗下的五艘商船被征调了四艘，与长江上游的生意基本断掉，仅剩下政府的少量业务，经济上入不敷出，因此对如何处置货行犹豫不决。方老板还和老王说，过去与自己经常相聚的国民党高官元旦前就鲜有来往，有的因局势动荡迁往外地，有的刻意回避和他接触，他对此顾虑重重。方老板是滁州乌衣镇人，家大业大，自己的人脉关系都在南京至滁州一带，家中八十多岁的父母至今还住在乌衣镇老宅，老人哪儿也不想去，也去不了。前段时间，政府和军方的朋友曾提醒他顺应时局早日南迁，但家里家外的现实让他难下决心。老王最后告诉赵家祺，方老板深感自己一个生意人，外迁后将会像一叶孤舟无依无凭，对漂泊在外的日子心存畏惧，但如果选择留下来，又担心自己过去和国民党政府及军方来往过密，不知道共产党今后会如何对待他。

赵家祺思考了一番，决定前去拜会方老板。

下午一点多，赵家祺手拎礼品如约赶到了位于浦口镇的丰顺货行。与门口店员打过招呼，赵家祺穿过前厅走进后堂，老王在客厅里远远地看见了赵家祺，便迎了上来，招呼道："赵老板，请进，不巧几分钟前突然来了三位客人，方老板正在接待。"

赵家祺一进客厅，抬眼一看，一下愣住了，客厅里坐着三个人，正是邓风盛、王向楠和豹队长。

见赵家祺进来，豹队长同样一脸错愕，但马上笑着说："哟，是赵老板，这么巧啊，多日不见，生意还好吧？"

赵家祺立马应道："豹队长好啊，的确好久不见了！现如今生意大不如以前啦，但话说回来，兄弟只是随便混口饭吃，挣多挣少影响不大！"说完，他又向方老板寒暄道："方老板，您好，今天多有打扰了。"

方老板正欲招呼赵家祺坐下，邓风盛起身朝二人抱拳道："方老板，赵老板，估计你们有生意要谈，我们就先告辞了。方老板，刚才我们所谈之事，望您再考虑考虑。"说完，邓风盛三人出了门。

方老板将三人送至门口，折身返回客厅，和赵家祺隔桌而坐，客气地说："赵老板果然玉树临风，年轻有为。经常听王管事提到您，说您做事干练豪爽。之前一直缘悭一面，今天正式相见，幸会幸会！"

"方老板您客气了，老王跟了您二十年，十分敬佩您的为人，我来南京半年时间，一直承蒙老王照顾，当然，实际上是得到了您的关照，今天我带来东北的人参和鹿茸，略表心意。"

"赵老板太客气了，这些东西现在都是稀罕物，南京地面上估计很难看到了。谢谢您啦！"方老板接过礼物，递给了老王，老王接过，转身放到了客厅的里间。

"方老板，最近生意怎么样啊？您家大业大，时局发展到这个样子，不知您后面有何打算？"赵家祺这句话一下子戳到了方老板的痛处。

"唉，现在我就是在为这个事发愁啊！年前十月份过后，生意一天不如一天，现在生意差不多只有去年的两成，我都不知下面该怎么办了！不说了，不说了！"方老板叹了一口气，接着问道，"赵老板，你的情况如何？"

"和您的状况一样，我周围的几个朋友都是如此，现在不是谈生意如何的时候啦，而是下一步怎么办。按现在时局的发展速度，南京，甚至上海和杭州，估计也保不了多长时间，共产党过来是早晚的事。方老板是明白人，您看看现在，政府和军方的人哪一个不是在打着自己的如意算盘，来头大的早就把后路安排妥当，家眷能走的也早就弄走了。像我们这些生意人，过去早作打算还有可能，但现在就是想走也很难了，特别是您这样的大家族，举家带业就更难了。据军方的一位朋友私下里透露，现在机场和铁路管控很严，就我个人而言，我不准备走，宁为守家犬，不做离散人，母亲年事已高，我是不想走的。再说，我一介草民能到哪儿去？就是勉强去了，后面的日子能有什么保障？反正我一个生意人，从没干过什么伤天害理之事，不用担心共产党来了会对我们动手。"赵家祺把自己的想法都说了出来，亮明了自己的态度。

这时，老王在二人的旁边静静地坐了下来。

方老板淡淡一笑，说："是啊，我也经常私下琢磨这个事，你说的也在理，在哪不能挣点养家糊口的钱啊？"

老王看了一眼方老板，对赵家祺说："赵老板，我们方老板一向为人和善，生意做得也不错，这些年也积累了一些家业，最近社会上人心浮动，方老板也很担心。做生意就是靠人脉，先前的一些比较好的关系，如今变动很大，有的人一走了之，无大树荫庇，怕过不去现在这个坎啊。"

赵家祺端起茶杯，轻轻吹去面上的浮茶，不急不慢地喝了一口，放下茶杯说："这个我能理解。方老板，实话实说，我来南京之前在东北跑过几年生意，今天带给您的东北特产就是那时积累下来的。国民党和共产党的生意我都做过，大家都要吃饭，作为生意人我们只要本分做事，和谁做不是做啊？这么多年下来，我自己的感触是，共产党的生意虽然没有国民党的量大，但好做，人家绝对是言而有信，有时即便是拖了一点时间，付钱的时候人家都会加息付给你，所以说实话我不担心共产党来。方老板可能没和共产党打过交道，我是经历过的，现在我做的都是国民党的生意，一对比就出来了，到现在我还有一些钱没结清，人头一换，就死活不认账！好在是大头都回来了，剩下的不给也就不要了。"

沉默一会儿后，方老板接着赵家祺的话说："赵老板说得在理，国民党大部分素质都不行，无论是政府和军队，都只想着自己捞黑钱，与他们相处这么多年，我很清楚，他们当中不少人黑得很，有的生意我做起来都害怕，挣十块钱有八块不是我的，但交给你又不能不做，也不敢不做。和他们做生意挣钱，我都得处处低头装孙子，总是如履薄冰、战战兢兢啊！"

这时，老王问了方老板一句："方老板，刚才的事能在赵老板这里说吗？"

方老板哈哈一笑说："都到这个地步了，还有啥不能说的，人家赵老板对我们都这么推心置腹的，没事，说吧！"

老王看着赵家祺说："赵老板，刚才保密局邓处长和南京站的王站长您应该认识吧？他们两个来找我们方老板，目的是想带点私货到上海，说如果运送到上海实在太困难，运过苏州就行。我们方老板很清楚，这些人的货是他们这么多年搜刮囤积的私货，都是不明不白的，上飞机他们资格不够，走公路一路盘查也不行，只能走水路，于是就想到了我们方老板。他们让我们出船，他们出通行证，我们本来有五条船，也是我们方老板这么多年打下的家业，上个月军方强制征用了四条，现在只剩下一条船。他们答应的酬金还好，货也不多，十几个木箱，但是他们就这一点货就要用我们这么大的船，本身浪费不说，问题是我们这几天也有一批货要往上游走，所以我们方老板很为难，不知该怎么办才好。"

赵家祺沉吟了一下，随即谈起自己对此事的看法。

"邓凤盛、王向楠和他们手下的豹队长我都打过交道，他们表面上和和气气，实则卑鄙龌龊，一旦翻脸，那可是六亲不认。他们既然找方老板，估计自己也是遇到了难题，按说凭他们手中的权力，自己是能够解决的。他们现在登门相求，大致有两种情况，一种是确实找不到船，现在江面上的民船都被管控，而且民船基本上没有机器动力，速度慢就会增加不确定因素；另一种情况就是这批物资要么特别重要，要么特别值钱，他们找你们就是求个稳妥，万一出现意外，责任可以转嫁，因为你们有赔付能力。方老板您想想，你们之间过去的接触多吗？如果多了，可能还会有其他原因。如果不多，可以断定，你们现有船只的信息是他们在下关的下属提供的，他们个个像狐狸一样，嗅觉灵敏着呢，不知我说得对不对？"

方老板听完赵家祺的分析，先是倒吸了一口凉气，然后站了起来，在房内踱来踱去，低着头默默地思考着，很显然，方老板认为赵家祺的分析透彻在理，一针见血。

"赵老板，我们方老板倒和他们的上司有过接触，自认识邓处长、王站长和豹队长他们后，这三人从面相来看让人感觉心里不踏实，后面就没有什么来往，现在他们的那些上级大都已不在南京了。这个事情我们心里也没有底呀，您看看我们方老板愁的。眼前这个形势，如果拒绝就得罪他们了，如果答应又实在为难，唉！"老王说完也长长地叹了一口气。

客厅里完全沉寂下来,静得只能听到方老板轻轻的踱步声,又过了一会儿,方老板说话了:

"王管事,这样吧,我们这批货不是到芜湖吗,干脆下完货让船接着往上走,开到铜陵停下来,耗点时间,等过了这一阵子,邓风盛他们等不及了不就过去了吗?"

方老板的这个办法,老王感觉不妥。

"方老板,这样做能行吗?您让船立刻开走,保密局那里明天不来后天还能不来吗?他们肯定清楚您是在搪塞他们,这样不就公开矛盾了吗!再一个,如果没有其他的渠道,他们一定会死盯着我们的船回来的!看来我们还得再想个两全的办法。"

老王的话合情合理,方老板又开始在房间里走来走去,屋内再一次沉寂下来。

看到这个尴尬的场面,赵家祺从座位上站了起来,轻轻地说了一句:"方老板,老王,我有个想法不知是否合适。"

"请说!"方老板停下脚步,与老王不约而同地把目光转向了赵家祺。

"我有个朋友,他手里有条船,船不大,动力也不错,我有几批小货都是找的他。这人现在把船托给了我的一位亲戚,他到南边躲一段时间,说是等局势好转再回来。他托付的亲戚不做这个业务,所以船一直闲置着,这个我可以帮你们说合一下,借他的船,你们找个船老大就可以了。"

老王随即提出了一个问题:"那如果中间出现了问题,保密局的那些人能耐大得很,他们一定会查清楚其中关关节节的,会不会牵连到你们?赵老板,您的意思我明白,是为我们方老板着想,但您和您的朋友怎么办?再说又是我们方老板介绍的,出了事方老板一定会牵扯其中,我感觉有些不妥,方老板您看呢?"老王把疑惑的眼光投向了方老板。

只见方老板紧皱着眉头,时而摇头时而点头,一时也拿不定主意。

赵家祺移步走到方老板身边,郑重地说:"方老板,我有一个大胆的想法,但不管行与不行,这个话是不能出这个门的。"

方老板一听这话,来了精神,靠前一步说:"赵老板,这个您大可放心,我方某人做事其他的不敢说,但知道做人立世的规矩,您尽管说!"

老王也走到二人身旁,补充了一句:"方老板和赵老板,你们两个我接触都不是一天两天了,做人做事都光明磊落,赵老板,直说无妨!"

"行,既然二位这么信任我,那我就直说啦!刚才我想了想,保密局的这批货应该不是金银珠宝。如果是这类东西，体积小，他们有的是办法弄出南京，不会费此周章。这批货有十几箱，里面的东西该是同类的货，一箱两箱不一定值多少钱，但一多就不一样了。如果我没猜错的话，文物、字画居多，他们一箱一箱地拖走很麻烦，风险也大，拖一箱和全部拖走是一样的风险，托付给您，有点赌一把的意思在里面。他们敢冒如此大的风险，东西一定是不希望为外人所知，一旦泄露，别说在自己部门说不过去，在上级那里他们也是有杀头危险的。既然这样，干脆我们一不做二不休，让他们吃个哑巴亏，把这批货劫喽！"

赵家祺的这句话是方老板万万没有想到的，惊得他犹如头顶上炸了个响雷，嘴大张着，大半天都没合上。老王也是一脸惊愕，二人都瞪大眼睛瞧着眼前的年轻人，许久说不上来一句话。

看着二人惊恐的神态，赵家祺微微一笑，凝视着方老板说："怎么样？"

方老板还在惶恐中没有回过神来，怔怔地看着赵家祺，没想到自己在生意场上叱咤多年，胆子已不算小了，在政府和军界警界之间行走可以说是游刃有余，没想到眼前这位不鸣则已，一鸣惊人！年轻人竟有如此胆魄，这是自己万万没有料到的。

赵家祺知道方老板的担忧之处，接着说："方老板，具体操作是这样，您找个理由把您的船推掉，并向邓风盛、王向楠介绍我说的那条船可以帮运。但在这中间我不出现，因为他们一旦知道有我，定会有很多疑虑，那样就麻烦了。方老板，您可以说还有其他人的一点私货一同要运，可以说出一两个在南京地面上有头有脸的人物，估计他们会更放心。一旦他们同意，后面的事交给我来处理，到时我让他们谁也找不到，您过后还要找他要人要船，让保密局哑巴吃黄连，有苦说不出。至于保密局的这批货，我不要，方老板您也不要，等共产党打到南京，估计也就是三两个月的事，这批货就以方老板的名义捐献给新政府。我相信共产党是是非分明的，再说，早期我和他们打过交道，说不定他们到南京来的头头里面会有我的朋友呢！"

一番讲话，赵家祺里里外外说了个通透，把过程也交代得滴水不漏。赵家祺说完后，方老板的神情逐渐松弛了下来，老王也吐了一口长气。

"后生可畏啊，耳听不如眼见，今天我也算是第一次遇见赵老板这样有胆有谋的人中豪杰，佩服，实在佩服！老王，给赵老板续茶。"

还没等赵家祺开口答话，方老板接着问道："想法是很好，唯恐百密一疏，万一哪个地方出点纰漏，那可是要掉脑袋的啊！"

"方老板，我相信我们把中间环节衔接紧凑，不会出什么问题，您就放心吧。很多事，想起来简单，做起来复杂；还有一些事，想起来复杂，但做起来容易。这件事属于后一种。"

赵家祺言谈举止的稳重大方、考虑问题的细致周全完全出乎方老板的预料，"行！那就按赵老板刚才说的办，王管事，你来配合赵老板落实。"

老王一边倒水，一边应道："好嘞，方老板放心，我和赵老板共过几件事了，他做事就两个字——稳当！"

三个人又闲叙了一会儿，赵家祺准备起身告辞。这时老王从里间拿出一个精致的礼盒递给方老板，方老板接过来，打开盖子介绍说："这是一件貂皮轻裘，听王管事说赵老板的未婚妻十分漂亮，宝剑赠英雄，红粉送佳人，我想这件礼物算是找到了主人喽！"

"这个太贵重了，不合适啊！"赵家祺颇觉惶恐，双手挡着，不愿接纳。

老王上前接过礼盒，说："赵老板，我们方老板也是性情中人，你不接就拂了他的美意了；昨天方老板就安排好这件东西了，你就别客气了！"

赵家祺无奈接过礼品，低声和方老板一番耳语后，微笑着和二位握手告辞。

在返回的路上，赵家祺感到神清气爽，原来和方老板碰面的意图是打算劝说他留下，争取方老板手里的资源特别是几条大船为将来解放大军渡江所用，没想到中间插进来保密局一事，自己便将计就计谋划了一场好戏，而且成功说服了方老板。这个结果超出了预期，下面的事情就是如何成功实施计划了。

第四十六章

从方老板那里回到住处，赵家祺正准备喝口水喘口气，小周突然走进他的办公室，说有重要情况报告。

小周向赵家祺汇报了小齐从李诗蓝那里刚刚得到的一个情报。"江阴炮台的地下组织打通了上层关节，可以安排我们两三个自己人进去，江北苏中支队征求我们的意见，希望尽快落实此事。你回来之前，我看过最近从部队来我们这里的人员的花名册，人选得不错，有对火炮比较了解的冯战平、郑华祥，有对作战地形比较了解的李四斗，还有上周才报到的谈才山，虽都是二十多岁，却都有五六年战斗经验。"

赵家祺仔细琢磨后，对小周说："可以，明天你把几个人叫过来，我和大家碰个头再做决定。上级说没说什么时间去？"

小周回答说："暂时没有，让等通知，时间应该不会太长吧。"

随后，赵家祺把下午和方老板沟通的事情详细地介绍了一番，并让小周马上着手安排。

正如老王所料，第二天一大早，方老板还在吃早饭，邓风盛和王向楠来了。王向楠手里还拎着一个皮箱，离老远就招呼道："哎呀，我们来得有点早了，方老板还在用餐啊？"

方老板立刻起身招呼。

老王赶紧让人收走碗筷，沏好三杯绿茶端了上来。三个人在桌边坐下，邓风盛轻声问道："方老板，昨天来的那个姓赵的找你有什么事吗？那个人，鬼精得很。"

方老板问："邓处长也认识赵老板？"

邓风盛答："知道，不是很熟，这个人才来南京不到半年，就和我们政府还有军方的一些人混得很熟，只是这个人的背景有点说不清楚，整天神神秘秘的，不过我和他没有一点关系，这个我得说清楚。"

方老板笑笑说："我这人，做生意从不关心别人出身背景，只要讲信用就交往，朋友多了路子宽嘛。"

邓风盛嘿嘿一笑，说："方老板说的也对，您现在和他有业务往来吗？"

方老板知道邓风盛问话的意思，就直截了当地回答："实不相瞒，昨天赵老板来，手里有一批货想发往无锡、上海方向，过去呢，我们合作过几次，还算愉快。他人倒是很爽气，但我现在手里只剩一条船，自己的货刚够装，他的货能装我两船，这哪行啊？再说又不是一个方向，所以我就委婉地回绝了他。这不，昨天下家还催我尽快走船，就怕夜长梦多啊。"

方老板的这句话，不但撇清了和赵家祺的关系，也把邓风盛的路堵上了。

一听这话，邓风盛急了，急忙接着问道："哎呀，那我的货怎么办，我们可就指望方老板您了，我们那批货特别急呀！"

方老板回答："我这条船估计危险，邓处长，这样，您等我这条船回头行不行？时间不会太长，船一个来回也不过七到十天，应该来得及吧？"

"不行，不行，大船在上海只能等三天。"邓风盛连连摆手。

"实在不行，只能想其他办法了。"方老板的话刚说个头，邓风盛目不转睛地盯着方老板。方老板站起身，冥思苦想了一阵，接着说："邓处长您看这样行不行，我有一个朋友，手上刚好有一条船，他这段时间一直躲在外面，想等这里稳定了再回来，这条船现在他朋友手里代管着，动力很好，但没有船老大，船老大倒好找，问题是他朋友也有点私货想通过上海走，没有通行证走不了，我看你们一起走得了，你们之间互不打听，都派两个自己的人看好自己的货。船一上岸，各走各的道，只当都不认识，您看这样行不？"

针对方老板提出的办法，狡诈的邓风盛思考了很长时间，最后无可奈何地问道："您这个朋友可靠吗？哪里人？在哪儿住？我们不清楚不行！"

方老板解释道："我也是昨天找的人家，你们的身份我没敢露，要是说了，人家肯定害怕，他们不敢和你们打交道啊。他们手里没枪没弹，说白了，人家看中的是你们手里的证，你们是借他们的船，运费你们不用掏，但你们得付油钱和船老大的工钱，船上没油我来加，船老大我来找，这点费用你们应该没问题吧？"

"钱不是问题，但这样我总是感觉不妥，不知对方根底，心里不踏实。"邓风盛面露忧色。

方老板一摊手道："那这样，你们就耐心地等我这条船回来，这样总可以了吧？邓处长一直没找过我，这点事我必须得上心哪，再说，上海那边也不仅仅就一条船出海，早点晚点应该影响不大吧，等下一班不行吗？"

邓风盛急忙摇头："具体情况方老板你不清楚，我们也不便说，但这批货必须得赶上海这艘船，赶不上会出大问题的。"

方老板搓着双手，眉头拧在一起，嘴里喃喃自语："这咋办呢？这咋办呢？"

这时，老王走到方老板身边提议："方老板，赵老板那里不是有不少货吗，他现在估计也在想办法，反正邓处长他们的货也不多，干脆把邓处长的货配进去，我们就说是自己的货，接货时各走各的。我们过去不是帮过他不少忙吗？这时候他应该不会拒绝我们，邓处长和王站长都急成这样了，我认为这也不失为一个办法呀！"

方老板侧身看着邓风盛，只见他连连摆手，说："不行，不行，我就是不运也不能和那个姓赵的裹在一起，对这个人我不放心。"

老王听到邓风盛的这句话，退后两步，站在了一边。

方老板见大家都不再说话，安慰邓风盛说："邓处长，你让上海那边再想想办法，拖延一两天，我这边多催催我们的船快点，两边都想想办法，都往中间挤出点时间,尽可能地不耽误事。"

"问题是上海那里已安排好了。唉,没有其他办法,还是用你朋友的船吧。钱,我已带来了。"

王向楠把皮箱放到了桌子上,打开皮箱,里面五根金条和十捆银元码得整整齐齐。方老板连连拒绝:"邓处长,哪要这么多钱?还是按刚才说的,只要付点油钱和工钱就行了,其他的也没我什么事,做生意我讲规矩。"

方老板问老王:"王管事,你算一下实际费用,需要多少拿多少,绝对不能多收。"

老王走到里屋,里面随即传来噼噼啪啪的算珠声。片刻工夫,老王从里间出来告知方老板:"方老板,我算了一下,按金条来算,两根不到,您看?"

邓风盛心中暗想,到现在这个时候做生意仍然这么讲规矩、不贪钱财的人,真是寥寥无几了。他走到桌子旁边,随手拿出两根金条,又拿出两封银元,放到了桌子上:"就这样吧,别再推辞了,下面的事就麻烦方老板了。不过,所有的货上船后,我们要最后检查一下船!"

方老板回应道:"这个没问题,但你们最好不要拆人家的货,我担不起这个责,其他的你们都按规矩办就行了。"

"行,就这么定了,明天下午装船,晚上走船!"邓风盛说完站起身,王向楠拎起皮箱跟在后面走了。

方老板送两人至大门外,才长长地舒了一口气。

过了十几分钟,老王出门了。

第二天下午将近五点钟,天色已暗,板桥渡口停着一艘机动船,吨位有五六十吨大小。方老板、邓风盛站在码头,王向楠、豹队长和老王在船上指挥装运,十几箱东西很快就从两辆吉普车上搬到船舱里,码得整整齐齐。另一批货先前已装好,两个年轻人负责看管。豹队长带领几个手下把船舱角角落落都检查了一遍,并对那两个年轻人仔细搜了身,留下三个自己的人,才招呼剩余人员上岸。豹队长朝邓风盛点头示意,表示没有发现任何问题。老王朝船老大喊了一声:"老常,可以出发啦。"

船灯打开,"轰隆隆"的马达声骤然响起,货船慢慢离开了码头,向江中心驶去。

邓风盛眼望货船渐渐远去,才带着王向楠和豹队长钻进吉普车。

货船通过下关码头时,江面上已是漆黑一片。只能看见船头不远处灯光照到的水面，浑浊的浪花不断地翻滚着。气温已经降到了零下，两拨看护人冻得缩头缩脚，躲在驾驶室内，坐在船老大常青身后，低声聊着天。

江南岸不时有探照灯在江面上扫来扫去，偶尔会有巡逻艇驶过，由于证件齐全，经过两次有惊无险的盘查后，货船在寒夜里继续破浪前行。不知过了多长时间，驾驶室里百无聊赖的两个年轻人靠在一起沉沉睡去，另一拨的三人中有两人也睡眼朦胧，一人仍瞪大眼睛不时地张望着四周。

常青一手握着船舵，一手夹着自制的烟卷，与眼睛瞪得大大的年轻人聊起了天："小伙子，你要困了就睡一会儿，到天亮还早着呢。"

"这哪敢睡啊，干的都是掉脑袋的事，不敢怠慢。"

常青呵呵地笑笑，然后说："真奇怪，什么货这么重要，白天不跑晚上跑，像我们这些跑船的最怕跑夜路，人困不说，主要是不安全。看不清两边，船不好开，也开不快。这一趟下来，人得累个半死。"

年轻人回答："什么货我哪敢问啊。本来我已请好两天假，回家看看老婆孩子，唉，又泡汤了。"

"你哪地方的人？"

"来安的。"

常青猛地一回头，说："哎呀，这么巧，我是三管集的，咱们离得不远啊。"

年轻人也很惊讶，说道："是的，我姥娘家就是你们那个地方的。"

"出来几年了，现在干什么过活啊？"

"十七岁那年出来的，在南京将近十年了，干什么就不便说了。"

"好好，这个我不问，你要是感觉冷了，身后有个小褥子，拿起来盖盖，后半夜会越来越冷。"

"不用，好好开你的船吧。"

常青叹了一声，说："现在这个世道，咋说呢，吃不准，整天人心惶惶，过了今天不知道明天是啥样子。我呢还好些，孩子大了，不怎么太操心家里了。像你这个年纪，出来混事也是不容易，你老婆现在也跟着你在南京吗？"

年轻人听到常青的自我介绍，也"唉"了一声，回答说："我难就难在老婆小孩这里，时局这个样子，我又不敢带他们来南京，小孩现在一岁还不到，我在南京平日里等于是待一天跑两天的，想都不敢想……"

这时他身边的人换了个睡姿，年轻人便不再说话了，眼睛静静地盯着窗外。

此时漆黑的江面上看不到一条船,岸边也没有了稀稀落落的灯光,年轻人不再言语,驾驶室只剩下马达的轰鸣声。常青一根接一根地抽着烟,眼睛直勾勾地望着前方,年轻人依旧双目圆睁,扫视着周围的一切。

突然,常青按响了汽笛。随着"嘟"的一声长鸣,常青身后的两个年轻人一跃而起,向另三个人扑去,两个熟睡的人刚醒过来,脖子上已经鲜血四溅,年轻人一下子愣住了,正欲掏枪,一把刀子已抵住了他的喉咙。

"慢!"随着常青一声大吼,明晃晃的刀刃往外偏出半寸,从年轻人耳边划过。年轻人还没弄明白怎么回事,手里的枪已被紧紧地攥在另一持刀人的手中,紧接着自己也被死死地按在地上。

常青把船停了下来,走下驾驶台,拉起地上的年轻人,对两人说:"不要杀他,刚才我们俩聊了一会儿,他心眼不坏,也是苦出身,来南京只是混口饭吃。"

年轻人脸色煞白,精神恍惚,还没有从刚才的突发状况中回过神来,傻傻地看着眼前的几个人,不知道下面要发生什么。

持刀的两个小伙子正是第一批派到赵家祺这里的解放军战士王进林和陈威。陈威低声问:"老常,船到哪儿了?如果船到了地方,这个人怎么办?你是知道的,万一这次行动泄露出去,那将会带来严重后果的!"

常青朝两个小伙子摆摆手,意思是让二人先等一下,他对还在瑟瑟发抖的年轻人说:"你叫什么名字?"

"李二贵,小名李狗子。"

"在保密局主要干什么?"

"一线跑、跑腿的,就是因为胆子小,一直爬、爬不上去,早就干够了。"年轻人看着还在汩汩流血的两具尸体,吓得语无伦次,浑身瘫软。

常青脸色铁青、怒目圆瞪:"李二贵,明确告诉你,我们是解放军先遣支队的,这批货我们早就盯上了,给你两条路选择,一是你自行了断,二是跟我们走,南京你是回不去了!"

"只要你们不杀我,到哪都行,我小孩一岁还不到,他们娘俩还指望着我呢!"李二贵说着说着便哭了起来。

常青拍拍他的肩膀,安慰道:"行了,不杀你,你老老实实地跟我们走就行了。"

几个人把两具尸体挪到船外,把驾驶室内简单清理了一下,船继续往下游开,在泰兴东七八公里处的花枝圩汊河口,岸边的几盏灯在夜色里忽隐忽现，常青知道苏中支队的人到了。

两条船靠在了一起，常青走到甲板上，一个人跳了上来。"潘定虎！"借着船灯，常青认出了潘定虎，两个人紧紧地拥抱在一起。他们算是老相识了，最近几次货物的交接都是他们两个人参与完成的。

潘定虎握着常青的手说："老常，我们要快点搬运，巡逻艇基本上每小时都会跑一趟。"

常青回答："行，我们马上下货！赵部长要求我们先和你们一起走，这里还有一个保密局的人，必须留在你们这里，他不能再回南京。我们三个明天从镇江那里想办法返回南京。"

"知道，没问题！你们六个人，我们带来了六具死尸，船上已经有两个，看样子还得拖回去两个。昨天一大早接到情报，我们就伏击了国民党的一个巡逻队，不知需要几个死的给你们打掩护，就全带来了。"

潘定虎说完就交代小船上的人准备接货。在漆黑的夜里，寒风凛冽，一群战士迅速地搬上搬下，不到一袋烟的工夫就全部装卸妥当。常青几个人上了小船后，小船迅速摇进了汊河，刚刚走了不到半里路，就听见一声巨响，机动船上升腾起一团火光，照亮了黑漆漆的江面。

在南京的城中和城东，有两拨人一夜都没睡，他们分别是稽查处的邓风盛和王向楠、福海贸易公司的赵家祺和周一新。随着天色慢慢变亮，双方都没有得到音讯，悬着的心变得越发焦急。

早饭时，小齐骑着车一脸热气闯进了福海贸易公司。赵家祺一跃而起，一把抓住小齐的手。

小齐喘着粗气说："赵部长，人和货已安全到达。"

"一切还顺利吧？"

"电文就这么多，等人回来就知道细节了，李小姐让我赶紧过来通知你，这里的电话我又不敢打，就直接骑车过来了。"

"行，你歇歇吧，老王那里知道吗？"

"我在公共电话亭给他打了电话，按约定，我就说了五个字'人已痊愈了'。"

赵家祺的心踏实了下来，小周安排小齐吃早饭去了。

南京保密局办公室，与赵家祺这边判若云泥的是，上午十点多钟，一个消息从泰兴保密局小组传到了邓风盛的耳朵里，犹如晴天霹雳一般，瞬间把邓风盛打蒙了，虚汗顺着他的脸颊直往下淌，整个人软软地瘫坐在沙发上，面如死灰。

邓凤盛接到的电话中说："昨夜，一条小机动船在泰兴东十公里左右的汊河口被炸，损毁严重，六具尸体面目全非，保密局已开始调查，据说船上没有任何东西。"

时间、人数、船型与运送自己货物的那条船完全一致，基本可以肯定，出事的无疑就是那条船了。王向楠惊恐地自言自语道："怎么会这样，之前我们对这条船的来历、同行货物的情况都摸了个底朝天，想不到……"

"唉，人算不如天算啊！"邓凤盛说话的同时狠狠地在自己的胸口捶了几下。

王向楠望着沙发里垂头丧气的邓凤盛，等了好一会儿，才轻轻地问："邓处长，下面怎么办？"

邓凤盛无力地说："我们的就算了，问题是里面还有局长的几箱东西，让我们怎么给他交代啊？你现在赶紧去看看仓库里还有什么值钱的东西，替局长补上吧。"

王向楠愣了一会神，像是想到了什么东西："邓处长，我印象中，年前从北极阁抓人时搜出来的几样东西还在我们这里，一直没动，您看……？"

"行，赶快去看看，留着，谁也别动，还有这个事谁也不能讲，等过了这段时间再说！你看完后马上回来，我们去姓方的那里，这两个王八蛋，老子非得枪毙他们不可！"邓凤盛气急败坏地骂道。

邓凤盛带着一帮人赶到丰顺货行，看到老王正在客厅里陪一个中年妇女聊天，旁边两个七八岁的孩子正在嬉闹。邓凤盛手下几个人拎着手枪把客厅围了起来，王向楠毫不客气地问："方老板呢？让他出来！"

老王一脸不明就里的表情，惊诧道："怎么了这是？我们方老板刚躺下午休，有什么事儿你们跟我说吧。"

王向楠眼睛一瞪："跟你说得着吗！现在就让姓方的出来！"

老王没办法只好进到卧室叫人，很快，方老板从里间一边系着衣扣，一边问："怎么了这是？"

王向楠示意几个带枪的跟班退出去，然后紧接着上前一步，凶巴巴地说："方老板，没想到你心黑得很哪，竟敢动党国的东西，快说，东西到哪儿去了？"

老王冲上一步，拦住了王向楠，质问道："你说的是什么话，你有什么资格来质问我们方老板?"

这时,邓风盛说话了:"我们得到的信息,船被炸了,东西也被抢光了,去的人也全被炸死了,这件事就我们几个知道,不是你们干的还能是谁?"

邓风盛的话还没说完,客厅里的妇女突然嚎叫起来,拉着老王的手哭喊道:"这是咋回事?我家孩子他爹在船上啊,这以后的日子咋过啊!"两个孩子听到自己的爹没了,也跟着嚎哭了起来。

听到邓风盛的话,方老板与老王一脸惊恐,怔怔地杵在原地。

母子三人的嚎啕大哭让话还没说完的邓风盛愣住了,指着母子问老王:"他们是谁?怎么回事?"

老王满脸愁容,摇着头说:"他们任就是这次出船的船老大的家属,早来了,得知船老大父亲病重,在这等他一块回去呢,现在可咋办啊?"

方老板急得直跺脚:"万万没想到,万万没想到啊!一下子就搭进去六条人命啊!邓处长,你们在泰兴不是有人吗,赶快查啊,如不行,我认识部队上的两个长官,也帮您查查,一定要查个明白啊。"

方老板说完,就要去打电话,被邓风盛拦住了,说:"部队查和我们查不是一样吗?我们的人正在现场呢。"

老王把仍在嚎啕大哭的母子三人劝进里间,安抚了好一会儿,里间仍然哭声不断。眼圈通红的老王走出来说:"邓处长,您别愣着了,赶快去找借船给方老板的朋友,他的地址我知道,往南走四五公里的张村,他住在村西头路边第二家,靠近铁路,叫张福林。赶快去,估计这会儿他还不知道消息。"

"噢,对对,赶快去抓人,抓到后立即把人带到这儿来。"听到邓风盛的命令,王向楠立刻带人冲出门去。

这时候,那位中年妇女又从里间出来了,拉扯着老王的衣袖哭着喊道:"王管事啊,以后这个家就完了,你得为我们主点事啊!"

"邓处长这不是来了嘛,再说也不一定就是这条船啊!别哭了。"老王劝道。

"你说啥,还不一定?我一个妇道人家,你们可不能骗我啊!"中年妇女一边擦着鼻涕一边哭叫不停。

客厅里的人都处于极度的烦躁和压抑之中,一边哭声连连,另一边方老板和邓风盛在低头交谈。

随着院外"嘎"的一下停车声,王向楠奔了进来。

"人昨天就不见了,听邻居说,今天天不亮就有部队的人去抓他。据说张福林的船上也有军队高官的货，估计和我们的情况差不多。"

"砰"的一声，邓风盛的拳头重重地砸在桌面上，咆哮着骂道："这个王八蛋，老子恨不得剐了他。"

王向楠接着问："邓处长，下面怎么办？"

"怎么办？查，一查到底！老子真是倒了血霉，回去！"

邓风盛手一挥就要走人，老王追问道："邓处长，您别走啊！您一走，我们这里怎么办啊？"

"回头再说！"邓风盛不耐烦地回了一句。

邓风盛一行人还没出大门，就听到院内的哭声更大了，那是只有处于极度绝望的人才能发出的撕心裂肺的哭声。

说来巧合的是，常青的老婆孩子真是来找他回家看望重病父亲的。邓风盛来之前老王并没有把事实的真相告诉她。事后很久，老王才把真相告诉了常青的老婆，但常青已经更换名字上了方老板租借给国军的大船了。常青老婆两天后从丰顺货行离开时，老王交给了她两百大洋，让她先别急着找常青，赶紧回去给老人看病。

张福林也确有其人。

赵家祺按计划安排刚进九十七师的董世贵等几人去了张村，给了张福林一大笔钱并造了声势，从此张福林在南京的地界上销声匿迹了。

至于那批货，事后证实绝大部分是古玩字画，其中宋元明清四个朝代的珍品不在少数。那一晚，货物被运到苏中支队后，部队上的人不懂字画，就严严实实地封好，埋进了一家农户的地窖里。解放军占领南京后，才派专人运到北京。后经专家鉴定，这批货物中有国家一级文物二十一件，二级文物两百四十四件，还有一批精美的金银玩物、玉石摆件等。新中国成立后，这批历经磨难的文物分别被故宫博物院和南京博物院收藏。

第四十七章

李诗蓝下班后来到赵家祺厂里，今天二人约好晚上去看场电影。赵家祺简单收拾好东西，正欲出门，电话铃响了。

电话是张铭宇打来的："喂，兄弟，几个朋友约好晚上吃个饭，你早点来啊，绿柳居309包间。"

"我今天有点事，你们聚吧！"

"我订了一桌好菜,还备了几瓶竹叶青酒,你不来可别后悔啊!"赵家祺从张铭宇的暗语中得知,这次聚会定有重要情报相告。

赵家祺冲着李诗蓝苦笑了一下,无奈地说道:"行吧,你小子做事没边没沿的,有事也不早说,我四点到行了吧?"

"好,等会儿见!"

李诗蓝一脸无奈地笑笑说:"真是的,又去不成了,那我回去吧,你送我到马群就行了。"

"那哪行啊,你坐一会儿,等会儿小周送我们。我直接去饭店,要么我们一起去?"

"我才不去呢,你们男人吃饭胡吹海侃的,还总拿我开玩笑,我受不了!你去吧,少喝点酒!"

稍停,李诗蓝又说,"家祺,听小齐讲,最近我住处附近又有陌生人出现,不会是敌人察觉到什么了吧?我们都要小心啊!"

"这个事老王跟我说过了。现在电台在哪里?"

"转到延龄巷了,这样方便和安全一些。"

望着李诗蓝,赵家祺神情严肃地叮嘱道:"减少使用频率,因为我们还有其他的渠道获取情报。你这里的电台只能在关键的时候使用。保密局和卫戍司令部稽查处怀疑我了,自然会牵涉到你。我们准备向组织上申请,请他们在合适时间让部队派一个发报员来,到时候你只负责送情报就行了。再坚持一段时间。"

"好!你那里情况怎么样,有危险吗?"比起自己,李诗蓝更关心赵家祺的安危。

赵家祺淡然一笑,平静地说:"不用担心我,他们对我只是怀疑,并没有抓到什么证据。现在国民党有点慌了,前天,也就是十五号,国民党天津守军司令官陈长捷及以下官兵十三万人被围歼,陈本人被活捉。天津解放后,北平已被解放军铁桶般围了起来,北平何去何从,近期将会见分晓。目前南京的形势很复杂,保密局那些人都在为自己想着后路,两天前他们的一批私货被我们截获,估计最近会像疯狗一样进行反扑,大家都注意点。"

"好的,最近我们局里人员变动也很大,有的人莫名其妙地消失了,现在全局只能维持基本运行,大家都心神不定,感觉事情越来越多,但愿意干事的人越来越少,我都不想干了。"

"你不能动,还要和往常一样。你不干更容易引起敌人的怀疑,在里面再坚持一段时间吧,估计这样的日子不会太长了。"

"嗯。"

这时,小周喊道:"赵老板,车子好了。"

汽车开到明故宫时,军警拦住了去路,一个腰挎手枪的军官走到车子旁边,问:"干什么的?到哪儿去?"

小周头伸出窗外,没好气地回答:"没看到政府的车牌吗?到新街口吃饭!"

"此处戒严,改道。"军官不容置疑地命令道。

小周问:"为什么戒严,我们要直走啊。"

军官手一挥,说:"废什么话,快走!"

车子只能变道向城里驶去。

绿柳居309包间里热闹非凡,张铭宇为大家张罗着茶水和瓜果点心。赵家祺走进房间一看,大部分认识,夏瑜莹也在其中,只有个别人是第一次碰面。

熟识的相互寒暄,初见的互道"幸会"。在张铭宇的介绍下,初见的也很快彼此认识了。

打扮得花枝招展的夏瑜莹像一头欢快的小鹿跑到赵家祺身边,挽着赵家祺的胳膊说:"哥,你来了,今天是我请客,知道你忙,怕请不动你,就只能拜托张大哥叫你了。"

"你怎么也认识这小子?你们又不在一个部门。"赵家祺指着张铭宇,不解地问。

"哎呀,你这脑袋,天天就想着挣钱,晓辉是我表哥,不是你们的老同学吗?"

"噢,这茬我倒忘了。晓辉人呢?"

"他今天会来的,一大早就出发了,估计快到了吧。"夏瑜莹说完拽着赵家祺走到沙发旁,自己也挨着他坐了下来。

夏瑜莹今天的到来,反而让赵家祺心里犯了嘀咕,不知道张铭宇组织这个饭局究竟有何用意。但看着这么多人开心地聊天打牌,自己不便再询问什么,就与夏瑜莹闲聊起来。

"最近怎么样啊,工作顺利吗?"赵家祺关切地问。

"还行,就是事情杂,也没什么大事,天天干些跑腿、送文件的闲差,没多大意思。你也不来陪陪我。"

"听这口气,感觉你有点不想干了?"

"这就是今天的主题啊!"小姑娘睁大眼睛俏皮地回答。

"就这个事啊,那我回去了,今天我还约了朋友呢!"

说着话,赵家祺假装起身要走,立刻被夏瑜莹按住肩膀,连连解释:"哥你怎么说走就走啊!一点都不给我面子。"

他们二人的对话被旁边打牌的张铭宇听到了,骂道:"赵家祺,你小子架子不小啊,妹妹,让他走走看,他只要出这个门,我打断他的腿!"

赵家祺也调侃说:"张大处长,吃个饭还这样欺负人啊?你们吃饭我看还不行吗!"

张铭宇白了他一眼,说:"唉,这样最好,把你小子饿死在这儿,也没人抬你!"说完放声大笑。

夏瑜莹截断了二人的对话:"行了,行了,今天是我请客,让我开心一点好不好,两位哥哥?"

张铭宇头转了过去,接着玩牌,赵家祺也笑了起来。在赵家祺还想接着问话的时候,解晓辉进来了,他身穿西装,胳膊上搭一件毛料外套,油亮亮的头发看上去就是蚂蚁爬上去也会滑下来。解晓辉一进门,就大声喊起来:"抱歉啊弟兄们,来晚了,今天我代我表妹请客,一切我来。"

大家纷纷调侃:"财主来了,今天我们大家要狠狠地敲他一杠子。"

凉菜陆续上齐,大家彼此谦让着落了座。夏瑜莹看了张铭宇一眼,说:"张大哥,这个开场白你代我说吧,我怕说不好,让几位哥哥见笑。"

"行!"张铭宇清了清嗓子,说道,"今晚其实是夏小姐,就是我们大家共同的妹妹邀请的,安排这桌酒席主要有三层含义,一是今晚是夏小姐二十三岁生日,她的父母来不了南京,就委托我邀请大家聚聚,借此机会对在座的几位哥哥对她的关照表示感谢;其次是现在政府各个部门都在缩编,近期很多部门会陆续南迁广州,在座的各位中可能有人离开南京,趁此机会给要走的兄弟们搞个告别宴。最后,也是最重要的,夏小姐自己也有喜事,职位升迁,现在是保密局机要室副主任,在此对她的升迁表示祝贺!"

房间里响起一阵热烈的掌声。

赵家祺起身举杯,面朝夏瑜莹说道:"我提议,祝夏副主任生日快乐,干杯!"

一阵"乒乒咣咣"的碰杯声后,夏瑜莹一饮而尽。喝完满满一杯红葡萄酒，她的脸上泛起红晕，整个人显得愈加娇美可人。位于众多男性中间，夏瑜莹犹如绿叶丛中一点红，开朗的性格博得在座各位极大的好感。众人纷纷举杯向她致贺，气氛十分热烈。

赵家祺举杯向在座的各位敬酒时，问了一句："铭宇，刚才你说的要搬走啥意思？你们这些当官的搬走了，我们这些老百姓怎么办？我们是撤还是留呀？"

赵家祺今天刚认识的国防部一厅五处科长施岩说："赵老板，我们不一定都搬走，谁搬走还不清楚。这是蒋总裁的一个备用方案，先撤到广州的估计都是一些高官和主要部门，听说像铁道部、行政院、交通部、监察院等先去占个地儿，国防部大部分部门和人员还在南京。话说回来，共产党要想打到南京也不是容易的事情，因此你不用担心，该做的生意继续做！"

几杯白酒下肚，解晓辉有点微醉，走过来搂着赵家祺："担心啥，管他共产党、国民党，谁来管事我们还不是一样活？"

"我和你不一样啊，你财大气粗，后路都想好了，香港或者美国都有落脚点了吧？我就那一点家底子，共产党一来，三捣鼓两折腾就没了，到时我喝西北风去啊？"赵家祺一脸愁容。

解晓辉拍了一下赵家祺，一通豪言壮语："老同学，别担心，你要真没地方去，就到我那里！有我的还能没有你的？你把心放肚子里就是了！"

夏瑜莹也偎在赵家祺身边，挽着他的胳膊说："哥，别担心，就是我表哥不管你，我也得管呀，反正我是哪儿也不去，就跟哥在一个地方。要不我找关系也把你搞到政府部门里吧？"

"你们那活儿，哥可干不来。"赵家祺佯作惊慌地一笑。

等整个房间里的喧嚣声小了一些后，张铭宇谈到了国民党高层中的一些动向："昨天，蒋总裁下令将京杭警备总司令部扩大为京沪杭警备总司令部，委任汤恩伯为总司令，负责苏浙皖及赣东的军事，会同华中'剿总'白崇禧部共同负责长江防御。看来后面的局势堪忧啊！国共估计要来一次硬仗，问题是像我们这些人怎么办？如果走不掉，被共产党抓起来那就惨啦！"

一直跟着张铭宇的参谋赵明亮打趣道："张处长，像您这样的要是再跑不掉，像我这样的就只能等收编啦。别想那么多，今朝有酒今朝醉吧！"

赵参谋的话引起一阵笑声，大家纷纷举杯。

蒋介明"嘘"了一声，大家安静了下来。他轻声说："大家小点声，别没被共产党抓起来，先被那些王八蛋铐起来了。不知大家是否听说了，蒋总裁现在被桂系的人逼得走投无路,整天不敢出门。李宗仁联络了对蒋有意见的一些国民党元老还有对蒋不满的军队高官,逼蒋下台。现在政府内要求蒋下野的呼声很高,美国政府也对蒋的执政能力感到十分失望。白崇禧此时当起了牵头人,这家伙对蒋总裁、汤恩伯、陈诚、顾祝同等人意见大得很,特别是将徐蚌战场的失利归咎于这几个人的指挥。大家都知道,徐蚌会战,总裁本来是要用白做总指挥的,但他本人感觉不对头,就退回到自己的老地盘去了,后来总裁只能无奈用了刘峙那个草包。因为啥呀?刘峙听话,现在徐蚌会战输了,估计白崇禧嘴都笑歪了,总裁现在又不敢动他,华中的江防还要靠桂系支撑着。听总统府里的好友说,蒋估计要下台,去意已定。"

"不会吧,老蒋会甘心下野?现在政府里掌握实权的人大部分还不都是老蒋的人?"有人插话说。

蒋介明接着说:"问题是战局不利,总要有人背黑锅,老蒋没法给大家一个满意的说法啊!再说,桂系的那帮人势力也不小啊,李宗仁本身就是副总统,他早就暗暗地盯着总统这个位置了。"

"姓蒋的真无能,也包括你这个蒋介明!"赵参谋的话让大家先是一愣,紧接着爆发出一阵笑声。

大家谈兴正浓之时,张铭宇朝赵家祺示意一下,俩人心照不宣地先后出了门。三楼的顶头是一个凸出的阳台,从阳台上可以看到夫子庙的一角。楼下的行人已渐渐稀少,偶尔可以看到警察懒散地走在青石板上,打量着从身边走过的行人。张铭宇递给赵家祺一支香烟,各自点上,烟雾慢慢地在走廊里弥散开来。

赵家祺的烟瘾本身就不大,有一口没一口地抽着,问:"铭宇,你们现在的情况怎么样?真要搬走吗?"

"现在还难说,一部分人已迁往南边,国民党只是对南京这个地方信心不足,做一个临时调整。老蒋不可能放弃长江以南。蒋下台的可能性很大。我走不走不是我说了算,这个要看情况,到时我还要根据华东局的指示办。家祺,你那里情况怎么样?"

赵家祺猛吸了一口烟,扔下烟蒂,低声说道:"我们一直按照华野首长的要求紧锣密鼓地工作。苏中军分区一直在配合我的工作,江南一线已经过来很多我们部队上的人,后面的工作虽然不容易,但我们的人马已经比我刚来时强壮得多了,从芜湖、马鞍山、南京到苏锡常沿线,我们的人在各个点,为部队渡江做着前期准备工作。淮海战役结束后,我们的先头部队已陆续推进到江边，我这里马上就要安排各个点与江北的先头部队接头，全面展开工作。"

"太好了，这样看来渡江的时间不会很远了，前天京沪杭警备总司令部已成立，国民党江防估计会有变化，近几天国防部会召开有关长江防御的会议，时间还没定，到时会有几个地方负责人来开会。江防部署应该就在这个会议上确定，这对我们来说，可能是个机会。拿到国民党军队最新部署计划，对我们的部队来说至关重要。"

"铭宇，我最近也一直在忙这个事。根据各地得来的情报，我也在绘制沿江各个点的国民党军队部署图，但对国民党军最新的调整和部署一直掌握得不是很准确。如果能及时掌握到这个会议的情报，对我们来说太重要了，你提供时间和地点，具体工作我来落实。"

"好的，我来了解情况。还有，听说老蒋要求部下制订一个破坏计划，主要针对桥梁、发电厂、机器制造等重要基础设施和大型工矿企业。不管老蒋能不能接着干总统，估计他们都会不遗余力地去执行。落实此计划主要靠保密局那帮人，我们厅只参与物资转移计划。"

两个人正在聊着，突然传来一个娇嗲的声音："你们俩干吗呢？都出来半天了，大家都在等你们呢！"

俩人侧身一看，夏瑜莹正站在包间的门边看着他们。

"出来抽支烟，透透气！"赵家祺说完，和张铭宇一道穿过走廊回了包间。

饭局接近尾声，赵家祺看了看手表，时针已指向十点。大家一一握手告别，解晓辉和张铭宇坐同一辆车走了，赵家祺提出送夏瑜莹到她在四牌楼的住处。

第四十八章

夏瑜莹挽着赵家祺的胳膊，在昏黄的路灯下走着。姑娘的心里充满了甜蜜。她不时地抬头看一眼赵家祺。此时的赵家祺眉头紧皱，他的心里反复思量着怎么和夏瑜莹谈论自己的隐忧。

"哥，你想啥呢？刚才看你特别开心，怎么和我在一起就心事重重了？你说出来，别老闷在心里呀！"

"唉！"赵家祺轻轻地叹了一声，说，"刚才餐桌上大家都聊到现在的时局问题，令人发愁啊。"

"这有啥愁的，船到桥头自然直，到时就会有办法的。"夏瑜莹看了一眼赵家祺。

"你没看大家都在担心吗？这个局势谁也吃不准，天天兵荒马乱的，真希望两党的争斗早点结束。小莹，你对时局怎么看？"赵家祺停下脚步问道。

"哥，我就知道你担心自己的处境。我啊，说实话，也不想干现在这个工作，这和我的专业一点都不对口，现在他们用我，就是看中我的英语好，目前部门有很多对外联系工作需要用到英语，其实我现在干的就是一个翻译的工作。最终我肯定会辞掉这个工作的。我也希望社会安定，有一份自己喜欢的工作就行了，具体谁上台，跟我也没多大关系。"夏瑜莹的回答让赵家祺放了心。原来，赵家祺一直顾虑重重，一方面希望夏瑜莹留在国防部工作，但另一方面，他又希望夏瑜莹尽早离开，在保密局这个大染缸中，涉世不深的姑娘很容易误入歧途，走上与人民为敌的道路。赵家祺与夏瑜莹交往时间虽然不是很长，但心里一直把她当妹妹看待，不想看到一位单纯的姑娘受到伤害。

想到这儿，赵家祺问道："小莹，时局肯定会发生巨变，刚才在饭局上我说不想离开南京，话虽如此，心里还是有点担心。按现在的形势，国民政府估计在南京支撑不了多久，很有可能在整个大陆都难落脚，不知你同意我的想法吗？"

说完赵家祺侧脸看着夏瑜莹。

夏瑜莹想了想，抬头望着赵家祺说："是的，哥，虽然我不大关心政治，但我在工作的地方经常听到这方面的议论，都是国共间争斗之事，同事们心里都清楚，国民党执政极有可能不会长久了。在国防部，一般的工作人员都成了热锅上的蚂蚁，级别高的则都想好了几条退路。听说毛局长在台湾的办公大楼都已准备好，元旦后在广州又找了一个临时办公地点，只要形势不对，立刻就可以飞往这两个地方。像我们这些底层的人，谁能去谁去不了，只能是猜测。我就是去上海也不去那两个地方，那些地方有什么好的！"

赵家祺长长地吁了一口气，说："小莹，你这样说我就放心了。哥不像你，你家境好，对生活的要求也高，可以说是衣食无忧。但我就不行了，一切全靠自己去努力，还要养很多人，我深知普通百姓生活的艰难，我们至少还有一碗饭吃，但其他的人那才叫一个难啊！种田的一季庄稼收成不好，就得饿肚子，做工人的一旦工厂停产或破产，境况比种田的还要糟，有可能就要上街讨饭。我担心的是到时候南京不知会出现什么情况，我个人是否会受到连累，生意能不能做下去也说不准，普通老百姓的日子就更没保障了！"

"哥，你真善良，一介平民，却心忧天下，但你能管得过来吗？"

"不是我能不能管得过来的事，如果大环境不好，我能好到哪里去？你应该清楚'城门失火，殃及池鱼'这句话吧？坛坛罐罐都打破了，这日子还咋过？我只是希望不管是国民党还是共产党当政，都不要伤及民生，老百姓不就指望着能过上太平日子吗？这是我最忧心的地方。当然这里面也包含了我的私心，毕竟我是靠社会稳定才能有生意做，市面萧条破败，不会有人买你的东西的！"

夏瑜莹瞥了一眼赵家祺，被这个有着博大胸襟和悲悯情怀的男人深深吸引。

两人的脚步慢了下来，夏瑜莹羞红着脸，故作镇定地问："哥，没想到你虽然是一个生意人，却和范仲淹一样，心里装着国家、想着百姓，太难得了。我很敬佩，和你在一起，我有一种说不出的感觉，你和别人不一样。那我问你，你感觉我怎么样？"

"很好啊，开朗、大方、漂亮又有才华，哪个小伙子看了不喜欢啊！"赵家祺赶紧把话题扯远一些。他很清楚，眼前的姑娘心理上很依赖自己，但他只能把姑娘当成自己妹妹一样对待。

夏瑜莹掐了一下赵家祺的胳膊，嗔道："呸，我要人家喜欢？你呀，老是和我揣着明白装糊涂！不过，我最近知道了你的情况，听我表哥说了，李小姐是你的未婚妻。"

赵家祺面带微笑，轻轻但坚定地点了点头。

"哥，明确地告诉你，从第一次见到你，我就喜欢上你了，你想跑也跑不掉。"

一句话说得赵家祺愣了半天，面对这个直率甚至有点蛮横的姑娘，他一时不知如何作答。

"哥，你别怕，我不会影响你的，我今后就把你当哥哥看！有你这个哥我也满足了。"

赵家祺暗自舒了一口气。

夏瑜莹发出一串银铃般的笑声，动听，爽朗而又纯净。

笑声过后，夏瑜莹作严肃状轻声问道："哥，你说实话，你是希望共产党执政还是国民党执政？"

"从做生意的角度来说，过去我和共产党、国民党都做过生意，共产党结账顺利一些。我说过了，你说说看。"赵家祺间接地回答了夏瑜莹的问话。

夏瑜莹抬手捶了一下赵家祺的胸口，一脸坏笑，说："你就是一个南京老油子，刚才你说话左躲右闪，说了大半天，不就是想套我的话吗？你直说吧，想要得到什么，我就是单单为了你也会去做的，更何况，我也认为你做的是对的。"

夏瑜莹话中有话，让赵家祺心里直犯嘀咕，更加摸不透她的心思，不知如何回答是好。

之后，赵家祺的脸颊旁传来了低语："哥，最近发生的几件事引起保密局和卫戍司令部稽查处更多的怀疑，他们虽然没有查到真凭实据，但都认定你是共产党。最近你得小心点，你不用告诉我你的身份，我现在不问，今后也不问，我们两个形成默契，不问不答，只做兄妹。前几天，邓风盛和黄兴中两个人分别找到我，让我盯紧你，找出你的破绽，还许诺事成之后向毛局长汇报，给我升职加薪。现在碍于你和军方的关系，他们暂且不会对你怎么样，但哥你自己做事一定要留心。"

赵家祺问："现在那个姓陈的不是在追求你吗？"

"哼，他那个样子，癞蛤蟆想吃天鹅肉！等着吧，看他天天万般辛苦我就开心，就是这小子把我和你一起吃饭的情况汇报到黄处长那里的。你们几方我都熟悉，我心里最清楚谁好谁坏，心该往哪儿偏、什么时候偏那就是我的事了，哥，我聪明吧？"夏瑜莹说完，脸上露出坏笑，赵家祺感到自己的胳膊被挽得更紧了。

谜就这样轻松地解开了，赵家祺心里又惊又喜。惊的是自己揣着明白装糊涂的一番话，没想到被自己认为毫无心机的姑娘琢磨得清清楚楚，喜的是，身边的这个女孩看似大大咧咧，却是一个懂是非、明事理的好姑娘，心里亮堂得很，以她的身份，后面必定可以助自己一臂之力。

赵家祺嘿嘿一笑，晃动了一下胳膊说："哥才不管什么国民党和共产党，我只管做好自己的生意，也谈不上什么把柄不把柄的。小莹，等过一段时间这里平静下来了，我感觉你还是回上海更合适。上海是大都市，经济比较发达，你到那里能发挥更大的作用。"

"我不，你在哪我就在哪，我觉得南京挺好的。我可以在银行、证券公司里谋个职位，也可以在政府部门工作，只要有一份收入就行，我的要求不高；再就是我还要参加你和李小姐的婚礼呢，做不成新娘可以做伴娘呀！"夏瑜莹的话里透露着天真，也夹杂着一丝酸楚。

"我的意思，你要学有所用，不能荒废了自己的专业，在上海你更能发挥出你的所长。再说，你在上海混好了，到时哥可以投奔你去呀！我大学没上完，浪费了最重要的两年时光，真是太遗憾了。"

"哥，你说的我能理解，关于工作的事情后面再说吧。还有，哥，我提醒你，一定要注意安全啊，这帮人笑里藏刀，鬼精鬼精的。另外，你也让李小姐多注意安全。"

"我知道了，过两天抽空我们一起吃个饭，你们两个熟悉熟悉。"

"好呀好呀，那下次见到李小姐后我就改口叫姐姐啦……"

两人一边走一边聊，不知不觉就来到了夏瑜莹住处的大门口。大门两边各有一个卫兵站岗。二人正准备告别时，大门里走出来一个人，正是他们刚刚提及的陈作群。陈作群走到二人面前，嘴里哈着热气说："夏小姐，我一直在等你，怕你晚上回来饿着，就买了一包你最喜欢的点心。"

"哟，很有心嘛，谢谢啦。"夏瑜莹朝赵家祺努了努嘴，问陈作群，"唉，这位认识吗？"

"当然认识，是赵老板。"陈作群低眉顺眼地回答。

"这是我哥，以后注意点，别挡我哥的财路，知道吗？"夏瑜莹直截了当地说道。

陈作群立刻上前伸出手，说："一定，一定，你哥就是我哥。"

赵家祺也伸出手和陈作群握了一下，又轻轻拍拍夏瑜莹的肩膀，说："行了，回去吧。太晚了，我也回去了。"说完朝街对过的一辆汽车走去。

"哥，再见。说好的过几天请我吃饭，可别忘啦！"夏瑜莹朝赵家祺挥着手。

赵家祺朝身后挥挥手，钻进了汽车。

此时在赵家祺的办公室里，老王和小齐正在焦急地等待着。小齐从李诗蓝晚上提供的情报中，获知了一个重要情况——当日下午华野的一个先遣小分队出事了。当时小分队在扬州东沙头镇一带了解民船及船工信息，两个战士走进天吉村时，被藏匿在该村的敌特蔡宝华和霍金山察觉了，遭到了伏击，两名战士牺牲。等小分队的其他人员赶到时，只看到三具尸体。战士挎包里一张标识过的地图、一份船工花名册和船只位置表丢失。除了牺牲的两个小分队战士，还有一个，经村民辨认，是蔡宝华。霍金山跑了。

事态严重，如不能及时找到逃跑的霍金山，我军的位置、船工的信息就会暴露，江对岸就是国民党军队黑洞洞的炮口，藏匿在暗处的船只将会在炮火下灰飞烟灭。

赵家祺的车子一进大门，老王和小齐就把情况作了介绍。赵家祺问道："这个霍金山什么特征？"

"中等个头儿，皮肤黑，眼睛不大，厚嘴唇，最明显的就是他的右腮帮靠近耳朵根有一个黄豆大小的黑痣。他经常会戴一顶黑棉帽，穿一身灰色的粗棉布衣服，不经意看，和附近的村民没什么两样。噢，对了，这小子手上戴一块明晃晃的手表。"小齐回答说。

赵家祺把小齐的描述记录了下来，稍加思考之后说："我先谈一下自己的思路，你们听听，然后再补充。霍金山对那一带的地形道路应该比较熟悉，估计不会走大路。现在江北边很难找到小船过江，只能乘坐交通船或者轮渡，他现在为了保命，肯定认为找到自己的上司后才最安全，所以他渡江后最终的落脚点不会是别处，定是南京。现在有两个问题：一是他是否已经联系上了自己的上司，如果联系上了，保密局肯定会派人去接应，那我们后面的工作难度就大了。第二个问题是，他会从哪个点坐船过江，我判断现在无非就三个点、镇江、龙潭和下关码头。龙潭是个临时港口，是供军队用的，他是保密局的人，我猜他从龙潭过江可能性不大。我们把控好另两个地方，应该能堵到他，大家看看这个思路行不行？"

老王咳了一声，说："家祺，我赞同你刚才说的。我补充两点，一是不管霍金山有没有联系上他的组织，这个人我们一定得找到，无论花多大的代价都要找。根据小齐介绍的几个特征，应该好找。现在从江北到江南的人比过去少多了，这便于辨认。我们多派些人手进行布控，不放过任何一个有可能过江的点，包括龙潭那里也要安排我们的人去。"

"行，你们还有什么要补充的？"赵家祺看了看身旁的小周和小齐。

小周说："我有一个建议，让江北岸我们的人制造点动静，逼霍金山早点过江，人一乱就容易出错，这样就能尽快地发现他的行踪，其他就按赵部长和老王说的办。"

经过一番讨论，最终大家确定了在五个有渡船的点蹲守——镇江、句容、龙潭、下关和板桥，重点是镇江和下关，每个点布置两到三人。确定方案后，大家连夜召集人员，奔赴各个点。

第二天上午，五个地方均没有一点动静，大家在焦灼中继续等待，到了下午时分仍然没有等来消息，却意外知晓了震动朝野的大事：蒋介石发表了

渡江

《引退谋和书告》宣布下野，由李宗仁代理总统职权。

后来，赵家祺从张铭宇处打听到，当天下午蒋介石黯然离开了南京。飞机起飞后在南京上空盘旋了一圈，然后直飞杭州。

直到晚上，霍金山仍然没有现身。赵家祺的心慢慢地悬了起来，此次行动的联络员小齐来过三次电话，都是简单的一句话："要买的东西还在路上，稍等，结完账后将会及时回复。"赵家祺陷入了沉思，到底人过江了没有？会在哪儿过江呢？难道之前的推测有误？突然，一个念头在头脑中闪过——霍金山可能会从下关码头过江。因为其他几个地点解放军的先遣队早已开始活动，国民党零星的驻军只固定在很小的范围内，霍金山自己应该很清楚。而此时在滁州至南京一线，还驻扎着国民党的大批军队，霍金山应该能感觉到自己只要到这一带，自身安全就基本没问题了，并且下关的轮渡是按点行驶，这样可以减少等待的时间，自然就减少了不确定因素。

想到这儿，赵家祺拿起了电话："喂，老王啊，我那批货还是在下关码头下吧，方便些，你多派些人手好卸货。"

第二天，天刚蒙蒙亮，下关码头渐渐喧闹起来。有卖包子馄饨的，有卖香烟火柴的，还有兜售私货的，码头两边早已蹲着两队扛包的苦力在等活。满眼的贩夫走卒，处处人声鼎沸，很难看到富贵人家的身影。经过化妆的小周、小李、贺小飞等人散落四处，紧盯着下船的每一个人。

轮渡每四十分钟一班。来一班，小周他们就瞪圆双眼扫视着川流不息的人群，绝不放过任何一个人。就这样等了好几班船，都没看到霍金山的影子。一次次的失望让几个人心急如焚，心情变得焦躁不安起来。

这时，临近中午，又一班船到岸了，下船的客人一下子多了起来，码头上再一次热闹起来。小周在密密麻麻的人群中看到了小齐，他的注意力立马又转移到走在小齐前面的一个人。只见此人身穿黑色长衫，头戴棕色礼帽，鼻梁上架着一副黑框眼镜，中等个，虽然帽沿压得很低，但面部特征还是很明显。

小周笑呵呵地迎了上去，朝此人伸出双手，朗声招呼道："金山兄弟到啦!？走吧，邓处长在局里等你呢！"

此人听见喊声愣了一下，但随即又恢复了平静，抬头不解地问："你们认错人了吧？"

小周拍了拍此人的肩膀说:"哪能呢,邓处长特意安排兄弟几个来接你,这次你可是立了大功啦!我们都替你高兴,说不定毛局长还要亲自为你颁奖呢。走吧!"

说话间,已经靠拢过来的小李和贺小飞从两侧架住了此人的两只胳膊。顿时,霍金山感到了真正的危险,一边挣扎一边大喊:"我不是霍金山,你们抓错人了。来人哪!"

霍金山慌乱之中竟然报出了自己的完整姓名。

"啪!"小周赏了他一个嘴巴,骂道:"妈的,喊什么喊,这一带经常有共党出没,你想招引他们来吗?!再说我们奉长官命令等一个叫'金山'的,没说你姓霍啊!"

挨了一巴掌的霍金山意识到自己说错话了,心里正盘算着如何应对,忽然感到两个硬东西顶在了腰间,自己的枪也被下掉了。搞不清对方的身份和来路,霍金山的声音刹那间软了下来:"几位兄弟,好说,好说,你们是哪个部分的?"

"同行,等一会儿到我们处长那里就什么都清楚了,走吧!"小周拽着霍金山上了附近的一辆汽车。小李和小贺夹着霍金山坐在后面,小齐则转身朝电话亭走去。

汽车左拐右拐跑了很长时间,开进了一条小巷,几个人下车进了一个小院,打开房门,只见里面的家具古色古香,器物规规整整,一看就不像是普通人家的宅邸。

霍金山进了房门,满脸恐慌,怔怔地站在那里。小齐笑着劝他说:"金山兄弟,别紧张,这是我们自己的地盘,坐坐,等一会儿我们邓处长就到,你先喝口水。"

"邓处长?哪个邓处长啊?"霍金山问。

"我们邓处长你不知道?保密局的邓风盛处长。"小周回答。

霍金山一听,马上一脸谦卑:"我就一个小跑腿的,天天在江北驻点,邓处长的名字我倒是听说过,但我哪能认识那么大的官啊?!不瞒你们说,保密局的大门朝哪儿开我都不知道!"

小齐走到霍金山身边,一手搭在他肩膀上,低下头在他耳边悄悄地说:"金山兄弟,这次你可为党国立大功了,邓处长一来,肯定会犒赏你的,别急。"

"真没想到,都惊动邓处长了。"霍金山一扫刚才的恐惧,脸上露出自豪得意之色。

过了一会儿，有人敲门。小齐打开房门，赵家祺和老王走了进来。小齐对赵家祺耳语一番后，关上门，和二人一同进了屋。

屋内的霍金山知道"邓处长"驾到，立刻起身张开双手迎了上来，满脸谄笑地和赵家祺打招呼："邓处长，您好，小的是霍金山，驻沙头镇谍报员。"

赵家祺和霍金山握了一下手，把他按在座位上，自己在旁边的一把椅子上坐了下来，笑呵呵地说："金山兄弟，辛苦啦，我也是昨天夜里知道的消息，听说你这次干得很漂亮，说说看。"

霍金山并没有说话，而是在身上窸窸窣窣地摸了起来，好一会儿才从贴身衣服口袋里掏出了一卷纸，递给了赵家祺，陪着笑脸说："邓处长，这是小的截获的情报，您先过过目。"

赵家祺打开一看，这卷纸有十几张之多，上面详细地登记着四五十个船工的名字和所在村庄、四艘木船的藏匿点，还有三个隐蔽造船点及配件、工具供应点的位置，另附一张草图，每个点在图上标得清清楚楚。看到这儿，赵家祺心里一紧，这个图一旦被敌人拿到，后果真是不堪设想，如果今天抓不到眼前的这个家伙，损失将不可估量。图上一个造船点是目前江北最大的一个船只制造点，这个点的江对岸，就是国民党五十一军的火炮阵地。

放下手里的一叠纸，赵家祺面带疑惑地问："金山兄弟，这些情报可靠吗？你是从哪里得到的，没给别人看过吧？说说具体情况！这不是小事，到时军方一出动，如果情报有误，那就麻烦了。"

"邓处长，我这可是从共党手里拼死抢回来的呀，我还打死了两个共党才拿到的。我在江边躲了一天一夜才敢溜回南京，中途绝没有第二个人看到这个情报。我本想先去见我们组长，没想到您手下的兄弟在码头直接找到了我。这个情报千真万确，如果有假，您马上就可以枪毙我。"霍金山急切地解释说。

"噢，这样就行了，你说的和我得到的情报相符，应该没问题。行，你先休息休息，晚上给你换个地方，现在共党到处在找你，先给你找个安全的地方，过一阵子你再出来，等一会发给你一笔奖金，先用着。"

说完，赵家祺朝老王使了一个眼色，老王拿出四根金条放在霍金山面前。霍金山看见金条，满脸堆笑，眼睛都直了，接过后连连道谢："谢谢邓处长，小的今后一定加倍效忠党国。"

赵家祺起身拍拍霍金山的肩膀，拿起桌上的十几张纸和老王一道匆匆离去。

赵家祺一回到福海贸易公司的办公室，就看到了张铭宇派人送来的一封密信，还有一个手提箱。密信的大致内容是：本周二上午八点李代总统将在国防部召开江防会议，统一布置下一步的长江防御计划，届时长江沿线各驻军单位均要派人参加。为了方便参会代表及安全保密需要，代表集中安排在中山路上的中央饭店。

"情报从哪里着手搜集呢?"赵家祺开始了思索。

晚上小周开车回到了住处，看见赵家祺房间里还亮着灯，就轻轻推开了房门。赵家祺正在伏身绘图。

看着一脸疲惫的小周，赵家祺倒了一杯热水，打开了一包点心递给了小周。

"怎么处理那个霍金山的?"

小周回答："你和老王走后，我们又问了很长时间，这家伙作恶多端，前段时间还在蹲点地的附近村子祸害了一个十六岁的小姑娘，这家母女两个后来都上吊自杀了。他还不以为耻，眉飞色舞地吹嘘，简直是个畜生。傍晚时，我和小李、小贺把他带到城南乱坟岗子解决了，随便挖个坑埋了。"

"干得好，对这种人不能手软。"赵家祺自己也倒了一杯水，端着茶杯接着说，"小周，估计这两天还有一个任务，国民党马上召开江防会议，代总统李宗仁很重视这个会议，我在想怎么从这次会议中搞到我们想要的情报。晚饭时我就一直在琢磨这件事。这样，你明天跑一趟九十七师，找到军需处长方林，他现在已是我们的人了，看能不能从他那里打听一些消息，如果不行，我们再从其他渠道想想办法。"

"好的，明天一大早我就去。"小周回答。

第四十九章

1949 年 1 月 31 日，北平宣告和平解放。

风雨飘摇的南京，保密局一处小会议室里，满满登登挤坐着一屋子人，南京站站长王向楠也应邀到会。

邓凤盛板着脸开始训话："各位同仁，一个小时前，我接到了北平站的通报，已确认傅作义这个党国败类投靠了共党，听说他已经开始将国军部队改编成共军了。这次事件虽然是战场上的失利，但同时说明，我们的情报工作也存在不可原谅的失误。要是我们情报工作到位，对他这样的党国败类早该剪除。唉，现在国内的局势让人忧心，蒋总裁被逼下台了，不知李代总统要把我们带向何方啊！"

这时，在座的一个人突然发问："邓处长，现在我们政府到底是谁说了算？是李代总统，蒋总统，还是何应钦？我们一处现在要按谁的旨意办？"

怒气冲冲的邓风盛听到提问后，面部表情立刻变得和蔼了许多。他曲着指头敲了敲桌面，语气坚定而又自信地说道："这个问题问得好，现在政府内谁当家的事我们管不了，但我们保密局，特别是我们一处的工作不能乱。我今天就给大家强调一点，我们一处现在和以后都听毛局长的，至于毛局长听谁的那是他的事。我相信，有毛局长的领导，我们保密局就不会走弯路。昨天毛局长走之前，还特意交代我，工作继续按照原来制定的计划去做，时局再混乱，保密局的工作不能乱，我们保密局就是要为党国冲在最前面。"

邓风盛边说边把一只手抬得老高，表达对毛局长的无比敬意。他的一席话，打消了在座很多人的顾虑。

一处的一位副处长接着提到了人手不够和经费短缺的问题，王向楠也深有同感："邓处长，一处的人手不够，我们南京站的人手更是紧张，天天在外面跑，明显感到吃力，另外近期经费比较吃紧，不知邓处长对这个怎么计划？"

"刚才两位提到的两个问题，我先回答后一个。关于经费问题，前一段确实对经费卡得比较严。不过现在好了，毛局长在蒋总统宣布下野前弄到了一笔特批款项，已经到账。我知道这一段时间大家过得有点紧巴，工作上也吃了不少苦，但成绩不错。毛局长说了，再苦也不能苦在座的兄弟们，特别是我们处和南京站的各位。关于人手短缺的问题，南京站可以抓紧再招募一批，但不能滥竽充数，要选那些对党国绝对忠诚之人。至于我们一处，现在我宣布任命名单：原徐州站行动队队长许金良升任保密局一处特勤二组组长兼行动队长，原天津站情报科副科长林近安升任保密局一处特勤五组组长兼行动队长，原二组、五组组长现已往调外地另有任用。现在请两位新任组长和大家认识一下。"

许金良和林近安在掌声中同时起立，行了个军礼。许金良，方脸大耳，中等身材，黝黑健壮，年龄三十出头；林近安，高个清瘦，皮肤稍白，小眼细眉，三十岁不到。二人不苟言笑，皆是沙场老手，举手投足中尽显辣、毒、狠之气。

待二人坐下，邓风盛接着说："金良和近安两位经验丰富，相当能干，加入到我们处，处里又恢复到六个组。原来的四个组，主要工作内容不变，现在恢复的二组和五组分别负责对付江南的共谍和共军的先遣队。"

介绍完许金良和林近安，邓风盛双手按在桌面上，加重语气说："当前的形势十分严峻，近期我们江北的几个联络站都被共军破坏了。很奇怪，共军是怎么知道我们的联络站的？他们真有千里眼、顺风耳？我怀疑保密局甚至我们处里面有他们的人。我们马上要开始查，到时查到谁别怪我六亲不认。自我邓风盛效忠党国以来，手底下还没出过一个共党，如果有，有几个杀几个！"

邓风盛说完，瞥了大家一眼，又交代了几件别的工作，便出了会议室朝自己的办公室走去。开会前夏瑜莹找他汇报工作，约定会后见面。

见邓风盛进屋，正坐在沙发上看报纸的夏瑜莹站了起来。

"小夏，你坐，有什么事说吧。"邓风盛招呼完，也在旁边的沙发上坐了下来。

"邓处长，我来向您报告一个情况。"夏瑜莹语气中带着几分诡秘。

"什么情况？"

"赵家祺赵老板您认识吧？我怀疑他是共产党！"从夏瑜莹嘴里刚蹦出"赵家祺"三个字，邓风盛惊得坐直了身子，稍后又稳稳地靠在沙发上。他不敢相信夏瑜莹会说出这样的话，故作沉稳地问道："有依据吗？"

"前天我去过他那里，趁他出门的空当，翻了他办公室里的几个地方。他的办公室是办公和休息一体的，床头柜里有一把手枪，还有几张地图，上面标的什么内容我看不懂。因为担心他很快回来，我就没多看。"夏瑜莹回答说。

"什么型号的手枪？"邓风盛突然想到八卦洲全二虎被杀案，急冲冲地问道。

"枪外面有一个黄色的枪套，只露出枪把，枪我不懂，也不知道是什么型号。"

邓风盛接着又问："那地图是什么样子的？"

"当时太慌张，外加地图是折叠的，我真的没看清。"

对夏瑜莹说出的证据，邓风盛眉头紧锁来回琢磨了好长一段时间，最后还是摇了摇头。

"现在的南京，拥枪防身的家户不少，柜子里藏着一把枪说明不了问题。家里有地图的住户更多，你又没看清地图内容，就凭这些不好定罪呀！我知道赵家祺这个人,也与他见过面,这小子精得很。现在,他一直在为国防部和九十七师卖力做事,表现得很积极,没有确切证据证明他是匪谍,不能轻易动手。"狡猾阴险的邓风盛知道刚才夏瑜莹提到的几点都不足为证,便话锋一转装起正派人,反而帮赵家祺说起话来。

这时,夏瑜莹似乎突然想到了什么,说:"邓处长,他的另一个抽屉里还有一个笔记本,我翻了两页,上面好像记着国共双方的动向。"

"这点倒是个线索。我们得想个由头去查!噢,对了,夏小姐,听陈科长说你和赵老板关系很亲密呀,今天你怎么——"邓风盛眯着眼睛说出了自己的疑虑。

夏瑜莹"哦"了一声,随即呵呵笑了起来:"难怪刚才邓处长一副不太在意的表情,原来对我有所顾虑呀!说实话,我确实喜欢赵家祺,但后来我知道电信局的李诗蓝是他的未婚妻后,我就打消了这个念头。当然,就是到现在,我也不希望别人伤害他。为什么呢?我有两个想法:一是只要他们没结婚,我就还有机会,因为我真心喜欢他;二是希望邓处长帮我核实一下他是不是共产党。如果是,你们该咋办咋办,我不能一边在保密局工作,一边去喜欢一个共党分子呀!今后我就踏踏实实和陈科长交往,说实话,陈科长对我挺好的。如果你们查出他不是共产党,后面的事就是我和他之间的私事,你们就不用管了。"

邓风盛听完夏瑜莹的一番陈词,盯着她看了很长一段时间。他没想到眼前这个年纪轻轻的姑娘,既痴情又有心机,而且快言快语,有啥说啥,这吃过"洋墨水"的就是不一样啊!此时的邓风盛有着自己的盘算,对赵家祺的审查不管结局如何,对自己来说都不是坏事,说不定还能不经意立一大功呢。于是,他不动声色地问夏瑜莹:"去查一查也行,那你看我们以什么理由去查为好呢?"

"邓处长,这个就不是我的事了。我可以陪你们去,但你们不能把我抖露出来。"

"呵呵,这个你放心,我们自己想办法,用不着你亲自去。"

"不,我得陪你们去,是真是假我要亲眼看看,既验证我说的是否准确,又不能让别人陷害他。"

"行,就这么说。"邓风盛想了想,爽快地答应了。

夏瑜莹起身告辞,邓风盛将其送至门外,转身又进了会议室。站在桌前的邓风盛思索片刻后,将夏瑜莹报告的情况在电话里向毛人凤做了汇报。毛人风稍作停顿后说道:"赵这个人目前正为军方卖力服务,特别是王晏清对他不错。你们这个时候前往突击搜查,查出问题尚可,如果查不出问题,王晏清和军方那些人就会在老爷子和太子那里添油加醋地说我们保密局操蛋,搞不好会适得其反,你们可要考虑周全。这样,你通知卫戍司令部稽查处,以联合例行检查的名义派人一道去。等会儿我给卫戍区张司令打个招呼。"

福海公司里,小周结结实实地睡了一个好觉,还做了一个好梦。

小周的老家在辽东本溪四道河子,祖祖辈辈靠租种土地为生,一年难得吃上几顿像样的饭。家乡河道沟汊较多,只有农闲时跟着父亲在河边扎网打鱼后才能吃顿荤腥,靠着在集市上兜售鱼虾挣的一点钱,他才得以读了几年书。妹妹就没有这么好的运气了,一直呆在家里跟着母亲做些家务活。日本鬼子投降前,有一次一支南满游击队路过家门口时,政委看到小伙子脑瓜灵活,身体结实,又识字,喜欢得不得了,就反复与他父母沟通,想要带他走。他父亲开始很不情愿,家里就一个男丁,担心他东跑西跑出个什么意外,老两口后半生就没有着落了。为此事,政委特意留下来,花了一天时间,最终做通了他父母的工作,这样,小周加入了部队。随着部队的壮大,几经改编,到后来他做了赵家祺的警卫员。在梦中,小周回到了四年未回的老家,东北已经解放,父母身体都很好,妹妹也嫁了个好人家,一家人围坐炕头其乐融融,白肉酸菜血肠、长宽猪蹄、大黄米干饭摆了满满一桌……小周在梦中笑出了声。

不知不觉天色已亮,赵家祺一夜没怎么睡,天亮前几次到小周房间,看见他睡得那么沉,都没忍心叫醒他。厂里快开饭时,听到院里叮叮咣咣的响动,小周才从梦中惊醒,匆匆吃过早饭,一个人驱车朝城南江宁镇驶去。

小周的车刚走,外边突然闯进两辆汽车。从车上陆续下来了七八个人,为首的是邓风盛,其后跟随着夏瑜莹、王向楠、陈作群和几个士兵。南京城两帮呼风唤雨之人同时到来,令赵家祺惊愕不已,但他很快就镇定了下来,急忙放下手上的工作,走出办公室,主动迎上前去。邓风盛满脸堆笑地打着招呼:"赵老板,早上好啊,今天卫戍区稽查处黄处长派陈科长和我们一道登门拜访,欢迎吗?"

"邓大处长大驾光临,当然欢迎了,几位请进!"赵家祺与来人一一握手,随即引导众人进了自己的办公室。夏瑜莹倒不客气,自己拿杯倒水,把大家都安排妥当后坐在了赵家祺的身边,嗲声嗲气地问:"哥,今天没出去呀?怎么没看到你的车啊?"

赵家祺假装生气地说:"小莹,我干什么事还要向你汇报吗?没大没小的。"

"好好,你厉害,今天我陪我们邓处长来是有公事的,邓处长您说吧。"夏瑜莹说完把目光投向了邓风盛。

邓风盛欠了欠上身,以谦逊的口气说明了来意:"赵老板,今天我们来其实也没多大的事,就是按照国防部的指令,对目前为政府和军队服务的部门和工厂进行例行检查,实在没办法,上边有要求,还望见谅,你说我们还能不相信你吗?"

赵家祺脸上露出惊讶的神色,紧张地问道:"邓处长,以前没有过什么检查啊,今天怎么想起来到我这里检查,难道我哪个地方做得不妥吗?"

王向楠站出来打圆场说:"不,不,赵老板你别误会,国防部马上不是要开江防会议吗,上级要求各个城市特别是南京,要进行集中巡查,现在的形势你清楚,查查也是以防万一,也是为了大家好,我们可不能懈怠呀!为了怕你产生误解,今天邓处长还特意叫上夏小姐陪同,有她在,这下你总该放心了吧?"

王向楠的解释让赵家祺感到无法推辞。他紧皱眉头,眼睛看着邓风盛说:"邓处长,我做什么生意你们应该清楚,有的东西是不便给外人看的,做生意嘛,是有竞争的,这应该属于商业机密。再说,我做的都是你们军方的业务,一直规规矩矩,能有什么问题?"

赵家祺越是推脱,越是加深邓风盛的怀疑。看着赵家祺紧张的神态,邓风盛按捺住内心的兴奋,淡淡地说:"赵老板,说实话,其他地方我不会亲自出面的,安排下面人去就行了。我来呢,一是到你这里看看,毕竟没来过嘛,今天来拜访拜访,看看赵老板是否有用得到我的地方;第二呢,我亲自来,知道哪轻哪重,怕下面人来检查搞得鸡飞狗跳的。总之,赵老板你放心,我们就是例行公事,随便看看。"

邓风盛说完,朝身后瞥了一眼,陈作群立马站了出来:"赵老板,您刚才说自己做的主要是军方的生意,我们卫戍区稽查处就是要为你们这样的企业护航保驾的。实不相瞒,最近一段时间有人向我们反映,说你们这里人多事杂,进进出出的人和货比较多,有的来路不明。最近形势很紧张,附近的居民担心您这里万一有点什么事牵连了他们。说实话,我们根本不想来,就因为来您这里检查,夏副主任还很生气呢!大家都知道你们是好朋友,所以我们解释半天才把夏副主任拖过来，也让她亲自监督我们检查的过程。赵老板，请您放心，我们就随便看看。如果你晚上有时间，我安排个饭局，刚好大家借此机会一聚，好吗？"

看着陈作群一脸的诚恳，赵家祺笑了笑，望了一眼身边的夏瑜莹说："夏副主任，这个检查该不会是你新官上任三把火主动提出的吧？我感觉你对我这个当哥的有点不放心哪！你来我这里也有几次了，你说说看，我这里有什么需要检查的？"

赵家祺还没说完，陈作群立刻紧张地站起解释："赵老板，你别这么想，这不关夏副主任的事，纯属公事，我们真是按上面的要求例行公事而已！"

夏瑜莹在旁边拉了拉赵家祺的袖子解释说："哥，你这就冤枉好人了不是？我对检查一点兴趣都没有。他们知道我们的关系，昨晚就打电话给我说了半天，后来我一想呀，我得来，万一你这里有点不符合要求的地方，我也可以帮你把把关啊！你就让他们看看吧，看完就走，晚上不让别人破费，妹妹来请。"

赵家祺此时心里十分清楚，邓风盛和陈作群两个部门的人马联合前来绝对不是例行检查，定是有人发现了什么提前告密，这才目标明确直奔自己而来。但无论如何，他不能表现出惊慌，只能见机行事，外松内紧地应对不测风云。"既然连我自己的妹妹都提议了，我还有什么话可说，你们查吧。"

陈作群一边答应着一边站起来指挥手下："你们检查时一定要轻拿轻放，赵老板这里不比其他地方，看过之后要物归原处，听到了吗？"

"是！"几个人领命而去，立刻在厂内开始了筛网式搜查。

几个人出门之后，陈作群又向赵家祺提出了一个要求："赵老板，不好意思，您的个人房间我们也想看看，不知可否？"说完，陈作群偷偷瞅了一眼夏瑜莹。看见她旁若无人地紧挨着赵家祺一副亲密的样子，心里有几分酸意又有几分怯意，酸的是这个姑娘怎么这么难追，自己像孙子一样里里外外伺候着，可她就是死活不松口，却对眼前这个姓赵的那么亲热；怯的是这个小姑奶奶气性大，一句话不对付就会像点着的火捻子一样"嗤嗤"作响。

邓风盛在旁边打起了哈哈："陈科长，刚才赵老板都同意了，你就随便看看吧，反正我们都在场，几双眼睛盯着呢，赵老板不会介意的。"

"行，你们看吧！"赵家祺无可奈何地说道。

看着办公室茶几上的收音机，邓风盛一下子来了兴致："哟，赵老板平时都有些什么雅好啊！"说着随手拧开了开关。收音机打开的一瞬间，一个舒缓的女声正在播发中央社关于当前时局的评论。"这个娘们整天评论这评论那，狗屁不通，误党误国。"邓风盛随即"啪"的一声关上了收音机。

邓风盛从收音机频道上没有捕捉到自己想得到的东西。

陈作群在房间里小心翼翼地东翻西看，动作倒不是那么张扬。看着那些人忙个不停，赵家祺心里逐渐恢复了平静，在多年的对敌斗争中他积累了丰富的经验，即使有一点点问题和瑕疵，他也坚信自己能巧妙地应对过去。

在外面的接待室里，几个人有一句没一句地聊着天，表面上装作心不在焉，甚至偶尔还能听到几声爽朗的笑声，但实际上都在焦急地等着在里屋忙碌的陈作群的"战果"。邓风盛不时瞅瞅里屋，并用眼睛的余光不经意地观察着赵家祺的举动。赵家祺神态自若地品着茶，还不时地和夏瑜莹开着玩笑。

十几分钟后，陈作群终于出来了，只见他怀里抱了一堆东西，"呼啦"一下一股脑儿摆在桌子上。"啪"的一声，从一堆东西中滑出来的一把手枪，显得特别扎眼。在场的四个人互相对视了一眼，又都沉默不语，都在思忖着眼前的东西该由谁来评判更为合适，但每个人似乎又都不想说第一句话。沉寂片刻后，赵家祺咳嗽一声，说："你们随便看吧，但属商业机密的不能多看，我出去透透气，不影响你们检查。"

赵家祺说完，就要起身朝门外走，邓风盛急忙说道："赵老板，对你我们不避讳，你就坐下喝茶。你一走，我们反倒不自在了。知道你这里没有什么大问题，你在旁边看我们检查也是对我们的一种监督嘛。"邓风盛平静的语气中带着杀机，温和里藏着一丝威胁。

"陈科长，你当着大家的面看看吧。记着，只要不是政府禁忌的内容，不可多看，人家赵老板毕竟是做生意的，我们有责任保护。"邓风盛假惺惺地说道。

陈作群面露难色，看了一眼夏瑜莹后说："邓处长，我看不合适吧，您看是不是让夏副主任看更合适一些？"

一句话把夏瑜莹惹毛了，她面色一凛，杏目圆睁，小嘴巴就如机关枪一样突突作响："陈作群，你个兔崽子安的什么心？本小姐能陪你们来已经给足面子啦！还让我检查，我哥的东西让我检查，我是说有问题还是说没问题？行，我就按你说的检查。"

说完，小手在桌子上随便一划拉："好了，检查完了，没问题！"

陈作群吓得赶紧道歉，夏瑜莹的脾气局里人都领教过，再加上她属于保密局，和卫戍区稽查处不是一个部门，关系又隔了一层。邓风盛只得陪着笑插话，解陈作群的围："夏小姐，你别发这么大的火啊，今天你能来，谢谢你了。陈科长，别废话，你来看！"

夏瑜莹恢复了原状，蔑视地看着陈作群。额头上渗出细汗的陈作群这才抖抖索索地开始翻看桌上的东西。

第五十章

邓凤盛、陈作群一行对工厂展开大搜查的时候，小周以讨要上次工程款的名义找到了九十七师军需处长方林。

一进入方林的办公室，小周就把赵家祺布置的任务向方林详细地做了介绍。方林等小周介绍完之后说："我们师也接到通知了，这次是军级单位参加的会议，估计我们师长和参谋长也会去，但我们师是机动守卫部队，不属于重装野战部队，我们师长去也仅是列席会议，能否拿到赵老板想要的东西我现在还不敢说。这样，你等一下，我有几个朋友在其他部队，我来问问。"

于是，方林开始打电话。打完两个电话，方林向小周介绍通话内容："第一个联系的人叫邱立，他是六十六军的作战参谋。这个军驻扎在马鞍山当涂，我们两个是抗战胜利后第二批陆军作训班的同学，他马上到军长那里去，是否来南京参加会议，等一会儿就知道了。后一个联系的人叫贾贵明，五十四军参谋长，驻扎在丹阳东的武进，是我老乡，两家离得不是很远，我们之间还算有点亲戚关系。贾贵明父亲死得早，母亲常年生病，日子过得很艰难，但这个人很聪明，早年间靠着我大舅和我母亲的资助读了几年书，稍大一点就走了，几年没音讯，等到他回来时，已经是团长了。他人活脑子灵，很能吃得开，短短几年，现在已经当上五十四军的参谋长了。这个人很厚道，讲义气，当年受到的那点资助，现在每次见面还挂在嘴上。"

听完方林的介绍，小周心里还是没有底，不禁问道："你这两个关系倒没什么问题，但他们能否拿到国防部的江防图？还有，就是他们手里有江防图，我们通过什么办法搞到手？赵部长这段时间也一直在忙这件事，我们通过各种关系也掌握了一部分情况，但就是没有一个完整的国民党江防兵力部署图，赵部长现在正在为这件事发愁呢。"

"这倒是个问题。这样，我再想想办法，看看能不能了解一个大概的信息，然后我们再探讨具体的办法。目前要得到确切信息比较困难，我再私下里打听一下去参加会议的人，只要有机会我一定极力争取。"方林的语气里透露出一丝焦灼。

小周面露愁容，心里空荡荡的，看来这件事一时不会有结果。思考片刻后，他对方林说："这样，我先回去，把情况向赵部长汇报一下，你这边有什么新情况再及时沟通。"

说完，刚准备起身，电话骤然响起，方林拿起电话："喂，哪位？"

"方林哥，我是邱立，刚从军长那里回来，后天陪他去南京开会，到时我电话联系你，争取聚一下，也请你提前联系好富贵和老三。"富贵和老三是方林和邱立在南京工作的两位同学。

"好的，那就等你电话，你到时准备住哪里啊？我好安排附近的饭店，大家都方便一些。"

"我们每次去都住中央饭店。至于吃饭，兄弟部队的朋友喜欢去励志社，我感觉那里有点乱，咱们可以换个地方。老哥，南京我也不熟悉，你自己看着定地点吧。"

"噢，对了，时间定在二十五号晚上好吧？"

"好，我原来想定在二十四号，也就是我们到达南京的当天晚上，但我要陪军长拜访他的几位老朋友，就定在二十五号吧。"

"行，就这么定下了。"方林回话。

放下电话，方林说："小周，你先回去也行，到时我相机行事，说不定还有其他机会。这两天有什么情况，我及时和你沟通。"

"好吧，你多费心，我这就回去向赵部长汇报。"小周和方林握手告别，驾车朝麒麟门方向驶去。

在赵家祺厂内，检查仍在进行之中。

为便于鉴定，陈作群和王向楠麻利地把桌面上的一堆东西进行了分类，赵家祺守在一旁，默不做声。几分钟后，邓风盛和夏瑜莹二人到屋外去了。透过窗户，赵家祺看到他们在院内窃窃私语。在厂内其他地方，包括车间、仓库、厨房、宿舍等地都有人在仔细地翻动着东西。这次邓风盛显然是有备而来。

陈作群把桌上的东西分门别类地整理好后，出门向邓风盛报告："邓处长，已经好了，您来看看。"

邓风盛和夏瑜莹二人转身进了屋。陈作群指着桌上的东西介绍说："我把桌上的东西分成三部分：最高的这一摞没什么问题；中间的这一叠主要是一些报纸、刊物和几本书,上面有标注的内容;最里面的那些是几张图和一本笔记本。这个图和笔记本里面的一些内容,感觉好像……"陈作群话没说完就打住了,眼睛瞧着邓风盛和夏瑜莹。

故作镇定的邓风盛坐了下来,简单地翻了一下,看了一眼赵家祺,正好赵家祺也在盯着他。邓风盛哼哼一笑后说:"赵老板,你说说看,这些东西该怎么解释?"

"这有什么解释的,这些都是我工作中要用到的,我感觉没什么问题啊!政府、军方那么多人员到我这里,他们也看过,没说有什么问题啊,怎么到你们这里反倒有问题了呢?"赵家祺两手一摊,解释说。

邓风盛一本正经地对陈作群指示道:"陈科长,你挨个拿给赵老板看看,搞搞清楚。现在是特殊时期,我们不能没有问题硬找问题,但如果确实有问题也不能回避。"

陈作群拿起一本《文化月报》晃了晃说:"赵老板,我对事不对人,我上学时就知道这个刊物,这是左翼文化总同盟出版的,属于政府严禁的书籍,你不会经常看吧?"

"陈科长,这是好几年前的一本杂志,但这能说明什么问题呢?你翻到第三十三页,有一篇短篇小说《八哥》,里面描写了一个汉奸的丑态。这个人就像八哥学舌一样为日本人做事,最后被老百姓打死,死后坟头上经常会有一只八哥天天呱呱直叫,后来下了一场暴雨,由于这个坟建的不是地方,从此之后老百姓就再也没见到这个坟了。你抽时间可以看看,但要还我,我带在身边有七八年了。"

赵家祺把里面的一个故事简单介绍了一下,陈作群也翻了一下书,看了一眼,立即把书合上,朝邓风盛点点头。然后又拿起两本书,一本是《孝经》,另一本是《寒夜》,冷笑着说:"那赵老板,这两本呢?请赵老板解释一下吧!"

赵家祺站起来,笑呵呵地说:"这个嘛,我是得好好解释一番。《孝经》这本书传承两千多年而不衰,说明其提倡的思想为世人所认可,据说蒋总统也常读这本书。总统读没有问题,我读难道就有问题吗?!"

赵家祺的话令在场的人面面相觑,一时语塞。

"那《寒夜》呢?"陈作群不依不饶地问道。

"《寒夜》是巴金先生抗战快结束时创作的一部长篇小说,里面主要描写了抗战期间几个小知识分子的悲惨命运,刻画了老百姓的苦难与流离失所。

整部小说围绕着几个小人物的悲欢离合而展开，看了很让人感到愤慨，同时也更增强抗击外辱的决心和信心，据说政府内很多高官对这本书也很推崇。我也凑热闹买了本读读，不知道有什么不妥？"

两人辩论中，邓风盛那双不大的眼睛一动不动地盯着桌子，笑而不语，许久后才憋出一句话："看来赵老板还是个酷爱文学的生意人呐！"

陈作群拿起几张报纸，似乎想说什么，但想了想又放下了。最后，他把桌上的笔记本递给了邓风盛，自己则打开两张地图放到赵家祺的面前。

"赵老板，你看这两张草图，上面标的是啥？有里数、时间、人数，还有部队番号，这些和你的生意也有联系吗？咋有点像情报啊？你这是打算送给谁啊？"

一句话切中要害，引得邓风盛和夏瑜莹一起伸长脖子往前看，看过两张草图后，三双眼睛齐刷刷地盯着赵家祺，等着看他在铁证面前还能如何解释。赵家祺似乎也有点纳闷，朝前探探上身，然后回到原来的姿态，淡淡地说："这有什么奇怪的，上面清清楚楚啊，是南京周边的情况啊，你们也应该知道的呀！"

陈作群咽了一口唾沫，不耐烦地说道："赵老板，你这是在打马虎眼敷衍我们，我问的是你做的这些标识是什么意思。标得如此清楚，你面前的这两张地图我想共党肯定是非常想要的。我也去过图上的几个地方，很准确，你不觉得有必要向我们邓处长解释一下吗？"

"陈科长，你说的这都哪儿跟哪儿啊！情报我不知道是啥样的，但这可以说是我自己的秘密，也就是我刚才说的属于商业机密的东西。"赵家祺用手在图上随便一划拉，接着说："这上面标注的线路，黑色指的是陆路，红色指的是水路，里数是从南京到达终点的距离，军队的番号和人数是我们为军方供货必须要掌握的信息，都是军方在送货前主动提供给我们的。画这张图，一是为了便于计算送货成本，二是为送货人指明道路，不能送错了地方。这张图你们也只能看看，但不能拿走，因为和我有竞争关系的公司还有好几家呢。"

屋内陷入一阵沉默。

赵家祺接着说："邓处长、王站长、陈科长，我就一个生意人，这些年来，我走南闯北跑了不少地方，花点小钱请客吃饭有过，偶尔也给那些头头脑脑们送点烟酒，但违法乱纪的事我从来不干。你们也看了半天了，说说看，我哪里做错了？"

"赵老板，稍等一下，我大致上翻了一下这个笔记本，很多内容都是有关现在的政治形势，比如共军打到哪了，国军在哪儿失利，时间地点记得也很详细，不知这些内容说明了什么？看来你对战局的关心真是超出一般生意人啊！"见赵家祺对任何问题都能找到借口，邓风盛急了，他打断了赵家祺的话。

赵家祺朝邓风盛摆摆手，笑呵呵地说："邓处长，这个你也问啊？"

"我随便问一下，也是为你负责嘛。你解释清楚后，我们也就放心了。从笔记本上记的内容来看，你对时局这么关注，感觉你有政治倾向呀！"

赵家祺又摇了摇手说："邓处长，你千万别给我扣帽子，你随便安个帽子到我头上，我还活不活啊？"

邓风盛笑了，语气柔中带刚："我哪敢随便给你安帽子啊？但你得解释清楚啊！"

"那好，我就简单地说一下吧。目前的形势大家都清楚，这个就不需要说了。现在不管是报纸还是广播，各式各样的传闻铺天盖地，平时在和朋友聊天当中，也听到了很多消息，是真是假，我一个生意人哪能分辨清啊？没有办法，我就只能把听到的真真假假的东西记下来，回来琢磨，好记性不如烂笔头嘛！说实话，我真担心共军打过来。这一段时间，我白天黑夜为政府军队服务，共军一来，用南京话讲'我就歇得了'。共党的政策我早有耳闻，他们一来，厂里的东西一切充公，我不得不早做准备，肯定要关心现在的局势啊！这一段时间我都快愁死了，天天在外找下家，想把厂里的东西兜售出去，换点实用的，没想到不但没人接，就连部队里原来的许多订单也取消了，很多钱都在库里压着，真害死我了。现在想起来我就后悔，早点出手就好了。"说完，赵家祺摇头不止，一脸无奈。

邓风盛听完赵家祺近乎完美的解释，知道眼前这个人确非等闲之辈，今天可能真要空手而归了，便假模假样地劝慰赵家祺："赵老板，你不能这么悲观，共党哪能说打过来就打过来啊？我们还有那么多的军队，稍加整顿，加之我们长江防线已建好，等美国新的援助一来，共党就不会像现在这么嚣张了。"

夏瑜莹在旁边碰了碰赵家祺的胳膊，安慰道："哥，我们邓处长说得对，你不要这么消极呀，再说你也挣得一些钱了，以后日子差不到哪里去，不是还有妹妹我吗。"

赵家祺苦笑了一下说："那我们的部队得好好努力才是啊！我不比你们，你们有保障有退路。我不行啊，厂里这二十多号人，一旦关门了，他们的日子咋过啊？我不能只顾自己，这么多年多亏我靠良心做事，要不然以后谁还跟着我?!"

众人沉默不语。陈作群把地图叠起重新放好，偷偷瞄了一眼邓风盛。邓风盛心里清楚，今天的检查估计也不会有什么大的收获了，正在心里盘算着下面的说辞，看看如何收场，此时小周开车进了院门。

赵家祺的心再一次悬了起来，小周不知道保密局和稽查处突击检查的事，他会怎样应对突如其来的情况呢？

看着门口停着两辆汽车，惊愕不已的小周急冲冲地闯了进来，一看屋内这么多人，愣了一下，紧接着向赵家祺快速地汇报说："赵老板，情况不太好，那批货人家暂时不要了，什么时间要也没给个准话。这咋办呀？我们都干了两个月了，马上就要过年了，估计钱也不会有什么指望了。"

赵家祺长长地叹了一口气："小周，你出去吧，我这正有事呢，到了这个地步，我也没什么办法，工人过年的钱我再想办法吧。"

小周转身出了门，只见赵家祺指着桌上的手枪对屋内的人说："我现在真想拿这把枪把自己了结了，可惜啊，里面一颗子弹都没有。要说这把枪，还真有点来头。我在东北时，五十二军刘玉章军长手下的一个团长叫丛福祥，我和他们团做过几次生意，关系处得挺好。福祥兄在锦西把林彪的部队打退了二十多里，卫总司令奖励他一把枪，有天喝酒喝大了，他一高兴就送给我了。你们哪个给我一颗子弹，我死了算了。"说完就要去拿枪。

大家都慌了。枪离邓风盛最近，他一把抢过手枪，退下弹夹，弹夹里空空如也。他假惺惺劝说道："哎呀，赵老板，你千万不要悲观呀，毕竟天无绝人之路。这把枪放在你这里不合适，政府有明文规定不允许老百姓私自持有枪支，我们暂且代为保管，等时局平静了，我们再想办法还给你。"

夏瑜莹朝邓风盛伸出了手，不容置疑地说："邓处长，这把枪有纪念意义，我代我哥保管。这是别人送给我哥的礼物，日后等我哥渡过难关，我再还给他。"

赵家祺挤出一丝苦笑："你们拿走吧，我要它有啥用，我自己的困难自己想办法解决吧。"

这时，负责在车间、库房搜查的一个士兵贴在邓风盛耳边嘀咕了几句，大意是厂内搜了个遍，没有发现可疑物品。

"行，赵老板，今天不好意思啊，多有打扰！"邓风盛站起身，把枪递给了夏瑜莹，对众人说道，"那我们走吧，以后赵老板这里我们要多来看看。记住我今天说的话，赵老板这里有什么困难，我们大家都要出把力啊。"

赵家祺和邓风盛等人一一握手告别。临别时，夏瑜莹还把上身伸出窗外，朝赵家祺使劲挥挥手："哥，过两天我来看你。"

赵家祺看着两辆车驶出大门很远，才回到办公室，往沙发上一坐，长长地舒了一口气。

在返回市区的汽车里，夏瑜莹一边把玩着从赵家祺那里搜来的手枪，一边面朝坐在旁边的邓风盛说："邓处长，我看这把枪还是还给他算了。其实我对他仅仅有一点怀疑，从我内心里来说，当然不希望他有任何事。"

邓风盛转过脑袋看了夏瑜莹一眼："小夏啊，现在的形势十分复杂，你不能大意呀！我们做事不能光看表面，更不能感情用事，特别是我们这样的特殊部门。今天虽然没有查到什么，但并没有打消我的疑虑。对与赵有接触的军方人员，我们正在暗中调查，虽然暂时没有发现什么，但我对他有种说不出的感觉，总觉得这人有问题。这件事今后你就不用管了，我让新来的许金良来负责，他做事心比较细。你呢，和他正常接触，但有什么情况必须立即向我报告。至于这把枪，小事情，你自己看着办。"

原来，从第一眼看到那把手枪，邓风盛就确定它不是全二虎被杀等几个案件中所涉及的枪支，所以一直就没把赵家祺私藏枪支当成大事。

狡猾的邓风盛对夏瑜莹与赵家祺过从甚密一直心存芥蒂，但通过这次突击检查，宽心了许多。邓风盛的理由有两点，一是夏瑜莹能主动提出突击搜查赵家祺，说明她与对方不是同伙；还有，夏瑜莹反映的东西今天没有一件被转移和藏匿，说明她并没有将消息事先透露给赵家祺；二是她今天在现场的表现毫无庇护赵家祺之嫌。邓风盛对两人的关系有着自己的判断，认为夏瑜莹是大家小姐，家庭背景雄厚，她和赵家祺根本不是一路人，只是姑娘年少，情窦初开，凭自己的好感对成熟男人产生了一时的迷恋，相信随着时间推移，这个出身不凡的姑娘一定不会和一个小生意人走得很近。想到这里，邓风盛不由自主地笑了起来。

"邓处长，您笑什么？"夏瑜莹不解地问道。

"行了，我笑笑还不允许啊？你这个姑娘，嘴巴这么厉害，脾气那么大，我看将来哪个敢娶你。"邓风盛说完，看着坐在前面面红耳赤的陈作群，笑声更大了。

第五十一章

邓凤盛等人走后，赵家祺独自一人坐在办公室里，把这次突击搜查事件前前后后的经过重新梳理了一遍。

手枪、地图和笔记本放在办公室内，不是赵家祺粗心大意所致，而是有考量的。抽屉里所摆放的手枪，并不是他每次执行任务时所用的枪支。他不加遮掩地放置这把枪，就是要向外人表明自己在东北时和国军打过交道，且交情不薄，说明他了解国军的情况。置放在柜子里的供货地图当然也不是他为渡江部队绘制的布防图。布防图他每天悄悄进行加工补充后，都会及时交给小周藏在厂围墙边一个不起眼的密洞中。

供货地图和记录国共双方战况的笔记本之所以"明目张胆"地放在柜子里，同样也不是赵家祺麻痹大意，是他故意为应对保密局和卫戍司令部稽查处的突击搜查而准备的。凭借丰富的对敌斗争经验，他知道南京城内的特务组织对自己盯防很紧，突击搜查是早晚之事，只是没有想到会来得如此之快。赵家祺反复琢磨过，一旦对方前来，办公室的柜子内如果空空如也，没有一点可疑之处，是有悖常理的。兵临城下，大战将至，正常的生意人不可能没有防备，过于干净反而说明自己不干净，必将引起对方更大的怀疑。所以，尽管接到了夏瑜莹提前通报的电话，他还是没有把这些东西收起来。

智者千虑必有一失。天天放在案头的一本杂志和两部小说，没有引起他足够的重视，他以为前来搜查的人员行武出身，不会对文学作品产生兴趣，以致于搜查时他还是费了半天口舌才把事情说圆。

几天后，赵家祺把保密局和稽查处前来搜查的事情向华东局南京交通员季清丰作了汇报。很快，华东局社会部就回了话，对赵家祺在敌占区阅读和携带左翼作家文章的行为进行了严肃批评，责令他在组织内部作深刻检查。赵家祺十分清楚上级对自己的处理是正确的，便在随后召开的会议上进行了诚恳的自我批评。赵家祺作自我批评时，小周等人还为他抱不平，他立刻拉下了脸："你们谁也不要说了，我违反组织纪律，确实错了，还是不够细致，犯了轻敌大意的严重错误。我无条件接受组织上的处理，保证今后不再犯同样的错误，请大家把我当成反面典型，以我为戒……"

邓凤盛一行人走后，小周向赵家祺详细汇报了他与方林见面的情况。赵家祺说:"你这两天就在办公室里等消息,我今天还要去和老王见个面,昨天江北出了件事,我去了解一下情况。"

小周点点头,又问道:"邓凤盛没有查到什么吧?"

"没有。但我有预感,保密局和卫戍司令部今后对我们的监视必定会越来越紧。他们清楚,经过这次突击搜查,我们肯定会更加谨慎,定会采取各种更加隐蔽的方式监控我们。我们以后出门一定要更加留心。"赵家祺叮嘱道。

"好的,我知道了。"

赵家祺开车出了门,直奔下关的秘密地点。

见到赵家祺,老王把打探到的情况作了汇报。

"最近几天,扬子电气股份公司,也就是原来的首都电厂,突然闯进来一拨陌生人,以检查为由在厂区内到处转悠。据反映,厂里有一名职工一直陪着这些陌生人。有的工人觉得奇怪上前询问,哪知这帮人横得很,一个叫葛云开的老师傅还被他们打伤了,现在还在医院治疗。现在还不知这些人来电厂的目的,但应该不会是什么好事,我们有必要摸清这些人的来路。"

直觉告诉赵家祺,这些人此时到电厂,极有可能是蓄谋破坏。

赵家祺低头沉思片刻,对老王说:"我们得想办法,找个可靠且有经验的人摸清厂里现在的情况。"

"我一个堂兄刚下夜班,估计这时候在家休息,他家离这不远。他性子直,做人做事靠得住,虽然只是个班组长,但人耿直有威信,是工人心目中的主心骨。两年前我们同时加入的党组织。你在这里稍等一下,我去叫他。"

赵家祺点点头,老王就推开房门出去了。不到半小时,老王领着一位壮年汉子进了屋。只见此人头戴一顶深灰色的鸭舌毡帽,浓眉大眼,戴着一副高度近视眼镜,浓密的络腮胡子,身穿肥大的淡蓝色工作服,脚蹬一双黑色的大头皮棉鞋,一眼就能看出是位有着丰富工作经验的老师傅。

赵家祺热情地伸出双手,和来人一双有力的大手紧紧地握在了一起:"我应该称呼您王师傅吧?幸会幸会!"

老王在二人身旁介绍着赵家祺:"二哥,这位就是解放军派到我们这里负责大军渡江准备工作的总负责人,在外面你可以称呼他赵老板。"

老王介绍完,对方精神为之一振,马上做了自我介绍:"赵老板,我叫王金平,在电厂上班,负责厂里的设备维修。"

赵家祺拉着王金平的手坐了下来,老王给二人各泡了杯花茶,房间里氤时充溢了茉莉花茶的清香。老王又端出两碟瓜子和茶果，三个人围桌而坐。

赵家祺说："王师傅，听老王说，厂里最近很复杂，您了解具体的情况吗？"

王金平摇了摇头，放下手中的瓜子说："有一个多星期了，厂里经常来一些陌生人。过去，如果有人来检查，厂领导都会陪同，至少也得有厂部秘书作陪。但这次一个都没有！开始时我们并没在意，他们要进机房，安全员上前询问阻止，这些人横得很，不容分说强行就往里面闯。那哪行啊！我们电厂有三个一万千瓦机组，全部都是德国西门子的进口设备，金贵得很。除维修需要，外人根本就不让进。就是有政府官员来参观，那也需要办理很多手续。对我们来说，这些设备就是我们工人的命根子。当时安全员就和他们吵了起来，这些人竟然不由分说地动了手。这不，人被打伤住院了，厂领导现在还为此事和政府交涉。电厂的工人比较团结，大家都说，如果政府不给一个说法，明天就能让大半个江苏摸瞎，让政府里的那些头头脑脑们点蜡去吧。"

赵家祺和老王对视了一下，忍不住笑出声来。王金平瞅了二人一眼，也"噗嗤"笑了，不好意思地说："让赵老板见笑了，我是个粗人，不大会说话。噢，对了，今天早上七点多我下班时，看见来了一辆军车，从上面下来足有二十多个宪兵，都端着枪，不知道咋回事。"

厂里突然来了宪兵，这对赵家祺和老王来说又是一个新情况。老王不解地问："二哥，你琢磨琢磨，宪兵来是不是和打人的事有关系？是不是怕工人闹事？"

"有可能。"

"二哥，现在厂里工人都有什么想法？情绪稳定吗？"

王金平喝了一口茶，赵家祺递上一支烟，并给他点上火。王金平深吸了一口，说："之前还可以。但12月后，情况变了，厂里工人情绪上不太稳定，大家经常在一起交头接耳，说什么的都有。作为普通工人，他们对外面的形势不是很了解，不知道什么是真什么是假，只能瞎猜，外面有点风吹草动，厂里就乱哄哄的，不过也只是私下议论。电厂一直都被监管得很严，最近经常有陌生人进到厂里，鬼鬼祟祟、神神秘秘的，大家也不知道他们安的什么心。"

老王接着问："二哥，你之前谈到厂里有一个人常陪着陌生人到处查看，这个人是什么情况？"

"这个人叫周福,是个不懂技术吃干饭的货。他老婆在我们电厂的食堂。听说他姨夫在交通银行当副行长。估计是因为电厂待遇不错,这夫妻二人靠裙带关系进了电厂。因为有后台,这个周福平时耀武扬威,喜欢对工人指手画脚,但工人们并不买他的账,整个电厂愿意搭理他的人不多。"

"那他平时都有啥毛病?"老王追问一句。

王金平介绍说:"周福这人嘴馋,平时好请个客,动不动就约人下馆子喝酒,没啥本事,也翻不起什么大浪。但他老婆倒是一个精明的女人,在食堂负责采购,估计私下里捞了不少好处。为此,工人在食堂里闹过几次,说她拿霉米、烂菜叶和猪杂碎应付大家,但后来不知什么原因,都没有了下文。"

赵家祺又递给王金平一支烟,自己也点上了一支——这是他思考问题时的习惯。在王金平介绍完之后,赵家祺谈了一下自己的看法:

"王师傅,现在的大形势是:我们的部队解放长江以南广大地区的日子不会太远了,短则一两个月,长则不会超过半年。现在敌人分明是有点慌了,我们从南京就能看出来,不管是政府、军队,还是国民党特务,不像以前那么明目张胆了。但越是这样,我们越不能掉以轻心,防止敌人狗急跳墙,大肆破坏一把。电厂既关系到整个城市的运转和老百姓的日常生活,也与电厂全体职工的利益息息相关,是大伙的饭碗,一定不能出任何问题。首先,我们要查清来电厂的那些人是干什么的,来的宪兵要干什么,接着就是我们该如何保护好电厂,这是我们的根本目的。我建议,你们想办法在厂内以保护电厂为名成立一个纠察队,把一些有正义感、头脑灵活的工友们发动起来,专门应对突发情况,保护好工厂的财产,防止敌人进厂搞破坏。当然,国民党对于工人纠察队戒心很重,成立这样的组织必然会有一定的困难,咱们一起想办法。厂里的情况你比较清楚,可以先想一些办法。"

听完赵家祺的话,王金平激动不已,他扔掉快烫到手指的烟屁股,用脚狠狠地踩灭,又"啪"的一声拍了一下大腿,声如洪钟地说道:"赵老板,我知道该怎么做了。以前我也想过这个问题,但就是组织不起来。一是担心团结不了工人们,还把自己搭进去。二是厂里没有挑头的,工人们虽有怨言,遇到事也只能聚在一起发发牢骚,之后又和原来一样了。之前我们有一个护厂队,我还是负责人呢,后来厂方可能担心大家伙聚起来闹事,就强行把护厂队解散了。我看现在是成立纠察队的时候了,只有让工人们团结到一起,壮大队伍,才能拧成一股绳,干点大事。我马上开始张罗这事,尽快成立纠察队,带领工人保护电厂,自己掌握自己的命运。"

"那行，王师傅，就这么说。这件事，你们弟兄俩多沟通，尽早摸清厂里的情况，有紧急情况我们随时联络。"

"行，就按赵老板说的办！这一周我正好上夜班，晚上厂里人没有白天的多，管理人员基本都不在，这样大家伙好说话。"

两个人互相拍拍对方的后背，一种革命的友情使彼此的心紧紧贴在了一起，产生了强烈的共振。

第五十二章

王金平主动承担起在电厂成立工人纠察队的任务，让赵家祺和老王兴奋不已。

老王把王金平送出门，转身又回到房间，对正准备出门的赵家祺说："家祺同志，电厂的工人我也认识一些，毕竟都是住在附近的人嘛。通过这么多年的接触，我感觉电厂的工人们可能被约束惯了，做事比较循规蹈矩，大家都感觉自己手里的饭碗很金贵，不舍得丢，也不敢丢，更丢不起。虽然他们心里会有所不满，但都不愿出头挑事，怕因此丢了饭碗，要真正组织起来还是有一定难度。你刚才对形势的介绍，我认为很有必要。如果我们紧紧抓住这一点，多宣传一下国内的形势，介绍我们党的政策，告诉他们已经解放的城市中工人的生活与工作状况，相信会对电厂的工人有很大的触动，只要能把他们的心结打开，工人们一定会从心里接纳我们的。"

赵家祺又坐了下来，用赞许的目光看着老王："老王，你分析得很对。不管是农民还是工人，都向往稳定的社会环境和安定的生活，都希望过上更好的日子，这是人之常情。电厂的工人可能一辈子都没到过其他地方，思想上有些保守，这是客观原因造成的，只要我们多介绍一下已经解放的城市里的情况，相信会对他们中的绝大部分人产生影响的。如果有机会，可以找个理由安排几个人到郑州、太原、沈阳等几个地方看看，看看解放后工厂里面热火朝天的生产景象，再介绍起来会更有说服力。还有一点，我们先要搞清楚厂里的不利情况，对强闯机房的那几个人还有今天来的宪兵进厂的动机，要调查清楚。为避免打草惊蛇，我想可以先从那个叫周福的人下手，把情况摸清，弄清对方意图，再计划下一步，你看呢？"

赵家祺把目光投向老王，老王点点头说："我马上安排，下午再和二哥详细沟通一下。"

"我会安排小周配合你做好这项工作，但有一个要求，你在背后指挥就行，不能和电厂的其他人接触，因为电厂认识你的人太多，很容易暴露，一定要小心谨慎。我回去后马上准备宣传资料，到时分发下去，在各个工厂造势形成舆论影响，争取工人们的理解和支持，这样我们做工作就会更容易一些。"

说完，赵家祺和老王握握手，戴上礼帽，围上围巾，走出了门。

老王转身穿上大衣，锁上房门，朝码头走去。

赵家祺回到住处，一进门，看见李诗蓝正在擦桌子。他悄悄地走到她身后，用手指轻轻抵着她的腰。李诗蓝惊得跳了起来，转身一看是赵家祺，嘴里嗔怪着："你太坏了，一点声响都没有，吓了我一跳！"

赵家祺一本正经地说道："诗蓝同志，这说明呀，你有两个问题，一是胆子小，二是警惕性低。"

李诗蓝眼睛一瞪："大白天的，要什么警惕性！你就胡说八道吧。"

"诗蓝，说是说笑是笑，但干我们这一行的，来不得半点马虎松懈，得时刻保持高度警惕，除了和常人一样前面有两只眼睛，后脑勺上还得再长两只眼，做到眼观六路耳听八方！"赵家祺半真半假地说道。

"我知道了，下次一定注意。"李诗蓝认真地回答。

这时，小周回来了，他敲了两下门，问："赵老板在吗？"

"诗蓝，你出去到厂内各处看看。小周，你说吧。"李诗蓝与小周点头问好后，迈步走出了房间。

气喘吁吁的小周喝了几口水后开始汇报。

"我刚才和方林联系了一下。现在的情况是，国防部原计划要开一个临时江防会议，代总统李宗仁也要参加，但老蒋在浙江溪口老家那里也要开一个长江防务会议，何应钦、汤恩伯等部分军方的高官准备前往参加会议，这样李宗仁这里就很被动了。方林打听到，南京的会议既然早已定下来了，肯定会照样开，但可能不会是先前设想的那个规格了，听说李宗仁为此还特别生气。"

听小周这么一说，赵家祺放下了手中的钢笔，说道："李宗仁生什么气啊，他还以为老蒋当真会把权力交给他？太天真了！军队的实际指挥和调度权还在老蒋手里，他只是把总统的位子让出来了，暂时平平民愤罢了，他还是国民党的总裁啊！溪口实质上就是第二个政府，这个政府其实要比名义上的政府来得更实在些，李就是一个戴着总统帽子的傀儡，实际上他是根本指挥不动国民党军队的。"

小周不解，问："那还在南京开啥会呀？"

"开，必须开，不开他李宗仁不更显得没地位吗！就是做做样子他也是要开的，李宗仁也是老牌的国民党，再怎么说影响力还是有一些的。这个人靠桂系起家，再加上国民党内部派系复杂，也有不少对蒋不满意的，这些人都会在背后支持他，多少他手里还是有些实力的。"

小周嘿嘿一笑："怪不得方林还是坚持自己的想法，想借这个机会拿到我们想要的东西。"

赵家祺语气坚定地说道："方林考虑问题还是很周到的，那我们就和他配合好。还有，方林那里你要及时联系，有什么困难直接和我说。"

"好的。"小周应道。

"你找到小齐，把这个宣传稿印上一百来份，让老王分发出去。注意，每个厂不要太多，只能在可靠的工人中间传阅，一定要注意保密，确保安全。"

小周藏好宣传稿，冲进了纷纷细雪中。

第五十三章

下午五点多钟，到了首都电厂的下班时间。

王金平带领徒弟邓三宝和另一个机修工高强正在做着下班前的例行检查，此时也是周福核实库存的时间。三个人悠闲地走在厂区里，一边对各种设备敲敲打打，一边聊着家长里短，说说笑笑。

在去二号机房的路上，要经过备件库。备件库位于三个机房的东面，主要存放备用件，库内的物件琳琅满目。周福的工作其实很简单，就是每天下班前核查器件进出的数量，按厂里要求及时补充和更换。这是个清闲活，既不需要出汗，也没有丝毫压力，并且还是个有点油水的差事。对此，周福心中还不满意，他早先看中的是煤炭过磅的岗位，这是一个令很多人眼红的肥缺，因为需求量巨大，每吨煤炭只要能不动声色地掰个三文两文的，一年下来就是一笔可观的外快。但周福没有得逞，原因是铁道部一个负责煤炭运输的处长先下手为强，安排了自己的亲戚，每当念及此事，他都会恨得牙根发痒，暗自抱怨自己没有发大财的命。

走到库房门口时，王金平看见周福拿着登记本和库房女管理员嘀嘀咕咕地说着什么。王金平朝身边的二人使了个眼色，走了进去，离老远，徒弟邓三宝就喊道："周福啊，我们要领一把46绞丝扳手、四根十二寸的套管。"

周福回头一看，立刻笑嘻嘻地迎了上来："是三宝兄弟呀，噢，你要的东西有，但要把旧的扳手拿来，套管就不用带旧的了，老规矩。"

"行，明天早上我把旧的带来。"邓三宝回答说。

"没问题！小尹，你把三宝要的东西找给他，在领用单上签个字就行了。"周福叮嘱女管理员。

叫小尹的库房管理员进去找货去了，王金平趁着这个空当对周福说："周福啊，马上过年了，年货准备得怎么样了？你的小日子过得比我们几个都滋润多了。"

周福一脸浅笑，寒暄道："哪里话，大家还不都一样啊！过年嘛，就这么回事，买点鱼肉荤腥，比平时吃得好点就行了。"

这时邓三宝走到王金平身边："师傅，晚上有空吗？我想请您一起喝几杯。昨天下了一天雪，虽然不算大，但今天感觉特别冷，听说惠民桥北头有一家徐州羊肉馆，生意不错，您把师娘也叫上，咱们一起去撮一顿。"

"不去，不去，浪费那钱干啥？我回家吃。"王金平摇头谢绝。

"师傅，您就别推辞了。一年下来了，说啥我也得请您和师娘吃个饭啊，那里的羊肉又不贵，再说也是难得一次，一年下来您这么辛苦，处处都照应着我，说啥也得给我这个做徒弟的一个机会啊。"

"算了，你师娘身体又不好，你随便买点东西孝敬她吧，今天就别花这个钱啦，我不去。"王金平态度很坚决，扭头瞪了三宝一眼，吓得三宝不敢说下去了。

站在旁边喜好喝酒吹牛的周福眼睛亮了，上前帮着三宝做起了王金平的工作："大平，三宝兄弟这么热情，你咋不给面子呢？这样，我带酒，三宝兄弟掏饭钱，一年忙到头，大家一起聚聚。"

高强也跟着起哄："王师傅，一起去吧，您心疼三宝我们都知道，这个饭钱我来还不行吗？我又没啥负担，不就是吃顿羊肉嘛，一起去吧。"高强又拽了拽王金平的衣袖。

王金平还是摇了摇头，说："你们去吧，我这个年纪和你们小年轻就不搅合到一块了，我去了反而会影响你们的兴致，还是你们去吧。"

看到师傅语气里有了回旋的余地，三宝立刻用近乎哀求的口吻说："师傅，您就去呗，一年下来您省吃俭用的，也得改善一下了。我让小玲早就给师母准备了几盒点心，另外小舅子来南京，知道您有胃寒的毛病，又托他给您带了二斤不错的红茶，等一会儿下班我就回家把东西拿过来，就这么说了，师傅。"

几个人你一言我一语，话都赶到这个份上，王金平无奈地点点头，说："行吧，你们这些人，自己弄两个熟菜，在食堂里再打两个素菜不就行了吗？非要这么浪费！这样，我一下班就直接奔过去，晚上一共几个人啊？"

一听王金平答应了，周福抢先说道："就四五个人吧，也不要多，大平，我知道你不喜欢人多，我带四瓶老烧。"

库房小尹把东西交给邓三宝，三个人出门就朝二号机房走去。

三九寒冬的南京，不比淮海平原的燥冷，更不比东北的刺骨之寒，是一种阴冷，一种渗入骨髓的湿冷。

下班铃响了，王金平回到工装间，换上棉大衣，围上围巾，戴上棉帽出了厂大门。正值下班时间，行色匆匆的工人和码头上下来的扛包伙计，在大街上来回穿梭。路灯微弱的灯光下，看不清行人的面孔，只看到人人都埋头缩脑疾步赶路的身影。

到了惠民桥，从桥下左拐，老远就能看到"徐州房家羊肉馆"的招牌。热气从窗棂、门缝中钻出来，弥漫在冷风中，二十米开外就能闻到淡淡的香味。

王金平走进饭馆。饭馆不大，七八张桌子，分两排依次摆开。靠左边还空着一张桌子，王金平正犹豫着是否要坐下来等待，就听到里面传来一声招呼："大平，这儿，往里走！"

周福提前到了，订了一个雅间。雅间虽然不大，却是一个独立的空间，不像外面吵吵嚷嚷的。

王金平进了雅间，高强还有和周福同部门的吴保平也已坐在里面。吴保平外号叫"六斤"，据说他生下来后，他爹拎着双腿说了句"估摸着连骨头带肉六斤来重"，后来到自己的杀猪摊儿一过磅，不多不少整六斤，"六斤"之名由此得来。"六斤"在厂里给人的印象是精明，喜欢占点小便宜，但心眼不坏，最大的长处是嘴巴甜，逢人便夸，凭这点厂里人倒不怎么讨厌他。

"六斤"和高强看见王金平进来，都热情地站起来，把他迎到了主位。"六斤"紧挨着王金平坐了下来后，贴近他的耳边轻声地说："王叔，真是难得见您出来吃顿饭，我让周哥点了五斤多羊肉，今天说啥也得陪您喝几杯。早就想和您坐坐，却老找不到机会。一会儿三宝就到，他一来咱们就开始，您看妥吧？"

王金平嗓门洪亮，客气地回应说："别客气，都是一个厂子的，我年纪大了，是不大出来，再说你们都是年轻人，我这把年纪了，不大好意思掺和，怕你们嫌弃呀。"

"别啊，王叔，在电厂我最尊敬的就是您了！""六斤"满脸堆笑地恭维道。

正说着，外边突然传来了一声招呼："听声音对面的客人是王大哥吧，难得一见啊！"

话音刚落，门帘被挑开了，闪进来一个胖子。王金平定睛一瞧，是洪金豹，便立马回话："哟，原来是金豹啊！好久没见，听说你现在混得不错，自从你搬走后，就没见过你，也来吃饭哪？"

"六斤"赶紧迎了上去，点头哈腰地笑着说："是豹队长啊，过来一起吃吧？"

豹队长白了他一眼，冲着王金平双手抱拳："王大哥，幸会呀，嫂子怎么样？孩子还好吗？"

"都还不错，你呢，现在忙什么呢？"

"还是老差事，没日没夜的，他妈的累死我了，等一会儿还有任务。周福啊，我和王大哥可是做过对门邻居，关系近得很，今晚你要是照顾不周，我找你小子算账。"

豹队长眼一瞪，周福连忙走上前应和着："一定，一定，豹队长，您放心，要不您也坐下来一起整几盅？"

豹队长摇晃了几下头，手指周福说："不了，我们这一桌马上结束了，刚才听到王大哥的声音，就过来打声招呼。王大哥是个老实人，过去对我不薄，今晚要不是出任务，我一定陪他喝几盅！"

周福和六斤连连点头："一定，豹队长，您放心，这一片还不是靠您罩着嘛。"

豹队长从兜里掏出两包烟撂到桌子上，客气地说："王大哥，小弟马上还有任务，先走了，有啥事给老弟言语一声，抽时间我去看看嫂子。"

"客气了，金豹，你忙去吧！"王金平挥挥手，算是打过了招呼。

豹队长刚出去，三宝挑起门帘进来了："师傅，外面好冷啊，手都冻僵了！"他放下礼盒，一屁股坐在了王金平的旁边。

几个人一边吃喝，一边聊着，周福问："大平，你怎么认识豹队长的？"

王金平回答："我们两家原来住在一个巷子里，那会儿我刚成家，金豹那时候不像现在，干瘦干瘦的，他有点小偷小摸习惯，十来岁了还老是被他爹打。他那个爹脾气暴，力气大，原来在码头扛包，金豹一被打，就东躲西藏，有时跑到我家里，不敢回家，就在我那里窝上一宿，有时我还给他弄点吃的，当时主要还是看他可怜。后来他爹年纪大了，打不动他了，这小子不知怎么回事，混到政府里了。你看看他，现在这个样子，到处耀武扬威，和十几年前大不一样了。唉，人一辈子就是很奇怪，谁也不知道明天是个什么样子。不说了，喝酒！"

这段往事说过，周福和"六斤"对王金平更加热情。两人一个劲地往王金平碗里夹菜，不停地给他续酒。

不知不觉，几瓶酒下肚，几个人都变得面红耳赤，喝酒的速度明显慢了下来。三宝看着周福，问："周哥，老弟问你个事，听听就是了。"

"你说。"

"听厂里工人私下里议论你老婆，说什么现在的饭里经常掺东西，菜量比以前少多了，有人还说你老婆老往家拿东西，说得有鼻子有眼。周哥，你回去跟嫂子说一下，不管有没有，最好还是注意一点。咱们是自家人，我说这些你别介意。"

三宝这话一说，周福急了："净他妈的胡说八道，谁说的，老子喊人废了他。"

三宝赶紧解释："周哥，你别急啊，你还是回家说一下，嫂子以后注意点就行了，话都是传来传去的，你废了谁啊？再说，你咋废啊？"

王金平拍了一下周福，说："周福啊，你老婆在厂里多吃点多喝点倒也没啥，要是往家里拿就不好了，以后注意点，这也算不上大事。喝酒！"王金平说完端起酒杯和周福碰了一下，一口干了。

高强也端起酒杯，敬了周福一下，喝完放下酒杯说："周哥，上星期，在我们厂里打人的事是咋回事啊？就是老葛被打那事儿，我问'六斤'，他说不知道，你说说呗。"

"高强，你提那事干啥？再说和我也没啥关系。"周福回答说。

"不是，周哥，不少人看见你和他们在一起，他们来几次了，你都在场，老葛被打伤，人家就这样不了了之？你还是注意点，老葛在厂里虽然不敢说和王师傅比，可也是一言九鼎的人，就看他那一群徒弟，个个虎背熊腰的，哪个好说话?！你可不能在这个事情上吃亏啊!"

高强的这一席话,让周福琢磨了很长时间,意识到事情没那么简单,他猛地灌下一杯酒后,摇着头说:"其实那些人和我真没什么关系,我也不认识,是厂里冯秘书安排我陪同的,我也就是陪着,没干啥。"

三宝说:"问题是别人不知道啊,厂里有人还说是你借机报复。去年你和老葛吵过一架,当时老葛的几个徒弟甚至要对你动手,你忘了吗?现在人家住院了,你说不清不行啊,兄弟们就怕你到时候吃闷亏啊!"

"他敢!你们知道他们是什么人吗?那些人都是保密——"还没说完,周福立刻捂住了嘴。停了一下,他连忙转移话题:"反正那些人很厉害,我也没有办法,惹不起呀。"

王金平接着话茬说:"我们厂不是谁想进就进的,特别是机房,那是要有通行证的,他们到那里能干啥?肯定没安好心。"

周福看了一圈,低声说:"他们看了几个地方,我听得也不明不白,反正他们是要找地点放点什么东西。你们就别问了。"

"他们不会是要搞什么坏事吧?那还了得!周哥,厂里万一出问题,那你就歇得了!大伙儿都知道是你给那些人带的路,你自己说没做什么,厂里那么多工人会信吗?到时候大家没饭吃了,厂里千把号人还不得生吞活剥了你呀?！你可要慎重啊!"三宝一脸惊惧地盯着周福,看得周福汗毛直竖。

这时,高强插了一句话:"哎呀,周哥,现在大家都在盯着嫂子的问题,她的事工友们那里能不能过得去都很难说,你自个儿又往火上浇油,这不是明摆着自个挖坑自个跳?！"高强头摇得像拨浪鼓,一直没停下来的意思。

坐在高强旁边的"六斤"瞪大眼睛看着周福,不敢说话了,呆呆地坐在那里,生怕这个事引到自己身上,毕竟他经常跟着周福蹭吃蹭喝,定会引起工人们的猜忌。

大家你来我往的几句话,明显让周福感觉到了压力,他看看这个瞅瞅那个,不知说什么才好。

王金平拍了两下桌子,语气轻松地说:"周福,你别紧张,这有啥呀,自己又没干什么坏事,不用担心。"他接着指着三宝几个人说:"你们呀,都别给我出去乱说,也别吓唬人家周福了,大家难得在一起吃饭,别搞得一惊一乍的,有啥呀?喝酒!"

"好好,喝酒。"三宝端起酒杯敬大家,周福端杯的手有点抖动,迟疑好一会儿才喝了下去。

放下杯子,周福苦着脸问大家:"大平,三宝兄弟,你们说的我好像有点感觉,最近几天很多人对我的态度和以前大不一样了,是有你们说的这么个意思!你们说说我下面咋弄?像我这么小的块头,别说人家几个了,一个就够我受的了。咱们几个关系不错,你们可要帮帮我。"说完,周福那张长脸看上去都能拧出苦水来。

"这样吧,你先别急,我们俩先喝个酒,我想想你这事该怎么弄。"王金平端起酒杯说。

周福犹如抓到一根救命稻草,赶紧起身端起杯子碰了一下:"大平,你快说说,我都急死了。在厂里,我最相信你。"说完,"唧啾"一声酒就下了肚。

王金平放下酒杯,说:"周福啊,这么着,我先和老葛的徒弟解释一下,你再买点东西到医院去看看人家,抬手不打笑脸人嘛,先缓和一下关系,消除他们的误解,表明这个事和你没啥关系,说清楚就行了。但那些人是干什么的,为啥到我们厂,这个你得说清楚,他们可能还会来,你能不去陪吗?如果陪还是会有问题呀。你说咱们厂里这千把号人最关心的是什么?不就是手里的这碗饭吗?可以这么说,谁砸大家的饭碗,大家就一定会跟他拼命,这个道理你还不懂吗?你也得长点心,别整天稀里糊涂地跟着别人屁股后面瞎跑,给人家当枪使,何必呢,他们又不会给你开工资。你得清楚,咱们才是电厂的人!是自家人!我说的对吧?"

"喝酒!喝酒!"听到王金平的话,周福泪差点下来了,"大平,你真是我的好兄弟!老弟平时如果有待你不到的地方,希望老哥别介意,不说了,我敬你一杯,向你赔罪。"

几个人赶紧端起了酒杯。

锅里"咕嘟咕嘟"地冒着气泡,汤是加了又干,干了又加,五个人吃得那是一个酣畅淋漓。等到喝完四瓶酒时,外面的大堂里已没有了声响。三宝拎着礼盒跟着几个人出了大门,把东西交给王金平就走了。

周福冲高强和"六斤"打着招呼:"你们俩回去吧,我再送送大平,不,是王大哥。"

高强和"六斤"二人晃晃悠悠地走了。

这时周福已是步履蹒跚,王金平搀着他的胳膊,生怕他滑倒,就这样顺着惠民路一直往前走。走了大约三四百米,周福停了下来,见四下无人,便贴近王金平耳朵轻声说:"大平老哥,要不是刚才你提醒我,我根本啥也不会说,这会儿他们几个不在,你嘴巴紧,我就跟你说,你可千万别说出去呀。"

王金平点点头，静静地看着周福，等待他说话。

"那些人嘴上不说，可我知道他们是保密局的，虽然我跟得远远的，但咱会听话听音呀——这个地方放两百斤，那个地方可以放五百斤，有的地方要往里灌水……王老哥，你说这是啥意思呀？这不是想搞破坏还能是啥?！他们中间有一个人答应给我两根金条，条件是需要的时候让我把厂里值班室的钥匙拿给他们，我现在想一想都后怕，我才三十多岁，厂子让他们毁了，我后半辈子该咋过呀?！"

王金平一听，惊出一身冷汗。稍停片刻，他严肃地对周福说："周福啊，你能如实告诉我，说明你是有良心的人。我知道了，往后你还正常陪他们，态度和以前一样，就算为了你自己，也是为了我们大家，你一定要尽心地做好这件事，这话到我这里就结束，不再外传，我来想想办法，和大家伙儿一起来保护好咱们的饭碗。"

"大平老哥，说实话，在厂里干事，我承认我这个人有点私心，有机会就拿点，只是为了多捞点吃喝。你也知道，我这个人胆子小，没啥本事，但我这人不会昧着良心干坏事，还没坏到头顶上长疮、脚底下流脓那个地步，厂里的事还得仰仗你老哥照应兄弟一把。现在想起老葛那几个徒弟，我都不敢回家，你一定要在老葛面前替我说上几句好话，特别他那个二徒弟，他那身板儿，瞧一下心里就发毛。"周福酒醉人不醉，诚惶诚恐地又倾诉了一番。

"这个没问题，你这么一说，我就知道不是你在背后捣的鬼，而是有人故意使坏。话说开就好，老葛那边的事包在我身上，你就踏踏实实地该干啥干啥吧。"王金平拍拍周福的肩膀，安慰道。

"行，大平老哥，你早点回去吧，我拐个弯就到了。"

"我送你吧，看你有点走不稳。"

"没事，就一点路了，回吧。谢谢你老哥啊。"

"行，注意点安全。走了。"

第五十四章

小周一大早就出了门，赵家祺则在厂里等待江北派来的几名侦查员。最近任务愈加繁重，人手吃紧，赵家祺元旦后向部队申请增派人员。最近，通过张铭宇的牵线搭桥，厂里拿到一个加工一批钣金件的订单，江北派来的侦查员将以这个名义在厂里安顿下来。

渡江

赵家祺在厂里转了一圈，看见门卫韩久耕在加工间收拾东西，离老远就大声喊道："韩师傅，您这么大年纪了，这些活让年轻人干去吧。"

韩久耕直起腰，笑着回答："这点活不累，昨晚他们干到半夜，都累坏了，让他们多休息一会儿吧。"

赵家祺在厂内四处检查了一圈，返回了办公室。

九十七师军需处长方林是前晚回到市区的，之前他和小周商量好二十五日上午九点在他家附近的"一品香"早茶店见面。早茶店位于延龄巷和抄纸巷交叉路口，苏州建筑风格，厅堂不大，里面摆放着几张小方桌。小周推门进来，扫视一下环境，在靠窗的位子上坐了下来。

小周点了几样东西，摊开在街上买的《中央日报》，浏览着新闻。这时，方林悄无声息地走到小周身边。方林用指头弹了一下报纸，正埋头看报的小周吓了一跳，抬头一看，便急忙起身招呼方林坐下。

方林喝了一口豆浆，话就入了正题："小周，邱立和贾贵明两个人那里，我琢磨了两天，还是错开见他们的时间为好。可能也是巧合，邱参谋今晚和我在一起吃饭，我把饭局安排在了瞻园，我本来也邀请了贾贵明，碰巧他今天晚上陪他们军长拜会老上级，说好了明天上午到我家里来。这样见他们两人的时间就错开了。邱参谋住中央饭店303房间，如果今晚两人都和我在一起反而不好办了。"

"那贾参谋长住哪啊？"小周问道。

"这个他没说，他这个人哪，做事谨慎，估计不会和那些军官住中央饭店吧，有可能住到熟人家里。"

"方处长，那你看怎么安排？你把想法和计划说一下，由我来落实。"

方林抬头看看周围，两个人往前一凑，压低了声音……

二人边吃边聊，仔细商讨了将近二十分钟，最后，方林交给小周一把钥匙，就先离开了。

小周急匆匆地赶回驻地，向赵家祺做了汇报。

国防部的临时防务会议是上午九点开始的，会期为半天，赵家祺需要在恰当的时间把小周送进中央饭店。

下午两点，赵家祺驾车带着小周，还有老王早年收养的一个叫陈启明的孩子，朝中央饭店方向驶去。这个陈启明是从安徽逃难到南京来的，有一手开门撬锁的绝活儿。

车子在中央饭店门口停下来后,小周和陈启明下车朝门厅走去。二人都着军官服,手拎公文包。小周留着一撇胡须,鼻子上架着一副眼镜,头发油光锃亮,身上的军官服板正笔挺,整个人显得特别精神。陈启明身材瘦小,军服穿在身上显得忽搭忽搭的,很不合身。

二人走到大门口,值班宪兵伸手一拦:"请出示证件!"

小周把证件递过去。宪兵看看证件,又看看小周,把证件还给了他。

"请出示一下你的证件。"宪兵望着陈启明说。

"噢,在,在。"陈启明没有与宪兵打过交道,见眼前的宪兵气势汹汹,且高出自己半个头,心中慌乱,哆哆嗦嗦地掏到第二个口袋才拿出证件。

宪兵看完证件再看人,问:"哪个部队的?"

小周瞄了陈启明一眼。这一眼让陈启明紧张的心情平复了许多,说话的声音也高了起来:"证件上不是写得清清楚楚吗?还问!"

这时,小周也端着腔调对宪兵说:"你快点,我们还有急事,马上还要赶到黄埔路给长官送文件"。"黄埔路"是国防部的代称。

宪兵的态度立马缓和了许多:"长官,请问,你们住哪个房间?"

"304!"小周答了一声。

宪兵把证件递给陈启明,"啪"地行了一个军礼,后退一步让开了道。陈启明跟着小周大大方方地朝大门里走去。

两个人上到三楼,打开304的房门,小周把门虚掩着,留了半公分的缝隙,以便随时观察对面的动静。小周觉察到对面房间里有人。陈启明把包撂在椅子上,一下子仰倒在床上,厚厚的海绵床垫托着他上下弹动了两下。小伙子不禁感叹:"哎呀,舒服,是真的舒服,早就听说这个饭店的床咋好咋好,今天算是见识了,我长这么大第一次见到这么软的床,要是娶个媳妇在这样的床上睡一夜,乖乖,不知道美成啥样呢。"

门外任何轻微的响动,都让小周产生非同寻常的警觉。他在房间里来回轻轻地走动着,一会儿看看窗外,一会儿在门后静听。

看看墙上的钟表,时针已快指向五点,房间里的气氛越发紧张起来。对面房间的情况不明,让他不敢轻易做出判断,心慢慢地悬了起来。

正当小周心神不安时,对面的房门"吱呀"一声开了。小周立刻点燃一支香烟拉开房门走出门外,和对面出门的人打了个照面。二人目光碰到了一起,都下意识地点了点头。小周右拐朝走廊的东头走去,身后飘散起团团的烟雾。

刚才的一瞥，在小周脑海里留下了深深的印记：此人中等身材，皮肤白净，单眼皮，右脸颊靠近鼻梁处有一颗大大的黑痣。和方林的描述完全对上了号，必是邱立无疑。

走廊东头，是一扇半开的窗户，小周站在窗前继续抽着烟，一丝丝的冷风透了进来。小周用力把窗户掩上，回头一看，邱立身着笔挺的军装，两手空空，正向楼梯口走去。

邱立转过楼道拐角，不见了身影。小周立刻快步赶回304房间，走近窗口观察楼下的空地。院内，一辆绿色军用吉普停在那里，隐隐约约能听到吉普车发动机的声音在"嗡嗡"响着，这是一辆刚到的车子。

这时，邱立和另一个人有说有笑地走出廊厅，一前一后钻进了汽车。汽车出了院门向右拐，疾驰而去。

小周拎着公文包打开房门，朝走廊两头各扫了一眼，朝房间内的陈启明示意一下，陈启明也拎着公文包闪出房门。二人在门口整了整衣服，抬手敲响对面的房门，大声问道："邱参谋在吗？"

房间里没有任何动静。

"咚咚咚"又敲了三下，房间里仍然没有回应。

小周朝陈启明点了一下头，示意可以开门了。陈启明拿出专用工具正欲开门，里面突然传出了声音："哪位？稍等啊！"

两人顿时心里一惊，明明看到邱参谋出了门，房间里怎么还会有人呢？正当两人诧异之际，房门打开了，一个人从里面探出半截身子。此人三十来岁，衣服明显是刚刚披上的，他睡眼惺忪，一脸迷糊，开口便问："你们找谁？"

小周回答："我们找六十六军的邱参谋。"

"邱参谋，我不认识。"此人一脸疑惑。

"不对啊，他告诉我住的是303这个房间呀！我们来接他一起吃饭的，说好的这个时间点呀。"小周毫不慌张，故作疑惑地答道。

"噢，那有可能，这个房间里是来了一个人，但我不知他姓什么。这个人是不是脸上有颗黑痣？"

"对，邱参谋脸上长着黑痣。我们之前都已经说好的这个点，他不应该不在啊，也真是的！"小周口气有点埋怨。

此人问道："你们是哪个部队的？"

"五十一军的,我姓王,我陪我们军长今天一大早赶到南京开会的,请问你是?"小周连答带问。

"八十八军,我姓樊,我们昨天来的,这次我们来了三个人开会,房间不够,只能临时拼房,我就被安排到这个房间了。"此人回答。

对方提到的这个部队,小周是了解的,因为他陪赵家祺去过,"你们驻地是在繁昌吧,怎么,你没参加饭局啊?"

樊参谋叹了一口气,说:"不知道怎么回事,昨晚不知是吃的东西出了问题还是着凉了,今天一天都昏昏沉沉的,整个人头重脚轻,现在还烧着呢,浑身一点劲儿都没有。本来约好的饭局也泡汤了。来,兄弟,进来坐会儿。"

小周跟着樊参谋进了房间,他关切地说:"哎哟,这样哪行啊,得抓点药啊,老这样扛着也不是事!"小周往里面走了两步,瞥见了邱立床头的公文包。

他转身对陈启明交代道:"陈参谋,你马上到街对面的利济巷去买点药,就在巷口进去二三十米,右手有一个药房,樊参谋不能老这样扛着,得吃点药,你再顺便给他买点吃的。"

樊参谋赶紧回答:"这怎么好意思呢,谢谢,药买回来我给你钱,吃的就不要了,我们的人回来会带的。"

"药才几个钱啊,还值当提!"小周接着对陈启明说:"来来,我给你交代一下拿什么药,我前几天也是这个毛病。"

两人走出房间,小周把药名说了一下,还小声特意交代多备一种药,陈启明心领神会,接过钞票,下楼去了。

小周回到房间,笑呵呵地安慰说:"樊参谋,药店很近,十来分钟就能回来了。"

小周的热情让樊参谋产生了好感,他招呼说:"请坐。"

小周看了看表,说:"邱参谋这人也真是,这都提前说好的,我最多等他十分钟,不来我就走了,一大堆人还等着我开席呢。"说完,小周又劝道:"樊参谋,你坐被窝里,外面凉。"

"好好!"樊参谋掀开被子,侧身钻进了被窝,就在他背对自己的这个当口,小周立即把他与邱参谋的包进行了调换,然后若无其事地回过身来把拖在地上的被角撩了起来。没有察觉到任何异样的樊参谋盖好被子,靠着床头强打起精神陪小周闲聊了起来。

小周起身往樊参谋面前的杯子里倒了些热水:"樊参谋,多喝点热水,这个病就是一阵子。等一会儿你再吃点药,出出汗,明天一大早保准就没事了。"

小周的话说得对方直点头，在一个生疏的地方能遇到这么古道热肠的人，樊参谋刚才还阴郁的表情慢慢地舒展开了。

两个人在房间里，东一句西一句地闲聊着。

陈启明买好了药品和一盒点心，回到了303房间。小周接过点心对陈启明说："陈参谋，药怎么吃，你买的你清楚，给樊参谋都准备好。"

陈启明把几种药都配好，细心地交代了一番。看着樊吃过药，小周又叮嘱两句，便拿起公文包起身告辞："樊参谋，很遗憾，你要是不生病，咱们就一起去了。你休息吧，我们得走了，要不然去得太迟又该遭他们数落了。"

樊参谋坚持起身送他们，小周立刻上前按住他："别，你躺下吧，醒了吃点东西，明早就没事啦，我们走了，顺便帮你把灯关了把门带上。"

"谢谢你，王参谋。"樊参谋感激地说道。

小周二人退出房间，把灯熄了，随手锁上了门。

轻轻地推开自己的房门，二人又轻轻地锁上，小周立即打开邱立的公文包，拿出里面所有的材料，一样样地看，有会议纪要、军队作训纲领、一个笔记本，还有一方女人的丝帕。又仔细地翻了一遍，除了一支派克水笔再无其他东西。"奇怪了，这么重要的国防会议怎么会没有军事地图呢？再说，那么大的地图带在身上也不方便呀！"小周开始翻阅桌上的这些材料，感觉有用的内容都用微型相机拍了下来，然后把这些东西按拿出来的顺序又重新放回了包里。他坐在床边沉思了一会儿，陈启明一直在旁边静静地看着他，没有言语。

小周对这个结果感到万分失望，多么好的一次机会，费了那么大的周折，竟然没有拿到自己想要的东西。

小周很快平静了下来，他清楚现在决不是报怨走神的时候。他看了看表，时间已过了五点半，估计樊参谋已经睡熟了，为稳妥起见，又等了二十分钟，才打开房门走到对面门前。

敲了几次门，小周喊了几声"樊参谋"，里面一点动静都没有。安眠药起了作用。陈启明迅速拿出工具，眨眼间便打开房门，小周一闪而进，陈启明则站在门口观察着走廊里的动静。此时的樊参谋正在呼呼大睡，小周来到邱立床头，换过文件包，蹑手蹑脚地走出房间。陈启明随即轻锁房门，二人又回到了自己的房间。

小周看到陈启明的额头上汗津津的，便问道："怎么出那么多汗？"

"过去我干的是小偷小摸的活儿,今天在这个地方,偷的是军队的人,他们手上都有杀人的家伙,头一次干这种活儿,还真有点紧张。"陈启明抹着额头上的汗,哆哆嗦嗦地说。

小周捶了一下他的肩膀,笑骂道:"看你这个熊样,屁大点事,把你吓成这样,真没出息!"

陈启明用袖口揩去汗水,挺起胸膛说:"大闺女坐花轿——头一回嘛,经过这一次,今后就不会怕了!"

两人把房间清理干净,拿起皮包下了楼,出了中央饭店的大门。

获取长江防御地图的任务失败了。

小周回到厂里时,天已变得漆黑一片。赵家祺正在和几个年轻人谈天说地,见小周进门,赵家祺笑着站了起来,向屋内人介绍说:"这就是我刚刚给大家提到的周一新同志,他今天有任务,刚回来,大家认识一下。"

赵家祺给小周一一介绍了在座的几位年轻人:"张业成,陈昊,季自勇,马鑫,熊林凯,栗二林,叶宝龙,聂大祥。"

小周这才明白,江北增派来的同志们到了。他微笑着和大家一一握手。

"小周,我们刚吃过晚饭,你吃了没有?"赵家祺关切地问。

"下午快六点才往回走,还没吃呢。"小周笑着回答说。

赵家祺拉着小周走到门外,急切地问道:"怎么样?军事地图搞到没有?"

小周沮丧地摇了摇头。

沉默片刻之后,赵家祺对小周说:"你们辛苦了。我们再想别的办法吧。"说完,便大声喊道:"老韩!老韩!"

韩久耕应着声走了过来,问:"家祺,啥事?"

"小周到现在还没吃饭,麻烦您下碗面条,放点辣油,再打两个鸡蛋。"赵家祺嘱咐道。

"没问题,晚上的菜做得多,我再热热。"韩久耕朝小周招招手,就快步朝厨房走去。

晚上睡觉前,赵家祺和小周又把第二天的工作合计了一番。

早上八点,方林难得地陪母亲吃了一顿早饭。夫人和用人刘妈一早就出门,说好午饭时间赶回家来。吃早饭的时候,方林家里多了一个人,是李诗蓝。她冒充一位与方林多年不见、刚到南京工作的远房表妹,取得了老太太的信任。李诗蓝在饭桌上一句一个舅妈地叫着，不时给她讲社会上的趣闻，老太太的脸上乐开了花。

吃完早饭，老太太按惯例上楼休息，方林搀扶着母亲上了楼。李诗蓝麻利地收拾好碗筷，擦拭完桌子，又开始在厨房里忙活起来。

客厅里静悄悄的，只能隐隐约约听到楼上母子二人的说话声。

这时，传来了轻轻的敲门声，李诗蓝赶紧擦擦手，过去开门。门外站着一位身材高大、个头足有一米八的军官。

李诗蓝客气地问道："请问您是？"

来人回答："我姓贾，来找方处长。"

"噢，找我哥啊，你进来，我去叫他。"李诗蓝把客人迎进了客厅，朝楼上喊道："哥，哥，家里来客人了。"

"好的，应该是我老弟来了。"随着"咚咚咚"的脚步声，方林下到客厅，一看是贾贵明，立刻快走几步迎了上去。李诗蓝顺势接过贾贵明手上的皮包和礼盒，腾出手的贾贵明与方林握手问好。李诗蓝把皮包挂在客厅拐角的衣服架上，又把礼盒放在衣服架旁边的地板上，走到二人面前说："哥，你们先坐，我去泡两杯茶过来。"

方林叫住李诗蓝，介绍说："小蓝，这位就是我经常给你提到的我的老弟，贾贵明，人家现在官阶比我高，已是少将参谋长啦。"李诗蓝冲贾参谋长微笑着点头示意。

方林又介绍了一下李诗蓝："贵明啊，这是我表妹，在中央党史馆工作，没事时经常来家里照料老太太。"

贾贵明也微笑着朝李诗蓝点了点头。

李诗蓝很快就泡好两杯茶放在了茶几上："你们聊吧，我到厨房忙去了，哥，快过年了，中午就留贾参谋长在家吃饭吧，我去烧几个菜。"

贾贵明摆摆手："吃饭就不用了，我坐一会儿就走。方林哥，我们还是上楼看看我表姑，有两年没来了，自己都不知道在忙些啥，老顾不上来看她老人家。"

"行，那我们上去吧。"方林站了起来，陪着贾贵明朝楼梯走去，贾贵明瞅了一眼自己的皮包，又看了一眼李诗蓝。此时李诗蓝正向厨房走去。

贾贵明停了下来，指着带来的礼盒说："方林哥，那些东西我还是拿上去吧，都是带给表姑的东西，让老人家高兴高兴。"

"就放那吧，昨晚我跟我妈一说你要来，她开心得不得了，一夜都没睡好，老早就吃完早饭上楼等你呢。这天一冷，她的老寒腿就不能见凉气。"说话间，方林拽着贾贵明就朝楼梯走去。

贾贵明临上楼梯又看了一眼放礼品的地方。方林一看心领神会，笑着说："好啦，我们先上去。"随即朝厨房方向叫了一声："小蓝，等一会儿你把贾参谋长带的礼品拿上来。"

"好的，马上来。"李诗蓝应声答道，随即就出了厨房，拿起礼盒跟着二人上了楼。

老太太已经听到贾贵明来了。贾贵明一走进方林母亲的房间，老太太就掀开被子要下床，贾贵明赶紧快走两步，走到床边，一把拉住老人家的手："表姑，您老人家身体可好啊？"

"唉呀，贵明，坐这儿。"老太太拍着床边让座，方林拽过一把椅子在一旁坐了下来，李诗蓝则放下礼品，轻悄悄地下了楼。

"表姑，你看我这忙的，前年来了一次就再没过来，其实中间我来过南京两次，都是开军事会议，来去匆匆，想来看您也没有机会，我这做晚辈的有点失礼了，表姑您不会怪我吧？"

"你这孩子，自家人，说这话就见外了。你能惦记表姑，我就很开心了。这两年你在哪儿？这话表姑不知该不该问。"方林母亲问。

"这有啥，前年在安徽、苏北一带，去年下半年才调防到常州。你看我们这些扛枪的，也没个固定的地方，身不由己啊。"贾贵明感慨地摇摇头。

"家里头可好啊？"

"还好，三个孩子和他妈都在上海，这不，您侄媳妇早就给您准备好了七十寿辰的礼物。"说着他弯腰拿起礼盒，打开一个精致的首饰盒，拿出一副黄澄澄、沉甸甸的金镯子，递给老太太，解释说，"去年就给您老准备好了，就是没时间带来，还好没耽误，我记得您是大年初四的生日，还有几天。我提前给您老拜寿啦。"

方老太太高兴得不得了，拉着贾贵明的手夸奖说："贵明这孩子就是心细，你看看你方林哥，比你还大三岁，整天糊里糊涂地过日子，像个长不大的孩子。"

母亲一句话说得方林只能在旁边傻笑。

贾贵林赶紧替方林圆场："表姑，您不能怪方林哥，他天天在身边照顾您，我是难得来一次，还是我做得不够好啊。"说完哈哈笑了起来。

李诗蓝端了两杯茶水走进房间，放下茶杯正准备下楼，被贾贵明叫住了。

"小蓝,这里有银鱼干,要提前用温水泡两个小时,蒸鸡蛋羹,既美味又有营养,我表姑一定喜欢吃。还有一些是常州的大麻糕,不是很甜,当点心吃,尝尝口味吧。"

李诗蓝赶紧点点头,说:"谢谢贾大哥,你放心吧,我舅妈就好一口甜的。厨房里还有一些活没干完,中午我准备蒸条新鲜的江白鱼给舅妈吃。你们坐着,我下去忙去了。"

方老太太也是一个十分健谈的人,拉着贾贵明的手说东道西,陈年旧事一一道来。方林也是难得看到母亲这么开心,在一旁不时插话,三人相谈甚欢,房间内笑声一阵儿接着一阵儿。

楼下的李诗蓝则快速地忙完赵家祺交代的"任务",然后一个人在厨房里"叮叮咣咣"地洗、切、蒸、煮,干得井井有条。

楼上的贾贵明看了看手表,略带歉意地对老太太和方林说:"表姑,不好意思啦,我不能再坐了,现在的形势比较紧张,我不是自由身哪。十一点钟我们几个还要一起回驻地,后面我来南京,再来看您老人家。"

贾贵明站起身,又对方林叮嘱道:"方林哥,表姑这里你还要多辛苦,有什么事尽管给我说,我得走了。"

老太太要下床,贾贵明立马按住老人家的肩膀:"表姑,您别下来,天气凉,您自己多保重啊,我走了。"

老太太招呼方林说:"小林,你代我送送贵明。"

方林陪贾贵明到楼下,看到李诗蓝还在厨房里忙得热火朝天,便叫了一声:"小蓝,贾参谋长要走了。"

正在忙碌的李诗蓝赶紧在围裙上擦了一把手,走到衣架处,拿起贾贵明的皮包,微笑着寒暄道:"贾大哥,中午就在这里吃饭呗,难得来一次,我做了鱼,还炖了一只鸡。你陪我哥喝点酒再走,要不了多长时间的。"

贾贵明接过皮包,一脸遗憾地说:"这味道闻到就感觉香得不得了,我也想留下来喝两杯,但今天不行啊,我有要务在身,下次来,再尝你的手艺。"

方林和李诗蓝把贾贵明送到门外,贾贵明大步流星,一会儿就消失在了巷口拐角处。

回到客厅,方林急切地轻声问道:"有东西吗?"

李诗蓝激动地回答:"有,全拍下来了,另外还有东、西两个集团的部署方案,都有,应该是组织上想要的。"

"太好了,你尽快交给赵部长吧,这个情报特别重要。刚才啊,我一直担心他这里没有呢。听说昨晚小周在中央饭店那里就没有拿到，看来是因为邱参谋的级别不够。今天我特别担心，如再拿不到，后面我们就真的没有机会了。"大功告成，方林紧绷的神经慢慢地放松了下来。

"好的，我把菜烧好就回去了。"

"吃完再走吧。"

"没事，我这时赶到家祺那里正好能吃上饭，情报要紧。"说完接着忙起手中的活儿来。

"那行，你先忙吧，我上楼坐一会儿，下午也要回单位，等一会儿你不用到上面打招呼了，直接走吧，要不然老太太又该拽住你不让走了。"

"好的，你上去吧。"

李诗蓝快速收拾好饭菜，拿起自己的皮包，悄悄出了门。

麒麟门福海公司。赵家祺听完李诗蓝的汇报后，长舒了一口气。他卸下胶卷，交给了小周，交代尽快洗出两套，拼出全图，并立即派人将胶卷送到江北。

第五十五章

赵家祺与中共南京市委的同志们一道，秘密穿梭于各大工厂之间，一场地下舆论战在南京悄悄打响。

宣传收到了立竿见影的效果。了解到实情的南京各大厂的工友们开始躁动起来，私下纷纷议论局势，在表达对当局强烈不满的同时，思想逐渐统一，形势开始朝着赵家祺所期望的方向发展。

与此同时，在中共地下组织的策划下，各大工厂的护厂队如雨后春笋般成立起来。工人们的行动迅速影响到大中学校、商埠和部分市民，南京城笼罩在一场前所未有的"异动"氛围之中。

这一切，保密局也察觉到了。

中央电工器材厂主要生产电子管、日光灯管，下属分厂生产电线、电池等辅助产品，职工有一千三百多人，在南京城里算得上是规模比较大的企业了。该厂产品销售遍布大江南北，在全国范围内影响极广。这个厂的厂长说过一句响当当的话："凡是电线通上电的地方，就会有我们厂的产品提供亮光。"这是一句毫不夸张的话，足可见这个厂的影响力和重要性。

主管这个厂的国民政府资源管理委员会，来头非同小可，因为其上级单位不是一般机构，是国民政府国防部。正因如此，军方对该厂的监控要比对其他工厂严格得多，厂里人的各种背景错综复杂，各种势力盘根错节，保密局在里面自然也安插了不少眼线。

宣传单在工友们之间传阅的当天，整个工厂职工的心态和情绪就变得不一样了，了解到真相之后，大家逐渐振奋起来。

没有人留意宣传单是怎么传进来的。他们当中，识字的人念，不识字的人听，不懂之处经过念字人的解释和演绎，一传十、十传百，厂里的大部分工人知晓了宣传稿的内容。

这其中难免有争论。

一次工间休息时，两个工人为传单内容发生了争论。不巧的是，宣传单被正在巡视的一个叫仇德发的工长看到了。仇德发当时并没有在意二人争论的内容，因为这个话题司空见惯，他关心的倒是那张粉底的稿纸。仇德发没别的本事，就是喜欢打别人小报告讨领导欢心，两年前就因为打小报告深得工厂头头的信任，被从班组长提拔为工长。仇德发打小报告尝到过甜头，这次机会他自然不会错过，于是他假装啥也没看见，转脸就偷偷摸摸地报给了上级。消息很快就传到了驻厂的保密局密探那里。

快到中午下班时，保密局的三个人来到车间，不由分说带走了两个辩论的工人。在工厂警卫室里，密探很快从工人身上搜到了那张皱巴巴的宣传单。他们连唬带吓，二人很快没了主意，把知道的东西一股脑儿地倒了出来。为首的保密局南京二组组长许金良看着惶恐不安的两个工人，脸上露出了阴森狰狞的笑意。

下午，在邓风盛的办公室里，许金良就上午查到的情况做了汇报。邓风盛手托腮帮听着，默不作声，只是偶尔抬头看一眼许金良。许金良汇报完毕，两眼直盯着邓风盛，等着上司发话。

邓风盛又看了一下桌子上的宣传单，说："许组长，这件事不能简单地来看。我认为，这是南京城里的共党分子有组织、有预谋的一次大规模策反行动！居心叵测啊！严查，必须严查！说不定还能逮到几条大鱼。"

邓风盛的话令许金良顿时紧张起来。

邓风盛摘下眼镜，拿起宣传单，翻来覆去仔细看过一阵后，对许金良说："我看了一下这张传单的边角，正面油墨很重，反面有星星点点的墨迹，切边也有墨迹。可以看出，这批传单的印刷量不小，决不是十张二十张的事！你再看看上面的内容，都是大肆蛊惑、鼓动工人组织纠察队，语气咄咄逼人，险恶用心昭然若揭。什么样的工厂能组织起纠察队？只有规模大、人数多的厂子才行！我认为，这不仅是规模和人数的问题，这些厂也是特别重要的，属于要害部门。如果大工厂都乱了，首都将不战自乱。"

"邓处长实在是高！"许金良佩服地望着邓风盛，毕恭毕敬地问道，"那我们该怎么办？"

邓风盛低头在屋内来回踱了几趟，突然停了下来，手指许金良说道："南京及周边地区应该有十几个这样的工厂，给我一个个查！查出宣传单是如何流入厂里的，又是在哪儿印刷的。这样，顺藤摸瓜把共党分子的老巢给我挖出来。该抓的抓，该杀的杀！时间很紧迫，一刻也不能等，你们立即开始排查。"

"是，我马上就派人去查。"许金良"啪"的敬了一个礼，正欲离开，被邓风盛叫住了。

"慢！这个事情很紧急，如果人手不够，你们就抽调其他组里的人员！还不够的话，把那些新招来的阿猫阿狗也给我用上。一定要造出声势，表面上我们是针对普通工人，暗地里要深挖线索，掘出共党分子的老巢！对阻扰检查的人员和试图逃跑者，不论是谁，不要心慈手软，可以就地正法。"

邓风盛摆摆手，许金良离开了办公室。

敌人的动静如此之大，让赵家祺顿生疑惑。经过分析，他排除掉了其他的可能性，敏锐地感觉到一定是那些面广量多的宣传单引起了敌人的警觉，至于敌人察觉多少、目的为何，他不得而知。赵家祺立即通知小周开车前往一处公用电话亭，用暗语向老王进行了通报。老王认同赵家祺的推测，立即向乔书记和陈书记作了汇报。南京市委随即通知相关人员迅速赶往不同的接头地点，做好应对措施。

双方都在拼命与时间赛跑。国民党军警特的首要任务是突击抓人，而南京城里的中共地下党则是迅速撤离和隐蔽，尽可能减少损失。

福海贸易公司内的赵家祺思前想后，还是决定和老王会合，以便了解事情的最新进展并处理突发事件。正当他穿上大衣，朝门外的汽车走去时，一辆军用吉普车响着喇叭风驰电掣地来到公司门口。韩久耕从值班室走出来，和吉普车上的人沟通了两句，便打开了大门。吉普车驶进厂门，在赵家祺身边停了下来。

下车的人身着军装，手拎礼盒，离老远就热情地喊道："哥，你要出去呀？"

来人是夏瑜莹。

赵家祺转身迎了上去，说："哟，是小莹啊，这个时间来，有事吗？"

"没事就不能来看看你啊？怎么，有事要出门啊？"

"哥哪天没有事啊？走，屋里坐。"

两个人进了屋，赵家祺给夏瑜莹倒了一杯开水，递到她手上："天冷，你靠着炉子这里暖和暖和。说说，什么事？"

"真没什么事，就来看看你，顺便带一些饼干、麻糖给你。"夏瑜莹调皮地说。

"你拉倒吧，这些东西肯定是陈作群孝敬你的，你再到我这里做顺水人情来了，是不是？"

夏瑜莹轻轻踢了一下赵家祺的腿："哥，谁买的你就别问了，你只管吃就行了！"

赵家祺朝门外喊道："小周，小周，你来一下。"

小周跑了进来，看是夏瑜莹，愣了一下，立刻笑着招呼说："是夏小姐啊，又来看你赵哥啦，欢迎欢迎！"

姑娘嘴不饶人："要你欢迎？我看我哥，欢迎来，不欢迎我也要来。"

小周吐了下舌头，一脸尴尬地笑了笑，转脸看着赵家祺问："赵老板，什么事？"

"小周，你马上到老王那里，他刚才打电话来，说上次那批货的款子到了，你去拿一下。后天就过年了，明天得把钱给大家发下去，顺便买点年货，一并发给大家。夏小姐来了，我就不去了，你代我跑一趟。"

"行，你们两个坐，我这就去。"小周心领神会地接过钥匙，匆匆出了门。

夏瑜莹从随身带的包里拿出一个档案袋，放在桌子上。她指着档案袋对赵家祺说："哥，还你手枪！邓处长说你一个做生意的，天天带着手枪不合适啊，按国民政府的管理规定，私藏枪支弹药是要判刑坐牢的，我是好说歹说才要回来的，毕竟是国军将领赠送的纪念品嘛。为了回避规定，邓处长命令手下把枪里面的撞针磨短了一点，现在这把枪已经不能击火，只能作为摆设了，他说这也是为你好。"

赵家祺把手枪拿在手上，掂了掂，笑笑说："这枪我也不会玩，要不要无所谓，就是感觉朋友送的扔掉不礼貌。邓处长这样做也对，我理解他的好意，请你一定代我谢谢他。"

"哥，上次邓处长到你这里来，原来我也以为是例行检查，但后来仔细想想，感觉没那么简单，他是有意来的。邓处长之所以拽着我来，我想啊，你一直为部队做事且与军方合作得不错，不看僧面看佛面，他怕遇到面子上过不去的事，好让我出面缓和一下。所以，那次我提前给你说了一声，这样能避免不必要的麻烦。"

赵家祺看了夏瑜莹一眼，说："我知道，早就听说最近盘查很紧，来了也无所谓，明人不做暗事，我这里不怕查。生意人嘛，我只关心生意场。前面我主要做部队的业务，其他都是附带，元旦前后生意就不是很景气了。看现在这个时局，估计后面会更难，看看再说吧！小莹，你不知道，厂里这么多人都要吃饭，事事都得操心，哥不像你每天过得优哉游哉的啊。"赵家祺说完，笑了起来。

夏瑜莹撇了一下嘴，笑着说道："看你天天愁的，晚上我请你吃顿好的，行吗？反正你说我闲，我就闲下去。晚上我们干脆就大吃一顿，我把陈作群那个傻子喊上，狠狠地宰他一下。"

"哟，你们的关系现在发展得很好了啊？"

"好啥呀，我从来都没正眼看过他一次。"夏瑜莹满脸不屑地说。

"那你不是骗人家吗？这样不好，谈朋友就好好谈，别三心二意的，不喜欢就跟人家早点说明，别耽误人家的终身大事。晚上我就不去了，你们去吧。"

"切，别在这里装好人，我的事情不要你管！晚上吃饭你一定得去！这顿饭是陈作群主动提出来的，算是赔罪酒。"

"这哪儿跟哪儿啊？陈科长人家那是例行公事，再说我也没啥事，事情也过去了，赔什么罪啊？！你这样一说我就更不能去了。"

"陈作群本来也请了邓处长，但他说有事来不了。他不来更好，说话酸不拉唧的，整天耷拉着一张驴脸，阴得很，我本来就不喜欢他。"

"小莹，我真有事，我想请铭宇和几个朋友吃顿饭，人家对哥的生意照顾得那么多，快过年了，关系再近也得请顿饭呀。"

"哥，那就两场合一场，我们一起去！你看这样行不行，这次我以你的名义请，我要是不这么做，这个年都没法过了。"说完，姑娘咯咯地笑了起来。

几个来回之后，赵家祺知道躲不过去了，就答应道："行，那你早点回去安排去吧。"

"订过了。就在江苏酒家三号包房。京苏大菜，肯定合你的胃口。"

看来夏瑜莹早有准备，这让赵家祺内心吃惊不已。

"小莹，我咋感觉今天你这么热情，有点设鸿门宴的味道啊？"赵家祺开玩笑说。

"哥，这就是你的不对了，妹妹请哥哥吃饭，怎么能是鸿门宴呢?！你就放下心吃，敞开肚皮喝。但喊的人不能太多，那个地方包间不大，七八个人最合适。"

这顿饭，肯定是要去了。赵家祺走到电话机旁，拨通了张铭宇的电话："铭宇，该过年了，今天晚上请你吃饭！喊上平时我们接触的几位朋友，感谢大家对我的关照。还有，瑜莹晚上也去。"

"你小子，今天一大早我就感觉有什么喜事，到现在喜事才来！行，没问题，他们几个只要没出差，你请客，大家都会来的。"

"就这么说定了。"

几乎同一时间，位于三牌楼狗耳巷的春风书印社内，许金良站在屋中央，正指使一帮人翻箱倒柜地大搜查。

春风书印社算是南京城中比较早的印刷点，老板姓谭，主要承接企业的单据和标牌印刷、制作业务。该社有大大小小几台铅字印刷、油墨印刷机和走纸机、切割机，共有七八个工人，谭老板平时让自己的外甥照看书印社，自己只是每个月底冒出来一次，到店里看看账，发放工人工资。

春风书印社是许金良检查的最后一家店铺。查了半个小时，仍没有任何发现。

突然，一个便衣拿着一张皱巴巴的蜡纸跑到许金良面前，低声说道："许组长，你看看这个。"

一张周边沾有斑斑点点油墨的蜡纸递到了许金良手里。他在桌子上抹平蜡纸，借着灯光看了一下题目，然后不动声色地对屋内的便衣命令道："你们都停下来，到我这里来！"

便衣们呼啦一下围了上来，许金良摇着手中的蜡纸，大声说道："给我仔细查一遍垃圾，找到这个《倡议书》的原稿，其他的一概不管，听清楚了没有？"

"是！"众人马上散开，开始在垃圾堆中仔细翻找。

许金良拿起一张白纸擦净满是油墨的手，瞪大眼珠扫了一圈屋内的几个工人。工人们面面相觑，意识到即将大祸临头，个个心惊胆战，等待不可预知的结局。

"检查仔细一点,每张都要看,一张都不能漏掉!"许金良又大声强调了一遍。

便衣分头忙活了半天,一无所获。许金良手摇那张粉色宣传单来到几个工人面前,面暴青筋地冲着他们咆哮道:"你们给我看清楚,这是谁印的?说!"

几个工人你看看我,我看看他,没人吱声。

"不说是吧,来人,把这几个王八蛋都拖出去毙了。"许金良大声吼道。

几个便衣上来就把人往外拖,有两个工人下意识地把眼光转向一个胖墩墩的小伙子。狡猾的许金良捕捉到了这个细节,手一摆说:"等一下。"他走到这个小伙子面前,打量了一番,小伙子看上去二十出头,偏胖,中等个,板寸头,小眼厚嘴唇,从外貌上来看,给人一种憨厚、不善言谈的印象。

许金良问:"叫什么名字?"

"刘铁。"

"在这儿干什么活?"

"打杂。"

许金良走到旁边的一个瘦子面前,凶狠地瞪着双眼吼道:"我问你,他真是在这里打杂的吗?想好再说!"

瘦子吓得浑身哆嗦,先是点点头,抬头看了一眼许金良凶神恶煞般的面孔后,又摇了摇头。

许金良回到刘铁面前,笑嘻嘻地说:"小杆子,蛮能扛的嘛!还不说是吧,那就别怪我没给你机会啦。"

刘铁仍然一言不发,站在原地一动不动。

许金良无奈地摇摇头,转过身冲几个便衣一声大吼:"这个胖子嘴死硬,给我朝死里打!"

两个便衣将刘铁按倒在地,凶狠地挥拳朝刘铁的脸上一阵暴打。刘铁被打得满脸是血,凄惨的嚎叫传遍了整个巷子,吓得一旁的工友们赶紧捂着脸后退至墙角。

几分钟后,满脸血肉模糊的刘铁实在撑不住了,大声哭喊着:"别,别打了,我说,我说。"

许金良走到刘铁面前,从地上把他拎了起来,冷笑着说:"小伙子,早点说不就得了吗！不急，慢慢说。"

刘铁吐掉满口的鲜血，战战兢兢地说道："我，我想起来了，是我的一个朋友，前天拿一张刻好的蜡纸来找我，其实我们两个平时交往并不多，过去他帮过我的忙，我抹不开面子，也没看是什么东西，就让他印了。"

许金良问："是你印的还是他自己印的？"

刘铁回答："他自己印的。这个简单，要求也不高，我把油印的方法给他说一下，他自己动手很快就印完了。"

许金良："你当时在做什么？"

刘铁答道："节、节前要赶印一批单据，我就忙自己的事去了，他印完后给我一点费用就、就走了。"

许金良接着问道："那这张蜡纸是怎么回事？"

刘铁想了想，说："可能他嫌蜡纸上的油墨多，太脏，扔到一边没有带走。"

许金良大声吼道："他叫什么名字？多大年龄？"

"齐岩风，大家都喊他小齐，三十岁不到，可能有二十五六岁的样子。"

"他现在在哪里？"许金良穷追不舍。

"在下关码头干活，我印象中好像是最北边的那个仓库。"刘铁供出了自己知道的一切。

四点多钟，天空昏黄暗淡。

下关码头上，干活的人依旧很多。许金良几个人悄悄下了吉普车，直接进了码头，在最北边的仓库门口停了下来。

一个便衣突然朝人群里喊了一嗓子："小齐，齐岩风！"

正在指挥工人搬运货物的小齐不知道发生了什么事，便起身朝喊声传来的地方张望。几个便衣冲了过去。小齐这才反应过来，转身想跑，但三面环水无处可逃，只好镇定地站在原地。旁边的工人们还没反应过来，便衣就扑倒小齐，铐住了他的双手，连推带搡地迅速把人押上了吉普车。

警笛声大作，吉普车扬尘而去。

第五十六章

赵家祺乘坐夏瑜莹的汽车到了江苏饭店。

临近春节，虽然时局动荡，但酒桌上的宾客好像忘记了这一切，个个沉浸在节日的欢快气氛之中。房间里的气氛异常热烈，敬酒辞、碰杯声、说笑声不绝于耳，无人谈论已经风雨飘摇的政治、军事形势。

穿梭于宾客之间的夏瑜莹，像一只欢快的小鹿，不时来到赵家祺的身边，不是敬酒，就是滔滔不绝地讲述宴会上每个人的逸闻趣事。

饭桌上另一位活跃人物是张铭宇。从在饭桌旁坐定那一刻开始，他就感到这次看似寻常的饭局与往常大不相同，有双眼睛始终在悄悄观察着自己的一举一动。所以，在整个吃饭喝酒的过程中，他基本上没有离开座位，也没有离开饭桌与其他人窃窃私语。赵家祺从张铭宇的眼神中敏锐地捕捉到了这个信息，他并没有主动凑到张铭宇身边窃窃私语，或者喊其到外面抽烟交谈。饭桌上，两位老同学互相调侃戏谑，互相揭短，甚至轻佻笑骂，却自始至终没有一句涉及时局和政治的话。

酒过三巡，菜过五味。等到屋内大多数人都有点薄醉微醺的时候，饭局结束了，大家摇摇晃晃地握手告别。夏瑜莹叫来司机，先送自己回住地，又让司机把赵家祺送回了住处。

赵家祺敲了敲大门，老韩从值班室窗口探头一看，赶紧出来开了大门，一边开着锁一边问：“家祺，你这是到哪儿去了？还一股子酒气，老王来了好大一会儿了，正在你房间里等着呢，看样子有急事，你快去吧。”

推开屋门，赵家祺看见老王和小周在沙发上坐着，满脸愁容。二人看见赵家祺，同时站了起来。老王焦急地问道：“家祺，大半夜的，你到哪儿去了？”

"对不起，保密局的夏瑜莹临时请我去吃饭，这个饭局又不能不去，一是脱不开身，另一个也想通过这顿饭了解一下情况。老王，出什么事了吗？"赵家祺回答完问题后，急忙追问道。

"小齐不见了。"

"什么，小齐不见了？什么时候？"赵家祺听到这个消息，酒醒了一大半，急切地询问事情的原由。

小周抢着说："我顺着小齐去过的地方寻了个遍，都没有找到他。天黑时我到码头，听码头上一个扛包的年轻人说，下班时来了一辆绿色吉普车，把码头上的一个人带走了，当时天已经暗下来了，再加上当时在码头干活的人足有上百人，被带走的人是不是小齐，他没有看清楚，但从身材来看，有点像。"

老王也补充道："这几天小齐也没有其他安排啊，怎么会出这个事呢？"

赵家祺在房间里来回踱步，思索片刻后问道："小周，三天前你交给小齐的那份稿子，小齐是怎么做的？我担心可能这个环节出了问题，是不是我们的行动被敌人发现了？"

"我找到小齐时，把您写的稿子交给了他。他当时说没问题，只讲他有一个朋友就是干这个的，半小时就能印完。我还提醒他注意安全，他说一定不会出纰漏的。他走的时间是上午十点钟，中午时和我联系了一次，说印好的东西已交给老王，原稿回来后就烧掉了。小齐做事还是比较细心的，按他所说，中间环节不应该出现什么问题。"

老王在旁边也补充了一句："是的，小周说的没错，小齐是在午饭前把包装得很严实的东西交给我的。"

赵家祺听完两人的解释，又问到："你们知道他是在哪个地方印的吗？店名是什么？"

老王和小周互相看看，都摇摇头，赵家祺坐了下来，陷入了沉思。

小周给赵家祺倒了一杯热水，忧心忡忡地说："小齐这个时候不见了，事发突然，很不正常，极有可能与印传单有关，我们要不要采取一些预防措施？"

说完，小周看了看赵家祺，又看了看老王。

听完小周的话，老王稍作停顿后说道："我了解小齐的品质，即使他被保密局那些人抓了去，相信他是不会出卖组织的。他跟着我有两三年时间了，穷苦人出身，性格刚强，话虽不多，但人很灵活，去年我介绍他入的党，组织上交给他的事都会踏踏实实地完成，对于他我们尽可放心。"

"老王，我也是十分信任小齐同志的，不过他被抓了，即便什么也不说，毕竟他是在你这里做活的，敌人真要是调查起来，你也是有麻烦的。"赵家祺说出了自己的顾虑。

老王沉吟了一下，安慰赵家祺和小周说："虽说小齐一直都是为丰顺货行做事的伙计，但他平时不大到货行来，为了让他多挣点钱补贴家用，我又帮他联系了另外两家货行。可以说除了小齐自己，码头上没有谁能搞得清楚他到底为哪家干活，所以不用担心。小齐入党前，我把很多可能会发生的意外情况都给他做了详细的交代，如果他真的不幸被抓，也相信他会有足够的智慧去应对的。"

"小齐是我们的好同志,眼前的首要任务就是找到小齐的下落,这样才能想办法去营救他。"赵家祺说道。

小周突然想到了什么,站起来说:"赵老板,这个事就别让老王去打听了,他认识的人多,容易被便衣认出来,还是我明天上午化装一下去码头上打探打探吧。"

赵家祺想了想说:"不!那样不安全,为保险起见,你化装并使用假名,花点小钱,找别人去私下打探,自己不能去。这个时候,一定要预防万一,保密局的那些人可不傻,说不定正等着我们上钩呢。"

小周点点头,坐到了旁边。

老王又提供了一个新情况:"我来时得到消息,并把这个消息反馈给了乔书记。今天下午十几个大厂都有工人抗议,因为宣传单的事国民党军警到这些厂里抓了不少人,至少得有两三百号人,这些人都被关进了首都监狱。首都监狱在进香河那里,是南京最大的监狱,能容纳两三千人。乔书记已安排我们的人尽可能把声势造大,给政府施加压力,估计明天上午去进香河的人不会少。"

赵家祺一听,高兴地说:"乔书记想得真周全。明天我安排几个新来的同志乔装打扮一下,到现场去。现在离春节不到两天,李宗仁才当代总统,这事儿他不可能置若罔闻。这么一闹腾,造成的社会影响肯定小不了,说不定能促使问题尽快解决。"

"好!我马上把你的想法告诉乔书记。"老王脸上凝重的表情显得轻松了许多。

三个人又讨论了一些具体细节后,小周送老王回了城里。赵家祺随即召集新来的几位同志,把第二天的行动作了详细交代。新来的同志激动不已,回到宿舍后热火朝天地讨论到半夜才休息。

不出赵家祺所料,第二天早上,进香河首都监狱门前,挤满了从四面八方汇聚来的抗议群众。

这个状况完全出乎警方的预料,门前值班的两个警察见状赶紧离开警亭躲进了铁门内,示威者一遍又一遍地高喊着"放人!",人群中悄悄传播着一条令人心惊胆寒的信息:"首都监狱是个鬼门关,人一到里面,便凶多吉少,不死也得残,至少要被扒去一层皮。"

人群中立刻炸开了锅,男女老少,哭天喊地,捶胸顿足,一拨一拨地往前拥。有的人已开始使用棍棒和砖头使劲砸门，由于门是生铁铸的，东西砸上去后发出的声音震耳欲聋，里面不时有警察透过门缝紧张地朝外张望。警察越是不出门，群众的情绪越是高涨。赵家祺派去的同志奔向公共电话亭，轮番给市长拨打电话。

人越聚越多，砸门声和口号声响彻云天。

南京市长办公室的电话响个不停，电话一开始是从公用电话亭打来的，紧接着，各个工厂的主管也打了过来——电话中汇报的内容如出一辙：厂里的工人开始停工，工人们陆续离开工厂赶往抗议现场。再这样下去，工厂就无法正常运转了。南京市长沈怡原先是水利工程专家，是个彻彻底底的文官，从没遇到过如此大规模的群体罢工，不经事的他急得如热锅上的蚂蚁，只能反复向上汇报。李宗仁的秘书接到电话，立刻把情况汇报给了代总统李宗仁。李宗仁闻听消息，勃然大怒，桌子一拍："岂有此理！给我接毛人凤！"

保密局值班室回复："毛局长不在南京，陪蒋总裁视察去了。"

"让郑介民接电话。"李宗仁吼道。

电话拨通了，李宗仁劈头盖脸地问道："郑次长吗，怎么回事，很多厂的工人都到监狱闹事去了，你知道不知道？"

郑介民诚惶诚恐地回答："李总统，我还真不知道。"

"不知道，赶快查呀！马上都过节了，这样搞不乱套了吗？"

"是，我查清具体情况后立即向您禀报。"

"姓毛的不在南京，你自己亲自去问问什么情况，然后立即报告。记住，这个节点一定不能出什么乱子。"

"好的，我马上安排。"

国防部次长郑介民也有难言之隐。此时的保密局虽然在他的管辖范围内，但早已不是他能控制的了。最近半年来，大小事从没有人向他汇报过，仿佛自己成了聋子的耳朵——摆设。起初，郑介民还觉得不爽，时间久了，逐渐想开了，也懒得管保密局里那些乌七八糟的破事，自己落得一份清静。

但瘦死的骆驼比马大，国防部次长的头衔仍然令多数人心生畏惧，不管怎么说，名义上他还是保密局的上级。官大半级压死人，更何况是位高权重的郑介民。接到郑介民的电话，群龙无首的保密局立刻乱成一团。直管此事的邓凤盛也坐不住了，立刻叫来几个组长进行紧急磋商。讨论来讨论去，终于想出应对之策："这次行动，许组长特别辛苦，成绩也很突出，在此对许组长先给予口头表扬，月末再给奖励。现在的首要任务是，对抓来的那个人加紧审讯，通过他提供的线索端掉共党在南京的老窝。至于关的那些工人，都是些糊涂蛋，成不了什么气候，都放了吧。同时，我们务必提高警惕，严密关注这些人的动向，在他们的周围找到一些线索。还有，对我们抓住的那个人一定要严加看管，估计这个时候，南京的共党组织一定也在想方设法打探此人的下落。因此，你们都留点心，通过各种渠道打探消息者，不是共党分子，也肯定是与共党有联系的人，统统给我抓起来。"

上午十点多钟，监狱的大门"哐当"一声打开了，被抓的工人陆续走出大门，不少人甚至挥舞着拳头庆祝着胜利。

站在远处的小周，目不转睛地看着铁门，直到最后一个人出来，也没看到小齐那熟悉的身影。

小周带回来的信息让赵家祺心急如焚。此时的他心里清楚，现在不是多方打探的时候，与乔书记商量后，他决定以不变应万变，忍痛暂时放弃营救小齐的计划。

工友们获释，这让大家感受到了团结的力量。

春风书印社的谭老板花费了一些钱财把自己厂里的几个工人也保了出来。

小齐却一直杳无音讯。

第五十七章

第二天就是戊子年的除夕。

早上起来，赵家祺安排小周以给客户拜年的名义去了一趟江北，和杨振武政委的人在仪征马集碰头。小周这次去江北的任务，就是把拍有江防地图的胶卷交给江北的负责人。小周出发前，赵家祺再三嘱咐他一路小心，完成任务后及时赶往金坛，一起过年。

小周完成了任务后，于当天赶到了儒林镇。赵家祺正在自家的院子里和家林聊着天。赵家祺一看，招呼说："小周到了，今天就别走了，我们一起在家里过个年吧。下午大家一起动手，打扫卫生，干干净净地过新年。"

"好，今天的体力活都交给我来干。"小周笑答应着，然后朝赵家祺使了一个眼色。赵家祺把他带到自己住的房间，一进屋，小周急忙报告："我没见到杨政委，他安排一个参谋和警卫员来的，我把胶卷交给了他们。临走时，他们传达了杨政委的指示。"

"什么指示？"

渡江

小周说："杨政委首先代表组织感谢我们为部队渡江所做的大量准备工作。重点向我们通报一个情况：最近江北岸一些地方，敌特活动猖獗。据秘密巡逻的战士汇报，最近在当涂和镇江等地，有几艘行动快捷的机动船穿梭往来于江面，与我侦查分队多次交火，当前正值部队赶造船只之际，时机敏感。上级指示我们严密监视敌特活动，必要时予以坚决打击，压一压他们的嚣张气焰。"

小周补充道："这些机动船会随时突击北岸，对我们的巡逻队进行突袭，恐吓甚至打伤了一些表现积极的老百姓，导致这段时间老百姓配合我们工作的积极性受到很大影响。北岸的大部分地方仍有国民党驻军，一些村镇仍有敌人的便衣和密探在活动，我们的先遣小分队人手不够，一时顾不了那么多地方。敌人十分猖狂，已造成我方战士四五十人死伤。杨政委已指示调查江北敌人的动向，要求我们掌握敌特行动的规律，两边配合。另外杨政委提醒我们，最近敌人的行动次数明显增多，手段、方式与过去也不一样，行动诡秘迅速，次次都不落空，很有可能敌人换了头目。"

赵家祺思忖了片刻，才开口说话："是我有点大意了！我原以为我军推进顺利，敌人的行动会更加小心和隐蔽，但现在恰恰相反。小周，我们这里抓紧了解敌人内部的人员变动情况，还有他们近期的行动计划，找准机会，狠狠地教训他们一次，先稳定江北老百姓的情绪，再逐步消灭北边的密探，让他们两边接不上线。"

小周点点头说："行，要不我先回去，找老王沟通一下？"

"今天就算了，老王也忙了一年，让他和家人好好过个年吧。我们吃过晚饭后一起回去，我也不在家待了。"

屋内屋外，几个人一起忙活着大扫除。小宝在大人们中间跑来跑去，笑着、跳着，母亲一会儿到院里瞧瞧，一会儿到屋里瞅瞅，高兴得合不拢嘴。

傍晚时分，家里焕然一新。赵家祺放下手中的活计，洗了一把手，心满意足地打量着这个家，心里充满了温情。

"哎，发什么愣啊，开始包馄饨了，快进屋啊！"李诗蓝轻轻地碰了一下赵家祺的胳膊，才把他从回忆中拽了回来。

"你刚才一动不动地站在院子里，想什么呢？"李诗蓝好奇地问道。

"十几年了，我没在家过过一次春节，都快忘了在家过春节是啥滋味了。今天回到家，能和家里人一起过大年，心里有一种说不出的滋味。"赵家祺感慨道。

李诗蓝握住赵家祺的手，爱怜地看着他说道：

"家祺，现在一切都好了，以后会更好！不要去想过去的事了，咱们回屋包饺子吧。"

"好，包馄饨。"赵家祺满腔幸福地拉着李诗蓝回了屋。

一家人围坐在一起，包着馄饨，拉着家常，弟媳妇小颖在忙着准备各式的凉菜和热菜。

年夜饭开始前，家林先在案桌上排了酒菜，点了三炷香，大家按老规矩，依次上前鞠躬叩首，表达对先辈的缅怀。

因为父亲去世，这个除夕虽不能像别人家那样张灯结彩，鞭炮鸣响，但一家人聚在一起，温馨和美，天伦之乐让人无比留恋。

不知不觉到了深夜。赵家祺说："娘，时间不早了！您和大家都早点休息吧，我们三个还要赶回去，一是这里住不下，二是明天大年初一，我还要到几个客户那里拜个年，表达一下心意，您看行不行？"

家林两口子刚要挽留，老人摆摆手，说："去吧，我早就猜到你们今晚要回去。娘懂这个道理，你们只要抽时间经常回来看看就行。走吧，路上慢些啊。"

安顿好母亲后，赵家祺和李诗蓝、小周乘车离开了家。

第五十八章

新的一年到来了。

正月初一的早晨，阳光出奇地耀眼。

昨天回来后，赵家祺和小周挤在一张床上休息了一晚。早上噼里啪啦的鞭炮声响起的时候，老韩和李诗蓝已把早餐准备好了。

早饭时，老韩打趣说："家祺啊，今天天气这么好，你和李小姐抽时间去鸡鸣寺转转吧。大年初一去那里烧香的人很多，应该是非常热闹的。"

李诗蓝立刻开心地附和，她把眼神投向了赵家祺。

"好，权当一次游玩，我好多年没去了，今天就来个故地重游。"赵家祺一拍大腿表示赞同。

鸡鸣寺是南京最古老的寺庙之一，位于鸡笼山东麓山阜上，始建于西晋，有着"南朝四百八十寺"之首的美誉，是南朝时期中国的佛教中心，历经多个朝代修缮和重建，规模十分可观。每逢假日节庆，吸引着南京及周边地区大量的善男信女及一般游客前往上香、游览。

赵家祺和李诗蓝赶到鸡鸣寺时，那里已经是人山人海。来来往往的游客形形色色，大家都想在开年首日为自己、为亲人祈福。

赵家祺和李诗蓝手拉手，随着人流拾级而上，一路看一路聊，享受着难得的轻松、温馨的时光。半个小时后，他们来到最高处的大雄宝殿，眼前已是人头攒动。

赵家祺拉着李诗蓝从磕头烧香者旁边穿过，走到侧面四大天王像前，旁边的一位长者正在给一位年轻人做着介绍："几年前，国民政府陆军总部的将军钮先铭随何应钦到达南京，准备接受日军投降。何应钦、钮先铭等人一下飞机便来到鸡鸣寺，重温故地，并要求鸡鸣寺住持为他做法事酬神，以偿宿愿。当时来的人都是政府高官，个个兴高采烈，为抗战的胜利欢欣鼓舞，当晚还在此安排了一场盛大的庆祝酒会。咳，就是刚才站在释迦牟尼佛像前面的那个住持。"

赵家祺从一老一少面前走过，看了他们一眼，淡淡一笑。老人家提到的钮先铭被称作"佛门传奇将军"，老人家的话激起了赵家祺心中无限的感慨。从1931年的"九一八"事变起，到1945年8月15日日本投降，十几年时间里，中华儿女前仆后继，千千万万的民族志士抛头颅、洒热血，倾举国之力战胜了日本帝国主义。国民政府如果真是为民祈福求安，就应顺应历史大势，满足人民安居乐业的需求，为何撕毁"双十协定"、发动内战，置百姓于水深火热之中？！

在鸡鸣寺逛过一圈，两个人身上已微微出汗。走出大门，李诗蓝拽着赵家祺来到小摊前，先是吃了一串臭豆腐，接着又各要了一碗热气腾腾的鸭血粉丝汤。

下午，赵家祺、李诗蓝和小周商定了一份接下来几天要登门拜访的人员的名单，名单上的人都是对公司生意鼎力相助的"贵人"。"贵人"当中包括九十七师师长王晏清，江枫机器厂厂长王昌浩，国防部四厅处长张铭宇和参谋赵德顺，蒋介明，市警察局刑侦大队长马永献，丰顺货行老板方青鸿，国民党五十一军军需处长丁世安，浦镇机厂副厂长芮明义，国民党九十七师军需处长方林，大校场电台台长曹云清，大校场地勤队长秦飞，国民党六十六军作战参谋邱立，首都电厂维修班长王金平等人。

大年初三，南京的天空显得更加澄澈明亮。赵家祺一边忙着整理材料，一边收听着陕北新华台的广播。快到中午时,广播中传来了令人振奋的消息:继1949年1月19日,国共双方代表在《关于北平和平解放问题的协议书》上签字,我中国人民解放军完成和国民党军傅作义部换防工作之后,于今日和平入城,傅作义部二十五万军队正式接受我方改编。

北平宣布和平解放,这意味着平津战役胜利结束。共产党以最小的代价取得了胜利,极大地削弱了国民党的实力,华北主要城市已经基本回到了人民的手中,华北和东北将连成一片,中国的半壁江山换了主人。平津战役的胜利,让解放军有了更大的战略回旋空间与补给休养基地,国共之间经过数年鏖战,力量对比已经翻转,国民党政府划江而治的梦想已逐渐变成海市蜃楼。

这时,小周走了进来,问:"赵老板,这两天还有什么任务?"

赵家祺把北平和平解放的喜讯告诉了小周,让小周把喜讯悄悄转告大家,并提醒大家:估计敌人将开始从正面战场收缩,但私下里的动作会更加疯狂,一定要有计划地采取行动,与陆续靠近长江北岸的解放军先头部队相呼应,共同打击在长江两岸进行肆意破坏的国民党军警和保密局特务。同时,赵家祺还让小周提醒大家,现在共产党在国民党老巢的力量还不是十分强大,在敌后做事一定要加倍谨慎小心。

北平和平解放的消息犹如一场春雨,令同志们欢欣鼓舞。韩久耕听到北平和平解放的消息,激动地对大家说:"同志们,今晚我让食堂多搞几个菜,庆祝一把,好不好?"

"好,好!"一帮年轻人满心欢喜地应道。

赵家祺和大家一起酣畅淋漓地吃了一顿晚餐。

晚饭后,韩久耕回到门卫室,警惕地守着大门。赵家祺、小周和几个小伙子围坐在会议室内,讨论起今后的工作来。

"同志们,刚才大家为北平的和平解放、平津战役的胜利结束庆祝了一番,相信江北的同志们会乘胜前进,取得更大的胜利。我们应该以他们为榜样,把自己的工作做得更好。下一步我们要加强长江南岸各个点的联系,协同作战,改变当前零星分散的行动方式。我们的工作重点是继续以南京为中心,向外辐射到周边地区,在协助部队渡江之后,我们还要全力肃清敌人的残余势力,并引导部队继续向东南推进。现在我把近期的重点工作说一下。

第一,尽快摸清长江两岸敌人的秘密组织情况。特别是北岸,敌人的力量盘根错节,有的隐藏很深,这些隐患不除,老百姓的心里就不安定,配合渡江的积极性就会受影响。过了年,预计敌人会有所行动,我们要有应对措施。

第二，加强南岸一些大厂的保护工作。最近，各大厂的工会将会陆续组织护厂纠察队，我们再成立一个独立的小分队，负责联系、指导各厂纠察队，随时应对突发事件。第三，严明纪律，一切行动听指挥，不允许擅自行动，有什么问题一定要提前报告。虽然在北方我们有很大的优势，但在南京、芜湖、当涂以及镇江、无锡、苏州等地，我们的力量还很薄弱，一个环节出错，就会影响到全局。会后，周一新同志把注意事项和相互间的联络方式发给大家。今后，我们每次行动的联系方式都不一样，一定要注意按临时设定的联系方式行动，确保安全。根据情报，保密局最近也投入了更多的人手，其中有一部分是长期和我们过招的老狐狸，所以，大家一定要小心谨慎。大家看还有什么问题？"

一个小伙子举手发言："我最关心的是武器，没有家伙弄不成事！"

赵家祺回答："你说的这个呀，枪支子弹的事我们已安排好，请大家放心。但我们不能带着枪到处乱跑，现在敌人突击搜查得很紧。我们的武器分放在几个地方，随时都可以就近拿到枪，行动前会有专人负责转送。如遇紧急情况，首先尽可能回避，如回避不了，应向自己熟悉的地点靠近，附近会有我们的同志接应大家的。"

又有人提出了一个问题："我们需要过江吗？如果过江，船只怎么解决？"

赵家祺回答："是否过江要听上级安排，我们有自己的电台和联系办法，大家只要听从统一指挥就行。大家如果还有什么问题，等会儿可以问周一新同志。"

赵家祺刚出门，屋内就响起了叽叽喳喳的议论声。

第五十九章

长江北岸沿线各地的船只被国民党部队强制毁坏或抢走之后，沿线靠打鱼为生的百姓遭了殃。

渔民们这个春节过得十分艰难，由于断了生路，有的人家只能靠借粮度日。成建制的解放军渡江部队还未抵达长江沿岸，只有小部分先遣侦查人员秘密开展工作，自然解决不了老百姓的燃眉之急。另外，近段时间保密局增派了大量密探，这些人与地方保长互相勾结，沆瀣一气，欺压百姓，渔民们的生活状况更是雪上加霜。

通过暗地里打探，赵家祺了解到，长江北岸的船工和水手大多加入了当地的封建帮会。帮头掌控着很大的权力,帮会与帮会之间相互不买账,彼此间为争利益勾心斗角,有时甚至大打出手,致死致伤。

江北沿岸渔民的船只被收走或毁坏后,各地游击队加大了对渔民的思想动员工作的力度,再加上解放军渡江小分队的到来,保密局的各个站点嗅到了危险,对行动方式及时进行了调整,化分散出没为集中出动,一遇到突发状况,保密局就会纠集人员前往镇压,有时甚至会从南京调集大批军警过江弹压。保密局之所以这么做,一方面是为了对付解放军的小分队和当地的游击队,一方面也想借机威慑恫吓那些思想不稳的帮头,企图通过他们牢牢控制住渔民。

保密局的做法奏效了,渔民们见到游击队和渡江先遣队的人员时,变得惶恐不安,避之唯恐不及。这对渡江准备工作产生了极其不利的影响。

这个局面必须扭转。

就这个问题,赵家祺与乔书记、老王及华东局驻宁的季清丰等同志秘密磋商了多次,制定了详细的方案,随即启动了各个点的监视工作。"一定要把压在江北沿岸广大渔民心中的重石搬开,通过一两个点的行动,狠狠教训这帮敌特,打开江北工作新局面。"赵家祺在心中暗暗下了决心。

情报显示,只要解放军的小分队及游击队和立场不稳的帮头接触后,即便当天没有任何动静,第二天或第三天必然会遭到袭击。我方因此损失了上百人。

赵家祺逐渐理出了头绪。

农历初八的上午九点钟左右,泰兴东三十里石桥村来了两个装束简朴的年轻人。来人敲开了保长严老气家的房门。这个严老气,中等身材,偏胖,看上去一脸和善,说话轻声细语,严老气的老婆一连生了四个丫头,两年前才如愿以偿,生了一个带把儿的小子。但这个老幺一生下来,身体羸弱,一年三百多天,治病的时间至少有一百来天。孩子的病痛就像一块石头压在夫妻两人的心上,让他们几乎喘不过气来,本来还算殷实的家底,这两年都快被掏空了。这一切被保密局驻当地的特务头子宗陵瞄上了。宗陵此时正需要人手,特别是像保长这样的小头目,于是就隔三差五地上门嘘寒问暖,不时带些钱财送给严老气老婆,这对处于困顿之中的严老气夫妻来说无疑是雪中送炭,两人对此感激不尽。一来二去,宗陵和严老气就勾搭上了。

两个年轻人敲了几下房门,严老气轻轻地打开一个门缝,伸出半个脑袋轻声地问道:"你们找谁?"

站在门外的是杨振武政委的警卫员赵明亮,只见他笑着说:"严保长,我们是南京来的,找你说个事。"

严老气一脸疑惑,说:"我不认识南京的朋友啊,什么事?"

赵明亮回答:"宗陵队长让我们来的,他这一段时间可能来不了,让我们来了解一下最近的情况。"

严老气反复打量着二人,迟疑片刻后,才将信将疑地把他们让进屋,随即小心翼翼地问道:"宗队长初六还在我们这里呀,他对情况不是很清楚吗?怎么又派你们来了?"

赵明亮没搭理他,只是扫视了一下整个屋子,问:"家里怎么没人啊,老婆小孩呢?"

"老婆回娘家了,她家里一个娘舅昨天走了,过两天办完丧事才回来。"

"严保长,给你说实话吧,我们是解放军先遣支队的,前天才来到这里,有个事想麻烦你一下。"赵明亮亮明了身份。

严老气一听,面色立刻变得煞白,额头渗出虚汗,哆哆嗦嗦地说:"两位军爷,我没干过坏事啊,你们不能杀我呀。"

赵明亮笑笑,说:"严保长,我们打听了,你确实没干过什么坏事,跟保密局的人勾勾搭搭,也是不得已。我们不是来找你麻烦的,只是有两件事想请你帮忙。"

听到赵明亮的话,严老气紧蹙的眉头舒展了一些,躬着腰说:"早就听说我们这一带来了你们的人,今天第一次见,真是八面威风,人中豪杰啊,幸会!幸会!你们尽管吩咐,只要我能做到的,一定照办!"

"你是这里的保长,有威信,第一件事是,想让你组织一下会造船的船工和划船的水手,以便我们将来雇佣;二呢,我们明天来三四个人,随身会带来一些造船用的工具、铆件先放到你这里,麻烦你代我们保管一下,不知道行不行?"赵明亮言简意赅地道出来意。

严老气不假思索地一口答应下来,满脸堆笑说:"我们也听到消息说,你们共军,哦,不不,咱们解放军有过江的打算,这是好事呀。解放军一来,我们的日子就好过了。"

"原来严保长也晓得这个理呀,那就再好不过了!但这个事你一定要严格保密,连老婆孩子都不能说!据我们了解,附近有国民党的特务,他们到处游荡,搜集情报。这些人一旦知道那还得了?!再说我们一时半会也过不了江，我们的大部队还需要一段时间才能到这里，但打过长江对我们来说已是指日可待了，东北、华北和淮海战场上我们都打赢了，只要你这里做好保密和组织工作，到时这里解放了，你就是一大功臣，我还要为你请功呢。不过，我也把丑话说在前面，你严保长如果要是说一套做一套，我们手里的家伙也不是吃干饭的！"

听完赵明亮的话，严老气如捣蒜般直点头。

赵明亮又简单交代了几句，就推说到附近的村里看看，匆匆离去。

同一时间，安徽和县南二十里地的花庙张村。

村东头的一座小院里，住着一对老夫妻。男人姓高，两个儿子在抗战结束时被国民党军队抓了壮丁，至今杳无音讯。高大爷为人正直，就是脾气倔，前后的邻居经常听到老夫妻二人拌嘴。高大爷家早期是皖南游击队的一个联络点，后因为年岁大了，让他送信的事情也渐渐少了，但经常会有一些钱粮悄无声息地放在他家中的柴火垛旁。他心里很清楚，组织上没有忘记他。所以一旦组织需要，就像上了发条的闹钟立马工作起来。

老人家隔壁住着的一户人家，主人也姓高，大名高满顺，和高大爷还是近房，只是两家虽然近在咫尺，男主人却老死不相往来。

这天，两个外乡人打扮的壮年人推开了高大爷家的房门。高大爷正蹲在地上气呼呼地抽着旱烟，估计又和老太婆怄气了，他一抬头见是两个不认识的人，就大声喝问："你们是谁？干什么的？"

为首的笑着说："高叔，我是四林啊，陈四林，您不认识我了？"

高大爷细细一看，吃惊地说："是四林，老刘手下的，你咋来了？"

小四笑呵呵地放下手里的两袋粮食，说："高叔，我来过不少次了，只是没打扰您呀！"

"知道，咋会不知道呢！每次你们来总是把东西一放就悄悄走了。怎么，怕吃我一顿饭哪？你们也太不像话了，拿我当外人。"

"哪能啊，我们每次时间都很紧，大多是晚上路过的。"小四回答说。

"老刘呢，他咋没来？"高大爷急切地问。

陈四林回答："别老刘老刘的啦，他现在是皖中军分区的副司令员了。刘司令一直惦记着您呢，要求我们只要到这附近，一定要代他看看您，您老还是他的救命恩人呢！当年要不是您及时发现危险通知他，他说他早就去见马克思去了。"说完，一屋子的人都笑了。

"老太婆，你去煮几个荷包蛋，多放点糖，天冷，让他俩吃点东西暖和一下身子。"高大爷嘱咐老太婆。

陈四林拉着高大娘说："大娘，不麻烦了，我们说几句话就走。"

高大爷给两人各倒了一碗热水，乐呵呵地说："那你们喝点热水。有三四年没见到你们了，怪想你们的，都怪你高叔年纪大了，跑不动了，要不然，我在家里能呆得住？"

陈四林拉着高大爷的手说："高叔，这些事就交给我们干吧，您老就歇歇吧，要不了多久咱们这里就解放了，您和大娘就等着享清福吧。"

"啥，我们这里要解放了？"高大爷一脸惊喜。

陈四林低声应道："是的，我们来就是有事要找您，还需要您老出把力。"

高大爷一拍大腿说道："没问题，我就是闲得难受，只能靠跟你大娘拌嘴打发时间。只要我能做的，一定和当年一样毫不含糊。"

陈四林把当前局势、此次行动的计划、方法和目的向高大爷详细地介绍了一番，最后说："高叔，明天这个事结束后，您和大娘跟我们一起走，这个地方不能再待了，我们已经安排好了地方。等这里解放了，您啥时想回来就啥时回来。"

"好！好！就按你们说的办！一晃就老了，想不到还能干点事。"高大爷情绪激动，一脸兴奋的神色，高兴地对老伴儿说，"老太婆啊，我们的苦日子快熬到头了！你下午简单地收拾一下，随时准备走。"

老太婆站在远处不言语，只是笑着点点头。

小四两人拉开房门，刚走到房门口，高大爷在后面就骂上了："你们两个王八蛋，都给我滚蛋，什么国民党共产党，哪个我都不沾，你们打仗和我有什么关系？以前就吃过你们的亏，现在还想下个套让我往里面钻，我都这把年纪了，你们还折腾我，明天就是再来，我也不会让你们把东西放到我这里的，都给我滚得远远的。"

陈四林苦苦哀求："高大爷，我们给钱啊，您说要多少，都没有问题。"

"国民党的忙我都不帮，你们就更不用说了。你们就死了这条心吧！"

"大爷，别生气，明天上午十点我们带了东西再和您谈谈，有话好好说嘛。"

房门"哐当"一下关上了，院子里安静了下来。

两个壮年人走远了。

隔墙有耳。过了一会儿，高满顺的女人推开了高大爷家的房门，关切地问:"二大伯呀,刚才为啥发那么大的火啊?"

这个女人不像高满顺,平日里对高大爷说话还算比较客气,抹不开面的时候还能叫上一声"二大伯"。看得出来高大爷还在气头上,只见他气呼呼地说:"刚才来的两个人,不知从哪里打听到的,说我会打船这个活儿,让我帮他们打船,还让我帮他找村里会划船的男人,他们要用。还说什么明天就把打船的家伙带到我这里来。什么玩意儿,我都这把年纪了,还折腾我干什么!"

女人接着问:"他们是什么人哪?"

"看样子不是政府的人,估计是北边派过来的。是谁我也不干,我管他是国民党还是共产党,给谁干都得罪人,再说我哪里还干得动呀!"高大爷摇摇头说。

女人叹了一口气说:"是啊,这活儿那么重,您老怎么能干啊?我猜不是共党游击队就是共军小分队,怪不得最近闹得鸡飞狗跳的。二大伯,这个事您得掂量准啊。"

高大爷叹口气说:"是啊,这个理儿我知道,但就是万一他们明天上午来了,我不知道该咋办。"

女人说:"那您得想个法儿对付过去。"

高大爷点点头,提醒这个女人说:"好,我琢磨琢磨。不过,侄媳妇,这个话千万别对外人说,这可是人命关天的大事啊。"

"晓得,晓得。二大伯你们该做中午饭了,那我回了。"

"行。"高大爷应着女人的话,又长长地叹了一口气。

女人走后,高大爷两口子就简单地把衣物收拾好,摆放在角落里,静等第二天的到来。

初八一大早,严老气就开始坐卧不安了。赵明亮离开后,他就赶往五里开外江边的同兴村,那里是宗陵队长的常驻点,有一个小型电台,交通便利,进退方便。

严老气见到宗陵后,把情况一说,宗陵的眼睛立刻变得贼亮,心里暗喜。两个月前的那场围捕,他这边死了四个弟兄。查了个把月,连是谁干的也没有一点线索。四个弟兄死得不明不白,他为此事挨了上头不少骂,自己的薪水都停发了,想起此事他就恨得牙根直痒。再看看严老气,不像是说假话,根据他的了解,这个鸢巴鬼也没有那么大的胆子骗人。如果此事能成,自己不但解了心里的结，还可向上头邀功。

想到这儿，宗陵对严老气说："老严哪，你的报告很及时，这样吧，你先回去，我马上向上头汇报，明早我亲自带人去。我们这边人手不够，让上面再多派些人来。如果能解决掉这三四个'共匪'，最好能抓个把儿活的，那我们就立了一大功，你孩子的治病费用就有着落啦。"

宗陵的话说到了严老气的心坎里，他笑嘻嘻地点着头。

"但这个事要严格保密，谁也不能讲，就跟平常一样，回去该干啥干啥，别弄出啥动静来，那些'共匪'狡猾得很，万一他们感觉到异常不来了，我们可就扑空了，你要处处小心谨慎才是。"宗陵又叮嘱道。

"好的，好的，那我回去了。宗队长，你这里一定要准备充分啊，千万别让他们跑掉一个！跑一个，那我的日子就惨喽，他们不会放过我的。"严老气还是有点担心。

宗陵走到严老气面前，用力拍了拍他的肩膀，说："放心，到时我多带些人，直接围起来，他们一个也别想跑，我还指望这次能翻身呢。放心回去吧。"

严老气点头哈腰退出了房间。

回到家中，严老气的心里一直忐忑不安，每过几分钟都要到院门外瞥上一眼。他既担心昨天的几个人来，又担心宗队长不来，出一点点差错，自己的小命就难保了。

这时，传来了敲门声。严老气心头一惊，赶紧跑去开门。伸头一看，四个汉子每人背了一袋子东西站在门口，其中两人是昨天已来过的。

赵明亮招呼说："严保长，我们来了，你看东西放哪儿？"

严老气赶紧说："昨天我都给你们找好地方了，放在干柴垛里吧，没有人能看出来的。"

几个人把东西藏好，一个人留在院门守着，另三个人进了屋。严老气客气地为几个人倒好开水，笑着说："你们先坐一会儿，喝杯热水。"

赵明亮问："严保长，另外一件事怎么样了？"

"你说找人的事吧？我走了几家，有人是有人，但不多，我把你们的意思给他们一说，都不敢答应，现在这个形势你们也了解，大家伙还是有顾虑，不过这也是能理解的。我想这个事，等我们的大部队来了自然就好办了，你们说是不是？"

"但我们要有个基本的人数，等一段时间是可以，到时如果一个人都没有,那我们不就抓瞎了吗?你不要糊弄我!"赵明亮说出了自己的想法。

"不会的,这个事包在我身上,你们先喝口水。"严老气一个劲地劝着,想挽留来人。

其实,宗陵带着两个手下就躲在严老气家西侧的土围墙后面,他们事先在那里扒开了一个豁口,以便瞭望和射击。宗陵看到四个人进了严老气家的院子,但自己不敢冒然往里冲,正在焦急地等待南岸增派的援兵。

就在宗陵和严老气惶恐不安之时,不远处的江边汊河口突然传来一阵"噼噼啪啪"的枪声。躲在破土墙后面的宗陵心里一惊,正欲派人去江边探个究竟,身后突然传来了几声枪响,两名手下瞬间一死一伤。他转身抬起手准备还击,却没看见一个人影。这时从严老气家大门口闪出两个人来,猫着腰边跑边射击。宗陵身边受伤的那名手下刚要举枪还击,背后突然又响了两枪,此人"扑通"一声栽倒在地。宗陵这时才意识道自己受到了前后夹击,只得抽身朝村里跑去。慌乱之中,宗陵身中两枪,强忍疼痛爬进了一户人家……

此时的江边,一条机帆船静静地靠在汊河口的岸边。岸上、船边、水里横七竖八地躺着十几个人。小周带着五个人收拾完战场,便来到岸上,看见赵明亮四个人朝这边走来,老远就招呼道:"赵队长,你那里情况怎么样?"

赵明亮大声说道:"就那三个小兔崽子,哪够我们收拾的!专门留了一个活口,在他肩膀上点了两枪,让他回去慢慢养去吧。"

赵明亮走到小周身边,朝下一望,说道:"你们厉害呀,十几个人几分钟就解决了。"

小周笑笑说:"好久没这么痛快地干一场了。我们天不亮就来了,趴在草窝里一动不敢动,乖乖,这江边真是冷啊,风还大得很,这帮孙子再不来,我们都快冻成冰棍了。"

小周的俏皮话引得众人朗声大笑。

大嗓门的赵明亮开心地对大家说:"你们就不要走了,今天走危险,敌人很快就能知道这个消息,然后会封江搜查。明天一大早我再想办法换个地点送你们过江。走,我们去吃口热饭,喝两口暖和一下身子。"

"客随主便!走,吃饭去!"小周笑呵呵地回答。

第六十章

南京麒麟门福海公司内,赵家祺正在焦急地等待着消息。他不担心执行任务人员的能力，只是怕中间出现差错，这次任务与敌人短兵相接，哪怕一星半点的闪失，都可能造成不必要的牺牲。更重要的是，如果两次行动对敌打击的效果不明显，可能会有损我军在江北广大地区的声威与形象。

为这两次同时展开的行动，赵家祺整整筹划了三天时间，在与乔书记、老王等人再三研究后，才将具体方案确定下来。两个地点，一东一西，都在靠近江边的村庄，选择在这两个地点行动，既便于伏击又利于撤退。如果两次行动都能够取得成功，那将会给敌人尤其是保密局的那帮人造成沉重的心理压力，打击他们的嚣张气焰，同时也会在江北的群众中产生积极影响，为将来在沿江开展工作打下基础。

计划虽然周全，但结果如何，尚不得知，赵家祺在办公室里踱来踱去，焦虑不安。

这时，贺小飞从外面急匆匆地回来了。自从小齐失踪后，赵家祺安排贺小飞顶上了他的工作。满头大汗的小伙子连敲门都忘了，直接推开赵家祺的房门，气喘吁吁地说："赵老板，石桥村那里有消息了。小周几个人干得干净利索，过江的小船上一共十三个人，全部报销了。盯在严老气家埋伏的三个人两死一伤，按您的要求，放了驻村特务宗陵一条狗命。小周几个人明天早上回来，北边的同志已安排好了过江的船只。"

赵家祺问："很好，花庙张村那里呢？"

贺小飞摇摇头说："还没有消息，应该没什么问题吧。"

"小飞，这样，你再回到李小姐那里等消息，一有消息立刻回来报告。我最担心的就是这个地方，高大爷老夫妻两个，行动不方便，万一出现个意外，对不起这样的老革命呀！"赵家祺叮嘱道。

"行，赵老板，那我走了，一有消息立刻向您报告。"贺小飞说完，转身跑了。

时间已近中午，按计划行动早该结束了，但花庙张村那里仍然没有音讯，赵家祺心里越发焦急，午饭时连筷子都没动一下。

时间过得很快，天色慢慢地暗了下来。赵家祺看了一眼手表，已经是下午五点一刻。他走出房门，忐忑不安地在院子里转来转去。韩久耕几次催他吃点东西，他都摇头回绝。韩久耕叹口气，又把饭菜端回了厨房。

花庙张村和石桥村的行动几乎是在同一时间开始的。

正是庄户人家吃早饭的时间，高大爷家突然来了两个年轻人，每人肩上扛着一个麻包,神色慌张地进了屋。两人进去不久,屋里就传出了吵闹声。嗓门最高的是高大爷:"你们滚蛋,不让来你们偏要来,是想害死我们呀!滚,都给我滚!"接着屋里传来"叮叮当当"摔东西的响动。过了一会儿,屋内就悄无声息了。

躲在附近不远处观望的七八个便衣,不知屋内发生了什么情况,一时没了主意。为首的冯队长心中盘算着:如果此时硬冲向屋内,摸不清底细,必会有大的伤亡;不冲进去,又怕上面责怪,错失抓捕时机。这时,一个便衣悄悄地询问:"冯队长,怎么办?冲不冲?"

身材矮胖的冯队长眨了几次眼,回答:"心急吃不到热豆腐,再等等,再过一会儿,如果屋内还没动静,我们就冲进去。"

几个人在寒风中冻得瑟瑟发抖,眼睛死死盯着高大爷家的房门。过了有一刻钟光景,屋内仍然没有一丝动静。冯队长越等心里越发毛,最后跺了一下脚,然后大喝一声:"冲!"

几个人提枪一股脑儿朝房门冲去。为首的一脚踹开房门,里里外外搜索一阵后,没有发现半个人影。"奇怪了,刚才还听见激烈的吵架声,怎么现在屋内空无一人?难道插上翅膀飞啦?"冯队长顿时如坠云雾。地面上散落着一堆破碗瓷片,旁边放着两个未打开的麻包。冯队长命人打开两个麻包,顿时目瞪口呆,里面哪是什么造船的工具,全是些稻草和木棍。冯队长此时方知上当,惊呼一声:"坏了,赶快撤!"

身后的人转身朝门外冲去,前脚刚跨出屋门,迎面就射来一排子弹,两个便衣仰身倒地,剩下的几个人赶紧退至屋内。关上房门,冯队长指挥剩下的人员透过前窗向外一通乱射。两边的人互相看不清对方,就这样"噼噼啪啪"像放鞭炮一样。过了七八分钟,两颗手榴弹从后窗扔进了屋内,随即就是两声轰鸣,房子瞬间倒塌了一半……

南京的赵家祺仍在焦急万分地等待消息。

大门"哐哐"地响了两下,是贺小飞回来了。赵家祺三步并作两步,上前抓住贺小飞的手把他拉进办公室。关上房门,贺小飞急切地汇报了事情的经过:"一切都很顺利,皖中军分区的两位同志,通过高大爷家中的地道,把两位老人带进了他家附近的一片树林,然后出了村庄。七八个敌人冲进了高大爷家,发现有诈,转身准备往外冲时,被我们堵在了门口。为迅速解决问题,我们的人朝屋里扔了两颗手榴弹,房子塌了一大半,估计能活下来的不多。"

"太好了！"听到这个消息，赵家祺那颗悬着的心这才放下来。

"不过，几个人撤退回江边时，遇到了国民党一个班的巡逻兵。"

贺小飞的这句话让赵家祺的心又悬了起来。

"双方激战正酣时，前来接应高大爷的几名游击队员赶到了，前后夹击把那一个班的巡逻兵干掉了，不过我们队伍新来的熊林凯大腿中了一枪，被游击队带回山里去了，一时半会儿可能回不来。"

贺小飞汇报完了整个行动，赵家祺这才着实松了一口气。只见他拉开房门，对韩久耕安排道："韩师傅，炒几个菜，再弄点白酒，天太冷了，暖暖身子。"

"好嘞，马上就来。"韩久耕应着话，出了值班室就朝厨房走去。就冲刚才赵家祺喊的那一嗓子，韩久耕便明白，行动成功了。

在这边酒菜上桌的时候，保密局一处的会议室里，邓风盛正在暴跳如雷，怒骂着眼前的南京站站长王向楠和几个组长，被骂的人低着头，一言不发。

"一帮蠢猪，还想去咬共党一口，没想到被共党打断了腿，丢人啊！行动前你们不是在我这里打了包票吗？结果怎么变成了这个样子？！"

林近安上前一步，解释说："邓处长，这次行动是我和许队长负责的，之前的情报没有错误，出发前才给我们的人交代具体任务，不存在泄密。整个过程许队长都在现场，就是不知道哪里出了问题。"

许金良瞄了林近安一眼，配合着点了点头。

"真是太巧了，两个地方明显都设了圈套，不是共党太狡诈，而是我们驻点的人太愚蠢，也有可能驻点的那些软骨头被共党收买了。这些人一定要查，要一个一个地查！如有问题，军法处置！我们花钱养了那么多人在当地驻守，出了这样的事，以后谁还敢为我们卖命？"邓风盛心中的怒火在熊熊燃烧着。

林近安答道："邓处长，我已派人到这两个地方去了，明早就能逮到他们，他们要是胆敢有二心，我非枪毙他们不可。"

邓风盛稍作停顿，口气缓和了些许："金良和近安两位队长，这段时间的成绩还是有的，但出现这个事，让我很难堪，我怎么跟毛局长交待？下午姓郑的打电话把我又臭骂了一通，说在江边竟敢有人朝我们放冷枪，伏击我们的巡逻队，问我们平时都在干什么，让我们干脆自行解散得了。我知道，他和毛局长有点不对付，他不敢骂我们局长，敢骂我们，我可是连一个响屁都不敢放啊！你们能不能替我考虑考虑呀？现在这个形势，如果我们再不做出点成绩，后面干脆就自动散伙算了。"

见邓风盛的态度渐缓，许金良朝他笑着说："邓处长，您也别太生气，他们得意不了几天。这次我们的确是遭他们暗算了，但这只是一时，我们要以其人之道，还治其人之身，想个办法让共党上钩。他们会钓鱼，我们也会，我就不相信逮不着大鱼。我想啊，我们还得敲山震虎，从南京这里入手，把这里的共党打掉，江北那边自然就安稳了。"

邓风盛看了一眼许金良，点点头，对王向楠说："王站长，南京是你的地盘，你和几个组长研究一下下一步怎么对付共党的谍报人员。还是那句话，我要看到成绩。"

"是。"王向楠应道。

"还有，这次的行动也得有个结论，你们要一查到底，弄清问题出在哪里，写个报告给我。"邓风盛说完，起身穿上大衣，下楼去了。

邓风盛临走时的一句话，害苦了江北岸的严老气和高满顺。

第二天一大早，严老气就被堵在了家里，三个便衣恶狠狠地围着他，其中一人把手枪"啪"的一下拍在桌上，怒目而视大声吼道："老严啊，昨天的事麻烦你解释一下，我们回去好交差。"

严老气一脸苦相，跪地边求饶边解释说："长官，我，我真不知道咋回事啊。我就把他们来的情况汇报给宗队长，具体什么情况你们可以去问宗队长啊。"

此人接着询问："宗队长？他是死是活还不清楚呢，肩膀上的子弹能不能取出来就看他有没有那个命啦。你别耍滑头，交代你自己的情况，别扯其他人！"

严老气解释说："前天来的那两个人，让我帮他们在这里找会打船和划船的人，还说第二天就把打船的东西放到我这里。我当时就不同意，但他们有枪，我哪敢硬顶呀？昨天一出事，我就感觉上当了，也找不到宗队长，不知他找谁汇报此事的。"

"你说说，他们怎么不找别人，偏偏要找你呢？"

"这我哪知道啊？"

"老东西，你胆子够大的，到现在还不说实话。我们死了十几个人，哪能就这么糊弄过去？！我们也不想为难你，但你不说实话，就是故意和我们过不去！我把丑话撂在这儿，今天你说清楚大家都有交代，说不清楚恐怕咱们也没法和你讲交情了！"

"我真不知道什么情况，我刚才说的都是实话呀！如有半句假话，你们立马枪毙我，你们也可以找宗队长问，看我说的是不是实话。"

"十几个弟兄不明不白地丢了命，你这个混蛋什么都不知道?！奇怪，共党就这么聪明，能掐会算，还安排两拨人，一拨在江边堵，一拨在你家等？没有你参与，他们能安排得这么天衣无缝?！"此人说完，从鼻腔里发出一声冷笑，让严老气不寒而栗。

"昨天他们四个人进的屋，一人拿枪顶着我，另一个人站在门口，还有两个人从后窗跳了出去。他们在屋里等了好长时间，没有动静。我先是听到一二里地外的江边传来了枪声，过了几分钟，我家西边也响起了枪声，房子里的两个人便冲出门，再也没有回来。过了一会儿我才敢出去，没想到伤亡的全都是我们的人。所有这一切跟我真的没有关系，几位兄弟，我说的都是实话呀！"严老气带着哭腔，连说带比划。

"老严，这都是你的一面之词，谁能证明？保密局对你不薄吧？你那个蔫小子花了我们那么多钱，你还敢对我们要心眼，是活腻了吧！"来人不依不饶地说。

严老气无奈地说："那我咋说你们才能相信呢？我都坦白了，没有一句是假话。"

"那我们也没办法呀，你这样说，我们没法回去交差，费了半天口舌，你还是听不进去，别怪我们兄弟们啦。"

这个人朝严老气身边的两个人使了个眼色，这两个人冲上去劈头盖脑动起手来。严老气抱着头哭爹叫娘在地上滚来滚去，虚胖的身子骨哪经得起两个壮汉的击打！

严老气有气无力地对几个人说："你，你们就是打死我，我，我也编不出来瞎话呀！你们不信我说的，就去找宗队长，他会告诉你们，要不然就打死我得了。我为你们出了那么大的力，你们竟这么狠心，你们打死我得了。"

一个喽啰对为首的说："黑哥，估计他也说不出什么道道来了，要不我们去找宗陵？"

被称作黑哥的人考虑了一下，对地上的严老气说："行，先留着你，你抓紧时间再想想，我们现在就去找宗队长。明天我们还会再来，你要是再说不清楚，应该知道后果了吧！"

三个人出了房门,朝西边走去。屋子里,躺在地上的严老气慢慢扶着桌腿站了起来,"呸"的一声吐出了一口血痰,骂道:"王八蛋,老子给你们卖命,你们就这样对待老子,良心都被狗吃了!"

严老气开始收拾东西,他心里有了打算。他把家里的钱财和稍微值点钱的东西打成包裹,慌慌张张朝老丈人家赶去。他打算带上媳妇孩子逃到苏北灌云,他的一个妹妹几年前嫁到了那里。

自此,严老气一家人开始了背井离乡的生活……

花庙张村那里,高满顺两口子的遭遇比严老气更惨。

两口子边哆哆嗦嗦地吃早饭,边商量该怎么维修房子。原来,昨天隔壁的爆炸,把他们家的屋山墙震裂了一个大口子,寒风呼呼地直往里灌。爆炸发生后,他们把两个没咽气的从土堆里扒拉出来,推个板车急忙送到了附近的一个小诊所,惊魂未定的两口子一夜没睡。

俩人还没吃完早饭,就响起了"砰砰"的敲门声。女人慌忙跑出去打开大门,正要问话,被一个胖子一脚踹倒在地上。胖子手一挥,身后三个人鱼贯而入,把正端着饭碗的高满顺提溜了起来。瓷碗掉在地上摔得粉碎,稀饭溅了胖子一身。

"他妈的,晦气!"胖子更火了,上前一把揪住高满顺的头发,恶狠狠地问道,"你就是高满顺吗?"

"小的是。"

"你竟敢私通'共匪'!走,跟我们走一趟。"

"这话从哪说起呀,我不明白啊!"

"啪!"一个嘴巴子上了脸,胖子奸笑着揶揄道:"他妈的跟我装糊涂是不是?先让你清醒清醒。"

高满顺被打得眼冒金星,他手捂着脸,又气又怕地看着面前的几个人,说:"你们是谁?找我什么事?我不认识你们,更没得罪你们,凭什么打人?"

"凭什么?"胖子二话没说,"啪啪"又扇了高满顺两个嘴巴子。

"妈的,昨天我在你这里死了五个弟兄,伤了两个,都是你个王八蛋给害的!"胖子手指高满顺的鼻子嚎叫着。

一听这话,高满顺明白了这伙人的来意,哭丧着脸说:"我都是听隔壁那个老不死的说的,明明来的那两个人是'共匪',我想着把他们一抓,就可以立功了。"

胖子狞笑两声，说道："想干两边讨巧的事是吧？说，是谁指派你干的？给了你多少钱？"

"长官，真没有啊，我媳妇听到他们的对话后，就溜出来告诉你们了。如果我和共党是一伙的，不早就跑了，还要等你们来抓啊？"

"告诉我们没错，是想让我们上当对不对？"

"冤枉啊，谁能想到有地道啊？那个老家伙太狡猾了。"

"王八蛋！看样子你在这儿是不会说了，那就跟我们到县里去一趟，到了县里，先剥你一层皮再说。"胖子气势汹汹地说道。

高满顺的女人一听，吓得扑通一声跪在胖子脚边，抱着他的小腿哭诉起来："这位爷呀，你放了我们满顺吧，他是诚心诚意为你们办事的呀！前年为了给你们送情报，大热天一口气跑了十几里路，回来腰都动不了，可是在床上躺了半年啊，求求你们放过他吧！"

胖子瞟了女人一眼，不耐烦地甩开了腿。女人歪倒在了一边。

"懒得跟你们啰唆。走！"几个人连拉带拽地把高满顺拖出了院门，塞进了院外的吉普车。

高满顺被带到了和县警察局。两天下来，人被打得皮开肉绽，七窍出血。被关押了十几天后，靠着一个在国民党巢湖党部做书记员的亲戚花钱，画押作保才放了出来。高满顺从此一蹶不振，在村里极少迈出家门，无论谁找他都闭门不见，几年之后郁郁而死。

出去执行任务的两队人马回到了福海贸易公司。赵家祺让食堂做了几大盆肉菜，并备了几坛好酒。饭前，赵家祺兴高采烈地讲了话并提醒大家：我们的行动成功后，敌人的报复会更疯狂，要进一步提高警惕。为安全起见，一部分同志需要转移到南京其他地方，这样可以分散目标。还有一个原因是，工人们初八就要上班，公司不能有这么多人，下午大家就要分散到各个地方。

第六十一章

农历初八，福海贸易公司的工人们返厂上班。

一大早，赵家祺和小周两人站在厂门口，向上班的每位员工抱拳拜年。

新年新气象。工人到齐后，大家有说有笑，有的收拾加工材料，有的调试设备，厂区内一下子热闹起来。

赵家祺带领小周到每个车间巡视，每到一处，都会笑容满面地说："天太冷，上午不开工，大家把东西收拾一下，中午一起吃个饭，年前因为事情多，没能陪大伙儿。"

大家开心地回应着。

中午的饭菜十分丰盛。两张桌子坐得满满的，大家喜气洋洋地说笑着，谈论着春节期间遇到的新鲜事。等赵老板和小周从厨房里各端出一盘香气四溢的糖醋大鲤鱼时，现场所有人都欢呼起来。赵家祺放下盘子，笑着对大家说："菜都上齐了，最后这一道'年年有鱼'上来了，大家都把杯中的酒倒满，放开喝！"

韩久耕虽然只是个门卫，但大家都很尊重这位慈善和蔼的老头儿。这时，他站了起来，对众人说道："大家伙，稍等一下，又是新的一年，今天是上班的第一天，我提议，请赵老板给咱们说几句。"

在众人的欢呼声中，赵家祺端起酒杯站了起来。

"那我就说几句！过去的几个月里，我们厂从筹备到生产，做了不少事，加工销售的产品没有出过一次差错，整体效益还不错。这些成绩不是我赵家祺干出来的，我只是动动嘴皮子，功劳都是大伙儿的，在这里衷心感谢你们的努力，没有你们，就没有福海贸易公司的今天。"

赵家祺说完，朝两桌人深深地鞠了一躬。大伙儿报以热烈的掌声。

"今年是农历牛年，希望我们每一个人都像老黄牛那样勤勤恳恳，兢兢业业，相信我们福海公司的生意一定会更牛，最好是牛气冲天啊！来，大家一起干了这杯酒！"赵家祺哈哈大笑，众人起立，共同举杯。

韩久耕放下酒杯，望着赵家祺说："赵老板，您在外面跑得多，见识也多，您给大家说说现在的局势吧！刚才大家干活的时候，好几个人都在议论目前的形势，过年期间也听到了不少消息，说法都不一样，您的消息比我们大伙灵通，给我们说道说道。"

"行，韩师傅的意思我明白，他老人家是让我谈点形势，谈一些和我们福海有关的消息，让大家明白国家目前的局势，心里好有个底。那我就简单地说几句。咱们国家从抗战结束到现在有三四年时间了，现在国共双方的斗争还没有结束，大家可能都听说了，共产党的部队已占据了大半个中国，南京的国民政府已开始和共产党搞和谈，双方能不能谈得成，我说不准，双方的出发点不一样，估计很难。最后谁能坐天下，很快就会有结果。我本人是个生意人，只想带着大家混口饭吃，不希望再这样打下去。俗话说，'枪炮一响，黄金万两'，黄金哪里来的？都是老百姓的。所以，打来打去，还是咱们老百姓受苦，大伙儿说是吧？"

"是。"众人回答。

有人问："听说共产党的部队，有的都到江边了，我一个亲戚刚从安徽六安回来，他说沿路都是共产党的军队，大炮、坦克、汽车，停得到处都是，看这个架势，仗是停不下来的。"

旁边的人接了一句："咋可能不打呢？国民党追着共产党打了这么多年，共产党现在力量强了，能放过他们吗？换上我，我也会接着往下干的。"

还有人说："国军的装备比共产党的好，过年我去常州的姑妈家走亲戚，乖乖隆的咚，太吓人了，一路上到处都是关卡，当兵的多了去了，那大炮筒子，一个人都抱不过来，一排排的汽车根本看不到头。"

赵家祺朝大家摆摆手，众人安静了下来。赵家祺笑笑说："大家安静一下，今天是第一天上班，咱们好好吃顿团圆饭，外面的事咱们了解一点就行了。和平当然很好，但局势咱们也把握不了，只要踏踏实实干好自己的事就行了。谁当家，老百姓都要吃饭的！还有，我提醒一下大家，现在的局势不明朗，一些话咱们在这里说说就行了，在外面说话一定要注意。外面的风声很紧，一定得注意安全，咱们都是上有老下有小的人，千万不能出什么事，这个话题就到此为止了，来，喝酒，吃饭。"

早上，房门被轻轻地敲了几下。赵家祺打开房门，站在门口的是派往九十七师的王金鹏。赵家祺一愣，感觉有要事，便拉着王金鹏的手进了房间。二人坐定，王金鹏急切地汇报说："赵部长，我们团一位副营长被抓起来了，我是继续留下去还是撤回来？"

赵家祺心头一惊，问："怎么回事？什么时间？你慢慢说。"

"这个副营长叫周炳毅，性格直，脾气比较倔，是方林的好朋友，二人私交很深。我是通过方处长和他结识的，处了一个多月，关系拉得很近。他很认同我们党的政策，说自己早些年就和我们的同志接触过，当时是抗战后期，他由于说了联合抗日的话，受到了排挤，职务一直没上去，他原来的部下现在都是团级干部了。这次，他是和几个朋友聊天，不经意宣泄了一些愤懑情绪，说能不打仗就不打仗，国共两党要和平相处啊什么的，不知怎么就传到上面去了。师副参谋长马兴是保密局安插到师里的人，这个大家都清楚，他对军事一窍不通，王师长开重要会议，一般也不会喊他，他自己也懒得参与，但这个人鼻子尖得很，他自己不出面，派人把信息递了上去。第二天，来了个姓黄的,把周炳毅带走了,已经两天了,一点音讯都没有。"

王金鹏一五一十介绍完情况,端起桌上的一杯水咕咚咕咚几口灌了下去,转过脸盯着赵家祺,期待着他的答复。

赵家祺抬起头,问王金鹏:"这个事你和方林说了没有?"

王金鹏答:"方林这两天不在部队,说是在南京培训,我找不到他。在九十七师,我是按照您的要求一对一沟通,单线联系,没有办法找其他人,又怕耽误时机,所以今天就跑过来了。"

"你做得对。其他还有什么情况?"

"其他的倒没啥,但我想说一下在那里的感受。"

"你说。"

"我感觉,九十七师的三个团之间不是很团结,从团长、营长到连长,他们之间不大来往,一点点小事就能闹起来。各团内部都抱得很紧,外人不好插手,换上一般的师长可能都镇不住,但王师长来头大,这个大家是清楚的。最主要的是师长人品没话说,对自己要求很严,所以下属都还不敢和他作对,几个团长和直属营长都听他的。"王金鹏说道。

赵家祺接着问:"王晏清师长知道这个事吗?"

王金鹏答:"估计不知道,我这个级别也接触不到他,师部大门我都进不去,一点机会都没有。"

"那方处长的身份,周炳毅知道吗?"

"这个我不清楚,我也不能问,怎么了?"王金鹏反问道。

赵家祺站起来说:"你先回去,我不通知你,你就继续留下来。我先把你带回城里,你自己坐车回部队。我来处理这个事,这几天你先别接触其他人。"

"是。"

赵家祺推开门。关照小周:

"我们马上出去一趟,你去开车。"

三个人上了车,汽车一路疾驶。

王金鹏在洪武路下了车,汽车接着开到了电信局。赵家祺对小周说:"你先去转一圈,二十分钟后在路口等我。"

赵家祺朝大楼走去,在门口被门卫拦住了。他在岗亭里和李诗蓝通了电话。几分钟后,李诗蓝下了楼。

"唉,什么事啊?我在上班呢!"李诗蓝走到赵家祺面前问。

赵家祺嘿嘿一笑，说："我老家来了两个亲戚到南京看病，母女俩没地方住，想在你那里住两天，就来找你了。"

"你打个电话不就行了吗，还跑来。"

"事情急，人已经到了，我马上得去下关车站接她们。"

"噢，行行，你等一下，我去请个假。"

上了汽车，赵家祺向李诗蓝介绍了九十七师发生的情况。临结束时，赵家祺说道："你找到方林之后，有两点一定要说清楚。一，我华东野战军已更名为第三野战军，现正式同意九十七师起义，行动方案通过电台沟通，使用事先约定的密码，起义成功后的联络工作由二八九团的于青山和王金鹏负责；二，九十七师要尽可能做好准备，保证三个团建制的完整，在解放军过江时，开放江面，迎接大部队过江；安排部队提前占领下关码头、飞机场、重要仓库等，伺机抓捕战犯和罪大恶极的官员。当然，眼前的问题是把那个副营长尽早地救出来，以免发生意外情况。"

李诗蓝认真地听着赵家祺的布置，把要求默默地记在了心里。她清楚，此时只有自己方便到方林家。她去过一次，老太太特别喜欢她。她唯一担心的是，万一方林不在家怎么办，如何尽快地找到他。

车子绕到太平路，李诗蓝悄悄地下了车，顺着铜井巷向里走去。她拐过路口，买了一些点心和糖果。

来到方林家的院门前，抬手敲了几下门。门"吱呀"一声开了，一个四十岁左右的女人开口问道："请问你找谁？"

"我是方林的表妹，表哥在家吗？"

女人对李诗蓝打量了一番，谨慎地解释说："我家方林不在家，他下午五点多才回来。"

李诗蓝接着问："舅妈在吧？"

女人这才露出了笑脸，说："在，在，你进来吧。"

李诗蓝跟着女人进了屋，老太太和两个孩子正在吃饭。老太太见来人是李诗蓝，颤颤微微地站了起来，伸出手拉住李诗蓝，笑着说："是蓝蓝呀，快坐过来，我们起床迟了，这个点还在吃早饭。"

李诗蓝挨着老太太坐了下来，打开包裹，对两个孩子说："大虎、小香，这是给你们带的糖果，等吃完饭再吃啊。"

两个孩子立刻狼吞虎咽地扒拉起碗里的菜饭。

老太太对站在身边的中年女人说："丽梅，这就是我常念叨的蓝蓝，她该喊你表嫂的。"

李诗蓝赶紧起身招呼说:"表嫂好,我来过家里,你不在。"

叫丽梅的女人立刻和李诗蓝热络起来,她端出瓜子放到李诗蓝的面前,又倒了杯开水,笑着说:"你吃瓜子,天气冷,喝点热水。"

老太太在旁边安排说:"丽梅,你去厨房把鱼啊肉啊准备一下,蓝蓝的手艺好得不得了,我就喜欢吃她烧的菜,美得很。"

丽梅转身到厨房准备去了。

两个孩子吃完饭各自抓把糖到房间里玩去了,客厅里只剩下老太太和李诗蓝两个人,老太太轻声问:"蓝蓝,你找方林有急事吗?"

李诗蓝回答:"姨妈,也不是太急,我先陪您老聊会天吧。"

老太太说:"如果有急事,等方林回来,你和他到楼上说,我这个年纪,听不听都不要紧,只是——"说着,老太太朝厨房方向望了一眼。

李诗蓝轻轻地拍了一下老太太的手:"我懂,没事,您放心吧。"

新年后,李诗蓝的工作岗位调到了办公室,负责收发存档这类事务性工作,这个变动意味着什么呢? 在车上,赵家祺心里一直在琢磨这件事。

小周一边开着车,一边问:"赵老板,李小姐工作变动,是不是敌人察觉到了什么?"

"我也在琢磨这个事,听张铭宇说过,保密局内部有监听设备,但功率很小,一般可以监测到两三公里范围内的电台信号;电信局里有一台设备,功率大,可以监测到一二十公里范围内的信号。我有点担心,诗蓝每次发电报的信号是不是被他们侦测到了。"赵家祺心事重重地说道。

小周摇摇头说:"这不一定吧,南京及周边的电台多得很,有政府机关的、部队的、飞机场的,既有军用也有民用,他们能弄清是哪一方面发的吗?"

"多归多,但他们只要仔细甄别,是可以做出判断的。"

"那部电台,我们不是经常更换地方吗? 敌人就是一时侦测到,因为位置更换频繁,也照样吃不准吧?"

"不,每个人都有自己的发报习惯,如果敌人那里有高手,是可以掌握这个发报人的规律的,我们还是要谨慎啊。"

小周问:"那这和李小姐调动岗位有什么关系呢?"

赵家祺答到:"估计敌人有两种动机,首先把她调离重要岗位,切断她接触设备的机会,便于安插自己人进去,借此机会查找漏洞;其次是,他们怀疑诗蓝利用电信局的设备干自己的事，将其调离岗位，迫使她寻找其他的办法，从而增加她暴露的机会。现在我们不清楚的是，敌人到底有没有抓到诗蓝的把柄。是我们想多了，还是敌人已有察觉？这一点正是我现在最疑惑的地方。还有一点，今后我们用电台的次数必然会越来越多，风险无疑也会越来越大。"

"那我们就再向部队申请一部电台。"小周想了想，又补充了一句，"感觉这样也不妥，增加一部电台，风险更大了。"

赵家祺思量一番后，摇头说道："现在这个问题还真有点棘手，如果把电台放到我们附近，隐蔽性是好一点，但诗蓝来回跑那么远反而不安全，容易被跟踪。如果在城里找个发报地点，又容易被侦测到。"

车子出中山门时，赵家祺对小周说道："小周，我想了个办法，你看行不行：我们再准备一部电台、一个发报员，安排在我们厂附近的地方。两部电台分一下工，一部用来和华野部队首长联系，一部和地方联系。和部队的联系较少，让诗蓝负责；地方之间联系多，我们就用另一部电台。错开发报时间，接送情报的也不是同一人，状况紧急时两部电台可以同用，也可以随时关闭一部电台。我想，这样敌人侦测的难度就大得多，电台也就安全多了。"

小周听后，一拍大腿说道："好主意，好主意！什么难题都难不倒赵老板！"

"好！就这么做，回去后你马上和江北落实这件事。"赵家祺拍了一下小周的肩膀。

第六十二章

李诗蓝手脚麻利地忙了好一阵，色香味俱全的饭菜端上了桌。李诗蓝陪几个人有说有笑地吃过午饭，收拾完碗筷，便陪着老太太上楼聊天去了。丽梅带着两个孩子在楼下房间里玩耍。

李诗蓝和老太太聊了很久，方林终于回来了。方林上楼，看到李诗蓝坐在床边，先是心头一惊，立马又笑着打招呼："哟，我说谁呢，是表妹呀！"

"方林哥，过年了，我来看看舅妈。"李诗蓝站了起来。

方林朝李诗蓝招招手："你坐，你坐。"

一旁的老太太说："大林啊，蓝蓝上午就来了，一直等到现在，午饭还是她做的呢。"

方林称赞道:"辛苦你了,你表嫂不如你会做饭。咱们到隔壁房间坐坐吧。"

李诗蓝随方林进了隔壁房间。一进门,方林轻轻关上门,问:"李小姐,有急事吗?"

李诗蓝把情况快速说了一下。方林静静地听着,眉头慢慢地拧了起来。

李诗蓝说完,方林轻声对李诗蓝说:"这个周炳毅,我跟他说过多少次了,不能由着性子来。你看看他,吃过多少苦头,就是记不住教训。人是不错,讲义气,就是那张嘴,啥话都能往外倒。"

稍停片刻,他想了想,又接着说道:"这样,我跟母亲打个招呼,马上回部队。这会儿不知道我们王师长在不在,只有他出面才能解决这件事,其他人都不行。我们九十七师的人只要被保密局那帮人抓住,是不会被轻易放出来的。我先走,半小时后,你再从后门出去。"

李诗蓝点了点头,便随方林来到老太太房间。方林对母亲说:"妈,我有事得回部队,就不能陪你了,等一会儿蓝蓝也要走。"

老太太笑着说:"没事,你们去忙吧。"

方林下楼和妻儿打过招呼,就出了门。

晚饭前,李诗蓝拨通了赵家祺的电话:"我去看过老人家了,老人高兴得很,过两天我再去看看她,也见到表哥了,聊得很开心,你放心吧。"

赵家祺听说李诗蓝与方林的见面很顺利,松了一口气。

保密局二号审讯室内,周炳毅一言不发。他身上倒是没有伤,但自从进了审讯室,却一刻也没得到休息。黄兴中的手下陈作群带一帮人轮番上阵,只要周炳毅一闭眼,他们便将他摇醒,无休无止地审讯。两天一夜下来,一直没能合眼的周炳毅都快崩溃了,骂娘不止,但没人理会。

审讯一直没有进展,黄兴中急得百爪挠心,他担心事情出现变故。周炳毅是首都警卫师的人,万一审不出结果来,自己就被动了。黄兴中知道周炳毅是个"兵油子",对付他这样的人,恫吓和威胁行不通,说不定疲劳战倒能撬开他的嘴巴。

两天一夜过去,新的一夜来临了。黄兴中决定亲自上阵,由他和陈作群负责当夜的审讯。陈作群负责上半夜,他负责下半夜。

陈作群走进了审讯室,笑呵呵地看着周炳毅,说道:"周副营长,我们就别磨时间了,我看你也困得慌,其实你也清楚,无论谁,只要到了我们这里,不说点有用的东西,是出不去的。你为党国效劳了那么多年,别因一时糊涂,受了别人的蛊惑就站歪了立场,何苦呢?"

"姓陈的,我告诉你,老子该说的全说了,就在这儿我也敢说,老子就不想打仗,南京不是派人到北平谈判去了吗?不是也不想打仗吗?我说这个有啥?就是李代总统来,我也这样说。你们这群王八蛋,就会暗地里整人,当年打日本鬼子,你们这帮畜生都到哪里去了?当年子弹打光了,老子和日本鬼子拼刺刀,刺死两个鬼子后,被旁边一个挑了,亏得老子命硬,活了下来。老子今天不想活了,我劝你们,也别再费那个劲啦,一枪打死我,省事!"周炳毅骂道。

陈作群奸笑一声,摇摇头说:"周副营长,你的这些话管啥用呀?我知道,你们师整个就是个匪窝,共产党有不少,你说出来一个,放心,你就能出去。"

"你知道我们师是匪窝,你们去抓啊!在这儿对我白费功夫干吗?!"周炳毅怒目圆睁,针锋相对,"你们不是一直很蛮横吗,说谁是共党,谁就是共党,直接抓去呗。早晚有一天,你们这帮专门作践自己人的龟儿子不得好死。"

一盏大功率白炽灯悬在周炳毅的头顶,此时他已困到了说话间就能睡着的地步。坐在椅子上的周炳毅,双手被锁在扶手上,他只感觉面前的三个人如鬼魅般忽隐忽现。快两天两夜了,没进一粒米,没喝一口水,嘴唇干裂冒着血水,舌头一舔,都能感觉到一股浓烈的血腥味。

周炳毅心里清楚,自己是进得来出不去了,他心里更清楚的是,自己把了解的情况说出来是死,不说也是死,结局都是一样。他后悔当初没有拔枪与这帮孙子拼个你死我活。他无奈地摇摇头,闭上双眼,下了豁出命去的决心。

陈作群看到周炳毅摇头,眼前一亮,起身走到他面前,凑近他耳边说道:"周副营长,别为难自己了,自己的问题还是自己解决。我知道,你不是他们的人,自己说清楚就行了嘛。你放心,只要说出一个,你立马就能回去,说不定还能升官呢。"

周炳毅抬头瞥了陈作群一眼。这一瞥,吓了陈作群一跳,让陈作群禁不住后退了两步。周炳毅血红的眼睛里满是怒火。

突然,周炳毅背着椅子站了起来,猛一下朝陈作群撞去。陈作群一个转身躲了过去。周炳毅没有停下,继续拼命朝墙上撞去。"咚"的一声闷响,整个人连同椅子摔倒在地上,脑袋慢慢地耷拉了下来。

陈作群赶忙走向前一看，一股鲜血从周炳毅右耳上方顺着脸颊淌了下来。陈作群大惊，急忙喊道："快解锁，送医院！"黄兴中交代过，千万不能死人。

听到动静，黄兴中赶紧冲进审讯室，看到满头满脸鲜血的周炳毅一动不动地躺倒在地上，一时间暴跳如雷，手指陈作群骂个不停。

几个彪形大汉跑进来，手忙脚乱地把人抬走了。

方林赶到部队时，夜幕已经低垂，他直奔王晏清师长的临时住处，卫兵上前阻拦，他大声喊道："我有急事，必须面见师长。"

这时，从里面传出王晏清的声音："让方处长进来吧！"

方林进了屋，随手把门关上，敬了一个军礼后，急切地说："师座，二八九团的周炳毅副营长被保密局的人抓走了。"

王晏清放下手中的笔，急忙问道："什么时候？怎么回事？"

方林一五一十把事情的经过说了一遍，并把李诗蓝交代的几点也一并说了。最后，他说道："师座，我们一定得想办法救出周副营长，现在他是死是活我们都不知道。"

王晏清立刻拨通了自己的老上级、也是多年挚友的首都卫戍司令部副司令覃异之的电话。当王晏清说明了情况后，覃异之十分生气，抓起电话就打给了司令张耀明："张司令，我是异之，稽查处又到九十七师抓人了，现在是什么当口啦？还这么做！上周在我们狮子山炮台抓的人还没放，这次又抓了个副营长。不知道这事您知不知道，稽查处的胆子也太大了吧？九十七师王师长说，他的副营长什么事都没做，只不过发了几句牢骚，现在发牢骚的人还少吗，能都抓吗？形势这么紧张，下面的部队人心惶惶的，后面还怎么打仗？"

电话中传来张耀明的安抚之声："老弟呀，我知道了，消消气，我马上问问。"

覃异之气呼呼地说："稽查处再这么做，导致军心涣散，最后都要怪罪到您我身上啊！"

张耀明叹了两声气，就挂断了电话。

第二天中午，九十七师参谋长谭严巧受王晏清之命赶到鼓楼医院探望周炳毅。当从周炳毅嘴里得知陈作群审讯时说的话，谭严巧立马拨通了黄兴中的电话："黄处长吗，我是九十七师谭严巧。我的人被你们折磨成这个样子，你们到底想干什么？"

黄兴中赔着笑回答:"谭参谋长别生气,这个事我今天上班后才知道。你们周副营长在部队说的话,那可是扰乱军心哪,我们也是不得已才找他来的。谭参谋长,我们绝对没动他一个手指头,这个您尽管放心,听说他是想伤人,自己撞伤的。"

"现在大战在即,形势又是这个样子,发几句牢骚怎么啦?!再说,他说的也没错,我们不是派人到北平和谈去了吗?你们要理解我们带兵的难处,下面军心不稳,南京还怎么守?要不我也不干了,你到我们九十七师来当参谋长?"

黄兴中在电话中回答:"气话,气话!谭参谋长息怒!"

谭严巧接着问道:"听说你手下的一个姓陈的说我们九十七师是个匪窝,这话从何说起?我马上从医院回部队,这个事我要向我们师座禀报,回去就严查,我们师里有共党你们保密局都知道了,我们师部都不清楚,那还得了!我们要是查不出来就上报国防部,国防部查不出来,我们就直接报告经国先生,他选定的九十七师的人,现在都成匪了,经国先生也要对此负责的,你说是不是?"

一听这话,电话那头的黄兴中慌了,连连道歉:"谭参谋长,这个话如果是我们的人说的,查实后我一定严惩不贷!谭参谋长大人大量,多多包涵,这个事到此为止,就不要麻烦经国先生了,明天我亲自上门向王师长和您道歉。"

"这个就不必了。"没等黄兴中说完,谭严巧就撂下了电话,坐车往部队方向赶去。

稽查处内,陈作群好一通解释,也没消除黄兴中的怒火。黄兴中上去两个耳光扇在了陈作群的脸上,骂道:"你这个王八蛋,成事不足,败事有余。审这么个小案子,竟弄成了这样,要是惊动了蒋大公子,没你的好!你不想活命老子还想呢!"

陈作群摸着发烫的腮帮,委屈地说:"黄处长,你没看到,这个混蛋突然站起来,幸亏我躲得及时,才没被他伤害,谁能想到他会往墙上撞啊。"

黄兴中气呼呼地说:"幸好这个人没死,要是死了,我们都得歇菜。老百姓死几个没问题,部队的人得罪不起,把他们惹毛了,我们都得他妈的滚蛋。"

"是,是,小的一定注意。"陈作群点头哈腰应道。

"你在我们这里呆了这么多年,哪些话该说哪些话不该说你自己不清楚吗?九十七师师长王晏清那可是蒋大公子点的将,你也敢乱说,我看你真是活腻歪了!"黄兴中仍然喋喋不休地训斥着。

陈作群解释说:"我当时也是气急了,那么长时间,这个兔崽子就是不配合,我真是受不了啦。"

"别解释了,滚吧!"黄兴中看都没看陈作群一眼,挥了一下手。

陈作群乖乖地敬了个礼,悄悄地出了门。

黄兴中给张耀明拨了电话,两人嘀咕了好大一阵子。

覃异之和张耀明通话中提到的狮子山炮台被抓的那个人,是中共南京市委的一位地下党员,一次在使用炮台电台时无意中暴露了身份而被捕,关进了首都监狱,后被枪杀于雨花台。

第六十三章

早春二月,阳光和煦,江南渐渐脱了寒意。

这几天,赵家祺和小周趁着好天气一直在忙着"走亲访友"。从南京到常州、金坛、宜兴、镇江,一路上,他们时而走马观花,时而停车远眺,尽情地欣赏江南的春景。通过此次"游历",南京东南方向的主要道路特征已基本掌握。

二人回到南京后,有几件事还等着赵家祺去应对。

几天前,赵家祺派出的一条运送货物的小船,在句容、镇江交界处被国民党的巡逻炮艇撞沉了,半个月生产出来的钣金件沉入了江底,三名船工中有两个下落不明,只有一个游到了对岸。第二天,李诗蓝才接到情报,知悉了事情的整个过程。

贺小飞报告完这件事之后,又告诉赵家祺:"您不在的这几天,张铭宇来了两次电话。请您尽快给他回电。"

"好的,你忙去吧。"

贺小飞出门后,赵家祺立即拨通了张铭宇的电话:"铭宇呀,我是家祺,听说你找我,有什么事吗?"

张铭宇:"你小子跑哪儿去了,我给你打了几次电话,都说你不在。"

"趁着好天气,出去转了转,看看风景,散散心,顺便走亲访友,你有事就说吧。"赵家祺解释说。

"我武汉的一个朋友来南京,和你一样做生意的,多年没见了,你应该认识他,他提出要见你,你们以后可以合作。晚上还是老地方,你们见面聊,我只负责牵线。"张铭宇呵呵一笑,补了一句,"晚上你得请客呀,我现在都穷疯了,前几天打牌,把几个月的工资都搭进去了。"

赵家祺回复道:"你小子,吃喝嫖赌样样不落,我可没有那么多闲钱给你填窟窿,你自己想办法吧!好了,不说了,晚上见。"

赵家祺和小周按时赶到了绿柳居三号包间。推开门一看,里面坐着三个人,张铭宇坐在中间,左边的人赵家祺认识,是华东局情报二科科长唐志,另一位不认识,看起来年龄稍长一些。赵家祺上前和唐志握了握手,说:"唐科长,你好,好久没见面了。"

唐志介绍了张铭宇旁边的那位长者:"这是我们华东局的老交通员凌风同志,有着丰富的敌后斗争经验。"

赵家祺上前紧紧握住凌风的手,无限感慨地说:"久仰您的大名,您是我们的老前辈了,向您学习。"

凌风哈哈一笑,说道:"我老了,不中用了,还是你们年轻人有活力。早就听铭宇说过你。你年龄不大,却有着丰富的斗争经验,在南京短短半年时间就站稳了脚跟,打开了局面,实在难得呀。"

"过奖了,还需要继续努力。"赵家祺谦虚地说道。

几个人坐了下来,小周坐在最外面,招呼伙计上菜,待菜上齐,就把房门关上了。

张铭宇对赵家祺说:"家祺,唐科长和凌风同志是昨天到的南京。有一个紧急情况,请老凌介绍一下。"

赵家祺侧过身,全神贯注地望着凌风同志。凌风于是把这次的来意详细地做了介绍:"是这样,我们华东局在上海有几个点,与保密局上海站和上海警备司令部稽查处斗争了多年。四天前,我们与两位国民党军官接触,希望他们能留下来。同时,稽查处也在胁迫这两个人,没想到和我们撞到一块去了,在霞飞路和肇嘉浜路的路口交上了火。当时我们人手少,牺牲了两个同志,还有一个叫申文忠的腿部中了一枪,耳根被子弹划了一个大口子,被稽查处的人抓了去。据可靠情报,这个申文忠经不住敌人的严刑逼供,已经变节。申文忠是我们的外围联络员,对我们内部核心情况了解得不多,但他接站时见过南京及苏锡常一些地方的同志,具体认识多少人,我们心里也没底。所以我们很快联系了苏南沿途各点的同志,只要去过上海的,都要尽可能更换住址和姓名。我们此次来南京,主要是因为听说申文忠已经被转移到了南京。上海稽查处让他来南京,估计一是让他疗伤,二是可以在南京指认我们的同志。今天这么急找你来，主要是想请你打听他住在哪家医院，要想尽一切办法除掉他。听唐科长说，申文忠去年在上海银行取款时见过你，所以这件事我们一定要慎重对待。"

赵家祺回忆了一下，说："凌风同志，我是去年十月中下旬去的上海，只是远远地看到了申文忠，他也一样。当时我的化名是'宁老板'，并且简单化了装，他应该不会知道我的真实身份的。"

凌风摇摇头说："这件事千万不能大意，包括铭宇同志，还有我们华东局的特派员季清丰同志。万幸的是铭宇和清丰两个人都没与申文忠直接照过面，但大家还是要谨慎。"

赵家祺说："凌风同志，这个事我来处理。这饭我和小周就不吃了，多争取一秒时间就会减少一分危险，请您把这个人的特征描述一下。"

"这个人中等个头，大眼单眼皮，皮肤白净，上海口音，右眉毛短了一点，是小时候刀子划伤造成的。这次他右耳受了伤，左腿有枪伤，大概是小腿部位。"凌风做了详细介绍，赵家祺和小周把这些描述深深地刻在了脑海里。

赵家祺在大堂里打了个电话后，便迅速离开了饭店，驱车朝下关奔去。

老王在自己的老宅里走来走去，焦急地等待着赵家祺的到来。

轻轻的叩门声突然响起，老王急忙打开大门，赵家祺和小周闪了进来。老王反锁大门后，领着两人穿过院子进了屋。小李已泡好茶水，站在那里默默地看着三个人。

赵家祺把情况介绍一遍之后，老王随即说道："南京一共有三家较大的医院，医院里都有我们的人，很快就能知道结果。此外，南京还有十几家私人诊所，能动手术的不知道有多少，这些私人诊所查起来可能要费点事。"

赵家祺强调："这件事关系重大，就是再难，也要查！"

"好的，家祺同志，你放心，我立刻安排下去。"老王回答说。

"老王，小周配合你们行动，把部队来的先遣小组的同志们都调过来配合你们。"赵家祺对老王说道。

老王点点头："行，那我们把区域划分一下，这样效率会高一些。"

第二天上午，南京的三家大医院、六七个私人诊所陆续住进了一些划伤、碰伤或烧伤的病人。有拄着双棍一瘸一拐来的，有被人架着双臂一路上哼哼唧唧来的，有被人用破门板抬着进来的，也有一家人围一圈大呼小叫着来的。

位于南京鼓楼西侧颐和路上的圣乔治诊所，是一家德国人开的诊所。抗

渡江

战时期，这家诊所开在水西门附近，遭到空袭破坏之后，就迁到了现在的地点。诊所附近多是国民政府及军方高官的官邸，汤恩伯、张群、顾祝同等人都住在附近。他们这些人身体偶有小恙多会到此诊所求医问药，一是私密需要，二是就近便利。诊所外观属于西式风格，普通老百姓一般不大到这里看病，里面的布置和陈设外人自然不清楚。

上午九点多钟，江北来的战士王进林小腿外侧扎进了一根铁钉，鲜血顺着裤腿流下来，把整个鞋子都浸湿了。

王进林咬着牙，拄着一根木棍，由小周搀扶着进了圣乔治诊所。身穿白大褂的护士一看，立刻扶着他坐了下来。医生 Zimmermann 蹲下来，用剪刀快速地剪开王进林的裤筒，一根筷子般粗细的铁钉斜插在小腿肚里，只有两三公分的钉头露在外面，钉子四周满是血迹，腿肚子已经肿胀。王进林疼得满脸是汗，咬着牙望着眼前的医生。Zimmermann 和护士说了几句德语后，就把王进林推出了候诊室。

"马上准备酒精，麻药，手术器具。"Zimmermann 交代护士。

一阵叮叮当当的响声过后，护士出来了。她对小周说："钉子已经取出来了，麻药也用过了，这个人需要挂水消炎，医生建议在这里观察两天，你先把费用缴了吧。"

小周翻开口袋，掏出钞票一数，不好意思地对护士说："真不好意思，我没带那么多钱。这样，一会儿他舅会来，俺们再把钱补上。如果实在补不齐，你们可以开药方，俺们回去自己治。"

"那行，随你们吧！但你们今天至少挂完三瓶水才能走，炎症不消下去，这条腿有可能会报废。还有，麻药的劲等一会儿会下去，如果病人感觉疼得受不了，告诉我一声，我再给他补一针。你可以进去了。"护士接过钱离开了。

"谢谢您！谢谢您！"小周掀开门帘，看见王进林昏昏欲睡，正强撑着半躺在床上。小周坐到他旁边，不停地安慰着。这时，从里面传来了"哎哟哎哟"的呻吟声，接着是一声哀求："护士，再给我打一针麻药，疼死我了。"

"不行，老打麻药会对大脑造成损伤，也对身体恢复不利，你的耳朵还有炎症，还得两三天才能完全消下去，忍一忍吧。"护士说道。

"你们再打一针吧，我实在受不了啦。"哀求声再次传出。

"护士，你再给他来一针，老这么喊听着心烦。"说话声表明，屋内还有另一个人。

听到里屋的对话，小周和王进林对视了一下。小周朝王进林点了点头，用手拍了一下他的胳膊，接着站了起来。

小周走到狭窄的过道上，朝声音传来的方向慢慢走去。诊所的走廊很短，每侧各有三个房间，大多数的房间都是暗的，只有顶头的一个房间亮着灯。

小周轻悄悄地顺着过道向前走，走到有灯光的窗边，朝里瞄了一眼。他还没来得及细看，坐在该房间门后一个穿白大褂的男人站了起来，厉声呵斥道："看什么看，走开！"

一身破衣烂衫的小周笑呵呵地问："不好意思，尿憋半天了，俺找厕所。"

此人不耐烦地说道："再往前就是。"说完又坐了下来。

小周顺势瞅了一眼房间里躺在床上的人。此人的右耳部被白色的纱布包着，从眉毛及其他特征看，是申文忠无疑。

小周上完厕所回到王进林身边，朝他使了个眼色，两人会心地点了点头。

第六十四章

过了一个多小时，麻药的功效消退，王进林的疼痛感开始上来了，他的额头上冒出了一层豆粒大的汗珠。小周关切地问道："狗子，疼了吧？要不喊医生补一针麻药？"

王进林痛苦地摇摇头，说："不用，忍一忍就过去了，刚才医生不是说了吗，打麻药损伤大脑，俺的脑瓜本来就不灵光，不能再打了，再打就成傻子了，俺还是挺一挺吧。"

这时，女护士进来了，看到王进林的样子，问："开始疼了吧？要不再打一针？"

小周笑着回答："俺刚问过，他不要，这个人能扛。"

小周的话说完，女护士转身走了。

小周对王进林说："你睡一会儿，俺到外面给你买点吃的去。"

走到门口，小周在候诊室看到女护士坐在桌前，上前打了个招呼："护士小姐，俺去外面给狗子买点吃的，马上就回来。"

护士斜了他一眼，没有搭话，低头继续忙自己的事。小周讨了个没趣，推开门到巷外的街上去了。

半小时过后，小周拎着三盒东西回到了圣乔治诊所，先是看了一眼女护士，怕人家不待见就没有再打招呼，然后蹑手蹑脚地回到王进林的房间。安排王进林吃完午饭，小周靠在床边假装打盹儿，心里琢磨着下一步的行动。

渡江

一下午就这样过去了。诊所外面静悄悄的，一点声响都没有。

天色渐渐暗了下来，小周上街给王进林带回了晚饭，看着他吃完，自己又到盥洗室把碗筷洗了，然后回到王进林的床边。小周看着护士拔下王进林胳膊上的针头，就在旁边安慰他说："狗子，等一会儿你舅来，你就安心地在这待两天，养好伤后再出去。"

"唉，俺舅还来干啥呀，这不都妥了吗？"王进林说。

小周开玩笑地说道："来就来呗，要不你娘不骂他吗？"

护士在旁边板着脸接了一句话："晚上这里只能留一个人，其他人九点之前必须离开，这里还有其他病号，不能影响别人休息。"

"俺懂，俺懂。"小周赶紧赔着笑脸说道。

护士走后没多长时间，化装后的赵家祺和王明礼两人满嘴酒气地走了进来，屁股还没坐下来就埋怨上了："狗子啊，你这个孩子，咋这么不让人省心呢，你看看这段时间弄了多少事，自己吃苦不说，还麻烦多少人哪！"

小周赶忙说："狗子也不是不小心，当时俺们干活时大家都没留意。都怪俺，早点给他提个醒就没这个事啦。"

"唉，不说了，多住两天好好养伤吧，咋办呢，摊上你这个外甥，我得少活五年。"赵家祺说完，一阵唉声叹气。

护士绷着脸走过来，一脸不高兴地说："你们几个小点声好不好，我们医生回去了，其他病号也都休息了，没什么事你们赶快回去吧！"

赵家祺赶紧说："好好，我们坐一会儿就回去，不会影响您的！护士小姐，您休息吧，明早我就把钱送来，让狗子再住两天，麻烦您了。"

女护士转身走了。

大家闲聊了一会儿，听到里面再次发出呻吟声。小周朝赵家祺示意了一下，三个人站起来，沿着走廊朝里面摸去。走到尽头时，听到门缝里传出微弱的呻吟声，透过门缝，赵家祺看到靠近门口坐着一个穿白大褂的人，斜靠在墙角一动不动，头歪到一边，显然已经睡着了。

小周迅速推开门，然后站在门边警戒。王明礼闪入之后，用一个包裹好的铁块砸向穿白大褂的人，随着一声沉闷的响声，此人瘫倒在地。赵家祺一个箭步跨到床边，扫了一眼床上的病人，手中的刀子随即在其喉结处一划而过。王明礼扶正"白大褂"，和赵家祺迅速跨出门，小周随即悄悄地带上了房门。三个人接着朝厕所走去，这时，顶头的窗户打开了，女护士伸出头问道："你们干吗，刚才怎么回事？"

小周搀扶着赵家祺回答说:"不好意思,狗子他舅喝多了要上厕所,刚才跌了一跤,影响您休息了。"

"没什么事,你们就快点离开,别让我再催了,出门时把大门关上。"护士说完,把窗户"砰"的一下关上了。

小周和王明礼扶着王进林先出了门。赵家祺殿后,带上了诊所的房门。四个人拐过巷口,上了停在那里的汽车,消失在夜色里。

赵家祺回到麒麟门的福海公司,已是后半夜了。王进林被送到城东南二十公里开外的湖熟镇上安顿了下来。

任务完成得干净利索,赵家祺悬着的心落了下来。

第二天上午,南京市内警笛大作,市区和四个城门外的大小诊所围满了军警。他们在寻找一个腿上有伤、二十四五岁年纪的人。

叛徒申文忠被转移至南京一事,在稽查处里只有黄兴中和陈作群两人知道。两人为此事商量了很长时间,陈作群建议吸取过去的教训,不能大张旗鼓地进行保护,他相信共产党情报人员现在已经遍布南京城的角角落落,稍有动静就会被察觉。最终,黄兴中采纳了陈作群的建议,秘密地安排此事。申文忠到达南京后,没有被送到大医院,而是被送进了德国人开的小诊所。这样的安排,两个人颇费了一番思量——一是这家诊所既小又偏,一般人不大注意,出入的病人也不多,地处别墅区,附近多为高官,岗哨多,一般老百姓极少到此处,鲜有陌生人出入;其次,该诊所便于布防,门外不需要安排人员看守,内部有人值守即可,可以做到外松内紧。

应该说,狡猾的黄兴中和陈作群的这个安排确实是颇严密的,但仍然没能保住叛徒申文忠的小命。

垂头丧气的陈作群向黄兴中请罪。黄兴中此时既气愤又无奈,知道发火已于事无补,于是安慰陈作群说:"算了,以后好好干,把损失补回来吧。"黄兴中这一反常的举动,倒是让陈作群心里七上八下。

第二天,赵家祺是被夏瑜莹叫醒的。

"哥,你今天怎么起得这么迟,昨晚不会是做贼去了吧?"夏瑜莹俏皮地问。

"唉,别提了,昨晚闹肚子,跑了几趟厕所,厕所又在外面,冻得哥哥感冒了,后半夜有点发烧,现在好多了。你到外面去,我穿衣服。"

"真封建!"夏瑜莹走到外面客厅里。赵家祺一边把枕头下的材料收拾好,压在被子下面，一边穿好衣服走出了房间。

"瑜莹，今天这么早到我这里来，有什么事吗？"

"来看看你，过完年我都上班二十多天了，你也不给我打电话。"

赵家祺认真地说道："正准备这两天去看你呢，没想到你先来了。"说完做了一个鬼脸，便开始洗漱。一切妥当后，赵家祺走到门外，大声问韩久耕有吃的没有，被夏瑜莹拦住了："哥，别喊了，妹妹来还会不给你带好吃的？"

夏瑜莹打开手中的一个包裹，点心、糖果、小吃摊了满满一桌，她招呼赵家祺："哥，快吃吧！"

赵家祺拿起一块糕点，咬了一口，开心地喊道："甜，真甜。"

夏瑜莹倒了一杯热水放在赵家祺面前，说："哥，给你说个事，我想回去了，不想在南京待了。"

赵家祺问："干得好好的，怎么想起来回去了？我还指望你关键时候能帮帮哥呢，发生了什么事？"

夏瑜莹回答说："没有。现在整个保密局乱糟糟的，我一个姑娘家，在这么个单位工作确实不方便，他们那帮子人整天抓人杀人的，我真的受不了，我最怕见血了。"

"他们抓谁了？这个时候不是在和平谈判吗？"赵家祺装作吃惊的样子问道。

"我在局里经常听他们议论时局，听说李宗仁最近找到了张治中、吴忠信等一帮人，让他们参与和共产党的和谈。其实我们那里的人都清楚，李宗仁最想要的就是现在的这个局面，但他当不了家，蒋介石还想着打到北平去呢！估计张治中他们去了也白搭，蒋介石根本没拿李宗仁当回事，他一直在溪口幕后指挥。南京这边是这样，共产党那里还不知是什么情况呢，他们愿意和谈吗？也不一定吧！"夏瑜莹口无遮拦地谈了一通自己的见解，一双漂亮的大眼睛忽闪忽闪地直盯着赵家祺。

赵家祺先是一阵讪笑，继而讥笑说："这和你不想在南京工作有关系吗？打不打仗是上头的事，我们这些平头百姓，根本掌握不了时局啊！"

"哥，你是真不明白还是故意装糊涂？蒋介石不退让，还是要打呀，毛人凤天天跟着蒋介石，根本不听李宗仁的，他这个人就是要把南京搞乱，不让南京的共党地下组织安生，也不让李宗仁安生。听说保密局还有卫戍司令部姓黄的那帮人正在琢磨着抓人和毁坏南京城里的重要设施，照这样下去，南京不闹个天翻地覆才怪呢！对了，李小姐的工作换了吧？她就是姓黄的那帮人怀疑的对象,你可不能掉以轻心啊!"夏瑜莹心事重重地说道。

赵家祺想了想,又看了看眼前的这个姑娘:"我知道诗蓝换了工作,应该是正常的工作调动。她现在比过去清闲多了,我还为此事开心呢。怎么啦,她不会有什么危险吧?"

"你们还是注意点好,李小姐那里可能有人盯上了,你这里也要注意,我去找陈作群时,听到姓黄的在办公室几次提到你的名字,具体情况听得不是很清楚,但估计不是什么好事。"

"行,我知道了,我以后注意点。瑜莹,你真的决定回上海吗?"

"本来想马上就走的,但妹妹担心你,怕你这里出现什么问题,我暂时先不回去,有什么事好提前告诉你。哥,你千万别和共产党有联系呀,一旦被那些人抓住把柄,他们会要你的命的,我最担心的就是这事儿。"

"好的,谢谢我的好妹妹,哥不会参与政治上的事儿!你说的对,我以后做事多注意点,不要让人家怀疑。"

"昨晚共产党一个带伤的叛徒在鼓楼附近的一家私人诊所被杀死了,之前都是很保密的,怎么也没想到共产党能找到这个人。姓黄的为此发了一夜的火,估计最近他会有所行动的。"

"哎呀,妹妹,说了半天你不会是在怀疑你哥吧?"赵家祺笑着说道。

"不是,我只是想提醒你,你千万别掺和这些乱七八糟的事,我难得遇到一个这么好的哥哥,可不希望看到你出事!"夏瑜莹噘着小嘴嗔怪道。

赵家祺走到夏瑜莹身边,拍了一下她的肩膀,宽慰她说:"行!哥谢谢你。"

没想到,夏瑜莹一下子抱住了赵家祺。对方突如其来的举动令赵家祺一时手足无措。稍停片刻,他轻轻推开夏瑜莹说:"好了,妹妹的好心哥懂,你以后多往我这里跑跑,我们聊聊天,谈些开心的事,好吗?"

这时,赵家祺看到,夏瑜莹的眼眶里满含泪水。他掏出手绢,帮她擦了一下眼角,扶她坐了下来。赵家祺没想到姑娘今天会这么冲动,做出了令他意想不到的举动。

夏瑜莹临到午饭时才离开,赵家祺一直看着她的车子消失在远处,才转身回到办公室。

"这个夏瑜莹,到底是个什么样的人?"赵家祺不停地琢磨着这个问题。

这时小周走了进来,问:"赵老板,夏小姐来了这么长时间,有事吗?"

赵家祺把刚才两人的谈话说了一遍,最后小周说:"这个姑娘今天行为有点反常，可能有什么心事。"

"是啊，我也搞不清楚，等等再说吧。"

第六十五章

赵家祺从华东局交通员季清丰同志处获悉，上周六也就是1949年2月19日，在徐州贾汪召开了华东野战军前委扩大会议。华野改编后的三野各兵团首长集体到会，会议由粟裕主持，陈毅讲话并作战略部署。第二天，以司令员兼政治委员陈毅、副司令兼第二政治委员粟裕、副政治委员谭震林、参谋长张震的名义发布了《第三野战军京沪杭战役预备命令》。命令指出："本野战军受命自沪、宁（南京）、芜（湖）、安（庆）段强行渡江，首求割歼京沪及芜湖沿线之敌，夺取京沪杭要地，打下继续配合兄弟兵团向南进军之基础。"三野下辖的四个兵团共五十八万人分别从明光、徐州、临沂、淮安、盐城一线向长江北岸推进。第二野战军根据中央军委和渡江总前委的部署，指挥下辖的三个兵团共二十八万人分别由阜阳、沈丘、漯河地区，浩浩荡荡地开赴安庆、桐城、应城、天门一线，也将于三月初到达江北一线，扼守中路，配合三野完成渡江任务。第四野战军也已抽调第十二兵团二十余万人一路奔袭，直插汉口，以此牵制白崇禧集团。自此，百万大军按照中央军委的命令和部署，于三月初至中旬全面压向长江以北沿江一线。千里长江沿岸，一时间聚集了千军万马，渡江战役一触即发。

南京和上海派到北平的和谈代表团，均未取得实质性成果。赵家祺还从夏瑜莹处了解到，国民政府已开始着手准备两个政党间的直接谈判，双方的首席谈判代表分别确定为周恩来和张治中。国共两党组织各自谈判代表及筹划会谈要点的同时，国内的报刊、电台等大小新闻媒体也时刻关注着这一影响中国未来走向的重大事件。

根据时局变化，渡江先遣小组的赵家祺与中共南京市委、长江南岸几座城市的地下党负责人，于2月28号在南京、镇江间的下蜀召开了"南岸渡江指挥小组3月工作会议"。会议开了整整一天，经过与会人员的认真研究与反复讨论，最后整理出了近期任务清单，这些任务需要全力以赴，主要包括以下内容：

一、补充、完备前期工作，加强沿岸点与点之间的联系和沟通。

二、调查所在地区的重点工厂、重要设备、文物古董、爱国志士以及转变思想的国民政府重要人员的具体情况,做好登记工作。

三、加强与江北我方部队联系,解决渡江前部队所遇到的实际困难,积极寻找、动员船工及水手,配合部队训练,尽快筹备造船所需设备及物资。

四、严厉打击长江两岸敌特人员,清除各村镇的敌方监控人员。

五、实地调查各自管辖区内的道路、桥梁、水道、村镇、主要山体等具体状况,为大部队往南推进提供精准数据。

六、严密监控敌方部队动向及换防位置,摸清敌防御重点位置的人数和装备,策反敌方重点人员。

七、长江以北仍有大批国民党军队,各点要兼顾南北两岸敌军动向,配合我军之先头部队秘密进入各个要点。

八、各地区筹建武装行动小分队,以备应对突发事件之需。

晚上七点多钟,赵家祺才回到南京。一到南京,他就和小周两人马不停蹄地赶到莫愁湖南茶亭附近的膳莱茶馆,与老王及三个小组组长碰面,部署南京地区近期重点工作。

膳莱茶馆是最近才设立的秘密接头地点,位置偏僻,小院里曲径通幽,一条石子铺设的小道通到每个茶室的门口。茶馆远离闹市,来喝茶的大部分是老顾客。茶馆往西不远处尽是农户房舍和田地,远远望去一片田园风光。

几个人在茶馆最里面靠西的一间茶室坐了下来。在膳莱茶馆服务的小林是南京市委的一名地下交通员,精明利落,除了需要时添茶续水,没事就在门外候着,观察着不远处两间茶室的动静。

稍事寒暄后,赵家祺首先就中央当前的方针政策、各野战军动向以及当天在下蜀召开的会议内容向大家做了通报,接着他说:"南京这座重镇有其特殊性,既是大城市又是首都,来的路上我就在考虑下一步如何更好地开展工作。形势发展异常迅猛,面对新形势,我们也要有新的应对措施。我先说一下,大家完善补充。大部队很快就要到达长江北岸一线,之前我们已供应大批物资,目前来看还是远远不够。今后,我们一方面要抓紧时间自己生产,另一方面要通过各种渠道积极组织货源,尤其是加强对江北急缺物资的供给。前几天我们的一条船被国民党炮艇撞沉了,损失很大,以后敌人在江面上的巡逻将会更加频繁,我们往北运送物资的难度会加大,必须尽快想出解决办法。大家有什么建议?但说无妨!"

老王说:"运送几个人或者少量东西,我们可以利用公务船,但量大就不行了。目前,方老板的船已全部停运,被军队扣押在南岸,现在只能靠小船分散运输，但问题是小船速度慢，运量少，杯水车薪，解决不了大问题，而且白天还不行。"

二组组长马鑫说："我有个想法。在南京大批量运输肯定不行，我们可以把物资先转到另外一个地方，作为中转站，这个地方要临近江边，江面又不能太宽。国民党的炮艇军舰不可能每天晚上一直巡逻吧，我们可以在中转站左右两公里处各安排一个观察哨，一旦发现巡逻艇，立即发信号或点篝火示警，同时，北岸最好有能藏船的地方。"

赵家祺表示赞同："这个建议好，我可以联系镇江方面的同志，他们清楚长江两岸的情况。还有个问题，就是物资运到中转站毕竟还有好几十公里的路程。怎么办？"

马鑫说："这个好办，我们可以在当地安排人接货，以蚂蚁搬家的方式将物资逐渐集中，中转站有一个安全隐蔽的地方存放东西就行，这一切只能是我们自己的人来做。"

"行，我明天就和江北联络，尽快确定他们急需的物资。然后派小周到镇江跑一趟，寻找合适的地点，落实具体事项。"赵家祺当即拍板。

身旁的小周朝赵家祺点了点头。

赵家祺接着说道："我谈第二点。目前来看，敌人很清楚我们的部队是一定要过江的。他们绝不会甘心把江南沿岸的城市拱手让给我们，国民党政府特别是老蒋那一帮子人肯定要进行大规模的破坏，包括炸毁重要工厂、路桥等设施，以及迫害爱国和平人士。在敌人孤注一掷地实施破坏之前，我们要实施反破坏行动，不能让敌人的阴谋得逞。这个任务面广量大且复杂，靠我们的力量是远远不够的，必须发动更多的人参与进来，让大家看清国民党反动派的真实面目，更加自觉地一起行动，共同保卫好自己赖以生存的城市。这就是为什么前一段时间我们付出很大代价也要让工厂成立纠察队、学校成立护校队的原因。

当前，我们还不能直接参与正面斗争，虽然敌人和过去相比嚣张气焰有所收敛，但一部分死顽分子绝不会善罢甘休，这些人也是我们当前要对付的主要目标，越是到最后，和他们之间的斗争就会越残酷。南京是重要的城市，我们要不惜一切代价保护好这座古城，保护好这座城市里一切民生设施，大家务必要高度重视。"

大家对此展开了热烈的讨论。

等大家的声音渐渐平息下来，赵家祺结合众人的意见做了总结："大家谈了不少，非常好，主要有两点：一是在全盘考虑的前提下，每个小组各负其责。一组负责大工厂、重点企业，二组负责学校特别是大学，三组负责政府机关、文化场馆。二是我建议，老王担任总协调人，周一新、贺小飞同志作为联络员，我和乔建林同志作为南京及周边行动的总负责人。"

众人纷纷点头表示赞同。

"我再说说最后一个问题。二野、三野、四野三路大军已经开始向南推进。我相信，这个信息国民党方面一定也掌握得清清楚楚，这无疑会给国民党政府和军队造成极大的压力，在其内部引起恐慌。国民党政治独裁，官僚腐败，任人唯亲，引起政府和军队内部众多人员的不满，前一段时间，通过和一些国民党军政人员的接触，我了解到，他们当中的不少人已经开始为自己准备后路，人心不稳，这对我们来说是个很好的机会，我们一定要通过各种途径和关系极力争取他们。这项工作由我牵头来进行，希望大家做好配合，大家可以利用自己在国民党军政内部的亲戚、同学及朋友寻找线索，有重要的信息及时上报。"赵家祺说完了第三个问题。

在会议即将结束时，小林走了进来。他准备了香气四溢的包子和几碗馄饨，开心地对大家说："大家吃点东西，等一会儿，大家错开时间从前后两个门离开，刚才我观察了一下，附近没什么情况，但出门后一定要注意观察，最近敌人便衣的活动明显比过去频繁了。"

等大家分批离开后，赵家祺和小周商量好出门一左一右朝两个方向走，然后在水西门的桥头会合。

赵家祺出门后下意识地朝西边望了一眼，昏暗的夜色里，只能模糊地看到小周的背影。突然，不知从哪里冒出来两个黑衣人，也朝西边快速走去。赵家祺心里"咯噔"一下，意识到小周被跟踪了。西边全是农户，小周今晚的穿着可能引起了便衣的怀疑，原来，小周外穿一件黑色大衣，戴着一顶黑色礼帽——这样的打扮明显和当地的农户格格不入，这个时间点在这个地方现身，很容易让人产生怀疑。事发突然，赵家祺果断改变原来的计划，转身也向西边走去。赵家祺紧盯着远处两个不明身份的人，不远不近地悄悄尾随着。

这条小路上的路灯间距很远，灯光昏暗，突然，赵家祺模模糊糊地看到对面有一个黑影快速地向自己移动。

赵家祺立刻警觉起来，放慢了脚步。那黑影距自己十来米远时，赵家祺看清了，是小周。神色匆匆的小周走得很快，后面的两个人也跟得很紧。在

渡江

小周与赵家祺擦身而过的那一刻,小周一下子放慢了步子。

赵家祺立刻明白了小周的用意。

与赵家祺打过照面后,小周的步子突然加快,几近于小跑。后面的两个人也飞快地跟了上去,一前一后堵住了小周。

三个人停了下来。十米开外的赵家祺也停下脚步,侧耳倾听三个人之间的对话。

"干什么的,为什么往西走又回头?"

"走错路了,发现不对劲,就回来了。"

"你住在哪里?干什么的?"

"到南京做生意的,住在城东。怎么了?"

"城东哪个位置?具体点。"

"中山门边上。"

"到膳莱茶馆来干啥?"

"和朋友谈生意。"

"几个人?他们人呢?"

"三个人,两人已经先走了。我当时饿了,就吃了点小馄饨,所以耽误了一会儿。"

"那两个人是谁?住哪?"

"朋友介绍的,第一次见面,我哪知道他们住哪!"

"记不清没问题,我们帮你查呀!说不定能查出个共党要犯呢,走!跟我们到局里去。"其中一个便衣冷笑着说。

"两位,请问你们是?"

"这个你不用问,到地方你就知道了。"

"你们不说,万一是劫匪呢?我不去!"

两个人见降不住小周,就一左一右朝小周身边逼近。小周没有后退,大喝一声:"你们抢劫啊?我要喊人啦。"

赵家祺感觉事情不妙,快步赶到三人面前。

"大半夜的,你们几个怎么回事?"

其中一个便衣走近赵家祺,大声质问:"你是谁?你们认识?"

赵家祺回答:"这话不该你问,你们两个拦住人家干什么?"

问话的人掏出证件,递给赵家祺:"小子,瞪大眼睛看看清楚!"

赵家祺借着昏暗的灯光,扫了一眼证件封面,知道是保密局的暗探,便笑着说:"哟,同行啊。"

"同行?那你把证件拿出来看看,我们怎么没见过你?"

"我干这行快二十年了,竟还有人不认识我,好吧,等一下!"

赵家祺的右手伸向口袋,在胸前口袋里摸了起来。当他的右手露出衣服的一刹那,"啪"的一声,枪声突然响起,站在赵家祺正面的一名便衣应声倒下。听到枪声,小周猛然一个转身,紧紧抱住了另一个便衣。说时迟那时快,赵家祺一个箭步跨到缠斗在一起的两人前面,从侧面对准便衣扣动了扳机。赵家祺万万没有料到的是,他只扣了一下扳机,却有两声枪响。便衣软绵绵地倒下的同时,小周的身子也猛然颤抖了一下。

赵家祺感觉不妙,急忙问道:"小周,怎么回事?"

小周捂着自己的左胳膊,痛苦地回答:"我中了一枪。"

原来,在赵家祺开枪的同时,便衣也扣动了扳机。幸亏赵家祺早一秒动手,使得便衣中弹后持枪的右手产生抖动,不然的话,小周就不会是胳膊中弹了。

赵家祺急忙撕下自己衬衫的下摆,帮小周扎住了流血的伤口。

快速处理好小周的伤口,赵家祺掏出地上躺着的两名便衣的手枪和证件,扶着小周朝汽车停放的巷子奔去。

两人刚拐进巷子,就听到了警笛声。赵家祺发动汽车,没有打开车灯,摸黑慢慢地一路向北开去。当汽车即将拐向汉中路路口时,意外情况再次发生。一辆自行车突然从暗处闪了出来,紧接着,骑车人举起手,一束电光直射到汽车的挡风玻璃上。"趴下!"赵家祺朝小周喊了一声,然后一手紧握方向盘,一手掏出手枪并打开了保险。

汽车戛然而停,赵家祺刚打开车门,骑车人手中的电筒沿顺时针方向旋转一周后忽然停下。赵家祺见状,立即关上了车门,长舒了一口气,低声对小周说:"自己人。"

小李把自行车靠在路边,走到车窗前朝里看了一眼问:"我在这等了半个钟头啦,小周怎么啦?"

赵家祺回答:"他胳膊受伤了。"

小李拉开车门,说:"新街口方向肯定不能走了,那里保密局早已增加了大批岗哨,小周的胳膊得赶紧找人包扎一下。这一带我熟,我带你们走,前面路口左拐。"

汽车按照小李的指点,在路上左突右拐。

赵家祺略带不解地问道:"小李,你怎么会在这里?"

"是老王安排的。这几天我们在城里转,明显感觉敌人的盘查比以前紧。几分钟前老王刚到我这个点,正要让我撤离,就听到了枪声,知道出现了意外情况。老王让我在你们车头方向的巷子等,是担心你们对南京大小街巷不熟悉。"小李回答说。

赵家祺笑着说:"还是老王想得周到啊,要不然我们还真有点麻烦呢。"他侧身关切地问小周:"感觉怎么样?"

小周用手紧压着受伤的胳膊,满脸淌着汗:"还好,没伤着骨头,真后悔当时反应那么慢,没有先上去锁住他的双手。他奶奶的,当兵这么多年,没想到今天在这个小河沟里翻了船。"说完,咧咧嘴,不好意思地笑了。

赵家祺调侃说:"我看啊,主要是因为你今晚的夜宵没吃饱,营养不足,脑瓜转得太慢。"

车子终于兜到了老王的老宅。小李下车来到大门前一看,说:"老王还没到,我们先进去。"

小李拿出钥匙打开院门,三个人轻手轻脚地穿过院子,进入房内。灯光下,小周脸色苍白,身体开始发抖,赵家祺焦急地问小李:"附近有诊所吗?这样下去不行啊。"

小李回答:"现在诊所哪能去啊,很多诊所还在查上次的那件事呢。要不这样,你们等一会儿,我出去一下,找个可靠的大夫来。"

赵家祺点点头。

小周刚躺下,老王进了院门,小李跟着又折了回来。老王进屋一看,大吃一惊,并没细问,就对三人说:"必须马上处理,你们等一下,我侄女住在不远处,她是附近一家诊所的护士,这时候应该在家。"

老王出门没多大会儿,就带着一位姑娘进了房门。小李关上房门拉上窗帘。

虽然明显知道小周中的是枪伤,但姑娘二话没说,麻利地解开血糊糊的布条,用剪刀剪开了小周的袖子。大家围成一圈,赵家祺端着热水,看着姑娘轻轻地清洗伤口。等姑娘把伤口附近的血块清洗完之后,鲜血又开始流了出来。

老王问:"小翠,伤得怎么样?"

姑娘一边忙着一边说:"还好,没伤着骨头,附近的大动脉也没伤着,但血流得比较多,两边的伤口特别是外侧的伤口需要缝几针,但我没有麻药,怎么办?"

说完她看了一眼小周。

小周说:"没事,你缝吧,这点伤不算啥,我们过去经历得多了。"

姑娘快速地缝着伤口,小李帮忙擦拭从伤口流出来的鲜血。小周嘴里咬着一块毛巾,他忍着剧痛,始终没有喊一声。几分钟后,伤口缝好了。姑娘在伤口处敷上药粉,又用医用纱布缠了几圈,然后对赵家祺说:"我给你们留一些酒精、止血粉、纱布和消炎药。估计个把礼拜伤口就能愈合。伤口不大,如果你们会拆线,可以自己动手,只不过拆过线后一定要记着消毒,再用纱布缠上,一两天就可以了。因为他失血过多,现在最好给他喝点红糖水,吃点鸡蛋之类有营养的东西,可以加快伤口愈合,帮助他恢复体力,就这些。"

赵家祺放下水盆,对姑娘说:"我会拆线,请放心。非常感谢你,要不是你来我们真不知该咋办呢。"

老王对小李说:"你去送送,注意不要有尾巴跟着。"他又对赵家祺说:"噢,对了,汽车不能停在附近,可以停在北边一里多地的老江口涵洞边。我马上给小周熬碗红糖水。"

老王做好一碗红糖荷包蛋端到小周跟前,说:"快吃下去,这两天就在这里休息,哪儿也别去。明天我想办法弄条黑鱼,黑鱼汤有助于伤口愈合。你也真是万幸,如果子弹打进胸脯,后果不堪设想啊!"

小周边吃边说:"老王,其实我现在就感觉不疼了,刚才的那个疼劲儿已经过去了,我明天就可以走。"

"算啦,你还是快点躺下休息吧,现在啥也别想,我到外面客厅等家祺他们两个回来。"

小周看着老王点了点头,一声不响地吃着荷包蛋,心里暖暖的。

第六十六章

小周负伤后,贺小飞的任务更重了。他不仅要完成自己承担的工作,还要负责两个电台接发电报的传递工作。贺小飞一向遇事机智而沉着,但没想到还是出现了意外。

这一天,贺小飞在下关码头街边地摊上吃了一碗皮肚面,正准备付钱。

伙计笑着问道:"味道如何呀?"

"好吃,味道还是蛮正宗的。"说着话,贺小飞把钱递了过去。

伙计随口又问了一问:"小哥是哪个地方人？如果喜欢以后就常来，熟人嘛，到时给你多放点料。"

"河北的。"

两人不经意的对话，刚好被路过的三个便衣听到了。其中一个循着声转身看了一眼贺小飞，顿时感觉这张面孔有点眼熟。他扯扯头目的袖子低声说:"队长，右手的那个小子，好面熟，我感觉在哪儿见过，但一时想不起来了。"

头头不是别人，正是豹队长。只见豹队长两眼一瞪，骂了一句:"他奶奶的，既然怀疑就去问问啊，还啰嗦个屁！"

话音一落，三人转身就朝贺小飞奔去。贺小飞刚跨过路沿儿，差一点儿与迎面走来的三个人撞个满怀。豹队长手一伸拦住了贺小飞，大声说:"站住！哪个地方的？"

此时的贺小飞没有立即意识到问题的严重性，随口回答说:"本地的，咋了？"

"在南京做什么？"

"负责在这里配货、发货，怎么了？"

"听口音不是本地人吧？"

贺小飞这才清楚，刚才自己和店家的对话被这些人听到了。口音欺骗不了对方，他只能如实回答。

"我刚才以为你们问我是不是在本地干活呢！我确实在本地混口饭吃，但不是南京人，是河北人。"

"来南京几年了？"

"五六年了吧。"面前三人来得太突然，贺小飞只能故作镇定地周旋。

豹队长稍作停顿，顺着眼前的路朝北边方向指了指，问:"哎，前面一百来米往右拐的那条巷子叫什么名字？"

这句话一下子问住了贺小飞。贺小飞心里暗暗叫苦，自己来南京才三个月，对南京的大路还熟悉一点，但一些犄角旮旯的小道和巷子虽然走过，路名却从没有刻意去记。他挠挠脑门，笑着对眼前的三位说:"你看我这记性，天天走，名字就在嘴边，你们这一问，还一下子把我问蒙了。"

豹队长哼哼冷笑了两声:"不急，再好好想想，我们等着。"

时间在此时仿佛凝固了。抓耳挠腮一会儿之后，贺小飞摇头说道:"好像是铁匠铺什么的，我一时还真想不起来了。"

豹队长脸一拉:"你不是来五六年了吗，怎么连这条路都不知道?！告诉你，就连附近三岁小孩都清楚，你该不会是江北派到南京的共军密探吧？跟我们走一趟，到了地方我告诉你那条巷子叫什么。"

贺小飞还想继续拖延时间然后寻机逃离，无奈两个便衣死死扭住了他的胳膊。为防止贺小飞逃跑，豹队长从腰中拔出手枪，紧紧跟在后面。情势急转直下，贺小飞这才意识到，自己要想挣脱逃走是不可能了。

贺小飞慢慢冷静了下来，既然眼前跑不掉，只能先跟对方走，只要身份不暴露，他们没有真凭实据，自然也就拿自己没办法，先这样拖着，然后再想办法伺机逃出魔掌。

将贺小飞押到办公室后，豹队长这次谨慎了许多。上次被两个"道上"的人堵在小妍屋里的教训，着实让他收敛了不少。豹队长想来思去，担心这次不经意再惹恼哪路神仙，便多了个心眼，指示手下先不要动手打人，而是搜查审问，想通过连哄带骗，让其主动交代，坐实证据。手下在贺小飞身上搜出一个货单，单子上密密麻麻记着日常生活用品和五金用品，后面附有采购方的单位名称，多为军队和工厂。看过货单，豹队长不敢大意，于是打电话给南京站站长王向楠和新任的上司林近安，心里琢磨着让他们赶紧把这个烫手山芋弄走。

这样，贺小飞被带到了保密局的审讯室。

在押解途中，贺小飞把事情的前后经过在脑海里过了一遍后，终于意识到身上的货单其实就是自己的保护伞。原来，货单是赵家祺有意让他放在身上的，万一遇到特殊情况，一是可以有个说辞，避免敌人怀疑；二是让敌人不敢直接杀人灭口，增加求生的机会，说不定敌人在验证货单时还能把有关信息传递出去。这次到下关码头来，贺小飞是侦查船只停靠情况的，没有想到会发生意外。从被抓的那一刻起，贺小飞就知道这次只能依靠自己的智慧来渡过难关了。仔仔细细思考一番后，贺小飞确认自己没有露出任何破绽，仍然有转圜的余地。贺小飞被押进审讯室时，显得特别坦然，他已想好了应对办法。

林近安站在贺小飞的面前，冷笑一声，俯身问道："小伙子，先说说自己的情况吧。"

贺小飞哭丧着脸说："有啥说的呢，我刚在路边吃了碗皮肚面，就被你们抓起来了。我就是一个卖苦力的，你们为什么抓我？"

王向楠走到贺小飞面前，阴阳怪气地说："你小子不是来南京好几年了吗？怎么连人人都知道的大巷子都不清楚？说不过去呀！"

贺小飞赶紧解释说:"我十几岁就从家里跑出来了,来南京虽说有五六年,跟的老板倒有十好几个了。现在到处都是兵荒马乱的,在哪儿干活都没超过一年半载。我是一路从北往南,背井离乡,哪里打仗就赶紧溜走,还不是因为怕死嘛!这不,我刚跟着一个新老板干活,才熟悉点业务,就出了这档子事,真够他娘的倒霉的。对了,你们得赶紧查实了放我走,要不然耽误了老板的生意,他怪罪下来,我又要卷铺盖走人了。"

林近安扬起手里的货单,大声质问:"从单子上看,业务做得很大,你们老板倒是很牛呀!说,哪个单位?老板是谁?"

贺小飞不假思索地回答:"我是福海公司的,老板姓赵,叫赵家祺。"

王向楠心里一惊,心里暗想怎么又是这个姓赵的。旁边的林近安愣神之时,王向楠急忙凑到他耳边轻声说:"就是上次邓处长和稽查处陈科长查的那家公司。"

林近安一听恍然大悟,接着问道:"看样子你说的这个姓赵的老板跟军方关系不浅啊!说说,你们都做些什么业务?"

"单子上都有啊,就是一些消耗品,军火我们也不敢做呀!现在这个形势,能跑能逃的都走了,能忠心耿耿地为政府为军队效劳的不多了,还有,军队也没闲功夫忙这些鸡毛蒜皮的事,只能靠我们赵老板跑腿效力。"贺小飞回答。

林近安奸笑一声:"你小子油嘴滑舌,蛮会替你们老板讲话的嘛。"

贺小飞点头哈腰地说:"我出来混社会都十来年了,拿人家钱,嘴不甜腿不快能行吗!要不是想着赶紧多挣几个钱回老家找个媳妇,我早他娘的溜了。"

林近安拍了拍贺小飞的肩膀,一脸奸笑地说了一句:"小伙子不错。"不再继续审讯,抬腿走出了审讯室。

林近安一走,王向楠也跟随而去。

其实,林近安由于吃不准什么情况,再加上看到贺小飞的机灵劲,估计一时半会也问不出所以然来,所以就直奔邓风盛办公室,先请示汇报再说。

听完林近安和王向楠的汇报,邓风盛又瞥了一眼货单,向两人交代了一番,让他们先出去接着审。两人出去后,邓风盛立即拨通了卫戍司令部稽查处黄兴中的电话,把南京站抓到赵家祺公司一个工人的事通报了一下,请他立即与九十七师确认相关情况。

保密局与稽查处有分工,军队内部的事如果不涉及重大案情,一般由稽查处出面。面对后台是蒋经国的九十七师，保密局不愿也不敢随便插手，因此，琢磨一番后，邓风盛觉得这个电话还是由黄兴中来打比较合适。

黄兴中旋即拨通了九十七师军需处长方林的电话："是方处长吗？"

"哪位？"方林听出了黄兴中的声音，却明知故问。

黄兴中笑着说："方处长，你好，我是稽查处的黄兴中啊。"

"哦，是黄处长啊，你好，你好，找老弟有什么事吗？"方林客气地说道。

"也没什么大事，就讨教个小事！我手上有个单子，你们最近是不是采购了一批东西，像什么木箱、脸盆、铁锹、肥皂、毛巾啊什么的？"

一听这话，方林心里立刻紧张起来，但他仍然不假思索地回答："是啊，这批货我们春节时定下的，让一个叫什么福海的公司代购的，不知道他们怎么回事，直到现在还没送货，我正准备催这个事呢！怎么啦，有问题吗？"

"没，我们在码头抓到一个可疑人员，看到了他手里的一个单子，就顺便问问，核实一下。"黄兴中解释说。

"噢，是这个事啊，是不是查到什么问题了？"

"没有！我这不是担心有什么问题嘛，没什么问题就行，都是为党国做事，为政府负责嘛！行，就这样，谢谢你啦。"黄兴中打着哈哈。

方林装模作样地道着谢："谢谢黄处长啊，有你老兄这样担待着，我们就放心啦。如果你们遇到他们公司的人，也帮我们催催这批货。谢谢，再见。"

放下电话，黄兴中立即给邓风盛回了电话。

在办公室来回踱一刻钟后，邓风盛让手下去叫夏瑜莹来。

审讯室内，一场较量正在进行。王向楠把两根黄灿灿的金条放在了贺小飞面前，说："小伙子，看得出来你很聪明，不如跟着我们干得了，有什么要求尽管说。这两根金条是给你的，但有个前提，你把知道的你们公司的事儿说说，包括我们军队内部的事。只要你说的话有用，不但不会为难你，你还可以揣上这两根金条立马走人。"

贺小飞看到金条立即满眼放光，他嘿嘿一笑，对王向楠说："我出来就是挣钱的，这两根金条足够我盖房子娶媳妇用啦。你看这样行不行，这两根金条我先拿走，你给我一段时间，我暗地里打探打探。我们老板做了多年生意，人精得很，光让我们这些人跑腿干活，多余的话一句不露，巴结谁、攀附谁我们也不知道。我这个人是个憨蛋，过去从没有留意，一时半会儿说不出什么来。"

"这样不妥吧,金条你拿走,到时你溜了或者提供不了什么有用的东西,我上哪找你,那不就抓瞎了吗?"王向楠摇了摇头。

贺小飞心里十分清楚保密局的套路,只要进了他们的审讯室,就像进了鬼门关,半小时之内不交代,酷刑就会随之而来,进来的没有哪个不脱皮折骨的。但他这次被押进审讯室一个多小时了,林近安和王向楠的态度一直都还不错,特别是两人中间出去了一趟,定是向上级汇报去了。两人回来后态度依然和气,又拿来了两根金条,他顿时明白了三分,敌人一定通过那张货单核准了自己的身份,但由于没有掌握确凿的证据并忌惮赵老板的军方背景,一时半会不敢对自己怎么样。贺小飞决定将计就计,尽可能争取时间,估计要不了多久,赵家祺就会获知自己被抓的消息,想办法解救自己。

贺小飞若有所思地盯着桌上两根金条好大一阵子,才开口说话:"我想了想,事情还是不好办啊!两根金条虽然能让我马上盖房子娶媳妇,但今后怎么办呢?日子还长着呢,我还得养家糊口啊!如果我真能搞到对你们有用的东西,这两根金条是远远不够的。虽然现在从赵老板那里挣的钱少,但长久啊,一年两年盖不上房子娶不了媳妇,但三五年总可以吧……"贺小飞绕来绕去又回到娶媳妇盖房子上面,说完,低头不再看人,抠起自己的手指头来。

林近安陷入了沉思。根据自己多年的经验,如果被抓之人一口答应了条件,多半是急于脱离险境,一旦拿到好处,就会马上溜之大吉。他在徐州就遇到过好几个这样的家伙,害得自己竹篮打水一场空。但眼前这小子却提出了说得通的理由,看来是真想与保密局合作,借此事多捞一把。退一万步讲,就是他拿到两根金条后妄想逃之夭夭,也好办,自己派两个人暗中监视,苗头不对时一枪干掉就是了。

想到这些,林近安决定赌一把。

林近安走到贺小飞面前,拍了一下他的肩膀,笑着说:"小伙子,没问题,如果你真能给我们提供有用的东西,一件事一根金条。这两根金条你先拿走,如果干得好,我们再追加,问题是,中间我们怎么联系呢?"

贺小飞立刻面露贪婪之色,谄媚地答道:"简单,我基本上每隔两天就会到码头,公司只要有货入库,我都要拿着单子到码头仓库核对数量,随机抽查样品,有情况我会向你们汇报,但钱你们不能少我的,反正两边落空的事我不干。而且,你们一定要替我保密,我可不想因为这事把自己的小命搭进去。"

"你放心!但我也把丑话说在前面,想活命的话,就给我老老实实的,要是跟我们耍滑头，我会剥了你的皮。"说完，林近安和王向楠走了出去。邓凤盛听完两人的汇报，说："只能这样了，我刚才电话核实了一下，这家伙还真没有把柄在我们手里，实在不行就放了吧。"

赵家祺没想到的是，贺小飞竟然被保密局抓了去。方林打来电话通报之后，他正焦急地谋划怎么解决此事时，夏瑜莹也把电话打了过来。

"哥，你厂里是不是有个叫贺小飞的人，他目前在保密局，你知道吗？"

"什么，他怎么会到你们那里？他就是一个验货的，怎么会在你们那边呢？"赵家祺假装并不知情，声音急促地问道。

夏瑜莹在电话中解释说："几个便衣对他起疑，送到我们局里来了，后来经过查询，没什么问题。我听说后，就打电话给你了。他现在可以走了，是我送他回去，顺便看看你，还是你派人过来接他？"

赵家祺假装恼怒地说道："不用麻烦你，让他自己回来，小杆子做事毛手毛脚，一点定性都没有，我都烦死了，尽给我惹事，前几天就给我搞错了一批货。回来我得好好教训教训他，不行的话就让他滚蛋。"

夏瑜莹哈哈一笑说："哥，你别生气呀，他回来你好好问一下怎么回事，没事就好！就这样了哥。过两天我到你那里去玩，记住，你欠我一顿饭噢。"说完，挂了电话。

赵家祺一边等待贺小飞回来，一边反复揣摩着夏瑜莹的话。

贺小飞回来的途中，知道定会有人跟踪。回到工厂，他先去了宿舍，假装把金条先藏好，才又去了赵家祺的办公室。

赵家祺想了一下，对贺小飞说："不错，你这样做很机智，后面我们可以将计就计。你来把握时机，金条先放在你身上，作应急之用。最近几天就按你说的，每隔两三天去一趟码头，先稳住他们。你现在的首要任务是想尽一切办法和豹队长拉近关系，从他那里打开突破口，争取搞到一些有价值的情报。最近豹队长那里加派了人手，对码头控制得很严，对进出的船查得特别紧，一些大厂运煤运油的船上都有他们的人。我们一定要把这些人查清楚，关键时候出其不意，一网打尽。你要尽快熟悉他们的情况，有事情及时告诉我。"

"好的，那我去了。"贺小飞转身出了门。

贺小飞刚出屋门，赵家祺的骂声跟着传了出来："王八蛋，今后再给厂里添乱，就给我卷铺盖滚蛋！活干不了多少，乱子倒添了一大堆，真是他妈的废物！"

"赵老板，您大人不计小人过，我今后再也不敢了！"贺小飞转过身欲继续求饶，门被赵家祺"砰"的一声关上了。

两人间的对话，被趴在院外墙头的两个便衣听得一清二楚。

第六十七章

下关江边的狮子山，海拔不足八十米，方圆大约两公里。狮子山濒临长江，从江上遥望此山，形状宛如青螺，故又称青螺山，因其位于南京城北，也称北山。

1946年国民政府还都南京后，在美军顾问的建议下，于同年夏天成立江宁要塞司令部，直属南京卫戍司令部。江宁要塞司令部就设在狮子山脚下，下辖办公室、高参室和直属部队等单位。直属部队包括第一总台、第二总台、第三总台、第一直属大台、第二直属大台、要塞守备总队、特务连、通讯连、修路厂等。每个总台下设两个大台，每个大台下设三个中台，每个中台配备150口径重型榴弹炮，配备特种牵引车四辆、观测车一辆和弹药车四辆。

第一总台位于富贵山炮台，下属第一大台就驻扎在狮子山。由于狮子山位置险要，先前布置了德造150口径榴弹炮十二门，后又增加了美制150口径的榴弹炮九门，再加上数门日本的三八海防炮，大大小小各型火炮总共有七八十门之多，呈扇形指向江面，扼守着从江心洲至八卦洲之间宽阔的江面。总台台长这一要职由汤恩伯的老部下薛坚担任，此人对火炮颇有研究，南京城长江沿岸的火炮阵地指挥官多为其亲友故交。薛坚性格傲慢骄横，对下属动辄恶语相向，甚至拳脚相加，属下官兵一直忍气吞声。前段时间通讯连的一个连长被抓，就跟他有着直接的关系。这个连长是我地下党员，因身边人告密，被保密局带走，第二天就被枪杀于雨花台。

下午四点，要塞司令胡俊雄之弟、少校军衔的狮子山炮台台长胡俊寅，如约与赵家祺在狮子山东面金川门外的北麓茶社会面。通过中共地下市委的介绍，之前二人已有两次短暂的接触，建立了彼此信任的关系。

赵家祺、小周和小李三人来到北麓茶社，小李在靠近门口的一张桌子旁坐下。赵家祺和小周则进了里面的六号包间，胡俊寅和参谋郑方林已在座位上等着他们。几个人见面后没有任何寒暄，谈话直接进入正题。

胡俊寅说："赵部长，我报告一个情况，最近薛坚到我们炮台来了一次，他提到一个新情况，老蒋可能要放弃对南京的防守，计划把我们还有其他炮台的重炮拖走，转往常州及上海方向，估计重点会布防常州以东、苏州和上海方向，准确时间还不知道。"

赵家祺问："这还是第一次听到，你哥知道这件事吗？他什么意思？"

胡俊寅回答："他知道，也很生气，骂老蒋一天三变，既让我们守，又要撤走炮，本来这么多炮守不守得住都说不准，还要撤走一部分，简直是糊涂透顶！其实他也只是发发牢骚，因为他知道南京是守不住的，所以早就安排我嫂子和侄子走了。你们等着瞧吧，到时解放军一来，他跑得比谁都快。"

胡俊寅说完，打开随身携带的一支粗钢笔，小心翼翼地从里面抽出一叠纸放到赵家祺面前，说："这是几个炮台的兵力、火炮登记册，您看看，说不定以后能派上用场。"

简单地翻阅几页后，赵家祺兴奋地说："太好了，这个对我们特别有用。现在，我们第三野战军各纵队已推进到庐江、无为、滁州、六合、扬州和如皋一线，不久就可以到达江边。第二野战军离江边也就一百多公里，要不了一个星期，就可以压到长江北岸。党中央要求各野战军各路纵队在三月中旬前完成渡江准备，现在可以说大局已定，没有任何人阻挡得了。我估计国民党军队高层也很清楚现在的局势。你们那里位置关键，如果你们能在大战打响之时投入到人民怀抱，则是对国民党反动派的沉重一击，意义非同一般。请你要抓紧工作，一定要做好准备。"

胡俊寅点点头，语气坚定地说道："这个请您放心，我这里没什么问题，我会最大限度地保护好狮子山炮台，按你们的要求举行起义，确保把炮台所有装备和人员完整地交给你们。"

"我们保持联系。倘若被强制南撤，你们要想办法尽量拖延时间，我会安排一支部队接应配合你们。"赵家祺补充说。

低头沉思一阵后，胡俊寅对赵家祺说："赵部长，我有个请求，认识陈书记和您之后，我对共产党有了全新的认识，迫切想加入你们的组织，不知什么时候能够如愿以偿？还望您对我进行全面考察，如果时机还不成熟，我可以等。工作我会尽力的，希望组织能接纳我！"

赵家祺看着胡俊寅诚挚地说："胡台长，你的心思我理解，你在思想上有了转变，前一段时间我们就感觉到了。上次你委婉地提到这个问题后，我们已向组织汇报了你的思想动态。组织对申请入党人员的考察一贯是慎重、严格的,陈书记和我正在考虑你的请求,相信用不了多少时间就会给你明确的答复。"

"谢谢您和陈书记,我一定按照你们的指示完成好任务。"胡俊寅站起身,激动地表示。

赵家祺又伸出双手,和胡俊寅的双手紧紧地握在了一起。

两个人交谈了好一会儿,把联络方式、举行起义的细节和注意事项一一做了沟通,形成了较为详尽的方案。最后,胡俊寅还是有点不放心地说:"我现在最担心的就是总台长薛坚,以前他不经常来狮子山,最近感觉来得特别频繁,经常到下面问这问那,几个排长私下告诉我,薛坚对我们这里很不放心。我最担心的是我们的计划被他识破。现在保密局驻我们炮台的人经常和他在一起嘀嘀咕咕。"

赵家祺急忙问道:"现在连、排级军官有多少是你的人?关于这件事你又和几个人说过?"

"连长这一级都没问题,几个营级干部也还好,就是一两个排长痞性太重,有点吃不准。上次通讯连长被抓,对我们炮台影响还是蛮大的,这一段时间大家之间聊天都很谨慎。"胡俊寅回答。

稍作停顿,赵家祺安慰胡俊寅道:"计划要保密,你现在先做好大家的感情联络工作,稳住局面就行。其实大局大家都清楚,时机成熟后,你带头指挥就可以,但事先要把几个意见相左的人控制起来。薛坚这个人我们一起想办法,让他指挥不动就可以了。"

"行,那就按您说的办。"

赵家祺三人刚回到福海贸易公司,李诗蓝也赶到了,她气喘吁吁地说:"家祺,我刚才接到一个电报,昨晚我们的一条货船刚把物资送到对岸,就被驻扎在藏货地点附近的两个密探发觉,我们的人两死一伤,对方两人一个被打死,另一个跑了。最近从江南运过去的物资较多,江北游击队不得不把物资进行转移。由于人手不够,担心不能及时运完,怕遭到更多敌人围堵,他们希望你想想办法配合一下,给他们多争取一些时间。还有一个问题,这几天最好不要再派人和我联系,我感觉每天都有人在跟踪我。"

等李诗蓝说完,赵家祺马上作了安排:"这样,李世新马上赶到另一部电台那里,与我们镇江的地下组织取得联系,让他们马上做好准备。我带几个人立即出发,在下蜀东边三公里的新圩会合。另外,通知江北苏中军分区,让他们尽快调集一个小分队赶往江边,地址他们清楚,在十二圩。敌人在扬州南还有一个团,准备撤退至南岸,要防止这支部队赶往江边,华野先头部队可能还要一两天才到,这个问题只能靠我们自己来解决了。"

看了小周一眼,赵家祺问道:"你的胳膊怎么样了?不行你这次就在家休息,不要去了。"

小周拍拍胳膊,挺直胸脯说:"放心吧,没问题。"

赵家祺起身对李诗蓝说:"诗蓝,你说的情况我清楚了,真是难为你了,你先回去,一定要注意安全,再咬牙挺上几天!等我完成这次任务回来,把手上的图纸完成,就安排你过江。"

"家祺,你放心,我一定会处理好自己的事。"李诗蓝说完,深情地看了一眼赵家祺,恋恋不舍地离开了。

赵家祺、小周还有刚回厂休整的两名战士王明礼、叶宝龙四个人出了厂门,车子右转上了通往镇江的公路。

公路两旁漆黑一片,但公路上汽车一辆接着一辆。疾驰在颠簸的石子路上,赵家祺心急如焚。前面一段时间,趁着国民党第二舰队换防,大家紧赶慢赶运送了七八批物资,用这些物资造船,足可供两个师的人员过江。如果这些物资转运到江北后平安无事,我方部队一到江边就可以开始造船、训练。如果被敌人发现并破坏,重新组织就极其困难,甚至是不可能的了。

"形势危急,如果完成不了组织上交付的任务,事情耽误在自己的手里,就会给渡江部队造成巨大的损失!"赵家祺攥紧了拳头,心里暗暗告诫自己:一定要克服各种困难,按时把物资运送到江北部队。

根据路边村庄和水塘等熟识的标记,小周在夜色里左绕右拐,好大一阵后赶到了接头之地。汽车在一个岔路口刚停下来,不远处树林中立即出现了手电筒的亮光,两长一短闪了三下,小周回应,闪了一短两长。赵家祺四人把车开进岔道行驶了五六百米,在沟沿上的芦苇丛里停了下来。四人下车走向电筒发光处,走到近前,一个人握住赵家祺的手说:"赵部长,我是苏南一支队二小队队长贾立勋,得到通知我们就赶过来了,之前我们就有两个同志在此轮班。我们的物资都是从这个地方运过去的,我们刚才查看了,附近没有什么动静。"

"附近有没有码头?"赵家祺问。

"有一个,离这里六十华里,但敌人不会从那里过江,一是对岸已有我们解放军的先遣小分队。还有一个原因，我们堆放物资的地点就在对岸，估计特务们不会绕一个大圈过去的，他们十有八九会从这里过江。"贾队长回答说。

赵家祺接着问："敌人怎么过江？"

贾队长笑笑说："办法都一样，我们的船是自己拖来的，敌人也会的。附近村里有不少船，有的是北岸的船，被国民党军队收来后，就放在附近的汊河芦苇丛里，这个我们都摸清了。这两天江上巡逻的敌人突然少了，不知咋回事。"

赵家祺答："敌人的舰队估计在调防吧！我们分两批在附近两个地方隐蔽起来，在这里死等他们上套！现在虽然进入了三月，天还是很冷，特别是江边更冷，大家可以靠近一些相互取暖。"

人群里一个小同志插话说："放心吧，这个时候过来，都知道今晚回不去了，我们早有准备，把薄棉被带来了，绝对能扛过这一夜。"

赵家祺叮嘱道："这位小同志想得真周到！大家分头行动，不要都盯着，每组安排两个人值班，其他人稍作休息，每两个小时换一次岗，一定要隐蔽好，中间不能说话不能开灯。开始行动！"

大家立刻窸窸窣窣地分头藏了起来，芦苇丛顿时又恢复了宁静，只听得见江边呼呼的风声。

三月初的江边，仍然寒气逼人。众人把能想到的取暖办法都用上了，有的两三个人背靠背挤在一起，有的把附近干枯的稻草和芦苇聚在身边围成一圈，但寒冷彻骨，不到两个时辰，大家的身体都快冻僵了。

一个小时过去了。

又一个小时过去了。

极度的严寒让时间变得缓慢难熬，空旷的四周仍无一丝动静。这时有人悄悄地说："今天夜里敌人不会不会来了吧？"旁边的人随即用胳膊捣他一下："别说话！"

北风一个劲儿地刮，干枯的芦苇相互碰擦发出的声响，单调且肃杀，但芦苇丛中的每个人都十分安静，都在屏住呼吸等待着歼敌那一刻的到来。

突然，南边出现了两个亮点，如鬼火般忽隐忽现。

灯光越来越近，声音也越来越大。

"妈的，这么晚了还干这种苦差。"

"是啊，共党也不会在这么冷的晚上过江吧，啥事不能等天明了再说？不走码头非要从这里过江，真他妈的活见鬼。"

"别他妈发牢骚,快点!"

这群人抬着木船从贾立勋的第一小组埋伏地点前穿过,大家按照赵家祺的指示,先放这些人过去。

第二小组赵家祺他们的埋伏地点,与第一小组相距不过百米,看着这些人朝自己这里走来。赵家祺轻轻打开了手枪的保险。

两个小组的人都在屏气凝神地等待战斗打响。

敌人穿过赵家祺前面的小路,走了三四十米就到了江边。借着手电筒的光柱,赵家祺看见这些人把船一点点地朝江水里推去。这时领头的家伙压低嗓门喊了一声:"兄弟们,都快点,今天水面上的浪不算大,二十来分钟就能到对岸,一个人留下,其他人全部上船,动作都他妈快点!"

江边留守的一个人手持电筒照着船,其余的人一个接一个地上船。当大部分敌人坐进船舱时,赵家祺的枪响了。顿时,枪声大作,敌人乱作一团,有的掉进了水里,有的跌跌撞撞朝岸上跑,边跑边胡乱放枪。双方的子弹在夜空中呼啸乱飞。

赵家祺起身大喊:"同志们,从两边包抄过去!"喊完,带头朝江边冲去。

芦苇丛中顿时杀声震天。

两个小组的人一起向前冲,敌人被眼前的景象吓破了胆,仓惶应战,但由于他们处于低洼地,又找不准目标,无法组织起有效的反击,没多长时间,枪声就停息了……

几束手电光照向岸边,只见一个人扒住船帮朝江中漂去,小周嘿嘿一笑:"不管他,看样子他是上不了船,只能在江中过夜啦,等他们的人明早来收尸吧。"

小周转身看见贾队长,忙问:"我们的人怎么样?"

贾队长回答说:"有一个同志牺牲了,两个受伤,但不重。"

小周看看四周,突然问道:"赵部长呢?"

大家看看自己周边,都没有发现赵家祺。小周一下子慌了,大声说:"快,赶快找!"

很快,在一条干沟里找到了赵家祺。小周迅速跨过去,只见赵家祺左手捂着小腹,右手紧紧地握着手枪,浑身不停地抖动着。小周的脸一下子变得煞白,命令身边的人:"来一个人,压着伤口,我去开车,有熟悉附近医院的人随我上车,受伤的同志一起上车,其他人打扫完战场马上撤退。"

"下蜀镇街最东头有个诊所,老医生嘴比较紧,就住在诊所里,你赶快带赵部长去。"贾队长说。

小周开来汽车，载着赵家祺和两位伤员一路狂奔。很快到了下蜀镇东头的一家诊所。诊所里一个老医生尚未休息，正在对使用过的器械进行消毒。

小周和一个战友把赵家祺和另两个伤员抬进诊所。

老医生掀开赵家祺衣服，看了伤口，吃惊地说："这是枪伤，子弹不在体内，是否伤着内脏看不出来，流血倒不是很多。这个伤，我这个小诊所解决不了啊。"

小周一脸愁容，看着近乎昏迷的赵家祺，焦急地对医生说："拜托了，现在你能做什么就做什么！"

医生说："我先给他打一针，把血止住，你还得要想其他办法，不然会有生命危险。"

"行，你先打针，附近还有什么地方能做这个手术？"小周问。

"镇江边上有家小医院，离这里也就三十里路，不行的话，我陪你们去，你看好不好？"

"行，赶快！"小周对医生说完，又对一同来的战友说："你给他们两位的伤口消毒后，带上消炎、止血的药具，赶快离开这里。"

小周开车，载着医生和昏迷中的赵家祺朝镇江方向驶去。

赶到医院，小周先下车，悄悄找到急诊医生，说明来意，随手奉上随身携带的一根"小黄鱼"。急诊医生微微一笑，婉拒道："收起来吧，啥也别说，正常缴费就行。"

医生检查一番，对小周说："伤者的身体内有大量积血，必须先抽掉积血，然后再动手术。伤者需要输血，但我们这里没有血源，这是个问题。"

小周撸起自己的袖子，对医生说："没事，抽我的，我的血型和他的一样。"

两个人同时进入手术室，同来的老医生在门外静静地等候着。

一个小时后，手术结束。医生出来对小周介绍了手术情况："手术没什么问题，没伤到脾脏，但体内创面较大，至少要观察到天亮，如果没问题就能保住生命，现在你可以去看看他了。"

小周坐在赵家祺的旁边，眼见着自己的老上级面色苍白，嘴唇上没有一丝血色，他心如刀割，十分懊悔和自责。自己的职责是保护首长的安全，可现在躺在病床上的却是自己的首长，自己该如何向组织交代啊！

小周哭了，眼泪顺着脸颊止不住地往下淌。

突然，他心里"咯噔"一下：下面的事情怎么应对？天亮后如果被敌人发觉该怎么办？

他马上想到了老王。

他走出病房，来到服务台，拨通了老王的电话。对方电话一直没人接听。小周急得五内俱焚，不知所措，额头上豆粒大的汗珠一个劲地往下掉，他每过几分钟就拨一次电话，一连拨了十几次仍然无人接听。

于是，小周决定铤而走险，带上赵家祺找个更安全的地方。他看到老医生还在门口，就找他商量，问他能否把人带走。老医生一辈子没有见过这等大事，面带难色地摇了摇头。

小周走到门口，看了看远处，东方的天空已渐渐泛白。天快亮了，他的心中越发焦急，于是，他转身来到老医生面前，近乎哀求地说："老人家，我不让您承担任何后果，我现在遇到了难处，必须带这个病人走，以后再跟您解释。我现在只是有一个请求，麻烦你陪我走一趟，在车上照看他一下，到了地方您就可以走了，这个人对我很重要，我们会给你一大笔酬金的，麻烦您老了。"

老医生若有所思地想了想，终于下了决心："好！好汉不问来路，我陪你去，只是到地方我就走，此事就当没发生过！"

小周感激地握着老人家的手说："老人家，谢谢您老的救命之恩。"

小周和老医生开始朝里走，准备实施自己的计划。在他们刚转身时，门外响起了汽车的刹车声。小周迅速摸向腰间，准备应对突发情况。这时，从外面闯进来三个穿白大褂的男人，其中两人抬着一副担架。走在最前面的一个人走到小周面前，拍了他一下，悄悄地说了一句："跟我来！"

小周定睛一看，是老王！

这时医生从值班室走了出来，老王出示证件说："辛苦你了，大夫！我们是无锡江防司令部的，这是我们的参谋长，需要立刻转到我们那里的特诊部治疗。"出于安全考虑，老王没有说出转运赵家祺的真实地点。

医生不解地问："伤者这时候转走很危险呀，万一有什么问题我们担待不起呀！"

老王回复："这个不用你担心，有专业医生陪着。"

三个人把赵家祺放到担架上，抬上了救护车。汽车朝无锡方向行驶一段路程后，调头朝南京方向驶去。

赵家祺是第二天下午才苏醒过来的。他看到病床边的李诗蓝和老王，问的第一句话是:"我怎么会在这儿?小周呢?"

老王坐下来,安慰他说:"你看看,你一醒来就问小周,我们两个大活人你都没看见呀?李小姐为了你,在这里都快坐一天了。小周出去了,他今天不过来了,你安心养伤吧。"

李诗蓝帮他掖了掖被角,佯怒说:"你真没良心,一帮子人忙你一个人,都快把大家吓死了。"

赵家祺此时还是头晕脑涨,他不好意思地说:"事情我记不大清了,谢谢你们呀。"

老王调侃道:"大难不死啊!记不清就对了,好好养伤吧。这个地方很安全,是特护室,以后再告诉你过程吧!你醒来我们就放心了。李小姐,这里就劳你费心啦。"老王给赵家祺掖了一下被子,笑呵呵地走了。

事后赵家祺弄清了事情的前后经过:赵家祺受伤后,贾队长立刻赶往就近的电台,联系上了福海公司附近的那部电台,由此联系到了老王。老王随即去找在鼓楼医院工作的地下党成员,导演了一场百里转运的大戏。一切安排妥当之后,小周又把老医生安全送回下蜀的诊所。

第二天上午军警在事发地附近搜查时,赵家祺已经安安稳稳地躺在鼓楼医院的特护病房里了。

第六十八章

贺小飞"接受"了保密局的两根金条后,再在下关码头吃皮肚面时,把平时的小碗换成了大碗,且每次都加了一个荷包蛋,颇有些穷人乍富的感觉。不但如此,每隔几天,能说会道的他还要请豹队长喝顿小酒,两人迅速打得火热。

这一天贺小飞在码头上转了一圈后,就在路边闲坐。像约好了似的,豹队长准时出现在他眼前。贺小飞无精打采地抬头招呼一声:"豹哥好!"豹队长回了一句:"哎呀,平时韶得不得了(话多),今天怎么蔫儿吧唧的?"

贺小飞瞅了他一眼,恨恨地说:"真他娘的倒霉,前天我把那个姓赵的一批货搞混了,被库房的人知道后,告了我一状。姓赵的气得要死,不光扣了我这个月的工资,还警告说再发生这样的事就撵我滚蛋。"

豹队长狠狠地甩掉手中的烟屁股,板脸吼道:"老弟,哥给你出气,老子在这一带还是跺脚带响的,等一会儿我叫两人把那个告黑状的揪过来,让他好好管管自己的那张破嘴。"

贺小飞连连摆手说:"豹哥,兄弟知道您厉害,不过还是算了吧!您是帮我出了恶气,但万一让姓赵的知道了,我立马就得滚蛋。到时候豹哥又不收留我,那我可是走投无路了!"

"你这话说得不中听!我现在虽然不能给你发薪水,但凭我和邓处长、林组长的关系,把你弄到我这里还不是一句话的事!老弟如果跟着我,虽谈不上吃香的喝辣的,但肯定得比现在强。这些天来,你没少孝敬老哥,哥心里有数。"

贺小飞摆摆手说:"算了,我还是先凑合着干吧,姓赵的那个人仗着与军方做生意,手里有俩钱,不愿意与保密局多来往,我如果蹦跶去您那里了,他还不得想方设法整死我呀!"贺小飞说完白了豹队长一眼。

还没等豹队长开口接话,贺小飞又感叹道:"唉,最近我正琢磨一个事,要不然我从姓赵的那里弄点东西,跑路算了,但心里又有点发怵,怕走不掉。"

豹队长脸一拉,瞪眼说道:"老弟,跑路可不成!你能跑到哪里?能跑出邓处长的手心吗?!还是安心为邓处长做事吧!不过从姓赵的那里弄点东西倒是个不错的主意,但不要太贪,每次可以少弄点,够喝酒吃肉就行,细水长流慢慢来嘛,反正一口吃不成个胖子。"其实,这也正是豹队长贪便宜的一贯手段——少吃多餐,油水慢慢沾。

"唉,豹哥,要说这一带的老大,非您莫属。也麻烦您给介绍一些人,不管是厂里的还是商家的,哪怕是学校的也行,等我弄出来东西这些人可能就是我要找的下家啊,到时咱俩五五分成,怎么样?"贺小飞狡黠地冲豹队长一笑。

豹队长一拍脑袋,立马搂住贺小飞的肩膀,贴耳说道:"老弟这个想法对路子,哥喜欢!哥别的不多,就是老弟兄多,都是我自己的人,但你得守住你那张嘴,不能往外说,否则,你的小命儿保不住。"

"豹哥,你看你说的,干这个事我能往外说吗?!"

"这就对了。哥帮你约人,你看什么时间?"

"择日不如撞日,就今天。"

"爽气!你看在哪儿见?"

"这得老哥您定,多少人、什么地方都由您来定,得有好酒好肉,可别找个路边摊儿随便对付哈。"

"爽快！就在双门楼一品鲜，附近有二十来个兄弟，都是一拉就响的朋友。"

"那我备好三桌，小弟下午就去候着。咱们一言为定，晚上不见不散。"

豹队长双手抱拳："晚上见。"

下午，贺小飞早早来到"一品鲜"，特意定了一间三桌的大包间，烟酒茶一应俱全，就等着那帮人到来。

天擦黑时，人到齐。众人落座后，豹队长口叼香烟发表了开场白："诸位都是我洪金豹多年的生死兄弟，这两年局势紧张，大家肩上的担子都不轻，没能多在一起聚聚，在这里我先给大伙道个歉，也请众兄弟多包涵。今天我特意介绍一下身边的这位姓贺的新兄弟，贺老弟为人仗义直爽，做事大气。这三桌酒席就是他破费置办的。"贺小飞赶紧站起来，笑盈盈地看着大家。

豹队长继续说话："今天贺老弟张罗了这个饭局，并给在座的各位备了份礼品，没有其他意思，就是想结识各位兄弟，多个朋友多条路，请你们今后多多照顾。现在我们就按南京的规矩先喝两杯酒，第一杯酒为兄弟们多年的交情，干杯！"

三桌人齐刷刷地起立干了这一杯。

"第二杯是欢迎贺老弟，以后大家要多照顾这位老弟，老弟也很上道，不会亏待大家的。干杯！"

干了第二杯酒，豹队长提议说："大家先别急，等一会儿酒管够。现在让贺老弟说两句。"

贺小飞起身看着三桌客人，手端酒杯说："小弟不才，这杯酒我先敬大家，各位兄长都不要站，坐着喝就行。"说完一饮而尽。贺小飞放下酒杯，接着说道，"今天我非常高兴，也很激动，首先感谢我的好哥哥豹队长！第一次和豹队长见面感觉就很投缘，豹哥为人仗义爽快，尤其今天要感谢他介绍这么多的老大哥给我认识。小弟我无德无能，今天能高攀上这么多老哥，全仗豹队长的安排；第二呢，就是感谢今天来的各位大哥，能给小弟这个面子，小弟感到万分荣幸，以后用得着小弟的地方请各位老哥尽管盼咐，小弟我鞍前马后，在所不辞！今晚大家一定要开怀畅饮，酒不够再拿，只要大家尽兴，就算是给小弟天大的面子。"

贺小飞的话还没说完，房间里立刻响起热烈的掌声。

"这小子，会讲话，不孬。"

"我看这小子行,聪明,会办事。"

"不错,小杆子会来事儿。"

……

豹队长的这一帮子朋友,多为地位低微的贩夫走卒,难得碰到今天这样的一顿美馔佳肴,面对满桌的美酒美味,个个眼睛放光,如风卷残云一般,不一会儿,大部分盘子就见了底。房间内烟雾缭绕,三米开外就难认清是哪家兄弟。

这一顿饭,吃得天昏地暗,直到近午夜方散场。

贺小飞通过这次精心安排的饭局,掌握了豹队长经营多年的兄弟圈子……

赵家祺在病床上已经躺了四天。李诗蓝在他入院第一天来探视过,出于安全考虑,赵家祺不让她再来。老王暂时接替赵家祺的工作。小周每天会不定时地偷偷溜进医院,汇报当天的情况。

就在赵家祺住进鼓楼医院的第五天,南京国民党政府国防部内发生了内讧,这是一次作战会议上的争执。参加这次会议的有李宗仁、何应钦、顾祝同、汤恩伯、桂永清、郑介民、蔡文治等一大批高官。

会议一开始,李宗仁对诸位将领说:"共党百万部队饮马长江,摆出与我誓死决战的姿态。战事发展到今天这个地步,扼守长江天堑,阻止共军南下是唯一选择。虽说我们把命运寄托于一道长江天险实属下策,但毕竟我们还有数十艘军舰以及强大的空军,这些都还算得上我们的优势,如果我们善加利用,缺乏水上运载工具的共军未必能得了江。"

李宗仁讲完,扫了参谋总长顾祝同一眼。顾祝同随即对作战厅长蔡文治说:"把你们作战厅制定的计划汇报一下!"

蔡文治说:"南京作为国民政府所在地,它的安危对军心民心影响极大。我厅认为,当前的江防主力应当自南京向上下游延伸,因为这一段长江江面较窄,北岸支流甚多,共军所征集的民船多藏于这些河湾之内。至于江阴以下,长江江面较宽,江北又无汊河,共军偷渡极为困难,因此可不必作为防守重点。"

在场的诸高官对蔡文治汇报的方案纷纷点头认可,但当蔡文治走到江防作战地图前意欲继续讲解时,对此不屑一顾的京沪杭警备总司令汤恩伯打断了他的话:"不要讲了,你制定的这个方案纯属纸上谈兵,根本行不通,更重要的是，此方案违背了总裁的意图。"

"那汤司令的意见是什么？"李宗仁面露愠色。

以鄙夷的眼神环视众人后，汤恩伯趾高气扬地回答："我认为，应把主力集中在江阴以下并以上海为据点。至于南京上下游，战略意义不大，只留少数部队应付就可以了。"

汤恩伯的话一出口，众人皆惊。

参谋总长顾祝同听不下去了，说："汤司令，从目前与共军对峙的形势来看，只守上海区区弹丸之地，而不守千里长江，此乃下策。试想共军突破长江后，上海还能守住吗？"

李宗仁强压胸中怒火，低声说道："汤司令，你也听到了，在座的各位都不赞同你所说的方案。作为京沪杭警备总司令，你应该慎重考虑大家的意见！"

李宗仁等人并不知情的是，下野的蒋介石早已与亲信汤恩伯一道商定了自己的长江防御计划——以长江防线为外围，以沪杭三角地带为重点，以淞沪为核心，采取持久防御方针，最后坚守淞沪，以台湾支援淞沪，然后伺机反攻。

面对李宗仁等人的责问，汤恩伯态度蛮横地回答："你们有你们的计划，总裁有总裁的意见，我汤恩伯听总裁的！"

谙熟军事的蔡文治实在忍无可忍，对汤恩伯说："汤司令，就战略战术来看，我想无论中外的哪个军事家都不会认为放弃坚守长江而据守上海是正确的。我们作战厅花了几个月时间反复比较，好不容易才弄出了这个大家都认可的方案，我不明白，为什么汤司令一意孤行，连代总统和参谋总长的意见都听不进去？"

汤恩伯看了一眼众人，还是把蒋介石抬了出来："我再说一遍，我汤恩伯只听总裁的！"

性情耿直的蔡文治针锋相对，怒不可遏地站了起来，大声呛了汤恩伯一句："总裁已经下野了，您还拿大帽子来压人，公然违抗参谋总长的作战计划，作为军人，成何体统！还有，就像顾总长所说，如果共军强力渡江，您能守得住上海吗？"

此时的汤恩伯已经吃了秤砣铁了心，唯蒋介石马首是瞻。

在国民党内部，有一个只可意会不可言传的现象——谁有兵权谁说话就横。手握四十五万大军指挥权的汤恩伯根本没把蔡文治放在眼里，他"咣当"

摇了一拳桌子，大声吼道："你蔡文治算什么东西？什么守江不守江，我枪毙你再说，我枪毙你再说……"说完，怒火中烧的汤恩伯把文件一推，冲出会场扬长而去。

会议室里的气氛一下子尴尬了，大家面面相觑，不知如何是好，顾祝同看了一眼何应钦，无奈地摇摇头。

这时，大家都把眼光投向了代总统李宗仁。沉默好大一阵后，只见李宗仁无可奈何地说道："诸位，汤恩伯作为一位军人如此骄狂放肆，拒不执行参谋总部制定的江防计划，其根源不在他，在他身后的人！大家都看到了，蒋先生根本就没有下野，他在遥控汤恩伯、毛人凤等一帮人与本政府作对！东北及徐蚌二役，蒋先生直接插手指挥，结果全都一败涂地。谋划'徐蚌会战'时，我和健生力争，应遵循'守江必先守淮'之原则作战，可蒋先生就是不听，硬要在徐州那个四战之地与共军两大主力作战，结果怎么样，大家都看到了。这次长江防守，蒋先生再次插手。他根本无意守南京守长江，而仅仅扼守上海一座孤城，这是根本行不通的！更要命的是，他任命的总司令竟是汤恩伯。汤恩伯是什么人？共军称他为'常败将军'，他近些年与共军交手，从来没有打过胜仗。荒唐，荒唐啊……"

会议由于缺了汤恩伯，再开下去已无实际意义，李宗仁无奈，只能追加了一部分的国防拨款，权当是对在座各位的安抚。

更令参会的所有人没想到的是，根据蒋介石的密令，汤恩伯已着手拆解江宁要塞的重炮，准备运往上海。

赵家祺于3月11日，也就是住院治疗六天后秘密出院。几天来病榻上的煎熬让他心神不宁，辗转难眠，伤口尚未痊愈就坚持办理了出院手续。赵家祺刚回到办公室，韩久耕就悄悄地对他说："今天一大早有一位姓胡的先生打电话来，说有急事，并且说最近才和你见过面。"

"胡俊寅，没错，一定是他！"赵家祺在心中默默念叨。

送走韩久耕，赵家祺立即拨通了胡俊寅的电话："喂，是表哥吗？我是表弟呀。"

"噢，是表弟呀，我打了你几次电话，你没接。"

"我这两天出去催货款了，刚回来，找我有事吗？"

"是这样的，你嫂子今早到的南京，带来了老家的几盒烧菜，我记得有稻草鸭、溧阳扎肝、梅菜扣肉和肉圆酱剥子。知道你好这一口，就多准备了一点,你的那一半已分好。你看你什么时间方便来取一下。"话筒里传来了一阵笑声。

赵家祺连声谢道:"哎呀,表嫂还记得我这个喜好,行,正好这一会儿我没啥事,马上过去拿。"

"小事情,等会儿还在上次见面的地方见。"

小周要代赵家祺去,但赵家祺感到事关重大,坚持自己走一趟。

车子一到北麓茶社门口,手拎一个袋子的胡俊寅就上了车,他刚坐下便说道:"昨天几辆军用卡车来到我们炮台,亮出签发的命令,说是受京沪杭警备司令部汤恩伯之命前来转移火炮。我们要塞司令部从上到下没一个人敢发话。他们拆卸的都是重炮,基本上都是德制克虏伯18式150榴弹炮。我联系了其他几个炮台,情况和我们炮台的都一样,拆下的重炮今天已陆续拖往上海方向,所以我就急忙打电话给你了。当时看到这个情况,我心里又忧又喜,忧的是这些炮一拖走,咱们的部队过江后就得不到这些重炮了,这可都是国军炮兵序列里最好的家伙,看家的宝贝,真是太遗憾了;高兴的是,这些重炮拆走后,渡江部队面对的威胁大减,毕竟这些炮威力巨大。不知您怎么看这件事?"

稍作思考,赵家祺说:"你分析得很对,这些重炮现在要是没有办法拦下,一旦运到上海,我们就完全控制不了啦,无疑会增强上海方面的防御能力,对我们将来攻打上海十分不利。南京及周边的压力减少了,对于我们来说暂时也是好事。"

听完赵家祺的话,胡俊寅脸上的表情轻松了许多。

"胡台长,你们炮台的官兵对这件事怎么看?情绪怎么样?"

"说什么的都有,有的说上面都把大家伙拉走了,意图很明显,肯定不想管这里了。上面都不重视了,我们也别拿这个地方当回事啦。有的说炮都拉走了,还守个尿呀,散伙算了。还有的甚至说这仗我们别打了,等着对面来收编吧!大多数人情绪比较低落,可见拉走这些重炮,对部队士气的影响非常大。"

赵家祺听后沉思片刻,对胡俊寅说:"胡台长,这个情况对我们还是很有利的。接下来需要着重做好炮台军官们的思想工作,把大局和形势讲明白,大家的态度自然会更明确。但这件事也不能急,一定要稳,出现任何一点意外就可能前功尽弃。"

胡俊寅点点头,继而又说:"总台台长薛坚最近到我们这里比以前多了,他现在就在我们炮台，正在和司令谈事。司令那里我倒不担心，我们是兄弟关系，他管的地方也多，不一定会盯着我这一个地方。但是薛坚这个人，首先是难相处，特别夹生，再就是对任何人都不信任，尖酸刻薄，下面的人对他印象都不好。他的情况我把握不准，心里有点顾虑，担心不知道啥时候他会冷不丁出个什么幺蛾子，如果那样就麻烦了。"

"你对此人再留心一点，多观察他的动向，其他事我来想办法，时机成熟时，就把他控制起来。你现在的主要任务是管理好炮台，中间不能出差错。"赵家祺提醒说。

"我知道了，一有什么事我就及时向您报汇。还有，我加入党组织的事还望您多多关心。"

这时，小周转身对胡俊寅说："胡台长，赵部长前几天专门向组织汇报了你的事。他现在身上的伤还没好，让他休息几天吧。"

既震惊又愧疚的胡俊寅马上关切地问："怎么回事？伤得重吗？"

小周笑笑说："腹部中了一枪，今天才出的院。本来医生不让他出院，是他自己坚持提前出院的。"

胡俊寅连连道歉："真不好意思，赵部长，不知您是带伤前来，您赶紧回去吧，注意休息，需要我做什么，尽管言语。"

赵家祺拍了小周一下，批评道："别瞎说，我的伤都已经好了，胡台长这里的工作非常重要，部队首长特别重视，一定得确保不能有任何问题。"

说完，赵家祺笑着对胡俊寅说："胡台长，那就这样，你也赶快回去吧，时间长了不好。"

二人握手告别。

这时，天空中渐渐沥沥地飘起了小雨。初春的小雨虽还略带寒意，但已不再冰冷透骨。从车窗向外望去，一抹浅浅的绿色妆点着城市，高高的梧桐树，枝梢上已冒出了嫩芽，春天，已经真真切切地来了。

第六十九章

赵家祺在等早饭时，拧开了收音机。

一个令他激动万分的消息从收音机里传来——中共第七届中央委员会第二次全体会议在河北省平山县西柏坡胜利闭幕。

在这次影响中国未来命运的大会上，毛泽东、朱德、刘少奇、周恩来、任弼时等二十七人先后发言。会议听取并集中讨论了毛泽东同志所做的报告,传达了1945年6月党的七届一中全会以来中央政治局的工作报告,批准由中国共产党发起的关于召开新的政治协商会议及成立民主联合政府的建议,批准毛泽东关于以八项条件作为与国民党南京政府进行和平谈判基础的声明,会议还通过了相关决议。

韩久耕把早饭端了进来,见赵家祺兴高采烈,就陪他一起坐下聊起天来。赵家祺对韩久耕说:"韩师傅,党中央刚刚在西柏坡开过会议,看来解放全中国的日子不远了!"韩久耕说:"我就知道你得到了好消息,不然的话不会这么高兴。好啊,等我们的队伍来了,江南人民就可以过上安稳日子啦!"

两人各倒一杯茶水,举杯共庆。

"家祺,南京解放之后你有什么打算?"韩久耕问了一个藏在心底很久的问题。

赵家祺说:"这个我还没有认真考虑过,一切听从组织安排。我可以回到原来的部队,也可以留在地方上,毕竟熟悉了,南京解放后,经济建设也需要人。韩师傅,我有一个想法,到时我把这个厂交给政府,还可以再扩大一下规模,您和厂里的工人都留下来,特别是您,留在厂里生活上也算有个保障。这些年,您吃了不少苦,也该过过好日子了。"

"家祺,你考虑得就是周到。我老了,跑不动了。我不是还有两个儿子嘛,年龄都和你差不多,他们现在在哪儿,是死是活我都不知道。我得等他们,老太婆没等到儿子,前一阵子走了,我得继续等啊!他们回来后不能找不到窝啊!我想等天暖和了,回去搭一间土坯房子,把那张破门安上去,至少让他们知道自己的老人还在啊。"老人说着说着,声音哽咽起来,两行浊泪流了下来。

抹了一把眼泪,韩久耕对赵家祺说:"家祺,还是要谢谢你呀,要不是你,我这把老骨头早不知抛到哪里去了。"

赵家祺急忙安慰说:"韩师傅,您老不能这么说,要说感谢还得感谢您,没有您,我现在是不是还活着都很难说。现在好了,苦日子就要到头了,您老就安心在这里养老,等天气转暖,我就安排人把您的房子盖起来,在门上留个条,方便他们找到您。如果他们的境况不好,也可以来这里工作养活自己。"

韩久耕笑着摇了摇头,说:"家祺,别再给组织添麻烦了,我在你这里干活攒了一点钱,在我们那里搭一间房足够了。"

"韩师傅,您是老革命了,为革命付出了这么多,身体又不是很好,给您盖几间房子也是应该的。房子的事,您老就别拒绝了,我来办。"赵家祺望着老泪纵横的韩久耕,鼻子一阵阵地发酸。

这时,贺小飞来到赵家祺门前,轻轻敲了两下房门。

赵家祺看是贺小飞,忙问道:"小飞,有事吗?"

贺小飞看了一眼韩久耕,欲言又止。韩久耕准备起身,赵家祺按住他的肩膀说:"小飞,有事你说吧,没事,老韩不是外人。"

"张铭宇让我尽快向你报告,警察局的马大队长可能有什么事,想和您尽快见上一面,具体情况没说。"贺小飞说完递给赵家祺一张纸条,上面是一行隽秀的钢笔字:"晚八点,凤来酒馆303房间。张。"

赵家祺看后,划了一根火柴,纸条转眼间化为灰烬。他抬起头说:"小飞,今天上午你去见李诗蓝,让她做好准备,这几天有可能会安排她出趟远门。然后你赶回码头和老王说一声,我明天上午去找他,当面商量件事。"

当晚八点,凤来酒馆303房间。

赵家祺、张铭宇、马永献三人前后脚赶到。三个金陵大学的同窗还是第一次单独碰头,气氛反而没有过去的轻松和热烈。

两杯酒下肚后,张铭宇说:"给二位老同学说一个消息,我最近可能要搬走了。国防部昨天下达了命令,国防部各个厅将会组织一小部分留守人员集中办公,大部分人员将会陆续迁往上海和台湾。我也接到通知,近期将会搬走,具体去哪儿还没有明确下来。你看看,家祺到南京时间不长,我又要走了,下一次见面不知要到什么时候呢!"

马永献看了一眼张铭宇,笑笑说:"还能去哪儿,再远不还在中国境内吗?见面的机会还是有的,别伤感!"

赵家祺听到张铭宇的一番话,心里暗暗吃惊。他没想到国民党政府的动作会这么快,于是安慰道:"铭宇,说不定很快就能见面,今天劝君更尽一杯酒,但你要相信,绝不会西出阳关无故人的!"

张铭宇喝完杯中酒,放下酒杯,感叹道:"看样子和谈是谈不成啦,一方在拖延时间,一方在准备进攻。江面上的一场恶仗不可避免。我想啊,这样的时间也不会太长,不知二位有什么打算?"说完,张铭宇扫了一眼面前的两位老同学。

赵家祺沉思片刻,平心静气地说道:"我不像你们领薪水的人,一辈子只能拴在一个槽头。我呢，在哪儿都是混，我回来的时间不长，不打算走了，跟谁干都是干，无所谓！"

说完，赵家祺和张铭宇一起将目光转向了马永献。马永献想了想，谈了自己的看法："说实在的，这一段时间我也在琢磨着今后怎么办，一直没有拿定主意。刚才听家祺一说，我想了想，也不走了。像我这个级别的人，南京一抓一大把，能到哪里去呢？所以啊，我跟家祺就在南京算了，说不定两人还能相互有个照应。"

赵家祺在马永献肩头拍了一下，然后深情地点了点头。

张铭宇说："我走之后，说不定时局会有大的变化，如果我在外边混得不好，还要再回来投奔两位老同学呢！到时候两位可要'苟富贵，勿相忘'哦。"

一句话说得赵家祺和马永献笑了起来。

"大家同学一场是缘分，真希望你们两个能一直互相照应。"张铭宇无限感慨。

两人点了点头。

三个老同学聊着天，一杯接一杯地喝着杯中的烈酒，气氛压抑而凝重。在大家意兴阑珊之时，张铭宇端起酒杯对两位同学说："家祺，永献，我回办公室还有点事，你们接着聊！永献你不是有事吗？可以和家祺说说，说不定他会有什么办法呢。"

张铭宇离开房间后，马永献把椅子往赵家祺身边挪了一点，低声说道："家祺，有一件事想和你说一下。"

"你说。"赵家祺应道。

"家祺，咱们是老同学，我今天也不披着藏着了。听铭宇说，你这么多年在外奔波，和两边都打过交道。我呢，虽说是个队长，实际上也就是个普普通通的警察，行事办案还是讲规矩的，没有贪更没有抢。说句心里话，早就感觉到我现在的位子不会长久，一天到晚吃不香睡不稳！你知道，我长期生活在南京，一家老小十几口人，不像其他人说走就能走的。考虑到自己这么多年并没有做过对不起江北那边的恶事，如果能留下来，当不当队长无所谓，只要让我继续当个维持治安的警察，能够养家糊口就行。"马永献费了很大劲，才吞吞吐吐地说出了自己的想法。

赵家祺拍拍他的胳膊，诚恳地说："永献，非常感谢这么长时间以来你对我的帮助。我们之间还不了解彼此吗?！作为老同学，你的情况我了解，铭宇虽然没跟我谈你的事,但我心里很清楚他今晚的用意,毕竟他在特殊部门,很多话不便明说,我们三人是同学加兄弟,什么事都可以直说。你和铭宇也知道,我和两边的人都打过交道,但关于我的真实身份,你们两位有所不知,愿意听我说几句吗?"

"家祺,不管你是什么身份,我们都是老同学,我绝对不会对外讲半句,我马永献拿自己的良心和人格担保!"

"我真正的身份是中国人民解放军渡江先遣工作组组长。"

马永献立刻站了起来,一脸惊愕。

赵家祺端起茶碗呷了一口,一脸的淡定自若。

过了很长一段时间,马永献才恢复平静,双手握着赵家祺的手激动地说:"家祺,自从你回到南京咱们第一次见面,你就给我一种异样的感觉,当时铭宇介绍说你是从东北过来的,我就多少有点儿疑惑,但你放心,我一直没给外人说过。今天经你这么一说,我完全明白了。家祺老弟,真心感谢你的真诚,啥也不说了,我敬你一杯酒!"

两个人相视一笑,站起身来端起酒杯一饮而尽。

"家祺,不,不,赵组长,我现在迷途知返,跟着你干,不知行不行?"马永献表情肃然地说道。

"还是继续叫家祺吧,都是老同学,用不着客气!永献,你不是蒋介石和李宗仁,也不是汤恩伯和毛人凤,只是在国民党的警察局任职而已。对你这样的人,我们党的政策是,只要重新做人,为解放全中国做贡献,都可以既往不咎。"

"家祺,那就太好了。快,快坐下,我还有话要跟你说。"

马永献靠近赵家祺的耳边说:"家祺,我给你谈一个人,他和我私交很深,来往比较频繁,两家的关系也很好。这个人就是南京警察厅东区警察局主持日常事务的副局长周云昌,湖南人,警衔三级,相当于少将军衔。他早年受科学救国思想的影响,一心想当一名医生。正当他准备施展才华的时候,卢沟桥事变爆发,他满怀一腔热血投笔从戎,报考了杭州笕桥航空军官学校。民国二十九年毕业后,被分配到广东第四战区缉私处二科当科长,这个地方是军统头子戴笠的'私人银行',他也顺理成章地成了戴老板的小管家。年前的十一月份,他又被蒋介石钦定为东区警察局副局长,代理局长职务。最近一段时间,他总感到心神不宁,坐立不安,前天晚上他刚到家,板凳还没坐热,就被警察厅长黄锦辉一个电话叫去了。黄厅长警告他说:万一你管辖的那个地方出个什么问题，总裁的脾气你是清楚的。周云昌心里忐忑不安。他曾对自己的老婆说过：这种倒行逆施是搞不长久的，国民党迟早会被共产党打败的。昨晚，周云昌约我看电影，我们去得都很早，便到新都电影院对面的福昌咖啡厅坐了坐。他忧心忡忡地说：'形势到了现在这个样子，你准备走还是不走？'我回答：'走不了啊，我上有年迈的父母，下有一堆儿女，实在挪不了窝哇！'他很认真地问我今后打算怎么办，我回答说准备做点生意，够养活一家老小就行。我看他不再接话，就提了一个建议说：'大哥也不要走了，我们一起干吧。'他当时愣了一下，很敏感地问我：'和谁一起干？'我回答他：'一个朋友。'他跟着就问：'靠得住吗？'过了好一会儿，他又严肃地对我说：'老弟，你还年轻，做生意怕没有那么简单吧！你知道，现在特务机关到处都有眼线，你可要当心哪！'我又对他说：'大哥，我这个朋友很可靠，是我的同学，说不定以后时局变了，他能帮忙解决不少问题呢！'我的话刚说完，他双眼凝视着我问道：'如果你感到你那个同学可靠的话，可以安排见个面，但这个特殊时期，一定要注意安全。'我答应他说：'行，你等我的信儿就行。'后来电影也没看成，就各自回家了。昨晚，我把事情的经过和铭宇说了。"

马永献把人物、事情和关系详细地介绍了一番，赵家祺眼前一亮，对马永献说："你谈到的这个人如果能和我们走到一起，对我们帮助将会很大。我马上回去和组织上沟通一下，我们要商量好计划，把各种有可能发生的情况都考虑周全，还要布置好应急措施。晚上十点前给你答复，你看行吗？"

马永献点点头，说："行，就按你说的办。今天我真是太激动了，你是那边的人，这对我和周云昌来说，都是一个天大的喜讯。"

"你和周局长说时，还要注意分寸，一个字——稳。"赵家祺建议道。

"家祺，这个我懂，我干了十几年的刑侦，会把握好分寸的。"

两个人没再多说什么，握手后离开了房间。

本来赵家祺计划第二天才和老王见面，此时他临时改变计划，在凤来饭店拨了一个电话后，就趁着夜色消失在路口。

赵家祺来到老王的住处，乔书记和老王已在等他。他赶紧坐下把今晚的事情简单明了地说了一遍。

乔书记接着赵家祺的话说："这个姓周的我知道，虽然没和他接触过，但也听说过关于他的一点事情。此人和毛人凤那些人不一样，没有大肆抓捕过我们的人，也没听说干过恶意敛财、欺压百姓一类的事，还算是良心未泯吧。

再加上有你老同学的引见，见一见应该没什么问题。只是不知道你那个姓马的老同学怎么样，如果他出了问题，那麻烦可就大了。"

"马永献是警察局刑侦大队长，你们没接触过。此人虽然和我们的人没打过交道，但个人素质还不错，他今晚上也算是投石问路。我感觉他对我早有疑心，张铭宇和他私交很深，但我分析对于张铭宇的身份他现在也只是停留在怀疑的层面上。今晚张铭宇走后，我就冒着风险亮明了自己的身份，希望以坦诚来取得他的信任，让他在跟我沟通的时候能交心交底。从今晚我们两人的沟通来看，应该没什么问题，他现在其实也很难，因为他清楚，像他这个级别的人，留在南京更合适，一大家子人如果举家搬迁，他也没这个能力。这个时候，我认为需要帮助他打消顾虑。不仅是在周云昌的问题上，以后我们在警察这个群体中做工作，他都有可能发挥作用。"赵家祺解释说。

老王说："不管怎么样，我们还是要做好准备，你不能到周那个地方去。我来安排一个稳妥的地方，前后设几道暗哨。你的安全对我们来说至关重要，绝对不能出任何岔子。"

乔书记说："家祺同志，老王说得对，对他们来说，你已经暴露了，所以一定要谨慎，千万不能置个人安危于不顾。现在离部队渡江的时间越来越近，我们更要小心，后面还有千头万绪的工作需要你做。"

赵家祺深思了一下，说："我对自己的判断还是有把握的，当然各位的提醒我也会注意，但一点风险不冒，后面的工作就很难取得突破。我想只要做好充分的准备，这个人我还是见见为好，你们看呢？"

老王和乔书记对视一眼后点了点头，表示同意。

乔书记对老王说："家祺同志的安全是重中之重，你安排时一定要做到局面可控，在会面地点附近多安排些人手，可进可退。"

"那就安排在城南马道街那个地方。马道街地形复杂、住户多，便于接应和撤退。我明天上午去安排一下。"老王也提出了自己的建议。

看到事情得以落实，赵家祺放下心来，对两人说："行，那就按老王说的办。另外还有一件事，我为渡江部队准备的一张江南地形详图已做好，这张图主要是供部队过江后往东南推进时使用。当务之急是尽快送过去。我有一个想法，这张图让李诗蓝来送，最近她那里情况不是很好，老是有人跟踪，手里的电台也停掉了。她过江后直接到她母亲那里去会合，暂时不用回来了，等南京解放后再说下一步的事。现在，我们的部队已到江边，很多渡口已经关闭，上次下蜀那个点不能用了，国民党的炮艇在江面加强了巡逻。请你们帮助选一条安全的过江通道。"

低头思考片刻，乔书记说："现在我们水文局的监测船每次巡视也要上报，中间都有人上船检查，这条路走不通。上周我去转了一圈，北岸几乎没有一条船，南岸有几艘船也是运装备和军队的，所有的渡口就像家祺所说，全部停运。现在是枯水期，江滩太宽，大小船根本靠不到岸边，目前能正常走的也就是下关码头，因为对面还有大量的国民党部队尚未过江。但这个码头对于民间来说，基本上只能出不能进了，码头盘查那可不是一般的紧，李小姐估计从那里出去会很危险。保密局肯定会安排人盯着她的。"

"从八卦洲过江如何？"老王想到了一个地方。

赵家祺和乔书记眼前一亮，问："那你说说，准备怎么过？"

"八卦洲南靠长江的主航道，北边夹江绕过岛的三面。在岛的西北和东北有两个比较窄的地方，这两个地方一年四季芦苇茂密，这个季节，去年的芦苇还没怎么收割，新芦苇已经开始冒芽，便于隐蔽。剩下就是解决船的问题了。北岸沿线船是不好找，但南岸有啊，找船的同时，与北岸联系确定靠岸地点。原来八卦洲附近还有国民党的部队，年前就撤回江南了。所以综合比较起来，我感觉从这个地方过去是一个比较好的选择。"老王详细地介绍了自己的想法。

赵家祺表示赞同，他对乔书记说："我看可以，现在时间紧迫，这张图送过去后，还需要印制并分发到各个部队。二野三野的首长对渡江时间的要求是三月底到四月初，计划赶在江水上涨之前完成渡江，渡江一旦提前，如果地图没有及时送出，渡江部队的南进就会遇到很多困难。我认为要尽快把地图送过江。"

乔书记拍拍赵家祺的肩说："家祺，我理解你的心情，但还是要稳妥。这样，明天我找个借口，随我们的巡视船跑一趟看看路线，回来再计划这件事。老王这边安排船只，你和北边联系，这样可以吧？"

赵家祺爽朗一笑，说："不瞒你们两个，这张图现在成了我的一个心病，一天送不过去，心里就一天不踏实。"

"理解，我马上就准备这件事。"老王应道。

"行，那我们就分头行动吧。"赵家祺说。

乔书记拉着赵家祺的手说："家祺同志，你先走，我和老王再把你明天和周云昌会面的事商量安排一下。"

赵家祺出门后要了一辆人力三轮车，朝东奔去。车子在靠近新街口的一个电话亭时停了一下，赵家祺给马永献去了个电话，简要地说了几句暗语，就转身上车继续赶路。

第七十章

3月18号下午，城南张家花园西边一座小院落。

一个年轻人打扫完院子后，进屋拎起水壶往暖水瓶里冲开水，然后若无其事地坐在桌边，随手翻看着手边的报纸。

这时从大门外传来三声干咳声，年轻人放下手中的报纸，进到右厢房，挪开衣橱，轻轻地敲了三下暗门，赵家祺和小李穿过暗道来到厢房，又穿过厢房进了客厅。年轻人泡了三杯红茶放在桌子上，便出了门。

年轻人是战士陈威。

大门上响起"啪啪，啪啪啪"五下敲门声，陈威去打开院门，马永献和一位个子高挑、身穿黑色风衣的中年人走了进来。两人随陈威朝正屋走来，赵家祺立刻起身迎了上去，三人寒暄着进了堂屋。

几个人坐定，马永献介绍起身边的中年人："老同学，这位就是南京东区警察局周局长，他既是我的老大哥，又是我的老上级，我们是通家之好。"

赵家祺伸出手，和周云昌的手握在了一起。握手时，赵家祺感到对方的手在轻轻抖动。

马永献又向周云昌介绍了赵家祺："周局长，这位就是我的老同学赵家祺，他的另一个身份是解放军渡江先遣组组长。"

赵家祺笑着对周云昌说："能结识周局长，很荣幸呀！"

周云昌只觉得心头一阵猛跳，不由得张开嘴，深深地吸了一口气，迅速平静下来后，激动地说："赵先生，幸会，幸会！"

寒暄过后，赵家祺开门见山："周局长，对您各方面的情况，我们一直很关注，我们也了解你近来的苦闷，想听听周局长对现在时局的看法。"

周云昌摇摇头，他看了赵家祺一眼说："唉，时局到了这个地步，谁胜谁败，已是昭然若揭。"周云昌直截了当地回答。

"周局长身居高位，凭周局长现在的身份和与蒋介石的关系，即使不前来和我们接触，自己今后也会过得很不错的，也可以随国民党撤退台湾，为何又有其他的想法呢？"赵家祺的问话，刚中带柔。

周云昌叹了一口气，盯着赵家祺和马永献说："唉，一言难尽啊！"

赵家祺把茶杯往周云昌身边挪了一点，笑着说："周局长，不急，您先喝口水。"

周云昌把杯子握在手心，接着说："赵先生，估计我的情况马队长也跟你说了，我早先是为了抗日才参军的，没想到干了警察这个差事。这么多年，我见过不少镇压和暗杀，都是针对自己人，极少是为了抵御外侮。我有时扪心自问，我当警察究竟是为了什么？现在想一想，我过去做的那些事就是对孙总理的背叛，是对历史的犯罪。这个副局长的位子还是蒋介石亲自给的，但实际上他又不信任我，我在这个位置上可以说是如坐针毡哪！"

"周局长，我们对您的情况和历史还是很了解的，也十分清楚您过去的一些做法也是违心的、不得已的，这段历史我们可以掀过去，现在我们最关心您今后的打算是什么。"赵家祺看着周云昌，严肃地说道。

听了赵家祺的一席话，周云昌挺直腰身说道："老话说'人往高处走，水往低处流'，对这个问题我也是想了很长时间，现在这个时刻，我决定跟着共产党走！"

听到这句话，赵家祺难掩内心的激动，动情地说："周局长能以国家民族前途和人民的利益为重，在这个时候做出明智的抉择，加入到人民解放的事业中来，对您来说做出这个决定是不容易的，我们表示热烈欢迎！"

"周先生现在还有什么困难和想法，现在都可以说出来，既然您愿意加入我们的组织，那您的问题和困难我们就一起来面对嘛。"赵家祺补充道。

周云昌想了一下，面有难色，轻轻地问道："你们可能也知道，我早年参加了戴笠的军统组织，是个有过军统身份的人，像我这样的人，不知你们怎么看待？有什么样的政策？"

赵家祺说："周局长，您应该相信共产党的政策，您也清楚傅作义、曾泽生、吴化文等国民党高级将领，过去他们与我们可以说是不共戴天的仇敌，但他们以大局为重弃暗投明，率部起义，现在不也成了我们的座上宾了吗！不瞒您说，吴化文现在是我们三野三十五军军长，他的部队就在我们对面。"说着，他从怀里掏出一本油印的文件递给周云昌："喏，这个就是我们党中央公布的《中国人民解放军宣言》，里面的政策说得很明白，希望您拿回去看看！相信您看过之后就能清楚我们的政策啦！"

赵家祺递给周云昌一支香烟，周云昌把香烟放到桌上。赵家祺自己点上火，深深地吸了一口，语重心长地说："周局长，我可以负责地告诉您，只要您不跟国民党走，留下来和我们一起保护好古都南京，过去的事既往不咎。"

周云昌显得很激动,他忍不住问道:"你们这么看重我,我非常感激,但我一个人的力量很有限哪!"

"周局长,我们看重的不仅仅是您一个人!"赵家祺摇摇头,坚定地说道,"我们看重的是您在整个东区警察局的威望,希望您能带领大家一起加入到我们这边来。"

"谢谢你们这么相信我,让我考虑考虑。"周云昌既震惊又兴奋。

思忖片刻,周云昌猛然抬起头来,大声说道:"好,这件事我干了!"

赵家祺悬在嗓子眼里的心终于放了下来,他随即说道:"周局长,我代表解放军渡江部队欢迎您!希望你言出必行!"

"这个你尽管放心,君子一言,驷马难追!"

两个人的手紧紧握在了一起。

"周局长,我要特别提醒您的是,您那里的情况特别复杂,一定要注意安全。在安全得到保证的前提下,您要利用现在的身份收集情报,拖住敌人,保护好这座历史名城,这是一个为人民立功的好机会,希望您能珍惜并把握住!"

"赵部长,请放心,我知道该怎么去做,请您及你们的组织相信我,我一定兑现我的承诺!"周云昌猛地站起,大手重重地砸在桌面上。稍后,他转过身来,对马永献说:"永献老弟,谢谢你给我找到了一条光明之路,今后,我们俩一道为南京人民做点正事!"

"好!"马永献慷慨激昂地答道。

屋外,仍是静悄悄的,赵家祺拉开房门,看见小李和陈威站在大门口,他握着周云昌的手说:"周局长,从今天开始,我们就同舟共济,过两天我亲自登门拜访您。"

"好,那我就静候赵先生光临。"话毕,周云昌和马永献转身朝大门走去。

第二天下午,贺小飞来到福海贸易公司赵家祺的办公室,一进门就汇报了老王那里反馈的情况:"今天上午乔书记坐船沿江边转了一趟,情况不是很好,江北没有一点动静,高资往东至常州一线,敌人的巡逻兵增多,过江的机会更少。另外,两岸的临时码头都遭到毁坏,基本上没有可以下船的地方。有两个地方江滩窄一些,勉强可以下船,一个点在西边的三台洞,江北岸有国民党部队驻扎,另外一个点位于东北边,靠近龙潭。比较一番之后,老王建议在东北边的那个点上船过江。他找到一条小船,但船底被国民党士兵在收缴时捣了一个大洞，修补好需要两三天时间。另外，他又找到了一位水性好的船工，对附近地形也比较熟悉。到时，我们这里再安排两个人随行，以防周边有临时出没的敌特。北岸要提前联系好，让他们在当天多派几组人到附近的江岸接应。出发时间最好安排在天亮之前，船上不能有亮光，只能趁着天亮前的那点光线偷渡过去。"

"小贺，你负责挑两个水性好的战士，让他们做好准备，准备随时过江。"赵家祺做着安排。

"好的，我马上就去办。"

赵家祺起身，拨通了李诗蓝的电话，俏皮地说："李小姐，晚上有时间吗？请你看电影怎么样？"

"不行啊，我晚上有事，我表弟来南京了，我想带他买点东西，他明天就回去，改天吧。"

电话"啪"的一声挂掉了。

赵家祺心里"咯噔"一下，意识到李诗蓝可能遇到了什么麻烦。"必须马上见到她，这个时候千万不能出现任何问题！"赵家祺想好之后，立刻叫上小周，更换车牌后朝市区驶去。

汽车在洪武路靠近内桥的地方停了下来，这是李诗蓝下班回家的必经之路。接近六点时，李诗蓝如往常一样朝内桥走来，小周从后视镜看到了她，还看到有一个年轻人在她身后不远不近地跟随着。

等李诗蓝走到车边的时候，小周猛然发动了汽车，马达的声响惊动了路边的李诗蓝，她不由自主地朝汽车看了一眼，发现赵家祺在朝自己招手。她拉开车门，钻进车内，汽车轰鸣而去。小周从后视镜里，看见盯梢的年轻人在茫然地左瞧右看。嘿嘿一笑后，小周说道："又是一个笨蛋！"

"你们怎么来了？我电话里不是说了吗，我有事。"

"你在电话里那么说，我想着可能有人在旁边监视你，放心不下，就来了。"赵家祺解释说。

李诗蓝嘴一撇，说："我又不是没被监视和跟踪过，我们单位有好几个人都受到监视了，又不是只有我一个人。今天真是我表弟来了，现在就在我家呢，说好的我下班带他一块出去转转。"

"嗨，原来是我多心了，我以为你是遇到什么困难才那么说的。你看看，我这一趟跑得多冤枉！"赵家祺调侃道。

李诗蓝拍了他一下说："那就调头回去吧。"

赵家祺转过头对她说："估计两天之后你就可以出发了，我们已安排好了。你过江后，把我给你的东西交给部队首长，完成任务后会有人带你到伯母那里去。你暂时不要回来，在南京对你来说太危险，等南京解放后，我抽时间去接你。"

"真的呀？那太好了！"李诗蓝高兴得像个孩子一样，恨不得跳起来。

赵家祺笑了笑说："走之前，我再把地图交给你，一定要把它安全地交给部队。"

"是，保证完成任务！"李诗蓝俏皮地冲赵家祺敬了一个军礼。

第二天午饭后，赵家祺决定去拜访东区警察局的周云昌副局长。

周云昌正躺在办公室的沙发上休息，房门响起了四声有节奏的敲门声。他掀开身上的毛毯，起身打开了房门，看见门外站着赵家祺，连忙将人迎进房间，随手关上房门。

周云昌寒暄道："欢迎赵先生，您请坐。今年的雨花新茶还没下来，我这里正好有上等的铁观音，就尝尝铁观音如何？"

赵家祺和周云昌握了握手，点点头坐到了沙发里。

周云昌泡好茶水，放到了赵家祺的面前，招呼说："您先喝茶，我拿一些材料给您，估计对您有用。"

赵家祺喝着茶，周云昌走到自己的办公桌前，拉开抽屉，从里面轻轻拿出一沓卷宗递到赵家祺面前，赵家祺扫了一眼目录，有《内政部人员政治背景及保密局人员情况》《城防工事布置概况》《要人住宅一览表》《政府（军人）财产情况》。

赵家祺大致翻了一下，心脏怦怦地跳了起来："好，这真是太好了！"他站了起来，盯着周云昌兴奋地说，"周局长，这些资料对我们解放南京太有用了，特别是这个《城防工事布置概况》，可以补其他渠道获取的相关情报的不足。"说着，他掏出随身携带的微型相机，快速地翻页拍照。

赵家祺拍摄时，门外走廊里突然传来一阵急促的脚步声。赵家祺停下来，静静地看着周云昌，周云昌的目光则瞅向了房门。

脚步声在房门口停了下来，随即传来了"咚咚"的敲门声。

周云昌示意不必慌张，赵家祺和周云昌二人收拾好东西，坐回沙发上，摆出一副正在聊天的样子。

"进来！"周云昌朝门外大声喊道。

原来是值班警官。只见他一个敬礼，报告说："周局长，刚才接到警察厅黄厅长电话，他那里有一份重要资料需要您看一下，等一会儿他的副官林主任带材料过来，可能事情比较急，让您等一会儿，您看完后他还要带走。"

周云昌朝值班警官摆了摆手，说道："我知道了，这里有客人，你去忙吧。"

"是。"值班警官两腿并齐，敬了个军礼，带上房门离开了。

赵家祺继续拍摄。

刚刚拍完，楼下就传来了汽车的停车声。赵家祺刚要起身离开，被周云昌拉住了："不行，您现在不能出去。这时候出去，极有可能会在楼梯或过道上碰上那个林主任，此人狡猾得很，一向疑神疑鬼的，他又是黄锦辉的得力助手，向来狐假虎威。您就在这里坐着，这样反而更安全。剩下的事情我来对付，您只要见机行事就行。"

这时，门"砰"的一声被推开了，一位面目消瘦、鼻梁上架一副黑边眼镜的中年人走了进来。周云昌赶紧站了起来，两人握了一下手，周云昌客气地寒暄道："林主任亲自光临，肯定有重大事情要布置啊！"

林主任笑笑说："没办法呀，事情比较急，黄厅长特别交代的事，我哪敢怠慢啊！周局长，您抓紧看，这个资料我还得带走，厅长还等着我回话呢。"说着，他从公文包里拿出一份资料递给了周云昌。接过资料，周云昌看了一眼封面，又侧身看了一眼坐在沙发上的赵家祺，就走到办公桌前细细地看了起来。

林主任透过周云昌的视线，才发现沙发上还坐着一个人，便好奇地打量着赵家祺。赵家祺站起身，微笑着看着来人。

林主任尴尬地笑了笑，然后望着周云昌说："周局长，您这里还有客哪，刚才没在意，失礼了。"

"哦，没事，他是我内人娘家的小表弟。"周云昌看着资料，头也不抬地介绍道："他今天到附近的会堂开会，顺道来我这里坐坐。"

"不好意思，刚才失礼了，还望海涵哪。"林主任哈哈一笑和赵家祺握了握手，随即问道："这位老弟英气逼人啊，一看就是人中豪杰，不知在哪里高就？"

桌前的周云昌一拍脑袋，抱歉地说："你看看我，只顾看材料了，我都忘了介绍了，小亮，这位是我们警察厅的林主任，是我们黄厅长的左膀右臂啊，以后你还得仰仗林主任照应呀！"

"林主任好，小弟在市党部外联处打杂，今后还望林主任关照提携。"赵家祺笑着回答，然后他又对周云昌客气地招呼说："大哥，您这里有公务，我就不打扰了，我先回去了。"

"林主任不是外人，你们两个在我这里聊一会儿，这个材料不多，我很快就能看完，改天我带你到林主任府上去认认门。"周云昌一边说着话应付着二人，一边认真地看着手里的材料。此时他心里特别地淡定，因为他知道这份资料对于赵家祺来说意味着什么，自己必须详尽地看完并默默牢记在心里。

林主任哈哈一笑，朝赵家祺做了一个落座的手势。赵家祺随他坐了下来，林主任左腿架到右腿上，漫不经心地说道："没事，周局长慢慢看。"

周云昌在自己的办公桌前一张一张地翻看着资料，食指顺着表格往下滑动着，生怕漏掉一条重要的信息。此时，他压制住内心的紧张，把材料上的名单和地址牢牢地记在心里。

看完后，他起身把材料递给了林主任，说："林主任，内容我看完了，也签过字了，我这里没什么问题，请你转告黄厅长，我们东区警察局全员待命，随时听候厅里调遣。"

林主任起身接过资料，放到公文包里，和二人握手告别，临出门还特意交代周云昌说："周局长，您这位老弟前途无量，以后一定会成为党国的栋梁啊！"

周云昌打着哈哈谦虚地说："哪里哪里！还要多历练历练。"

林主任的脚步声渐渐消失。

周云昌走到窗前，看见林主任上了车，汽车出了大门，他才转身关上房门，对赵家祺说："刚才看的是《共党重要嫌疑犯名单》，现在我边回忆边说，您来记。"

第七十一章

23号凌晨三点多钟，小周开车带着赵家祺和李诗蓝从福海公司悄悄地出发了，汽车不走大道走小路，向约定的地点驶去。

车上，赵家祺嘱咐着李诗蓝："诗蓝，你这次过江，没什么可紧张的，两边都安排好了。你们的船从南岸出发，到了对岸之后，进汊河，靠右进去，千万不要朝左边八卦洲的方向走。对岸杨政委已安排三组人员在右边汊河堤岸的几个点接应你们。如果遇到特殊情况，你们就下船，想办法穿过芦苇丛

渡江

上岸，岸上接应的人很快就能赶到。万一遇到紧急情况，千万不要慌张，你身上的两张图和两份情报特别重要，一定要亲手交到同志们手中。完成任务后尽快给我报个平安。会有人带你去和伯母会面，你就在那里住一段时间。等南京解放了，我会把你们接回南京。还有，你的房子我会安排人照看。"

李诗蓝没有说话，而是轻轻地靠在赵家祺的肩头，泪水慢慢地流淌了下来。赵家祺赶紧掏出手绢，帮李诗蓝擦了擦眼泪，笑着对她说："哎哟，这么大的人啦，还掉眼泪，你看看，小周都笑话你了。没事的，要不了多长时间我们就会再见面的。"

"不是，我是担心你，现在太危险了，你一定得注意安全，希望你能好好的，千万别出什么差错！等这里解放后，我们就不要再分开了，我不想再离开你了。"李诗蓝哽咽着说。

赵家祺拍拍她的肩膀说："好啦，我会注意的，你放心吧！你过江后照顾好伯母。将来我把我母亲也接到南京，大家一起过日子！"

李诗蓝呜咽着说："还有小宝呢，我们都答应小家伙来南京上学了！"

"对，还有小宝呢！唉，我这个当大伯的不合格，还是你这个未来的大娘想得周到！"赵家祺说完，李诗蓝破涕为笑，娇嗔地在赵家祺的胸口轻轻擂了两下。

汽车在村外的树林里停了下来。隐蔽好车辆后，三个人下车顺着小路朝江边走去。走了有一里多地后，就听到了水声，这时，江边传来一声轻轻的问话声："是三子兄弟吗？"

"是我，您是二哥吗？"小周和对方接上了头。

黑暗中几个人围了上来，不远处传来了老王的声音："家祺，这里都准备好了，船老大已在船上了，这两个战士是季自勇和王明礼，水性都很好，由他们护送李小姐过去。"

赵家祺分别和两名战士握了握手，交代说："你们辛苦了，一定要把人和情报安全地护送到部队首长那里，这关系着渡江战役的顺利完成和人民生命财产的安全，拜托你们了。"

"保证完成任务！"两名战士对赵家祺敬了个军礼。

李诗蓝走到赵家祺身边，一下子扑到了赵家祺怀里。所有人都转过身去，不忍心看一对亲密爱人的痛苦离别。

"现在是四点十分，大家上船吧。"赵家祺命令道。

"是！"李诗蓝和两名战士齐声回答。

顺着铺在江滩上的木板，季自勇和王明礼一前一后，护送着李诗蓝向木船走去，几个人上船后，小李、小贺和小周三人把木板一块块地拖回到岸上，藏到附近的芦苇丛中。

江面上黑漆漆一片，浪声遮住了划船的声音，直到小船消失在夜色中，送行的人仍然站在原地一动不动。赵家祺对大家说："我们回吧！"几个人才恋恋不舍地赶回汽车停放的位置。

小船在江面上摇曳着向对岸划去，李诗蓝蹲在小船的中间位置，季自勇和王明礼一前一后地蹲在她身边，警惕地观察着四周的动静。此时的江面上漆黑一片，偶尔从远处传来军舰长长的汽笛声。寒冷的江风吹得小船晃来晃去，三个人默不作声，船尾的船老大一边沉稳地划着船，一边调整着小船前进的方向。船上的几个人心中只有一个目标——尽快赶到对岸，和接应的同志会合。

小船很快划入了东夹江，大家明显地感觉到小船行进的速度慢了下来，因为东夹江水流方向和小船行进的方向是相反的。

小船顺着东夹江继续朝北划着，突然，八卦洲江堤上出现了几柱灯光，顺着江堤向南晃动过来。船老大一声"不好"，急忙把船头右转，朝芦苇丛中划去。两名战士迅速掏出手枪，死死地盯着不远处晃动的灯光，气氛骤然紧张起来。随着芦苇越来越密，小船移动的速度越来越慢，最后不得已停了下来。

三月的芦苇丛，枯叶萧瑟稀疏，新的芦苇尚未长出，难以完全遮挡小船。这时，对岸传来了吆喝声："什么人？把船划过来，不然就开枪了！"

"你们别动，我来应付。"船老大压低声音说完，朝灯光处大声喊道："老总，我是打渔的，昨晚下的网，怕别人收走，今天就赶个大早来收，想赶个早市卖个好价钱。"

"少他妈的废话，把船划过来！"对方骂完，朝天开了一枪，"快点划过来，别废话！"

王明礼朝李诗蓝和船老大轻声地命令说："你们两个马上下船！"说完，季自勇和王明礼手中的枪支同时开火，对岸的灯光瞬间熄灭，随即一串串子弹从对面射来，激烈的枪声响成一片。船老大先下了船，他趴在沼泽地上朝李诗蓝伸出了手，喊道："快下船！"李诗蓝这才站起身，她一只脚刚踏上船帮，正准备朝下跳，突然，身体随着小船的晃动一下子栽到了芦苇丛里。船老大匍匐着用双手上前来拽她，李诗蓝也试图挪动身体，但双腿已深深地陷在淤泥里，几次试着往前挪动都没成功。最后，她用尽全力从怀里掏出一个油纸包塞给了船老大："这位大哥，我身上中枪了，浑身发冷没有力气了，你赶快走吧，不要管我，请你一定把这个东西亲手交给部队的首长。"

船老大喊："不行，我们一块走！"说完，挣扎着仍要去拉她，李诗蓝则缩回了双手，用尽最后一点力气喊道："这位大哥，你赶快走吧，我整个身体都陷在泥里，真的走不了啦，你手上的东西比我的命重要，快走吧，求求你了！"

枪声还在响着，季自勇和王明礼仍在拼命地掩护着他们。

船老大还要上前去拉李诗蓝，只见李诗蓝已闭上了眼睛，头慢慢垂了下去……他一咬牙，把油纸包塞进衣服的最里层，匍匐着向岸边爬去。等他到了岸边，堤岸下已没有了还击的枪声。这时，在他北边的不远处传来了激烈的枪声，子弹密密麻麻地射向对岸。随着枪声，一群人跑向船老大所在的方向。众人看到船老大后，立刻分成两拨，一拨继续朝对岸射击，另一拨则冲下江堤朝芦苇丛里冲去。

天色在对岸越来越稀疏的枪声中泛亮了。这时，几名战士齐力把泥潭中的李诗蓝抬到了岸上。

李诗蓝静静地躺在冰冷的堤岸上，身体已变得僵硬，黑黑的江泥涂满了她的全身。船老大蹲在旁边，流着泪用衣袖轻轻拭去她额头上的泥斑，围在四周的战士们脱下军帽，向这位女战友致哀。

江堤下，满是弹孔的小船和两名年轻的战士，悄无声息地随江水东逝。

此时的赵家祺正在赶往江宁镇的路上，他和陆平约好在位于江宁镇北的迎春来旅馆见面。赵家祺听陆平说，首都警卫师那里出现了问题，大家需要尽快碰个面。为便于及时掌握情况，大家就将见面地点定在了距离九十七师两里来路的迎春来旅馆。

小周把车子开到迎春来旅馆门口，赵家祺、贺小飞二人下车进了旅馆，小周把汽车开往别处停好。赵家祺一进房间，陆平赶紧起身和他握了握手，简单地介绍了一下陪他来的王姓小伙子后，四个人坐了下来。

赵家祺问道："发生了什么事？"

陆平介绍了事情发生的经过："昨晚王师长在九十七师师部给我打了一个电话，问我们电台的呼号。我当时一听，头都蒙了：师长犯了一个极大的错误,他自己应该清楚,师部的外线电话必须通过军部总机转接,军部总机那里时时刻刻都有保密局的特务在监听,这个电话极有可能会暴露他的身份。唉!王师长太大意了,他这么一个电话,有可能造成该师起义计划前功尽弃。当时我也不敢多说什么,只能应付说不知道,但我感觉他已经意识到了事情的严重性,没再接着说话就挂断了电话。"

"方林知道这件事吗?"赵家祺问道。

"知道了,我们刚在师部附近碰了个面,王师长正在参加四十五军营长以上军官的紧急会议,方林也在盯着这个会议,他会及时告诉我们具体情况的。现在我就担心万一出现意外我们什么都做不了,那就麻烦了。"陆平焦急地说。

事情发生得如此突然,赵家祺一时也理不出一个清晰的头绪来。他站起身,在房间里走来走去,一根接一根地抽着香烟。最后他走到桌前,对陆平说:"两个问题,一个是如果现在王师长被抓,我们营救他的难度可能会比较大,如果中间能够拖延一点时间,我们在取得王师长的同意后,可以想办法把他转移到南边的游击队那里。另外一个问题,我刚才想了一下,南京卫戍司令部不可能就这么快直接下手抓人,至少他们要了解清楚,找到证据,才能往上报告,得到上级批准之后才能抓人。保密局直接抓军方高官更不可能,这首先要经过卫戍司令部的同意才行,毕竟王师长是蒋介石钦点的将官,又是蒋经国推荐的,这些人必须得慎重考虑这些因素。所以,我认为事情不会这么快就有结果,我们还是有时间的。"

"您分析得有道理,要不然我们等等看,方林那里会及时传来消息的。"陆平表示赞同。

时间在一分一秒地流逝着,几个人把所有可能发生的情况几乎都考虑了一遍,并制定了相应的对策。

下午四点钟的时候,方林来找赵家祺。向现场的几个人介绍了有关情况:"在今天上午的会议上,首都卫戍司令张耀明突然宣布解除了四十五军军长赵霞的军长职务,军长一职由副军长陈沛接任,张耀明还不点名地批评了王师长。会议的主要内容是加强戒备,严格内查,强调布防等等。中午吃饭时,王师长和被免职的赵霞同桌吃饭,才知道事情的真相,原来是保密局通报给司令部里的人,说九十七师参谋长谭严巧到机场做值守宪兵的思想工作,立场反动,还说自己不打算跟着国民党干了,近期准备带兵出走之类的话。这些话传到卫戍司令张耀明耳朵里,他非常紧张,于是赶紧召开营级以上军官会议,目的就是稳定军心。王师长目前还好,暂时没大问题,因为他身份比较特殊，有蒋氏父子的背景，也没有明显的把柄在张耀明手里。但就在我来这里之前，张耀明突然又打电话给王师长，说让他明天到首都卫戍司令部去谈话，整个事情的经过就是这样的。"

陆平看了一眼，笑了笑说："刚才赵部长分析得还是有道理的，这下好多了，至少眼前不会这么紧张了。"

赵家祺朝大家摆摆手说："我们还是不能大意，因为我们不知明天上午的谈话会有什么结果。眼前还不能太乐观，还是要做最坏的打算，我们必须把王师长的情况立刻报告华东局。"

"我赞同赵部长的意见，现在我和师长见不到面，不了解里面究竟发生了什么事情，我想大家还是要慎重对待，建议今晚你们就在这里住下来，等明天上午他们谈话的结果。大家距离近一点便于沟通，我们师部的电话有特务监控，我是不能随便打外线的，大家看看怎么样？"方林提了自己的建议，然后看着赵家祺。

赵家祺握着方林的手说："行，就按你说的，我们住下。你赶紧回部队吧，下面就靠你帮着盯这件事了，一有消息就想办法通知我们，我们还有两个战士在你那里，必要时也可以把他们用起来，他们都是很有战斗经验的同志。"

"行，我知道了，你们晚饭自己想办法解决吧，我走了。"方林冲大家笑笑，悄然闪出了房门。

当天晚上，赵家祺派贺小飞外出用公用电话向季清丰汇报了王晏清师长的情况。

赵家祺踱步来到外间，看见靠墙的茶几上摆放着一台收音机，便调到了延安新华广播电台的波段，靠着茶几静静地听着播音。它就像大海上的灯塔，黑夜里的启明星，指引着自己前进的方向，激发着胸中澎湃的激情。

突然，广播里传出一条令人无比振奋的新闻："今天是公历1949年3月23日午时，中共中央主要领导及所属机关人员，乘坐十一辆吉普车、十辆大卡车……"赵家祺赶紧朝大家喊了一声，"都快来！有重大消息"大家呼啦一下围了上来，静静地聆听着——

"沿着山间小路离开了这个太行东麓的小山村，告别了西柏坡，目的地就是有着千年封建社会建都史的历史名城——北平。河北省平山县的这个小山村，自中共中央四八年五月迁入，到今天离开也仅仅十一个月的时间，中共中央领导集体在这里指挥了震撼世界的三大战役，并胜利召开了中国共产党七届二中全会。临行前，中共中央主席毛泽东同志高兴地但又意味深长地对中共中央军委副主席周恩来说,'今天是我们共产党人进京赶考嘛!'周恩来同志笑着回答,'我们应当都能考及格,不要退回来呀!'毛泽东同志挥起大手郑重地对大家说,'退回来就失败了,我们决不能当李自成,我们希望能考个好成绩'……"

整个房间一下子沸腾了,赵家祺朝大家"嘘"了一声,大家顿时安静了下来。只听见赵家祺说:"太好了,同志们,我们党中央迁往北平,说明中国共产党即将在北平建立一个新政府,成立新政权,带领我们国家进入一个新时期、新阶段!"

"同志们,我们都是战斗在第一线的战士,向来不怕流血、不怕牺牲,我们一定要打败国民党,打败蒋介石,解放全中国,将革命进行到底。"陆平攥紧拳头坚定地说道。

"将革命进行到底!"

"将革命进行到底!"

第七十二章

第二天上午八点,王晏清准时来到位于长江路的首都卫戍司令部。

他一进大门,就看见卫兵荷枪实弹,戒备森严,心里不禁"咯噔"一下,但此时想回头已经不可能了。

他深深地吸了一口气,让心情平静下来,然后若无其事地上了二楼,径直来到了张耀明办公室门前,抬手"砰砰"敲了两下,里面传出来一个声音:"进来!"

王晏清推开房门,看见张耀明正站在办公桌前,满脸怒气地看着他。

"张司令,我来了,请您指示!"王晏清上前敬了一个军礼。

"你这个人混蛋一个,根本就不是人!"张耀明指着王晏清的鼻子破口骂道。张耀明说完,"唰"的一下把一张纸条扔到了王晏清脚下,"自己看看去!"

纸条上写着:王匪晏清被"共匪"用金条收买,密谋叛变。该匪在军中散布流言,扰乱军心,并指使参谋长谭严巧发动宪兵队叛乱,意欲占领机场,拦捕我军高级将领。

王晏清心里清楚,这些事情确为自己所安排,没想到张耀明手里会有这样一张纸条。眼下需要的是沉着冷静,稍有不慎,便可能招致杀身之祸。他把纸条重新放回桌上,语气坚定地说:"张司令,这简直是胡说八道,有什么证据说我通匪？我王晏清受党国栽培多年，总裁和经国先生对我更是恩重如山，我与共党那是不共戴天。就是我想去投靠，共产党会要吗？难道共产党就不知道我的情况？！这些话我都不知从哪里说起，这样的污告您竟会相信？！"王晏清一脸愤懑。

王晏清的一番道白让张耀明怔住了，一时无以应对。许久，他的面部表情缓和了一些："你还知道总裁和党国对你不薄啊！那你为什么说'打仗无意义'之类的话？竟然还是在你们连级以上军官会议上说的。这句话是你应该说的吗？你身为一师之长，这不是扰乱军心是什么？"

王晏清回答："这话是我说的，那天我心情也不好，又喝了点酒，可能说了几句气话。我记得当时的原话是'现在虽有长江天险，也无必胜把握'。张司令，蒋总统元旦下野，李宗仁上来了，他李宗仁何德何能？听到这个消息，当时我就很不开心。您自己也很清楚，长江防线在两个有隔阂的人手里，一个要向东，另一个偏要向西，拧着来能行吗？远的不说，就我们师的三个团，您认为三个团长真会都听我的吗？三个和尚没水吃，三个团长三条心，难道还能打胜仗？我说的这些情况在我们军队内部普遍存在，谁能否认？司令您可以问问身边的人，我说的话是不是代表了现在军队里多数人的想法。"

"那你也不应该在那样的场合说这番话！"张耀明为了给自己找个台阶，强调了这一句。

王晏清点点头："对，张司令，这话我是不该说，说我通匪背叛党国，这未免有点太牵强了吧！"

来回踱步的张耀明停了下来，看着王晏清："关于这张纸条的事你还没有完全解释清楚，你今天就别回去了，暂且在司令部呆着。马上打电话给你的参谋长谭严巧，命令他立刻到这里来。"

"是。"王晏清早就知道，张耀明决不会轻易让自己离开这里。张耀明让自己打电话给谭严巧，无非就是想让谭严巧和自己在他面前对质。

"喂，老谭吗，张司令让你马上到他这里来。"

电话中传来谭严巧的声音："哦，是王师长，好的，我这就出发。"

张耀明恶狠狠地瞪了王晏清一眼，示意他在门外走廊等待。

王晏清来到门外，在走廊里走来走去，心中十分慌乱。"如果走不掉后面就会遇到大麻烦，张耀明一定会把这个纸条的事儿问个水落石出，该怎么办呢？"

正在苦苦思索之际，卫戍副司令覃异之从楼梯走了上来。王晏清眼前一亮，迎了上去："覃司令，您好！"

"有事吗？"覃异之看着他问了一句。

王晏清皱着眉摇了摇头。

"看你愁眉苦脸的样儿，跟我来吧！"

覃异之曾在青年军任过二十四师师长，做事稳重，待人宽厚。王晏清1944年曾在青年军编练总监部任过少将参谋长，两人自此之后一直私交甚笃。

见到自己的老上级，王晏清就把事情的经过原原本本地说了一遍。最后他抱怨道："覃司令，我现在一点办法都没有，一张莫须有的纸条，就把我搞成这样，您说以后这工作我还怎么干！"

覃异之笑笑说："晏清，你也别急，事情总会弄清楚的，等一会我到张司令那里去一下，问问具体情况，我是信任你的。"

这时，九十七师参谋长谭严巧敲门走了进来。王晏清看了他一眼，右眼眨了两下，眉头紧皱，谭严巧会意地点点头："报告，覃司令，我问了一下楼梯口的卫兵，他们说王师长在您这里，我就过来了。"

覃异之看着二人，笑了笑，站起来对谭严巧说："这样，王师长先在这里坐着，你跟我到隔壁来一下，我要问清一些情况。"

"是！"谭严巧随覃异之到了隔壁。

王晏清坐在沙发上，静静地等待隔壁的谈话结果。这时，他的心放下了一半，因为他事先和谭严巧沟通过相关情况。

不一会儿，覃异之回到办公室，王晏清立刻站起身。覃异之对他说："我刚才问了谭参谋长，了解了一些情况，和纸条上说的大都不符。这样，你先回家去吧，回头我和张司令再沟通一下。"

"行，那我先回家，谢谢覃司令。"

"但有一个要求，你哪儿也不能去，就在家待命，要随叫随到。"覃异之交代说。

"是，一定。"王晏清敬了一个军礼，长长地呼出一口气。

王晏清和谭严巧走到楼梯口，黄兴中和陈作群不知从哪里冒了出来，将两人拦了下来。覃异之听见几个人的争吵声便走了出来，朝黄兴中摆了摆手，说道："我让他们回去的！"

黄兴中无可奈何，只得放人。

覃异之放走王晏清，并不仅仅因为两人多年的交情。

原来，季清丰得到贺小飞的电话后，立即向华东局汇报了王晏清四面楚歌的处境，华东局意识到了问题的严重性，立刻向中央通报了此事……当天夜里，覃异之接到了一位多年至交打来的电话，让他关键时候出面替王晏清"挡"一下。覃异之清楚这位神通广大的老朋友话中有话，欣然照办。

覃异之后来去了香港，在那里参加了通电反蒋的香港起义联盟。

时间已到了下午五点，王晏清匆匆赶回家，夫人曹怡拉着他的手问道："晏清，情况怎么样了？我今天一天都心神不宁的。"

王晏清抚着夫人的肩膀说："别怕，事情都说清楚了。"

"后面不会再有什么事吧？"

"没事啦，我今晚就不在家吃饭了，马上得回部队，召开一个紧急会议，你在家里照顾好自己和孩子就行了。"

"那你小心点啊。"妻子把大衣递给了他。

"放心吧，那我走了。"

妻子目送着丈夫出了大门，还是有点放心不下，总感觉丈夫有什么事瞒着自己。

王晏清坐上汽车，飞也似的向师部驶去。

王晏清的汽车还在路上疾驰的时候，首都卫戍区司令部里，发生了一场激烈的争吵。

从黄兴中口中得知覃异之放走了王晏清，张耀明立刻通知大门岗哨拦截，但为时已晚。张耀明气呼呼地赶到覃异之的办公室，敲着桌子说道："老覃啊，你真糊涂，这个时候你怎么能放他走呢？"

"我已问过他的参谋长了，他汇报的情况也与纸条上的内容不符，您不让他走干吗？没有确凿的证据我们就不能抓他，到时总裁和经国老弟怪罪下来，还不得我们兜着?！到那时保密局的人会承认这些？"老资格的覃异之声音也大了起来。

张耀明无可奈何地说："老覃，糊涂啊，你这样做是放虎归山哪！"

覃异之辩解道："他王晏清说走就能走？后面我们继续调查，若真有其事再抓他不迟。"

"唉，和你没法说了。"张耀明气呼呼地摔门而去。

王晏清一回到师部，立即召集骨干开会，商量起义的相关事宜。

王晏清把自己的决定在会上一说，大家都大吃一惊，但没有人表示异议，不过在起义的行动方案上，不同的想法暴露了出来。

警卫营长叶宝印站起来说："师座，现在江防这么严，部队这么多人过江，那得多长时间哪！中间一旦被察觉，极容易被堵截，我感觉风险太大。"

王晏清问："叶营长，说说你的想法。"

叶宝印说："我认为现在起义过江，很多地方都没有做好准备，太仓促。即使我们过江北行，能否联系上共产党的部队且不说，他们也未必信得过我们，到时再发生冲突就更麻烦了。我想，既然部队在长江南岸，不如我们往东往南走，到宜兴、金坛、常州甚至太湖边，到了适合打游击的地方，我们先安顿下来，中间我们有的是时间和他们取得联系，到时共产党的部队过了江，我们再会合，这样也不迟啊。"

"这样风险也很大，可以说比过江的风险还要大。一是长江以南老蒋的嫡系部队很多，四五十万人都在这边，到时我们往哪个方向走都会有大量的部队对我们围追堵截；其次，解放军过江的时间还不确定，三五天还好，如果超过二十天甚至一个月，部队吃饭、弹药补给都将是问题，解放军既没有飞机，又无法前来解救，我们只会越陷越深，最后会非常被动。"王晏清摇了摇头。

副参谋长金岭云看着王晏清说："师长，现在过江，最大的问题就是船。大船都在下关码头，被江防部队控制着，能不能弄出来先不说，就是有船在手里，一旦被附近参与封江的第二舰队察觉，麻烦就来了。卫戍司令部早有明文规定，凡未经批准的过江船只，一律击沉，船的问题才是当务之急。"

副参谋长的话一出，大家的讨论变得热烈起来：有的建议领了薪饷和粮食再出发，做到有备无患；有的提议策动江面上的一些炮艇、军舰一起过去，既解决了运输问题，又能保证全师建制的完整。

一时间，会议室里一片嘈杂，没有了头绪。

待大家争论的声音渐渐平息下来，王晏清瞅了一眼身旁的政治部主任肖铁霖，只见他面色苍白，惶恐地看着周围的人，坐在那里始终一言不发。肖铁霖和王晏清曾是军校同学，此人胆子一向很小，特别是对这种关系到身家性命的大事，指望他做出决定是很难的。王晏清淡淡一笑，靠近他耳边说："肖主任，大家都讨论这么多了，你的意见也给大家说说嘛！"

肖铁霖如梦初醒一般，哆嗦着嘴唇说："这件事来得太突然了，我一直也不知道说什么好，但我觉得，大家对这件事一定要慎重，走错一步就会步步错，为免一失足成千古恨，无论如何要考虑周全。当然，这种大事还是王师长说了算，你们考虑好就行，考虑好就行。"

王晏清心里其实也很清楚，从今晚的会场来看，大家对起义表面上是赞成的，但内心很犹豫，考虑什么问题的都有，这个不好言明，也说不清楚，但事情已经发展到这个地步，话已出口，开弓没有回头箭，只能按照自己的设想来进行了。

王晏清重重地敲了两下桌子，整个会议室立马安静了下来，所有人的目光都盯向了九十七师的最高长官。

王晏清镇定地扫了一眼在座的一众骨干："在座的各位都是我们九十七师的栋梁，也都是我王晏清信得过的人。现在的时局，有的大家可能清楚，有的可能还不知道，我今晚就不多做解释了，但有一点我得说清楚，按照眼前的形势，我们必须马上过江，拖一分钟就多一分危险。希望大家不要再犹豫了，目前对我们最有利的就是立刻渡江举行起义，加入中国人民解放军。现在我命令，起义就在今天晚上举行，各部门、各团营即刻行动，给大家两个小时的准备时间。肖主任你就不要跟我们一块儿去了，但有件事需要劳烦你做一下安排，通知在座弟兄们的家属尽快离开南京，要确保他们的安全。"

肖铁霖如释重负地点点头，颤巍巍地起身随大家出了会议室。

对于王晏清来说，现实的情况是九十七师下辖的三个团：二八九团就驻扎在附近，团长杨延锋和副团长邓华林完全听命于自己，二九〇团的一个营驻扎在江北七坝，二九一团离师部较远，团长也是新任命的，可能难以和他沟通这次行动。为防不测，自己只能带两个团先过江了。会议虽然已经结束，命令也已下达，王晏清还是有很多担忧。他心里清楚，事情来得太突然，准备得又太仓促，起义的过程中肯定会出现始料未及的情况。

江宁迎春来旅馆里的几个人一直耗在那里，如坐针毡。期间虽然方林来过两次，但没有重要消息，大家只能心急如焚地继续等着。

晚上七点多钟，于青山推门进来，气喘吁吁地说："王师长刚才决定起义了，部队已开始行动，方处长让我赶快过来跟你们说一声。"

"啊？"赵家祺和陆平张大了嘴巴，"怎么这么快？什么原因？"

"具体情况也说不清，方处长说王师长是被逼无奈，今晚如不起义行事，明天就危险了。方处长让你们赶快与江北的部队取得联系，让他们前往接应，过江登岸的地点在江北七坝。"于青山回答道。

赵家祺看了陆平一眼说："这个地方我们不能呆了，马上回城，抓紧联系我们的部队做好接应。目前九十七师我们既进不去，也帮不上忙。回去立即处理后续的事情吧。"然后他又对于青山说："你马上回去，观察部队北进的动向，联系暗语我马上写给你，一定要保证王师长和我们的部队顺利会合。"

说完，赵家祺写了一张纸条递给了于青山。于青山急匆匆离开了。

八点多钟，在九十七师师部，准备工作仍在紧张进行着。这时，一阵急促的电话铃声响起，王晏清接过电话，是刚接到任命的代理军长陈沛打来的："王师长，还没休息呀？"

王晏清回答："噢，是陈军长啊，这么晚了打电话过来，有什么紧急的事情吗？"

电话中："也没什么事，问候问候，我想约王师长明早一起吃个早饭，再沟通一下后面的工作，我刚接手，需要了解一下情况，你看有时间吗？"

王晏清一听这话，心里顿时明白了，这个邀请，无疑是鸿门宴，自己一旦前去，必将有去无回。他哈哈一笑："陈军长，没问题，我一大早就过来。"

电话中："行，那我就在军部等你，早点休息，再见。"

"再见。"王晏清放下电话，命令警卫员，"通知各部门，半小时后出发。"

晚上九点钟，起义部队出发，很快就到了江宁镇河口。二八九团副团长邓华林已把找好的二十几条船停靠在岸边，部队三十人一组依次登船过江，直到凌晨两点，部队才过江完毕。集结完毕后，队伍向桥林镇进发，王晏清另安排四个联络组先行寻找解放军大部队。

部队急行军，王晏清边走边焦急地等待联络组的消息。这时，天边已经微微透出了亮光。

忽然，南边传来了飞机的轰鸣声。三架飞机很快飞到了头顶，机枪子弹一排排地射来，士兵赶紧就地卧倒，躲避着密集的子弹。飞机过后，天空中又"呼呼啦啦"地飘洒下一张张的纸片，上面写着："九十七师官兵们：你们师长王晏清勾结'共匪'，背叛党国。你师在我军有悠久之历史，官兵一向深明大义，盼即携械归来，给予重赏。有击毙王匪者赏银五万元，击毙次要匪首者赏银一万元，并连升三级。"行进队伍中顿时炸开了锅，队伍最后的二九〇团更是乱成了一锅粥，团长黄之禾大惊：原来师长派自己来扫荡是假，投靠共党是真。他冲手下大喊："兄弟们，大家往回撤，我们师长投降了。"这时，"不明真相"的部队宛如被捅散的马蜂窝，士兵四处逃窜，枪支丢得到处都是。

位于师部和二九〇团之间的王金鹏一看情况不对，连忙跑到黄之禾面前，大声喊道:"黄团长,我们不能回去,师长命令我们继续前进,你赶快命令部队跟着师部朝前走啊。"

恐慌中的黄之禾骂道:"你他妈的让老子跟着他去投降啊,不可能!你再拦着我,老子枪毙了你。"

王金鹏义正词严地说:"师长的命令是跟着他走,你必须执行命令!"

黄之禾从腰间掏出手枪,二话没说,朝着王金鹏就是两枪,王金鹏捂着胸口倒在了地上。黄之禾气急败坏地命令副官:"快,往回撤,只要到了江边就没有问题了。"

二九〇团的混乱犹如瘟疫一般迅速蔓延到了整个行军队伍,军心立时大乱。王晏清一看,局势几近失控,联络官还没有回音,自己就临时决定:二八九团和师直属部队原地待命,控制局势,阻拦敌人进攻,自己和副团长邓华林及警卫人员一百多人继续行进,联系解放军。

就在王晏清一行人离开不久,在桥林镇待命的二八九团也乱了。有人喊着:"师长跑了,不管我们了,后面的部队很快就追上来了。"早已军心大乱的士兵们一听,四处逃窜,局面失控了。团长杨延锋一手挥舞着手枪朝天而鸣,一边大声呼叫熟悉的军官,极力召集部队,但无济于事。不远处的副参谋长马兴一看时机已到,立刻命令两个亲信上去捆住杨延锋,跟在杨延锋身边的于青山冲上去,和他们扭打在了一起,杨延锋趁机解开尚未捆牢的细绳,向北朝新店庙方向跑去。

驻扎在新店庙的三野二十五军两个小时前收到了赵家祺的密电,得知九十七师起义部队渡江北上的消息后,立即派出部队向南突进开展接应。保证了王晏清等一百多人的安全。

随后,二八九团团长杨延锋也来到了王晏清的身边。

于青山身在何处,一直到南京解放后也没有下落。

蒋介石"御林军"九十七师的起义,虽然在规模上没有达到预想的效果,但起义本身给国民党政府造成了极大震撼。起义宛如一场大地震,在渡江大战即将拉开序幕前夕,彻底动摇了国民党部队守江的信心。

"就连最忠诚的'御林军'都向江北投诚了,这仗还怎么打?!"这个巨大的疑惑弥漫在每个国民党官兵的心头。

第七十三章

赵家祺 25 号中午才得知九十七师师长王晏清已与解放军先头部队会合的消息。

现在摆在他面前的一个重要任务就是尽快找到王晏清的家眷，先保护起来，再设法往外转移。

上午九点多钟，赵家祺驱车从王晏清家门口"路过"时，看见门口站满了警察和便衣，无疑王晏清的夫人和孩子已被控制。

赵家祺没有办法，只有返回公司。此时老王来了电话，让他在办公室等一会儿，说有重要事情告知。

约摸半个小时的工夫，老王和小李推门走了进来。迟疑了好大一会儿，老王才开口说话。

"家祺，你要挺住，告诉你一个不幸的消息。"

赵家祺心里"咯噔"一下，心提到了嗓子眼："快说！"

老王眼圈红了，吞吞吐吐地说道："家祺，李诗蓝她，她，她牺牲了！"

赵家祺的大脑"轰"的一下变得一片空白，上身猛然朝后仰去，重重地撞在椅背上，泪水从眼睛里夺眶而出，长久地呆坐在那里，说不出一句话。

"家祺，家祺！"老王想上前劝慰，可赵家祺却全然没有回应。

不知过了多久，赵家祺如梦方醒，他直起上身轻轻地问了一句："情报送到了吗？"

老王沉痛地说："送到了！李小姐就是为保护情报牺牲的！这件事昨天我们就知道了，我向陈书记和乔书记做了汇报，他们让我迟一点再告诉你，因为这两天你任务很重。"

"我知道了，谢谢你们。"赵家祺的语气出奇地平静。

"家祺，你要挺住，这事来得太突然，完全出乎预料。知道你心里难受，但你一定要保重。"老王走到赵家祺身边，扶着他的肩膀说。

赵家祺用衣袖擦去脸上的泪水，对大家说："我没事，我能挺得住。这么多年，我身边牺牲的战友、朋友、亲人还少吗？打仗就会有牺牲。这笔账要算到国民党反动派头上，要算到蒋介石头上。"

"老王，还有什么事？你说吧。"赵家祺看着老王。

老王说："我们刚得到消息，就这两天时间，南京的各大专院校的学生得知国民党和谈代表即将赴北平谈判，决定在四月一日谈判代表飞赴北平的当天举行游行示威。学生的要求是国民党政府接受共产党的八项和平谈判条件，不打内战，实现两党共治，还老百姓和平。据说，各个学校之间互相联络，成立了总指挥部，下面的分工很细，看样子这场游行势在必行，现在我们担心的是国民党政府和保密局特务不会放过这些手无寸铁的学生，万一他们大开杀戒怎么办？"

"这些年罢工罢课的游行不少啦，国民党当局对哪一场游行都要进行武力镇压。学生们太年轻，没有经验，不知道保护自己，这是个大问题。我们要想办法保护他们。"赵家祺充满关切地说道。

"怎么保护呢？"老王问赵家祺。

赵家祺谈了自己的想法："我们这两天召集南京及周边的同志，到时根据学生的游行路线，安排一部分同志在各个要点等候，一部分同志参与到游行队伍中伺机行动，我们还要与学生中的积极分子提前沟通好，让他们不要太冲动。老王，你了解一下学生们的集合地点和游行路线，我负责召集部队来的同志，游行前一天我们再碰个头，你看这样行吗？"

"可以，那我和小李马上回去，一有消息我就让小李向你汇报。"老王说完就离开了。

静悄悄的屋子里只剩下赵家祺一个人。

他靠在沙发上，双目紧闭，眼前一幕幕地浮现出李诗蓝的音容笑貌。那还是十几年前，在金陵大学一年级时，一个偶然的机会赵家祺在图书馆认识了李诗蓝，两人相视一笑，各自的心里顿时激荡起了温馨的涟漪。新年晚会上赵家祺挺身而出救助李诗蓝后，二人相聚的机会多了起来。后来赵家祺忙于系里的学生工作，策划、组织学生游行，与李诗蓝见面的时间慢慢变少了，但深埋在内心的那份感情却越来越深。二年级的后半段，赵家祺为躲避国民党特务的抓捕逃出了南京城。这一走两个人天南海北分离了十三年，彼此杳无音讯。幸运的是，去年九月自己返回南京时，竟然能见到日思夜想的她，而她也在等着自己。自去年见面算起，也不过半年多的时间，在这短短的时间里，两颗相爱的心终于聚合到了一起，互相牵挂，彼此关心。但现在，南京即将解放时，她却永远地离开了自己，两人憧憬已久的白头偕老的梦想变成了泡影。李诗蓝的母亲那里自己该怎么去面对？自己的母亲那里又该如何交待？

"你现在还在做你说的生意吗？以后就不走了吗？"

"这么多年，你还会念叨到我，我才不信呢。"

"我今天特别幸福！"

"是，保证完成任务！"

"等这里安定后，我们就不要再分开了，我不想再离开你了。"

……

赵家祺回忆着李诗蓝的一颦一笑，他感觉自己内心深处最柔弱的那部分已经破碎，再也无法弥合。

泪水再次顺着赵家祺的脸颊流淌了下来。

赵家祺走出屋门时，天空中飘起了绵绵细雨，如丝般的春雨洒在脸上，立刻凝成一颗颗的水珠顺着脸颊和泪水汇合在一起滑落而下。赵家祺一言不发，猛地擦了一把眼泪，上了汽车，双手紧握着方向盘，赶往市区。

他把车开到了长江路和碑亭巷交叉路口，小周已等在那里。赵家祺下车后朝碑亭巷里走去，小周则驾车悄悄地向西开去。

赵家祺熟门熟路地进了东区警察局，敲响了周云昌办公室的房门。周云昌打开门一看愣住了："您找哪位？"

"我是赵家祺！"

"嗨哟，是您啊，快快，进来。"赵家祺闪身进了屋，周云昌把门关上，笑着说，"您今天这身装扮，我都认不出来了。"

两人坐定，赵家祺说："今天有急事找您，考虑到您这里情况复杂，就简单地化了装。"

"您想得真周到。什么事？请讲。"

"昨天晚上九十七师举行起义，您知道了吧？"周云昌点了点头。

赵家祺接着说："今天上午王晏清师长已到了解放区，与我们的部队会合了，但该师参加起义的军官家属的转移情况还不得而知，组织上要求我找到王师长他们的家属并保护起来，不知您这里是否了解这方面的情况，我过来打听一下。"

周云昌回答说："我估计您来就是为了这个事。中午时我查了几个监狱的新进人员情况，九十七师的家属不多。王晏清的夫人叫曹怡吧？她和几个孩子已经被抓起来了，午饭前送到第一监狱的。参谋长谭严巧被黄兴中诱捕后关在羊皮巷看守所，这些信息确实无误，您的意思是？"周云昌说完看着赵家祺，等着他的安排。

赵家祺沉痛地说道："周局长，王师长为起义做出了很大牺牲，我们党一贯都是讲情义的，我们一定要想方设法保证王师长家属的安全，还有谭参谋长的安全。您看看有什么办法救他们没有？比如尽可能往后拖延审讯时间，这样我们可以多一些机会。"

周云昌摸了一下自己的下巴，想了想说："您看这样行不行，我把两个关押点执勤的人员换成我的人，尽量不让外人靠近，更不会让他们受皮肉之苦，这一点我能做到，但如果上面有什么动作，估计我也很难应对。一旦有什么情况我及时通知您。您放心，我这里一定会尽自己最大的努力。"

"好，您能做到这样已经不容易了，我理解您的处境。再过三四天，南京政府的和谈代表就将飞赴北平参加国共和谈。我想和谈前后，国民党政府不敢做出破坏和谈的事情。一旦出现紧急情况，我将及时向中央首长汇报，利用和谈代表来给国民党政府施加压力。"赵家祺伸出手，和周云昌握了一下，"周局长，这件事就麻烦您了，千万不能出问题呀，他们都是我们的功臣，我们有责任保护好他们和他们的家属。"

周云昌点点头回答："赵先生，您放心，我马上就去办这件事，尽量拖延时间，事情办妥后我和您说一声。"

"好的，如果您这里不方便，可以让马队长联系我。"

"好的，没问题。"

第七十四章

4月1日上午九点，南京各大专院校六千多名学生从位于四牌楼的中央大学操场出发，学生们高举标语和旗帜，呼喊着口号。他们在鼓楼与金陵大学的队伍汇合后，按计划浩浩荡荡地朝着中山路、新街口、大行宫、太平路、三山街、升州路、中山南路行进。一时间，整个石头城沸腾了起来，大街小巷都回荡着学生们激昂高亢的口号声。

街道两旁的行人，有的驻足议论，有的击掌鼓励，还有的市民被学生的爱国激情所感染，直接加入到了游行队伍当中。赵家祺和老王安排的几批人在不同地点悄悄加入到了游行的队伍中，他们一边呼喊着口号，一边警惕地注意着周围的情况。三个小时的游行震动了整个南京城，因学生与军警都比较克制，没有发生暴力事件，游行结束后，学生们大都平安无事地返回了学校。

事情并没有就此结束。中央大学的学生回校后不久,就惊悉戏剧专科学校的学生返校经过白下路时,遭到一批流氓军警的暴打,致使多人受伤。于是,群情激愤的中大学生们再次聚集,来到总统府门前请愿,声讨暴徒殴打无辜学生的罪行。

总统府大门紧闭,既没有人出来接待,也没有人上前解释。面对政府的冷漠,青年学生的不满情绪逐渐高涨起来,乌压压的人群以排山倒海之势涌向总统府门前,原本宽阔的长江路顿时被堵得水泄不通。

抗议的口号声一浪高过一浪,游行的人越聚越多,总统府前的值岗警察被迫一步步后退。这时,一个戴着金丝眼镜的军官在一群军警的簇拥下走到队伍前,对着人群高声喊道:"同学们,你们不要再闹了,赶紧回去吧,念好书才是你们的本分,再闹下去对你们没有好处!"

军官的最后一句近乎恫吓的话,犹如火上浇油,愤怒的学生们一下子围住了这名军官。面对群情激奋的学生,这名军官不断地拍着腰里的手枪,扬言要抓为首闹事的人。面对此人的嚣张气焰,学生们忍无可忍,抗议的声浪一阵高过一阵。

这时,一队穿制服的警察赶到现场,把学生们隔在总统府大门外,双方推推搡搡,形成了对峙的局面,冲突一触即发。

突然,从总统府西南方向开来了三辆卡车,车上全是手拿棍棒的军人。汽车还没停稳,这帮人就跳下车,举着棍棒呼啦啦朝学生队伍冲来。为首的一个人嘴上叼着烟,边跑边大声吆喝:"弟兄们,都给我上,打死这些共党分子。"这帮人不是别人,正是刚刚殴打过戏专学生的暴徒,他们自称"军容",即军官收容队,都是些从淮海战场上溃败下来的残兵败将。由于战场上的失利,他们把所有的怨恨全都发泄到了青年学生身上,个个下手狠辣,学生队伍一下子被冲散了。

喝斥声、哭喊声、惨叫声响成一片。身单力薄、手无寸铁的学生哪是这些军痞的对手,地上很快就躺满了受伤的学生,其他的学生也纷纷四处躲闪。一片混乱中,只见人群中有一二十个身材魁梧的年轻人,有的背起地上受伤的学生外撤,有的则与这些军痞们厮打纠缠在了一起。

这时,一辆吉普车冲到了总统府门前戛然而止,一个军官站到吉普车上朝天"砰、砰"开了两枪,大声喊道:"我是卫戍司令部稽查处处长黄兴中,哪个再敢打,我就枪毙他!"他身边的军警冲进了人群,那些军痞见状丢下手中的棍棒,趁乱偷偷地溜走了。

其实，纠集"军容"殴打游行学生的行动就是奸诈的黄兴中一手策划的。看到人群中带头的学生被清理得差不多了，隐藏在不远处的黄兴中"及时"出面了。他看着眼前的场面，佯装气得说不出话，命令身边的副官："快，打电话给司令部，让他们派几辆卡车来，先把这些人送到医院再说。"

天色渐渐暗了下来，示威人群慢慢散去。

福海贸易公司的大门外响起了汽车的喇叭声。韩久耕打开大门，汽车驶入院内，小周、贺小飞和王进林从车上跳了下来。赵家祺听见院里有响动，透过窗户看到三个人气冲冲地朝自己房间走来，心里便猜出了八九分。他推开房门，让三个小伙子进屋缓口气儿。

"他们是不是动手了？"赵家祺问。

贺小飞歪着嘴说："这帮兔崽子，可真够毒的，老子身上挨了好几棍。赵老板，周参谋胳膊上挨的那一棍估计不轻。"

赵家祺走到小周身边关心地问道："怎么样，严重吗？"

"还好，棍子是斜着夺过来的，如果是正面就麻烦了。"小周指指胳膊。

旁边的王进林骂道："这个局面，我们手上啥都没有，人又少，肯定得吃亏，老子要是在战场上有枪在手，他奶奶的，还会受这窝囊气？！"

第二天，南京的大街小巷里，人们都在谈论这次游行示威，学生被打死打伤近两百人，其中重伤十几人，死亡三人。这个事件激起了市民的极大愤慨。这个消息是老王在鼓楼医院的内线传出来的。面对着各界批评声讨的压力，国民政府开始惶恐不安。

毛人凤头天晚上刚从溪口飞回南京，一大早就赶到局里召开各处室负责人会议。他一开口就谈到了昨日的游行学生被打事件："昨天，我们赴北平参加和谈的代表才出发，就发生这样的事情，蒋总裁很生气，这不是给共产党以口实吗？一个个废物，事情办不好，反倒还要党国给你们擦屁股。你们马上给我抓几个兵油子送到李宗仁那里，让他们去处理，也好平平民愤。"

邓风盛战战兢兢地回话："局座息怒，会后马上执行。"

毛人凤接着说："昨日，蒋总裁就国共和谈给广州中央党部做出三条指示：首先，和谈必须先停战；第二，共军何日渡江，则和谈何日中止；第三，因渡江而导致和谈的破裂，其责任应由共党承担。我方代表张治中将军也将按照此三条指示谈判。和谈结果如何，暂且不论，但鉴于当前是特殊时期，形势于我方存诸多不利，为此我要对诸位提几点要求：第一，和谈期间，工作还要继续，保密局的责任是为党国、为总裁保驾护航，但要注意方式方法，不要给总裁和党国脸上抹黑，譬如昨天发生的事情，愚蠢糊涂至极；其次，当前共产党毛泽东以八项条件为谈判筹码，为我方所不能容忍，和谈前景黯淡，各位须做最坏打算，到时局里会统一部署、统一行动，我也将与诸位戮力同心、共度时艰，誓将同生死、共进退；最后，我也劝诫诸位，弟兄们为党国出生入死多年，贡献极大，往后的局面或许举步维艰，越是这样，越要有尽忠党国、历久弥坚之心，等时局改观，诸位都将是党国的重臣，届时我将为大家一一请功。"

毛人凤环视左右，看到在座的每个人都心事重重、眼神迷茫，笑笑说："天无绝人之路，更何况现在时局还没到不堪境地。大家不要这么严肃嘛。我说完了，诸位有什么想法可以畅所欲言。"

在保密局人员心目中，毛人凤行事神秘，笑里藏刀，素以笑面虎著称，让人畏惧。与会人员深知老板秉性，生怕言多有失，万一无意中触碰了毛人凤的哪根神经，死都不知道怎么死的，因此发言的人不多，发言的人说的也都是些表示忠心或无关疼痒的话，毛人凤悻悻地宣布散会。

在毛人凤开会的同时，新华社播发了南京"四一"惨案的消息，并在最后做了简短评论："四月一日，南京反动派政府在和谈开始的第一天，对要求真和平的学生进行惨无人道的屠杀，说明国民党反动政府眼中的和平是一回事，谈判是另一回事，本身的目的就已经与国共双方和谈的精神背道而驰。"

张耀明急了，李宗仁也急了，忙不迭地把保密局送来的两个人拉到刑场枪毙了事。

赵家祺一方面每时每刻都在关注着北平的谈判进程，另一方面指挥先遣小组成员紧锣密鼓地进行着各项准备工作。

时间又过了两天，新华社播发了毛泽东撰写的《南京政府向何处去？》。

……两条路摆在南京国民党政府及其军政人员面前：一条是向蒋介石战犯集团及其主人美国帝国主义靠拢，这就是继续与人民为敌，而在人民解放战争中和蒋介石战犯集团同归于尽；一条是向人民靠拢，这就是与蒋介石战犯集团和美国帝国主义决裂，而在人民解放战争中立功赎罪，以求得人民的宽恕和谅解。第三条路是没有的。

……

我们愿意正告南京政府：如果你们没有能力办这件事，那么，你们也应该协助即将渡江南进的人民解放军去办这件事。时至今日，一切空话不必说了，还是做件切实的工作，借以立功赎罪为好。免得逃难，免得再受蒋介石死党的气，免得永远被人民唾弃。只有这一次机会了，不要失掉这个机会。人民解放军就要向江南进军了。这不是拿空话吓你们，无论你们签订接受八项条件也好，不签这个协定也好，人民解放军总是要前进的。

签一个协定而后前进，对几方面都有利——对人民有利，对人民解放军有利，对国民党政府系统中一切愿意立功自赎的人们有利，只对蒋介石，对蒋介石死党，对帝国主义者不利。

不签这个协定，情况也差不多，可以用局部谈判的方法去解决。可能还有战斗，但是不会有很多的战斗了。从新疆到台湾这样广大的地区内和漫长的战线上，国民党只有一百一十万左右的作战部队了，没有很多的仗可打了。无论签订一个全面性的协定也好，不签这个协定而签许多局部性的协定也好，对于蒋介石，对于蒋介石死党，对于美国帝国主义，一句话，对于一切至死不变的反动派，情况都是一样的，他们将决定地要灭亡……

南京政府及其代表团是否下这个决心，有你们自己的自由。就是说，你们或听蒋介石和司徒雷登的话，并和他们永远站在一起，或者听我们的话，和我们站在一起，对于这二者的选择，有你们自己的自由。但是选择的时间没有很多了，人民解放军就要进军了，一点游移的余地也没有了……

这篇评论听得赵家祺神情振奋，热血沸腾。评论说出了赵家祺的心声，更说出了全国人民日思夜想的愿望，大局已定，众望所归！赵家祺仰望长空，喃喃自语，光明就在眼前，中国的光明前途已昭然天下，他个人及渡江先遣人员之前所付出的努力即将在人民解放军进军江南的浩荡洪流中化作一朵朵美丽的浪花！

第七十五章

化装后的赵家祺看了一眼手表，与季清丰约定的时间快到了。他起身叫上小周开车往首都电厂方向驶去。路上赵家祺问:"见面的细节都安排好了吗?"

"您放心,都安排好了。"小周回答。

赵家祺还是提醒了一句:"还是不能大意啊,北平的和谈对国民党来说并不顺利,敌人这段时间肯定会加强对重要地段的巡查。"

在首都电厂向北三四百米处,靠近三岔路口有一家扬州富春茶馆。茶馆里的客人多为附近走南闯北的客商及军人,由于靠近火车站,店内各色人等熙来攘往。

赵家祺和小周来到店前,环顾一下四周后上了二楼,正好与守在楼梯口的季清丰打了个照面。双方点头示意后,季清丰带领二人来到包间。季清丰对赵家祺说:"等一会儿他们人就到,待的时间应该不会长,按规定,晚上八点前他们必须回到舰上。"

"知道了,今天沟通的主要方向是?"赵家祺问道。

季清丰说:"前段时间国民党海军第二舰队林尊司令已通过相关渠道与中央社会部取得了联系,起义的态度很坚决,起义的时间会根据渡江总前委下达渡江命令的时间而定。这次主要是针对一些细节进行交流和沟通。林司令指挥的第二海防舰队有大小舰只近三十艘,但想要所有的舰只在行动上都能达成一致并不容易,我们要和尽可能多的官兵做好沟通,把握每艘舰船基层人员的动向,以防起义过程中发生意外情况,这也是华东局领导对我们提出的要求。"

正在谈话间,两名身着军装的国民党军官悄悄走了进来。季清丰立刻迎上前去,轻声向对方做着介绍:"这位是我军渡江先遣小组的赵家祺赵部长,另一位是赵部长的参谋周一新同志。这位是'吉安'号护卫舰舰长潘亮风,是我党安排潜伏在该舰队里的同志,到了这个阶段,组织上决定唤醒他。"

与赵家祺握手后,潘亮风介绍身边的军官:"这是我们舰上的通讯联络官邢可林,也是我们的人。"他又接着说,"我先介绍一下情况,我们是今天上的岸,晚上八点前必须要归队。昨天林司令到国防部参加会议。林司令是林则徐的侄孙,可谓名将之后,'重庆'号起义后,他也开始考虑舰队以后的前途和命运问题。前段时间,组织派人找他谈话,他赞同起义,决定不再与国民党为伍。在第二海防舰队,大大小小军舰、炮艇、登陆艇有近三十艘之多,都归林司令指挥。林司令为人正直,在官兵中颇有威信。问题是部分舰只上的指挥官起义时不一定会按照我们的计划去执行,所以还需要你们帮忙做些协调的工作，因为很多舰艇的指挥人员在南京都有家室和亲友，他们还是有后顾之忧，这方面的工作也需要你们的帮助。"

潘亮风介绍完，看了一眼身边的联络官。邢可林打开公文包，从皮包夹层中小心翼翼地拿出一叠材料放在了赵家祺面前。看着这些材料，潘亮风说："这些资料非常重要，是林司令让我交给你们的长江江面上军舰的部署情况，里面还有我们第二舰队各舰长及主要指挥人员的个人信息。"

赵家祺握着潘亮风、邢可林两人的手，高兴地对他们说："请你们放心，我们今后要加强这方面的工作。现在国共两党在北平谈判，估计双方难以达成一致，不出意外的话，我们的部队将会在近期开始渡江。时间紧迫，我们务必提前做好准备！"

"是啊，时间紧迫，我们都要抓紧时间！经过我们前期的努力，粗略估计会有超过十五艘舰船参加起义，对此我们有十足的把握。我们还在继续推进下面的工作，争取整个舰队都能加入到人民解放军的队伍中来。"潘亮风说道。

赵家祺又与潘亮风就一些细节问题进行了商讨，小周和邢可林互留了电台密码和通讯频段。

季清丰看事情已谈得差不多，安排店家上了一些包子、干丝和甜羹，潘亮风、邢可林二人草草吃了一点后迅速离开。赵家祺对季清丰说："你先走一步，大家错开时间，我们两个稍迟一些再下楼。"

季清丰下楼五分钟后，赵家祺和小周也分别出门准备下楼。当两人还在楼梯上时，就听见外面吵嚷声不断，探头一看，是季清丰被三四个人围在中间，双方正在争执着什么。赵家祺侧耳倾听，判断出是那帮人要把季清丰带走进行盘问。

小周让赵家祺从侧面先撤，自己则朝几个人面前走去。此时围观的人越来越多，小周推开众人正欲上前理论，忽然，一只手拉住了他。他转身一看，是陈威。陈威朝他使了个眼色，示意让他先走，自己留下来对付。小周没有丝毫犹豫，低着头走开了。通过余光一瞥，小周发现了几张熟悉的面孔，不禁心中一惊。

见小周走远，陈威挤到季清丰跟前，故作吃惊地问道："哟，是大哥呀，这是怎么一回事？"

季清丰没见过陈威，正当他思量怎么应对眼前的局面时，陈威抬手搂着了他的肩膀，问到："哎呀，王哥，我刚和你俩兄弟在这里吃饭，他们刚走，就看见你在这里被这几个人围住了，有啥麻烦事吗？"

季清丰顿时明白了此人的来意，也佯装和陈威是老相识，回答说："这几个人我也不认识，问这问那的，还说要带我走，我也不知道怎么回事。"

为首之人正是豹队长。他一看有人中间横插一杠子，又孤身一人，口气还大得很，心中十分不爽，上前用手搐了一下陈威的胸口，喝问道："哎，哎，你算哪根葱，干什么的？"

陈威毫不相让，一把抓拉开豹队长的胖手："这样动手动脚的不合适，你认识这位吗？"说完，陈威看了一眼季清丰，大声介绍说，"他是监察院的秘书长，你算老几呀？"

"秘书长？没见过，我们必须将人带回去问问才行。"豹队长不依不饶地说。

旁边的一个瘦子说："监察院我去过几次，没见过这个人，别跟他废话，先带走再说。如果真是秘书长，我们再亲自送他回去，当面赔礼道歉。"

陈威看着瘦子，头伸到他面前问："你是哪位？"

豹队长上前介绍道："他是我们保密局的龙哥，负责这一片的。"

"豹队长你不是负责这一片吗，怎么又冒出来一个龙哥？怎么了，被贬啦？我只知道许金良手下有个姓龙的队长，该不会是你吧？"

陈威这话一说，两个人愣住了，叫龙哥的人诧异地问："请问你是？"

"这个你们不需要知道，我王哥今天跟我走定了，你们几个忙自己的去吧。"陈威大手一摆，斩钉截铁地说道。

豹队长赶紧陪着笑脸对陈威说："不瞒这位兄弟，我们对你这位王哥的身份有点怀疑，什么证件也没有，他和我们内查的一个人长得有点像，我们得带回去问问，例行公事嘛。如果真像你说的，我们就按龙哥说的办，亲自送他回来，我们总不能不清不楚地就把他放了呀。还有，你的身份我们也没搞清楚，要不跟我们一块过去，到我们那喝喝茶，说不定我们还能攀上高枝呢。"

陈威哈哈一笑，对豹队长说："豹队长你这可是贵人多忘事啊！去年十月份在一个院子里我们见过面的，怎么，是时间太久了你不记得啦还是现在混得不孬，根本不想认我们啊？"说完话，陈威瞪大眼睛盯着豹队长。

"噢，有印象，不好意思，那天晚上天太黑，没看清，对不住，对不住。"豹队长一拍脑袋，额头惊出一层细汗，心里立刻清楚了眼前的人和几个月前那天晚上的就是一伙人。

豹队长立刻装出一副恍然大悟的模样，态度立马来了个一百八十度大转弯，转身对姓龙的说道："龙哥，都是自己人，误会，误会。"

那个叫龙哥的人对陈威的傲慢姿态心里还压着火，朝豹队长瞟了一眼，不屑一顾地说："什么误会，查清楚再说，带走！"

陈威冷笑一声，轻蔑地对姓龙的说道："看样子这个面子你是不想给豹队长喽？"

"什么狗屁面子，就是我们许组长来了也得这么干！"龙哥朝旁边大吼道，"他妈的都磨蹭什么，带走！"

陈威上前一步跨到龙哥面前，睁大眼睛瞪着他："王八蛋，给你脸你还真不要脸了是吧？我看看哪个敢动一下王秘书长？豹队长，叫警察，看我整不死这个兔崽子。"

豹队长的脑子一下子蒙了，这个局面他自己咋收拾得了，赶紧拉了拉龙哥的袖子欲息事宁人，龙哥一把推开他，手伸向了腰间。突然，他愣住了，捂在腰间的右手一动不动，原来枪套里的手枪已不翼而飞。

龙哥身后两个随从这时也都目瞪口呆，二人同样腰间空空。

"啪！"龙哥脸上一记响亮的耳光划过，陈威嘿嘿笑着，食指重重地点着龙哥的额头："你他妈的不是很跩吗？跩啊！"

龙哥还没反应过来，又是一记耳光，血从龙哥的嘴角流了下来。气得浑身发抖的他抬手正要向陈威脸上挥去，一个黑洞洞的枪口顶住了他的后脖儿梗，举起的手顿时软绵绵地耷拉了下来。

这时，人群中的几个人上来就把姓龙的和两名手下围得严严实实。

陈威对龙哥身旁一脸惊愕的豹队长说："我是警察厅督察郝龙信，负责抓捕贪污党国财产之要犯，这个姓龙的和两名手下已被我们跟踪多日，今日抓获，明日即可见报。"

陈威对面前拎着手枪的几个人命令道："带走！"

豹队长满头是汗，吓得傻立在那里，大气也不敢喘一下。突然，肩膀被人拍了一下，他惊恐地看着陈威那张方脸，听到耳旁传来轻轻的问话："豹队长，我长啥模样看清楚了吗？"

"看，看清楚了。"再一想，不对，赶紧把头摇得像拨浪鼓，"我，没，没看清楚，没看清楚。"

"我们见过面吗，豹队长？"

"没，从来没见过。"

"好的，后会有期。"

陈威哈哈一笑，拍了拍豹队长的肩膀，领着季清丰大摇大摆地走了。

第二天，在首都电厂南边的一个农家用来沤肥的粪池边，三具男性尸体被打捞到菜地里。许金良看着一身污秽的龙哥一动不动地躺在地上，气得浑身哆嗦。豹队长双腿打颤、脸色煞白地站在旁边，满头冷汗，一言不发。

又是一个阳光和煦、暖风拂面的日子。一大早，韩久耕哗啦哗啦地扫着院子，夏瑜莹来了，离老远就招呼着："韩师傅，我哥在吗？"

韩久耕放下扫帚，一看是夏瑜莹，大声笑着回答："在，正睡着呢，最近也不知咋的，工厂不怎么忙，赵老板天天在家睡大头觉，一天两顿饭，还说不准什么时候吃。"

屋内早已起床的赵家祺听到了韩久耕高高的嗓门声，立刻解开上衣纽扣，装出正在穿衣服的样子。门打开后，夏瑜莹拎着东西走了进来。

"哥，很闲嘛，今天厂子里怎么静悄悄的呀？人都到哪儿去了？"

"现在没什么活，养不起人，干脆就放假了，什么时候有活再通知大家过来。你今天怎么有空到这里来了？"赵家祺看着她说。

"这几天也没什么事，闲得无聊，就想着过来看看你。"说着话，她先把东西往茶几上一放，然后一屁股坐在沙发上，"给我倒杯水，口渴了。"

"哟嗬，很有功劳嘛。"赵家祺倒了杯温开水放到了她面前。

夏瑜莹眼睛一斜，嘟着小嘴说："当然了，你看看，我都给你带了什么好吃的，你这个人哪，还当哥呢，从来不知道关心人。人家不来，你连电话都不主动打一个。"

"我的好妹妹啊，你们那个部门是我能随便联系的吗？惹不起，哥躲得起。"赵家祺用调侃的语气说。

姑娘拍拍桌子，嗔怒道："哥，和你说话怎么就这么费劲呢，保密局是保密局，我是我，两码事。人家大老远来看你，你却一点感激之情都没有，那我走了。"说着就想站起来。

赵家祺赶紧把夏瑜莹按在了椅子上："好，好，哥不对。"夏瑜莹笑着靠在了椅背上，问赵家祺："李小姐呢，最近怎么没看见她？"

"唉！"赵家祺叹了一口气，"别提了，她母亲不是在香港治病吗，她去看她母亲去了，都走了十几天了，连个信都没有。"

夏瑜莹一听，笑着对赵家祺说："不会是人家不要你了吧，香港那个地方，花花世界，李小姐又长得那么漂亮，追求她的能少吗？你别到最后竹篮打水一场空啊！"

"这个我能管得了吗？随她。"赵家祺自己倒杯水端在手里，坐在了夏瑜莹的对面。

夏瑜莹刚要接着说话时，贺小飞慌里慌张地跑了进来，一看见沙发上坐着夏瑜莹，愣了一下，然后笑着问道："赵老板，这是哪位大小姐啊？"

"我在保密局的一个朋友，有事吗？"赵家祺看着他。

"啊！保密局的，太吓人啦，不过人长得蛮漂亮的，我们赵老板真有福气，认识的都是漂亮的。"贺小飞嘴里说出的话甜甜的，让人感觉特别贴心舒服。

夏瑜莹看着他，一脸笑容："这个小伙子很会说话嘛。"

赵家祺用手点点桌子："唉，有事说事，别瞎扯。"

贺小飞掏出一张纸条递给赵家祺，随口说道："还是上次那批货的事。"

赵家祺打开一看，纸条上写着："4月11日上午10点，渡江战前工作会议，地点：泰州白马庙。"他心头一震，一阵暗喜，然后合上纸条还给贺小飞："那你马上准备去吧，这批货在库房里存了很长时间了，赶快处理掉！我这里还有客人，等你忙完了，把结果告诉我就行，去吧。"

"得嘞。"贺小飞冲夏瑜莹笑笑，跑了。

"哥，你这个手下嘴甜腿勤脑子又好使，你很喜欢他吧？"

"也谈不上喜欢不喜欢，你说的倒是没错，这小伙子机灵，让我也省了不少心。唉，年前预备的货到现在客户才要，现在能脱手就烧高香了，这个世道，说不准呀。"

"哥，我来是想和你商量一个事。"

"你说。"

"我现在确实不愿意在南京呆了，我想回上海。"

赵家祺说："可以呀，自己的事自己做主，想去哪儿就去哪儿呗。"

"不是，我想让你陪我一块去，南京这个地方太乱，我心里不踏实，到了上海，你也先别急着回来，我陪你玩几天，反正你刚才也说了这里不忙。晓辉哥现在也在上海，他前两天还说有事找你呢，正好去见见他，你看看行不行？"夏瑜莹终于说出了自己的来意。

赵家祺低头想了想，对她说道："应该可以吧，不过得等几天，你看我这里还有一些扫尾的事，我想把公司盘出去，等一切安排停当后我就陪你去，正好也可以看看晓辉。"

"你要把公司盘出去?"夏瑜莹一脸疑惑。

"现在我也没什么活干,这仗说打就打起来。如果时机合适,我再回来也没问题呀。把公司盘出去以后,手里有点钱,我就安心了,可以不用愁以后的生活了。"

"那这样就更好了,你也不用回来了,在上海多好,到时我帮你,上海那地方的机会要比这里多多了。"夏瑜莹开心地说。

"行啊,那先这么说,过几天我看看情况,争取早点把这个地方盘出去,到时我给你电话。"赵家祺端起杯子喝了两口水,一脸轻松。

"那你要抓紧啊,目前这世道,越往后你的厂子越难出手。"

赵家祺点头称是。

夏瑜莹站起身,开心地说:"太好了,今天我特别开心,要不我们出去转转,吃点东西,我给你买几件衣服,你的这身衣服都掉色啦。"

赵家祺放下茶杯,站起身客气地说:"转转可以,但衣服就不要买了,这身衣服穿着很合身,今天我请客,请妹妹吃顿好的。"

"不,我请客。"

"行,行,那走吧。"

一出门,夏瑜莹就挽着赵家祺的胳膊,宛如一对情侣似的有说有笑地上了车。

下午六点钟,小周和贺小飞两个人急得团团转,老王则在座位上静静地看着报纸,大家都在等赵家祺。

赵家祺开车刚进了院子,两个小伙子就冲出了房门,贺小飞焦急地说:"赵老板,大家等您等得心都快长毛了。"

赵家祺嘿嘿一笑,搂着小飞的肩膀说:"还是年轻啊,沉不住气,我知道你们的来意,进屋再说。"

进屋之前,贺小飞瞅着赵家祺说:"赵老板,你好有艳福啊。"

赵家祺在贺小飞的后脑勺上拍了一下,笑着说:"小伙子想找老婆了吧?行,没问题,过一段时间,这里解放了,我来给你介绍。"

三人进了屋,老王放下报纸,站了起来:"家祺,晚上十一点钟,在扬中东靠岸的一个炮艇,他们会放下一只小船送你过江,对岸是我们的二十八军驻防,上岸后会有一个小分队前来接应,那里距离白马庙有一百多公里,他们小分队会一路护送你过去,这样你在天亮前就可以赶到三野东线渡江战役指挥部。"

"好的。这次参加会议，应该就是讨论渡江的具体事宜了，我们部队渡江的时间真的不远了！"赵家祺很是兴奋。

老王对赵家祺说道："这次用我们方老板的车送你过去，陈威开车，通行证已准备好，小周陪你一块去。开完会后你按原路返回。现在你们先吃点东西，七点半准时出发。"

第七十六章

陆路，水路，再到陆路，几经辗转，内心无比激动的赵家祺赶在天亮前到达了泰州白马庙。

白马庙，位于泰州东南二十华里，有着一千八百多年的历史。相传东汉末年蒋子文出生于泰州东南蒋家河旁，他文武双全，官至秣陵县尉，后因追盗贼负伤而死后，其部下还曾在路上看见他"乘白马，执白羽，侍从如平生"，疑似显灵，家乡人民为纪念他，兴建了白马将军庙。

4月4日，粟裕、张震、张爱萍率领第三野战军到达白马庙，在一家王姓人家的小楼里成立了东线渡江战役指挥部。赵家祺推开黝黑发亮的大门，跨过门槛，来到院内，眼前豁然开朗——二三十米见方的院落，收拾得井井有条，穿过青砖铺设的院子，是一幢二层小楼，这就是渡江战役指挥部所在地。小楼一层有会议室、通讯室、警卫室及三位领导人的休息室，二层则是机要室、指挥室、作战室等，楼上楼下一派繁忙景象，谈话声、电话铃声、电报呼叫声不绝于耳。

小楼的东侧有两间稍显低矮的瓦房，那便是指挥部的厨房，赵家祺被前来接待的参谋人员安排在这里简单吃了早饭，稍作休息后赵家祺走进了会场。会议室不大，最多只能坐二十来个人的样子。赵家祺刚坐下，其他参会人员也陆陆续续进入会场。会场内大多是身穿军装的军人，只有赵家祺和另外两三位身着便装。所有参会者个个精神抖擞，脸上满是激动和兴奋。

十点刚到，粟裕司令员和第三野战军前线委员会委员张爱萍微笑着走进了会议室，大家起立鼓掌。粟裕司令员个子不高，一头短发，脸上略显疲惫。他操着湖南口音招呼大家赶快坐下，然后开始发表讲话。

"同志们，辛苦喽！在这里我先传达一下中央现阶段的战略方针：东北、华北、中部及西北大部已完成阶段性战略进攻，一些地方已开始民生建设、资本改造及土地改革；余下的华东、华南、西南、西北部分地区仍将开展战略进攻，直至将国民党反动势力完全消灭，让全中国的土地和城市回归真正的主人——人民手中。现在，在长江沿线，还盘踞着国民党的两大势力——汤恩伯集团和白崇禧集团，这两大势力也是我们近期全力打击的重点。'打过长江去，解放全中国'是党中央制定的战略方针，也是党中央交给我们的一项重要任务。这个任务我们一定要坚定不移地去完成。党中央预先制定的渡江时间本为3月底，由于国共双方议定4月1号和平会谈才不得已而延迟，预计渡江时间将会推迟到本月中旬，最迟在20号左右必须进行。根据往年的气象水文资料分析、判断，今后一段时间长江上游雨水将会逐渐增多，在五、六月份梅雨季节到来之前，一定要全线完成渡江，再迟水面就会变宽，水流变快，势必增加渡江的难度。所以现阶段，从兵团、军、师，到团、营、连都在加紧备战，打造渡船、训练水手、配置兵力和沿岸巡逻。现在各级官兵斗志高昂，请战书如雪片般上报到了我们指挥部。今天召集大家来，就是根据各个地方的具体情况，摸一下底，今天的会大家不能白跑一趟，要开好，要把自己的经验、优势和不足都摆到桌面上来，指挥部做好记录，统一规划，要把各方面的因素考虑进去，能解决的马上解决，这也是对战士的生命负责，对中央负责。问题不论大小，大家都可以畅所欲言，想到的先说，一时说不完整的，后面还可以补充。"

粟裕司令员说完，会场上立刻热闹起来。大家纷纷举手发言。

华东局代表也做了工作汇报。

赵家祺看看左右，也举起手，大家都把眼光投向了他。"首长好，我代表渡江先遣小组向大家做工作汇报，我——"

"你叫赵家祺吧，好几位同志都跟我说起过你。"粟裕看着他笑呵呵地说道。

赵家祺赶紧站起来，敬了一个军礼："报告司令员，是的。"

粟裕朝他摆摆手："请坐，请坐！我给大家介绍一下，赵家祺同志率领的先遣小组和陈修良同志领导的南京市委的同志们不简单呀！他们深入虎穴、机智斗敌，短短时间内给我们提供了那么多重要的情报，在渡江计划制定、实施过程中发挥了不可替代的巨大作用！他们还为部队提供了一大批急需的船用马达和造船设备与材料。他们善于动脑筋、想办法，巧妙地打入敌人内部，实施策反工作，已经取得很大成绩。在这里，我代表总前委和渡江战役指挥部向你们表示感谢！"粟裕司令员带头鼓起了掌，大家对赵家祺投来赞许的目光，会议室里顿时响起了热烈的掌声。

粟裕同志的一席话，是对自己和同志们半年多来深入虎穴、出生入死的最高褒奖，此时的赵家祺激动万分。

赵家祺开始了自己的汇报："近阶段，在南京及周边几个地区，我们一直在加强与国民党内部一些人员的联络，效果很不错，他们会在我们大部队过江时做好配合工作。另外，在国民党政府名下的工厂、学校，还有一些与南京市民日常生活息息相关的重要部门、重要工厂，我们也做了工作，基本摸清了敌特进行破坏的计划，隐患将在渡江前逐步清除，一定把这些重要设施安全地交到人民手中。除落实好上述工作内容，先遣组和南京市委还将组织熟悉地方情况的同志，在各渡口、主要街道、重要场所，为渡江部队做好引导和向导工作；南京周边的几个地区，同样的工作也已安排下去。要说困难，也还是有一些，因为在南岸各个城市需要保护的地方太多，敌人要破坏的重要设施和场所特别分散，我们虽然对现有的武器和人员做了相应安排和调整，但由于战线拉得太长，还是感觉有点力不从心。如何解决这个现实问题，我自己在来时的路上想到了一个办法：在大部队过江前后，希望部队首长安排一些小分队，到达这些地点和位置，做好保卫工作。首长，我就说这些，请指示！"

"家祺同志这个建议提得好嘛！"粟裕敲了一下桌子，看了身边的张爱萍一眼。张爱萍笑着说："家祺同志年纪轻轻，蛮有远见的嘛，和我们想到一起去了。"

粟裕司令员接着讲话："像沈阳、北平，包括接下来的南京和上海这样的大城市，都存在这样的问题，但南京更为特殊，国民党毕竟在那里盘踞了二十多年，要保护那么多的建筑、重要设施，任务确实很艰巨，我们的部队一定要在这方面提供大力支持。这样，等一会儿赵家祺同志和敌工部的杨云枫同志到我办公室，一起商讨行动方案。家祺同志，如果还有什么困难，直说无妨。"

赵家祺看着首长坚毅的表情和信任的眼光，一股暖流涌上心头："没有了。此前我对南京及周边重要地区的地形和路线做了较为细致的标注，到时我把材料一并交给杨部长，一些具体细节，我们再商议。"

粟裕点点头，脸上露出了赞许的笑容。

在司令员办公室，粟裕向赵家祺介绍刚刚走进屋内的年轻军人，说："这位是杨云枫同志，和你是同行。他在淮海战役中一直从事敌后工作。"

"杨部长是前辈，几个月前在天长见过一面，这次又见面，太荣幸了。"赵家祺笑着向杨云枫敬了个军礼。

杨云枫向赵家祺回了一个军礼："家祺同志，司令员说的都是老黄历了。这次我们两个相互配合，一定能够圆满完成首长交付的重任。"

赵家祺从包里拿出一个笔记本，递给了粟裕，粟裕翻阅几页后交给了杨云枫，并嘱咐说："云枫，你回去根据家祺同志提供的这些内容，制定一个详细的计划，一定要落实到位。还有什么需要交流的，你们就在我这里谈，务必要衔接好。我马上要到前线看看，张震参谋长还在那里等着我呢。"

粟裕即将跨出门槛时，又转过身来，关切地拍了拍赵家祺的肩膀，说："家祺同志，吃过午饭再走吧，不在乎这一会儿时间，我就不陪你啦!"即而又交待杨云枫："让食堂弄点黄桥烧饼和白米羊肉给家祺尝尝，家祺来一趟不容易。你一定要代我陪好，等我们到了南京，人家才能好好招待我们，礼尚往来嘛!"说完，爽朗地笑了。

"是!"杨云枫微笑着应答，行了一个标准的军礼。

赵家祺目送粟裕走出了大门。

第七十七章

4月15日晚，在北平国共和谈第二次正式会议上，中共中央军委副主席周恩来郑重宣布：和平协定已正式定稿，我方要求谈判以4月20日为最后期限，南京政府是否愿意签字，须在20日以前明确表态。

《国内和平协定》最终修正案内容如下：

中华民国三十五年，南京国民政府在美国政府帮助之下，违背人民意志，破坏停战协定及政治协商会议的决议，在反对中国共产党的名义之下，向中国人民及中国人民解放军发动全国规模的国内战争。此项战争，至今已达两年又九个半月之久。全国人民，因此蒙受了极大的灾难。国家财力物力遭受了极大的损失，国家主权亦遭受了新的损害。全国人民，对于南京国民政府违背孙中山先生的革命三民主义的立场，违背孙中山先生的联俄、联共及扶助农工等项正确的政策，以及违背孙中山先生的革命的临终遗嘱，历来表示不满。全国人民对于南京国民政府发动

渡江

此次空前规模的国内战争以及由此而采取的政治、军事、财政、经济、文化、外交等项错误的政策及措施，尤其表示反对。南京国民政府在全国人民中业已完全丧失信任。而在此次国内战争中，南京国民政府的军队，业已为中国共产党所领导，为中国人民革命军事委员会所指挥的人民解放军所战败。基于上述情况，南京国民政府曾于中华民国三十八年一月一日向中国共产党提议举行停止国内战争恢复和平状态的谈判。中国共产党曾于同年一月十四日发表声明，同意南京国民政府上项提议，并提议以惩办战争罪犯，废除伪宪法，废除伪法统，依据民主原则改编一切反动军队，没收官僚资本，实行土地改革，废除卖国条约，召集没有反动分子参加的新的政治协商会议成立民主联合政府，接收南京国民党反动政府及其所属各级政府的一切权力等八项条件为双方举行和平谈判的基础，此八项基础条件已为南京国民政府所同意。因此，中国共产党方面和南京国民政府方面派遣自己的代表团，授以举行谈判和签订协定的全权。双方代表于北平集会，首先确认南京国民政府应对于此次国内战争及其各项错误政策担负全部责任，并同意成立本协定。

第一款　为分清是非，判明责任

……

第二十四款　在南京国民政府业已派遣代表出席新的政治协商会议以后，中国共产党方面愿意负责向新的政治协商会议提议：在民主联合政府中应包括南京国民政府方面的若干爱国分子，以利合作。

双方代表团声明：为着中国人民的解放和中华民族的独立自由，为着早日结束战争，恢复和平，以利在全国范围内开始生产建设的伟大工作，使国家和人民稳步地进入富强康乐之境，我们特负责签订本协定，希望全国人民团结一致，为完满地实现本协定而奋斗……

赵家祺和战斗在敌人内部的同志们，每时每刻都在关注和谈的最终结果，判断时局走向。为了安全，福海贸易公司的先遣小组成员分批进行了疏散，住到了南京城里的其他秘密联络点，厂里只留下韩久耕一个人守门。按照既定方案，中共南京市委和赵家祺领导的渡江先遣小组迅速行动起来，他们往来于学校、工厂、机场、炮台、军营、码头、车站、仓库之间，夜以继日地开展工作。

1949年的4月20日晚上九点，国民党在北平的谈判代表接到李宗仁、何应钦的复电：拒绝在《国内和平协定》最终修正案上签字。

滚滚长江东逝水，古往今来，没有人能够抽刀断水，阻挡波涛汹涌的历史大潮。

长江北岸，一艘艘战船抵达江边，一排排大炮指向南岸，一列列士兵手握钢枪，一面面红旗猎猎招展。

4月21日，中共中央军事委员会主席毛泽东、中国人民解放军总司令朱德发布命令：

> 各野战军全体指挥员战斗员同志们，南方各游击区人民解放军同志们：
>
> 由中国共产党的代表团和南京国民党政府的代表团经过长时间的谈判所拟定的国内和平协定，已被南京国民党政府所拒绝……拒绝这个协定，就是表示国民党反动派决心将他们发动的反革命战争打到底。拒绝这个协定，就是表示国民党反动派在今年一月一日所提议的和平谈判，不过是企图阻止人民解放军向前推进，以便反动派获得喘息时间，然后卷土重来，扑灭革命势力。拒绝这个协定，就是表示南京李宗仁政府所谓承认中共八个和平条件以为谈判基础是完全虚伪的……在此种情况下，我们命令你们：
>
> （一）奋勇前进，坚决、彻底、干净、全部地歼灭中国境内一切敢于抵抗的国民党反动派，解放全国人民，保卫中国领土主权的独立和完整。
>
> （二）奋勇前进，逮捕一切怙恶不悛的战争罪犯。不管他们逃往何处，均须缉拿归案，依法惩办。特别注意缉拿匪首蒋介石。
>
> （三）向任何国民党地方政府和地方军事集团宣布国内和平协定的最后修正案。对于凡愿停止战争、用和平方法解决问题者，你们即可照此最后修正案的大意和他们签订地方性的协定。
>
> （四）在人民解放军包围南京之后，如果南京李宗仁政府尚未逃散，并愿意在国内和平协定上签字，我们愿意再一次给该政府以签字的机会。

在西起江西九江湖口，东至江苏江阴的千里战线上，万炮齐鸣，千舸竞发，百万解放大军向对岸发起了猛烈攻击。

处在敌后指挥中心的赵家祺，站在窗口，看着窗外。远处隆隆的炮声犹如春雷，宣告着古老的南京城将迎来新生。

这时，小李走了进来，递给赵家祺一份电报。"赵部长，这是中央首长亲自签发的密令,让我们尽快采取行动,保证张治中将军家属的安全。"

电报上写着:"张将军有意留在北平,但决意难下,期速解其后顾之忧,即与沪方联系。"赵家祺放下手中电报,望着小李,"你马上赶到老王那里,小周现在也在,要尽快想办法把张将军的夫人送到上海。我负责联系机场,你们来联系火车站,为保险起见,要做好两手准备。动作要快。"

一直与大校场机场保持联系的赵家祺早已做通了秦飞等人的工作,现在到了他们发挥作用的时候了。

赵家祺赶紧找出周云昌交给自己的那份《要人住宅一览表》,查到了张将军的具体住处——沈举人巷五号。他和机场方面电话联络后,就驾车向机场方向赶去。在明故宫,小李下车前去与老王会合,赵家祺继续赶往机场。

一路上,到处是一派乱象,国民党军队慌乱不堪地朝东、朝南撤退着。

赵家祺开着车在人群里艰难前行,花了很长时间才抵达机场。这时机场门口已拥挤不堪,荷枪实弹的宪兵站成一排,汽车根本没有办法靠近。赵家祺远远地下了车,朝大门走去,他一边走一边朝大门内张望,看见了地勤队长秦飞的身影。秦飞也看见了他。二人点头相视一笑,赵家祺从旁边的偏门走了进去。"怎么样,能不能走?"

秦飞小声说道:"按照您的指示,我们已经拦下了一架飞机,外面站的人都是要上这架飞机的,如果让张夫人乘这架飞机走,势必要放走这些人。还有一架从武汉起飞经停此地的飞机在这里等着呢,飞机停得很远,外面的人都不清楚,这架飞机上面还有一个座位,飞行员是我航校的校友,已沟通好了,不会有问题。"

"武汉的飞机几点起飞?"

"估计八点至九点之间吧,你们早点来,我还在这里等你。"

"好的,再见。"

赵家祺驾着车,朝下关一路狂奔。

赶到老王那里,贺小飞也刚从车站回来。赵家祺说:"不走车站了,我已联系好机场,晚上小飞和我一起去接张将军夫人。"

"好的,人到了上海怎么办?"老王问。

赵家祺说:"华东局已接到中央社会部的通知,我们把这里出发的时间发过去就行,由小周负责通知。此事关系重大,周副主席亲自下达的命令,无论如何也要绝对保证张将军夫人的安全,绝不能有一点闪失。"

小李问:"要不要我们多组织些人,以防万一?"

"暂时不用，目标太大，反而不安全。"赵家祺说完，接着问道，"现在各个点怎么样，有信息反馈吗？"

老王说："南京市委的人也全部调动了起来，陈书记和乔书记都亲临一线指挥，工厂、机关、码头、仓库等地方都派去了我们的人，这些地方昨晚就组织好了纠察队、护厂队、保卫队和维持人员，现在他们都行动起来了。另外，按照小飞提供的名单，保密局的人员和地痞打手大多受到了控制，下午在码头栈桥发生了冲突，特务们要炸栈桥，后来经过激战，特务们败走了，我们的人看见豹队长受了伤。车站里面有一座重要物资仓库，前来破坏的敌人与我们缠斗了好长时间，后来突然出现了一支队伍，是江北派来的，他们用强大火力压制住了敌人，成功保护了仓库……"

"同志们辛苦了，看来我们制定的行动计划是有效的。"赵家祺说道。

"我们的部队怎么还没有过来啊？"一向稳重的老王心里有点焦急。

"快了！在九江、芜湖、扬中和江阴，我们的部队已经开始渡江，江南一些地方已经解放。南京是国民党首都，中央一定有周详的渡江方案。大部队已经抵达对岸，随时可能渡江。我们要派人在这里等着他们，还要派一些人在各个渡口和交通要道守候，引导他们从各个路线进城。"赵家祺做着安排。

老王应道："好的，人员我都已安排好。另外，电厂的运煤船和码头上的机动船也已安排到位，随时待命。"

晚上七点左右，天色已经暗下来，白天的喧闹稍稍平息了一些。在新街口的西边，沈举人巷口开进了一辆黑色轿车，车子悄悄地停在了五号门口。赵家祺身着黑色风衣来到门前，环顾左右之后，按响了门铃。片刻，大门上的小窗口打开了，传出来一个声音："请问您是？"

"我是张将军的朋友，麻烦您开一下门，有急事要跟您说。"

门打开了，赵家祺一闪而进，随张夫人来到客厅，旋即说明了自己的来意："张夫人，我是共产党驻江南先遣小组的赵家祺。张治中先生在北平参加和谈，周恩来副主席邀请他留下来共商国是，张将军欣然接受了。周副主席特意指示我们保卫您的安全，先把您护送到上海，再由上海转飞北平，张将军在那里等您。"

张治中将军的夫人洪希厚女士面容和善，听到赵家祺的一番话，她面带欣慰地说："我一直在收听广播里有关谈判的消息，得知代表团大部分成员都不愿意回来，我正为这事着急呢，不知道下面该怎么办。"

渡江

"请夫人放心，时间紧迫，今晚还有一架飞机，我们特意为您留了一个座位，再不走就来不及了，您留在这里将会非常危险。"赵家祺面色凝重，极力劝说着。

张夫人望着赵家祺，沉默一阵后，说："行，那我跟你走，我马上收拾一下行李。"

赵家祺赶紧上前解释道："张夫人，您只要带两件换洗的衣服就行，北平方面一切都为您准备好了。"

"好，那你稍等，我上去一下，马上就下来。"张夫人被赵家祺的真诚所打动，很快同意了他的撤离计划。

五分钟后，张夫人随赵家祺出了大门，坐上了汽车。

贺小飞驾车出了中华门，左拐准备朝机场方向行驶时，突然，有两辆轿车从一个漆黑的巷子内冲了出来，朝赵家祺的汽车包抄而来。

赵家祺立即意识到，保密局的特务已经发觉了他的行踪。

紧追不舍的两辆轿车开始向赵家祺所在的车辆射击，情况万分危急。

"赵部长，这样下去太危险，我有个建议，等到下一个拐弯处，我跳下车，掩护你们去机场。车子只能麻烦您亲自开了。"贺小飞焦急地说道。

赵家祺还没来得及回答贺小飞的问题，拐弯处就到了。

"坐好！"贺小飞一声大喊。话音刚落，贺小飞就是一个急刹车，然后纵身跳了下去。

赵家祺顾不得思考，迅速移到驾驶座，旋即猛踩油门向前疾驰。

趴在路边的贺小飞拔出手枪，与紧追而来的两辆轿车中的特务们展开了激烈的枪战。

几分钟后，贺小飞没有了动静，两辆汽车从他身上轧了过去……

赵家祺驾驶汽车到达机场时，大门口已空无一人。车灯对着大门闪了三下之后，从门里闪出一个人影，正是秦飞。秦飞打开大门，朝岗哨耳语两句，就上了赵家祺的车，径直朝远处的飞机跑道开去。

直到看见张治中将军的夫人进了机舱，赵家祺久悬的心才放下。

飞机轰鸣而起，朝着上海方向飞去。

22日中午，蒋介石决定放弃南京，全线撤退。

22日下午，攻占浦口火车站的三野三十五军旋即确定了"迅速过江，占领南京"的作战方案。

三十五军一〇三师 23 日下午五点左右开始渡江。第一批人马到达后，老王把早已安排好的"京电号""凌平号"小火轮和通过策反掌握的巡逻艇，还有轮渡公司的十几艘机动船交给了他们。至 24 日凌晨三点，三十五军的一万五千人全部渡过长江到达下关码头。

渡过长江之后的解放军分路向南京城内挺进。

赵家祺和中共南京市委布置在南京城主要路口的向导们此时发挥了重要作用，在他们的引导下，解放军推进速度大大加快。

小周负责在挹江门接应入城部队，当看到一支部队向市中心赶来时，他冲上前去，对上暗号后，就带领这支部队向市中心疾速行进。

队伍行进到国府路，一扇猩红色的大门被几个戴红袖章的纠察队员从里面打开了，战士们抬眼一看，门楼上赫然醒目地镶嵌着三个大字——"总统府"。

总统府原是两江总督衙门，太平天国领袖洪秀全率众进驻南京后，在总督府地界上大兴土木，形成了现在的规模。1912 年 1 月 1 日，孙中山先生在此就任临时大总统，后多次易主，最后一任主人李宗仁仅仅在这里待了三个月，便于 4 月 23 日仓惶南逃。

总统府回到了人民的手中。

红旗高高飘扬在总统府的楼顶。

至此，南京城宣告解放。

在人民解放军百万雄师全线渡过长江防线的短短五天时间里，南京大校场机场电台和塔台起义，国民党第二舰队二十五艘战舰集体起义，下关狮子山炮台起义，南京东区警察局起义，国民党六十六军五十三团三营全体起义……

第七十八章

五月初的南京，阳光灿烂，红旗招展，一派欣欣向荣的景象。

倘徉在南京的大街小巷，赵家祺和小周无比愉悦欢畅。在设在原总统府内的南京军管会汇报完工作出来后，两人没有开车，而是步行去洪公祠一号，去见一位老朋友，那里也有他们的一个临时办公室。

洪公祠一号距商业中心新街口不远，原是军统的大本营。新组建的南京市军管会公安局就在此地办公。赵家祺和小周亮出证件进了大门后，直奔刑侦处处长办公室。推开门，看见处长季清丰正在接着电话。挂断了电话，季清丰热情招呼赵家祺他们坐下，泡了两杯清香四溢的雨花茶递到二人手上，开心地说："我现在不知该怎么称呼你了，是赵老板呢，还是赵部长、赵主任？哈哈哈！"此时的赵家祺已是军管会驻南京市公安局清查部军代表，负责肃清残敌、揪出潜伏敌特，并协助军管会处理国民党政府遗留问题。

"季处长，看来我的职务还蛮多的嘛！一切都过去了，再也不用藏着掖着啦！不过我声明，今天我就算到你这里报到啦！"

"这是哪里话啊！您还是我的领导，我还是配合您的工作，有什么任务请指示，赵主任！"

两人哈哈大笑。

一阵笑语之后，二人言归正传。赵家祺问："季处长，我心里一直有疑问，国民党政府于23日撤退之后，保密局的人员就像钻到地底下一样，一下子就销声匿迹了，一个人影也没看到，很奇怪呀。保密局之前已制定了详细的潜伏计划，计划中有多达九组人员，我们在南京解放前时从抓获的保密局人员口中得知了这个情况。这些人不可能跑得如此干净，一定还有人藏在南京。我查了档案，虽然最近也抓了不少人，但没有保密局的邓凤盛、王向楠、许金良、林近安和卫戍司令部的黄兴中、陈作群这些人。根据武汉、广州及上海的地下组织反馈的情况看，这些人并没有逃出南京城。综合多方情报分析，我认为他们还是潜伏在南京及周边地区，这些人之前一直盘踞在南京，对这里非常熟悉。邓凤盛、黄兴中这些人破坏力极强，如果不把他们挖出来，后患无穷。"

"赵主任，您说得很对。我们也经常到军管会查阅国民党遗留下来的档案资料，和他们不定期会商此事。在接管的一千一百九十一个单位中，特务机关公开的有二十二个，已知的人员多达上万人，当然有一部分人在南京解放前夕就已不在南京。根据你们提供的人员名单，我们已经抓获一千二百多人，我粗略估计，就算排除早期跑路的、后期逃走的、改换姓名洗手不干的，应该还有不下千人在南京及周边活动，这些人个个都是定时炸弹。过去，保密局资产就比较多，所拥有的房屋、店面、茶楼、饭店无法估算，追查起来比较麻烦，还需要一定的时间。"季清丰把近期掌握的情况简单地做了说明。

赵家祺早就预料到了这些问题，他端起茶杯刚送到嘴边，又停住了，一副若有所思的样子。

"是的，这些人接受过专门训练，排查、抓捕他们确实需要不少时间，但只要把几个主要头目抓住，顺藤摸瓜，问题就解决了一大半。我们可以通过三条途径做工作：一是采取高压政策，发起政治攻势，发动群众一起参与排查，特别是发动那些深受其害的群众，要相信他们的观察和判断能力；二是安排我们的战士划区、划片逐一排查，就是烟熏火烤水灌，也要把这些人从老鼠洞里轰出来；第三，我们可以从留用警察那里做工作，保密局和警察局一直有着千丝万缕的关系，要充分地把这些警察发动起来。"

"对啊！"季清丰兴奋地说道，"这些我还真没想到，嗨，特别是第三个办法。后天我们就有旧警察学习班，可以充分利用这个机会进行宣传发动啊，这是他们立功的好机会。事不宜迟，明天我们就安排人员开始逐个排查，我可以请示军管会首长，请他们派人配合我们开展一些大的搜捕行动。"

赵家祺站起来说："行，季处长，你忙吧，我和小周先回去，还得把最近的工作做个安排。"

"行，反正以后我们在一个楼里，有什么事您打我的电话。"季清丰伸出了大手。

赵家祺和季清丰紧紧握手后，就和小周一起上了二楼。

赵家祺的办法立竿见影，不到几天工夫，主动自首和被揭发举报的人员就达到了几百人。赵家祺看着手里长长的名单，熟悉的名字寥寥无几，不禁又陷入了沉思。

下班前，赵家祺正在收拾桌面上的东西，这时，电话铃响了，他随手拿起话筒，没有声音，他问了一句："喂，是哪位？请说话。"

电话那头静默了十几秒后，才传来一个低沉的声音："是赵主任吗？"

"我是赵家祺，请问你是？"

"我是陈作群。"赵家祺一听，心中一惊，急忙朝对面的小周挥了挥手。小周赶紧拿起自己桌上的话筒，静静地等待着话筒里的声音。

赵家祺反问道："陈作群？是稽查处黄兴中手下的陈作群吗？"

"是。"

赵家祺说："你有什么事？说吧，我在听着。"

话筒里传来的声音低沉而急促："我就在南京，您先不要问我在哪里，我有重要事情想和您单独沟通，您如果愿意，时间就定在今天晚上。"

赵家祺冷笑一声，说："电话里不能说吗？"

"我只想和您单独见面,因为我知道您最想找的一个人的下落。"

"谁?"赵家祺问道。

"黄兴中。"

赵家祺心头一震。

他的大脑高速运转,顷刻间做出了决定。

"行,你说吧,时间和地点?"

"今晚八点,中山门城墙南侧。"对方说完就挂断了电话。

办公室里的两个人同时放下话筒,小周有点担心:"不会有诈吧?这帮人什么事干不出来?要小心啊!"

"应该不会,他不可能有那么大的胆子。现在的局势是由我们在掌控,他不可能不考虑到这一点,一旦他反抗,再想逃出南京就更困难了。"

"那我们多派几个人在附近埋伏,既然他来了,就不能再放他跑啦。"小周提议说。

"不行!既然陈作群要求与我单独会面,说明他前前后后早已想得很周全,有可进可退的方案,一旦发现自己不安全或者附近有埋伏,他就会悄无声息地离开,万一打草惊蛇,我们以后就再没机会取得他的信任了。此外,从另一个角度来说,陈作群给我打电话,说明他不想走绝路,很可能是想为自己争取一个更好的结局,或者说是想将功抵过。所以,还是我一个人去为好。"

"要不要向组织上汇报一下?"

"不用。"

"那您一定要注意安全啊!"

两人在食堂吃了晚饭,赵家祺一边吃饭一边琢磨着晚上与陈作群见面的各种细节。

晚上八点,赵家祺准时来到了中山门下。

经过1937年日军的肆意破坏,此时的中山门已只剩残垣断壁,破落不堪。赵家祺循着城门南侧一条小路小心地上了城墙。陈作群还没到,他就在城墙上来回踱着步,突然,一个声音从背后传过来:"是赵主任吗?"

赵家祺停下脚步,说:"我是赵家祺。"

陈作群左右环顾一阵后,朝赵家祺慢慢走来。

待对方站定,赵家祺问道:"你还没走啊?我们都想着你可能不在南京了。

真没想到,我们在这里又见面了。"

"赵、赵主任,谢谢,谢谢您能来。过去我们虽然接触不多,但我对您的为人还是十分敬佩的。我约您今天见面,叙旧的话有时间我们再说,主要想和您谈谈黄兴中的事,他人现在就在南京。"

"你给我打电话说自己在南京,我就知道黄兴中应该也没有走远。我印象中,你和黄处长关系一直不错,感觉他对你也是挺信任的,你怎么想约我谈论他的事情了?"赵家祺问。

陈作群将身子靠在城墙的垛口处:"唉,别提了,赵主任,我慢慢说吧,请您耐着性子听我说完,好吗?"

赵家祺掏出一支香烟递了过去,又划着了火柴递到陈作群面前,赵家祺又点好自己的香烟,把即将熄灭的火柴梗扔到了地上。

"你说吧,我今天一个人来,就是专门听你说话的。"赵家祺紧挨陈作群靠在了城墙上,两点烟头的光亮在黑夜里忽明忽暗。

"刚开始,黄兴中对我确实不错。去年夏瑜莹来到南京,我们接触几次后就喜欢上了她,能不能修成正果我不敢说,但我一直追求她。黄兴中知道后找我谈话,说按照卫戍司令部的明文规定,特殊时期重要处室人员不得谈婚论嫁。正在我心灰意冷之时,想不到黄兴中话锋一转,说他有一个办法可以让我们继续处下去,甚至今后还可以结婚。我非常高兴,就问他是什么办法,他说自己可以向张司令申请特批,说我们谈恋爱不是私情,而是以此为掩护执行一项特殊任务。第二天,黄兴中再次找到我,说他已经向张司令汇报并得到了特批。原来,黄兴中和张耀明之所以同意我们两个人继续谈恋爱,就是想摸清稽查处最想搞清楚但一直没有办法摸清的两个人的情况。"说到这里,陈作群停住了。

"哪两个人?"赵家祺问道。

"第一个就是您。几次事情后,黄兴中对您的身份产生了怀疑。黄兴中几次设局下套,都没有抓到您的把柄,最后想到利用我和夏瑜莹谈恋爱,她又和您交往频繁,这层关系打探您的真实身份。我当时被爱情冲昏了头脑,为了能和夏瑜莹谈恋爱,什么我都愿意干。"陈作群说到动情处,声音低沉了许多。

"夏瑜莹清楚黄兴中在利用她吗?"赵家祺打断陈作群的话,提出了一个问题。

"起初,我也担心夏瑜莹知道内情后,不愿意与我再接触。我了解她是洋派作风，公是公，私是私，不想把两种事搅合在一起；另外，她所在的保密局与我们卫戍司令部表面和谐，实则隔阂很深，两个部门的人都不愿搅合到一块。但后来我才知道，黄兴中在找我谈话的同时，竟然也找夏瑜莹谈了话，令我没有想到的是，她不仅没有反对，有时还主动出主意，让我来配合她。比如，每次我们三个人在一起时，她都装成瞧不上我的样子，说话也特别刻薄，她的反常让我感到非常奇怪。"

陈作群的话出乎赵家祺所料，他接着问："你们要摸清的第二个人是谁？"

"第二个人您肯定想不到是谁！对这个人的怀疑，不是黄兴中首先提出来的，而是夏瑜莹。她说，除了赵家祺，南京还有一个人非常神秘和危险，夏瑜莹嘴里说出的这个人不是别人，就是您的同学张铭宇。"

听到"张铭宇"这个名字，赵家祺大吃一惊。

"张铭宇在国防部任职，这个人平时非常活络，虽然只是个少校处长，但由于负责物资采购和调配，他结交了三教九流的很多朋友，其中不乏国防部内部的高官大佬和国民政府很多部门的头面人物。您来南京之前，没有人会对他也不敢对他产生怀疑。您来了之后，由于他和您的关系密切，保密局和稽查处都隐隐约约对张铭宇产生了怀疑，但不看僧面看佛面，两个部门没有人敢捅破这层纸。夏瑜莹第一个跳出来向邓风盛和黄兴中说，张铭宇疑点太多，不可不防，甚至还说张铭宇和您是同学，整天混在一起极有可能两人一唱一和、沆瀣一气为'共匪'做事，不，现在应该说是为'解放军'做事。为此，她多次设局邀请你们吃饭或者参加你们的聚会，目的就是想从饭桌上和交谈中发现蛛丝马迹，寻找突破点。她还企图从表哥解晓辉嘴中套话，解晓辉虽然油腔滑调，但精明得很，他与你们是同学，再加张铭宇还是他的财神爷，所有涉及你们政治倾向的话，解晓辉始终闭口不谈。更为可怕的是，夏瑜莹这个女人同时保持与保密局情报处和我们稽查处的联络，一会儿参与邓风盛的行动，一会儿又与黄兴中打得火热，有时为了取得您和张铭宇的信任，还故意泄露这两个部门的秘密，换取你们对她的信任，不要看她平时在人前大大咧咧，实则知人知面不知心啊……"

第七十九章

一通有关夏瑜莹的话，听得赵家祺不寒而栗。

陈作群还想扯远，被赵家祺打断了："你不是正在追求夏瑜莹吗，从你的话中,感觉你对她非常反感啊。"

"这就是我下面要说的。"陈作群接过赵家祺再次递过来的一支烟,重新点上。

"前一段时间,九十七师王晏清反水事件发生后,我就跟随黄兴中到处抓捕该部队的军官家属和南京城里一批上了名单的重要共谍。在抄家过程中,我们搜到了几箱值钱的首饰和名人字画,本以为会上交国库,可后来却被黄兴中攫为己有。我原来还不知道此事,一次夏瑜莹拿着一幅米芾的真迹送给司令张耀明,恰巧被我看到了,而这幅字正是我从南京一位银行家别墅中搜出来的,他儿子是南京地下党的小组长……后来,在抓捕南京城里重要共党时,不知是哪里出了错,保密局、警察局和我们稽查处联手行动时接连扑空,没有抓住几个人。国防部和卫戍司令部要求严查,因为我了解整个行动计划,有人竟说是我走漏的消息,我赶忙去找夏瑜莹和黄兴中,请他们两人为我作证,证明我向来对党国忠心耿耿、绝无二心,但在关系到我个人生死的紧要关头,两人都不愿担保作证……上边正准备派人前来调查,这时你们的部队就开始从江北向江南开炮、准备渡江了。这时候,黄兴中找到我,说他跟上边讲了我很多好话,现在我没有问题了,还命令我按照计划安心潜伏下来,继续为党国效劳。其实我知道,这些都是假话。"

"你们处有多少人潜伏下来?"赵家祺直截了当地问道。

"我们原先制定了一个潜伏名单,后来我才知道,名单里有黄兴中,但他不愿意留下来。黄兴中之所以送给夏瑜莹名贵字画和珠宝,就是想托她弄个飞机座位。夏瑜莹还真办到了,她为自己也为黄兴中弄到了飞机座位。然而人算不如天算,没想到最后那班飞机被机场宪兵扣下了,机上的人一个都没有走成。从其他渠道一时又走不掉,黄兴中、夏瑜莹没办法,只能暂且留下来指挥潜伏人员搞破坏,想等一等再设法趁乱逃离……这一段时间,你们抓了一批又一批人,我整天提心吊胆,没有睡过一个囫囵觉,生怕哪一天也被你们抓获。最近两天,我反反复复地思考,终于想通了,黄兴中是我的上司,但他心里只有他自己,根本没有党国,更没有把属下与同仁放在眼里,跟这样的人干有什么意义?!夏瑜莹虽说是女流之辈,但她对党国的忠诚我陈作群是佩服的,可没有想到的是,她的心如此冷酷无情,危急时刻竟不愿为我说一句公道话;还有,如果她是真心喜欢我,在她打算离开南京时一定会想到我,就是不能为我搞到一个飞机座位,也应该告诉我,让我自己想办法,可她一句话都没说。我这时才恍然大悟,夏瑜莹与我交往,纯粹是为了所谓的工作，说白了就是利用我，既然如此，与这样的女人交往和厮守又有什么意义呢？……想开之后，我决定找您谈谈。"陈作群把情况说得清清楚楚，赵家祺也听得明明白白。

赵家祺说："你迷途知返，能做到这一点，很不容易。请你相信，我们一定会考虑你的立功表现。我现在要问的是，黄兴中在哪里？夏瑜莹又在哪里？"

"黄兴中和夏瑜莹在一起，就住在李诗蓝小姐家的隔壁。那套房子有两个房间，住着四个人。和夏瑜莹住一间的是个刚从特训班毕业的小姑娘，负责操作电台。这个姑娘每天上街采购一次日常生活用品，之后就不再出门了。和黄兴中住一间的是他的一个表侄，也是他的护卫。黄兴中白天不出门，到了晚上会偷偷溜出门透透风，但不会走远。"

陈作群的话，大大出乎赵家祺的意料。

"你们怎么和他取得联系？"赵家祺问。

"每三到五天，若没什么事就在电话里用暗语报个平安，有事就要求我们化装后悄悄到他那里汇报。估计他在南京待的时间不会太长，他肯定在寻机离开南京，我急着找您谈，也有这个原因。"

赵家祺问："你自己现在有什么想法？以后有什么打算？"

陈作群回答："我还没想好！有一个问题，如果我能配合你们逮住黄兴中和夏瑜莹他们四个人，到底能不能减轻我过去的罪过？"

赵家祺笑笑，安慰道："我刚才已经说了，我们会考虑你的立功表现的。你的情况我早就清楚，你和黄兴中还不一样，虽然也做了一些坏事，但你并不是主谋，我们党和新成立的政府有宽大政策。你还年轻，如果你确有立功表现，对你今后是有帮助的，希望你慎重考虑一下！"

陈作群思考了一会儿，最后长叹一口气，说道："赵主任，我想清楚了，我跟您走，向政府投诚，改过自新，争取宽大处理。"

这句话说完，陈作群如释重负。

"赵主任，谢谢您冒险来见我，也谢谢您的坦诚。来之前我还担心您会派人想方设法把我围捕起来呢！不瞒您说，我也做好了准备，如果你们派人来抓我，我就从城墙上跳下去，一了百了。"

赵家祺回答："我说话是算数的，这是做人做事最基本的原则。如果不信任你，我今天不会亲自来。你放心，对待你的问题，我们一定会实事求是。没有其他事的话，我们就走吧！"

"好的。"

赵家祺在前面走,陈作群跟在后面。

回到公安局,赵家祺看了一眼手表,九点刚过。为避免出现意外丧失时机,他决定今晚就动手对黄兴中和夏瑜莹实施抓捕。

赵家祺叫来小周和季清丰,商量好抓捕方案后,大家立刻开始分头行动。

李诗蓝家所在的地方赵家祺再熟悉不过了,他多少次送诗蓝到这条巷子,多少次与她在此告别。而今,诗蓝已去,物是人非。

想到诗蓝,站在街边暗处指挥抓捕行动的赵家祺心如刀割。

一群人静悄悄地把房前屋后围得严严实实,又在巷口布置了四个人,以防黄兴中不在屋里。

一位穿便衣的女干警敲响了大门,里面传来问话声:"谁呀?"

"我是你们隔壁邻居家的表妹,从老家带了点东西,她不在家,先放到你们这里好吗?"

"你还是想其他办法吧,隔壁一直没人。"

"不是,她过两天就会回来,麻烦你转交给她,省得我再跑一趟,谢谢了。"

"这样不妥吧,你还是等她回来再说吧。"屋内的人非常警觉。

"实在对不起,我今晚就走了,也不是什么值钱的东西,就先放到她家门口啦,你有时间就帮忙拿一下,没时间就算了。"

里面没有了声音,门外喊话的人放下东西转身离开了门口,皮鞋的"格登"声渐渐远去。

一群人屏住呼吸,眼睛死盯着大门,但里面仍然没有一丝动静,整条巷子静悄悄的,静得有点阴森可怕。

时间一分一秒地流逝着。

不知过了多长时间,屋内闪出一丝光亮,然后传来轻轻的脚步声。脚步声穿过院子来到大门口,突然又停住了,又过了约摸两分钟,大门"吱呀"一声打开了。一个姑娘向外伸了伸头,小周上前一把搂住她的脖子,顺手捂住了她的嘴巴,其他人一拥而入。

两名战士持枪冲入屋子右手的卧室内,看到床上的被子鼓鼓的,像是一个人在蒙头睡觉,便不顾一切扑了上去。两人还没跑到床前,背后突然"啪啪"响了两枪,两名战士栽倒在地上。

陈威正要冲入屋内,被赵家祺一把抓住……

另一个房间，夏瑜莹正对着桌前的相册发呆，被冲进来的两个陌生人惊得张开了嘴巴，一句话也说不出来。等她定下神来，见其中一人是小周，她的脸"唰"的一下红了，随即低下了头。卫生间里传出了动静，一名战士一脚踹开卫生间的门，将一个浑身发抖的男人按在了马桶上——此人是黄兴中的表侄。

黄兴中仍在负隅顽抗。

"黄兴中，你跑不了了，出来投降吧！"门外的陈威喊道。

"投降？我黄兴中字典里从来没有'投降'这两个字！"黄兴中扯着喉咙喊道。

"说得好！也只有黄处长才能说出这样的话！"走廊内传来了一个熟悉的声音。

"谁在说话？"黄兴中大声问道。

"你的老朋友，赵家祺！"

"赵老板！"

"黄处长，大戏到了尾声，该收场了吧！你看是你自己主动出来呢，还是我们进去请你出来？"赵家祺的语气不紧不慢。

"赵老板，咱们各为其主，既然是台大戏，不能就这样简简单单地收场，我得把戏演到底！"话音刚落，里面一声枪响。

赵家祺大声喊道："黄兴中，我给你三分钟时间，再不出来我们就对不住你了。"

"姓赵的，这么长时间没有识破并抓住你，是我黄兴中最大的失败和耻辱，你看着办吧！"

赵家祺知道，要想生擒顽抗到底的黄兴中，是不可能的了。他从一名战士手中接过催泪弹，拧掉盖子，从门上方玻璃破损处扔进了屋内。房间内顿时烟雾弥漫，伴随着撕心裂肺的咳嗽声。

两分钟后，屋内传来一声枪响，之后再无任何动静。

黄兴中自杀身亡。

回到公安局，赵家祺对季处长说："马上审讯，你审报务员和黄兴中的侄子，小周审那个姓夏的，看看能不能挖出有用的线索。"

警卫将夏瑜莹带到了审讯室，小周朝警卫示意一下，警卫明白他的意思，拿出钥匙打开了夏瑜莹的手铐。刚打开手铐，夏瑜莹"哇"的一声哭了起来，全没了往日的开朗泼辣、伶牙俐齿。

小周把一杯热水放到她手里，冷冷地说道："夏小姐，别来无恙啊！"

"我看见你们心里特别难受，真是没脸见人。这一段日子你们不知道我是怎么过的，我这是报应啊。"夏瑜莹目光呆滞地看着手中的杯子，一边叹气一边流泪。

"夏瑜莹，快把了解的情况说出来，争取宽大处理。"小周平静但威严地说道。

"唉！从哪里说起呢？一步错步步错，第一步棋是来南京，我就走错了。早知现在，我就不该到南京来，更不该到这个部门，真把我害惨了。我要是不来南京，也就不会惹上这么多的麻烦。"

"少啰嗦，快交代！"小周说道。

"之所以来南京，一方面是因为我大舅的安排，另一方面，也是因为赵家祺，我当时一心想和他在一起。来到南京后，知道赵家祺和李小姐确定了恋爱关系，我心里难过了很长一段时间。但后来随着接触次数的增多，我冷静下来，知道他不可能和我在一起，加上后来邓处长和黄处长也对他产生怀疑，我就死了喜欢他的心——不是朋友就是敌人！从那之后，我就想利用这件事在尔虞我诈的保密局和稽查处之间做出一番成就来，表面上我装作和他关系很好，实际上一直在寻找时机刺探他的真实身份，后来我感觉与他关系紧密的张铭宇也比较可疑，也开始暗暗调查张铭宇……现在看来，我真是鬼迷心窍，害了对我最好的人啊！"

夏瑜莹还想就这个话题继续讲，被小周打断了。

"交代你过去犯过的罪行，齐岩风不见了，李诗蓝牺牲了，都是你们干的吧？"

"李诗蓝的死跟我没关系……那个姓齐的小伙子被抓后，死活不承认与赵家祺有关系，说是拿了人的钱才去帮忙印东西的。我对许金良说，这个人满口假话，我在姓赵的那里见过他好几次，一定要想方设法撬开他的嘴，这样就可以抓住姓赵的把柄了。没想到，姓齐的小伙子就是不承认与赵家祺有关系。许金良见他不肯开口，气急败坏，就用棍子猛击他的头部，后来人不知怎么就傻了，不吃也不喝，没多长时间就死在了牢里。"

"什么？小齐死了？！"小周一声怒吼，上去就要打夏瑜莹，被旁边的书记员拉住了。

"今后再和你算账！快交代其他事情！"小周猛拍桌子，气愤地说道。

"我大舅是郑介民的恩人，郑介民在马来西亚谋生时我大舅出钱出力帮过他，后来也是我大舅通过关系让他回到国内的，并通知他黄埔军校在招生，他才去考了军校。赵家祺来南京不久，邓风盛就对他产生了怀疑，但邓知道我私下里和他接触较多，忌惮我大舅和郑介民的关系，不敢对我怎么样。后来，他知道我对你们上峰不抱希望后，喜出望外，便开始与我一起一明一暗与你们上峰和张铭宇周旋……4月19号前后，我向邓处长建议，别再等了，干脆把赵家祺和张铭宇统统抓起来，否则他们就是有问题我们也没有时间了。许金良带人去福海公司抓人，可惜你们提前撤离了，只见到了一个什么事都不知道的韩老头……但是，已经换防到广州的张铭宇被我们抓到了。按照邓风盛的命令，许金良对从广州押回南京的张铭宇百般折磨，但没有得到任何东西。南京被你们占领后，你上峰的身份自然显露了出来，尽管张铭宇一口咬定和他仅是一般同学关系，但毛人凤根本不相信。使用完所有重刑后，被打瞎双眼的张铭宇仍然不承认自己是共谍，最后毛人凤下了命令——"

"什么命令？"小周一下子从座位上站了起来。

"秘密执行死刑的命令！"夏瑜莹低着头说。

听完夏瑜莹的话，小周感到一阵撕心裂肺般的痛苦。张铭宇、小齐已经牺牲，这是他万万没有想到的。努力平复情绪后，小周继续讯问，让夏瑜莹如实交代邓风盛、许金良、王向楠等人的下落。

夏瑜莹摇摇头，说："他们现在肯定还在南京，但具体情况我不清楚，因为他们知道我要离开南京，就什么也没给我透露。"

"邓风盛这个人有什么特点和爱好？"

夏瑜莹低头想了一阵子后，说："我不知道有个情况是否对你们有用。一次邓风盛无意中说起，他自幼喜欢平剧，他是河北人，早年间曾跟着爷爷在北平的天桥唱过戏，参加军统后，听戏、唱戏的喜好一直没有丢。巧的是后来从徐州来的许金良也喜欢平剧。听说他们平时闲得无聊，又不敢大摇大摆地出来，只能偷偷摸摸到一个什么小剧团，喝喝茶听听戏，有时也会上台吼上两嗓子，但具体在哪儿我说不上来……"

"还有什么要交代的没有？"小周问道。

"该交代的我都交代了，但我有一个要求，不知道能不能说？"夏瑜莹搓着手问。

"说！"

"我，我想最后见一次我哥……不，你们的长官，赵家祺。"夏瑜莹声音低沉地说道。

"你还有脸见我们赵主任？做梦去吧！"小周说完，狠狠地瞪了夏瑜莹一眼，然后摔门而去。

屋内再次传来女人的号啕大哭声。

第八十章

南京军管会接连发布一道道命令，全力缉捕潜伏的敌特分子。

经过对尸体仔细查验发现，保密局南京站站长王向楠和保密局三处特勤五组组长兼行动队队长林近安在下关码头政府仓库与解放军先头部队交火时已被打死。抓捕邓风盛、许金良二人就成了赵家祺当前的首要任务。

赵家祺和小周都见过邓风盛，因此对他的模样不陌生。两个人都没见过许金良，根据陈作群和夏瑜莹口供的描述，两人对许金良有了一个大致的印象——长脸，皮肤糙，脸上坑坑凹凹，身高一米七四到一米七六之间；外套里面喜欢穿一件对襟褂子，有时是紫红色的，有时是黄色的，这种穿法是为了方便登台唱戏，兴致来了，外套一脱，就能上台吼上两嗓子。

第二天上班时间，赵家祺没有到单位，而是到了位于碑亭巷的原南京东区警察局，去找老同学马永献。马永献现在的任务是配合公安人员管理局里的日常事务，局里大部分的日常工作还是由原来国民政府时期的警察来做。马永献一看到赵家祺，急忙跑过来打招呼："哎呀，老同学，你怎么来了？"

"找你商量个事儿。"

赵家祺寥寥几句就把自己的来意介绍清楚了。

马永献高兴地说："这个事找我就对了，虽然不敢说一定能找到这个人，但我能把南京的大小戏院翻个遍儿。"

"行，就拜托你了，等你回话。"

"没问题，我还想和你聊聊呢，就怕你忙没时间。"

"找到了，我请你喝几杯，到时再叫上周云昌，我也得好好感谢他，在保护和转移九十七师起义军官家属的行动中，他做了大量工作呢。"

"周局长一直说想见见你呢，到时候我一定把他叫上。"

两天刚过，马永献那里就有了消息，有人在小剧场里看到过两个类似许金良特征的人。其中一个头型、脸盘和身材都像，就是嘴里镶有一颗金牙。通过私下打听，这个人镶金牙已经多年，而许金良没有镶牙，所以赵家祺把他排除了。

另一个人就成了赵家祺关注的焦点。

在剪子巷和武定门的交叉路口，有一家不起眼的茶社，平时多是些老顾客来此品茗，叙旧聊天。茶社大堂靠前有一个简易的小舞台，不仅供正式戏班演戏，也供一些茶客临时上台助兴过戏瘾之用。

赵家祺安排了两拨人在此秘密守候。

这天下午，从外面进来一个人。此人其他特点都与许金良相符，唯独面部并无坑坑凹凹，与常人一样光滑平整。此人坐定后点了茶水和点心，见台上空空荡荡，没有戏班也没有雅致之人登台表演，顿感扫兴，低头默不作声地专注喝茶水品点心，前后不到半个钟头时间，便起身向门外走去。

坐在茶社角落里的赵家祺，从此人进来到起身准备离开一直在悄悄观察他。赵家祺心里清楚，如果在茶社动手，被抓之人不是许金良的话，消息很快就会传出去，势必打草惊蛇，再抓许金良和邓凤盛就难上加难了。

"此人是不是许金良呢？"赵家祺观察了很长时间，终于看出了一点端倪。

来到茶社的客人，坐在椅子上时大多翘起二郎腿听戏，且翘起的右脚随着伴奏的节拍抖动不停，久而久之就形成了一个习惯——一旦在茶社内坐定，就是没有乐器演奏，翘起的右脚也会时不时晃动。这次，赵家祺观察了在场喝茶的人，很多人的右脚都有过或长或短的晃动。

此人也一样。

凭这一点，赵家祺知道此人是个戏迷，与许金良的戏迷身份对上了。但仅凭这一点，还不能断定此人就是许金良。他急中生智，想出了一个测试的办法。

赵家祺故意碰翻了自己的茶碗。茶碗掉落在青砖地面上，"咣当"一声摔得粉碎。茶社里几乎所有茶客都扭头朝赵家祺这边看，只有此人仅仅动了一下耳朵，并没朝这边转过脸。

"此人极可能是许金良！"赵家祺见到这一反常举动，立即做出了判断。

原来，经验丰富的特工专注性很强，对一般无关大局的响动决不会特别留神分心，否则就会被"障眼法"蒙蔽。很多特工懂得这一点，但能做到的寥寥无几，因为响声突然发出之后，由于条件反射，一般人都会下意识地扭头观看，能做到不为所动者决非一般人。

当此人起身准备离开时，赵家祺朝埋伏在门口的小周使了个眼色。小周心领神会，带着一名便衣上前拦住了此人，笑呵呵地招呼道："许队长！"

此人表情沉稳，回应说："你认错人了吧？我姓孙，不姓许。"

小周笑笑,说:"姓孙姓许随我们一去不就清楚了吗!"

此人朝四周扫了一眼,企图寻找机会逃跑,但四五个精干的年轻人迅速围了上来,瞬间卸下了他藏在腰间的手枪。此人见状,只得束手就擒,乖乖地上了警车。

到了公安局,赵家祺对此人说:"天太热,洗把脸吧?"

"我不热!"

"不热也得洗!"赵家祺声音低沉,却有一种不可抗拒的威慑力。

此人洗过脸后,坑坑凹凹的麻点显现了出来。

在审讯室里,季清丰问了半天,一直紧闭双眼的许金良就是不说话,更不交代所犯的罪行。他的身子左右摇晃着,一副满不在乎的样子,根本不把面前的季清丰放在眼里。这时,在隔音墙外观察了半天的赵家祺走了进来,俯下身,凑近他耳旁轻轻说了一句:"说说你是怎么抓捕并杀害齐岩风和张铭宇的吧!"

听到这句话,许金良惊慌地睁开眼睛,脸色煞白,问道:"你是谁?"

"赵家祺!"

许金良的脑袋一下子耷拉了下来。

根据许金良的交代,赵家祺让小周带人对邓风盛惯于藏身的两种地方——寺庙、教堂和玄武湖、莫愁湖、秦淮河上的废弃篷船进行了反复搜查,始终没有发现他的影子。

山头树林、大街小巷、车站码头、工厂学校、客栈商铺……南京成千上万的军民参加了搜寻国民党敌特分子和残余势力的行动,几天过后,又有几百名敌特分子被抓,但邓风盛仍然毫无线索。

"邓风盛藏在什么地方呢?难道已经逃离南京了?"

半个月时间过去了,针对邓风盛的专项抓捕行动仍然毫无进展。

一天早上,赵家祺把小周喊到自己办公室。

"小周,你说说,邓风盛现在最有可能藏在什么地方?"

"赵主任,我们搜查得这么紧,但到现在仍一无所获,估计那个王八蛋已经离开南京,从我们掌心里逃跑了。"

"小周,据我们掌握的情况,邓风盛在南京某个地方埋藏了一批炸药,他跟许金良和另外几个潜伏人员都说过,等时机成熟,他要放个大炮仗,给共产党'庆祝'一番。邓风盛是毛人凤的得力部下,不但心狠手辣,而且对共产党恨之入骨,像他这样的人,不完成任务决不会逃跑的。必须尽快抓住他,邓风盛一日不除,南京城就一日不得安宁。"

"听您这么一说,他这种死顽分子还真有可能藏在南京呢!"

"他一定在!就是掘地三尺,我们也要把他挖出来!小周,我问你,一个人要在一个地方长期待下去,会以什么样的方式或身份与别人接触,才会感到最安全?"赵家祺提出了一个问题。

小周眉头紧皱,想了想说道,"您这个问题太大,一下子不好回答。我就以我爹和老舅的经历来说吧。我爹会赶马车,他年轻时曾和村里的一帮伙伴去长春城找活干,其他人呆不下去很快就回来了,只有他一个人留了下来,在那赶了好几年的大车……我老舅过去是个挑着担子走村串户弹棉花的,解放后不干了在家种地。前几天给我来信,说什么县里成立棉被厂,厂长亲自到家里请他。他到县城后,虽然一个人也不认识,但厂里的人都和他处得很好,因为他们都想跟着老舅学手艺……"

"小周,你的意思是,一个人要想在一个地方长期待下去,必须要得到周围人的认可,最快最可靠的方式就是利用自己的专长去做事……"

"是这个意思!"小周笑着回答。

"邓风盛会不会也是这样呢?"赵家祺若有所思地想了好长时间。

"现在的邓风盛不是过去的邓风盛了,过去的他是南京城里叱咤风云的头面人物,而现在则沦落成了一介平民。作为平民的他,要想在南京呆下去,最可靠、最长久、最不容易暴露身份的方式只有一种——利用自己的特长寻找一份普通的工作,把自己伪装得更像一个普通百姓。"赵家祺边分析边喃喃自语。

"有道理!有道理!"小周兴奋地附和道。

"小周,根据你掌握的情况,你说说,邓风盛这个人都有些什么专长?"

"他会盯人、抓人、打人和杀人!"小周不假思索地答道。

"这确实是他的专长,但我问的不是这个!"赵家祺笑了笑说。

"夏瑜莹说邓风盛和许金良都喜欢平剧,两人相比,邓风盛更是个戏迷。懂戏,不知道这算不算邓风盛的专长?"

"当然也算一个专长!"赵家祺沉吟了一下,回答道。

"在演戏的茶社里抓住许金良之后,就没有再把戏院剧场作为摸排的重点,大家都认为,许金良已经在听戏唱戏的习惯上栽了跟头,阴险狡诈的邓风盛一定不会重蹈覆辙，绝对不会再涉足戏院剧场半步了。难道真是这样吗？常人也许是这样，对于老奸巨猾的邓风盛可能就得另当别论了。"赵家祺在心中反复琢磨着这个问题。

赵家祺把自己的想法告诉了小周。

小周说："赵主任，大家都说邓风盛狡猾。啥叫'狡猾'？我认为就是思的想的与一般人不一样，出其不意，违反常理，也就是常说的剑走偏锋。邓风盛要想在南京呆下来，不能再靠抓人、打人、杀人的本事，如果懂戏也算个专长的话，他完全有可能在剧场或者戏班子里找个差事。"

小周的话提醒了赵家祺，他紧锁的眉头逐渐舒展开来。

"戏班子流动性大，接触的人三教九流，且多为夜间演出，对潜伏特务外出执行任务也极为方便。"赵家祺对小周说。

从第二天开始，在季处长统一安排下，马永献带人秘密把南京的大小戏院剧场又仔细筛查了一遍，可惜的是，依然没有发现邓风盛的蛛丝马迹。

赵家祺和小周又一次陷入困境。

"难道我们之前的判断有误吗？"

正当两人百思不得其解时，季处长给他们送来了两张戏票。

"赵主任，你们两人这一段时间太辛苦了，后天晚上军管会在鼓楼剧场举行庆祝南京解放戏曲专场演出，军管会首长也会出席，还邀请了留在南京的各界名人和专家三百多人，也算是南京解放后比较大的活动了。你们一定要去听听，就当换换脑筋，休息一晚上吧。"

"戏曲专场？军管会首长？三百多位各界名人和专家？"赵家祺迅速从季处长的话语中提取出了几个关键信息。赵家祺陷入沉思，如果邓风盛潜伏在南京，这样的机会，他应该不会"错过"的。

"季处长，戏曲专场有演出剧团的名单吗？"赵家祺问道。

"有！这场演出是宣传处筹备的，他们从三个戏班子最拿手的戏中各选了一段，是三出折子戏。"

赵家祺思考了很长时间，最后表情严肃地说道："季处长，这场演出太重要了。我担心，国民党潜伏特务可能在演出期间动手，给刚刚成立的南京军管会制造麻烦。现在，我们在明处，他们在暗处，对这场戏曲专场的保护工作一定要高度重视。后天演出，我想，他们今明两个晚上一定会进行彩排，届时以慰问的名义，我陪宣传处的人到三个戏班子驻地走一圈，看看能不能发现什么可疑情况。"

"好！我这就去安排！"季处长回答。

当天晚上，赵家祺装扮成一般工作人员，陪同军管会宣传处的刘处长和几位副处长到三个戏班子驻地走了一圈。几位处长和副处长坐下听戏时，赵家祺跑前跑后，为他们端茶倒水，借这个机会，把三个戏班子的人员情况仔细摸排了一番，不但没有发现邓风盛的任何线索，也没有发现戏班子其他成员有什么可疑之处。

宣传处对这场演出也很重视，几天前就对专场演出初步排了个顺序——"丛家班"第一个上场，"庞家班"第二，"十里响"戏班压轴。"庞家班"班主庞世龙说，他们住在下关，路途最远，希望调成第一个上场，便于演出后及时赶回去。"十里响"戏班班主贾平生说，他的戏班演出前不能吃饭，演出结束又比较晚，要求组织方准备点馒头和咸菜。宣传处经过协调，满足了两个戏班并不过分的要求。

正式演出的日子到了。演出时间定在晚上七点半。

六点刚过，三个戏班子的马车接踵而至。三辆马车上除了演员，都有一只大木箱子，里面装着戏班子的宝贝——演戏的行头。戏班子成员下车后，两个身体强壮的人抬着箱子，走在自家戏班子的前头，走向剧场。

剧场化妆间较小，只能装下一个戏班子的人。"庞家班"进入化妆间后，"丛家班"和"十里响"两个戏班子的人只能坐在外边空地上，一边化妆一边等待。

一位身穿制服，头戴工作帽，满头白发的剧场工作人员利索地跑前跑后、做着协调工作。在化妆间把"庞家班"安顿好，就出来照顾外边跑进跑出的两个戏班子。

七点十五分的时候，大部分观众已经入场。"庞家班"班主庞世龙对负责协调的老人说，演员们都已经化好妆，十五分钟后准时开场演出。

老人退出化妆间，对外边一位年轻的女工作人员说："你去告诉宣传处刘处长，化妆间里都准备好了，什么时候上场听他的指示。"

两分钟后，七八个人在刘处长的带领下走到了后场。

"同志们，这是我们军管会的崔副主任，演出之前，他带领几个部门的领导和你们打个招呼，慰问大家！"崔副主任一行和"丛家班""十里响"两个戏班的人员一一握手，热情地说："大家辛苦了，等会就看你们的精彩演出了！南京解放了，相信你们一定会拿出百倍的热情演好今天的节目，我代表军管会谢谢你们！"

现场响起一片鼓掌声。

慰问完两个戏班，崔副主任带领众人走到了化妆间门口。负责协调的老人向庞世龙说："庞班主，上级领导在演出前来看望大家，请你们准备一下！"

庞班主招呼化妆间里的演员排成一队后，崔副主任一行就走了进来，与演员逐个握手问候。就在领导与庞家班演员紧紧握手时，站在木箱旁边的老人突然大声咳嗽了两声。

刹那间，崔副主任等人几乎同时将几个演员摔倒在地，并给他们戴上了手铐。老人和刘处长没有半点迟疑，迅速打开木箱，将里面的戏装扔在地上，然后动作敏捷地将箱底的木板从侧面哗啦一下抽了出来。

令所有人都没有想到的是，箱底居然躺着一个人。在老人手电光的照耀下，那人惊慌地捂住双眼。

"邓风盛，起来吧！"老人的话音一落，刘处长和另外一名军官上前控制住了箱内人的双手。

"你，你，你是谁？"箱底躺着的人四处张望，惊恐地问道。

"你的老朋友，赵家祺！"老人说完，扯掉头上的假发和花白的胡须，露出了自己的真面目。

"啊！完了，全完了！"邓风盛垂头丧气地一声长叹。

随后，从邓风盛身边的一只布袋里搜出了两枚威力巨大的定时炸弹。

"把所有人都带走！"赵家祺命令道。

"是！"假扮成崔副主任的小周和其他行动人员异口同声地回答。

原来，"庞家班"是来自安徽蚌埠的一个平剧班子，在当地小有名气，四个月前因战乱来到南京，在夫子庙和下关一带的小剧场演出。邓风盛决定潜伏南京实施破坏活动后，就设计绑架了戏班成员的家属，并以此要挟"庞家班"就范。考虑到戏班子身家性命掌握在别人手里，庞世龙万般无奈，只得答应邓风盛的要求，帮助他完成任务并将他护送出南京城后，再赎回被绑的家属。邓风盛用早已准备好的同样颜色的木箱换掉了"庞家班"的老木箱。新木箱有两层，上面用来装戏服，隔层的木板可以抽动，箱底刚好可以藏下一个人。

邓风盛的原定计划是，开演后，他从箱底出来，将两枚定时炸弹在化妆间安装好，再重新进入箱底。"庞家班"演出结束并离开剧场半个小时左右，两枚定时炸弹将会同时爆炸，爆炸的威力足以将整个剧场化为一片废墟。

百密一疏。邓风盛的"精心设计"还是被警觉老练的赵家祺识破了。

原来，晚上六点，化装成剧场工作人员的赵家祺在大门外迎接三个戏班子时，发现了第一个疑点——"丛家班"和"十里响"戏班抬木箱用的都是扁担，而"庞家班"用的则是又粗又圆的杠子。

"装戏服和行头的木箱能有多重，有必要用这样的杠子吗？此事有违常理！"在反复思量的同时，暗生疑窦的赵家祺又回想起前天随宣传处到各家看彩排时，发现唯独这家戏班的木箱是新的。不仅如此，赵家祺还注意到每每他在木箱边走动时，庞世龙的眼神总是变得游移不定，带着一种不易觉察的恐慌。

"木箱有问题！"赵家祺心里明白了三分。

开演之前，赵家祺在化妆间与庞世龙协调演出事宜时，借助化妆间明亮的灯光，发现木箱一头下半部边角间的裂缝很大，木箱是戏班子最重要的家当之一，新木箱不应该有这么大的裂缝呀？几件事联系在一起，赵家祺顿时明白了……

时间转眼到了五月的最后一个周末，南京的天气骤然热了起来。

赵家祺带领小周来到曾生活过八个月的福海贸易公司，现在已改名为南京福海加工厂，所有权益都交给了当地政府。

赵家祺和小周带着精心准备的点心来到了厂里，韩久耕听到汽车的声音，从值班室里走了出来，笑呵呵地冲来人打着招呼："赵老板，不，是赵大主任，我就知道是你们来了，这个汽车喇叭声我太熟悉了，欢迎你们哪。"

小周上前拉着韩久耕的胳膊说："韩师傅，跟我们走吧！"

"这个时候到哪儿去啊？你们还是先到我屋里坐会儿吧，喝口水，我得先问问你们的情况，好长时间了，我想你们想得不得了！"

赵家祺握着韩久耕的双手说："韩师傅，我在南京的时间不长啦，很快就要回原来的部队了，今天来，我要兑现以前的一个承诺，陪您老去总统府看看，坐一下蒋介石坐过的椅子，好不好？"

"太好了！"

到了总统府，韩久耕坐在蒋介石曾坐过的总统专座上，左摸摸右瞧瞧，嘴笑得一直都没合上。"这个老蒋啊，做梦也不会想到，我一个种地的老头子也能和他平起平坐啊，我这辈子活得值啦。"

赵家祺看了一眼桌子上的台历，日期仍定格在南京解放的那一天："中华民国三十八年，四月小，23，星期六。"

第二天中午,接到部队归队命令的赵家祺和小周又一次来到长江边,他们是来告别的。两人站在江岸上,眺望着滔滔江水,思绪万千,久久不语……

赵家祺脑海中一遍遍闪过曾经并肩战斗,却在黎明前倒下的爱人和战友的音容笑貌,泪水不知不觉流了下来……

小周走过来,提醒他:"赵部长,我们出发吧!"

赵家祺回过神来,重重地点了点头,转过身向停在远处的汽车走去。

雾气蒸腾,江风猎猎,赵家祺禁不住再一次回首眺望宽阔的江面。

江天一色,云水无涯。此景此情,正应了毛泽东那首气吞山河的七律——

> 钟山风雨起苍黄,百万雄师过大江。
> 虎踞龙盘今胜昔,天翻地覆慨而慷。
> 宜将剩勇追穷寇,不可沽名学霸王。
> 天若有情天亦老,人间正道是沧桑。

后　记

1953年,经乔书记和老王撮合,赵家祺与张铭欣结了婚。张铭欣是原中共秦淮区委的交通员,张铭宇的堂妹,也是李诗蓝的好姊妹。

上世纪八十年代初,赵家祺从东江省军区司令员的岗位上退了下来,离休赋闲在家,享受着子孙绕膝的天伦之乐。2000年春天,年过八十满头白发的赵家祺有了一个想法——趁还能抬脚走路的时候,到自己曾经战斗和生活过的地方再去看一眼。

这年国庆节的前一天,赵家祺与从福州军区某师政委岗位上离休的周一新相约,坐上了北去的列车。陪同两人的是赵家祺的侄子小宝。虽然名字叫"小宝",其实已经是五十多岁的人了。赵家祺与张铭欣结婚后,把他带到福州上学。小宝大学毕业后分在当地一家机械厂,后来当了总工。

两人在软席包间刚坐下,周一新就问自己的老上级:"老首长,这次去,您是怎么计划的啊?提前与那里的人打招呼了吗?"

赵家祺用颤颤巍巍的手理了一下花白的头发,摇摇头说:"我们退休了没事,人家工作都忙得很,打什么招呼?买好火车票后,你铭欣姐给她侄子、也就是铭宇的儿子豆子打了电话。小宝已经提前在中央饭店订了两间房，到地方安顿好后，让豆子张罗一下不就全都找到了吗？"

"中央饭店？太熟悉了！我们去过好多次啊，在那里我们和诗蓝姐、张铭宇、马永献，还有夏瑜莹、黄兴中、陈作群都吃过饭见过面呢！"提到老地方，周一新政委——当年的小周依然激动不已。

"你小子，当年还在那里偷过东西呢！偷人家东西也就罢了，还给人家下了药……"赵家祺手指周一新说道。

小宝惊奇地问："大伯，您开玩笑吧，周政委怎么能偷东西？"

"小宝，等会让他给你好好'韶韶'，看看大伯是不是开玩笑。"

赵家祺说完，和周一新一起拊掌大笑。

"都多少年了，事情还像刚刚发生过一样。我们这次过去，不知道能不能见到几十年前的那些朋友啊。"周一新感慨万千同时充满期待。

"我也想见到他们啊，如果见不到，我们就当故地重游吧。"

周一新心里还是有点不踏实："老首长，最近几年和您联系的都有谁啊？"

"有部队上的几个人，老马前年给我写过信，这次来之前，我给他去了一封信，还没收到回信我们就出发了，也不知他收到信没有。"赵家祺说。

周一新说："老首长，老马就是您的老同学马永献吧？几十年没见了，但他当年的样子，我还记得清清楚楚啊！"

"就是他。"

"他现在身体怎么样？后来干什么工作？"

"我只知道他后来换了几个单位，具体什么部门我也不清楚，反正就绕着腰里带家伙的几个部门转悠。八〇年落实政策时，关于他是属于离休还是退休，省里审查来审查去拖了好长时间，说到底，就是算解放前还是解放后参加革命。当时他思想情绪波动大得很，我是理解他的想法的。他不是为了争取什么待遇，仅仅是想证明自己的历史是清白的。中间我也写了一些材料，证明他在渡江战役中的贡献。后来听他说，过了大半年，总算落实政策了。为此他经常给我写信让我来南京走走。"赵家祺把自己了解的情况简单地说了一下。

小周又问："老首长，这次您带我去，准备到哪些地方？去见哪些人啊？"

"先到南京再说，你啊，这急躁的毛病看来是改不掉喽。"

"好好好，我这一路，一句话不说，全听您的。"

"这样也不行，该说也得说。首先得向我的大侄子坦白，你是怎么进入人家房间偷东西的……"

赵家祺和周一新再次朗声大笑。小宝莫名其妙地看着两个孩子般傻笑的老头,也跟着笑了起来。

火车穿山洞,跨竹海,过沟壑,"咣咣当当"跑了二十多个小时,于10月1日早上七点到达南京车站。小宝手拎两个大包走在前面,两位老军人手握茶杯缓慢跟在后面,还没到检票口,就朝外面熙熙攘攘接站的人群望去,瞅了好一会儿,没有看见一个熟悉的面孔,但看见一个年轻姑娘手持一个纸牌,上面写着八个大字——"草木蔓发,春山可望"。

满头银发的赵家祺看到这八个字,驻足愣了好长时间才缓过神来。他缓缓走到举纸牌的姑娘面前,一脸慈祥地看着她,颤颤巍巍一字一句说道:"麦陇朝雊,斯之不远。"

"啊!对,对,就是这八个字!"姑娘高兴得手舞足蹈。

"姑娘,你是?"赵家祺眉头紧锁,不解地问道。

"我叫至雅,我爸爸是您的侄子,我应该叫您姑爷爷。接到姑奶的电话,知道你们坐这趟车来,你们可算来了。知道你们来,我爸一夜没睡,从没见过他这么激动,结果心脏病又犯了。爸爸来不了,就派我来接你们。我没见过姑爷爷,我爸说,你就举着'草木蔓发,春山可望'八个字,肯定会有人上前搭话说出另外八个字的……"

至雅陪着两位老人离开出站口,正欲朝广场走去,忽然,赵家祺被一位中年人拽住了。

赵家祺一愣神,看着陌生人问:"请问你是?"

中年人笑着回答:"你们是赵家祺赵叔叔、周一新周叔叔吧?我是你们的老朋友马永献的小儿子马三梁。我们只知道你们这几天到,但不知道坐哪趟车,我爸就让我们弟兄几个卷着铺盖轮流在火车站等,已经等三天了!"

周一新惊奇地问:"你爸呢?他来了吗?"

三梁长舒了一口气,用手朝广场南端指去,在一辆黑色的桑塔纳车旁边,一位手拄拐杖的老人正朝这边挥手。三梁解释说:"我爸去年得过一次中风,腿脚不方便,我们兄弟让他不要来,他死活不同意,天天来。"

赵家祺和周一新心情格外激动,年迈的他们加快脚步赶紧朝马永献走去,马永献拄着拐杖吃力地朝二人走来,之间的距离还有五六米远,老人们就都张开了双臂。几位老战友,眼泪早已夺眶而出,大家紧紧地拥抱在了一起。上世纪五十年代后期,赵家祺和马永献见过面,从那时到现在,四十多年过去了。广场上，三位老人的心中有着万般的感慨，时光给他们留下了深深的皱纹和斑驳的白发。

在赶往宾馆的路上，马永献当起了向导，一路介绍着路边的建筑和店面。其实赵家祺在东江当司令员时来过几次南京，只是每次来不是开会就是比武，只能在宾馆见见当年的战友和朋友，一直没捞到时间到街上走走。这次回来，赵家祺和周一新特别想到处走走看看。

车子很快就到了中山东路上的中央饭店。三梁帮几位老人安排好房间，对老人们说："赵叔叔，周叔叔，你们先歇歇脚喝点水，我回单位处理一些事情，晚饭就在这里吃，已安排好，晚饭前我一定赶到这里。"

赵家祺朝三梁摆摆手："三梁，谢谢你，你忙去吧，至雅一个人在就行了。我们几个老家伙还有自己的悄悄话要说。"

"那行，我去了。"

三梁急匆匆地走了。

赵家祺转身握着马永献犹如老树皮般的大手，问道："老马，这些年过得怎么样？老伴身体还好吗？"

老马叹了一口气，又笑笑说："三梁妈走了十几年了，是因心脏的问题走的。"

"孩子们呢？"赵家祺顿了顿，接着问。

"五个孩子，老大老二是姑娘，一个在商店站柜台，一个在家门口开个小店，日子还算过得去；下面三个都是小子，大梁二梁赶到了好时候，都干起了我的老本行——警察，三梁呢，聪明是聪明，我本指望着他好好上学，考个大学，唉，别提了，整天吊儿郎当的，不好好干，一开始偷偷摸摸地和他几个朋友倒腾点货。这几年，趁着改革开放的好政策，你还别说，倒折腾出点儿名堂了，开了个什么公司，那辆桑塔纳就是他才买的。我接到你的信后就告诉他了，让他赶紧把手上的事情处理好，这几天啥也别干，专门陪我们转转。家祺，现在你想去的地方我基本上都能猜到。"老马微微一笑。

"我哪疼哪痒你当然清楚啦，唉，这么多年过去了，也不知都忙的啥，在南边没事时就一直琢磨着要来要来，但总是被杂事拖住，现在总算来了。我们都已经这把年纪了，真是不敢想啊！"赵家祺捋捋花白的头发说道。

周一新在旁边笑着问老马："老马，我和老首长一样，前些年还见过南京的那帮朋友，近几年联系少了，他们都还在吗？这次我陪老首长来，也想见见他们哪！"

老马朝二人挥挥手:"别提了,他们大都不在了,家祺的信一来,我就安排大梁、二梁赶紧找,毕竟他们是警察嘛,比其他人便利。晚上吃饭时可能会来一些,具体都有谁,暂时保密。"

"哟嗬,你个老东西还给我们卖起关子来了呀,行!不说也好。"赵家祺指着老马笑骂道。

老马说:"不是我卖关子,很多情况我也不清楚。到时让他们自己说不是更好吗?"

"对对对,老马不糊涂!聪明!"周一新赞许说。

晚上,三梁和至雅安排了中央饭店最大的一个包间,赵家祺、周一新、马永献早早地就在大厅里候着大家。

相约六点的饭局,五点刚过,就来了第一位客人。

此人一进门,看见面朝大门的赵家祺,小跑着奔了过来,两个人的双手还没有握在一起,来人就已泪流满面,他嗫嚅着说:"赵部长,赵老板,我可见到您了,我是小李李世新呀,咱们上次见面到现在快二十年了,我天天做梦都能梦到老首长啊!"

赵家祺瞪大双眼,惊讶地站起身,两双有力的大手紧紧地握在了一起,两个人相互搀扶着坐了下来,赵家祺问:"家里可好?"

"好!好!好!这日子顺当多了,第三代都有了,印象中我比你小不到十岁,嫂子怎么样啊?"小李激动地问。

赵家祺回答:"你嫂子除了胃不好,其他都不错。她的胃是老毛病,年轻时在秦淮区委当交通员时留下的。"接着问小李:"解放后我见过乔书记和老王两次,最近他们家里的情况如何啊?"

小李抹了一把眼泪,摇摇头说:"老首长,您知道,'四人帮'还没打倒时老王就走了。但老王的很多事不知您听说没有?六十年代时,老王担任市商业局的副局长,方老板被造反派抄家,家里的老物件甚至吃饭的桌子和睡觉的床都被抄走了。方老板哭着去找老王,说:'王主事,不,王局长,念在我们多年交情的分上,你得帮帮我,家被抄了,一家老小活不下去了……'老王二话没说,开口便问:'东西现在在哪?'方老板说在他家隔壁的学校操场上,晚上造反派要用卡车运到城外的一个大垃圾场,集中进行焚烧。老王听后,伏在方老板耳边说:'老方,您放心,我今晚派人把货劫了!'老王还是那样,说到做到,派几个得力的手下配戴另外一派造反派的标志,把一车老物件全给劫了……唉,老王为大家费了那么多心血,自己却过得很苦,他爱人

渡江

一直身体不好，常年卧床不起，家里还有一个姑娘脑子受过刺激，不大正常，另外一个姑娘和小儿子过得也不是很景气，现在可能好些了吧……乔书记还好，后来在水利局工作，好像是九二年吧，走了，走之前我去看他，他当时已经说不出话，就拉着我的手，在我手上写了几个人的名字，头一个就是您赵部长。当时有一个叫陈威的战士，后来我随部队到地方上走访时才知道，他在五〇年解放东山岛时牺牲了。部队上说，当时他带领一个排爬到崖壁顶时，被敌人子弹击中头部，直接掉到了海里，老王还到他老家去过一趟。您看，这一晃都多少年了……"

"是啊，离休这么多年，我也想着回来看看，唉，遗憾哪，迟来了几年，很多当年在一起战斗的老朋友再也见不到啦。"小李说到的这些人，赵家祺记忆犹新，个个都是和他一道出生入死的战友。听小李说完，一行老泪顺着赵家祺的脸颊流淌了下来，小李赶紧拿起桌上的纸巾递给了他。

"赵部长，别难过，都过去了，现在不是都挺好的吗。"小李拉着他的手劝慰道。

被邀请的人陆陆续续到了。来一个，赵家祺都要上前询问，一问就是一个惊喜，细想起来，赵家祺已有二十多年没有像今天这么开心过，来人当中，有老王的堂哥王金平的儿子、常青的孙女、蒋万春的姑娘、浦镇机厂"小金"的儿子、方林的两个姑娘、周云昌的外甥和外甥女。没想到的是，来的还有洪金豹的大儿子，整个人和豹队长如同一个模子刻出来似的。

豹队长的大儿子握着赵家祺的手说："赵叔叔，我叫洪来福，我爹给我起这个名字，就是希望我将来能享福。"

赵家祺微笑着，意味深长地问："你爹情况怎么样？我和他也算老朋友了，打了很长一段时间的交道。"

"我爹是前年不在的，他的左腿被枪打断了，走路一直都不方便，解放后差一点被枪毙，后来改造得不错，揭发了很多特务，政府念及他在解放前并没有做过罪大恶极的坏事，就安排他在一个小集体企业看门，二十一块钱的工资整整拿了将近二十年，罪是受大了。我爹临走时，告诉我弟兄三个，让我们这辈子一定要见见一位叫赵家祺的人，说他聪明，大气，是个狠主。"

洪来福激动地说完憋了几十年想说而无处说的话，引得赵家祺和一屋子人哈哈大笑。赵家祺看着洪来福说："我们好多人吃了你爹不少苦头，当然，你爹也吃过我的苦头。说句实在话，你爹比起当时保密局的其他人，算是好多了，一来他也是为生活所迫，再有他在码头上整天吆五喝六的，也就是吃点喝点，没干过多大坏事。"评价完，赵家祺又拍着洪来福的肩膀笑着说："我说的话你不要介意啊，当时的情况你不了解。"

"赵叔叔，都是老黄历了，到我们这一茬早就掀过去了。我现在在金陵大酒店干厨师长，这两天您一定要到我那里去，我专门给您做一桌拿手好菜，其中也有我爹最喜欢的江鲜红烧鲴鱼、炝江虾……"洪来福拍拍胸脯，得意地说。

"好好，一定去，你说的这些东西你爹当年可没少吃啊。"赵家祺的一句玩笑话，引得大家哄堂大笑。

在热闹的气氛中，大家都坐了下来，马永献在赵家祺耳边悄悄说道："家祺，人到得差不多了，我们开始吧，你先说两句。"

赵家祺摆摆手说："你说，你是地主，该你说！"

"行，那我就说两句。"马永献轻咳了两声，包间里顿时安静了下来。

"今天那真应该算是个大喜的日子。赵部长离休以后故地重游，他在我们南京将近十个月的时间里，历经各种风险，机智勇敢地周旋于国民党的各个部门和军队之间，特别是与保密局、稽查处的那些人斗智斗勇，他是个英雄，是一个顶天立地的大英雄，为我们的解放大军顺利渡过长江做出了不可磨灭的贡献，今天在座的都是当时他的老朋友、老战友和他们的后代，当然来福的爸爸当时不能算是他的朋友啦……"

室内又是一阵哄堂大笑。

"当年的赵部长，那可是一表人才，这辈子我最佩服的老同学就是他。下面我讲一个小故事，也算一个小插曲——1949年6月，那时赵司令已回到南方自己的老部队了。他抓住的保密局一个处长邓风盛和他的手下许金良，两人临刑前，姓许的自始至终一句话没有，只是一个劲儿地摇头，姓邓的只留下了一句话：ّ既生瑜何生亮，我命本不该绝，不幸遇上一个叫赵家祺的对手。'所以，你们可想而知赵部长当年该有多么厉害了！"

房间里立刻响起一片热烈的掌声，大家敬佩的目光一起投向了赵家祺。

赵家祺起身，感慨地说："俱往矣，虽然时过境迁，我们今天过上了幸福快乐的生活，但我们不能忘记过去那个年代，那么多人为革命胜利前仆后继，多少年轻的生命离我们远去，我们能够活下来，就是幸运的……我经常会回忆起那个年代的人和事，真是一言难尽。这次来，没有其他的想法，就是到曾经战斗过的地方，走一走，看一看，缅怀过去曾和自己一起浴血奋战的英雄们，他们才是最值得我们尊敬的人。我提议，这第一杯酒敬他们。"

说完，赵家祺眼圈湿润，端起面前的酒杯，把酒轻轻地洒在地面上。大家纷纷起身，依照他的样子，敬了第一杯。

当赵家祺斟满了第二杯酒，准备接着讲下去时，饭店的一名服务员领着一位老太太推门走了进来。

"老首长，这位老人在门口已经站了好长时间了，说认识您，非要见您一面不可！您看——"女服务员看着旁边的老人说道。

服务员带进来的老人衣着朴素，满头白发像一团乱麻，后背几乎驼成了直角，手里拄着一根细竹竿，战战兢兢地立在服务员旁边，头低垂着，几乎贴近了膝盖。

赵家祺离开座位，朝前走了几步，俯身看了一下老人，问道："请问老人家叫什么名字？"

"她说她叫曹梅枝！"服务员答道。

赵家祺顿了一下，抬头看看在场各位，他根本想不起自己认识一个叫曹梅枝的人。他朝小周看了一眼，小周也摇了摇头。

"姑娘，这位老人是不是认错人了，我们都不认识她呀！"赵家祺抱歉地说道。

服务员扭头看着老太太。

"我……我现在叫曹梅枝，过去不叫这个名。"老人颤颤悠悠地说。

"那过去叫什么？"赵家祺轻声问道。

"叫，叫，叫夏瑜莹！"

赵家祺听到"夏瑜莹"三个字，顿时愣在了原地，不知说什么好。

小周、马永献等知道内情的人个个惊得目瞪口呆。

正当赵家祺和满屋子的人面面相觑，不知该如何应对之时，老人扑通一声跪在了地上，"咣咣当当"磕起头来，边磕边嘟嘟哝哝地说着："我，我该死，是我害死了张铭宇，我害死了齐岩风！"

赵家祺和小周都想上去搀扶，但他们不知为什么，双腿如同不受控制一般，一直杵在那里。

这时，至雅走到了赵家祺面前。

"姑爷爷，您不要怪我，是我告诉她您在这里的。她说自己解放前和您打过交道，就让她来了！今天我也才知道原来她就是夏瑜莹。她的情况我从她所在的居委会了解到了一些——蹲满二十五年监狱后她被放了回来，五十岁的人没有其他出路，只得进了雨花街道一个自办的灯笼厂。厂子后来倒闭，她自己就赁了一个临街的小店，靠扎花圈度日，这么多年过得很不容易。居委会的黄主任说，除了留下糊口费用外，她剩余的钱都捐给了同一个小区内的伤残军人……"

至雅说完，屋子里鸦雀无声。

"赵，赵长官，当年，我，我被抓后，那位姓周的长官审问我时，我就向他提出想见您一面，被拒绝了。我等了五十年，今天终于等来了这个机会，我知道自己是个罪人，也知道自己活不了多久了，我能不能向您提一个要求？"短短几句话，老人却结结巴巴说了半天。

"说说，什么要求？"赵家祺问。

"我，我能再喊您一声'哥'吗？"夏瑜莹哭着说。

赵家祺听完夏瑜莹的话，控制不住自己的情绪，泪水夺眶而出。停了好长时间，他才缓缓说道："喊吧！"

"哥！"夏瑜莹声嘶力竭地呼喊了一声……

这一声忏悔的呼唤，埋藏在夏瑜莹的心底，伴随着她走过了五十年的时光。

第二天上午，至雅和三梁带着赵家祺等人来到了烈士纪念馆。走在前面的至雅在一面烈士墙前停了下来，赵家祺和周一新赶紧走过去，朝墙上望去：张铭宇（1918.9—1949.4），河南驻马店人，南京解放前夕华东局驻南京情报部成员，同时任国民党国防部四厅三处少校处长。1949年4月在广州被捕，押解回南京后被秘密枪杀于雨花台。

赵家祺激动地向前走了两步，凝视着墙上那张坚毅俊朗的面庞，张铭宇那睿智的双眼仿佛一直在看着他，墙上和地上，二人双目对视，穿透了时空，犹如久别重逢的战友在述说着，在谈笑着。

"铭宇，我的老同学，老战友，你知道我有多么想你吗？"赵家祺声泪俱下。

每次来南京，赵家祺都会来烈士纪念馆看看张铭宇，每次都说着同样的话语。

第二天下午，赵家祺来到了韩久耕所在的深山村。

深山村距南京很近，历经半个世纪的变化，赵家祺凭记忆已难以辨认。一路打听后，他们终于来到了老韩的房屋前。老韩在世时，在赵家祺的关照下，政府为他出资维修了房子。老韩去世后，房子因年久失修，已是摇摇欲坠。赵家祺来到门前，大门上一块小铁片虽然锈迹斑斑，但字迹仍然依稀可见：烈士家属。邻居们一看有几个干部模样的人来，便都围了上来，叽叽喳喳地议论着。赵家祺走到一位年纪稍长的老人面前问道："老人家，问一下，这家原来有个叫韩久耕的人，后来的情况怎么样？他的后代在哪啊？"

"你们是？"

"我们是他过去的老战友，老朋友。"

"噢，韩老头是1970年卫星上天那一年去世的，都二三十年了。他一直住在南京，中间回来过几次。韩老头每次回来，都说他吃商品粮，每月都有酒有肉，这些多亏一个姓赵的朋友，听说他朋友后来当了大官啦。"老人介绍说。

赵家祺赶紧接着问："他不是还有两个儿子吗？"

老人说："是的，但一个都没有回来。这不，门上的小牌牌不知是他哪个儿子的，当连长牺牲的，他成了烈士家属；另一个一直没有音讯，也可能参加了国民党部队，具体是死了还是到台湾了，不大清楚。"

赵家祺有些伤感，心里空空落落的，他朝房屋深深地鞠了一躬，驻足良久，才缓缓地转身走了。

第三天，几位老人计划着驱车前往泰州白马镇及江北烈士纪念馆。

几位老人早早地起了床，用过早餐后就乘车出发了。在车子驶往白马镇的路上，赵家祺透过车窗看到柏油马路宽阔笔直，路边的银杏树枝繁叶茂地挺立于道路两边，记忆中的农舍大都已变成二层小楼，全然没有了当年的印迹。

汽车在一座大门前停下了，值班人员一听是老军人旧地重游，赶紧打开大门。赵家祺迫不及待地朝前走。他循着当年的记忆，穿过一道院墙，五十米之后，是一道漆黑的大门，门框旁边有一块牌子写着："第三野战军渡江战役指挥部"。对，就是这里！

赵家祺一行五人，跨过高高的门槛来到院里，四十年前的记忆一下子复活。院里东面的墙上"打过长江去 解放全中国"十个黑亮亮的大字，一下子跃入眼帘。桂花树在！东边的厨房在！带拐角的二层小楼也在！赵家祺兴奋地做起了临时向导，他指着小会议室的一张椅子，兴奋地说："呶，我当时就坐在这个位置,粟裕司令员坐在顶头的那张椅子上,唉,这一晃几十年过去了。"

赵家祺拉着马永献的手来到隔壁的小房间:"这就是司令员办公的地方,当时就是在这里,他赠给我一块金手表。"

周一新问:"手表呢?您应该戴着啊。"

"指针不走了,当年打漳州时被大炮震坏了,表还在家里,藏着呢,我想等到我不行的那一天,捐献给军事博物馆。"

马永献看着面前的摆设,不禁感慨地说:"粟裕司令员,那么大的领导,就住在这么小的房间,看看,就一张桌子,一把椅子,一张床,还没有我当时的办公室好呢,真是简朴!你们说说,共产党不赢天下谁赢?!"

赵家祺站在桌子前面,久久不肯离去,小周轻轻碰了他一下,才恍然反应过来。

五人离开第三野战军渡江战役指挥部旧址,汽车开了十公里不到,就来到了烈士陵园。老人们一下车,老马就对儿子三梁说:"三梁,你扶着你赵叔叔进去吧,我走不了那么远。"

"好咧!你就在车上等我们吧。"三梁从后备箱捧出一束鲜花,搀扶着赵家祺进了烈士陵园。周一新跟在后面,不时地朝左右张望。

赵家祺随着三梁拐了几道小路,来到一个墓碑前停下了。两位老人立在碑前,老泪纵横,赵家祺嘴唇抖动着说不出话来,额前的白发在微风中飘动。

石碑上清晰地镌刻着:李诗蓝(1919.8—1949.3),江苏句容人,共产主义战士,南京解放前夕负责江南江北的电报联络,多次冒险为组织输送绝密情报。1949年3月在交接情报时牺牲。

悲痛难抑的赵家祺站在曾经热恋的姑娘墓前,任泪水流淌,让思绪狂奔。多少个日夜,李诗蓝的那张笑脸始终挥之不去,在战斗中,在工作中,在睡梦中,一想到她,自己的那颗心就禁不住地揪了起来,是怜惜,更是深入骨髓的思念。三梁把鲜花递到了他面前,良久,他才接过鲜花,弯腰拂去墓碑上的浮尘,将鲜花轻轻地放在墓碑前,深深地三鞠躬。三梁在他身边轻声地说:"赵叔叔,李诗蓝阿姨这里,上个星期我陪我爸才来过。今天,他是不愿意进来,他不忍心看到这个场面,怕自己的心脏受不了。今早来之前,他特意嘱咐我要照顾好您,希望您不要过于悲痛,毕竟年纪大了!"

赵家祺抹着眼泪,默默地点了点头。

渡江

李诗蓝的墓,赵家祺来过多次。

李诗蓝牺牲后,战士们把她埋在了牺牲地附近。当时的苏中军分区杨振武政委听说后,怕遭到敌人破坏,命令把她的遗体转移到军分区附近的大吴营,地点在仪征北十几公里处。解放后,泰州建立烈士陵园,杨政委征求赵家祺意见后,特意派人把李诗蓝的遗骨迁葬于此。

解放后,赵家祺把李诗蓝的母亲接到了身边,自己去哪里工作就把老人带到哪里,像儿子一样照顾年迈的老人,直到老人1955年去世。

三梁说:"赵叔叔,听我爸爸说,李诗蓝阿姨是好样的,人长得漂亮,心地善良,聪明又勇敢,可惜……"

听到身边三梁发自内心的感慨,赵家祺转过身对三梁说:"不提了,三梁,我们走吧,谢谢你们爷俩。"

三梁和小宝一左一右地搀着赵家祺朝陵园大门口走去。赵家祺不时回头观望,像是与李诗蓝进行着无声的道别。

汽车按计划在镇江过轮渡,上岸后,朝东南方向驶去,下一个目的地——金坛的长荡湖。一路上,赵家祺默不作声,车厢里显得十分安静。

中午十二点时,汽车到了金坛,政府负责人安排几位老人吃过午饭,休息了个把小时,就驱车赶往长荡湖。他们理解老人的心情,理解老军人特有的性格。

不一会儿,就到了位于金坛城南十公里处的长荡湖。

记忆中的长荡湖完全变了模样。

老人们先后下了车,来到小街上,街道两边的鱼馆、饭店一家挨着一家,赵家祺不禁感慨道:"全变了,全变了,刚才在湖边走的时候,过去的老模样一点也没有了,哎呀,真是变化太大啦。"

三梁忍不住地问赵家祺:"赵叔叔,您为什么坚持要来这个地方啊?"

"长荡湖旁边的儒林镇就是你赵叔叔的家乡啊,他与儒林和长荡湖的故事一天一夜也讲不完……"周一新插话说。

"原来是这样!"

金坛市负责人拿出地图,对赵家祺说:"老首长,等您下次来,长荡湖将会发生更大的变化,市里准备投入大笔资金,进行生态旅游开发,让全国各地的人都到金坛来看看,品尝咱们这里的螃蟹和鱼虾,旅游发展起来后,以湖养湖,促进长荡湖更持久地发展……"

"好！太好了！到那个时候，我一定再回来看看！"赵家祺兴奋地说。

在金坛住过一晚，赵家祺和周一新在小宝陪同下赶往上海。上海也是他们此次行程的最后一站。

耄耋之年的解晓辉在上海恭候着老朋友的到来。

上海城隍庙的上海老饭店，赵家祺、周一新、解晓辉在一个宽大的包间里见面了。

两位老同学紧紧地抱在了一起，相扶着坐了下来。赵家祺询问着老同学的情况，解晓辉简单地做了介绍："还好，一路走来还是比较顺的。解放后，过去的家产大都捐给了国家，淮海中路上的老宅及门口的一个店铺留了下来，让我和家人生活有了保障。退休后，我经常在商会跑跑，联系联系过去的老朋友，主要是联系当年跑到台湾和南洋的亲戚朋友回沪投资，没事时就到豫园转转，喝喝茶，吃吃点心什么的，平平淡淡的，过得倒也开心。"

"当年你多风光啊，头发油亮亮的，一副上海小开的派头。要不是铭宇，我们当时还不知怎么联系呢。"赵家祺笑了起来。

"是啊，那时候，我们家一直做着国民党军队的生意，铭宇对我还是很照顾的。你可能不知道，当年我给你的金条就是铭宇让我转交给你的。"

赵家祺一脸诧异："真的？这个我真没想到。"

解晓辉低声说："他不让我跟你说，具体那些金条他是怎么来的，我也不清楚，也不问，生意场上有规矩，自己干自己的事，别人的事不插手。后来才知道，他把自己早年在南京购置的一处宅院卖掉了。当时我就隐隐地感觉你们的关系不一般，但没有多想，更没有多说。直到解放后，我才知道你们都是共产党。可惜啊，铭宇走得那么早，过去每年清明我都会去南京看看他，这几年，年龄大了，去得少了。"

"我这次在南京见到了夏瑜莹，她的事你知道吗？"赵家祺问。

解晓辉摇摇头，停顿了好一会儿才慢慢地说："她的家人都到国外去了，她出狱后，家人想接她出国，她拒绝了。她一辈子没结婚，一个人在南京生活，与所有亲戚都不来往……"

"说心里话，对夏瑜莹，我也很可怜她。但这不是她个人的悲剧，而是那个时代的悲剧。她的经历和结局说明一个道理——世浊人险，终究难逃。"赵家祺感慨道。

"是啊，这几年我见过不少台湾客商，大家都希望国家统一，民族昌盛。"解晓辉说。

渡江

　　"当年的长江分裂不了中国,现在的台湾海峡也分裂不了中国,我们等着两岸中国人大团圆的那一天。"赵家祺信心满满地高声说道。

　　"是啊,我们都等着那一天!"周一新和解晓辉异口同声地说道。

2017年2月至2019年4月创作于
徐州、南京、金坛、上蔡、开普敦、
台北、江阴、上海、北京、九江、泰州、
武汉、合肥等地。